공간으로 읽는 일본고전문학

일본고전독회 편

제이앤씨
Publishing Company

이 책은 일본고전문학의 배경이 되고 있는 공간을 여러 각도에서 조명한 것이다. 작품 속에서 등장인물이 귀속한 공간이 어떠한 곳이며, 만남과 이별의 인간관계가 어떠한 공간에서 이루어지고, 또 어떠한 이유로 공간을 이동했는가라는 공간의 의미와 특성을 고찰해 봤다. 이러한 등장인물과 공간의 상관성은 그 작품의 지형도를 이해하는 데 필수요건이다. 따라서 일본문학에서 주인공이 태어나 생활한 주거공간이나 유리, 참배, 여행, 지방관 부임 등으로 이동하게 되는 공간을 분석하는 것은 문학작품에 대한 이해만이 아니라 일본의 문화 풍토를 규명하는 작업이라 할 수 있다. 왜냐하면 등장인물의 주거 공간과 이동 경로는 작품의 인물 조형과 주제에 결정적인 영향을 미치고, 다음과 같이 각 시대의 사회적 양상을 투영하고 있기 때문이다.

상대(?~794년)에는 신들과 천황가가 주로 문학 작품의 주인공으로 등장한다. 신화에서는 일본국토탄생과 시조신의 이야기를 통해 '야마토'라는 일본인 정신의 기틀을 만들고, 전설 속 고대 영웅들의 정복전쟁을 위한 공간 이동은 영웅 서사의 배경이 되고 있다. 한편, 고대 일본인들은 대체로 도읍인 나라 주변에 모여 살았지만, 지방관으로 임명되거나 규슈 북부의 수비를 담당하는 병사로 징용된 사람은 멀고 험난한 이동을 해야만 했다. 그때 그들의 이동을 통해서 투영된 지역적 특색과 풍경, 산물 등은 『풍토기』속에, 이별의 아타깝고 애잔한 마음은 일본의 대표적 가집인 『만엽집』에 잘 표출되어 있다. 또한 고대 축제의 장소에서 벌어지는 '우타가키'는 남녀가 서로 노래를 주고받으며 구애를 하는 서정적인 문학의 공간으로 자리매김 한다.

중고(794~1192년) 문학의 중심은 귀족들이었다. 귀족들은 주로 교토 주변에 몰려 살았고 특별한 경우가 아니면 멀리 지방으로 이동하는 일도 드물었다. 그러나 모노가타리나 기행일기에는 지방으로 유배되거나 참배를 떠나거나 견당사로 파견되는 등의 어쩔 수 없는 운명으로 방랑하게 되는 일이 자주 묘사된다. 즉 공간 이동을 주제로 한 작품이 다수 존재한다. 이들 작품에서 주인공의 공간 이동은 단순한 방문으로 끝나는 것이 아니라 주제를 이어가는 중요한 모티브로 작용한다.

중세(1192~1603년)에는 고대 율령체제가 무너지고 새롭게 성립된 무사 정권에 의해 정치의 중심이 교토에서 가마쿠라로 옮겨지게 된다. 이후에도 남북조 시대와 무로마치 막부, 전국시대에는 잦은 전쟁과 하극상으로 왕조문화가 추락하고 무가와 서민이 새로운 문화소비층으로 등장하였다. 이러한 시대상을 투영한 군기이야기에는 권력쟁탈을 위한 무사들의 치열한 싸움과 전쟁의 황폐함이 그려지고, 이 끊이지 않는 전쟁으로 인한 말세의식은 '인생무상'을 주제로 하는 은자 문학을 탄생시키기에 이른다. 그리고 가마쿠라로 가는 기행문은 신도읍 가마쿠라가 지니는 공간적 위상을, 오토기조시는 그 이전까지 소외되었던 서민들의 생활공간을 생생히 전한다.

근세(1603~1868년)는 전국시대를 거친 도쿠가와 막부가 지금의 도쿄인 에도에 정치의 중심을 둔 시대이다. 교통과 출판의 발달로 문학이 생산되고 소비되는 공간, 즉 작품과 독자가 형성하는 문학 공간은 자연히 일본 열도 전체로 확산되었다. 근세 초기에는 교토와 오사카가 중심이었으나 후기에는 에도를 배경으로 쓴 작품이 늘어났다. 그만큼 일본의 중심은 에도라는 공간으로 중심점이 이동했던 것이다. 또한 교통의 발달로 여행이 늘자 전국을 여행하며 하이카이를 읊거나 기행문을 쓴 것을 출판하는 일이 많아져 일본 각지에 대한 소개가 활발히 이루어지고, 상공업의 발달로 경제력을 지닌 조닌 계급이 출입하게 된 공중목욕탕과 유곽 등은 근세문학의 주요한 공간으로 묘사되고 있다.

이 책에서는 위와 같은 공간적 특성을 배경으로 일본고전문학에 생소한 독자들이 당시의 공간을 조금이나마 이해하기 쉽도록 공간에 대한 구체적인 설명을 곁들이고자 노력했다. 신들이 머문 공간, 고대 영웅들이 원정을 떠났던 지역, 남녀가 사랑을 나눈 공간, 영험 있는 산사의 정경, 귀족들이 권세를 과시했던 화려한 대저택, 여인들이 참배했던 성지, 요괴가 출몰했던 공간, 돈과 성적 판타지로 충만했던 유곽 등을 크게 다섯 장으로 나누어 구체적으로 소개하며 문화와 문학적 지식을 동시에 제공하고자 했다.

신들의 세계와 이상향에서는 일본 상대의 『고사기』를 중심으로 신화와 전설이 묘사된 공간, 『풍토기』에 나타난 산들과 우타가키의 이야기, 헤이안 시대 달나라에서 내려온 가구야히메를 그린 『다케토리 이야기』의 상상력, 『우쓰호 이야기』의 칠현금의 전래와 연주 공간 등을 살펴보았다.

전설의 고향에서는 최초의 설화집 『일본영이기』에 나타난 사찰과 영험담, 『금석 이야기집』에서 불법을 강론하는 영산, 근세의 『우게쓰 이야기』에 나오는 괴담의 공간, 『도노 이야기』의 요괴가 출몰하는 공간 등을 알아보았다.

도읍의 이탈과 동경에서는 헤이안 시대 『도사 일기』에서 도사의 임기를 마치고 교토로 돌아가는 길에 겪었던 수령의 체험, 파란만장한 일생을 산 『가게로 일기』 작자의 참배 여행, 『무라사키시키부슈』를 지은 여류작가의 에치젠 체류기, 『사라시나 일기』 작자의 상경 여행과 일생 동안 꿈꾸었던 모노가타리의 세계, 중세 『도와즈가타리』의 작자가 체험한 애욕의 궁정 생활과 수행의 길 등을 살펴보았다.

사랑과 이별의 여행에서는 『야마토 이야기』의 각 지방에 얽힌 비극적 사랑 이야기, 『이세 이야기』에 보이는 동쪽 지방으로의 유랑, 『겐지 이야기』에 그려진 운명적인 사랑과 방랑, 『스미요시 이야기』에서 계모의 미움을 받은 아가씨의 유랑과 행복 찾기, 근세의 『호색일대남』에 그려진 유곽을 따라 떠도는 호색남 일대기 등을 다루었다.

순례와 기행 그리고 유랑에서는 중세의 『해도기』에서 보이는 깨달음을 얻고자 가마쿠라로 여행하는 작자, 『호조키』에 나타난 은둔한 작자의 무상과 한거의 즐거움, 『산쇼 다유』에 나타난 유리표박하는 사람들, 근세 『오쿠노호소미치』에 나타난 하이카이의 기행과 각지의 명소, 『소네자키신주』에 나오는 관음성지의 순례와 남녀가 정사하는 도시 오사카, 『도카이도 도보여행기』에 나오는 에도 토박이의 교토 여행, 『에도 명소기』의 작자 아사이 료이가 안내하는 도쿄의 명소 등을 소개하였다.

이 책은 한국외국어대학교 일본학부의 일본고전독회에서 2001년부터 동교 연구산학협력단의 콜로키움 지원으로 매달 한 번씩 개최했던 연구 성과를 모아 엮은 것이다. 10년이라는 긴 세월 동안 일본고전독회에서는 한국의 일본고전문학 전공자간의 상호교류는 물론 일본의 고전문학 연구자들과도 학제간의 교류를 이어왔다. 이번에 편찬하게 된 『공간으로 읽는 일본고전문학』과 『에로티시즘으로 읽는 일본문화』 『키워드로 읽는 겐지 이야기』의 세 권은 한국의 일반 독자들에게 일본

고전문학의 세계를 알리고자 기획한 것이다. 이 기획도서가 일반 독자들이 일본고전문학의 세계를 이해하는 데 다소나마 도움이 되었으면 하는 바람이다.

이 책이 나오기까지 먼저 10여 년간 독회 모임을 지원해준 한국외국어대학교 연구산학협력단에게 감사드린다. 그리고 일본고전문학 전공자는 물론 일반 독자들을 위해 깊이 있으면서도 이해하기 쉬운 책으로 완성시키고자 편집과 교정을 묵묵히 맡아준 류정선 선생님, 신미진 선생님, 배관문 선생님의 노고에 진심으로 감사드린다. 끝으로 이 책의 출판을 쾌히 승낙해 준 제이앤씨 출판사 윤석현 사장님과 편집부 여러분께도 감사의 말씀을 전한다.

한국외국어대학교 일본학부 김종덕

| 차 례 |

| 일러두기 |

이 책은 일본고전문학에 나타난 인명, 지명 등의 고유명사를 다음과 같은 규칙으로 표기하였다.

- 일본어 글자인 가나의 한국어 표기 시 어두와 어중에 오는 경우 표기가 달라지므로, 국립국어원 일본어 가나 표기법을 참고하였다.
- 한자는 일본식 한자로 표기하였다.
- 한자나 일본어는 각 원고 초출 시에만 아래첨자로 표시하였다.
- 등장인물의 이름은 일본어 발음과 한글을 혼용해 표기하였다.

  예) ~천황天皇, ~인院, 겐지源氏, 두중장頭中将
- 이 책에서는 지명의 경우 다음과 같이 표기하였다.

  ~国 지방, ~郡 고을, ~川 강, ~山 산, ~県 현

  예) 히타치常陸 지방, 가시마香島 고을, 가모 강賀茂川, 후지 산富士山, 효고 현兵庫県, 스마須磨

  그리고 사찰명은 일본어 발음을 소리나는 대로 표기하고, 신사명은 일본어 발음과 한글을 같이 혼용해 표기하였다.

  예) 구라마데라鞍馬寺, 엔랴쿠지延暦寺, 하치만구八幡宮, 이쿠타마 신사生玉神社
- 작품명과 권명은 일본어 발음과 한글을 혼용해 표기하였다.

  예) 『겐지 이야기』, 『도와즈가타리』, 「기리쓰보桐壺」권, 「와카나 상若菜上」권
- 거리, 건물은 일본어 발음, 직함명은 한자음으로 표기하였다. 단, 후궁의 명칭이 일본 고유의 직함인 경우에는 일본어 발음을 소리나는 대로 표기하였다.

  예) 니조인二条院, 내대신内大臣, 여어女御, 나이시노카미尚侍

신들의 세계와 이상향

이세 신궁. 神宮徵古館蔵(『太陽』 388, 平凡社, 1993년)

공간으로 읽는

일본고전문학

공간의 신화학, 태양의 길

김 후 련

고사기

고대 국가의 체제가 정비되는 나라 시대에 천황가를 비롯하여 각 씨족과 민간에 전승되어온 신화, 전설, 설화, 가요 등에 대해 대대적인 편찬사업이 이루어졌다. 이때 문자가 없었던 고대 사회에서부터 구전으로 전해져온 이야기와 가요가 기록되어 일본 최고의 문헌들이 현존하게 되었다. 나라 시대 초기 중앙집권국가의 상징으로 편찬된 것이 『고사기』(712년), 『풍토기』(713~?년), 『일본서기』(720년) 등이며, 나라 시대 말기에는 고대가요를 집성한 『만엽집』이 편찬되었다.

『고사기』의 성립과정은 그 서문을 통해 알 수 있다. 덴무 천황(재위673~686년)이 황실의 계보를 중심으로 여러 씨족에 전해지는 각기 다른 계보를 정리하고자 했으나 생전에 완결되지 못하여 찬록 사업이 중단되었다가, 3대 후인 겐메이 천황(재위 707~715년) 때 히에다노 아레가 암송한 것을 오노 야스마로가 찬록하여 완성되었다고 전한다. 『고사기』는 여러 씨족에 대해 천황 통치의 정당성을 주장할 정치적 목적으로 편찬되었지만, 채록된 신화와 전설 그리고 100수 이상의 가요가 수록되어 있어 문학사적 의의가 매우 크다. 『고사기』는 『일본서기』와 함께 고대사 연구의 중요한 자료이다.

신화에 남아있는 태양신의 잔영

일본에서는 '태양의 길'이라고 불리는 고대 태양신앙과 방위 관념을 둘러싼 연구가 1980년대부터 계속되어왔다. 동지 30도 선, 즉 북위 33도 22분 선상에 일직선으로 신사의 위치가 집중한다는 것이다. 그것이

화제가 된 것은 저널리즘의 조명을 받으면서였지만, 이후에도 여러 연구자들이 문헌에 남아있는 신화와 주요 신사의 방위를 연결시켜 신화론적 관점에서 태양제사의 루트를 추적해왔다.

이와 같은 일본의 선행연구를 토대로, 일본신화를 통해 태양제사의 길을 찾기 위해서는 먼저 고대 일본신화의 세계관을 이해할 필요가 있다. 『고사기古事記』를 비롯한 고대 일본신화의 세계관은 중앙의 야마토大和를 축으로 해서 동쪽의 이세伊勢 지방과 서쪽의 이즈모出雲 지방으로 양분되어 있다.

현재의 나라 현奈良県에 위치하는 야마토는 천황가의 신성한 공간으로 인식되어, 신화에 등장하는 천신天神들의 세계 다카마노하라高天原가 곧 야마토를 의미한다고 보기도 한다. 다카마노하라에는 태양신이자 천황가의 시조신이 되는 아마테라스오카미天照大神 이하 많은 신들이 살고 있다. 이곳에서 신들은 인간과 마찬가지로 농경과 길쌈을 한다. 즉 천신들의 세계 다카마노하라는 인간계의 복사판이라 할 수 있다.

야마토의 동쪽에 있는 이세는 현재의 미에 현三重県에 해당하는 곳으로, 『고사기』 신화의 최고신인 아마테라스를 모시는 이세 신궁伊勢神宮이 자리한다. 현재 일본 신사의 총본산이며 일본에서 가장 오래된 전통적인 건축양식으로도 유명한 이세 신궁이지만, 이곳은 고대에 천황조차 출입이 금지된 신역神域이었다.

한편 야마토의 서쪽에 있는 이즈모는 현재 시마네 현島根県에 위치한다. 이곳은 신화에서는 지상계의 기원이 되는 아시하라노나카쓰쿠니葦原中国가 있다고 상정된 세계로, 천신이 아닌 국신国神들이 사는 곳이다. 또한 죽은 자들이 가는 황천국黄泉国과 동일시되기도 하는 지하 세계인 네노쿠니根国로 들어가는 입구가 이즈모에 있다는 전승도 있다. 이렇게 이즈모는 지상계인 동시에 이계異界이자 타계他界로도 여겨지던 곳이었다.

『고사기』에 의하면 일본의 태양신은 천황가의 시조신인 아마테라스를 중심으로 일원화되어있다. 일본 각지에 민간의 원시 태양신앙이 있었을 테지만, 황실의 입장에서 편찬한 『고사기』에는 기본적으로 아마테라스 이외의 태양신의 모습은 거의 부각되지 않는다. 그러나 『일본서기日本書紀』와 『풍토기風土記』 등을 시야에 넣고 『고사기』와 조금씩 각기 다른 전승들을 조합해보면 아마테라스 이전에 존재했던 태양신의 잔영과 흔적들을 곳곳에서 엿볼 수 있다.

예를 들어 이세 신궁이 세워지기 전까지 이 지방에는 본래 사루타히코노오카미猿田毘古大神라는 고유의 남성 태양신이 존재하고 있었다. 이즈모 지방에도 사다노오카미佐太大神라는 남성 태양신이 존재했다. 이들 신들의 이름은 문헌에 따라 약간의 표기 차이는 있지만, 아마테라스와 더불어 모두 '오카미大神'라는 칭호가 붙어있다. 고대 일본에서 태양신이라는 신격이 얼마나 큰 의미를 갖고 있었는가를 단적으로 보여주는 것이라 하겠다.

애초에 황실의 조상과는 무관한 태양신이 야마토의 동서축에 위치하는 이세 지방과 이즈모 지방에 각각 존재하며, 더구나 이들의 신격이 여성이 아니라 남성이라는 것은 의미심장하다. 이는 훗날 일본의 태양신으로 부상하게 된 여신 아마테라스 이전에 모셔졌던 남성 태양신의 존재를 의미하기 때문이다.

이 글에서는 이즈모와 이세를 중심으로 일찍이 일본열도에 존재했던 태양신화와 그 공간적 의미에 대해 살펴보고, 다음으로 태양신 아마테라스가 현재와 같이 이세 신궁에 모셔지기까지의 경위, 마지막으로 이러한 것들의 배경이 되는 야마토의 방위 관념에 관해 검토해 보겠다.

〈그림 1〉 구게도 동굴

이즈모의 태양신

시마네 현 북쪽의 가가加賀 만에서 북쪽의 바다(우리나라의 동해)를 향한 간자키神崎라는 곳에 가가加賀의 구게도潛戶라고 하는 수중 동굴이 있다. 이 동굴에서 이즈모의 조상신 가미무스히노미코토神魂命의 딸 기사카히메支佐加比賣는 동굴 속에 사는 태양신의 감응을 받아 사다노오카미를 낳는다. 고구려 신화에 나오는 유화 부인과 같이 햇빛에 저절로 감응하여 잉태한다는 신화 유형에 속한다. 『이즈모 지방 풍토기出雲国風土記』에는 다음과 같이 전한다.

> 현재는 암굴이 있다. 높이는 10장쯤 되고 주위는 5백 2십보 정도이다. 동과 서와 북은 외해로 통한다. 이른바 사다노오카미가 태어나신 곳이다. 태어나실 때 즈음해서 활과 화살이 사라졌다. 그때 조상신 가미무스히노카미의 딸 기사카히메노미코토가 "내 아들이 내가 믿고 있는 대로 늠름한 신의 자식이라면, 사라진 화살이여 나오너라" 하고 기도하셨다. 그러자 뿔 화살이 조수에 실려 흘러나왔다. 그때 갓 태어난 신이 그 뿔 화살을 손에 들고 말씀하시기를, "이것은 다른 화살이다"라고 하시며 던져버렸다. 그러자 금 화살이 흘러나왔다. 그래서 눈앞에 오기까지 기다렸다 손에 들고 "어두운 암굴이구나"라고 말씀하시며 화살을 쏘아 관통하게 하셨다.

다른 전승에는 기사카히메가 "어두운 암굴이구나"하며 황금 화살을 쏘자 동굴에서 빛이 났기 때문에 이곳을 '가가'라 이름 붙였다고도 한다. 이는 일본어로 '빛나다'를 뜻하는 '가가야쿠'에서 따온 명칭이다.

가가의 구게도 동굴에 황금 화살을 던져 태양이 빛나게 했다는 것으로 보아 사다노오카미는 태양신이다. 더구나 태양신이 탄생한 이 동굴 모양은 여성의 음부를 닮았는데, 기사카히메의 이름 역시 여성의 음부를 의미하는 붉은 조개 즉 일본어 '기사카히'에 유래한다. 즉 기사카히메의 여음 내지 자궁에 해당하는 동굴에서 황금 화살로 표상된 태양신 사다노오카미가 탄생한 것이다.

사다노오카미가 쏘았던 황금 화살은 동쪽의 동굴 입구를 관통하여 앞바다의 섬까지 날아갔다. 후에 이것을 과녁으로 삼아 활쏘기 연습을 했기 때문에 여기를 마토 섬的島이라 불렀다고 한다. 그런데 가가의 구게도 동굴과 마토 섬은 동서로 일직선상에 놓여 있으며, 해가 뜨면 황금색으로 빛나는 태양이 두 곳을 정확하게 직선으로 관통하는 천혜의 자연 동굴이다. 이와 같은 일출 광경을 배경으로 하여 이 지방만의 독특한 태양신의 탄생신화가 만들어진 것으로 보인다.

이처럼 이즈모 지방의 신화는 정치적인 목적으로 통일되어 있는 일본신화 속에서도 독특한 지위를 차지하고 있다. 신라의 땅을 끌어당겨 국토를 만들었다는 신화가 있는가 하면, 뒤에 등장하는 대국주신大国主神(오쿠니누시노카미)이 자신의 제사를 지내는 조건으로 국토를 천손에게 이양하는 이야기도 보인다. 연구자들은 이즈모 지역이 야마토 왕권에 복속, 흡수되는 과정에서 그 기억의 일부가 이러한 신화의 형태로 잔존하는 것이라고 설명한다. 고고학에서는 현재 남아있는 거대한 이즈모타이샤出雲大社나 청동기 제사유적들을 통해 이 지역에 고대 한반도와 밀접한 관계를 지녔던 도래계 씨족의 강력한 독립 왕권이 존재했음을 주장하기도 한다.

지금도 이즈모는 '신들의 고향'으로 일컬어질 만큼 신화상으로 매우 중요한 공간이다. 일례로 음력 10월을 일본어로는 신이 없는 달이라는 뜻의 '간나즈키神無月'라고 하는데, 일본 전역의 신들이 모두 이즈모에 모인다고 해서 붙은 이름이다. 반대로 이즈모 지역에서는 신이 있는 달이라는 의미로 '가미아리즈키神在月'라 하며 전국의 8백만 신들을 영접하기 위해 근신하며 이 기간에 대규모의 마쓰리를 행한다.

이세의 태양신

이세 지방 본래의 태양신은 사루타히코였다. 사루타히코와 관련하여 남성 태양신에서 여성 태양신으로 이행한 교체 과정의 흔적을 보여주는 것이 신녀 아메노우즈메天宇受売의 이야기이다. 뒤에서 설명하겠지만 아메노우즈메의 신녀로서의 성격은 아마테라스에게도 그대로 나타난다.

『일본서기』의 일서에 의하면 아마테라스의 손자에 해당하는 천손 니니기邇邇芸가 강림할 때 그 길을 가로막은 신이 사루타히코인데, 이때 아메노우즈메가 나서서 젖가슴과 음부를 드러내고 마주섰다. 사루타히코는 다른 뜻이 있는 게 아니라 직접 천손의 길안내를 위해 마중 나온 것이라 답한다. 덕분에 무사히 지상에 도착한 천손은 아메노우즈메에게 사루타히코를 고향인 이세까지 배웅하고 그 이름을 따서 받들어 모시라고 명한다. 따라서 아메노우즈메를 사루타노키미猿女君라 한다는 것이다.

그런데 이 전승에서는 사루타히코가 천신이 강림하는 길목을 가로막고 서 있을 때 "위로는 다카마노하라를 비추고 아래로는 아시하라노나카쓰쿠니를 비추었다"고 표현하고 있다. 또한 사루타히코의 모습을 형용하여 "입 언저리는 밝게 빛나고 눈은 혁혁하게 빛나 마치 빨간 꽈리와 같다"고 묘사하고 있다. 뿐만 아니라 사루타히코의 눈을 태양신의 상징인 야하타노카가미八咫鏡라는 거울에 비유하고 있다. 이러한 것들로 미루어볼 때 사루타히코는 원래 태양신이었고, 사루타노키미라 불린 아메노우즈메는 태양신을 모시는 신녀 내지 신처神妻였음을 알 수 있다.

아메노우즈메는 한편으로 아마테라스가 아마노이와야토天岩屋戶 석실에 숨었을 때 그 앞에서 춤을 추던 신이기도 하다. 『고사기』에 그 내용이 보인다. 다카마노하라의 여러 신들이 모여 비쭈기 나무를 뿌리채 뽑아 그 윗가지에 곡옥을 꿴 장식물을 달고, 가운데 가지에는 커다란 거울을 걸고, 아래 가지에는 흰색 천과 푸른색 천을 장식해 석실 앞에 세워 놓았다. 그리고 아메노우즈메는 히카게日影라는 넝쿨식물을 어깨에 걸치고 마사키眞拆라는 넝쿨나무를 머리에 꽂고 대나무 잎을 손에 쥐고는 석실 앞에다 통을 뒤집어 놓고 그 위에서 발을 세차게 굴렀다. 그녀가 젖가슴을 드러내고 치마끈을 음부에 늘어뜨려 놓고 춤을 추니 주위의 여러 신들이 천상계가 진동할 정도로 크게 웃었다. 이 웃음소리를 이상하게 여긴 아마테라스가 결국 밖을 내다보려고 나오게 된다.

아마노이와야토 신화와 천손강림 신화를 종합해보면 태양신을 받드는 신처 아메노우즈메는 남성 태양신인 사루타히코와 여성 태양신인 아마테라스 앞에서 항상 여음을 드러내고 있다. 게다가 두 태양신이 자리잡은 곳은 모두 이세의 이스즈 강五十鈴川 근처이다. 사루타히코는 아마테라스의 명으로 천손이 지상으로 강림할 때 길을 인도해주는 역할을 하고 있다. 이는 원시의 태양신 사루타히코가 새로 부상하는 태양신 아마테라스와 그의 후손에게 지위를 넘겨주고 신처 아메노우즈메를 따라 이세 지방에 은거하게 되었다는 것을 의미한다. 하지만 아마테라스가 황실의 조상신으로 승격되어 이세 신궁에 좌정하게 되자, 사루타히코는 이세 지방에서 영원히 사라질 수밖에 없는 운명에 처한다.

〈그림 2〉 부부바위와 후타미오키타마 신사

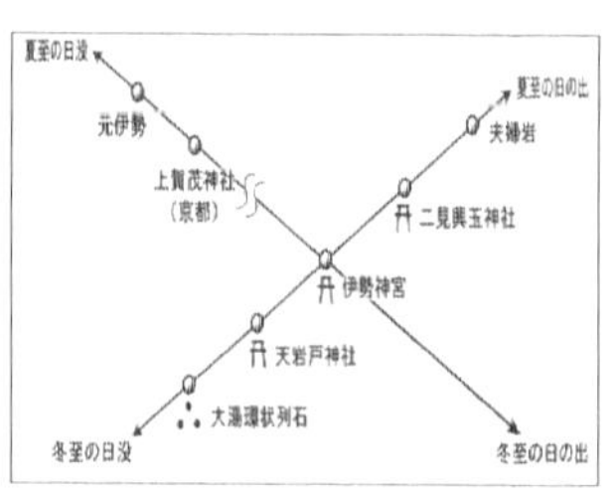

〈그림 3〉 이세 신궁을 중심으로 한 방위

이와 같이 이세 지방에서 일어난 태양신의 교체가 이곳에 남아있는 태양제사 유적에 그대로 투영되어 있어 흥미롭다. 현재 아마테라스를 모시는 이세 신궁을 중심으로 볼 때 하지의 일출 방향에는 사루타히코를 모시는 후타미오키타마 신사二見興玉神社가 위치하고 있다. 이 하지의 태양축을 조금 더 연장하면 부부바위夫婦岩에 이른다. 후타미오키타마 신사는 지금은 앞바다에 잠겨있는 사루타히코의 오키타마 신석興玉神石을 신체神体로 모시는데, 그 700미터쯤 앞에 있는 부부바위가 신사의 입구인 도리이鳥居 역할을 대신한다. 또 이세 신궁에서 동지의 일몰 방향에 있는 것이 아메노이와야토 신사이다. 게다가 원래 이세 지방의 태양신을 모셨던 곳으로 추정되는 모토이세元伊勢와 나중에 정비된 이세 신궁 역시 동지의 태양축에 나란히 위치하고 있다.

아마테라스가 이세에 모셔지기까지

『고사기』에 의하면 아마테라스는 일본의 국토를 낳는 이자나기와 이자나미 부부 신의 자식으로 태어난다. 정확하게는 여신 이자나미가 죽고 나서 황천국에 따라갔던 남신 이자나기가 도망 나와 강물에서 부정을 탄 몸을 씻어내는 과정에서 태양신 아마테라스, 달의 신 쓰쿠요미, 그리고 스사노오가 차례로 태어난다.

그런데 『일본서기』의 본문에 의하면 태양신의 이름은 아마테라스가 아니라 대체로 '오히루메노무치大日孁貴'라고 되어 있다. 그리고 태양신 오히루메, 달의 신 쓰쿠요미와 함께 태어난 신이 히루코이다. 히루코는 태어나서 세 살이 될 때까지 걷지 못했기 때문에 갈대로 만든 배에 실어 떠내려 보낸다. 신화상에 더 이상의 기술은 없지만, 이 '히루코日子'야말로 '히루메日女'에 대칭을 이루는 이름으로서 여신 아마테라스 이전의 남성 태양신의 잔영을 보여주는 결정적인 존재라 할 수 있다.

히루코처럼 태양신이 배에 실려 유기되는 신화와 비슷한 모티브의 이야기가 민간전승에 남아있다. 가고시마 현鹿児島県의 오스미쇼하치만구大隅正八幡宮의 연기縁起 설화에는 중국의 왕녀 '오히루메大比留女'가 햇빛을 받아 일곱 살 때 회임하여 아이와 함께 빈 배에 실려 쫓겨났는데, 이들이 일본의 해안가에 표착하여 하치만 신으로 모셔졌다고 전한다. 쓰시마対馬의 천동天童 전승에도 햇빛으로 인해 회임한 여성이 아이와 함께 빈 배에 실려 왔다는 이야기가 보인다. 이 밖에도 배에 실려 유기되는 것은 아니나, 『고사기』에 나오는 신라 왕자 아메노히보코天日矛 전승도 신라의 어느 늪 부근에서 여자가 햇빛을 받아 붉은 구슬을 낳는다고 하는 점에서 태양신과의 관련을 생각해볼 수 있다.

위의 여러 가지 전승에 공통적으로 보이는 '히루메'의 어원은 태양신의 여자 혹은 태양신의 처라는 것이 일반적인 견해이다. 사실 태양신을 둘러싼 이름은 훨씬 더 복잡한데, 『일본서기』의 일서 중에는 그저 해와 달이 태어난 후에 히루코와 스사노오가 태어났다고 되어있어 태양신에 대한 고유명사가 따로 없는 경우조차 있다. 그런데 『만엽집万葉集』의 노래 중에 '아마테라스히루메노미코토'라는 이름이 보인다. 여기서 '아마테라스'는 고유명사가 아니라 '하늘을 비추는'의 뜻으로 '히루메'를 수식하는 말로 사용된 것이다.

요컨대 원래는 태양신 '히루코'을 받들던 신녀 '히루메'가 후대에 '아마테라스'로 합쳐진 것이다. 즉 아마테라스의 원형은 아메노우즈메와 마찬가지로 제사를 받는 신이라기보다는 제사를 모시는 신녀로서의 성격이 강했다고 추정된다.

이는 태양신 아마테라스의 죽음에 대한 기사가 참고가 된다. 다시 아마노이와야토 신화를 보자. 『일본서기』의 본문에는 스사노오가 말가죽을 벗겨 신에게 바칠 옷을 짜고 있는 신전 지붕에 구멍을 뚫어 던져 넣자 아마테라스가 놀라 베틀 북에 찔려 다치는 바람에 아마노이와야토에 숨은 것이라고 전한다. 반면 『일본서기』의 일서에는 아마테라스가 신에게 바칠 베를 짜고 있을 때 스사노오가 말가죽을 벗겨 신전 지붕에서 던져 넣었는데, 이에 놀라 '와카히루메稚日女尊'가 갖고 있던 베틀 북에 찔려 죽었다고 한다. 『고사기』에서 베틀 북에 음부를 찔려 죽은 것은 베를 짜는 직녀라고만 되어있다.

스사노오의 난폭한 행동으로 말미암아 음부를 다친 신은 아마도 원래는 아마테라스였을 것으로 보이는데, 어찌되었든 이로 인해 아마테라스는 아마노이와야토에 숨게 된다. 그러자 천상계인 다카마노하라는 말할 것도 없고 지상계인 아시하라노나카쓰쿠니는 완전히 암흑으로 변해 낮과 밤이 바뀌는 것도 알지 못했다. 앞서 보았던 아메노우즈메를 비롯한 여러 신들이 아마테라스를 석실 밖으로 불러내는 행위는 죽은 태양신을 소생시키기 위한 일종의 영신의례迎神儀礼이다. 말하자면 동지에 거행되는 재생의례인 셈이다. 여기서 태양신을 받들던 신녀는 베틀 북을 매개로 한 혼인을 통해 스스로가 태양신으로 다시 태어나게 된다.

이리하여 태양신으로 거듭난 아마테라스가 그럼 어떻게 이세에 모셔지게 되었을까. 『일본서기』에 의하면 제10대 스진崇神 천황 시대까지만 해도 아마테라스의 신체神体인 거울을 천황이 침전에 두고 직접 모셨다고 한다. 원래부터 아마테라스를 이세에서 모셨던 것은 아니라는 뜻이다. 당시 궁에서는 아마테라스와 일본대국혼신日本大國魂神(야마토노오쿠니타마노카미)을 같이 모시고 제사를 지내고 있었는데, 두 신은 서로의 위세를 두려워하여 같이 지내는 것을 편히 생각지 않았다. 그래서 두 신을 궁궐 밖에서 따로 모시기로 하고 야마토의 가사누이笠縫 읍으로 옮겨 황녀 도요스키이리히메豊鍬入姫로 하여금 아마테라스를 받들게 하고, 황녀 누나키이리히메渟名城入姫로 하여금 일본대국혼신을 받들게 했다.

그 후 제11대 스닌垂仁 천황 25년 3월 10일 기사에 이세 신궁의 직접적인 기원에 관해 다음과 같이 전한다. 도요스키이리히메를 대신하여 야마토히메倭姫에게 아마테라스 신을 모시도록 했다. 이에 야마토히메는 신이 진좌하실만한 장소를 찾아 이곳저곳을 헤매다가 이세에 도착했다. 그때 아마테라스가 야마토히메에게 신탁을 내리길, "신풍神風이 부는 이세는 도코요常世의 파도가 끊임없이 밀려오는 곳이고 야마토의 변방에서 멀리 떨어져 있는 좋은 곳이다. 이곳에 있고 싶다"고 했다. 신의 뜻대로 이세에 신사를 세우고 재궁斎宮을 이스즈 강기슭에 세웠다. 바로 현재의 이세 신궁이 위치한 곳이다.

야마토 조정에서 정확히 동쪽 방향에 위치한 이세 신궁은 고대 왕권의 성립과 밀접하게 관련되어 있다. 동서축으로 볼 때 이세는 인간계인 야마토에 대해 현세에 존재하는 동쪽 끝의 도코요로서 이상화된 공간이었으며, 오로지 황실 전용의 신계神界로서 기능했다. 따라서 민간에서의 사적인 참배와 제사를 엄격히 금했던 것은 물론, 현세의 제왕인 천황조차 이세 땅을 밟는 일은 금기시되었던 것이다.

야마토의 방위, 미와 산과 후지와라 궁

원래 일본 신사에는 신의 전당인 본전은 없었다. 고대 일본인들은 간

나비神奈備 또는 미모로御諸라 불리는 산, 히모로기神籬라 불리는 나무, 이와쿠라磐座라 불리는 바위 등에 모두 신이 깃든다고 믿었다. 지금까지 살펴본 태양 관련 신사의 유래 역시 이러한 고대인들의 신앙과 방위 관념이 밑바탕에 깔려있다고 할 수 있다.

현존하는 일본 신사 가운데 가장 오래된 기원을 갖고 있는 야마토의 미와야마 신사美和山神社도 미와 산三輪山을 그 신체로 모시고 있다. 즉 배전은 있으나 본전은 없다. 미와야마 신사의 제신은 대물주신大物主神(오모노누시노카미)이다. 『고사기』에 의하면 대물주신은 이즈모의 대국주신이 행하던 일본 국토 만들기를 도와주었던 신이다. 야마토에 있는 미와 산의 대물주신이 이즈모의 수호신 대국주신을 돕는 분신과도 같은 존재라는 것이다. 그뿐 아니라 오히려 야마토 조정 쪽에는 아래와 같이 대물주신이 재앙신의 대표로 등장한다.

앞에서 아마테라스와 일본대국혼신 두 신의 분리 후 아마테라스를 이세에 옮겨 모시게 된 경위에 대해 언급했는데, 한편으로 일본대국혼신을 모시게 된 누나키이리히메 또한 늙어서 제대로 신을 받들 수가 없었다. 스진 천황의 치세 때에 나라에 역병이 유행하여 점을 치자, 여기서 대물주신이 황녀 야마토토토히모모소히메倭迹迹日百襲媛에게 빙의해서 나를 받들어 모시라는 신탁을 내린다. 천황은 시키는 대로 제사를 지냈으나 아무런 효험이 없었다. 이에 목욕재계를 하고 궐내를 청정하게 한 다음 다시 기도했다. 그러자 천황의 꿈에 대물주신이 나타나 오타다네코意富多多泥古로 하여금 나를 모시게 하라는 신탁을 내린다. 그대로 오타다네코를 신주로 삼아 대물주신의 제사를 지내자 비로소 역병이 근절되고 나라가 평안해졌다.

이처럼 대물주신이 자신의 신주를 특별히 지목한 것은 오타다네코가 대물주신과 이쿠타마요리비메活玉依毘賣 사이에서 태어난 신의 자식이었기 때문이다. 『고사기』의 스진 천황 기사에 의하면 이쿠타마요리

비메는 홀로 회임을 하게 되었다. 그녀의 부모가 이상히 여겨 연유를 묻자 밤마다 수려한 용모의 남자가 찾아와 서로 같이 지내는 동안 회임하게 되었다고 고했다. 부모는 남자의 정체를 알아내기 위해 딸에게 실을 바늘에 꿰어 남자의 옷자락에 끼워 놓으라고 시켰다. 다음날 아침 일어나보니 그 실은 열쇠구멍을 통해 빠져나가 있었고, 실패에 남아있는 실은 세 가닥뿐이었다. 실을 따라가 보니 미와 산에 이르러 그쳤다. 남아있던 실이 세 가닥뿐이었다는 데서 이곳의 이름을 '미와三輪'라 붙였다고 하는 지명 기원 설화이다. 이는 이어 소개할 『일본서기』의 기사와 더불어 미와 산의 신인 대물주신의 정체가 뱀이었음을 보여주는 매우 유명한 전승이다.

『일본서기』 스진 천황 기사에서 대물주신에게 먼저 빙의했던 야마토토토히모모소히메는 사실 야마토의 신을 섬긴다는 뜻의 이름으로, 후에 그녀는 대물주신의 처가 되었다고 한다. 대물주신은 항상 밤에만 찾아왔다. 모모소히메가 남편에게 밤에만 오니 도무지 얼굴을 볼 수 없다고 불평하자, 남편은 내일 아침 빗을 넣어두는 함 속에 들어가 있을 테니 절대 놀라지 말라고 당부한다. 다음날 함을 열어보니 거기에는 아름다운 작은 뱀이 들어있었다. 정체를 알고 놀라자 모모소히메 앞에 그 신이 사람의 모습으로 나타나 말하기를, "그대는 나를 부끄럽게 했다. 나는 보복으로 그대에게 치욕을 줄 것이다"하고는 하늘로 날아올라 미모로 산 즉 미와 산으로 갔다. 모모소히메가 후회하며 미모로 산을 우러러보다 주저앉았는데, 이때 젓가락에 음부를 찔려 죽고 만다. 현재에도 미와 산 기슭에 젓가락무덤箸墓이라고 불리는 오래된 무덤이 남아있다.

그런데 이 신화의 배경에 야마토의 공간 구조가 관련되어 있을 가능성이 있다. 야마토의 세 산이라 불리는 우네비 산畝傍山, 미미나리 산耳成山, 가구 산香久山 을 선으로 이어보면 이등변 삼각형이 되는데, 삼각형의 정점 우네비 산에서 미야 산까지를 연결하면 이는 마치 야마토 분지에 그려진 화살 모양이 된다. 화살은 곧 남근을 상징한다. 그리고 이 화살 끝이 향하는 곳은 우네비 산의 여음부에 해당되는 인베 산忌部山 이다.

야마토의 세 산과 관련해서는 『만엽집』에 다음과 같은 흥미로운 노래가 전해지고 있다.

'가구 산은 우네비를 사랑하여 미미나리와 서로 다투었네. 고대로부터 그렇다네. 예부터 그랬기에 지금 사람들도 남의 아내를 두고 서로 다투는가 보다'

여기에는 미미나리 산과 가구 산이 우네비 산을 놓고 경쟁해왔다는 전설이 담겨 있다. 즉 미미나리 산과 가구 산을 남신, 우네비 산을 여신으로 보고 남녀의 삼각관계로서 풀이한 것이다.

마지막으로 『만엽집』의 다음과 같은 노래를 보면 야마토 조정의 방위 관념을 미루어 짐작해볼 수 있다. 지토持統 천황의 후지와라 궁藤原宮에 대한 내용인데, 궁정가인宮廷歌人으로 유명한 작자 가키노모토 히토마로柿本人麻呂는 이곳이 풍수 사상에 들어맞는 이상적인 궁전이라고 찬미하고 있다.

'널리 천하를 지배하시는 우리의 천황이시여, 높고 높은 천상에서 비추시는 태양의 황자이신 천황께서 후지이 들판에 궁궐을 창건하시고 하니야스의 제방에 서서 주위를 둘러보시니, 야마토의 푸르디푸른 가구 산은 궁의 동문 방향에 과연 봄의 산답게 푸르고 무성하구나. 우네비의 싱싱하고 아름다운 산은 궁의 서문 방향에 아름답고 의젓하게 진좌해 있구나. 미미나시의 사초가 무성한 상쾌한 산은 이름에 걸맞게 궁의 북문 방향에서 멀리 떨어진 구름이 있는 곳에 있구나. 이렇게 좋은 산들에 둘러싸여 높게 세워진 큰 궁전, 천공

에 우뚝 선 궁전이야말로 영원하리'

특히 후지와라 궁의 태극전大極殿은 동지의 아침 해가 가구 산 정상으로 떠오르고 동지의 저녁 해가 우네비 산 정상으로 지는 장소에 위치하고 있다. 다시 말해 동지의 태양신을 의식한 성스러운 곳이다. 고대 왕권이 당시 야마토 지방에 전해지던 방위 관념을 흡수하면서 그것을 황통을 뒷받침하는 공간의 논리로 통합해간 결과라고 할 수 있다.

이와 같은 나라 시대의 새로운 도성과 궁궐의 조영은 이세 신궁 조영과 더불어 대대적인 국가사업으로 이루어진 것이었다. 앞서 스진·스닌 천황의 이세 재궁 관련기사를 살펴보았지만, 사실 이는 신화적 내용이 섞여있는 것으로 현재 역사적 사실로서는 거의 받아들여지지 않고 있다. 역사상 최초의 이세 재궁 파견은 덴무 2년인 673년의 일이고, 지토 6년인 692년에는 적어도 이세 신궁의 본전이 존재했음이 확실하다고 추정된다. 또한 실질적인 재궁의 제도화는 8세기경으로 알려져 있다.

다시 말해 강력한 율령국가 건설을 꿈꾸며 『고사기』와 『일본서기』 등의 국사 편찬사업에 힘썼던 7세기말의 덴무·지토 천황의 치세하에서 야마토의 방위 관념이 성립되었을 가능성이 높다. 더욱이 덴무·지토 천황의 시대에 '일본日本'이라는 국가명을 비롯하여 '천황天皇'이라는 용어가 성립했다. 이러한 고대국가 일본의 탄생에 즈음하여 야마토에서 일출과 일몰 방향, 즉 동서의 바다에 면해있는 이세와 이즈모라는 양축은 천황가의 초월적 왕권을 수호하는 제사라는 장치와 연동하며 신성한 현세와 타계라는 양극의 세계관을 상징하는 표상의 공간으로 만들어지게 된 것이다.

참고문헌

金厚蓮, 「일본의 태양신화와 태양숭배」(『종교연구』 제38집, 한국종교학회, 2005.봄)
金厚蓮, 「古代日本における伊勢信仰の成立と王權との關係」(『일본연구』, 한국외국어대학교 일본연구소, 2004.6)
金厚蓮, 「母子神과 八幡 신앙」(『동아시아 고대학』, 동아시아 고대학회, 2004.6)
宮本健次, 『神社の系譜－なぜそこにあるのか－』, 光文社, 2006.
吉野裕子, 『大嘗祭－天皇卽位式の構造－』, 弘文館, 1987.
岡田精司, 「伊勢神宮の成立と古代王權」(荻原龍夫編, 『伊勢信仰 1』, 雄山閣, 1985)
大和岩雄, 「太陽祭祀と古代王權」(『東アジアの古代文化』 第24号, 大和書房, 1980.夏).
吉野裕子, 「日本古代信仰にみる東西軸」(『東アジアの古代文化』 第24号, 大和書房, 1980.夏)
坂本太郎 他 校注, 『日本書紀』 上・下(「日本古典文學大系」 67~68, 岩波書店, 1965~1967)
倉野憲司·武田祐吉 校注, 『古事記・祝詞』(「日本古典文學大系」 1, 岩波書店, 1958)

쓰쿠바 산의 신과 인간 이야기

홍 성 목

풍토기

『풍토기』라는 이름은 후세에 명명된 것이다. 원래는 713년 야마토 조정의 명령에 의해 각 지역에서 제출한 보고서가 있었는데, 현존하는 것은 히타치 지방, 이즈모 지방, 하리마 지방, 분고 지방, 히젠 지방의 다섯 종류뿐이다. 이 가운데 이즈모 지방의 것만이 완전한 형태로 남아있고, 나머지는 부분 부분이 소실된 상태로 전해진다. 또한 후세의 다른 작품 속에 인용된 형태로 30여개 지방의 『풍토기』기사가 전해진다. 따라서 이들 『풍토기』기사를 통해 고대 일본의 지리, 문화, 풍습, 사회상 등을 확인할 수 있다. 특히 『풍토기』는 『고사기』나 『일본서기』에 수록되어있지 않은 각 지방에 독자적으로 전해오는 신화, 전설, 가요 등을 확인할 수 있다는 점에서 중요하다. 현재 『풍토기』라는 작품의 전모를 알 수는 없지만, 고대 일본의 민간전승이 어떠했는지를 추정할 수 있는 귀중한 자료라 하겠다.

풍토기 탐방

713년 5월 2일, 야마토大和의 중앙정부는 각 지방에 다음과 같은 보고서를 올리도록 했다.

교토를 중심으로 기내와 칠도에 속한 각 지방의 군·향의 이름에 적당한 한자를 붙여라. 각국에서 생산되는 은, 동, 귀금속류, 초목, 금수, 어류, 곤충 등을 소상히 기록하라. 그리고 토지의 옥척과 산천 벌판의 이름의 유래를 기록하라. 또한 고로들이 구전으로 전하는 오래된 이야기와 괴이한 이야기를 기록해서 보고하라.

이는 8세기 후반의 역사서 『속일본기続日本紀』에 남아있는 내용으로, 710년에 나라奈良로 도읍을 옮겼던 겐메이元明 천황(재위707~715년) 시대의 일이다. 그런데 이 『속일본기』기사를 인용한 11세기 후반의 역사서 『부상략기扶桑略記』의 기록에는 "각 지방의 군·향의 이름에 적당한 한자를 붙여라"라는 문장 뒤에 "또한 풍토기를 만들게 했다"라는 기술이 첨부되어 있다. 따라서 헤이안平安 시대(794~1185년) 이후에 이러한 보고서를 '풍토기風土記'라고 명명했음을 알 수 있다. 중국에서 지방의 풍속지리를 기록한 책을 '풍토기'라 했는데, 아마도 그 영향을 받았던 것으로 보인다.

그렇다면 『풍토기』는 왜 편찬되었을까. 그것은 일본 각지의 상황을 소상히 파악하기 위함이었다. 국내 사정을 제대로 파악하는 일은 나라를 다스리는 데 필수조건이다. 특히 이 시기는 645년에 일어난 다이카개신大化改新으로 율령제도에 기초를 둔 중앙집권국가를 구상하여 호족의 사유지를 폐지하고 지방 정치조직과 백성의 호적, 조세 제도를 정비하는 등 국가조직에 큰 변화가 일어난 직후였다. 따라서 새로운 정치체계가 정비되고 확립되어가는 시기에 중앙정부가 지방의 실태를 정확히 파악하고자 함은 당연한 것이었다. 이러한 필요성 때문에 중앙에서는 기내機内와 칠도七道를 포함한 전국에 걸쳐 대규모의 지방지地方誌 기록 명령을 내린 것으로 추정된다. 위의 인용문 중에 제2항 물산품에 관한 기록은 조정에 바치는 특산물에 관한 기초자료로서, 제3항 토지 상태에 관한 기록은 개척을 통해 백성들을 이주시킬 수 있는 지역을 파악함으로써 이른바 반전제班田制 실시를 위한 기초자료로서 활용되었다.

모두 새로운 정치체제를 정비하는 데 반드시 필요한 것들이었다.

『풍토기』는 기본적으로 지리지이지만 중앙에서 편찬한 것이 아니기 때문에 지리적 상황뿐이 아니라 그 지방의 전설이나 가요 등을 윤색 없이 그대로 전하고 있다. 즉 '고로古老들이 구전으로 전하는 오래된 이야기'는 문학성이 풍부한 민간전승의 보고인 셈이다.

이 글에서는 현존하는 『풍토기』중에서도 주로 『히타치 지방 풍토기常陸国風土記』에 전해오는 지명 기원 설화를 소개하고, 쓰쿠바 산筑波山과 후지 산富士山에 관한 유래, 그리고 히타치 지방에서 성행했던 우타가키歌垣를 중심으로 살펴보고자 한다.

히타치와 쓰쿠바라는 지명의 유래

'히타치'는 현재 일본 관동 지방의 동북부에 위치한 이바라키 현茨城県 대부분 지역의 옛 이름이다. 이 지방의 지명 기원 설화로는 여러 가지 다른 구전이 전해온다. 『히타치 지방 풍토기』에 의하면, 이곳으로 왕래하는 길이 큰 강이나 바다로 인한 막힘이 없고 군·향의 경계선이 산천의 봉우리나 계곡으로 이어져있기 때문에 직선으로 직통한다는 의미의 일본어 '히타미치'를 따서 '히타치' 지방이라 명명했다고 한다. 또 어떤 사람은 말하기를, 야마토타케루倭武 천황이 관동 지방을 순시할 때 니이바리新治 지역을 통과했는데 그곳의 수장 히나라스노미코토毗那良珠命를 보내 우물을 새로 파게 했다. 그러자 우물에서 맑고 청명한 샘물이 솟아나왔다. 그것을 본 천황은 매우 기뻐한 나머지 어가를 세우고 그 물로 손을 씻었는데 소매가 샘물에 젖게 되었다. 이 일을 계기로 천황의 소매를 적셨다는 의미의 일본어 '히타스'를 따서 이곳의 이름을 '히타치'라 명명했다고 한다. 그리하여 '쓰쿠바 산에 비구름이 걸리니 소매를 적시는 곳'이라는 말이 전해진다.

한편 이바라키 현의 서남부 일대의 산과 그 주변은 특히 '쓰쿠바'라는 지명으로 불린다. 구전에 의하면 히타치 지방 쓰쿠바 고을은 옛날에는 기노쿠니紀国라 불렸다고 한다. 그런데 스진崇神 천황 시대에 기노쿠니 지방의 수장으로 처음 파견된 쓰쿠하노미코토筑簞命가 "내 이름을 이곳에 붙여서 후대에까지 전하고 싶다"고 말했다. 그래서 원래 지명 기노쿠니를 '쓰쿠바'로 고쳤다고 한다. 이 지방의 속설로는 주먹밥의 밥알이 붙은 곳이라는 말에서, '붙다'는 의미의 일본어 '쓰쿠'에서 유래했다고도 덧붙인다.

쓰쿠바 산과 후지 산의 비교

옛날에 신들의 조상신에 해당하는 주신主神인 미오야 신神祖尊이 일본 각지의 여러 신들이 있는 곳을 순행하고 있었다. 미오야 신이 지금의 시즈오카 현静岡県에 있는 후지 산에 도착했을 때 날이 저물어 후지 산의 신에게 하룻밤 머물게 해달라고 청했다.

그러자 후지 산의 신은 "오늘밤은 신곡제라 집안에서 심신을 청결히 하고 근신하는 중입니다. 오늘은 머물게 해 드릴 수 없습니다" 하고 답했다. 신곡제新穀祭는 니이나메마쓰리新嘗祭라고도 하는데, 오곡을 관장하는 신에게 제사 지내는 풍습이었다. 신곡제를 올리는 밤에는 그해에 수확한 신곡을 준비하여 신이 방문하기를 기다려야 하므로 일정기간 부정을 멀리하고 심신을 청결히 하며 근신하는 모노이미物忌み를 엄격하게 지켜야 했다. 외부에서 오는 사람을 절대로 집안에 들여서는 안 되었고, 만약 이를 어길 시에는 신이 찾아오지 않아 이듬해 농사가 흉작이 된다고 믿었다. 그렇기 때문에 후지 산의 신은 미오야 신의 요청을 물리쳤던 것이다.

후지 산의 신에게 거절당한 미오야 신은 "나는 네 부모다. 어찌 네가 부모를 머물게 해주지 않는가. 네가 살고 있는 후지 산이 산으로 존재하는 동안은 사철 내내 눈과 서리가 내리고 한파가 계속 몰아쳐 사람들이 올라가지 못하니 네게 음식물을 바치는 사람도 없을 것이다"라고 원망하며 그곳을 떠났다.

그리고 나서 이번에는 쓰쿠바 산에 올라가 그곳의 신에게 하룻밤 머물기를 청했다. 그러자 쓰쿠바 산의 신은 "오늘밤에 신곡제를 올리고 있습니다만 그렇다고 해서 조상 신께서 오셨는데 어찌 거절할 수 있겠습니까"라며 음식물을 준비해서 정중히 대접했다. 이에 미오야 신은 대단히 기뻐하며 다음과 같은 노래를 불렀다.

> '사랑스럽구나, 내 자식아 높이 높이 우뚝 선 산이로구나 네 신궁은 천지처럼 일월처럼 영원히. 사람들은 이 산에 모여 축복하고 음식은 풍요롭고 어느 시대에도 대가 끊어질 일 없이 해가 갈수록 번성하여 천년만년 유락은 영원할 것이로다'

이와 같은 연유로 후지 산은 항상 눈이 와서 사람이 오를 수 없게 되었지만, 반면에 쓰쿠바 산은 사람들이 모여들어 음주가무를 즐기며 노는 것이 지금까지도 끊이지 않는 것이라 했다. 성격이 전혀 다른 두 산을 비교하면서 신들의 세계에서도 부모 신에 대한 효도를 문제 삼고 있는 점이 흥미롭다.

신들의 영역으로서의 산

『히타치 지방 풍토기』에 전하는 나메가타行方 고을의 기사에는 야토노카미夜刀神라는 뱀 퇴치담이 있다. 나메가타는 현재 이바라키 현 남동부 지역의 옛 이름이다. 구전에 의하면 성은 야하즈箭括, 이름은 마다치

麻多智라는 사람이 있었는데, 그는 나메가타 고을 관청 서쪽에 위치한 계곡의 갈대밭을 개간하여 새로 밭을 일구며 살았다. 그런데 야토노카미가 떼로 몰려와 방해하는 바람에 밭농사가 재대로 이루어지지 않았다. 나메가타에 살고 있는 사람들이 말하기를 야토노카미의 몸은 뱀인데 머리에 뿔이 달려있고, 만약 마주쳐서 도망칠 때 뒤를 돌아보는 사람이 있으면 그 일족이 모두 멸망하여 대가 끊긴다고 한다.

이에 마다치는 갑옷을 입고 산길 어귀에 경계를 표시하는 지팡이를 세우고 야토노카미에게 "이곳부터 산 위로는 신의 영지로 삼는 것을 허락한다. 하지만 산 아래는 사람이 밭을 경작하는 곳이다. 지금부터 내가 직접 신주神主가 되어 후손들까지 대대로 신을 공경하며 제사를 받들어 모시겠다. 그러니 원컨대 재앙을 내리지 말라. 원망하지 말라"고 고하고 야토노카미를 창으로 찔러 죽였다. 마다치는 신사를 세우고 야토노카미의 제사를 지냈고, 그의 자손들도 대대로 제사를 계승하여 지금까지도 받들고 있다고 한다. 야코노카미를 모신 신사는 현재 나메가타 시의 다마쓰쿠리마치玉造町에 있는 아타고 신사愛宕神社라고 전해지고 있다.

야토노카미를 물리친 마다치가 산 위는 신의 영지이며 산 아래는 사람의 영지라고 선언한 것은 바꿔 말하면 고대 일본인들에게 산이라는 공간이 신들의 영역에 속한다는 인식에 기인한 게 아닐까. 이처럼 『풍토기』가 전하는 바에 따르면 산은 어디까지나 신들에게 허락된 공간으로 사람이 함부로 근접해서는 안 되는 이계였다고 하겠다. 강이나 바다도 마찬가지였다. 다음으로 살펴볼 우타가키가 주로 산의 정상 아래나 강변과 해변 등에서 열렸던 것도 이와 같은 맥락에서 이해할 수 있다. 즉 인간이 신들의 공간인 이계와 유일하게 접할 수 있는 경계 부근에서 축제가 가능했던 것이다.

남녀가 모여 사랑을 고백하는 축제의 장, 우타가키

'우타가키歌垣'란 매년 봄과 가을에 산이나 강변 또는 해변에 남녀가 모여 음주와 가무를 즐기는 고대 일본의 유희 풍속이다. 『풍토기』뿐만 아니라 『만엽집』이나 『고사기』 등에도 우타가키에 관한 기술이 전해오지만, 이 중에서도 『히타치 지방 풍토기』에는 우타가키에 관한 에피소드가 많이 남아있다. 뒤에서 자세히 살펴보겠지만, 히타치 지방에서도 특히 쓰쿠바 산에서 열린 우타가키는 『만엽집』에 이와 관련된 노래가 전해질 정도로 큰 규모였다고 알려져 있다.

본래 우타가키는 단지 음주가무를 즐기는 것만이 아니라 남녀가 서로 노래를 주고받으며 구애를 하는 것이 주된 목적이었다. 이때 기혼 남녀도 참가하여 매우 개방적인 분위기 속에서 구애가 이루어졌던 것으로 보인다. 『만엽집』의 다음 노래가 우타가키의 본질을 잘 보여주고 있다.

쓰쿠바 봉우리에 올라 가가이를 개최한 날 부른 노래

'독수리가 둥지를 트는 쓰쿠바 산의 모하키쓰 부근에 서로 청하여 만난 남녀가 모여 서로 노래를 주고받는 가가이가 열리니 나는 다른 남자의 아내와 관계를 가지리라 남자들이여 내 아내도 유혹해주게나 이 산의 주인인 신께서 예부터 금하지 않은 행사이니 오늘만은 비난하는 듯한 눈으로 보지 말아주게나 어떤 행위를 하던지 책망하지 말아주게나'

답가

'남신 산에 구름이 피어올라 소나기가 내려 흠뻑 젖어버렸지만, 왜 내가 집으로 돌아가겠는가'

〈그림 1〉 쓰쿠바 산과 우타가키. 大亦観風画『万葉集画撰』. 奈良県立橿原図書館蔵
(『週刊朝日百科 世界の文学 22』, 朝日新聞社, 1999년)

인용문의 '가가이嬥歌'는 동쪽 지방에서 우타가키를 일컫는 말이다. 이 노래에서 보면 우타가키는 일상적인 질서에 반하는 성적 자유를 표출하는 연회로서 그곳에서만큼은 다른 사람의 부인에게 구애를 하는 것조차 허락되었음을 알 수 있다. 이는 우타가키가 행해진 장소의 특성인 축제성, 경계성, 그리고 교환과 약탈의 상징성을 잘 나타내고 있다. 그러므로 우타가키의 공간은 남녀가 구애하는 노래, 즉 연가恋歌가 발생하는 장소이기도 했다. 참고로 『만엽집』에는 연애를 소재로 남녀가 주고받은 증답가가 많은데, 이 또한 우타가키의 성격을 계승하는 것이다.

그럼 이제 『히타치 지방 풍토기』에 전해오는 쓰쿠바 산의 우타가키에 관한 기술을 살펴보기로 하자. 쓰쿠바 산은 현재 이바라키 현에 위치하고 있는 표고 877미터의 산으로 일본 100대 명산 중의 하나로 꼽힌다. 수려한 산의 경관으로 유명하여 후지 산과 함께 '서쪽의 후지, 동쪽의 쓰쿠바'라고도 일컬어진다. 남체산男体山과 여체산女体山 정상에 쓰쿠바 신사筑波神社가 있으며 예로부터 신앙의 장소로 유명했다.

산 정상의 서쪽 봉우리인 남체산은 높고 험해서 남신雄神이라 하더라도 쉽게 오를 수 없었다고 한다. 반면 동쪽 봉우리인 여체산은 사방에 반석이 있어 높낮이의 차가 있지만 그 옆에 냇물이 사철 계속 흐르고 있다. 아시가라 산足柄山에서부터 동쪽 지방의 남녀는 꽃피는 봄과 단풍이 물드는 가을이면 손에 손을 잡고 음식물을 지참해서 말을 타거나 걸어서 산에 오른다. 그리고는 발을 멈추고 노래를 읊는다.

> '쓰쿠바 산에서 만나자고 약속한 그녀가 도대체 어느 누구의 유혹에 넘어갔는지 모르겠구나 와주지 않는걸 보니'
>
> '쓰쿠바 산에서 하룻밤 머무를 때 여자도 없이 혼자서 잠드는 이 밤 빨리 날이 밝아왔으면'

이처럼 상대를 청하는 노래가 너무 많아서 다 기록할 수 없을 정도였다고 한다. 이 지방에 전해지는 말에 의하면 쓰쿠바 산에서 열리는 우타가키에서 구혼의 예물을 받지 못하면 한 사람의 어엿한 성인 여성으로 봐주지도 않았다고 한다. 쓰쿠바 산에서 우타가키가 열렸던 것은 쓰쿠바 산에는 남신과 여신이 함께 있다고 믿었기에 이곳에서 남녀가 서로의 사랑을 맹세하는 것이 효력이 있다고 생각했기 때문이다. 또한 현재 하코네箱根에 있는 아시가라 산에서 쓰쿠바 산까지 거리는 약 170킬로미터나 되는데, 이 정도의 거리 안에 살고 있는 남녀가 모였다고 가

정하면 쓰쿠바 산 우타가키는 수천 명이 참석하는 대규모 행사였을 것으로 추정된다.

『히타치 지방 풍토기』의 가시마香島 고을 기사에는 우나이童女 마쓰바라松原 전설이라 불리는 또 하나의 우타가키가 전해온다. 가시마 고을은 현재 이바라키 현의 호코타 시鉾田市, 가시마 시鹿嶋市, 가미스 시神栖市가 속한 해안을 끼고 바다와 접해있는 지역이었다. 우나이 마쓰바라는 어디에 위치해 있었는지 정확하게 알려져 있지 않지만 가미스 시 부근으로 추정되고 있다.

가시마 고을 남쪽에 우나이 마쓰바라가 있다. 옛날 옛적 젊은 남녀가 있었다. 이 고을에서는 가미오토코神男, 가미오토메神女라 불렀다. 남자 이름은 나카노사무타노 이라쓰코那賀寒田郎子라 하고, 여자 이름은 우나카미노 아제노이라쓰메海上安是嬢子라 했다. 둘 다 용모가 뛰어나 항상 화젯거리가 되었다. 둘은 서로에 대한 소문을 듣고 한 번 만나보고 싶다고 생각했고 점차 참을 수 없는 지경에까지 이르게 되었다. 그러던 중 세월이 흘러 우타가키가 열리게 되자 여기서 드디어 둘이 만나게 되었다.

> 남자가 노래하기를
> '이야제루노(의미미상) 아제의 작은 소나무가 무명천을 흩트려 나를 향해 흔들고 있구나 아제코시마여'
> 여자가 답하기를
> '파도가 치는 해변에 우타가키가 열리는 밤 사람들에 섞여서 참석하는 장소이지만 그리운 당신은 많은 사람들 속에 섞여있으면서도 나를 발견하고 달려와 주네요'

남자와 여자는 둘만의 시간을 갖고 싶어 우타가키가 열리고 있는 장소에서 도망쳐 소나무 밑에 숨었다. 그리고 손을 잡고 무릎을 맞대고 서로가 가슴에 품고 있었던 감정을 토해냈다. 지금까지 서로 만나보고 싶어도 만날 수 없었던 괴로움에서 해방되어 기쁨에 웃음이 멈추질 않았다. 서로 사랑을 속삭이며 하룻밤을 함께 했다. 날이 밝아오자 두 사람은 사람들에게 들킬 것을 부끄러워한 나머지 소나무가 되고 말았다. 남자를 나미마쓰奈美松라 하고 여자를 고쓰마쓰古津松라 불렀다. 두 그루의 소나무는 지금까지도 그 이름 그대로 전해져 내려온다고 한다.

쓰쿠바 산의 우타가키와 달리 가시마 고을의 우타가키는 해변에서 열렸다. 이는 해변 역시 우타가키가 열리는 중요한 공간이었음을 시사한다. 해변은 바다와의 경계지역, 즉 이계異界와 접하는 특별한 장소였다.

마지막으로 규슈九州 지방의 풍속을 기록한 『히젠 지방 풍토기肥前国風土記』에 전해지는 기시마 산杵島山의 우타가키에 대해 살펴보자. 히젠 지방은 현재 규슈의 사가 현佐賀県과 나가사키 현長崎県 일대로, 이곳에 있는 기시마 산은 일본 3대 우타가키 산 중의 하나로도 유명하다. 기시마 산에는 남서에서 동북방향으로 세 개의 봉우리가 있다. 남서쪽 봉우리를 히코가미比古神(남신)라 하고, 중간 봉우리를 히메가미比売神(여신)라 하며, 동북쪽 봉우리를 미코가미御子神(자식신)라 했다. 즉 부모신과 자식신을 함께 모시는 산이었다. 이곳에서는 매년 봄과 가을에 마을 남녀가 술을 가지고 칠현금을 안고 서로 손을 잡고 산에 올라 경치를 즐기며 술을 마시고 춤을 추며 노래를 불렀다고 한다.

> '싸락눈이 싸락싸락 내리는 기시마 산이 험하니 풀에서 손을 떼고 그녀의 손을 잡았구나'

노래에 붙어있는 주에 따르면 이때 부르던 노래가 기시마 곡杵島曲이었다고 전한다. 곡曲은 곡조曲調를 의미하므로 사람들이 악기를 지참하여 산에 올랐다는 것을 추측할 수 있다. 이렇게 기시마 곡은 하나의 민요로서 여러 지방에 널리 퍼지게 되었는데, 『만엽집』에도 위의 노래와 거의 유사한 작품이 보인다.

> '싸락눈이 싸락싸락 내리는 기시미 산이 험해서 풀에서 손을 떼고 그녀의 손을 잡았네'

『만엽집』에서는 이 노래를 기시미 산吉志美山에서 야마히메쓰미노에仙柘枝가 읊은 노래라고 전하는데, 여기서는 규슈 지방이 아니라 현재 나라 현의 남부일대에 위치한 요시노吉野 지방에 전해지는 신선담神仙譚을 주제로 하여 부른 것이다.

덧붙이자면 『풍토기』가 편찬되었던 나라 시대(710~794년)에는 궁정 및 귀족사회에도 우타가키의 풍속이 파급되어 유행한 것으로 보인다. 『속일본기』의 734년, 770년 등의 기사를 보면 황족 또는 귀족출신의 남녀가 열을 지어 춤추는 것을 천황이 직접 관람했다는 내용이 있다. 이는 우타가키가 궁정사회에 맞게 풍류화한 것을 의미한다. 그러나 민간에서 행해지던 우타가키에서는 미혼 남녀뿐만 아니라 기혼 남녀도 자유로운 연애가 허락되었기 때문에 중앙정부는 점점 우타가키가 풍속을 해치는 것으로 단정 짓게 되었다. 그리하여 헤이안 시대 초기에는 명을 내려 특히 도읍과 그 주변 지역에서 우타가키를 여는 것을 금했다.

한편 도읍에 있는 귀족들 사이에서 히타치 지방이라고 하면 성적으로 상당히 개방된 풍속을 가진 지역으로 여겼던 것 같다. 이러한 히타치 지방에 대한 인식은 후대에까지 전해져서, 예를 들면 14세기경의 와카집인 『후보쿠슈夫木集』에 '소매가 젖는다는 히타치의 신과 맺은 약속이기에 다른 이의 아내와 관계를 맺은 것이니'와 같은 노래도 전해진다.

이상에서 소개한 것처럼 히타치 지방의 쓰쿠바 산과 우나이 마쓰바라, 그리고 규슈 지방의 기시마 산 등은 고대 일본에서 우타가키로 유명한 장소였다. 당시 우타가키가 행해지던 장소를 보면 두 개의 봉우리가 있어 남녀신이 함께 살고 있다고 여겨지는 산 혹은 강변, 해변, 시장과 같이 경계를 나타내는 곳이 주를 이루고 있다. 이는 신들의 결혼, 이방인과의 접촉, 물물교환 등이 이루어지는 장소이기도 했다.

그렇다면 우타가키가 산이나 강변, 해변과 같은 곳에서 열렸던 것은 왜일까. 답은 쓰쿠바 산과 후지 산을 비교한 전설이나 나메가타 고을의 야토노카미 퇴치담에서도 알 수 있듯이 산과 강, 그리고 바다는 원래 신들의 영역이었기 때문이다. 고대 일본인들은 이러한 곳들을 일종의 이계로 여겼기 때문에 이계와 접하는 경계의 공간에서 우타가키가 열렸던 것이다. 일상적인 질서에 반하는 행위가 허락되었던 우타가키는 그만큼 특수한 공간 속에서 행해졌으며, 여기에 참석한 사람들은 인간이 아닌 신과 같은 존재로 여겨졌다. 이때 인간이 신으로서 행동할 수 있게 해주는 매개체가 음주와 가무인 것이다. 기시마 산 우타가키 기사에 보이는 악기 칠현금도 신과 소통하기 위한 매개체였다. 고대 일본인들은 칠현금이 신들의 공간과 연결해주는 신비한 주력呪力을 가진 악기라 여겼으며, 그러한 연유로 우타가키가 열린 장소에서 칠현금이 사용된 것으로 보인다.

요컨대 우타가키가 산의 정상 아래나 강변, 해변에서 열린 것은 이계와 접할 수 있는 경계로서의 의미 때문이며, 여기서 고대인들은 음주가무와 칠현금을 통하여 인간의 굴레를 벗어던지고 신으로서 모든 규제를 벗어나 자유롭게 연애를 즐겼던 것이다.

참고문헌

多田一臣 訳注,『万葉集全解』, 筑摩書房, 2009.
辰巳正明,『歌垣－恋歌の奇祭をたずねて』, 新典社, 2009.
沖森卓也 · 佐藤信 · 矢嶋泉 編,『常陸国風土記』, 山川出版社, 2007.
中村啓信 · 谷口雅博 · 飯泉健司,『風土記を読む』, おうふう, 2006.
多田一臣,『万葉集ハンドブック』, 三省堂, 1999.
井上辰雄,『古代東国と常陸国風土記』, 雄山閣出版, 1999.
多田一臣,『古代文学表現史論』, 東京大学出版会, 1998.
志田諄一,『常陸国風土記と説話の研究』, 雄山閣出版, 1998.
植垣節也 校注 · 訳,『風土記』(「新編日本古典文学全集」 5, 小学館, 1997)
志田諄一,『常陸風土記とその社会』, 雄山閣出版, 1974.

달나라에서 온 여인

신은아

다케토리 이야기

성립은 헤이안 시대 9세기 말에서 10세기 초로 추측되고 있다. 작자 미상인 이 작품은 일본에 현존하는 가장 오래된 이야기이며, 『겐지 이야기』에서는 '모노가타리의 시조'라 표현되고 있다. 작품명인 '다케토리'는 '대나무를 채취하는 사람'을 뜻하는 것으로, 작품 속 주요 등장인물인 다케토리노 오키나(대나무를 채취하는 할아버지)를 가리킨다. 이 이야기는 다케토리노 오키나가 빛이 나는 대나무 속에서 세 치 밖에 안 되는 주인공 가구야히메를 발견하면서 시작된다. 이후 아름다운 여인으로 성장한 가구야히메에게 반한 5명의 귀공자들의 구혼담과 천황의 구애를 중심으로 이야기가 전개되고, 결국 가구야히메가 원래 자신이 살던 달나라로 돌아가면서 이야기는 끝을 맺는다. 『다케토리 이야기』는 공상적이고 전기성이 강한 이야기 전개에 당시 귀족사회에 대한 풍자와 사실적인 인간묘사가 가미된 작품으로 문학사적으로도 높이 평가받고 있으며 『우쓰호 이야기』나 『겐지 이야기』에도 많은 영향을 끼친 작품이다.

달나라에서 인간세계로

인간은 예로부터 자신이 살고 있는 이 세상이 아닌 다른 세상, 이른바 이세계異世界에 대해 많은 관심과 그 곳을 향한 상상력을 멈추지 않았다. 고대로부터 내려오는 전승이나 설화에 주인공들이 이세계에서 인간세계를 방문하거나 또는 그 반대로 이세계를 방문했다가 다시 인간세계로 돌아온다는 내용이 많은 사실에서도 알 수 있다. 하늘에서 내려온 선녀가 날개옷을 잃어버리고 지상의 남성과 결혼하지만 날개옷을 되찾자 하늘로 다시 돌아간다는 '우의설화羽衣説話'나 주인공이 이 세상과는 다른 세계를 방문해 많은 보물을 가지고 원래 세계로 돌아온다는 '이향방문담異郷訪問譚' 등이 그 대표적인 예라 할 수 있겠다. 이러한 이야기 속의 이세계는 때로는 하늘에, 때로는 지하에, 그리고 때로는 바다 저편에 존재한다. 그리고 인간세계와는 다른 시공을 가진 신비한 공간으로 그려지며 이야기 속에서 중요한 역할을 한다.

일본에 현존하는 가장 오래된 모노가타리物語 작품 『다케토리 이야기竹取物語』는 일본문학사상 모노가타리의 시발점으로서 높이 평가받고 있다. 이 『다케토리 이야기』는 기존의 전승과 설화가 복합적으로 구성되어 있는 것이 특징적인 작품이다. 특히 대나무 속에서 발견되어 아름다운 여인으로 성장한 가구야히메かぐやひめ가 많은 남성들의 구혼과 구애를 거절하고 결국에는 달나라로 돌아간다는 이야기 전개는 앞서 언급한 '우의설화'가 그 바탕이 되고 있음을 알 수 있다. 즉 『다케토리 이야기』의 주인공인 가구야히메 또한 이세계에서 인간세계를 찾아온 방문자인 셈이다. 그리고 그 이세계가 바로 달나라라는 사실이 작품 후반에 이르러 구체적으로 밝혀진다. 그렇다면 이 작품 속에서 달나라는 어떤 공간으로 그려지고 있으며 어떤 역할을 하고 있을까?

이 글에서는 작품 속의 달나라, 그 달나라와 연관해서 가구야히메가 태어난 대나무, 그리고 천황이 가구야히메로부터 받은 편지와 불노불사의 약을 태운 후지 산富士山의 공간적 의미와 그 역할을 함께 이야기해 보고자 한다.

〈그림 1〉 가구야히메를 바구니에 넣어서 키우는 장면

이세계에서 인간세계로의 통로, 대나무

대나무를 채취해서 생계를 꾸려가고 있던 다케토리노 오키나는 빛나는 대나무 속에서 작은 여자아이를 발견한다. 아이가 없던 오키나는 이 아이를 집으로 데리고 가 대나무 바구니 안에 넣어 가구야히메라는 이름을 지어주고 자신의 딸처럼 소중히 키운다. 그 후 가구야히메는 3개월 만에 아름다운 여성으로 성장하게 된다.

이처럼 가구야히메는 대나무를 통해서 이 세상에 나타났다. 그렇다면 그녀가 태어난 대나무는 어떤 공간이며 어떤 의미를 지니고 있는 것일까?

예로부터 일본인들은 대나무를 신비한 영력靈力이 있는 식물이라고 믿어 왔다. 그것은 일본신화를 통해서도 알 수 있는데, 예를 들면 『고사기古事記』에 대나무의 신비한 주력과 관련된 이야기들이 실려 있다.

일본의 창조신인 이자나기伊邪那岐는 아내인 이자나미伊邪那美가 불의 신을 낳다가 죽자 그녀를 만나기 위해 황천국黃泉国으로 가게 되는데, 그곳에서 끔찍한 모습으로 변해 버린 이자나미를 보고 도망치게 된다. 그 때 자신을 잡기 위해 쫓아오는 귀신들을 물리치기 위해서 이자나기가 던진 것이 바로 대나무로 된 빗이었다. 그 빗이 죽순으로 바뀌어서 귀신들이 그것을 정신없이 먹는 동안 도망쳤다는 내용이다. 또한 이자나기의 아들 스사노오須佐之男가 8개의 머리와 꼬리를 가진 거대한 뱀 야마타노오로치八岐大蛇를 퇴치한 이야기에서도 역시 대나무 빗이 등장한다.

스사노오는 매년 마을 처녀들을 잡아가는 야마타노오로치를 퇴치하기 위해 재물이 될 예정인 처녀를 빗으로 변하게 하여 자신의 머리에 꽂고 싸운다. 결국 스사노오는 야마타노오로치를 퇴치하고 그 처녀와 결혼하게 된다. 이처럼 일본신화에 대나무의 힘으로 사악한 기운이나 물체를 물리치는 장면이 묘사되어 있는 것을 통해 대나무가 신비스러운 영력을 가지고 있는 신성한 식물로 인식되고 있음을 알 수 있다.

고대 사람들이 대나무에 이러한 신비한 영력이 존재한다고 생각한 이유는 대나무의 왕성한 성장력과 강한 생명력 때문으로 보인다. 대나무는 싹이 나기 시작하면 하루에 80~100센티미터씩 성장하여 약 3개월 후에는 완전히 자라게 되는데 이렇게 빠른 성장을 하는 식물은 대나무 밖에 없다고 한다. 수명 또한 영구적이라 할 수 있다. 원래 대나무의 수명은 일반적으로 15~20년 정도이지만 땅 속 줄기는 세대교체를 하면서 계속 뻗어나가 새로운 싹을 매년 내보낸다고 하니 영구적인 생명력을 가진 것이라 할 수 있겠다. 이 대나무의 놀라운 성장력과 생명력에 고대 사람들은 신비함을 느끼고 거기에 영력이 존재한다고 믿었던 것이다.

이러한 대나무 속에서 가구야히메가 태어났다는 것은 그녀에게도 신비한 영력이 있음을 말해 준다. 특히 대나무 바구니 안에서 자라 3개월 만에 성인이 된다는 점은 대나무의 주술적인 영력이 강조되고 있는 대목이다. 또한 작품 후반 부분에서 묘사되는 달나라 사람들이 나이를 먹지 않으며 불로불사不老不死의 약을 가지고 있다는 사실은 대나무의 강하고 영구적인 생명력과 상통하는 부분이다. 즉 가구야히메와 대나무 그리고 달나라는 서로 신비로운 영력을 공유하고 있다는 뜻이며, 이는 대나무가 달나라와 통하고 있다는 것을 나타낸다.

그렇다면 그녀가 태어난 대나무는 달나라라는 이세계와 현세계를 이어주는 통로 역할을 하는 공간이라고 할 수 있다. 이 세상과는 다른 달나라와 시공이 통하는 영적인 공간 대나무. 그런 대나무이기에 가구야히메는 인간세계에 들어올 수 있었고, 그 신비한 영력 또한 그대로 몸에 지닐 수 있었던 것이다.

인간세계를 상대화하는 달나라

이렇게 대나무를 통해서 인간세계로 온 가구야히메는 결국 달나라로 돌아가게 되는데, 그녀가 달나라에서 왔다는 사실이 밝혀지는 장면까지의 작품 줄거리를 잠시 보도록 하겠다.

3개월 만에 아름다운 여성으로 성장한 가구야히메는 많은 남성으로부터 구애를 받는다. 그 중에서도 특히 5명의 귀공자가 그녀에게 적극적으로 구혼을 하지만, 그녀는 완강히 거부한다. 그래도 포기하지 않는 그들에게 그녀는 이 세상에 존재하지 않는 물건들을 말해 주며 그것을 가지고 돌아온 사람과 혼인을 하겠다고 한다. 그러나 아무도 그 물건들을 손에 넣지 못하고 실패하여 결국은 모두 포기하게 된다. 그리고 아름다운 가구야히메에 대한 소문은 궁중에까지 퍼져 천황 역시 그녀의 입궁을 원하지만, 그녀는 이 역시 거절한다. 하지만 천황과는 3년 동안 노래와 편지로 서로 마음을 주고받으며 지낸다. 그런 가구야히메가 어느 날부터 달을 보며 슬픔에 잠기는 일이 많아지고 8월 15일이 가까워지자 울음을 터트리고 만다. 그런 그녀의 모습을 보고 걱정하는 오키나에게 결국 가구야히메는 자신이 달나라에서 온 사실을 밝히고 8월 15일에 달나라에서 자신을 데리러 오면 돌아가야 한다고 고백한다. 여기서 드디어 가구야히메가 달나라 사람이라는 사실이 밝혀진다. 그리고 가구야히메를 통해 달나라가 구체적으로 묘사된다.

달나라에서 가구야히메를 데리러 온다는 사실을 알고 오키나는 절대로 달나라 사람들에게 넘겨주지 않겠다며 천황에게 부탁하여 2천명의 군사를 빌려 저택 주위를 지킨다. 그런 오키나에게 그녀는 달나라 사람들은 활로 쏠 수도 없고 닫힌 문도 절로 열리게 하고 싸울 의욕조차도 없애버린다고 차분하게 말하며 그 우위성을 설명한다. 그리고 "저 달나라 사람들은 눈부시게 아름답고 나이를 먹지 않습니다. 또한 고뇌도 없습니다"라고 말한다. 이 말에는 고뇌 없는 불로불사의 나라 '도코요常世'와 고통도 질병도 없는 불로불사의 신선들이 사는 '선경仙境'의 개념이 동시에 담겨져 있다. 달나라는 그런 이상향과 같은 공간으로 묘사되고 있다. 이는 8월 15일에 가구야히메를 데리러 달나라 사람들이 지상으로 내려오는 장면에서도 확인할 수 있다.

> 저녁이 지나 밤 12시경이 되자 저택 주위가 낮보다 더 밝게 빛났다. 그 밝기는 보름달의 10배 정도는 되며 그곳에 있는 사람들의 땀구멍까지 보일 정도였다. 하늘에서 사람들이 구름을 타고 내려와 지상에서 5척 정도 떨어진 높이에 나란히 섰다.……서있는 사람들의 의상은 말로 표현할 수 없을 정도로 눈부시게 아름다웠다. 하늘을 나는 수레를 하나 동반하고 있었다. 그 수레에는 얇은 비단 천으로 된 비단우산이 씌워져 있었다. 그 안에는 왕으로 보이는 사람이 있었다.

이 장면은 마치 서방정토의 아미타여래가 중생을 구원하기 위해 여

〈그림 2〉 가구야히메가 달나라로 돌아가는 장면

러 보살과 천인을 거느리고 인간세계로 내려오는 모습을 그린 아미타불내영도阿弥陀仏来迎図를 방불케 한다. 특히 달나라 사람들이 엄청난 빛과 함께 지상으로 내려와 공중에 멈춰 서 있다는 묘사는 정토삼부경浄土三部経의 하나인 『관무량수경觀無量寿経』에 나오는 "부처님은 허공에 서 계셨고, 관세음보살과 대세지보살은 좌우에서 부처님을 모시고 있었다. 광명이 너무 찬란하게 비쳐 눈으로 볼 수가 없었다"라는 장면을 떠올리게 한다. 이런 사실을 봐도 달나라를 부처님이 사는 불교적 세계의 '정토浄土'의 개념으로 묘사하고 있음을 알 수 있다. 이는 달나라 사람들이 지상 세계를 불교적 세계의 '예토穢土'를 뜻하는 '더러운 곳'으로 표현하고 있는 점에서도 확인할 수 있다. 그렇다면 작품 속에서 달나라는 '도코요'와 '선경' 그리고 '정토' 개념까지 아우르는 복합적인 이상향을 나타내는 공간으로 그려지고 있다고 할 수 있다. 그런데 여기서 중요한 것은 달나라를 복합적인 이상향을 나타내는 공간으로 묘사함으로서 '예토'로 표현되는 지상의 인간세계가 얼마나 절망적인 곳인가가 상대적으로 강조되었다는 점이다. 즉 달나라는 인간이라면 누구나 가고 싶어하는 동경의 대상인 이상향으로 그려짐과 동시에, 지상의 인간세계를 상대화하는 공간으로 작용하고 있다.

그럼 그 인간세계는 어떻게 그려지고 있는지 살펴보기로 하자. 귀공자들과 가구야히메와의 구혼담으로 돌아가 보면 인간세계가 세속적이고 신뢰가 가지 않는 거짓으로 가득찬 세계로 그려지고 있음을 알 수 있다.

가구야히메가 귀공자들의 구혼을 거절하자 오키나는 "아무리 헨게變化라 하여도 인간세계에서는 결혼을 하는 것이 당연한 일이며 자신이 살아있는 동안에는 생활 걱정이 없지만 장래를 생각해서 역시 여자는 결혼을 해야 한다"고 설득한다. 그러나 그녀는 "왜 결혼 같은 것을 해야 하는 거죠?"라고 되묻고, "상대방의 진심을 확인하지 않고 결혼해서 상대방이 바람이라도 핀다면 나중에 분명히 후회하게 될 겁니다. 아무리 훌륭한 분이라 하여도 그 마음의 깊이를 확인하지 않고서는 결혼할 수 없습니다"라며 뜻을 굽히지 않는다. 이 장면에서 오키나는 가구야히메를 '헨게'라 표현하고 있는데, 원래 '헨게'란 신이나 부처가 인간의 모습으로 이 세상에 나타난 것을 말한다. 즉 가구야히메가 이 세상의 사람이 아닌 이세계에서 온 사람임이 강조되고 있다. 그런 가구야히메에 의해서 결혼이 부정되고, 아무리 훌륭한 사람이라 하여도 그 마음의 깊이는 알 수 없다는 사람에 대한 불신이 표현되고 있다는 것은 가구야히메로 상징되는 이세계와 대비되는 인간세계에 대한 부정적인 시선이라 할 수 있을 것이다.

또한 가구야히메가 낸 난제를 해결하려는 5명의 귀공자들의 행동에서도 인간의 거짓과 어리석음을 볼 수 있다. 그녀는 귀공자들에게 각각 '부처님의 바리그릇', '봉래 산蓬莱山의 구슬가지', '불타지 않는 쥐의 가죽옷', '용머리에 걸려있는 오색구슬', '제비의 자색조개'를 하나씩 제시하며 이것을 구해온 사람과 결혼하겠다고 한다. 현실세계에서는 거의 구할 수 없는 물건들임에도 불구하고 귀공자들은 가구야히메와 결혼하기 위해서 난제를 해결하려고 노력한다.

'부처님의 바리그릇'과 '봉래 산의 구슬가지'를 제시 받은 첫 번째와 두 번째 귀공자는 가짜를 가지고 가구야히메를 찾아가지만 결국 진짜가 아니라는 것이 밝혀지고 만다. 두 사람 모두 거짓으로 해결하려 한 것이다. 특히 두 번째 귀공자는 유명한 장인들에게 구슬가지를 만들게 해놓고 마치 자신이 구해 온 것처럼 고생한 모험담을 늘어놓는가 하면, 돈을 못 받은 장인들이 가구야히메에게 진실을 고하자 사정없이 돈을 빼앗고 폭력을 가하는 뻔뻔하고 인정없는 인물로 그려지고 있다. 그리고 세 번째 귀공자는 중국 상인에게 속아서 어마어마한 돈을 지불하고 '불타지 않는 쥐의 가죽옷'을 사게 되는데 이 역시 가짜였다. 그는 사람 말에 쉽게 속아 넘어가는 어리석은 사람으로 등장한다. 네 번째 귀공자는 부하에게 목숨을 걸어서라도 '용머리에 걸려있는 오색구슬'을 찾아오라고 한다. 그는 부하들에게 일방적으로 명령하고 남의 말을 듣지 않는 단순무식한 인물로 묘사되고 있다. 반대로 다섯 번째 귀공자는 귀가 얇아 부하들 말을 그냥 받아들이는 생각 없는 인물로 등장한다.

이 5명의 귀공자들의 난제구혼담은 상류계층인 귀족들을 우스꽝스럽게 묘사하고 있으며 귀족들을 비웃음의 대상으로 삼고있다. 그 때문에 『다케토리 이야기』의 작자가 귀족사회와 당시 정권에 대해 비판적인 시각을 가지고 있었다는 지적이 많다. 분명히 그런 의도가 보인다. 그러나 그와 동시에 이들의 구혼 상대가 이세계에서 온 가구야히메라는 점에서 역시 이세계와 대비되는 인간세계의 모습이 확연히 드러나고 있는 점도 분명히 있다. 그리고 그 이세계인 달나라의 실체가 작품 후반에 이르러 밝혀지면서 인간세계인 '예토'의 모습이 더욱 강조된다. 달나라의 이상향으로서의 모습이 강조되면 될수록 세속적이고 어리석고 거짓으로 가득한 인간세계의 모습 또한 강조된다.

그렇다면 달나라는 이상향으로서 단순히 인간세계를 부정적인 곳으로 조명하는 공간으로만 기능하고 있는 것일까? 그렇지는 않다. 작품 후반 부분에 전개되는 달나라로 돌아가는 가구야히메와의 헤어짐을 슬퍼하는 장면에서는 그녀를 통해 달나라 사람들과 대비되는 지상 사람들의 감정에 초점이 맞춰지고 있다.

가구야히메가 달나라로 돌아간다는 말에 오키나 부부는 큰 슬픔에 잠긴다. 가구야히메 역시 친부모처럼 키워 준 두 사람을 두고 달나라에 돌아가고 싶지 않다며 눈물을 흘린다.

> "저 달나라 사람들은 눈부시게 아름답고 나이를 먹지 않습니다. 또한 고뇌도 없습니다. 하지만 그런 곳에 돌아간다고 해도 전혀 기쁘지 않습니다. 두 분이 나이가 들어 몸이 쇠약해지는 모습을 지켜봐 드리지도 못하는 것이 무엇보다도 마음에 걸려 슬픕니다"

이상향으로 묘사되는 달나라로 돌아가고 싶기는커녕 늙고 병들어가는 오키나 부부를 곁에서 돌봐주고 싶다는 가구야히메의 말에서 누구보다도 인간다움이 느껴진다. 이는 그녀가 인간의 애정과 인정을 느끼고 늙음도 병도 '불결'한 것이라고 생각하지 않는다는 것을 말한다. 또한 마지막의 승천하려는 장면에서도 불결한 지상의 음식을 먹었으니 불로불사의 약을 먹으라고 하는 달나라 사람에게 약을 먹으면 인간의 마음이 없어지고 달나라 사람의 마음이 되니 그전에 편지를 쓰고 싶다고 한다. 그리고 재촉하는 달나라 사람에게 그런 인정없는 소리는 하지 말라고 차분하게 말한다. 이는 달나라 사람들에겐 인간과 같은 감정이 없음을 말한다. 가구야히메가 달나라의 약을 먹고 날개옷을 입자, 오키나 부부를 애처롭게 여기고 그리워하던 마음이 사라져버렸다고 하는 장면에서도 달나라와 인간세계의 감정의 상이함을 엿볼 수 있다. 또한 가구야히메가 편지와 함께 오키나 부부와 천황에게 남긴 불로불사의 약을 아무도 먹지 않는다는 점에서도 인간의 마음이 잘 나타나고 있다. 인간이라면 누구라도 가지고 싶어 하는 불로불사의 약이다. 원래라면 인간에게는 최고의 선물이라 할 수 있을 것이다. 그러므로 가구야히메는 가장 소중한 사람인 오키나 부부와 천황에게 그 약을 남겼다. 그러나 오키나 부부와 천황 모두 그 약을 먹지 않는다. 사랑하는 사람이 없는 세상은 살아가는 것이 오히려 고통이고 의미가 없기에 영원한 생명도 다 소용없다는 인간의 깊은 슬픔과 고통의 감정이 잘 나타나 있다. 이것이 바로 인간의 모습이다.

이와 같이 달나라는 가구야히메를 통해서 인간세계의 현실과 인간의 본모습을 상대적으로 조명하고 있다. 그리고 그 달나라와 상대적으로 대비되는 인간세계의 모습은 세속적이고 거짓이 가득한 모습이지만, 이세계에서 온 가구야히메조차도 인간의 애절한 감정을 느껴 마음이 끌리는 세계로 그려지고 있다.

달세계와 이어지는 영산, 후지 산

결국 가구야히메는 모든 사람들의 슬픔을 뒤로 하고 달나라로 떠난다. 지상에 남겨진 오키나 부부는 가구야히메가 남긴 불로불사의 약을 먹지 않고 그냥 앓아 누워버린다. 그리고 이야기는 가구야히메를 불가피하게 떠나보낸 천황을 중심으로 전개된다.

사실 가구야히메는 5명의 귀공자들에게는 초지일관 냉정하게 대하며 난제를 내어 포기하게 만들었지만, 그와는 달리 천황에게는 마음을 열었다. 물론 처음부터 입궁을 완강히 거부하고 끝내 구혼을 받아드리지는 않았지만, 천황이 포기하고 나서는 서로 편지를 주고받으며 정을 쌓아 왔던 것이다. 그렇기 때문에 그녀는 마지막에 천황에게 편지와 불로불사의 약을 남긴 것이다. 이는 그녀가 달나라로 돌아가는 순간에 천황에게 마음을 주었다는 의미이다. 천황은 신하에게 그 편지와 약을 전해 받고 '만날 수 없어 눈물 속을 떠도는 그런 나에게 불로불사의 약이 무슨 소용 있는가'라고 노래를 읊는다. 천황에게는 가구야히메를 만날 수 없다면 영원한 생명도 아무런 의미가 없기에 불로불사의 약도 필요 없었던 것이다. 이 노래에서 가구야히메를 향한 천황의 깊은 사랑을 느낄 수 있다. 그런데 천황은 하늘에서 가장 가까운 산에서 가구야히메가 준 편지와 약을 태우라고 명한다. 물론 태우라는 말은 그녀에 대한 사랑과 미련을 정리하려는 의지로 받아드릴 수 있다. 그러나 하늘에서 가장 가까운 곳이라는 말에 또 다른 의미가 보인다.

하늘에서 가장 가까운 곳이란 결국 가구야히메가 있는 달나라에서 가장 가까운 곳이라는 뜻이기도 하다. 그런 곳에서 가구야히메가 준 편지와 불로불사의 약을 태우라는 천황의 말에는 그녀에 대한 강한 집착이 느껴진다. 불로불사의 약도 그녀가 없다면 무용지물이라는 자신의 깊은 사랑을 달나라에서 가장 가까운 곳이라면 전할 수 있을지도 모른다는 천황의 마음이 나타나 있는 것이다. 특히 작품 마지막 장면에 편지와 약을 태운 연기가 "지금도 아직 구름 속으로 피어오르고 있다"라고 묘사되어 있는데, 이는 계속해서 가구야히메에 대한 미련을 버리지 못하고 있는 천황의 모습을 상징하고 있는 듯하다. 그와 동시에 이 하늘에서 가장 가까운 산이란 곳이 연기를 통해 천황이 있는 지상 세계와 가구야히메가 있는 달나라를 이어주는 공간으로 기능하고 있음을 알 수 있다. 그렇다면 그 산은 어디일까?

천황은 신하들에게 하늘에서 가장 가까운 산이 어디인지 물어본다. 그러자 그 중 한명이 스루가駿河 지방에 있는 산이라고 답한다. 지금의 시즈오카 현静岡県에 해당하는 스루가 지방의 하늘에서 가장 가까운 산,

그곳은 바로 후지 산이다. 후지 산은 예로부터 그 정상에 신이 진좌하는 영산靈山으로 신성시되었다. 헤이안平安 시대(794~1192년) 초기에 쓰인 『후지산기富士山記』에는 후지 산에 관한 당시의 전승과 기록이 소개되고 있는데, 그에 따르면 후지 산 정상은 신선들이 사는 곳으로 하얀 옷을 입은 두 미녀가 춤추는 모습을 볼 수 있다고 한다. 그리고 정상 연못 주위에는 파란 대나무들이 무성하게 자라나 있다고 소개되고 있다. 이는 당시 사람들에게 후지 산이 이상향과 같은 이미지로 받아들여졌음을 말해주고 있다. 또한 헤이안 시대에는 후지 산이 30년마다 분화를 반복했다는 기록으로 보아, 실제로 늘 하얀 연기를 품어 내고 있었을 것이라는 상상도 할 수 있다. 이러한 후지 산의 이미지를 작자는 작품 속에 그대로 사용하고 있는 것으로 보인다. 달나라와 같은 선경의 이미지를 가지고 있으며 가구야히메가 태어난 대나무와도 연관된 후지 산은 달나라와 이어지는 영적인 공간이라는 이미지를 부각시키기에 가장 적절한 장소인 것이다. 그리고 그 두 세계를 연결하는 매개체가 바로 연기이다. 그렇기 때문에 작품 속에서 두 물건을 불태우는 곳은 후지 산이어야만 했고, 후지 산이기 때문에 그 연기가 계속 하늘까지 피어오를 수 있었던 것이다.

이처럼 후지 산은 천황의 가구야히메를 향한 사랑과 미련을 상징하는 공간으로, 그리고 천황이 있는 지상 세계와 가구야히메가 있는 달나라를 이어주는 공간으로 작품 속에서 기능하고 있다.

『다케토리 이야기』속에 등장하는 대나무, 달나라 그리고 후지 산이란 세 공간은 작품 속에서 서로 각기 다른 의미로 기능하면서도 가구야히메를 통해서 하나로 연결되고 있음을 알 수 있다. 이러한 작자의 치밀한 구성과 공간적 의미 부여는 매우 흥미롭다. 현대에 이르러서도 많은 일본인들이 '대나무와 달'이라는 단어만 들어도 가구야히메를 떠올린다. 수많은 후지 산의 어원 중에서도 불사의 약을 태운 산 즉 '후시

산不死山'을 그 어원으로 생각하는 사람들이 많다는 사실을 봐도 작품 속의 대나무와 달, 후지 산의 공간적 의미가 얼마나 인상적으로 독자들에게 받아들여졌는지를 알 수 있다. 그 어느 작품보다 이처럼 독자들에게 공간적 의미에 대한 깊은 인상을 안겨주고 있다는 점이 이 작품의 또 다른 매력이라 할 수 있을 것이다.

참고문헌

川名淳子, 「『竹取物語』－月界からの使者」(『国文学』, 學燈社, 2007.3)

仁平道明, 「「月のみやこ」－『竹取物語』の異空間」(『国文学解釈と鑑賞』, 至文堂, 2006.5)

鈴木日出男, 「『竹取物語』の本性－異界と人間をめぐって」(『文学』, 岩波書店, 2001.11)

小川靖彦, 「この世のことわり－『竹取物語』の「世界」について」(『中古文学』 第54号, 中古文学会, 1994)

宮田登, 「竹取物語と富士信仰」(『国文学』, 學燈社, 1993.4)

関根賢司, 「竹取物語と異郷」(『国文学』, 學燈社, 1993.4)

沖浦和光, 『竹の民俗誌』, 岩波新書, 1991.

小嶋菜温子, 「竹取物語"富士の山"をめぐる一試論」(『中古文学』 第37号, 中古文学会, 1986)

高橋亨, 「竹取物語－境界性と異化のテクスト」(『国文学』, 學燈社, 1986.11)

사진출처

〈그림 1〉 http://ja.wikipedia.org/wiki/%E3%83%95%E3%82%A1%E3%82%A4%E3%83%AB:Taketori_Monogatari_1.jpg

〈그림 2〉 http://www.wallpaperlink.com/bin/0707/03574.html

칠현금의 소리를 찾아서

류 정 선

우쓰호 이야기

10세기경 헤이안 시대(794~1192년) 중기에 성립한 『우쓰호 이야기』는 음악 전승담으로서 전 20권에 달하는 일본 최초의 장편 이야기이다. 작자 미상인 이 작품의 '우쓰호'라는 명칭은 비금을 전수하기 위해 기타야마에 들어간 나카타다 모자가 곰들로부터 양보 받은 커다란 삼나무 동굴을 지칭한 데서 유래한다. 작품의 구성은 도시카게 일족을 중심으로 하는 칠현금의 이야기와 아테미야 구혼담을 중심으로 하는 마사요리 가문의 이야기가 그 두 축을 이루며 전개된다. 문학사적으로 『우쓰호 이야기』는 『다케토리 이야기』의 계보를 잇는 상상력이 설정된 전기성이 강한 작품이다.

한편으로 궁중생활에서 벌어지는 수많은 연중행사나 축제의 시공에 관한 회화적 · 사실적 묘사와 일기적 기술은 이후 『겐지 이야기』나 『마쿠라노소시』에도 상당한 영향력을 미친 작품이라 할 수 있다.

신비한 악기

칠현금七絃琴은 고대 중국에서 사용한 현악기로, 우리나라의 『삼국사기』에도 진나라에서 고구려에 칠현금을 보내왔다는 기록이 있다. 하지만 그 당시 악기는 전해졌지만, 아무도 칠현금의 연주법을 알지 못했다. 그것을 5세기경 고구려의 왕산악王山岳이 쉽게 육현六絃으로 개량하여 직접 연주하였는데, 그때 검은 학이 날아와 춤을 추었다는 데서 유래해 현학금玄鶴琴 즉 거문고라 불리게 되었다. 다시 말해 칠현금은 우리나라 거문고의 원조라고 할 수 있는데, 칠현금에 대한 이야기는 일본문학 속에서도 종종 언급된다.

일본 고대 전설과 가요에는 신비한 주력을 가진 사물에 대한 이야기가 많이 나온다. 그 가운데 칠현금의 유래와 주력에 관한 이야기는 『일본서기日本書記』의 오진応神 천황(270~310년) 시대의 일화와 『고사기古事記』의 닌토쿠仁徳 천황(313~399년) 시대의 일화에 보이고 있다. 당시 이즈伊豆 지방에서 헌상한 가라노枯野라는 배가 낡아서 더 이상 관선으로서 사용할 수 없게 되자, 그것을 아쉬워한 천황은 배 조각으로 소금을 구워 각 지방에 나누어주려고 했다. 그런데 이상하게도 끝까지 타지 않는 나무토막이 하나 있었다. 그것을 신기하게 여긴 천황은 그 나무로 칠현금을 만들게 하였는데, 그 소리가 너무나 아름다웠으며 아주 멀리까지 울려 퍼졌다는 이야기다.

그 이후 신비한 칠현금의 이야기는 10세기경에 쓰인 일본 최초의 장편 이야기인 『우쓰호 이야기宇津保物語』에서 커다란 주제로 다루어진다. 도시카게俊蔭 일가를 중심으로 하는 칠현금의 전수 이야기는 이향방문담과 이공간異空間을 배경으로 전개되는데, 이 작품에서 칠현금의 소리는 천변지이를 일으키고, 아픈 자의 병을 고치고, 신변을 위협하는 적도 물리치는 영험을 가지고 있었다. 이것은 『삼국유사』에 기술된 신라 신문왕(재위681~692년) 때의 일화인 만파식적萬波息笛의 주력과 같이 고대 악기 소리에 신성성이 부여된 이야기라 할 수 있다.

『우쓰호 이야기』에는 칠현금의 획득과 주법 전수를 위한 도시카게 일가의 공간 이동이 상세히 묘사되고 있는데, 그들의 비금秘琴 주법 전수와 피로披露 공간은 교토 즉 '헤이안쿄平安京'의 중심에서 벗어난 이공간으로 설정되어 있다. 특히 신비한 소리의 근원지를 찾아, 그리고 비금을 전수받기 위한 도시카게의 서방여행은 불교적 요소를 배경으로

한 서방정토의 묘사가 특징적이다.

그럼 칠현금의 소리를 찾아서 떠나는 도시카게의 여정과 도시카게 일가의 비금 주법 전수, 그리고 피로 공간을 중심으로 『우쓰호 이야기』의 주제인 음악 이야기를 살펴보겠다.

파사국에서 소리를 찾아 떠나는 서방여행

『우쓰호 이야기』에서 도시카게, 도시카게 딸俊蔭女, 나카타다仲忠, 이누미야犬宮로 이어지는 비금 전수는 파사국波斯国, 산조三条의 교고쿠京極, 기타야마北山의 우쓰호, 교고쿠의 누각 위라는 공간에서 행해진다.

먼저 도시카게가 칠현금을 획득하는 공간인 파사국은 일반적으로 페르시아를 지칭하는 곳이다. 『우쓰호 이야기』에서는 신이 바다 저편에 존재한다는 전설적인 이세계異世界인 '도코요常世'로 설정되어 있다.

어렸을 때부터 총명했던 도시카게는 일찍이 견당사로 뽑혀 당나라로 가던 도중, 배가 난파하여 바다 한가운데 표류하게 된다. 그 위기의 순간 도시카게는 관음보살을 외치며 기도한다. 그러자 바다 저편에서 갑자기 푸른 말이 나타나 눈 깜짝할 사이에 그를 태우고 날아올라, 푸른 향나무 숲 그늘 아래 호랑이 가죽을 깔고 앉아 칠현금을 연주하는 세 명의 선인 앞에 내려놓고 사라진다. 이것이 비금 전수 여행의 시발점으로, 선인들은 이곳의 이방인인 도시카게를 '객인旅人'이라고 칭한다.

이 선계仙界에서 도시카게는 세 명의 선인들과 함께 삼 년 동안 칠현금을 연주하며 주법을 익힌다. 그러던 어느 날 서쪽 멀리서 신비롭게 울려 퍼지는 도끼질 소리를 듣게 된다. 그 소리에 매료된 도시카게는 신비로운 소리를 내는 신성한 나무로 칠현금을 만들어야겠다는 일념으로 소리의 근원지를 찾아 서쪽으로 향한다. 그리고 마침내 그가 다다른 곳은 짐승이나 사람이 얼씬 못하는 아수라계로, 그곳을 침입한 도시카게 또한 아수라로부터 목숨을 위협받는 절체절명의 위기에 놓이게 된다. 하지만 때마침 하늘에서 갑자기 동자가 나타나 아수라가 지키고 있던 신목神木을 천인의 막내 자식에 해당하는 도시카게에게 주라는 명을 전한다. 그러자 바로 하늘에서 천녀와 직녀들이 내려와 그 신목으로 삼십 개의 칠현금을 만들어 도시카게에게 건네준다. 원래 도시카게는 천인의 자손이었던 것이다.

이렇게 아수라계에서 신성한 칠현금을 얻은 도시카게는 선인들과의 연주를 통해 비금의 주법을 익힌 후 다시 서쪽으로 이동한다. 그리고 그가 이른 곳은 부처님이 왕림하시는 '천인의 화원'이었다. 그곳에서 도시카게는 천인으로부터 "화원에서 좀 더 서쪽으로, 불국토에서는 동쪽에 위치한 중간지점에 가서 정토음악을 켜는 칠선인七仙人에게 비금의 주법을 전수받아 일본국으로 돌아가라"라는 명을 받고, 다시 서쪽을 향해 떠난다.

> 도시카게는 천인의 말대로 화원에서 서쪽을 향해 갔더니 큰 강이 있었다. 그때 어디선가 갑자기 공작이 나타나 그를 태워 강을 건너게 해주었다. 칠현금은 바람이 실어 날라주었다. 거기에서 또 서쪽으로 갔더니 계곡이 있었다. 그 계곡에서는 용이 나타나 그를 태워 계곡을 건넜다. 바람이 불어 칠현금을 또 날라주었다. 거기서 더 서쪽으로 갔더니 이번에는 험한 산이 일곱 개 나타났다. 그 산을 선인의 도움으로 넘고, 거기서 더 서쪽으로 향하자 호랑이, 늑대 등의 맹수들이 으르렁거리는 산이 나타났다. 그곳에서는 코끼리가 나타나 산을 넘게 해주었다. 거기서 서쪽으로 더 나아가자 드디어 칠선인이 살고 있는 일곱 개의 산에 다다랐다.

도시카게는 마침내 칠선인의 세계에 도착하는데 그곳은 사방사계四

〈그림 1〉 사방사계 공간의 칠선녀. 奈良絵本.

方四季의 공간이었다. 칠선인이 거처하는 산의 정취는 아주 뛰어났다. 그 산의 지면은 유리 보석으로 깔려 있고, 향기로운 벚꽃과 아름다운 단풍이 함께 어울려 있으며, 정토의 음악소리가 들리고 꽃 위에는 봉황과 공작이 함께 어울려 노는 그런 곳이었다. 도시카게가 이곳에서 칠선인과 함께 아미타삼매阿彌陀三昧를 칠현금의 은율에 맞추어 칠일 밤낮을 연주하자 그 소리를 들은 부처님이 공작을 타고 내려와 꽃 위를 배회하신다. 부처님이 강림하신 이곳은 봄의 벚꽃과 가을의 단풍이 동시에 공존하는 불국토로, 도시카게가 마지막으로 도달한 여행의 종착지였다.

이와 같이 파사국에서 출발한 서방여행은 이상향인 불국토를 최종 목적지로 하고 있다. 그리고 도시카게가 이동한 경로인 향나무 숲, 아수라계, 천인의 화원, 칠선계의 장소는 부처와 천인들에게 한정된 성스러운 공간이었다. 이러한 공간에서 선인들로부터의 전수받은 비금의 주법과 "천인의 일곱 번째에 해당하는 사람이 도시카게의 삼대 째 자손으로 태어날 것이다"라는 예언은 칠현금의 시조始祖인 도시카게 일족에게 신성성을 부여하고 있는 것이다. 따라서 도시카게에게 있어서 파사국의 서방여행은 칠현금의 전수과정이자, '정토음악의 여행'이라 할 수 있다.

교고쿠에서의 비금 전수

파사국에서의 서방여행을 마친 후 30개의 칠현금을 가지고 일본국으로 돌아온 도시카게는 천황가와 조정의 귀족들에게 칠현금을 봉납하고, 그 소리를 널리 알린다. 도시카게의 비금 소리에 감동한 천황가와 조정대신들은 너 나 할 것 없이 그 신비한 칠현금 소리를 듣고자 한다. 하지만 정작 그가 칠선계에서 배워온 비금을 들려주고 싶은 사람은 자기를 기다리다 돌아가신 부모님이었다. 도시카게는 부모님을 모시지 못한 불효를 범했다는 생각에 회한의 슬픔에 잠긴다.

한편 조정에서 비금 연주의 재능을 인정받아 높은 지위까지 오르게 된 도시카게는 천황으로부터 동궁에게 칠현금을 가르치라는 명을 받는다. 하지만 그는 칠현금의 시조로서 비금 주법을 딸에게 전수해야 한다는 일념 하에 관직을 버리고, 산조 끝에 위치한 교고쿠에 저택을 짓고 은둔한다. 그리고 천황이나 동궁으로부터의 딸의 입궁 요청도 거부한 채 비금의 주법 전수에 몰두한다.

교고쿠 저택이 위치한 '산조 끝'은 도읍지인 헤이안쿄의 내부와 외부의 경계지역에 해당된다. 도시카게가 그곳으로 이동한 것은 비금 소리를 다른 사람들에게 들려주지 않기 위한 필수조건이었다. 또한 도시카게가 비금 주법을 전수하기 위해 정성들여 조영한 저택의 정원은 아름다운 자연미를 갖춘 공간으로, 이러한 자연과의 조화는 비금 연주기법에 있어 우선시되는 필수조건이었다.

하지만 자연과의 조화 속에서 딸과 칠현금을 연주하며 지냈던 행복했던 시간도 잠시, 도시카게는 딸에게 비금 주법의 전수를 마치고 죽음을 맞이한다. 그는 유언으로 비금 가운데 특히 "신비한 영력이 있는 남풍南風과 파사풍波斯風을 남들에게 들려주지 말고, 우리 가문이 행복할 때와 불행할 때, 그리고 신변의 위협을 느낄 때 그때 연주하라"는 말을 남긴다. 이 유언은 도시카게 일가에게 있어 비금연주와 관련된 규율로, 이 작품의 마지막까지 음악이야기의 전개에 중요한 요소로 작용한다.

한편 교고쿠 저택에서 비금 주법을 전수받은 도시카게 딸은 아버지의 사후 황폐한 저택에서 홀로 외로움을 달래며 켠 칠현금 소리를 듣고 찾아온 가네마사兼雅와 하룻밤 인연을 맺는다. 황폐한 저택, 아름다운 여인, 음악 소리, 하룻밤의 인연이라는 화형話型은 고대소설의 한 패턴인데, 『우쓰호 이야기』에서는 교고쿠가 그 화형의 공간으로 기능하고 있다.

그 과정을 살펴보면, 어느 날 가네마사가 가모 신사賀茂神社로 참배 가던 중 우연히 칠현금의 소리를 듣고, 어느덧 자신도 모르게 그 소리를 따라 산조 교고쿠의 교차로에 서 있게 된다. 여기서 교차로는 헤이안쿄의 내부와 외부의 경계에 해당하는 공간으로, 이 교차로를 통해 가네마사는 일상적인 세속의 시공간에서 벗어나 이세계적인 교고쿠로 들어갔던 것이다. 그곳은 황폐해 있었지만 묘한 정취와 아름다움을 느끼게 하는 장소였다. 교고쿠 저택의 정경은 그의 시선 이동에 따라 묘사되는데, "가을바람이 가와라河原 쪽에서 부는 바람과 섞여 불어오고"라는 표현에서는 저택의 위치가 가모 강 근처였음을 짐작할 수 있다. 또한 도시 외부와의 경계 지역인 '가와라' 역시 인적이 드문 공간으로, 교고쿠의 저택 안으로 들어간 가네마사는 "이러한 곳에 대체 어떤 사람이 살고 있는 것일까"라며 큰 관심을 가졌다. 그리고 그러한 황폐한 곳에서 칠현금을 살며시 켜는 도시카게 딸의 비금 소리에 매료되어 그녀와 하룻밤 인연을 맺게 된 것이다.

하지만 도시카게 딸과 가네마사는 하룻밤의 짧은 만남을 끝으로 헤어지고 만다. 그 인연으로 아이를 갖게 된 도시카게 딸은 출산 시기가 다가올 때까지 자기가 임신한 줄도 모른 채 지내다가 그 사실을 알아차린 유모의 도움으로 무사히 아들 나카타다를 출산한다.

이처럼 교고쿠는 도시카게에서 도시카게 딸로의 비금 전수, 도시카게 딸과 가네마사와의 하룻밤 인연, 그리고 나카타다의 탄생까지 중요한 사건의 전개가 이루어지는 장소로 설정되어 있다. 이후 교고쿠는 이 작품의 후반부인 「구라비라키蔵開」권과 「로노우에楼の上」권에서 사람들에게 회자되며, 다시금 도시카게 일가의 비금 전수를 위해 도시카게의 영혼이 깃든 이곳으로 회귀하게 된다.

기타야마의 거목 동굴 '우쓰호'

유모의 태몽에 효자라고 예견된 나카타다는 보통 아이와는 성장과정이 남달랐으며, 수려한 외모와 현명함, 그리고 뛰어난 재능을 지니고 있었다.

나카타다가 다섯 살 되던 해 나카타다 모자母子를 돌보아 주던 유모가 죽자, 교고쿠에서의 생활은 더욱더 황폐해졌다. 빈곤한 생활 속에서 연명하며 어머니를 모시던 나카타다는 일곱 살이 되던 해, 새로운 생활 터전을 찾아 기타야마北山로 이동한다.

이 작품에서 기타야마는 '부처님이 나타나는 곳'으로, 불교의 이미지가 강한 선경仙境적인 세계이며, 이곳의 동굴인 '우쓰호'는 도시카게 딸에게서 나카타다로의 비금 주법 전수가 이루어지는 공간이다. 『우쓰호 이야기』의 작품명이 나카타다 모자가 기타야마에서 거처한 동굴 '우쓰호'를 지칭한 명칭에서 비롯되었듯이 기타야마가 주는 공간적 의

〈그림 2〉 기타야마의 우쓰호 동굴에서 비금을 연주하는 나카타다 모자. 奈良絵本.

미는 크다고 할 수 있다.

거목의 삼나무 동굴인 '우쓰호'는 원래 곰이 살던 거처였다. 그런데 나카타다의 효심에 감동하여 곰이 양보한 것이다. 그곳에서 모자는 풀과 나무뿌리를 식량 삼아, 나무껍질을 옷 삼아, 짐승들을 벗삼아 하루하루를 지냈다. 그리고 춘추공존의 신비한 자연풍경인 벚꽃과 단풍나무 아래에서 마음을 다스리며 비금을 전수한다. 그때 그 소리에 감동한 동물들이 나무 열매를 모아다 주는 모습에서 인간과 동물과의 강한 교감을 느낄 수 있다.

그런데 어느 날 갑자기 동쪽 지방의 무사들이 침범하여 동물들을 죽이자 나카타다 모자는 위협을 느끼고, "급한 상황이 생기면 비금을 켜라"는 도시카게의 유언에 따라 비금을 연주한다. 그러자 기타야마가 갑자기 요동을 치며 산사태를 일으켜 무사들을 파묻어 버린다. 이 기타야마에서의 영험은 나카타다 모자가 연주한 비금의 신성성을 표출하고 있을 뿐만 아니라, 그 비금 소리에 의해 나카타다가 아버지인 가네마사와 극석으로 상봉하게 되는 새로운 전환점을 제시하고 있다.

천황의 기타노北野 지역 행차를 수행하던 가네마사는 기타야마에서 계속 들려오는 칠현금 소리를 듣게 된다. 그리고 저렇게 먼 산에서 누가 칠현금을 연주하는지, 그 소리가 요괴의 장난인지, 아니면 선인의 연주인지, 여러 호기심에 이끌려 소리의 근원지를 찾아 나선다. 가네마사가 기타야마를 향해 말을 달리자, 말이 구름에 닿을 듯 높이 날아올라 기타야마로 들어간다. 여기서 가네마사가 기타야마로 들어가는 상황은 이전에 도시카게가 푸른 말을 타고 파사국에 도착한 상황과 매우 유사하다.

이렇게 칠현금 소리에 이끌려 가네마사가 도착한 기타야마는 '숲이 울창한 산', '하늘에 맞닿은 산', '높은 산, 깊은 계곡', '사람 하나 보이지 않는 산', '세상 사람들도 들어오지 않는 산'으로 마치 부처님이 수행을 했다는 '단특산檀特山'과 같다고 표현되고 있다. 여기서 기타야마에 들어선 가네마사의 호칭이 갑자기 '객인'으로 바뀌어 기술되고 있는데, 이것은 기타야마가 속세의 직위나 신분을 무화시키는 이계 공간으로서 기능하고 있음을 나타낸다.

가네마사는 기타야마의 험한 산봉우리를 넘고 넘어, 마치 천인이 내려와 연주하는 듯한 소리의 근원지인 우쓰호 근처에 다다른다. 그리고 거기서 도시카게 딸과 존재조차 알지 못했던 자신의 아들과 극적으로 상봉한다. 가네마사는 깊은 산 속에서 힘들게 생활하고 있는 나카타다 모자를 자신이 있는 헤이안쿄 저택으로 데려가려고 한다. 이에 도시카게 딸은 주저하며 거부하지만, 아들의 미래를 생각하라는 가네마사의 설득 끝에 결국 기타야마를 떠나게 된다.

헤이안쿄로 돌아와 중신 가네마사의 아들로 조정에 등용된 나카타다는 그의 학문, 외모, 그리고 음악적 재능에 의해 많은 귀족들의 관심의 대상이 되었고, 천황가와 최고의 권력 집안인 마사요리 가문의 사윗감으로도 거론된다. 그리고 천황가나 귀족들의 연회에서 연주되는 나카타다의 칠현금 소리는 가문의 영화와 그의 명성을 더욱 드높였다. 이것은 기타야마 우쓰호에서 도시카게 딸로부터 전수받은 나카타다의 음악적 재능에 기인하는 것이었다.

여기서 나카타다의 공간이라고 할 수 있는 기타야마는 대략 헤이안쿄를 둘러싼 북쪽에 위치한 산으로 추정할 수 있다. 이 공간은 이후의 『겐지 이야기源氏物語』에서도 히카루겐지光源氏와 무라사키노우에紫の上와의 만남에 중요한 기능을 하고 있다.

금은유리의 사방사계 '후키아게'

기이紀伊 지방 무로牟婁 고을의 해변가인 '후키아게吹上'는 나카타다의 음악적 재능에 필적하는 스즈시涼의 공간인데, 신센엔神泉苑 정원에서 벌어진 두 사람의 비금 경연은 재능의 극치를 보여주는 장이라 할 수 있다.

여기서 후키아게 궁이 있는 기이 지방 무로 고을은 옛부터 구마노熊野 지방으로 불린 독립성이 강한 지역으로 일본 최남단에 위치하고 있다. 지금의 와카야마 현和歌山県 다나베田辺 부근과 구마노를 포함한 미에현三重県 오와세尾鷲 지방에 해당된다.

그러면 구마노의 지역적 특성이 이 작품의 공간적 배경에 어떻게 투영되어 있는지 살펴보겠다. 먼저 구마노의 '구마熊'라는 지명의 어원 유래에는 몇 가지 설이 있다. '구마'는 고어로 '가미神' 즉 신을 의미할 뿐만 아니라 '숨다隠もる'의 뜻도 가지고 있어, 신 혹은 죽은 자의 영혼이 숨어 있는 곳을 가리키기도 한다. 또한 『일본서기』에 죽은 이자나미伊邪那美 신이 묻힌 장소가 구마노라고 되어 있어 구마노는 점차 '죽은 자의

땅'이라는 인식이 정착되었고, 더 나아가 '정토'와 관계 깊은 성지로서 기능하게 되었다. 이렇듯 구마노는 11세기 후반 인세이 기院政期부터 일본 제일의 영험지로 자리잡는데, 그것은 구마노 전체가 정토신앙의 육성을 배경으로 현세에 존재하는 정토로서 인식되었기 때문이다.

한편 '구마'는 '구석진 곳隈'이라는 어원도 가지고 있는데, 구마노의 구명칭인 '무로室'의 어원 역시 '주변을 둘러싼 곳'을 의미하므로 수도에서 떨어진 변방 지역을 의미한다고 볼 수 있다. 따라서 『우쓰호 이야기』에서 후키아게 궁이 있는 무로 고을, 즉 구마노는 이러한 정토적인 이미지와 변방적인 지역 특성이 반영되어 나카타다의 음악적 재능의 호적수인 스즈시의 이야기가 전개되는 공간으로 기능한다.

일반적으로 '후키아게'라는 장소는 '해변 또는 들판에서 불어오는 바람의 장소'로 전해져 왔으며 후키아게의 해변은 '천인이 항상 내려와 놀다가는 곳'으로 인식되었다. 여기서 후키아게 궁은 서방정토를 구현한 사방사계의 공간으로 형용되고 있어 이상세계의 구축을 엿볼 수 있다. 이것은 후키아게의 공간이 도시카게가 방문한 파사국의 서방정토와 같이 사계의 동시공존, '금은유리金銀琉璃'라는 이세계로 표현된 점에서도 확인할 수 있다.

> 금, 은, 유리, 차거, 마노의 보석이 대전에 깔려 있고, 사면을 둘러싼 동쪽의 편전에는 봄의 산이, 남쪽의 편전에는 여름의 그늘이, 서쪽의 편전에는 가을 숲이, 북쪽에는 소나무 숲이 둘러쌓여 있는 이세계의 모습으로, 꽃의 색깔, 나뭇잎 등의 향기는 각각 달랐고, 향나무 전단, 우담이 어우러져 있는 곳에는 공작, 앵무새가 지저귀고 있었다.

여기서 봄, 여름, 가을, 겨울의 사계가 공존한다는 표현은 이상세계를 투영하고 있으며, 불교회화에서 자주 그려지는 불국토에 가까운 이상향을 묘사하고 있다. 이러한 후키아게 궁의 묘사에 있어 '금은유리'와 같은 호화 어구의 나열은 가상의 이상세계 구현이라고 할 수 있다. 특히 바다 저편에 있는 상상의 이상향인 '도코요'의 언급 또한 이러한 선경적인 성격을 부여하고 있는데, 후키아게 궁의 화려한 '금은유리'의 묘사는 용궁이나 정토를 연상시키는 요소로 작용하고 있다.

한편 스즈시는 최남단 기이 지방의 주인공으로서, 나카타다는 기타야마의 주인공으로서, 두 사람의 공간은 수도 헤이안쿄의 중심에서 떨어진 변방이라는 공통점을 가지고 있는 한편, 해변가와 산으로 대치되어 있다. 이것은 그들의 인물과 재능뿐만 아니라, 공간적인 측면에서도 호적수적인 위치를 상징적으로 나타낸 것이다. 특히 신센엔에서 나카타다와 스즈시의 비금 경연에 천인이 내려오는 천인강림은 그들의 음악적 재능을 극대화시키고 있는데, 나카타다에게 있어서 이곳은 "비금의 소리가 나는 곳이라면 사바세계라도 반드시 찾아가겠다"라는 천녀의 예언이 실행된 공간이라 할 수 있다.

이러한 비금 경연을 통해 나카타다는 천황의 딸과 결혼을 하게 되는데, 이는 가문의 영화를 가져다주는 촉매제의 역할을 한다. 그리고 천황의 딸과의 사이에서 이누미야를 얻음으로써 도시카게 일족으로서의 사명인 비금 전수가 다시 계획된다.

교고쿠로의 회귀와 환상 교향곡

음악적 재능으로 권력과 부를 가지게 된 나카타다는 딸 이누미야가 성장함에 따라 가문의 비금을 전수할 계획을 세운다. 그러던 중 어느 날 폐허가 된 옛 교고쿠 저택의 흔적을 찾게 되고, 그곳을 둘러보다가 서북쪽 구석에 있는 커다란 창고를 발견한다. 기묘한 느낌이 들어 가까이 다가가 보니, 끔찍하게도 거기에는 수많은 시체가 수북이 쌓여 있었다. 나카타다가 놀라 창고를 열어보려고 하자, 갑자기 가와라 부근에서 아흔이 넘은 백발의 할아버지와 할머니가 나타나 그 죽음의 창고에서 물러나라고 애원한다. 그리고 백발 노인은 교고쿠 저택에 얽힌 이야기를 나카타다에게 전한다.

예전에 교고쿠는 이 세상에서는 들을 수 없는 정토음악인 음성악音聲樂 소리가 끊이지 않는 곳이었다고 한다. 그 음성악은 아픈 자를 고치고, 늙은 자도 젊어지게 하는 영험을 지녔기 때문에 그 소리를 듣고자 헤이안쿄의 도성 사람들이 교고쿠 저택에 모여들었다고 한다. 하지만 도시카게의 사후 폐가가 된 교고쿠 저택에 가와라 부근에 사는 부랑자들이 침입해 창고에서 무언가를 훔치려고 다가서면 어디선가 눈에 보이지 않는 정체 모를 자가 나타나 활을 쏴서 사람들을 죽이는 괴이한 일이 벌어졌다는 것이다. 나카타다는 이 이야기를 들은 후, 창고에 조부인 도시카게의 혼이 잠재되어 있다는 것을 알아차리고, 혼을 달래고 창고를 연다. 그리고 거기서 도시카게 일가의 흔적을 찾은 나카타다는 일족의 정체성을 깨닫고, 이누미야에게 비금 주법을 전수하기 위해 살고 있는 헤이안쿄의 저택 산조인三条院에서 교고쿠로 다시 회귀한다.

나카타다가 비금을 전수할 최적의 장소로 교고쿠을 선택한 것은 비금 전수의 신성성을 유지하기 위해 세속적인 세계에서 이세계적인 공간으로의 회귀가 필요했기 때문이다. 회귀한 교고쿠 저택은 황폐했지만, 그 정원만은 벚꽃, 단풍 등 세상의 모든 나무와 사계의 꽃들이 함께 어울려 피어있는 아름다운 이세계적인 정취를 자아냈다. 원래 교고쿠의 정원은 도시카게에 의해 조영된 공간으로, 나카타다는 이처럼 자연과 완벽하게 조화된 곳에 비금의 주법 전수를 위한 누각을 세워 음악과 자연의 일체를 수용하고자 했던 것이다. 이렇게 새로운 이상향으로 재탄생한 교고쿠는 도시카게 딸이 옛 교고쿠를 회상케 하는 계기가 되고, 나카타다의 비금 전수 의지와 함께 도시카게 일족의 주체성을 확인시키는 공간으로 작용한다.

하지만 도시카게가 관직을 버리고 교고쿠의 저택에서 비밀스럽게 딸에게 비금을 전수했던 것과는 달리, 나카타다는 극락정토에 가까운 누각을 조성하여 이곳에서 칠현금의 최고의 가치를 알리기 위해 환상적인 비금의 피로를 구상한다. 이 누각은 환상 교향곡이 펼쳐지는 무대로서 나카타다의 권력과 융합된 공간이자, 이세계가 구현된 곳이라고 할 수 있다. 누각 조영에 있어 나카타다는 먼저 저택 사면에 담장을 높게 세워 비금 장소를 일상공간과 격리시키고, 조상신의 보호를 받기 위해 조부 도시카게 묘지 터에 염송당念誦堂을 세운다. 그리고 서쪽 누각에는 어머니를, 동쪽 누각에는 딸 이누미야를 배치하고, 두 개의 누각 사이에 곡선교를 설치하여 비금 전수를 총괄한다. 누각 주변에는 정취 있는 연못이, 누각 천장에는 고구려 비단과 당나라 명주 장식이, 각각의 처소에는 나전과 구슬을 박아 넣은 화려한 조영 장식이 누각의 아름다움을 더했다. 마치 '금은유리'의 이세계를 조영한 듯한 누각의 정경은 눈이 부실 정도로 빛났고, 이러한 시각적인 아름다움과 함께 누각 주변에는 항상 신비한 향기로 가득 차 있었다. 여기서 누각 주위를 맴도는 향기에 대한 반복적인 묘사는 비금 소리의 청각적 요소와 함께 이상향을 극대화시키는 요소로 작용하고 있다.

이렇게 조영된 교고쿠의 누각의 경관은 아버지 가네마사를 비롯한 천황가 사람들에게 감동을 불러일으킬 만큼 '이 세계에 존재하지 않는' 이상향으로 비추어지고 있다. 그리고 마침내 환상 교향의 무대인 누각에서 나카타다에게 있어 일생의 커다란 사명이었던 이누미야의 비금 주법전수의 완성을 알리는 피로가 행해진다. 도시카게 딸이 아버지를 회상하며 비금의 주법전수가 완성됐다는 행복감에 젖어 비금을 연주하자 천변지이의 기적이 일어난다. 그 뒤를 이은 이누마야의 연주 또한 천상의 음성악으로 눈물 흘리지 않는 자가 없을 정도로 사람들을 감동시킨다. 이누미야의 음악적 재능은 결국 천황가로부터 동궁비 내정이라는 영화를 보상받고, 비금 전수 이야기는 대단원의 막을 내린다.

이처럼 교고쿠의 저택은 비금 주법이 대대로 전수된 도시카게 일족에 있어서 '예도藝道의 미'를 이루는 장소이자, 도시카게의 예언적 성격을 지닌 유언의 실현 공간이다. 즉『우쓰호 이야기』의「도시카게」권과 연장선상에 있는 도시카게 일가의 비금 전수 완성이「로노우에」 즉 '누각 위'라는 공간의 이름으로 마지막 장의 막을 내리는 것은 칠현금 이야기의 전개에 있어서 결정적인 공간의 위상을 보여준다.

신비의 소리는 전해지고

『우쓰호 이야기』의 비금 전수 이야기에 있어 공간적 특징은 비금에 의한 천인강림과 천변지이의 영험이 실행되는 장소로 헤이안쿄의 도시 중심에서 벗어난 도시 외부가 설정되었으며, 그 공간들이 모두 현세계를 초월한 이상향을 추구하고 있다는 점이다. 이 작품은 헤이안 시대 사람들의 음악에 대한 인식을 살펴볼 수 있는 하나의 통로로서, 이러한 도시카게 일가의 비금 전수 이야기는『겐지 이야기』의「와카나 하若菜下」권에서 다시 히카루겐지의 입을 통해서 회자된다.

> 칠현금이라는 것은 역시 배우기가 어려워 간단히 손댈 수가 없다. 칠현금의 완벽한 주법을 익힌 선인들은 그 소리로 천지를 움직이고 귀신의 마음을 부드럽게 하였다. 그리고 비탄에 빠진 자도 기쁘게 하고, 신분이 낮고 빈곤한 자도 출세해 부귀를 누리는 경우도 많았다. 칠현금이 전파될 무렵 사람들은 그 주법을 완벽히 배우려는 생각으로 오랜 세월을 알지도 못하는 나라에서 지내며 자기 몸을 내던지면서까지 칠현금을 배우려 했다.……사실 뛰어난 칠현금의 소리는 하늘의 달과 별을 완전히 움직여 제철도 아닌데 서리나 눈

을 내리게 하고 먹구름을 몰고와 천둥을 치게 한 적도 옛날에는 있었다.

이렇게 『우쓰호 이야기』에 있어 도시카게 일족의 칠현금 이야기가 신성성을 가지고 전해지는 것은 비금 전수와 피로에 공간의 이계성이 설정되었기 때문이다. 칠현금 이야기를 전개하는데 있어 파사국의 이향 방문담으로부터 시작하여 교고쿠, 기타야마의 우쓰호, 후키아게 등의 이세계적인 공간 설정은 어쩌면 우리가 사는 현실 세계와 거리가 있는 공간에 대한 동경에 기인하고 있는 것은 아닐까 하는 생각이 든다.

참고문헌

秋沢亙, 「北山幻想－『源氏物語』若紫巻の表現と時空」(『論叢源氏物語 4』, 王朝物語研究会, 2002.5)

稲員直子, 「吹上の宮の世界－『うつほ物語』の「花紅葉」表現との関わりから－」(『会誌』第18, 日本女子大学大学院会誌, 1999. 3)

野口元大, 「霊異と栄誉－「楼の上」の主題－」(『講座 平安文学論究(第十二輯)』, 風間書房, 1997)

室城秀之, 「うつほ物語における〈都市〉」(『うつほ物語の表現と論理』, 若草書房, 1996)

田中隆昭, 「北山と南岳－源氏物語若紫巻の仙境的世界」(『国語と国文学』, 東京大学国語国文学会, 1996.10)

江戸英雄, 「うつほ物語と＜仏国土意識＞－俊蔭漂流の物語と然入唐原文との比較から」(『日本文学』44, 日本文学協会, 1995.2)

斎藤正志, 「うつほ物語における源涼譚の構成と形象」(『二松』7-3, 二松学舎大学 1993)

坂本信道, 「楼の上巻名試論－『宇津保物語』の音楽－」(『国語国文』, 京都帝国大学国文学会, 1991.6)

高橋享, 『物語と絵の遠近法』, ぺりかん社, 1991.

室城秀之, 「『うつほ物語』の空間－吹上の時空をめぐって」(『国語と国文学』,東京大学国語国文学会, 1987.5)

住谷智, 「三条院物語試論－『宇津保物語』あて宮求婚譚の構造」(『中古文学論攷4』, 早稲田大学大学院中古文学会, 1983.12)

사진출처

〈그림 1〉 http://www.wul.waseda.ac.jp/Libraries/xmas2003.html

〈그림 2〉 http://www.asahi-net.or.jp/~tu3s-uehr/utuholist.htm

공간으로 읽는
일본고전문학

전설의 고향

비와 호 위에 화현한 약사여래. 滋賀桑実寺蔵(『すぐわかる絵巻の見かた』, 東京美術, 2004년)

공간으로 읽는
일본고전문학

나라의 사찰에 얽힌 영험담

이 예 안

일본영이기

일본 최초 불교설화집인 『일본영이기』는 야쿠시지 사원의 승인 교카이가 당나라의 『명보기』와 『반야험기』 등의 영향을 받아 상 · 중 · 하 세 권으로 정리한 것이다. 상권 35화, 중권 42화, 하권 39화 총116화로 되어 있는 『일본영이기』의 현재본은 헤이안 시대에 성립된 것으로 추정된다. 『일본영이기』가 편찬된 시기는 정치적인 불안과 장기간의 에비스 토벌, 나가오카·헤이안 수도의 조영에 의한 국가재정 부실, 그리고 기근과 역병이 만성한 시대였다. 이러한 시대에 대한 위기의식을 느낀 교카이는 민중구제의 목적으로 『일본영이기』를 편찬했다고 한다. 교카이는 불교의 인과사상을 구체적인 설화로써 제시하고 민중들을 교도하여 말세사회의 불안한 인심을 극복하려고 했던 것이다. 인과사상을 바탕으로 한 선과 악에 대한 생생한 묘사는 『일본영이기』의 큰 매력이라고 할 수 있다. 서문에 일본 불교는 백제를 통해 받아들였다고 밝힌 만큼, 한·일 불교사와 교류사 연구에 귀중한 자료로 평가받고 있다.

불교설화문학의 태동과 사도승

긴메이欽明 천황(재위539~571년) 때 귀족층에 의해 받아들여진 일본불교는 8세기에 들어와 지방 호족층까지 침투된다. 즉 불교가 민간에까지 침투했다고 할 수 있다. 당시 지방 호족은 피지배자 측에 있었지만 실력으로 자신들이 거주하는 지역에 세력을 확대하고 서로 교류하면서 한자와 불교를 받아들여 하나의 계층으로서 자리잡아가고 있었다. 지방 호족들이 원하는 것은 그때까지 폐쇄적인 씨족사회에서 전해져 내려온 신화가 아니었다. 또한 토지나 사물에 얽혀 전승되는 전설도 아니었다. 무엇보다도 그들에게는 현실에서 자신들의 원하는 바를 충족시켜줄 형태의 문학이 필요했다. 바꾸어 말하면 신이나 천황을 대신해 자신들이 이야기의 주인공이 되길 원했다. 바로 그 무렵 불교는 대중에게 인간존중 및 불법에서의 인간평등을 교설한다. 이러한 분위기 속에 특히 인생에 고뇌를 느낀 자들은 사경생写経生·우바새優婆塞·설교승說教僧이 되어 속세를 떠나 불도佛道에 힘쓰게 된다. 이들 대부분이 지방 호족 출신이었다.

나라奈良 시대(710~784년)의 율령국가는 도다이지東大寺를 건립하고 전국에 고쿠분지国分寺·고쿠분니지国分尼寺를 창건했다. 이와 병행해서 각 지역의 호족들도 개인 소유의 절과 사당을 세우고 유려한 불상을 주조했다. 조화로운 칠당가람七堂伽藍은 사람들을 놀라게 하고, 미소를 띤 불상은 자비와 동경의 마음을 가르쳤다. 외래의 교의教義를 갖춘 불교가 고유신앙 속에서 살아온 사람들 사이에 불러일으킨 혼란은 아주 컸다. 이처럼 외래와 토착, 율령귀족인 지배자와 민중인 피지배자, 관청 소유의 절과 개인사유의 절이라는 대립과 모순 속에 특히 클로즈업되는 존재는 사도승私度僧, 즉 설교승이라고 불리는 자들이었다. 사도승이란 고대의 이야기꾼 가타리베語部나 헤이안平安 시대(794~1192년) 후기의 비파를 타며 이야기를 전한 맹인 스님 비파법사琵琶法師와도 그 성격을 달리한다. 그들은 율령국가의 허가를 얻지 않은 채 승이 된 자들이지만, 그래서 오히려 인생에 대한 진지한 문제의식을 갖고 있었다. 민중 측에선 사도승의 특색은 불교가 토착신앙과 융합되고 있다는 점이다. 관승官僧이 아닌 그들은 자신과 가족의 생활비를 탁발이나 세속의 생업에 의지해야만 했다. 이러한 힘든 처지가 그들로 하여금 현실에서의 인간의 추악한 면이나 수치를 통해 인생을 응시하는 안목을 생겨나게 했다. 인간은 선하기만 한 존재가 아니다. 선악의 양면을 갖고 있는 것이 인간의 본모습이다. 사도승이 중심이 되어 개척한 문학은 그들의 입장을 반영하고 현실의 인간을 비평적인 시점에서 파악함과 동시에 남녀노소의 생태까지 생생하게 묘사해냈다. 이렇게 그들이 만들어낸 설화에는 이전의 『고사기古事記』나 『일본서기日本書紀』에서는 볼 수 없었던 사실적 표현이 많이 보인다.

『일본영이기』의 편자 교카이景戒도 사도승이었다. 그는 오랜 포교활동의 결과물로서 설화집 편찬을 시도했다. 편찬목적에 대해서는 각권 서문에서 밝히고 있는데, 중국의 『명보기冥報記』와 『반야험기般若驗記』 등의 영향을 받아 일본에서 일어난 불교에 관한 신비한 이야기나 선인선과善因善果의 이야기, 악인악과悪因悪果의 이야기 등을 모아 사람들에게 선을 행할 것을 권하고 함께 극락왕생할 목적으로 편찬한 것이라고 한다.

편찬은 헤이안 시대 초기이지만 『일본영이기』속 이야기의 배경은 대부분 나라 시대 혹은 나라 시대 이전이다. 그리고 『일본영이기』는 야쿠시지薬師寺를 비롯하여 도다이지나 간고지元興寺 등 나라 시대의 불교나 사원에 관한 이야기가 많다. 여기에 사찰에 얽힌 이야기를 소개하고, 사도승 교카이의 『일본영이기』의 세계에 대해서도 생각해보고자 한다.

도조 법사와 간고지의 전설

간고지에 얽힌 이야기는 『일본영이기』의 상권 제3화, 상권 제12화, 중권 제1화에 수록되어 있다. 여기에서는 상권 제3화를 소개해보고자 한다.

옛날 비타쓰敏達 천황(재위572~585년) 때 지금의 아이치 현愛知県 나고야시名古屋市 부근인 가타와片䋎 지역의 한 농부가 논밭에 물을 대고 있었다. 그런데 비가 와서 나무 아래에서 비를 피하며 철제 지팡이를 땅에 꽂아 놓았는데 때마침 벼락이 쳤다. 농부는 무의식 중에 철제 지팡이를 치켜들었고, 바로 그 순간 벼락이 농부 앞에 떨어지더니 작은 아이의 모습으로 변했다. 농부가 지팡이로 치려 하자 벼락은 "살려주세요. 반드시 은혜를 갚겠습니다"라고 했다. 농부가 "무엇으로 갚겠다는 거냐"라고 하자, 벼락은 "당신에게 자식을 점지할 테니 나를 위해 녹나무로 물통을 만들어 물을 넣고 대나무 잎을 띄어 주십시오"라고 답했다. 벼락은 "가까이 오시면 안 됩니다"라며 농부를 물통 가까이 오지 못하게 했다. 그리고는 순식간에 안개를 일으켜 주위를 흐리게 하더니 하늘로 올라가 버렸다. 그 후 태어난 자식의 모습은 요상했는데, 머리에는 뱀이 휘감겨 있었고 머리와 꼬리가 후두부에 늘어져 있었다.

아이가 열 살쯤 되었을 때 조정에 힘이 센 사람이 있다는 소문을 듣고 시험 삼아 힘겨루기를 해볼 생각으로 궁궐 근처에 가서 살게 되었다. 궁궐 동북 끝에 위치한 별원에 힘이 엄청나게 센 왕이 살고 있었는데, 그 왕은 그곳에 있던 8척이나 되는 돌로 그 아이와 던지기 시합을 여러 차례 했지만 그 아이를 이길 수는 없었다.

그 후 이 아이는 간고지의 동자童子가 되었다. 그 무렵 이 절 종루에서 밤마다 사람이 죽는 일이 일어났다. 동자는 승에게 "제가 이 재난을 해결하겠습니다"라고 했다. 승들은 이를 허락했다. 동자는 종루 네 귀퉁이에 네 개의 등불을 준비하고 네 명을 대기시켰다. 네 명에게 "내가 괴물을 잡으면 일제히 등불 덮개를 열어주세요"라고 부탁했다. 그리고 동자는 종루 문에 숨어 있었다. 한밤중에 괴물이 와서 동자가 있는 것을 보고 모습을 감추었다. 괴물은 다시 심야가 되어 종루 안으로 들어왔다. 즉시 동자는 괴물 머리채를 잡아 끌어당겼다. 괴물이 밖으로 도망치려 하자 동자는 안쪽으로 끌어넣었다. 대기시킨 네 명은 당황한 나

〈그림 1〉 간고지 동문

머지 머리가 멍해져서 등불 덮개를 열 수가 없었다. 동자는 저항하는 괴물을 끌면서 네 귀퉁이를 차례로 돌아 등불 덮개를 열었다. 새벽녘에 괴물은 머리가 완전히 벗겨진 채 겨우 도망을 갔다. 다음날 그 괴물이 흘린 핏자국을 따라가 보니 이 절의 악귀가 묻힌 곳에 이르렀다. 거기서 처음으로 괴물은 그 악귀의 영혼임이 판명되었다. 이 설화에 등장한 괴물의 두 발은 지금도 절의 보물로 간고지에 보관되어 있다고 한다.

그 후 동자는 출가하지 않은 속세의 불교 신자인 우바새가 되어 계속해서 간고지에 살며 이 절에 논밭을 만들어 물을 대었다. 왕이 물을 대는 것을 방해해서 논밭이 말라비틀어지고 있을 때 이 우바새가 왕들과 힘 대결로 다시는 가뭄에도 논밭이 마르지 않도록 조처를 취한다. 그리고 우바새는 승이 되는 의식을 치르고 도조道場 법사가 된다. 이야기 끝에 도조 법사가 괴력의 힘을 지닐 수 있었던 것이 전세前世에 선업善業을 쌓았기 때문이라고 덧붙이고 있다.

도조 법사는 뇌신雷神의 성격을 갖고 있다. 앞서 땅에 떨어진 벼락 아이가 농부에게 녹나무로 배를 만들어 물을 넣고 대나무 잎을 띄어 주니 승천한다는 이야기는 상권 제3화의 논밭에 낙뢰가 떨어지면 그 구역에 푸른 대나무를 세우고 금줄을 달아 뇌신이 다시 승천할 수 있도록 한다는 관동關東 지방의 이야기와 일맥상통한다. 도조 법사가 뇌신의 자식으로 태어날 때 머리에 뱀이 휘감겨 있었다고 하는 뇌신사신雷神蛇神의 신앙은 『풍토기風土記』 등에 많이 보인다. 즉 상권 제3화에서도 불교가 토착신앙인 뇌신사신 신앙과 혼융하고 있다는 것을 알 수 있다.

관음의 영험지 고후쿠지

1998년에 유네스코 세계유산으로 지정된 고후쿠지興福寺는 나라 7대 사찰 중의 하나로서, 669년 후지와라 가마타리藤原鎌足가 중병에 걸렸을 때 부인 가가미노오키미鏡大王가 남편의 회복을 기원하여 야마시나山階에 건립한 야마시나데라山階寺가 그 기원이다. 그 후 710년에 나라로 이전하여 고후쿠지로 명명했다. 고후쿠지에 관한 이야기는 『일본영이기』의 상권 제6화와 하권 제2화에 수록되어 있는데, 상권 제6화를 소개한다.

장로 법사 교젠行善은 스이코推古 천왕(재위592~628년) 때 유학생으로 고구려에 가서 학문에 정진했다. 고구려가 멸망하자 여러 나라를 정처 없이 헤매 다녔다. 우연히 어느 강변에 이르렀는데 다리는 무너지고 배도 없어 강을 건널 방법이 없었다. 끊어진 다리 근처에 앉아 오로지 관음에 기원했다. 그때 한 노인이 배를 타고 와 교젠을 태워 함께 강을 건넜다. 교젠이 배에서 내려 길에 올라 뒤를 돌아보니 노인과 배의 모습이 온데간데없이 사라졌다. 교젠은 이런 믿기 어려운 상황을 혹시 관음이 인간의 모습으로 나타나 도와준 것은 아닐까 생각했다. 이에 교젠은 빨리 발원해서 관음상을 만들어 모시겠노라고 부처님께 약속한다. 그 후 교젠은 당에 들어가 발원대로 관음상을 만들고 밤낮으로 정성을 다해 숭앙했다. 사람들은 이후 교젠을 강변 법사라고 명명했다. 이 강변 법사의 성격은 천성적으로 인내심이 강하여 당의 황제도 귀하게 여겼다. 그 후 우연찮게 일본에서 당으로 건너간 견당사遣唐使의 배로 일본에 돌아올 수 있었다. 귀국 후부터는 고후쿠지에 살며 예의 관음상 공양을 게을리하지 않았다.

〈그림 2〉 고후쿠지의 오중탑과 동금당

이는 선보善報의 이야기로 이외에도 『일본영이기』에는 사경写経이나 불상의 조영으로 재난에서 벗어나는 이야기가 많다. 상권 제6화도 고후쿠지의 법사 교젠에 한정된 이야기가 아니고 그 당시 민중들이 불교에 대해 품었던 사상이며, 또한 불교를 매개로 해서 본 사회의 실상이기도 하다.

도요라데라 불상의 기묘한 이야기

나라 현 다카이치高市 고을의 아스카明日香 지역에 있던 도요라데라豊浦寺는 불교가 일본에 들어와 순탄하지 않았던 역사적 배경을 불상과 관련하여 전하고 있는 절이다. 즉 불교 신봉자인 야스노코屋栖野古가 불교 전래 초기에 숭불파와 배불파의 싸움에서 불상을 지켜낸 이야기이다.

야스노코는 천성이 맑은 사람으로 불·법·승의 삼보三宝를 믿고 공경했다. 야스노코의 전기에 보면 다음과 같은 이야기가 있다. 비타쓰 천황 때에 이즈미和泉 지방의 바다에서 악기 소리가 들렸다. 그 소리는 피리·쟁·거문고·공후 등을 합주하고 있는 것 같았다. 또 어느 때는 천둥소리처럼 들렸다. 낮에는 울리고 밤에는 빛을 발하며 그 소리와 빛은 동쪽을 향해 흐르고 있었다. 야스노코가 이 사실을 천황께 아뢰었지만 답이 없었고, 다시 황후께 여쭈었더니 직접 조사하라고 명한다. 가서 보니 빛과 소리가 있었고 벼락을 맞은 녹나무가 있었다. 야스노코는 황후에게 이 사실을 아뢰고 녹나무로 불상 만드는 것을 허락받아 불상을 완성시켰다. 그리고 이 불상을 도요라데라에 안치하자 많은 사람들이 참배하고 숭상했다. 현재 고겐지廣嚴寺가 자리한 곳에 위치했던 도요라데라는 일본 최초의 절이었던 것이다.

그런데 막강한 무사 집안 태생인 모노노베노 모리야物部守室가 황후에게 불상을 나라 안에 안치하지 말고 멀리 버릴 것을 진언했다. 이 이야기를 듣고 황후가 야스노코에게 빨리 불상을 숨기라고 했고, 야스노코는 명에 따랐다. 모리야는 절에 불을 지르고 많은 불상을 강에 버렸다. 그리고 야스노코에게 말하기를,

> "지금 나라 안에 재해가 일어나는 것은 이웃나라 백제에서 온 객신 상을 국내에서 숭상하고 있기 때문이다. 빨리 이전의 객신 상을 찾아내라. 지금 당장 본래의 땅으로 흘려 보내라"

라면서 맹렬히 공격했다. 그러나 야스노코는 완강히 이를 거절하고 마지막까지 이 불상을 내놓지 않았다. 이후 모리야는 나라를 상대로 모반을 일으켰다가 사형에 처해진다. 그 후 이 불상을 다시 꺼내서 후세에 전하게 되었다. 지금 요시노吉室의 히소데라窃寺에 안치되어 빛을 발하고 있는 아미타 불상이 바로 그것이다.

이 이야기에서 불상을 불교의 상징으로 생각하고 있으며, 또한 이웃나라 객신으로 받아들이고 있다. 다시 말하면 이것이 당시 사람들의 마음에 그려진 불상의 이미지라고도 할 수 있다.

불교가 일본에 전래된 것은 긴메이 천황 13년인 552년으로 전해지고 있다. 그러나 이것은 어디까지나 공적인 형태이고 그 이전에 사적인 경로를 통해서 들어왔을 것이다. 어쨌든 이러한 과정에서 일본 고유 종교인 신도神道와의 마찰로 적지 않은 거부 반응과 저항 등이 있었을 것

이다. 긴메이 천황 13년인 552년부터 비타쓰 천황 14년인 585년에 걸쳐 일어난 일련의 불교 배척사건의 주역이 모노노베라는 신도와 깊이 관계된 씨족이었다는 사실은 이를 상징적으로 말해주고 있다. 이러한 역사적인 불교배척 사건을 『일본영이기』에서는 불상이 수난을 당하는 이야기로 소개하고 있다.

이 상권 제5화 이야기는 불상에 대한 기이한 이야기, 불상이 수난을 겪는 이야기, 그 수난에서 불상을 지켜낸 이야기가 순서대로 서술되고 있다. 이 불상의 기묘한 이야기 및 수난 이야기를 통해 불상에 대한 관심을 불러일으키고, 나아가 불상과 그리고 불상이 안치된 절에 대한 신앙심을 고취시키려는 의도가 숨어 있다고 할 수 있다.

의각 법사와 구다라지

구다라지百濟寺는 비와 호琵琶湖의 동쪽, 스즈카 산맥鈴鹿山脈의 서쪽에 위치해 있다. 스이코 천황 606년에 성덕태자가 건립했다고 하는 이 절의 기원을 살펴보면 다음과 같다. 당시 성덕태자가 일본을 방문한 고구려의 승 에지惠慈와 함께 이 땅에 도착했을 때, 산속에서 신비스러운 빛이 흘러나온다. 그 빛의 근원을 찾아 가니 영험한 삼나무가 있었다. 태자는 그 삼나무를 뿌리 채로 서있는 상태에서 조각해 십일면관음十一面觀音 상을 만들고 그 상을 에워싸듯이 사당을 지었는데 이것이 구다라지의 시초라고 한다. 이 절은 백제의 용운사龍雲寺를 모방해 지었기 때문에 일본말로 '백제'라는 뜻인 구다라지로 명명되었다고 한다.

이러한 유래가 있는 구다라지에 한국과 일본 승들의 교류를 엿볼 수 있는 이야기가 전해지고 있다. 의각義覺 법사는 본래 백제 사람이었다. 법사는 백제가 멸망하자 일본으로 건너와 지금의 오사카 이쿠노生野 지역의 샤리지舍利寺로 추정되는 구다라지에 살았다. 의각 법사는 불교를

〈그림 3〉 구다라지 터
(『古事記·日本書紀を歩く』, JTB, 1995년)

두루 익히고 항상 반야심경을 독송했다. 어느 날 에기慧義라는 승이 밤에 문득 의각 법사의 방을 보니 빛이 찬란하게 빛나고 있었다. 에기가 이상하게 여겨 방안을 몰래 보니 의각법사 입에서 빛이 나오고 있었다. 다음날 의각 법사는 제자들에게 다음과 같이 말한다.

> "나는 지난 하룻밤 사이에 반야심경을 백번 독송했다. 독송이 끝나고 눈을 떠보니 방안의 네 개의 벽을 투시해 문밖의 정원 안까지 확실히 볼 수 있었다. 이상하게 여겨 방에서 나와 사원의 경내를 돌아보고, 다시 방으로 돌아와 실내를 보니 벽도 문도 원래대로 닫혀 있었다. 그래서 이번에는 문밖에서 반야심경을 독송하자 또 전처럼 벽과 문 등을 투시해 밖에서 안을 완전히 볼 수 있었다"

이것은 반야심경의 영험에 관한 이야기로, 그 반야심경을 독송한 의각 법사 역시 위대한 사람이라고 평하며 이야기를 끝맺고 있다.

『일본영이기』사찰 여행을 마치며

사도승 교카이의 『일본영이기』를 읽고 있으면 사찰의 불상, 승, 탑의 신비한 이야기에 접하게 된다. 상권 제3화의 간고지의 이야기는 괴력을 지닌 도조 법사의 이야기로 말미에 불교의 인과사상과 연결시켜 비평하고 있지만, 이야기 자체는 불교와 관계가 없다. 그렇지만 이 이야기를 통해서 토착신앙과 불교가 습합되어가는 과정을 엿볼 수 있다. 상권 제6화의 고후쿠지의 이야기는 그 당시 민중들이 외래종교를 통해서 얻고자 했던 바람일 것이다. 상권 제5화의 도요라데라의 불상 이야기는 불교가 일본에 들어와 순탄하지 않았던 역사적 배경을 생생하게 그려내고 있다. 그리고 상권 제14화는 구다라지의 고승의 영험에 관한 이야기로 당시 한일 불교 교류의 일면을 보여주고 있다.

교카이는 불교의 인과사상을 말하면서도 결코 신앙으로서의 불교 이야기에 그치지 않고 당시의 시대상을 조명해내고 있다. 불교의 시점에서 그 당시의 인간의 행동이나 세태를 생생하게 그려내고 있는 것이다. 그래서 교카이의 이야기를 따라가다 보면 우리는 어느새 수천 년 전의 역사와 마주하게 되는 감동을 느끼게 된다.

참고문헌

中田祝夫 校注·訳,『日本霊異記』(「新編日本古典文学全集」 10, 小学館, 2001)
出雲路修 校注,『日本霊異記』(「新日本古典文学大系」 30, 岩波書店, 1996)
守屋俊彦,『日本霊異記論』, 和泉選書, 1985.
日本霊異記研究会 編,『日本霊異記の世界』, 三彌井選書, 1982.
濱田隆,『極楽への憧憬』, 美術出版社, 1975.

사진출처

〈그림 1〉 http://ja.wikipedia.org
〈그림 2〉 http://ja.wikipedia.org/wiki/%E8%88%88%E7%A6%8F%E5%AF%BA

공간으로 읽는
일본고전문학

영산과 불법의 이야기

문 인 숙

금석 이야기집

12세기 초 고대 설화집의 다양한 흐름을 흡수하고 통합해서 성립된 『금석 이야기집』은 작자 또는 편자와 성립연대, 동기, 과정 등이 모두 미상인 일본 최대의 설화집이다. 31권으로 구성된 『금석 이야기집』은 인도(천축), 중국(진단), 일본(본조)으로 나뉘어 1,200여개의 불교설화와 세속설화를 담고 있으며, 그 이야기들을 사실적이고 박진감 넘치는 필치로 다루고 있다. 특히 일본 부분 세속설화의 등장인물은 무사·농민·서민·유녀·도둑·거지에 이르는 다양하고 폭넓은 계층을 아우르고 있어서 서민성이 강한 작품이라고 할 수 있다. 또한 간결한 문체와 이야기의 빠른 전개 등이 특징적이다. 설화문학의 대표적 작품으로 중세의 『우지슈이 이야기』와 같은 설화에도 많은 영향을 주었으며, 근대 작가들에게도 큰 영향을 줬다. 대표적으로 근대 작가 아쿠타가와 류노스케, 기쿠치 히로시가 『금석 이야기집』의 이야기를 소재로 소설을 써서 다시 주목을 받았다.

일본 불교 신앙의 모태, 히에이 산

『금석 이야기집今昔物語集』은 나라奈良와 교토京都 지역의 주요 사찰과 관련된 설화가 총망라되어 있어 마치 일본의 문화유산 답사기를 보는 느낌이 드는 작품이다. 작품 속에 나오는 나라와 교토 지역의 주요 사찰들은 오랜 역사와 전통을 자랑하는 훌륭한 사원들로 대부분 유네스코 세계문화유산에 등록되어 있다. 이 글에서는 특히 일본 불교의 성지라고 할 수 있는 히에이 산比叡山과 고야 산高野山의 사찰을 중심으로 살펴보겠다.

산 중의 산으로 칭송받는 일본 제일의 영산 히에이 산은 교토와 시가 현滋賀県의 경계에 위치해 있으며, 에이잔叡山, 북령北嶺, 천태 산天台山, 도후지都富士 등과 같은 이름으로도 불린다. 동쪽으로는 천태약사天台藥師의 연못이라는 일본 제일의 호수인 비와 호琵琶湖를, 서쪽으로는 옛 수도인 교토 거리를 한 눈에 조망할 수 있는 유명 경승지로, 『고사기古事記』에서도 그 유래를 찾을 수 있는 유서 깊은 곳이다. 또한 히에이 산은 일본 불교의 많은 종단과 여러 종파의 시조와 고승을 배출한 일본 천태종의 총본산이자 학문과 수행의 도장으로 오늘날 일본 불교 신앙의 모태로 추앙받고 있다. 이러한 자연환경 속에서 1,200년의 역사와 전통을 높이 평가 받아 1994년 유네스코 세계문화유산에 등록되었다.

히에이 산의 엔랴쿠지延曆寺는 동탑東塔, 서탑西塔 그리고 요카와橫川 등 세 지역의 가람을 총칭한 이름이지만, 전성기의 엔랴쿠지는 3천 칸에 달하는 가람들이 건립되어 히에이 산 전체가 엔랴쿠지라고 해도 좋을 만큼 거대한 규모를 자랑했다고 한다.

『금석 이야기집』에서도 히에이 산 관련 설화는 특히 불법설화에서 많은 비중을 차지하고 있다. 작품 속의 불법부는 성덕태자聖德太子(573~621년)가 일본에 불교를 전파하는 이야기로 시작해서 여러 종파의 전래와 사찰의 성립 과정, 불상을 만드는 이야기 등을 설화적으로 서술하여 사실상 일본 불교의 연혁을 밝히고 있다.

후에 히에이 산의 엔랴쿠지를 창설하게 되는 덴교伝教 대사 사이초最澄는 당시의 천태경전에 자구字句가 틀리고 누락된 부분이 많음을 한탄하며, 승려 구카이空海 등과 함께 당나라에 들어가 보살계를 받고 밀교를 배워 돌아왔다. 그가 천태 계통의 경전 120부와 밀교 경전 102부를 얻어 히에이 산으로 돌아온 역사적 사실을 『금석 이야기집』에서는 신의 계시를 받은 사이초가 "병 속의 물을 옮겨 붓듯이" 많은 불경을 가지고 돌아왔다고 묘사하고 있다. 돌아온 사이초는 먼저 우사하치만구宇佐八幡宮의 신 앞에 예배를 드리며 법화경을 읊고 다음과 같이 말한다.

> 나는 염원대로 당나라에 건너가 천태종 법문을 전수받아 돌아왔습니다. 이제 히에이 산을 건립하고 많은 승려를 그곳에 머물게 해서 유일무이한 천태종을 열어, 이 세상의 모든 중생과 미물이 성불하도록 깨달음을 얻게 해 온 나라에 퍼지게 하려고 합니다. 본존에 약사불을 만들어 모든 중생의 병을 치유하려고 합니다.

천태종의 개종을 알리는 사이초가 우사하치만 신 앞에서 예배를 드리는 의식은 불교와 신도神道가 융합한 신불습합神佛習合 사상을 엿볼 수 있는 한 장면이다. 신불습합 사상은 나라奈良 시대(710~784년)에 신사의 경내에 사원을 세운 것에서 시작되는데, 그 후 도다이지東大寺에서 큰 불상을 만들 때도 우사하치만宇佐八幡 신을 수호신으로 모시고 제사를 지낼 정도로 헤이안平安 시대(794~1192년) 불교의 일반적 모습이었다.

그 후 사이초가 히에이 산에 절을 건립하고 약사불상을 만들어 천태종의 시작을 가스가 신사春日神社의 신에게 아뢰자 보랏빛 구름이 산봉우리에서 피어올랐다. 이러한 신성하고 상서로운 징조와 함께 일본 천태종의 서막이 열리게 된다.

그는 "승려가 한 사람을 교화시키면 8만 4천개의 탑을 쌓는 공덕보다 더 훌륭하다"며 포교활동에 힘을 쓰다 56세의 나이로 입적했다. 천태종은 그가 입적한 다음 해에 확고한 기초를 다져 명실상부한 일본 최초의 종단으로서 자리를 잡게 된다. 그리고 오늘날 일본의 국보로 지정된 엔랴쿠지의 곤폰추도根本中堂에 사이초가 직접 만들었다는 약사불상이 안치되어 있다.

일본 최고의 사찰 엔랴쿠지

사이초의 뒤를 이어 지카쿠慈覺 대사 엔닌圓仁이 엔랴쿠지의 기초를 닦았다. 그가 남긴 『입당구법순례행기入唐求法巡禮行記』는 장보고에 관한 사료가 담긴 책으로도 유명하다. 이러한 인연으로 지금도 엔랴쿠지의 경내 한쪽에는 장보고의 사당이 있다.

엔닌이 당에 건너가 수학하고 있을 때, 급변하는 당나라 정세로 인해 불교를 탄압하는 천황이 즉위하게 되어 추방위기에 놓였다. 그때 엔닌은 낯선 사람을 따라 매우 음산한 고케치纐纈라는 마을에 머물게 된다.

엔닌은 우연히 이 마을의 내력을 듣게 되는데, 그 이야기인즉슨 이 마을 사람들은 이곳에 들어온 사람에게 말 못하는 약과 뚱뚱해지는 약을 몰래 먹인 후 나중에 높은 곳에 매달아 몸의 여기저기를 잘라내 흘러나온 피로 염색해 살아간다는 것이다. 그 이야기를 들은 엔닌은 즉시 히에이 산에 있는 엔랴쿠지 곤폰추도의 약사여래상을 향해 제발 고국으로 갈 수 있게 도와달라고 간절히 기도를 했다. 그때 한 마리의 큰 개가 나타나 대사의 옷소매를 잡아당겨서 아주 작은 수문이 있는 곳으로 안내하여 빠져나오게 한 뒤 사라져 버렸다. 엔닌을 본 이웃 주민들은 고케치 성에 들어간 사람은 부처님이나 신의 도움 없이는 두 번 다시 빠져나올 수 없는 곳인데, 그곳을 빠져나온 사람이니 굉장히 고귀한 성인이라며 찬사를 아끼지 않았다. 절체절명의 위기상황에서 히에이 산의 약사여래상의 도움으로 탈출한 엔닌 스님의 모험담은 역사적 사실에 문학의 색채를 가미함으로써 히에이 산을 더욱더 신성한 공간으로 만들고 있다. 특히 이러한 불가사의한 히에이 산 스님의 이야기에 뒤따르는 주변 마을 사람들의 존평이 히에이 산의 신성함을 더욱 공고히 하

〈그림 1〉 엔랴쿠지의 총본당 곤폰추도
(『源氏物語を行く』, 小学館, 1998년)

는 효과를 준다.

불법부에는 히에이 산에서 수행을 하는 승려들의 구도와 극락왕생설 그리고 법화경 독경에 전념하는 이야기 등 다양한 경로를 통해 히에이 산이 불교계에 있어서 최고의 권위를 지닌 영산임을 드러내고 있다. 그 중 깊은 산에 기거하며 하늘을 자유로이 날 수 있고 여러 가지 신통력을 지녔다는 상상의 괴물 덴구天狗를 통해 히에이 산의 신성함을 피력하는 제20권 1화를 살펴보겠다.

인도의 덴구가 중국으로 건너가는 도중에 한 줄기 해류가 법문 외는 것을 듣고 그 소리를 따라 중국에 도착했지만 독경소리는 멈추지 않았다. 이를 이상히 여긴 덴구가 소리의 정체를 밝혀 훼방을 놓겠다며 물줄기를 따라서 도착한 곳이 일본의 히에이 산이었다. 히에이 산의 요카와에서 흘러나오는 물줄기에 도착하자 법문을 외는 소리가 귀가 망막할 정도로 커서 덴구는 동자승에게 그 연유를 물었다. "이 물줄기는 히에이 산에서 학문을 하는 많은 스님들이 볼일을 보시는 변소에서 흘러나오는 물입니다. 그래서 이 물줄기가 이렇게 귀한 법문을 외고 있는 것이지요"라는 사연을 들은 덴구는 방해하려던 사악한 마음을 가라앉히고는 "변소에서 흘러나온 물줄기마저 이런 훌륭한 법문을 외고 있으니, 하물며 이 산의 스님들은 얼마나 훌륭하실까"라며 탄복을 한다. 그리고 환생한 덴구는 히에이 산의 스님이 되고 싶다는 염원대로 출가해 히에이 산의 승려가 되었다고 한다.

이 이야기는 불교의 발상지인 인도나, 불교를 먼저 받아들여 꽃 피운 중국에 비해 일본의 불교가 결코 뒤지지 않는 훌륭한 경지에 이르렀다는 발상으로 그 중심에 바로 히에이 산이 있다는 것을 피력하고 있다.

그리고 제20권 2화에서도 중국의 덴구가 일본에 건너와 "우리 중국에는 고승이 많지만, 우리 뜻대로 되지 않은 승려는 하나도 없었다"며 일본의 고승을 골려주겠다고 내려온 곳이 히에이 산이었다. 덴구는 히에이 산을 오르내리는 여러 명의 고승을 혼내주려고 했지만 번번이 실패하고 결국에는 동자승들에게 붙잡혀 혼쭐이 난 후 중국으로 도망치게 된다. 이 이야기도 히에이 산을 무대로 대국인 중국의 고승보다 소국인 일본의 고승들이 훌륭하다는 우월감을 중국 덴구의 실패담을 통해 간접적으로 드러내고 있다. 결국 두 이야기 모두 비록 일본의 많은 고승들이 당나라에 가서 수학을 하고 돌아왔지만, 결코 중국 불교에 뒤지지 않는다는 일본 불교의 자신감과 그 중심이 히에이 산이라는 것을 덴구라는 미물의 소행을 통해 설파하고 있다.

하지만 『금석 이야기집』에서는 히에이 산이 불법이 뛰어난 훌륭한 고승만이 기거하는 신성한 공간으로만 자리매김하고 있지는 않다. 산에서 따온 버섯이 식용인지 어떤지도 모르면서 식탐을 부려 버섯을 먹고 복통을 일으키는 승려의 우행담이나, 임종 시에 하찮은 식초병을 보며 자기가 죽은 후 저것은 누가 가져갈까라는 쓸데없는 생각을 해서 극락왕생에 실패한 히에이 산의 고승에 관한 이야기는 성직자로서의 면모보다는 한 사람의 인간으로서의 면모를 보여준다. 그리고 희화화라는 문학적 장치를 통해 보통 사람들의 처세에 경각심을 불러일으켜 인간이 더욱더 자제하고 마음을 바르게 해 성불할 수 있도록 계도하고 있다. 즉 역사와 문학 사이를 오가며 훌륭한 고승은 그 자체로 히에이 산을 불교의 최고의 공간으로 만들고 있고, 우행담에 등장하는 히에이 산 승려 역시 "하물며 우리 평범한 인간은 말해 무엇하랴"라는 상징적 의미를 통해 히에이 산을 인간 중의 최고의 인간이 기거하는 공간으로 설정하고 있다.

엔랴쿠지와 고후쿠지의 세력 다툼

헤이안 시대의 불교는 귀족불교로서 사원의 규모가 큰 경우는 위로는 별당장로別堂長老에서 밑으로는 동자승과 어린아이에 이르는 하나의 거대한 사회집단을 이루고 있었다. 사원의 경제력도 사원소유의 거대한 장원이 있어서 신도들의 시주에만 의존하지 않아도 되었다. 그리고 사원은 거대한 장원을 유지하고 보호하기 위해 수천 명의 승병을 거느리고 있었는데, 『금석 이야기집』 제31권 24화에도 그 승병과 관련된 이야기가 있다.

고후쿠지興福寺의 말사末寺인 기온祇園의 승려 로잔良算이 근처에 있던 엔랴쿠지의 말사인 렌게지蓮花寺의 단풍나무 가지를 꺾어오라고 심부름꾼을 보낸 일이 발단이 되어 고후쿠지와 엔랴쿠지가 싸우게 된다. 렌게지의 주지승은 천태종 말사의 단풍나무를 기온의 승려가 함부로 꺾으려 한다며 빈손으로 돌려보낸다. 그리고 로잔이 사람들을 보내 나무를 베게 할 것을 예측하고 단풍나무를 밑동 채 베어버리고 히에이 산의 엔랴쿠지 천태주지승에게 이 사실을 알렸다. 이에 천태주지승은 기온을 엔랴쿠지의 말사로 만들고 로잔을 기온에서 추방시키려고 했다. 그러자 로잔은 천태주지승이 고후쿠지의 말사를 제멋대로 한다며 승병을 앞세워 대항하다가 싸움에 져 추방당하게 된다.

이후 이 사실을 들은 고후쿠지의 승려들이 총궐기를 하여 교토로 상경해 조정에 탄원을 내고 판결을 기다리며 시위를 벌이는 사이에 엔랴쿠지의 천태주지승이 입적을 한다. 그런데 고후쿠지의 변론가인 주잔中算에게 천태주지승의 혼령이 나타나 위협을 하자 주잔은 갑자기 풍병

발작을 일으킨다. 이로 인해 결국 고후쿠지 측은 제대로 변론도 못하고 칠수를 하게 되었고, 기온은 이때부터 히에이 산 엔랴쿠지의 말사가 되었다는 사연이다. 기온이 천태종 말사가 된 내력은 역사서에서도 볼 수 있는데, 이 이야기는 이런 역사를 배경으로 한 설화적 비하인드 스토리라고 할 수 있다.

고후쿠지는 나라 지방의 법상종法相宗의 대본산으로 후지와라藤原 가문의 권력을 배경으로 막강한 경제력을 자랑하고 있었다. 엔랴쿠지 또한 히에이 산 전체와 산 아래에 막대한 영지를 소유한 사원으로 최고의 권력자조차 무시할 수 없는 일종의 독립국과 같은 존재였다. 역사상 두 사원은 기요미즈데라清水寺의 주지승 자리를 놓고 대립하다 고후쿠지가 승병을 일으켜 교토를 향해 진격해서 엔랴쿠지 공격을 시도했던 경우도 있었다. 당시 큰 사원들 사이에서는 종종 권력 투쟁과 영역 싸움으로 인한 알력이 표출되곤 했다. 시라카와白河 천황(재위1072~1086년)이 "가모 강賀茂川의 물, 주사위의 눈, 엔랴쿠지의 승병, 이 세 가지가 내 마음대로 되지 않는 것"이라고 한탄했다는 일화가 『헤이케 이야기平家物語』에 있을 정도로 당시 승병의 세력은 대단했다. 이러한 강력한 무장 세력을 갖춘 남도南都 나라의 고후쿠지와 북령北嶺 히에이 산의 엔랴쿠지를 합쳐서 남도북령南都北嶺이라고 했으며, 두 사원의 승병은 중세 시대까지 그 맹위를 떨쳤다.

『금석 이야기집』에 등장하는 불교 천태종의 최고의 위엄과 자랑은 실제 역사 속에서 늘 존엄하고 숭고하지만은 않았다. 히에이 산의 엔랴쿠지는 1571년 아시카가 요시아키足利義昭를 지원했다는 이유로 그 반대 세력인 오다 노부나가織田信長에 의해 초토화되는 운명을 맞기도 했다. 물론 이후 도요토미 히데요시豊臣秀吉와 도쿠가와 이에야스德川家康의 비호와 지겐慈眼 대사의 노력에 의해 바로 재건되었다.

『금석 이야기집』은 역사적인 사실을 소재로 해서 현실세계에서는

〈그림 2〉 고야 산
(『古寺巡礼①長谷寺 · 室生寺』, JTB, 2002년)

있을 수 없는 일이 불법의 힘을 빌어 발현됨을 보여줌으로써 불법의 신성함과 위대함을 전하고 있다. 그러한 의미에서 히에이 산을 둘러싼 설화는 헤이안 말기의 귀족들에게 불법의 세계로 귀의하게 하는 자극제가 되었을 것이다.

오늘날 히에이 산은 열반을 위한 불교 최고의 수도의 장이다. 동시에 인간의 욕망과 다툼의 장이기도 한 역사의 현장이 문학과의 교류를 통해 오늘날까지 살아숨쉬고 있는 공간으로 재현되었다고 본다.

‖ 영험의 대명사 고야 산

고야 산高野山은 와카야마 현和歌山県에 위치한 산으로, 이곳의 주 사원인 곤고부지金剛峯寺는 헤이안 시대에 고보弘法 대사 구카이空海가 개종한 진언종眞言宗의 총본산이다. 공식적으로 고야 산이라는 지명은 없으며, 일반적으로 일컬어지는 고야 산은 8개의 봉우리에 둘러싸인 연꽃모양 분지 지형의 평지를 가리키는 말이다. 구카이가 창건한 이래 고야 산은 신앙의 길이라 불리는 고야 산의 돌길과 여섯 개의 건축물이 "기이 산지紀伊山地의 영지와 참배 길"로 인정받아 2004년 유네스코 세계문화유산으로 등록되었다.

제11권 9화에 의하면 구카이는 당에 건너가 진언종을 배우고 일본으로 돌아오는 날, 높은 언덕에 올라가 "이 땅에 미륵보살이 출현하실

〈그림 3〉 구카이의 초상

때까지 내가 지금까지 전수받은 교리가 널리 퍼져 섬겨지는 땅이 있을 것이다. 그곳에 가 떨어져라"라며 손에 들고 있던 금강저 산고三鈷를 일본을 향해 던진다. 그러자 그 산고는 멀리 날아가 구름 속으로 사라졌다. 이 산고가 떨어진 곳을 토지신의 도움으로 찾아 도착한 곳이 바로 고야 산이었다. 구카이는 고야 산에 수많은 당탑과 승방을 지어 진언종의 도량을 열었는데 이 사찰이 바로 곤고부지다. 그리고 구카이가 던진 산고가 걸렸다고 해서 "산고 소나무三鈷の松"라 불리는 나무가 지금도 단상가람壇上伽藍 앞에 있다.

구카이는 진언종의 보급에 힘쓰다 직접 입정入定할 장소를 찾았다. 그리고 그 장소인 동굴에서 입정을 했는데 그때 나이 62세였다. 입정 후 한 동안은 스님들이 동굴을 열어 머리도 깎아드리고 옷도 갈아입혀 드렸지만 이내 발길이 끊어졌다. 그 후 한 스님이 고야 산을 참배하며 대사가 입정한 동굴을 열었더니 안은 어두운 밤처럼 안개가 자욱했는데, 그것은 대사의 썩은 옷이 바람에 날려 안개처럼 보인 것이었다. 먼지를 걷어내고 그는 1척이나 자란 대사의 머리를 깨끗하게 면도해 드

리고, 땅에 흩어져 있던 수정 염주알도 다시 꿰어 손에 걸어 드리고, 옷도 새로 지어 입혀 드린 후 동굴을 나왔다. 그 후에는 황송한 마음에 아무도 동굴을 여는 사람이 없었다. 하지만 "사람들이 참배드릴 때 들어간 법당의 문이 저절로 조금 열리거나 산에서 우는 소리가 나기도 하고, 어떤 때는 징을 치는 소리가 나는 등 갖가지 기이한 일이 생긴다. 이곳은 새소리조차 드문 산속이지만 조금도 무섭지는 않다"고 하고 있다. 이곳이 바로 고야 산의 오쿠노인奧の院이다.

구카이의 죽음을 다른 스님들과 달리 입정이라는 표현을 쓰는 것은 구카이가 좌선을 하고 대일여래大日如来의 수인手印을 한 채 영원한 깨달음의 세계에 들어가서 지금도 살아있다고 믿기 때문이다. 구카이 입정 후의 이러한 영험담은 지금도 고야 산 오쿠노인의 신비함으로 남아 신앙적 생명을 유지해오고 있다. 그리하여 일본 제일의 명당이라는 믿음 하에 이곳에는 20만에 달하는 묘비가 자리하고 있다. 오다 노부나가와 도요토미 히데요시 가문, 도쿠가와 이에야스 가문도 이 고야 산의 오쿠노인에서 영면하고 있다.

여인들의 입산이 금지된 영산

헤이안 시대에는 여인결계女人結界라고 하며 여성의 입산을 제한하기도 했다. 이것은 신사나 사원 등의 종교적 장소에 여성의 출입을 금하는 여인금제女人禁制라는 제도가 있었기 때문이다. 제11권 25화에서도 구카이가 입정한 동굴에 대해 "이곳은 영묘하고 기이한 곳으로 지금도 사람들의 발길이 끊이지 않지만, 여자들은 영원히 오를 수 없다"고 전하고 있다.

입산이 금지된 곳의 경계 지점에는 여인 경계석을 세워서 여인의 출입을 막았다. 그리고 신앙심이 독실한 여인들을 위해 여인당女人堂을 세

웠는데, 고야 산에는 지금도 그 여인당이 한 곳 남아있다. 영산에 여인들을 입산 금지시킨 것은 주로 수험도修験道의 전통에 근거했다고 본다. 수험도는 불교에 일본 전래의 신도와 중국에서 유래한 도교 등이 합쳐져서 만들어졌기 때문에 여성들의 입산 금지에 대한 이유를 명확히 밝히기란 쉽지 않다. 다만 신도에서는 신체에서 흘러나오는 피를 금기시했기 때문에 생리 중이거나 임신 중인 여성이 신성한 장소와 물건에 접근하는 것을 금지시켰다고 한다. 원래 불교에는 여성의 출입을 금지하는 계율이 없었지만, 계율 중 성행위의 금지 등 성욕을 자극할 가능성이 있는 행위에 대해 엄격하게 제한하는 계율이 있어 그것에서 유래했다는 설도 있다. 그리고 승려들의 수행을 방해하는 것을 막기 위해서라는 설, 수행지가 인적이 끊긴 험난한 산악지대였기 때문에 여성이 오르내리기에는 무리라서 막았다는 설, 산신山神이 여신女神이어서 여자를 보면 질투를 느껴 노여움을 타기 때문이라는 설 등의 다양한 추측이 난무할 뿐이다.

실제로 『금석 이야기집』 제11권 26화에는 신선이 하늘을 날아가다 빨래를 하던 젊은 여인의 새하얀 장딴지를 보고 욕정을 느끼자 신통력이 사라져 그 여인 앞으로 추락하는 이야기가 있다. 이 이야기는 여인이 불도에 방해가 되는 여인금제의 원인을 보여줌으로써 모든 수행자가 반면교사反面教師로 삼도록 하고 있다.

> 히에이 산의 불법은 꽃을 피워 그 영험함이 특히 빼어났다. 여자는 이 산에 오를 수 없다. 이 절은 엔랴쿠지라고 이름 붙여졌는데 천태종은 이래로 우리 일본에서 시작됐다.……대대로 승려는 몸을 깨끗이 하고 이 법화경이 담긴 상자를 예불하며 모셨다. 만약 여자를 조금이라도 접한 사람은 영원히 이것을 모실 수가 없다.

이러한 여인금제는 히에이 산도 마찬가지여서 여인들이 산에 오를 수 없을 뿐만 아니라, 여인과 접촉한 사람조차 예불을 금지시키는 엄격함을 보이고 있다.

하지만 히에이 산의 경우는 독실한 여성 신도를 위한 자구책으로 나름의 대안을 제시하고 있었다. 제12권 9화에서는 엔닌이 중국에서 많은 불사리를 히에이 산에 가져와 법회를 열었다. 히에이 산의 스님 한 분이 이 법회를 어머니께 보여드리고자 사리를 산에서 가지고 내려와 요시다吉田라는 곳에서 1일 법회를 열었는데 평판이 아주 좋았다. 그 후 히에이 산의 주지스님이 "이 사리회를 교토의 모든 여인들이 보지 못하는 것은 참으로 안타까운 일"이라며 사리를 호코인法興院으로 모시고 내려와서 참배하게 했다. 그러자 교토의 신자뿐만 아니라 일반 무신자까지 모두 참배를 하러 와 북새통을 이뤘다고 한다. 즉 사원 측에서 속세로 내려와 법회를 열어 산에 오를 수 없는 여인들도 염원에 정진할 수 있도록 기도의 장을 마련해 준 것이다.

반대로 제17권 33화처럼 여성으로 인해 불도에 정진하는 경우도 있다. 히에이 산에 빈둥빈둥 대며 학문을 게을리 하는 젊은 승려가 있었는데, 호린지法輪寺의 지혜의 신인 허공장보살虛空藏菩薩에게 학문을 잘하게 해달라고 늘 기도를 드렸다. 어느 날 불공을 드리고 히에이 산으로 돌아오는 길에 밤이 깊어 민가에서 하룻밤을 보내는데, 여주인의 미색에 사로잡혀 부부의 연을 맺고자 했다. 그러나 그 여인은 법화경을 다 외면 허락을 하겠다고 설득을 하고, 다 외우고 나면 이번엔 학승이 되어야 허락을 하겠다고 해서 그 승려는 3년간의 수학 끝에 훌륭한 학승이 되었다. 그리고는 기대에 부풀어서 여인을 찾아가 여인과 손을 맞잡고 누워 있는 사이 잠이 들어 눈을 떠보니 들판의 억새밭에 누워 있는 것이었다. 묘한 기분으로 가까운 호린지에 당도하여 다시 잠이 들었는데 꿈에 보살이 나타나 학문에 힘쓰지도 않으면서 잘하게 해달라고 매일 기원하기에 안타까운 마음으로 내가 여인으로 변신해서 학문을 이룰 수 있게 도왔다고 말했다는 이야기다. 여인으로 변신한 보살이 색욕을 이용해서 승려를 깨달음의 길로 이끈다는 점에서 여인이 수행에 방해가 된다는 여인금제의 관점과는 상반된 견해를 보이는 이야기라 할 수 있다.

하지만 금기가 해제되는 메이지明治 시대(1868~1912년)까지는 여인들은 여인경계석 밖의 여인당에서 자신의 소원을 기도하는 데 만족해야 했다.

법력 대결의 장

헤이안 시대의 불교는 밀교나 도교 등 기타 종교에 대해 기본적으로 포용적인 입장을 견지했다. 이러한 영향으로 승려들이 가지기도加持祈祷를 통해서 법력을 보이는 소위 '신통력' 신앙이 급속히 유포되었다.

사가嵯峨 천황(재위809~823년) 때 구카이와 더불어 고후쿠지의 슈엔修圓이라는 승려가 있었는데, 둘 다 뛰어난 법력의 소유자로 천황의 옥체와 안위를 위해 가지기도를 드리는 호지승護持僧이었다. 하루는 천황이 생밤을 삶아오라고 명령하는 것을 본 슈엔이 자신의 법력으로 삶겠다며 가지기도를 드려 삶아냈다. 이것을 본 천황이 감탄하고 구카이에게 이 사실을 말하자, 구카이는 자기가 있을 때 슈엔에게 다시 한 번 밤을 삶게 하라고 천황에게 부탁하고 자신은 숨어서 기도를 했다. 천왕은 슈엔을 불러 밤을 삶게 했지만 이번엔 슈엔이 아무리 열심히 기도를 해도 밤이 삶아지지 않았다. 구카이가 나타나 자신의 가지기도로 밤이 삶아지는 것을 막았다고 밝히자, 이때부터 두 사람은 앙숙이 되어 서로 저주를 퍼부으며 상대방이 죽기를 며칠에 걸쳐 기도했다. 하지만 막상막하의 법력 대결로 결판이 나지 않자 구카이는 사람을 시켜 저자거리에 나가 "구카이가 죽어서 장례준비를 하고 있다"고 소문을 내라고 한다. 이 소문을 들은 슈엔의 하인이 구카이의 죽음을 알리자 슈엔은 기뻐하며 "내 저주의 기도가 효험을 봤다"며 기도를 그만 두었다. 이에 구카이는 염탐을 통해 슈엔이 기도를 끝낸 것을 확인하고는 이전보다 더 강력한 기도를 드려 무방비의 슈엔을 즉사하게 만들었다.

앞의 제14권 40화의 이야기는 마치 〈음양사〉와 같은 한 편의 영화를 감상한 느낌이 들 정도의 스펙터클한 장면이 연속되어 과연 스님들의 소행이 맞는지 다소 의아스럽기까지 하다. "난 슈엔을 저주해서 죽여버렸다. 이제야 안심이군"이라는 구카이의 말과 함께 이 모든 것이 후세 사람들의 악행을 막기 위함이라는 경구에 새삼 놀랄 뿐이다.

구카이의 신통력은 여기서 그치지 않는다. 일본 전국에 가뭄이 들어 백성이 도탄에 빠져있을 때, 그의 영험한 신통력으로 기도를 드려 인도에 사는 선여용왕善如龍王을 일본으로 불러와 큰 비를 내리게 했다는 제14권 41화도 구카이의 기도의 탁월함을 입증하고 있다.

이러한 구카이의 활약상 덕분에 밀교 세계를 모티브로 한 만화 〈공작왕孔雀王〉에서도 작품의 배경이 '우라고야裏高野'로 설정되어 있다. "우라고야는 고보 대사 구카이가 개종한 진언종의 총본산인 고야 산의 뒤에 있어서 보통의 인간들에게는 그 존재가 알려져 있지 않은 곳"으로 묘사되어 있다. 다양한 법력으로 요물을 퇴치하고 어둠의 밀법密法 집단과 싸움을 하는 주인공인 퇴마사 공작의 근거지를 고야 산으로 설정한 것은 우연의 일치가 아니었을 것이다.

이처럼 현대 일본인에게 있어서 여전히 고야 산은 신통력을 간직한 영험한 공간으로 인식되고 있다.

참고문헌

문명재, 『일본 설화문학 연구』, 보고사, 2003.
馬淵和夫 外 校注, 『今昔物語集』 1~4(「新編日本古典文学全集」 35~38, 小学館, 2002)
池上洵一, 以文叢書新版 『今昔物語集の世界』, 以文社, 2000.
前日雅之, 『今昔物語集の世界構想』, 笠間書院, 1999.
長野嘗一, 『今昔物語集論考』, 笠間書院, 1979.
長野嘗一 編, 『今昔物語集の鑑賞と批評』, 明治書院, 1978.

사진출처

〈그림 3〉 http://ja.wikipedia.org

전승이 숨 쉬는 그곳에 가다

김 경 희

우게쓰 이야기

이 작품은 에도 시대 중기에 우에다 아키나리(1734~1809년)에 의해 쓰인 요미혼의 대표작이다. 서문은 1768년에 쓰였으나 간행은 8년 후인 1776년에 이루어졌다. 9편의 이야기를 수록하고 있으며, 당시 유행하던 중국의 괴기소설을 번안한 소설의 형식을 띠고 있다. 작품에는 작자의 풍부한 고전 지식과 흥미 본위의 정형시인 하이카이에서 배양된 문예적 기량이 적극 반영되어 있다. 특히 『겐지 이야기』, 『금석 이야기집』, 가면극 노의 대본 요쿄쿠 등의 일본 고전을 절충한 간결하고도 감각적인 문체와 지적인 구성력 등이 맞물려서 소설로서 높이 평가받고 있다. 각 이야기는 제1권 「시라미네」, 「국화의 약속」, 제2권 「잡초 속의 폐가」, 「꿈속의 잉어」, 제3권 「불법승」, 「기비쓰의 가마솥 점」, 제4권 「뱀 여인의 음욕」, 제5권 「청두건」, 「빈복론」으로 구성되어 있다. 봉건적 질서와 유교적 윤리관 속에서 신음하는 등장인물들의 집념과 회한, 두려움이 리얼하게 그려져 있어 단순한 괴기를 넘어선 인간이 추구하는 본성을 보여주고 있다. 산토 교덴, 교쿠테이 바킨 등의 후기 작가들에게 많은 영향을 주었다.

괴담의 전승 속으로

호러 소설, 호러 영화, 호러 만화 등 오늘날 호러물의 인기는 식을 줄을 모른다. 호러물의 가장 커다란 매력은 괴담이 주는 공포의 즐거움이라고 할 수 있다. 그렇다면 공포는 왜 즐거운 오락거리일까. 그것은 아마도 공포로부터 느끼는 불안감이나 긴장감 등이 현실이 아니기 때문일 것이다. 괴담은 현실과는 다른 세계, 비현실 혹은 초현실의 세계를 담고 있으면서도 대부분이 인간을 주제로 한 인간 속에 갇혀 있던 본성과 욕망에 관한 이야기를 다루고 있다. 그러한 점에서 에도江戸 시대(1603~1867년)의 대표 괴기 소설『우게쓰 이야기雨月物語』는 당시뿐만 아니라 시대를 초월하여 오늘날에도 독자들에게 공감을 불러일으키게 하는 작품이라 할 수 있다.

「기비쓰의 가마솥 점吉備津の釜」은『우게쓰 이야기』의 여섯 번째 괴담이다. 특히 결말 부분의 괴기적 표현은 일본 문학의 백미로 불리며,『우게쓰 이야기』전체 아홉 편의 이야기 가운데 일찍부터 주목을 받아왔다. 더욱이 작품 속 내용과 사건의 전개가 여러 전거 작품들의 영향을 받아 성립하였음에도 불구하고 오히려 출전을 뛰어넘는 평가를 받았다.「기비쓰의 가마솥 점」이 주는 매력은 괴담으로서 독자들에게 공포감을 주는 것에 그치지 않고, 문학 공간 속에서 괴이하고도 초월적인 존재를 통하여 인간들의 다양한 본성을 긴장감 있게 그리고 있는 점이다. 이를 위해 작자는 고대로부터 내려오는 전승 장소를 이야기의 무대로 설정하여 작품의 배경에 중층적인 이미지를 투영시키고, 그것이 작품 속 주인공들의 인물 성격과 행동을 결정하는 장치로 기능하게 하였다.

이 글에서는「기비쓰의 가마솥 점」을 통하여 작품 속의 지명 및 무대 설정에 작자의 어떠한 의도가 담겨 있는지를 고찰하고자 한다. 문학작품을 이해하기 위해서는 겉으로 표현되는 이야기의 세계뿐만 아니라 작품 속에서 작자가 유도하는 문예적 장치를 읽어낼 필요가 있으며, 그러한 문학적 공간 속에서 작품 속 인물들의 성격과 사건을 파악함으로써 작품의 중층적 세계를 감상할 수 있을 것이다.

서사 공간의 이동, 기비쓰에서 하리마로

「기비쓰의 가마솥 점」의 전체 이야기는 남편에게 버림받은 아내가 원령이 되어 첩과 남편에게 복수를 한다는 일명 '후처 혼내주기後妻打ち' 유형의 형태를 띠고 있다. '후처 혼내주기'는 전처가 친척 여자들을 데리고 후처의 집에 쳐들어가 혼을 내주는 풍습으로, 일반적으로 후처에게만 영향이 미치는 집단행동이다. 그런데 「기비쓰의 가마솥 점」에서는 첩뿐만 아니라 남편까지도 끔찍한 최후를 맞이한다는 점에서 전형적인 '후처 혼내주기'와는 다른 유형을 보이고 있다. 이러한 「기비쓰의 가마솥 점」의 서사적 구조는 어떠한 형태인지 살펴보기 위해 중심 공간을 차지하고 있는 기비吉備, 도모 나루터鞆の津, 하리마播磨를 축으로 하여 내용을 따라가 보자.

이야기는 오늘날 오카야마 현岡山県과 히로시마 현広島県의 동부에 해당하는 기비 지방을 주요 무대로 하여, 남자 주인공 쇼타로正太郎와 기비쓰 신사吉備津神社의 신관 집안의 딸 이소라磯良와의 혼담이 오고 가는 것으로 시작된다.

기비쓰 신사에서는 신관 딸의 혼사인 만큼 길운을 점치고자 가마솥 점을 거행하는데 기대와 달리 흉凶이라는 결과가 나온다. 이 기비쓰 가마솥 점의 결과를 무시한 채 혼사는 예정대로 성사되고, 시집간 이소라는 정성을 다해 시부모와 남편을 섬긴다. 그런데 얼마 지나지 않아 남편 쇼타로는 꽤 멀리 떨어진 도모 나루터 근처에 사는 유녀 소데袖와 바람을 피우게 되고, 작품의 공간은 도모 나루터로 이동하며 사건의 발단을 예고한다. 급기야 남편은 아내를 교묘하게 속이고 소데와 함께 하리마로 도망치기에 이른다.

이에 하리마로 등장인물들을 이끌어가며 사건이 전개된다. 남편에게 배신당한 이소라는 깊은 원한으로 병석에 눕게 되고, 원령이 되어 첩인 소데를 죽이고 쇼타로의 목숨까지 위협하기에 이른다. 쇼타로는 음양사陰陽師의 시시로 42일간 근신하고 밖으로 나오지만 결국 외마디 비명만을 남기고 사라져 시체조차 찾을 수 없게 된다. 벽에는 피가 흘러내리고 처마 끝에는 남자의 머리상투가 달려있을 뿐이었다.

이와 같이 「기비쓰의 가마솥 점」의 서사 구조는 주요 무대 즉 공간을 중심으로 사건의 발단과 전개가 이루어지고 있음을 엿볼 수 있다. 그렇다면 작자는 각각의 공간에 어떠한 문학적 장치를 배치해 놓았는지 다음에서 구체적으로 살펴보자.

기비 지방과 쇼타로

기비라는 지역은 옛날부터 여러 전승의 근거가 되는 전설들이 많이 전해져오는 공간이다. 먼저 오카야마 지방에 기원을 두고 있는 모모타로桃太郎의 귀신 퇴치 이야기가 잘 알려져 있다. 그리고 모모타로의 귀신 퇴치 설화의 모티브가 된 기비 지방의 '우라温羅' 전설을 떠올릴 수 있다. 옛날에 이국異國에서 온 '우라'라고 불리는 귀신이 기비 지방에 살고 있었는데, 거구의 몸집에 빨간 머리를 하고서는 기노조鬼ノ城 산성을 거점으로 하여 갖은 흉포한 짓을 일삼아 사람들을 괴롭혔다고 한다. 그래서 '우라'를 퇴치하기 위해 야마토大和 조정에서 바로 기비쓰히코노미코토吉備津彦命가 파견된다. 이와 관련해서는 천황의 명령으로 천하평정을 위해 장군을 지방에 파견하는 사도장군四道将軍 파견설화를 연상할 수 있다. 이처럼 전승이 풍부한 공간을 배경으로 하여 작품의 이야기가 시작된다.

> 옛날 기비 지방 가야군 니이세라는 마을에 이자와 쇼다유라는 사람이 있었다. 조부는 하리마의 아카마쓰 집안을 섬기고 있었는데, 지난 가키쓰 원년에

난이 일어났을때 아카마쓰의 성을 도망쳐 나와 여기에 와서 살게 되었다. 쇼다유에 이르기까지 삼대를 거치는 동안 봄에는 논밭을 갈고 가을에는 추수를 하면서 윤택하게 집안 살림을 꾸려갈 수 있었다. 쇼다유에게는 쇼타로라는 외동아들이 있었는데, 쇼타로는 가업인 농사일을 싫어하며 술을 즐기고 여색에 빠져서 아버지의 가르침을 따르려고 하지 않았다.

기비 지방에 사는 남자 주인공의 집안 내력이 소개되고 있다. 주인공 쇼타로의 집안은 농사일을 가업으로 삼고 있지만, 원래는 무사 가문이었다. 쇼타로의 증조부는 하리마의 호족인 아카마쓰 미쓰스케赤松満祐를 섬기다가 가키쓰의 난嘉吉の乱이 일어났을 때 이곳 기비의 니이세庭妹로 오게 된 것이다. 가키쓰의 난이란, 가키쓰 원년인 1441년 6월 24일에 아카마쓰 미쓰스케가 영지를 빼앗기고 살해될 것을 두려워하여 무로마치室町 막부 6대 장군인 아시카가 요시노리足利義教(1394~1441년)를 교토에 있는 자택으로 초대하여 암살한 사건을 말한다. 사건 직후 아카마쓰 미쓰스케는 자신의 영지인 하리마로 돌아와 있다가 막부가 파견한 호소카와 모치쓰네細川持常·야마나 소젠山名宗全 등의 토벌군들에게 공격을 받고는 결국 자결을 하고 일족은 멸문을 당하였다. 이러한 역사적 사실들은 쇼타로의 인물 설정을 통해 집안 내력의 역사로 재구성되어 작품 속에서 사건의 발단과 전개에 중요한 작용을 하게 된다. 더구나 쇼타로가 가업인 농사일에 마음을 두지 못하고 주색에 빠지는 성격의 소유자로 설정되었다는 점은 작품의 내용 전개상 사건암시의 역할을 하고 있다.

기비쓰 신사와 이소라

한편 여자 주인공 이소라는 기비쓰 신사라는 공간을 통해 인물의 성격과 그 배경이 이야기되고 있다.

기비쓰 신사의 신관 가사다 미키에게 딸이 있는데 천성이 아름답고 부모를 잘 섬기는 한편 와카도 잘 읊고 거문고도 잘 탑니다. 원래 기비 가모와케 후손 집안으로 가계도 반듯하니 그 집안과 사돈을 맺는다면 분명 행운이 될 것입니다.

이소라의 집안은 기비 가모와케吉備鴨別의 후손으로 대대로 기비쓰 신사의 신관을 지내온 가문이다. 기비쓰 신사는 오카야마 시의 기비쓰에 있는 신사로, '우라'를 퇴치하기 위해 야마토 조정에서 파견된 기비쓰히코노미코토를 주신主神으로 모시고 있었다. 그리고 기비쓰히코노미코토는 고대로부터 기비 지방을 지배하던 기비 호족들의 씨족신으로 받들어졌다.

기비 가모와케는 바로 이 기비쓰히코노미코토의 동생에 해당하는데, 기비 가모와케에 대한 언급을 신사 연구서에서 살펴볼 수 있다. 거기에는 오진応神 천황(재위 5세기 전후)이 기비 가모와케에게 하쿠기 현波区芸県을 다스리도록 하여 기비 지방에 사는 기비 일족인 가사다笠田의 시조가 되게 하였다는 기술이 보인다. 그리고 「기비쓰의 가마솥 점」의 여자 주인공 이소라는 기비쓰 신사의 신관 가사다 미키香央造酒의 딸이라고 되어 있다. 실제로 기비쓰 신사의 신관에는 '가사다'라는 성姓이 존재하지 않지만, 작품 속에서는 이소라의 가문이 '가사다'로 설정되어 있다.

기비쓰 신사에 대한 기사를 보면 1061년 11월 25일에 화재로 소실되었다가 1351년에 또 다시 소실된 적이 있다는 내용이 나온다. 그것을 1390년에 무로마치 막부 제3대 장군인 아시카가 요시미쓰足利義満(1358~1408년)의 명령에 의해 본전과 배전을 재건하기 시작하여, 1425년에 완성되자 정식으로 천궁遷宮하였다고 한다. 이렇듯 아시카가 요시미쓰 장군은 기비쓰 신사의 재건에 큰 역할을 한 인물로서 기비쓰 신사와 신관

〈그림 1〉 기비쓰 신사

들에게 중요한 존재였다. 그런데 여기서 주목해야 할 점은 바로 이 요시미쓰가 가키쓰의 난에서 아카마쓰 미쓰스케에게 암살을 당한 아시카가 요시노리의 아버지라는 사실이다.

남자 주인공 쇼타로는 가키쓰의 난을 일으킨 아카마쓰를 주군으로 섬긴 무사 집안의 자손이 되고, 여자 주인공 이소라는 기비쓰 신사의 신관으로서 신사의 재건을 도운 아시카가 요시미쓰를 받드는 쪽이 된다. 그렇다면 요시미쓰의 아들을 암살한 아카마쓰를 섬기던 쇼타로 집안과 이소라의 집안은 서로 적 또는 원수의 관계가 되는 셈이다. 작품 속에는 이와 같은 두 집안의 역사적 관계에 대한 직접적인 언급은 보이지 않지만, 작자가 주인공들의 출신이나 성격을 설정할 때 그것이 작품 전개상에 작용하도록 하는 의도가 있었음은 충분히 고려해 볼 수 있다.

이소라의 집안 내력을 이러한 관점에서 생각해본다면, 이소라는 남편 쇼타로의 외도와 배신으로 인하여 원한을 갖게 된 여인이라기보다는 기비쓰 신관의 딸로서 태어난 집안 내력으로부터 원한을 갖게 되는 인물이라고 할 수 있다. 그렇다면 쇼타로와 이소라의 혼인은 두 사람의 성격 차이라는 이유로 파경에 이르렀다기보다는 두 집안의 내력에 의해 처음부터 성사되어서는 안 되는 관계로 설정되어 있었다고 할 수 있지 않을까. 그 때문에 기비쓰 신사의 가마솥 점에서 아무런 소리가 나지 않았던 것이다. 이에 대해서는 다음에서 좀 더 생각해보기로 하자.

가마솥 점의 수수께끼

본 작품에서 가장 궁금증을 불러일으키는 것은 기비쓰 신사를 모시는 신관의 딸의 혼사에 대한 길흉을 점치는 가마솥 점에서 어째서 가마솥이 소리를 내지 않았는지, 왜 기비쓰 신은 두 사람의 혼사를 기뻐하지 않았는지 하는 점이다. 가마솥 점에서는 강하고 길게 소리가 날수록 좋다고 하는데 전혀 소리가 나지 않은 것이다. 먼저 가마솥 점을 행하는 부분을 인용해 보겠다.

> 혼사에 행운이 함께 하길 빌고자 무녀와 신관들을 불러 가마솥으로 길흉을 점치도록 했다.……그런데 이번 가사다 집안의 혼사에 대해 신께서 기뻐하시지 않는 듯 가마솥에서는 가을벌레가 풀숲에서 우는 것과 같은 희미한 소리조차도 들리지 않았다.

이와 같은 결과는 기비쓰 신사 신관의 딸 이소라가 쇼타로의 집안으로 시집가는 것이 신의 뜻이 아니었음을 의미한다. 즉 기비쓰 신사의 가마솥이 소리를 내지 않은 것은 기비쓰 신의 경고라고 할 수 있다. 그러므로 신의 뜻과 경고를 무시하고 혼사를 치른 두 사람에게는 파경이라는 결과가 기다리고 있었다. 이소라는 남편의 배신으로 원한에 사무쳐 비참한 죽음을 맞이하고, 쇼타로 또한 성실하지 못한 성격과 바람기 기질로 결국에는 아내의 원령에 의해 끔찍한 죽음으로 대가를 치르게 되는 것이다.

기비쓰 신사와 관련하여 앞에서 언급한 '우라' 전설을 살펴보면 기비쓰히코노미코토가 '우라'를 퇴치한 후 그 목을 치니 목에서 울음소리가 났다고 한다. 그런데 그 울음소리는 기비쓰 신사의 가마솥 아궁이 속에다 집어넣었는데도 멈추질 않았다. 그치지 않는 울음소리에 모두

〈그림 2〉 기비쓰의 가마솥 점

가 곤란해하고 있을 때, 기비쓰히코노미코토의 꿈속에 '우라'가 나타나 가마솥 점을 쳐서 자신의 원령을 위로해달라고 하였다. 이것이 기비쓰 신사의 가마솥 점의 유래가 되었다고 한다. 이러한 기비 지방의 전승을 통해 기비쓰 신사로부터 가마솥 점 '우라占', 동음의 '우라温羅' 등이 필연적으로 연상된다.

다음에는 쇼타로가 유녀 소데를 만나러 가는 도모 나루터로 장소가 이동하게 되는데, 도모 나루터는 어떠한 공간인지 살펴보자.

도모 나루터와 소데

기비쓰 신사의 가마솥이 점친 대로 이소라와 쇼타로의 결혼생활은 순탄하지 못했다. 쇼타로가 도모 나루터에 사는 유녀 소데와 바람을 피기 시작한 것이다.

> 하지만 천성적인 바람기를 어찌하겠는가. 언제부터인가 도모 나루터에 사는 소데라는 유녀에게 깊이 빠지더니 끝내는 기적에서 빼내어 가까운 마을에 딴 살림까지 차려놓고, 밤이고 낮이고 거기서 날을 보내며 집에는 돌아오지 않았다.

작품의 공간은 유녀 소데가 사는 도모 나루터로 옮겨간다. 도모 나루터는 히로시마 현 후쿠야마 시福山市 남부의 누마쿠마沼隈 반도 끝에 위치하는 항구마을로 '도모노우라鞆の浦'라고 불리는 경승지이다. 특히 『만엽집万葉集』의 가인 오토모 다비토大伴旅人가 도모 나루터에서 죽은 아내를 그리워하며 읊은 노래들은 널리 알려져 있다. 다음에서 몇 수를 소개해 보겠다.

> '예전 아내가 보았던 도모 나루터의 두송나무는 변함없이 여기 있는데 당신은 내 곁에 없구료'
>
> '도모 나루터 가에 있는 두송나무를 볼 때마다 이 나무를 함께 봤던 당신을 어찌 잊을 수 있을까'
>
> '강가에 뿌리내리고 서 있는 두송나무를 함께 본 당신은 지금 어디에 있는지 물어보면 두송나무는 대답해주려나'

위의 노래들을 통해 도모 나루터의 두송나무가 당시 유명했다는 것을 알 수 있으며, 여행을 떠나는 자가 돌아오는 길에 다시 두송나무 보기를 염원하는 데서 주술적인 면도 엿볼 수 있다. 또한 도모 나루터에는 배들의 출입이 활기를 띠었다는 점에서 예로부터 유녀들의 마을이 발달했었음을 짐작할 수 있다.

그런데 여기서 재미있는 점은 실제로 쇼타로가 살던 니이세 마을에서 소데가 살고 있는 도모 나루터까지는 서남쪽으로 60킬로미터 정도 떨어져 있다는 사실이다. 남자가 1킬로미터를 걷는데 걸리는 시간을 15~20분으로 계산했을 때, 니이세에서 도모 나루터까지는 약 60킬로미터의 거리이니 900~1,200분 즉 15~20시간이 소요되는 셈이다. 육로이든 해로이든 에도 시대 당시의 도로 사정을 고려한다면 더욱이 쉽사리 만날 수 있는 거리가 아니었다. 그럼에도 불구하고 쇼타로의 행동은 단순한 바람기로 끝나지 않았다. 급기야는 소데를 기적妓籍에서 빼내어 가까운 곳에 딴 살림까지 차려놓고 아예 집에는 들어오지도 않았던 것

〈그림 3〉 도모 나루터

이다. 이 부분을 단지 이야기의 전개 상황으로 이해할 수도 있겠지만, 작품 속 공간 속에서 살펴본다면 거기에는 필연적으로 쇼타로를 끌어당기는 요소가 숨어있음을 발견할 수 있다.

쇼타로는 '무예로 이름을 드높인 가문'의 자손으로 설정되어 있다. 쇼타로가 무사의 혈통을 지녔다고 하는 사실이 이야기 속에서 작지 않은 역할을 하고 있다고 한다면, 하이카이俳諧의 연상어를 생각해보는 것도 가능하다. 하이카이에서 가장 기본적인 연상수법으로 사용되고 있는 쓰케아이付合를 가지고 살펴볼 때, 무엇보다 '무사武士'와 '가래나무 활梓弓', 그리고 '도모 나루터鞆の浦'의 단어는 고전 문학 세계에서 연상 관계를 가지고 있다. 그렇기에 니이세에 사는 쇼타로가 60여 킬로미터나 떨어진 도모 나루터에 사는 소데에게 가는 것이 물리적인 공간에서는 어려운 일일지도 모르지만 문학적 공간에서는 자연스러운 것이라고 볼 수 있다. 더구나 도모 나루터에서 읊어진 『만엽집』의 노래들을 통해서 살펴봤듯이, 도모 나루터는 사랑하는 상대를 애타게 그리워하는 마음이 지배적인 공간이라고 할 수 있다.

또한 첩 소데의 이름이 고전의 세계에서 지닌 의미에 대해서 좀 더 생각해보자. 『만엽집』의 대표 가인 누카타노오키미額田王의 '꼭두서니빛 지치꽃 핀 들녘의 금원禁苑을 지키는 파수꾼이 보고 있지 않나요. 당신이 소매 흔드는 것을'이라는 노래는 널리 알려져 있다. 이 노래에서 소매를 흔든다는 '소데후루袖振る'라는 표현은 단순히 긴 소맷자락을 흔

든다는 해석도 있지만, '소데후루'라고 하는 행위가 곧 아쉬운 이별과 애정의 표시 및 무사귀환의 기원을 담고 있다는 해석도 있다.

아키나리가 쓴 『만엽집』의 주석서에도 다음과 같이 '소데후루'가 이별을 아쉬워하며 돌아오기를 기원하는 의미로 사용되고 있다.

> 고대 사람들은 먼 곳으로 사람을 떠나보낼 때에 높은 언덕에 올라 그 사람의 모습이 보이지 않을 때까지 긴 소매나 얇고 긴 천을 흔들어 다시 돌아오기를 기원하며 이별을 아쉬워했다.

비록 이 주석서는 우에다 아키나리上田秋成의 만년에 완성된 것이지만, 『만엽집』의 주석서를 쓸 정도로 그의 『만엽집』에 대한 관심과 조예가 깊었다는 것은 충분히 생각할 수 있다. 이러한 점들을 고려하면 본 작품에 작자가 의도적으로 도모 나루터라는 지명과 소데라는 인명을 설정하여 고전 와카의 세계에서 읊어지던 주술적인 힘을 이야기의 배경이 되는 장치로서 설정하였다고 볼 수도 있을 것이다. 그러한 문학적 공간에서는 소데가 강력한 힘으로 쇼타로를 끌어당기고 있는 것이기에, 쇼타로가 현모양처인 이소라를 버리고 소데에게 갈 수밖에 없었는지도 모른다.

죽음을 맞이하는 곳, 하리마

마지막으로 작품 속의 하리마라는 공간에 대해서 생각해보자. 쇼타로는 이소라를 속여 시집올 때의 패물까지 팔게 해서 마련한 돈을 가지고 소데와 함께 지금의 효고 현兵庫県 남서부 지역인 하리마 지방의 이나미印南라는 곳으로 도망을 가게 된다. 그러나 여기에서 소데는 원인 모를 열병에 걸려 그만 죽게 되고, 혼자 남은 쇼타로의 목숨 역시 이소라의 원령에 의해 위협받는 위기의 상황에 놓인다. 원한에 사무쳐 죽음을 맞이한 이소라는 결국 하리마에서 남편 쇼타로에게 복수를 하게 된다.

이러한 점에서 작품 전체의 이야기 구조에서 본다면 작자는 하리마를 죽음을 맞이하는 공간으로서 설정하고 인물들을 그 공간으로 유도하고 있음을 엿볼 수 있다. 예를 들면 먼저 쇼타로의 증조부가 섬기던 하리마의 영주 아카마쓰 미쓰스케는 교토의 자택에서 아시카가 요시노리를 암살한 후 자신의 영지인 하리마로 돌아와 자결로써 죽음을 맞이한다. 쇼타로가 아카마쓰를 섬긴 무사 집안의 혈통을 이어받은 자손으로서 주군이 하리마에서 죽음을 맞이하였다는 사실은 쇼타로의 출신을 말해주는 것이고, 그것은 쇼타로와 전혀 무관하지 않다. 어쩌면 쇼타로 역시 그러한 죽음을 맞이할지 모른다는 예고와 같은 역할을 할 수도 있기 때문이다. 소데 또한 도모 나루터 출신의 주술적인 힘을 배경으로 쇼타로를 끌어당겼지만, 결국 그녀도 하리마에서 죽음을 맞이하기 위해 쇼타로와 함께 교토로 향하던 발걸음을 멈추고 사촌이 살고 있는 하리마에 머물게 된 것으로 생각할 수 있다. 그리고 하리마라는 공간 속에 있는 한, 쇼타로에게 남겨진 것은 죽음뿐이라는 것을 작자는 작품 속 공간을 통해 이야기하고 있는지도 모르겠다.

그러나 한편으로 하리마는 죽음을 드러내는 공간으로서만 인식되었던 것은 아니다. 기비쓰 신사의 가마솥 점을 통해 신의 경고가 결과로 드러나는 공간이며, 동시에 쇼타로에게 죽음을 예고한 음양사의 신통력이 확인되는 공간이기 때문이다.

이처럼 이야기 속 공간은 작자의 의도에 의하여 설정되어 배경으로 마련되는 것이지만, 인간들을 지배하고 사건을 이끌고 있다는 점을 생각해보면 작품에 대한 새로운 해석들이 가능할 것이다.

▌전승의 재탄생

「기비쓰의 가마솥 점」 이야기 속에는 몇 가지 수수께끼가 남아 있다. 쇼타로와 이소라의 혼사를 점치는 기비쓰 신사의 가마솥은 왜 소리를 내지 않은 것인지, 어째서 신은 두 사람의 혼인을 허락하지 않은 것인지, 완벽에 가까울 정도로 착한 아내 이소라를 속이고 소데에게 갈 수밖에 없었던 이유는 무엇인지, 니이세에서 도모 나루터까지 자주 드나들기에는 물리적으로 불가능한 거리에 있으면서도 쇼타로의 가벼운 바람기로 끝나지 않고 죽음을 초래하는 결과로까지 몰고 간 것은 어떠한 힘이 작용해서인지 등의 의문점들에 대하여 이 글에서는 문학적 공간 속에서 해결의 실마리를 찾아보고자 하였다. 작품 속 무대가 되는 지명은 언어적 연상 관계뿐만 아니라 공간을 지배하면서 중층적 이미지를 만들어 내는 문학적 공간으로서 역할하고 있기 때문이다.

작자는 인물 구상을 할 때에 기비 지방을 작품의 주요무대로 삼아 쇼타로를 아카마쓰를 섬기던 무사 집안의 출신으로, 이소라를 기비쓰 신사의 신관의 딸로서 설정하였다. 기비라는 공간은 기비쓰 신사에 소속된 신관의 딸과 무사 집안의 혈통을 이어받은 자손인 쇼타로와의 사이에서 배경으로서 기능하며, 서로의 집안내력이 갖고 있는 역사성으로 인하여 두 사람이 이루어질 수 없는 적대적 관계에 있음을 상징적으로 나타내고 있다. 그리고 그러한 운명을 경고하듯 기비쓰 신사의 가마솥 점은 소리를 내지 않음으로써 두 사람의 결합이 길조가 아님을 선고한다.

또한 쇼타로가 거주하는 니이세부터 소데의 거주지인 도모 나루터까지는 물리적으로 가까워질 수 있는 거리가 아님에도 불구하고, 작품 속 도모나루터라는 공간과 소데라는 인명이 일본의 고대 문학 속에서 지니고 있는 주술적인 힘에 의하여 쇼타로를 강하게 끌어당기고 있다.

결국 이야기의 결말부분에서 주인공들은 하리마라는 공간으로 이끌리며 그곳에서 최후를 맞이하고 있었다.

이렇듯 「기비쓰의 가마솥 점」 작품 속에서 주인공들은 기비 지방을 거점으로 삼아 기비쓰 신사의 주술적인 힘의 지배를 받으며, 니이세에서 도모 나루터를 떠돌고, 결국에는 하리마로 이르게 되는 공간의 여행을 하고 있다. 이 문학 작품 속의 공간 여행을 통해 그 전승의 공간이 재해석됨으로써 전승 역시 재탄생하게 되는 것이다.

참고문헌

김경희, 「「기비쓰의 가마솥 점」에 나타난 공간의 여행－기비吉備에서 하리마播磨로－」(『외국문학연구』 45권, 외국문학연구소, 2012)

井上泰至, 『雨月物語の世界－上田秋成の怪異の正体』, 角川選書 444, 2009.

長島弘明, 「男性文學としての『雨月物語』」(『秋成研究』, 東京大学出版会, 2000)

高田衛 校注, 『英草紙 西山物語 雨月物語 春雨物語』,(「新編日本古典文學全集」 78, 小學館, 1995)

横山邦治, 「秋成の生活圏と「吉備津の釜」」(『上田秋成全集』 2, 月報3, 中央公論社, 1991)

宮田俊彦, 『吉備真備』, 吉川弘文館, 1988.

後藤明生, 『雨月物語紀行』, 平凡社, 1975.

鵜月洋, 『雨月物語評釈』, 角川書院, 1969.

中村幸彦 校注, 『上田秋成集』(「日本古典文学大系」 56, 岩波書店, 1968)

後藤丹治, 「雨月物語と本朝神社考との問題」(『立命館文学』 64, 1948)

사진출처

〈그림 1〉 http://www2a.biglobe.ne.jp/%257emarusan/phkibitujinjya11.html

〈그림 2〉 http://www.city.okayama.jp/museum/saijiki/mai/m-7naru.htm

〈그림 3〉 http://www.kanagawa-kentikusikai.com/iinkai/gijutsu/scramble/tomo5.JPG

공간으로 읽는
일본고전문학

전설을 보듬은 고향, 도노

이 용 미

도노 이야기

『도노 이야기』는 야나기타 구니오(1875~1962년)가 1910년 발표한 설화집으로 일본 민속학의 태동을 고하는 작품이다. 이와테 현 도노 지방의 전설, 신앙, 풍속 등의 민간전승을 담고 있다. 작자인 야나기타 구니오도 오롯이 자신의 작품이라고는 말할 수 없다고 밝혔듯이 이 책은 이와테 현 도노 출신으로 당시 와세다 대학 문과에 재학 중이던 사사키 기젠이 구술한 내용을 야나기타가 특유의 간결한 문체로 엮은 것이다. 모두 119화로 이루어졌으며 집안이나 자연에 사는 요괴, 죽은 이를 둘러싼 기담, 신들의 이야기, 풍속 등 대대로 도노에 내려오는 민간전승을 주제로 한다. 일본 민속학의 아버지라고 할 만한 야나기타 구니오의 초기작으로 향후 민속학 연구의 방향성을 제시하였다는 점에서 기념비적인 작품으로 손꼽힌다.

요괴의 고장, 도노

도노는 이와테 현岩手県 중심부에 위치하며 산으로 둘러싸인 분지이다. 13세기 무렵 정권을 장악한 무사 세력이 본격적으로 개척한 이래, 도노 지방은 내륙과 해안을 잇는 중요한 교통의 요지로 성장하였다. 예로부터 유명한 말馬의 산지였으며 해산물과 내륙 물자의 교역이 활발하여 운송업이 발달하고 한때는 사금과 금광 채취로 수익을 올리기도

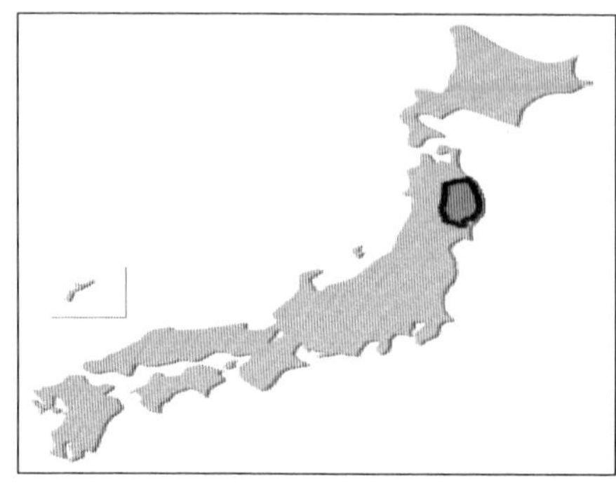

〈그림 1〉 도노 지방의 위치

하였다.

또한 도노는 풍부한 전설과 전승을 품고 있는 곳으로, 그 이야기들은 『도노 이야기遠野物語』를 통해 세상에 알려지게 되었다. 1909년 지인의 소개로 당시 스물세 살이던 사사키 기젠佐々木喜善을 처음 만난 야나기타 구니오柳田国男는 그가 들려주는 도노 지방의 전승에 흥미를 갖게 된다. 야나기타는 사사키의 양해 하에 한 달에 두 번 정도 만나 사사키의 구술을 받아 적기 시작한다. 1910년 야나기타가 자비를 들여 『도노 이야기』라는 제목으로 350여부를 출판했는데 불과 반 년 만에 인쇄비용을 회수할 만큼 인기를 모았다. 예를 들어 뛰어난 근대 작가인 아쿠타가와 류노스케芥川竜之介(1892~1927년)는 당시 지인에게 보낸 편지에 "요즈음 야나기타 씨의 도노 이야기라는 책을 매우 감명 깊게 읽었다"고 적고 있을 정도이다.

『도노 이야기』에는 다양한 요괴 및 기이한 자연 현상이 등장한다. 그렇다면 요괴란 무엇일까? 사실 일본에서 요괴란 용어는 근대 이후에 기이한 현상이나 존재에 흥미를 느끼고 이 분야를 연구하기 시작한 연구자들이 고안해낸 학술 용어이다. 그 이전에는 기이한 현상이나 존재들을 요괴라는 용어 대신 개별적으로 구분하여 저마다 이름을 붙여 구별했던 것으로 보인다. 오늘날 이 분야의 최고 권위자인 고마쓰 가즈히코小松和彦 교수는 요괴를 '신비한, 기묘한, 이상한, 꺼림칙한 등의 형용사가 붙는 모든 현상 및 존재 등을 말한다'고 정의한다. 즉 사람들의 인식 체계나 지식 범위 안에서는 도저히 납득할 수 없는 모든 것을 요괴라고 보는 것이다. 따라서 여기에는 귀신이나 유령은 물론, 도깨비, 동물이나 오래된 도구들의 둔갑, 실체를 갖지 않는 원령怨靈 등의 영적 존재, 괴이한 현상 등이 모두 포함된다.

그렇다면 과연 도노 지방에 전해 내려오는 요괴 이야기에 어떤 매력이 숨어있기에 그토록 수많은 사람들의 마음을 사로잡은 것일까? 더불어 다른 동북東北 지방과 별반 다를 바 없이 고즈넉하고 아름다운 고장인 도노에 유독 수많은 전설과 특이한 이야기가 대대로 살아 숨 쉬며 전해 내려오게 된 이유는 무엇일까? 지금부터 그 실마리를 찾아 나서도록 하자.

집안의 신, 자시키와라시

> 마을의 유서 깊은 고가에는 종종 자시키와라시라는 신이 거처한다. 이 신은 대부분 열 두서넛 정도의 아이 모습을 하고 있다. 때때로 사람들에게 모습을 보이기도 한다. …… 쓰치부치 마을의 산 어귀에 사는 사사키 씨네 집에서는 어머니 혼자 바느질을 하고 있는데 옆방에서 부스럭거리는 종이 소리가 들렸다. 그 방은 가장이 쓰는 방으로 마침 그때는 도쿄에 가고 집에 없을 때였다. 이상히 여기고 방문을 열어보니 아무도 없었다. 다시 제자리로 돌아와 앉아있자니 잠시 후 이번에는 연신 코를 킁킁거리는 소리가 났다. 그제야 자시키와라시가 내는 소리임을 알아차렸다. 옛날부터 이 집에 자시키와라시가 산다는 소문이 있었다. 이 신이 머무는 집은 부자가 된다고 한다.

〈그림 2〉 자시키와라시

'자시키와라시座敷童'는 주로 이와테 현에 전해 내려오는 정령精靈 가운데 하나이다. 방이나 광에서 목격되는데 어린 여자 아이나 남자 아이의 모습을 하고 있다. 자시키와라시가 사는 집은 부자가 된다는 속설도 있어 야나기타는 이를 불교의 수호령이나 집안의 수호신으로 해석하기도 한다.

그런데 왜 유독 이와테 현에서 자시키와라시 전승이 생겨난 것일까? 이 질문에 대한 실마리는 몇 가지로 나누어 생각할 수 있는데 그 중의 하나가 가난이다. 동북 지방은 주로 산악지대로 일본 안에서도 가난한 지역 가운데 하나이다. 더욱이 도노 지방은 분지 특유의 일교차와, 여름과 겨울의 기온차가 극심하여 농작물의 냉해나 벼농사의 피해가 심한 지역이었다. 근세 시대에는 기근과 흉작이 계속되어 1784년에는 24만 여명의 인구 가운데 약 26퍼센트인 6만4천여 명이 목숨을 잃기도 하였다고 한다. 그럼에도 무거운 세금에 시달려 양잠이나 말 사육, 숯 만들기 등의 부업으로 근근이 연명하고 있었다.

고금동서를 막론하고 먹고살기가 힘들어지면 맨 먼저 어린 아이나 노인 등 사회의 약자가 희생되곤 한다. 이 지역에서도 이른바 '마비키間引き'라는 이름으로 종종 영아 살해가 이루어졌다. 마비키란 원래는 식물이나 채소 등의 미숙한 싹을 솎아내는 솎음질을 뜻하는 말이었으나, 기근과

가난 때문에 삶을 연명하기 어려운 서민들이 갓 태어난 아이를 죽이는 풍습을 이르게 되었다. 물론 이는 비단 동북 지방에 한정된 풍습만은 아니었다. 근대 이전의 일본의 인구 변동 상황을 살펴보면 1721년에서 1846년까지 일본 전역에서 인구가 늘지 않는 정체기를 보이는데, 이는 전국적으로 퍼져있던 마비키의 풍습과 무관하지 않은 것으로 보인다.

그런데 유독 동북 지방에는 죽은 아이의 무덤을 만들지 않고 집안 부엌이나 절구 밑에 묻어두는 풍습이 있었다. 자시키와라시는 이렇게 죽어간 아이들의 영혼이 남은 가족들의 무의식 저편에 남아 때때로 집안에 환영처럼 모습을 나타내고 있는 것은 아닐까 생각된다. 때로는 부모의 의사와 상관없이 운명공동체인 촌락의 산아제한이라는 불문율로 인해 마비키를 강요받기도 하였다. 이 경우 자연히 남의 눈을 피해 몰래 자녀를 낳아 키우는 집도 생겨났을 것이며 그 상황은 곧 자시키와라시의 출현이라는 해석으로 이어진다. 즉 자시키와라시가 출몰하는 집이 비교적 오래된 고가로 숨을만한 공간이 많다는 점은 이러한 해석을 뒷받침한다. 어찌되었든 이 두 가지 해석에 따르면 결국 자시키와라시는 촌락 공동체의 어두운 그늘이 낳은 정령이라고 할 수 있을 것이다.

자시키와라시가 집안의 흥망성쇠와 관련 있다는 이야기는 이와테현 출신의 작가 미야자와 겐지宮沢賢治(1896~1933년)의 『자시키와라시』라는 동화에도 실려 있다. 음력 8월 17일 밤, 나루터 뱃사공이 술에 취해 자고 있을 때 건너편 강가에서 부르는 소리가 들렸다. 서둘러 노를 저어 건너가니 칼을 찬 무사 차림의 소년이 강가에 서서 강을 건너게 해 달라고 부탁하였다. 뱃사공이 어디에서 어디로 가는 길이냐고 묻자 소년은 오랫동안 사사다笹田 씨네 집에 머물었지만 이제 싫증이 나 다른 곳으로 가는 길이라고 대답하였다. 왜 싫증이 나게 되었느냐는 뱃사공의 물음에 소년은 말없이 미소 지으며 지금은 사라키更木에 사는 사이토斎藤 씨네 집으로 가는 중이라고만 대답한 후, 배가 강가에 닿자 온데간데없이 사라져버렸다. 이후 사사다 집안은 가세가 기운 반면 사이토는 병도 낫고 아들도 대학을 졸업하여 훌륭한 사람이 되었다는 줄거리이다.

이 이야기에서도 알 수 있듯이 자시키와라시는 마치 우리나라에서 집안을 수호해주는 구렁이와 마찬가지로 집안의 부귀성쇠를 관장하는 역할을 하고 있는 것으로 믿어지고 있다. 이를 두고 도노 사람들이 집안의 흥망성쇠를 설명하는 기제와 자시키와라시 전승을 결부시켰을 가능성을 제시하기도 한다.

앞서도 설명했듯이 이 지역은 벼농사 대신 일찍부터 내륙과 해안을 잇는 상업지로서 소나 말을 사용하는 운송업, 담배, 양잠업 등이 주요 산업이 되어왔다. 그러나 근대에 접어들어 상품이나 노동력이 도쿄東京나 오사카大阪 등 대도시로 집중되고, 교통의 발달로 인해 사람이 이끄는 말을 중심으로 하는 중계 상업지인 도노는 쇠락하기 시작하였다. 게다가 동북 지방에는 여전히 벼농사의 흉작이 잇달았다. 가난한 농민들은 빚에 시달린 끝에 소작인으로 전락하거나 도시 노동자가 되거나 군인이 되는 경우가 많았다. 청일, 러일 전쟁 당시 군인 중에는 유난히 동북 지방의 가난한 농촌 출신자가 많았다는 것만 보아도 그네들의 삶이 얼마나 신산했는지를 짐작할 수 있다.

한편 이 틈을 타 부유한 농민이나 상인, 고리대금업자들은 농지를 사들여 지주가 되어 새로이 마을의 실력자로 행사하게 되었다. 요컨대 근대의 도노 지방은 급변하는 사회 상황을 바탕으로 갑자기 오래된 가문이 몰락하거나 새로운 벼락부자가 등장하는 등 기존의 촌락 공동체의 급격한 변화를 겪게 된다. 그러자 이러한 혼돈 속에서 사람들은 한 가문의 부귀영화 및 쇠락의 원인을 바로 자시키와라시 전승과 연결시켜 나름대로의 설명체계를 세워나간 것으로 이해할 수 있다.

이러한 자시키와라시는 도노 지역 사람들이 집안에 모셔두는 이른바 '가택신家宅神'과도 관련이 깊다. 가택신은 집안사람들이 모시는 신

으로 흔히 '오쿠나이사마オクナイサマ', '오시라사마オシラサマ' 등으로 불리며 집안의 안녕과 평안을 지켜주는 존재를 뜻한다. 가택신과 관련 있는 이야기로는 다음과 같은 일화가 전해진다. 쓰치부치土淵 마을의 가시와자키柏崎에 사는 부자인 아베安部 씨네는 마을에서도 논이 많았다. 이 집에서 어느 해 모내기를 하는데 일손이 부족하여 주인이 걱정하고 있으려니 어디선가 키 작은 아이 하나가 다가와 자신도 일손을 거들고 싶다고 말하기에 일을 시켰다. 점심때가 되자 아이는 어디론가 사라졌다가 끼니때가 지나서 다시 돌아와 써레질을 하며 열심히 일을 하였다. 덕분에 그날 안으로 모내기를 끝낼 수 있었다. 어디 사는 누구인지는 모르지만 저녁은 같이 먹자고 권했지만 해가 저물자 또다시 사라졌다. 이윽고 집에 돌아와 보니 툇마루에 작은 진흙 발자국이 여기저기 나 있었다. 발자국은 방 쪽으로 이어지더니 이윽고 오쿠나이사마를 모셔둔 신단에서 끊어졌다. 혹시나 싶은 마음에 신단의 문을 열어보니 모셔둔 신상神像의 허리 아랫부분이 진흙투성이가 되어있었다고 한다.

이처럼 자신이 보살피고 있는 집안의 모내기에 일손이 부족하자 신단에서 나와 손수 팔을 걷어 부치고 직접 모내기를 도우면서도 식량을 축내지 않으려고 배려하는 오쿠나이사마. 인간으로 변신하여 모내기를 돕고 도둑을 잡으며 화재가 발생하면 불도 끄는 신. 이렇듯 인간과 공생하는 소박한 신의 모습은 바로 소박한 신앙을 지닌 도노 지방 사람들의 모습이라고 할 수 있을 것이다.

산에 사는 요괴, 야마오토코와 야마온나

산에는 산인이 산다. 도치나이 마을 와노에 사사키 가베라는 사람은 일흔 남짓으로 아직 생존해있다. 이 할아버지가 젊었을 때, 사냥을 하러 산 속 깊이

들어가 저 멀리 바위 위에 아름다운 여인 하나가 긴 검은 머리를 빗으며 앉아있는 것을 보았다. 얼굴은 아주 희었다. 겁이 없던 할아버지가 곧바로 여인을 겨누어 총을 쏘자 여인은 그대로 쓰러졌다. 그곳에 달려가 보니 키가 아주 큰 여자였는데 머리카락은 그 키보다 길었다. 나중에 증거로 삼을 생각으로 여인의 머리카락을 잘라 둘둘 말아서 품속에 넣고 귀갓길에 올랐다. 오는 도중 참을 수 없을 만큼 졸음이 밀려온 할아버지는 잠시 나무 그늘에 기대어 졸고 있었다. 꿈인지 생시인지 헤매고 있으려니 이 역시 키가 큰 남자가 다가와서는 할아버지의 품속에 손을 넣어 여인의 머리다발을 꺼내어 사라졌고 그 바람에 잠에서 화들짝 깨어났다. 이야기를 들은 사람들은 그 남자를 야마오토코라고 하였다.

사사키 씨의 작은 할아버지가 시로미에 버섯을 따러 가서 노숙을 하던 날 밤, 계곡 저편의 울창한 삼림을 가로질러 달려가는 한 여인을 보았다. 마치 허공을 달리는 것처럼 보였다. "기다려"라고 두 번 정도 말하는 것을 들었다고 한다.

위의 이야기는 이른바 '야마오토코山男', '야마온나山女'를 만난 증언이다. 이들은 산에 사는 이인異人으로 대개 큰 키와 무시무시한 얼굴, 민첩한 몸놀림을 특징으로 한다. 때때로 민가의 아녀자를 납치한다는 소문도 있어 도노 사람들은 이들을 덴구天狗와 함께 산에 사는 두려운 요괴로 인식하였다. 과연 '야마오토코'나 '야마온나'의 정체는 무엇일까?

8세기 무렵까지 동북 지방은 지금의 나라奈良를 중심으로 한 야마토大和 정권의 통치권이 미치지 못하였다. 중앙 정권은 언어와 풍속이 다르고 제도권의 권력에 따르지 않는 이곳 주민들을 에조蝦夷라고 불렀다. 9세기에 접어들어 조정은 동북 지방을 관할하기 시작하였는데 이때부터 산악 지역에서 금광, 제철 등의 광산업이 발달하기 시작하였다. 자연히 내륙과 해안을 잇는 교통의 요지인 도노 지방의 주변 산 속은 광산업자나 목기를 제작하는 전문 기술자, 숯 제조업자 혹은 산악에서 종교 수행을 하는 산악 수행자들의 거처가 되었다. 산은 분지에서 농사를 지으며 살던 농민들에게는 신비한 영역이었으며, 산을 거처로 삼은 사람들에게 역시 경원과 외경의 대상으로 인식되었을 것이다. 바로 이러한 주변 환경을 배경으로 '야마오토코'와 '야마온나'의 이야기가 탄생된 것으로 추측된다. 즉 위의 두 이야기는 우연히 산 속의 거주자들과 마주친 농민들의 목격담에 이방인에 대한 저항과 환상의 기억이 덧붙여 생겨난 전설이라고 할 수 있다.

그런데 '야마오토코'는 종종 '가미가쿠시神隠し'의 주범으로 이야기에 등장한다. '가미가쿠시'는 일본에서 옛날부터 전해 내려오는 민속 가운데 하나로 직역하자면 '신이 데려가기'라는 의미가 된다. 옛날 일본인들은 갑자기 주변 사람이 사라지거나 집으로 돌아오지 않는 일이 생기면 신이 딴 세계로 그 사람을 데려간 거라고 믿었다. 그리고 이러한 현상을 '가미가쿠시'라 일컬었는데 이는 곧 미아나 유괴 혹은 가출 등의 실종 사건을 받아들이는 고대 일본인들의 인식 장치였던 셈이다. 하지만 이 단어는 반드시 마이너스 이미지만 갖고 있는 것은 아니었다. 예를 들어 사라진 사람이 한편으로는 힘든 이 세상보다 더 좋은 세계로 가서 신의 보호 아래 행복한 나날을 보내고 있을 지도 모른다는 생각도 가능한 것이다. 요컨대 사는 일이 간난신고艱難辛苦 그 자체였던 서민들에게 '가미가쿠시'는 이계에 대한 감미로운 환상이기도 했던 것이다.

가미가쿠시를 당한 여인의 예를 들어 보자. 어느 민가의 딸이 밤을 주우러 산에 들어간 이후 다시 돌아오지 않았다. 이삼 년이 지난 어느 날, 마을 사람 하나가 사냥을 하러 고요 산五葉山 중턱에 들어갔다가 갑작스럽게 이 딸과 마주쳤다. 그간의 사정을 물으니 여자는 밤을 주우러 산에 들어왔다가 무시무시한 사람에게 이곳까지 끌려왔으며 빠져나갈 틈도 없어 도망칠 수 없었다고 하였다. 그리고 아이도 몇 명 낳았지만 남자가 본인을 닮지 않았으니 자신의 자식이 아니라며 잡아먹었는지 죽여 버렸는지 모두 어디론가 데려가 버렸다고 하였다.

마을의 처녀를 납치하는 사람이란 대부분의 경우 '야마오토코'를 지칭한다. 이 이야기의 배경에는 산에 거주하는 집단에 속한 남성이 배우자를 구하기 위해 때때로 마을로 내려와 아녀자를 납치해간 사실이 반영되어 있다. 앞 이야기의 생략된 부분을 좀 더 살펴보자. 이후 여인이 마을 사람에게 남자가 언제 돌아올지 모른다고 하자 겁이 난 마을 사람은 그 길로 마을로 내려오게 된다. 본인의 말대로 '무시무시한 남자'의 아이를 낳고 산속에서 지내는 일이 힘겹다면 그녀는 왜 그 길로 마을 사람을 좇아 마을로 돌아오지 않은 것일까? 혹시 야마오토코와 지내는 동안 그녀 역시 마을로 돌아올 수 없는 몸, 즉 야마온나의 속성을 지니게 된 것은 아닐까. 그러나 마을 사람을 알아보고 이성적인 대화가 가능한 여자는 아직 야마온나라고는 할 수 없다. 인간의 정체성은 잃어가지만 그렇다고 완전한 요괴는 되지 않은 서글픈 신세, 야마온나 이야기 속에 숨은 또 다른 애상哀傷이라 할 수 있다.

하천의 요괴, 갓파

> 가미고 마을의 아무개 집에서도 갓파의 자식으로 여겨지는 아이를 낳은 적이 있다. 확실한 증거는 없지만 온 몸이 새빨갛고 입이 커다란 그야말로 징그러운 아이였다. 부정 탄 것으로 생각되어 내다버리려고 아이를 싸서 갈림길에다 두고 돌아왔다. 잠시 후 "구경거리로라도 팔면 돈이라도 얻을 것을 공연히 버렸네"라는 생각이 들어 길을 되짚어 갈림길에 가보니 이미 어디론가 자취를 감추어 사라졌다고 한다.

〈그림 3〉 갓파

도노에는 강이나 시내에 사는 갓파河童 이야기가 많이 전해 내려온다. 사실 갓파는 도노만이 아니라 일본 전역에 퍼져있는 요괴로, 어린 아이만한 몸집에 온몸이 녹색이나 붉은 빛을 띠며 정수리 부분은 접시처럼 평평한 모습을 하고 있다. 입은 짧은 부리 모양이며 등에는 거북이 껍질을 이고 손발에는 물갈퀴가 있다. 보통 강이나 늪에 사는데, 그 주변을 지나가거나 수영을 하고 있는 사람을 물속으로 끌어들여 익사시키거나 소나 말을 끌어들이는 등 나쁜 짓을 하기도 한다. 그러나 한편으로는 씨름을 좋아하여 곧잘 아이들에게 씨름하자고 조르기도 하고 의리가 있어 물고기나 약의 제조법을 답례로 가르쳐주는 등 순박한 면도 지니고 있는 요괴이다. 좋아하는 음식은 오이, 물고기, 과일이라고 한다. 이에 연유하여 오이를 얹은 초밥을 '갓파 마키'라고 부르기도 한다.

이처럼 갓파는 사람들에게 친근한 존재로 현대에도 애니메이션이나 캐릭터 상품의 단골 소재로 등장한다. 그 한 예로 2007년 개봉된 애니메이션 「갓파 쿠와 여름방학을Summer Days with Coo」을 들 수 있다. 이 작품은 원래 고구레 마사오小暮正夫 원작의 아동문학인 『갓파 대소동河童

大騷動』과 『갓파 깜짝 여행河童びっくり旅行』을 극장판 애니메이션으로 만든 것이다. 우연히 화석 상태로 존재해왔던 어린 갓파와 함께 여름을 보낸 한 소년의 모험을 가족애와 우정의 소중함이라는 메시지로 담아낸 작품이다. '쿠'라는 이름을 얻은 어린 갓파는 사람들의 보호를 받으며 즐거운 시간을 보내지만 동료들이 사는 갓파의 세상으로 돌아가고 싶어 한다. 사람들은 이러한 쿠를 위해 갓파 전설이 남아있는 도노를 향해 함께 여행을 떠나는 것이다. 애니메이션에서도 알 수 있듯이 일본인의 머릿속에 도노는 이른바 '갓파의 고향'으로 기억되고 있다.

그렇다면 유독 도노에 갓파 전설이 많은 이유는 무엇일까. 이러한 의문에 대해 혹자는 도노의 날씨와 관련지어 설명하기도 한다. 도노는 강수량이 많은 지역으로 비가 오면 강을 따라 자라나 수달처럼 강에 사는 동물들이 자주 목격되곤 하는데, 이러한 동물들을 사람들이 물의 신 즉 수신水神의 이미지와 결부시키면서 갓파 전설이 생겨난 것으로 추측하고 있는 것이다. 사실 『도노 이야기』의 저자인 야나기타는 갓파의 정체를 원숭이라고 하는데 그 이유로 원숭이의 얼굴이 빨갛고 정수리의 피부가 얇아 마치 접시와 같은 모양인 것을 들고 있다. 그리고 도노 지방 사람들 역시 나이든 원숭이에게는 영적인 능력이 있다고 믿었기에 원숭이를 갓파의 모델로 보기도 했다.

갓파의 정체가 무엇이든 갓파 이야기의 레퍼토리 가운데 빼놓을 수 없는 것이 바로 갓파가 인간 여성을 유혹하여 관계 맺기를 좋아하는 이른바 바람둥이라는 점일 것이다. 앞의 갓파 이야기 예문은 갓파의 아이라는 의심을 받는 아이의 탄생을 둘러싼 이야기이다. 태어난 지 얼마 안 된 아이가 몰골이 추악하다는 이유로 버려진다. 아마도 이야기 이면에는 태어난 아이가 기형아라는 사실이 숨어있거나 자시키와라시의 경우와 마찬가지로 마비키의 음영이 드리워있는 것일지도 모른다.

또 이 이야기에는 인간과 동물 혹은 신의 결혼이라는 이른바 '이류 혼인담異類婚姻譚'이라는 설화적 요소가 들어있다. 이류 혼인담의 줄거리는 대충 다음과 같다. 마을의 한 처녀 처소에 밤이면 밤마다 정체모를 남정네가 드나드는데 날이 밝기 전에 자취를 감춘다. 남자의 정체를 수상히 여긴 부모는 딸에게 남자의 옷섶에 실을 꿴 바늘을 꽂아두라고 이른다. 남자가 돌아간 후 풀어진 실을 따라 가보니 남자의 정체는 마을의 수호신이었다. 이렇듯 이류 혼인담은 대개 남자의 정체는 신이나 혹은 승천 직전의 용이며, 그 남자와의 사이에서 태어난 아이가 비범한 능력을 지녀 모든 사람의 추앙을 받는다는 줄거리를 지닌다.

그런데 『도노 이야기』에 등장하는 갓파의 아이는 버려지거나 살해되는 것으로 끝난다. 갓파의 아이로 여겨지는 아이를 죽여 땅에 묻는다는 잔인한 이야기를 사실이 아닌 설화의 은유라는 측면에서 보자면 갓파는 영락한 수신이라는 해석이 가능하다. 즉 인간에게 추앙받지 못하고 그 권위를 상실해버린 신이기에 그와 인간 사이에 태어난 자식이 비범한 능력도 지니지 못했을 뿐만 아니라 추악한 모습으로까지 형상화되고 있는 것이다. 즉 이 이야기는 더 이상 이류에게 경외심을 갖지 않는 인간의 파괴된 금기 의식을 보여주는 이야기라 할 수 있다.

신 그리고 자연과 인간의 공생

지금껏 살펴보았듯이 『도노 이야기』에 등장하는 요괴는 무섭고 괴기스럽기보다는 어딘가 친근하고 인간과 공생하는 자연의 하나로 그려지고 있다. 실제로 일본의 요괴는 서양의 그것과는 달리 인간과의 상호 관계를 전제로 그 위상이 정해진다. 요컨대 사람들에게 부나 행복 등의 플러스 가치를 가져다주는 존재는 신이며, 재난이나 불행 등의 마이너스 가치를 초래하는 존재는 요괴로 인식되는 것이다. 신과 인간, 요괴와 인간 사이의 관계는 가변적인 것이다. 예를 들어 사람들이 제대로 받들지 못하면 수호신은 해코지를 하는 원령으로 변하기도 하고, 원령일지라도 위무하고 정중히 받들면 개인이나 공동체를 보호하는 수호신으로 변하기도 한다. 이러한 요괴관은 정령 신앙을 밑그림으로 하는 일본인들의 전통적인 세계관을 잘 보여주는 것이다. 이 논리에 따르면 일본의 요괴는 서양의 기독교에서 선善의 구현인 신과 악惡의 발현인 악마라는 절대 개념과도 차이가 있음을 알 수 있다.

이런 요괴의 성격은 『도노 이야기』에 등장하는 자시키와라시, 야마오토코, 갓파 등에도 잘 드러나 있다. 이들은 때로는 복福을 주기도 하고 화禍를 입히기도 하면서 인간과 공존하며 끊임없이 상호관계를 맺고 있다. 이 과정에서 인간과 초자연적인 존재 안의 경계는 허물어진다. 신 그리고 자연과 인간의 이러한 공생관계를 인간의 소박한 언어로 표현해낸 것이 바로 『도노 이야기』인 것이다.

참고문헌

김용의, 「『도노모노가타리(遠野物語)』를 통해 본 인간과 자연의 공생관계」(『日語日文學研究』 78집, 한국일어일문학회, 2011)
김종덕 외, 『그로테스크로 읽는 일본문화』, 책세상, 2008.
小松和彦, 『妖怪学新考』, 小学館, 2000.
歴史の謎研究会, 『妖怪の謎と暗号』, 青春出版, 1997.
柳田国男, 『遠野物語』, 新潮文庫, 1992.
荒俣宏·小松和彦, 『妖怪草紙』, 工作舎, 1987.

도읍의 이탈과 동경

『겐지 이야기』 「세키야」권에 보이는 히카루겐지의 이시야마 참배 길
(『豪華[源氏絵]の世界 源氏物語』, 学習研究社, 1988년)

공간으로 읽는
일본고전문학

쓰라유키, 도사를 떠나다

이 미 령

도사 일기

『고킨와카슈』의 편자로 유명한 기노 쓰라유키가 가나로 쓴 일기체 형식의 기행문이다. 도사 지방의 수령으로 재직하던 만년의 쓰라유키가 임기를 마치고 934년 12월 21일에 임지를 출발, 이듬해 2월 16일에 귀경하기까지 55일간의 뱃길 여행 일정과 감상을 적은 것이다. 성립 시기는 여정이 끝나고 얼마 지나지 않은 시점으로 추정된다. 주요 내용으로는 임지에서 죽은 딸에 대한 그리움과 지루하게 계속되는 여정에 대한 불만, 떠나는 전임 수령을 위한 지역민들의 정성, 천박한 세태에 대한 비판 등이 담겨 있다. 가나로 쓴 일기문학 작품의 효시로 일컬어지며, 이후 헤이안 여류문학에 큰 영향을 미친 것으로 평가받는다. 글의 첫머리에 남성인 작자가 여성에 가탁하여 쓰고 있는 점, 그리고 총 59수에 달하는 와카가 수록되어 있는 점이 특징이다.

여자가 되어 일기를 쓰다

『도사 일기土佐日記』는 "남자가 쓰는 것이라는 일기를 여자인 나도 써 보려고 한다"라는 문장으로 시작된다. 일반적으로 『도사 일기』의 저자는 『고킨와카슈古今和歌集』의 편자 기노 쓰라유키紀貫之로 알려져 있는데, 첫머리에 마치 여성이 쓴 것처럼 선언하듯 쓰인 이 문장으로 인해 실제 작자에 대한 의문이 대두된다. 이른바 여성 가탁假託의 문제이다.

과연 『도사 일기』는 쓰라유키가 쓴 작품일까? 이에 대한 근거로 10세기 후반에 가인歌人으로 활동했던 에교惠慶 법사의 "쓰라유키의 도사 일기를…"이라고 시작되는 와카를 들 수 있다. 또 쓰라유키의 아들 도키부미時文가 편자로 참여한 『고센와카슈後撰和歌集』에는 『도사 일기』에 수록된 와카 2수를 쓰라유키가 지었다는 기록이 존재한다. 이 외에도 『도사 일기』에 실린 와카 13수를 쓰라유키의 작품으로 명시하고 있는 문헌이 남아있어, 현재 쓰라유키가 『도사 일기』의 작자라는 사실은 정설로 받아들여지고 있다.

그렇다면 쓰라유키는 왜 굳이 여성인 척하며 글을 썼을까? 당시 일기는 남성 귀족이 한문으로 작성한 비망록 형태가 일반적이었다. 쓰라유키가 여성인 척하는 이 문장은 그러한 일반적 상식을 의식적으로 배제한 발언이었다. 여성 가탁의 의도에 대해 많은 학자들은 작자가 남성으로서의 공적인 입장을 떠나 사적인 입장에서 자유롭게 자신의 감정을 서술하기 위해 이루어진 것이라고 생각한다. 혹은 당시 가인으로 명성이 높았던 쓰라유키가 한시가 아닌 와카를, 그것도 59수에 이르는 많은 분량의 와카를 수록하기 위해 여성 가탁을 의도하였다고도 한다. 이 외에도 허구와 실제가 혼재되어 있는 글 내용을 통일하기 위해, 또는 자신의 정치적 불우를 토로하기 위해 여성인 척 가나로 글을 썼을 것이라는 의견도 있다. 이상의 주장을 수합하여 볼 때 글 전체를 한문으로 썼을 때보다 가나로 썼을 때, 쓰라유키 개인의 심정이나 글을 쓰는 의도를 더욱 부각시킬 수 있었기에 그 방법을 선택한 것으로 볼 수 있다.

『도사 일기』는 단순한 여행의 기록만은 아니다. 여행은 단지 소재일 뿐, 실질적으로 진행된 뱃길 여행의 통과 지점이 애매하게 기록되기도 하고 명백한 허구로 보이는 기술마저 포함되어 있다. 또 여정을 바라보는 시점이 계속해서 변하기 때문에 특정의 한 여성이 바라보는 여정으로 일관되게 그리고 있는 것도 아니다. 오히려 와카를 수록하기 위해 일정을 만들어 낸듯한 인상을 주는 구절도 다수 포함되어 있다. 결국 작자는 문학적 효과를 극대화시키기 위한 의도를 가지고 당시 여성의 글자로 인식되던 가나를 이용하여 글을 쓴 것으로 생각된다.

험난하고 지루한 뱃길 여행에 지쳐가다

쓰라유키는 다이고醍醐 천황(재위897~930년)의 칙명으로 『고킨와카슈』를 편찬하는 등 가단歌壇의 중심적 인물로 활동했지만, 관직에는 운이 없었는지 지위는 그리 높지 않았다. 당시 지방 수령의 관위는 4, 5위 정도로 주로 중하급 귀족이 임명되었다. 그런데 쓰라유키는 도사 지방의 수령으로 임명된 930년에 이미 60세를 넘긴 노령이었다. 또한 그가 파견된 도사 지방은 지금의 고치 현高知県 부근으로, 도읍인 교토와는 상당히 먼 거리에 위치한 곳이었다. 그 이전까지 장기간 도읍을 벗어나 본 적이 없었던 쓰라유키에게 노년에 이르러 감행된 장거리 여행과 4년여에 걸친 지방 생활은 상당한 부담으로 다가왔을 것이다. 부담이 컸던 만큼 지방 수령으로서의 임기를 마치고 도읍으로 복귀가 결정되었을 때, 그가 느꼈을 기쁨과 기대는 충분히 짐작하고도 남는다. 그러나 후임 장관의 임지 도착이 늦어져 출발시기가 늦춰지자 그의 귀경길은 불안과 불만 속에 시작된다.

쓰라유키 일행은 한 해가 저무는 12월 21일 수령 관저를 나와서 12월 27일 오쓰大津 항구를 출발한 뒤, 다음 해 2월 16일 교토의 자택에 도착한다. 당시 도사에서 교토까지 왕복하는 데에는 평균 25일 정도가 소요되었다고 한다. 통상 편도 13일 정도가 걸리는 거리를 쓰라유키 일행은 55일이나 걸려 이동한 것이다. 그러나 일기 내용을 살펴보면 배를 이용한 해상 이동은 불과 17일에 불과하며 나머지 일정은 파도와 비바람, 그리고 해적이 출몰할지도 모른다는 소문으로 항구에 정박하며 허

〈그림 1〉 도사 일기의 여정도(『古語辞典』, 三省堂, 2001년)

비한 시간이 대부분이다. 교통 여건이 발달하지 못한 당시의 여행 상황을 고려하더라도 평균적인 소요 시일을 훌쩍 넘긴 긴 여정에 사람들은 지쳐갔을 것이다.

『도사 일기』에는 지루하게 이어지는 여정에 지쳐가는 사람들의 답답하고 절박한 심정이 곳곳에 실감나게 묘사되어 있다. 날씨가 좋지 않아 근 일주일째 항구에 정박하고 있던 배 안에서 화자話者는 하루 이틀 손으로 날짜를 헤아리다 보니 손가락이 문드러질 지경으로, 밤에는 잠도 자지 못하고 괴롭고 초조한 나날을 보낸다. 게다가 수령 임기 중에 행한 해적 진압에 대해 해적들이 복수를 할 것이라는 소문이 들려오자 일행은 더욱 긴장과 걱정 속으로 빠져든다. 변화무쌍한 바다 여행의 고충으로 머리카락이 새하얗게 변해 버릴 정도이며, 마치 칠팔십 년 동안 바다에 있었던 느낌이라는 과장 섞인 표현도 이어진다.

해적 출몰의 소문으로 두려움에 떠는 사람들의 모습은 비록 육로여행이긴 하지만 동시대의 작품인 『사라시나 일기更級日記』를 떠올리게 한다. 이 작품의 주인공은 관음영지로 유명했던 하세데라初瀬寺로 참배여행을 떠나고 싶어 한다. 그러나 그녀의 어머니는 나라자카奈良坂 고개에서 도적을 만날까 두려워 직접 참배하는 것을 포기하고 승려에게 대신 참배를 의뢰한다. 실제로 당시 지방에는 해적과 도적이 횡행하여 지방에서 중앙정부로 운반되는 미곡의 탈취 사건이 종종 일어나기도 하였는데, 쓰라유키의 도사 재임 기간 중에도 나라 쌀 3천 여석을 해적에게 빼앗기는 일이 발생한다. 도적들이 사적으로나 공적으로 여행하는 사람들을 위협하여 금품을 갈취하거나 목숨을 빼앗는 등의 불미스러운 일도 빈번히 발생하였다. 이에 중앙정부는 각 지방 수령들에게 도적들을 소탕하라는 명령을 자주 내렸다고 한다. 그만큼 당시의 장거리 여행은 목숨과 재산을 담보로 한 매우 위험한 일이었던 것이다.

한편 늦어지는 여정에 대한 불안과 불만은 애꿎은 뱃사공에게 비난의 화살이 되어 돌아간다. 『도사 일기』에는 뱃사공에 대해 곱지 않은 시선을 보내거나 대놓고 비아냥거리는 모습이 도처에 보인다. 출발 첫날, 석별의 정을 나누는 일행들에게 뱃사공은 빨리 배에 오를 것을 독촉하며 이별의 풍취를 깨트린다. 또 뱃사공이 거센 비와 바람을 핑계로 배를 띄우지 않았는데, 정작 하루 종일 파도도 일지 않고 바람도 불지 않자 날씨도 제대로 판단 못하는 멍청이라며 비아냥거린다. 이러한 태도는 지루한 여정에 대한 불만의 표출임과 동시에 도읍 출신의 귀족계급이 가진 지방인에 대한 특권의식의 발로라고 느껴진다. 그래도 여행의 안전을 위해서는 뱃사공에게 절대적으로 의지할 수밖에 없었는지 오사카 시大阪市의 스미요시住吉 부근에 이르러 갑작스런 바람에 배가 요동치자 뱃사공이 요구하는 대로 움직인다.

〈그림 2〉 도사 일기의 배 여행(『土佐日記』, 小学館, 1973년)

> 사공은 "이 스미요시 신은 예법의 신인데 꼭 갖고 싶은 것이 있는 듯합니다"라고 제법 멋진 말을 하고는 "예물을 바치세요"라고 한다. 그래서 말한 대로 예물을 바쳤지만 바람은 전혀 그치지 않고 오히려 점점 강해지더니 파도까지 더욱더 거칠어져 위험해졌다. 그러자 사공은 "이걸로는 만족하시지 않는 것 같습니다. 배가 더 나아가질 않습니다. 좀 더 기뻐하실 만한 것을 바치세요"라고 한다. 사공이 말한 대로 아무래도 어쩔 수가 없다고 생각해서 "귀중한 눈도 두 개가 있습니다만 단 하나뿐인 귀한 거울을 바치겠습니다"라고 말하고는 거울을 바다에 던지니 아쉽기만 하다. 그러자 순간 바다는 거울 표면처럼 잔잔해졌다.

결국 일행은 가라앉을 듯 거세게 흔들리는 배 안에서 공포에 떨며 사실상 자신들의 목숨을 쥐고 있는 뱃사공의 말에 따라 가장 아끼는 거울을 바다 속으로 던져 넣는다. 그때까지 스미요시 부근에 이르러 도읍에 가까워진 기쁨으로 흥취어린 와카를 읊어대던 일행은 공물을 받고 바로 잔잔해지는 바다를 보며 현물적인 신의 본마음을 본 듯하여 씁쓸함을 느낀다. 더불어 그토록 멸시하던 뱃사공의 말대로 움직일 수밖에 없던 자신들의 신세를 돌아보고 자조 섞인 푸념을 하고 만다.

이렇게 험난하고 지루하게 이어지던 여정은 출발한지 40여 일이 지나 2월 초가 되어서야 오사카 만灣에서 교토의 요도 강淀川으로 진입하며 막바지에 이른다. 강어귀에서 강을 거슬러 올라가려 하지만 겨울 가뭄 시기와 겹쳐 앞으로 나아갈 수 없게 되자 도읍을 가까이에 두고 일행은 마지막까지 속앓이를 한다. 또다시 일주일가량 지체와 전진을 거듭하던 일행은 2월 16일, 드디어 여정의 종지부를 찍으며 도읍의 집에 도착한다. 총 55일간의 험난한 여정이었다.

죽은 딸아이를 그리워하다

도읍에서 태어나 임지인 도사에서 죽은 딸에 대한 그리움은 『도사일기』의 가장 주요한 주제 중 하나이다. 몇 살에 죽었는지에 대한 구체적인 사실은 알 수 없지만, 쓰라유키에게 죽은 딸아이에 대한 절절한 그리움과 애달픈 마음을 토로하는 데에 와카만큼 좋은 수단은 없었던 것 같다. 이는 『고킨와카슈』의 가나 서문에서 와카의 본질과 효용에 대해 논한 쓰라유키의 의견과 조응하는 것이다. 그는 가나 서문에서 와카란 사람의 마음을 기반으로 여러 말로 이루어진 것이라 하였다. 그리고 이 세상을 살아가는 사람들은 사건이 일어날 때마다 마음속으로 생각하는 것, 보고 들은 것을 와카로 표현하는 것이라 하였다. 이러한 쓰라유키의 지론이 자식을 잃고 쓸쓸히 집으로 돌아가는 슬픔의 여정 속에서 와카를 통해 발현되고 있다.

12월 27일, 오쓰 항구를 출발하면서 실질적인 여정이 시작된 쓰라유키 일행은 도사 지역의 해안선을 따라 배로 이동하면서 기후 사정과 처한 상황에 따라 여러 항구에 정박하며 도읍을 향해 나아간다. 27일 이전에는 송별회에 참석하는 등 분주하게 지내느라 잊고 있었지만, 배에 올라 도읍으로 향하게 되자 죽은 딸아이에 대한 그리움과 슬픔이 새삼 절절하게 느껴져 와카를 읊는다.

'도읍으로 돌아가려는데 무엇보다 슬픈 것은 함께 돌아갈 수 없는 사람이 있기 때문입니다'
'지금도 살아 있다고 몇 번이나 잊어버리고는 죽은 아이를 '어디 있나'라고 물어보니 슬픈 일이다'

일행 중에 서툴지만 대견하게 와카를 읊는 아이를 보거나 하네羽根라는 곳의 지명을 묻는 또 다른 아이를 보면서 자신의 죽은 딸아이를 떠올린다. 어느 항구의 해변에 아름다운 조개와 돌이 많은 것을 보고, 죽은 딸아이가 좋아할 것 같은 곳이라며 딸에 대한 그리움을 배 안의 일행과 함께 와카를 지어 나누면서 달랜다. 몸에 지니면 모든 것을 잊게 한다는 와스레구사忘れ草로 유명한 스미요시 부근에 이르러서는 아이를 잃은 아픔을 잊고 싶지만 잊을 수 없는 절절한 마음을 와카로 표현해낸다. 이처럼 그는 도읍으로 돌아가는 여정 속에서 죽은 딸아이를 한시도 잊지 못하고 그리워한다.

2월 초, 요도 강을 거슬러 올라 도읍으로 향하던 일행은 이곳저곳의 부두에 정박하며 쌀이나 생선 등을 싣거나 쉬어가는 일을 반복한다. 이때 배를 정박시키는 곳마다 일행 중 아이를 데리고 있던 사람들은 제각기 아이를 안고 내리거나 탔다. 쓰라유키는 이 모습을 보고는 참을 수 없는 슬픔에 아이를 잃은 어머니의 시선으로 노래를 읊는다. 그리고 다시 제3자의 시선으로 이동, 자식을 잃은 부모의 마음을 객관적으로 들여다보며 와카의 효용과 가치에 관해 자신의 의견을 피력한다.

'갈 때는 없던 사람들도 돌아올 때는 데리고 오는 아이를, 있던 아이를 잃고 돌아오는 이 슬픔이여'라며 죽은 아이의 어머니가 노래를 읊고는 울었다. 이 노래를 들은 부친은 과연 또 어떠한 마음이겠는가. 이러한 일도, 또 일반적으로 노래라는 것도 단지 좋아하기 때문에 읊는 것만은 아닐 것이다. 중국에서도 일본에서도 감동을 참을 수 없을 때 노래를 읊는다고 했던가.

2월 16일, 드디어 교토의 집에 도착한 일행은 눈앞에 펼쳐진 황폐한 모습에 할 말을 잃는다. 그 와중에 정원에 있던 오래된 소나무가 반이나 없어져 버렸고, 그 사이사이에 최근에 돋아난 어린 소나무가 섞여 있는 것이 눈에 띈다. 쓰라유키는 또 다시 죽은 딸아이를 떠올린다.

모두 다 생각나고 어느 것이나 전부 정겹고 그립게 생각되지만 특히 이 집에서 태어난 여자애가 함께 돌아오지 못했으니, 얼마나 슬픈 일인가. 같은 배에 탔던 사람들의 아이들이 모여 떠들고 있었다. 그러한 가운데 잠시 슬픈 생각을 억누르고 몰래 자신의 기분을 알아줄 사람과 노래를 읊었다.
'여기서 태어난 아이도 돌아오지 못했거늘 뜰 앞 어린 소나무를 보자니 너무나 슬프네'
'우리 아이 소나무처럼 천년을 살 수 있다면 이처럼 멀고 슬픈 이별 했을까'

여정의 끝에 쓰라유키는 힘들었던 여행의 감회를 술회하기보다는 마지막까지 도사에서 잃은 자식에 대한 슬픔을 절절하게 토로한다. 과연 이 슬픔이 사라지는 날이 있을 것인가. 쓰라유키에게 있어 『도사 일기』는 사랑하던 자식을 잃고 슬픔에 빠진 자신의 마음을 달래고, 먼저 떠난 딸을 위로하기 위해 만들어진 진혼곡鎭魂曲이었을지도 모른다.

도읍의 집에 도착하다

2월 6일, 그동안의 해상 이동을 마치고 요도 강 어귀에 도착한 일행은 이제 곧 도읍에 도착한다는 기대에 한껏 부푼다. 그러나 한겨울에 뱃길여행을 시작했던 터라 일행이 강어귀에 이르렀을 때는 이미 겨울 가뭄 시기에 접어들어 배가 강을 거슬러 올라가기 힘든 상황이었다. 그래도 어찌어찌 힘겹게 강을 거슬러 올라가던 일행은 2월 9일, 나기사노인渚院을 지나가게 된다. 나기사노인은 지금의 오사카 히라카타 시枚方市 부근에 있던 몬토쿠文德 천황(재위850~858년)의 별장으로, 그 옛날 아리와라 나리히라在原業平(825~880년)의 고사故事가 전해 내려오는 곳이다. 헤이안 초기의 유명한 가인이자 『이세 이야기伊勢物語』의 주인공으로 여겨지는 나리히라가 이곳에서 벚꽃을 보며 노래를 읊었다는 것이다. 『고킨와카슈』의 편자였던 쓰라유키는 이 유명한 가인과 관련한 장소를 그냥 넘어가지 못하고, 이곳에서 나리히라가 읊었다는 옛 노래에 맞춰 정취 넘치는 와카 두 수를 읊는다. 이처럼 『도사 일기』에는 노래를 읊기 위해 일부러 언급된 듯한 장소가 많이 보이고, 이럴 때면 어김없이 일행 중 한 사람의 입을 빌어 와카를 읊는다. 이러한 와카는 힘든 여정의 감회를 더욱 깊고 풍취 있게 연출하는 역할을 한다.

계속해서 나기사노인을 지나 요도 강을 거슬러 올라가던 일행의 눈앞에 동쪽으로 길게 뻗어있는 산이 나타난다. 산 정상에는 하치만구八幡宮가 위치하고 있다. 이 하치만구는 지금의 교토 야와타 시八幡市에 위치한 이와시미즈하치만구石清水八幡宮를 가리키는 것으로, 이세 신궁伊勢神宮, 가모 신사賀茂神社와 더불어 조정의 유서 깊은 신사였다. 도읍 사람이라면 모두 다 알고 있을 이 신사를 『도사 일기』에서는 동승한 사람들에게 물어보고서야 비로소 알았다는 듯이 기술하고 있다. 아마도 귀경의 기쁨을 보다 극적으로 표현하기 위해 일부러 만들어낸 허구일 것이다. 그만큼 강을 거슬러 올라가며 더디게 진행되는 마지막 여정 중에 불현듯 눈앞에 나타난 하치만구의 모습은 일행의 기쁨을 배가시키는 역할을 하였을 것이다.

2월 12일경, 요도 강과 가쓰라 강桂川의 합류지점인 야마자키山崎에 도착한 일행은 비로 인해 사흘간 발이 묶인다. 가쓰라 강은 지금의 교토 시 남서부를 흐르는 강이며, 특히 야마자키는 요도 강이 교토 분지로부터 오사카 평야로 흘러드는 지역의 북측에 위치하여 예로부터 교통의 요충지로 알려진 곳이다. 바로 이곳에서 그동안의 뱃길 여정을 모두 마치고 육로를 선택하여 도읍으로 향하는 것이다.

16일 해질 무렵, 일행은 드디어 꿈에 그리던 도읍의 집으로 출발한다. 하루 전부터 50여 일간 생활했던 배에서 내려 도읍으로 들어가는 마차를 기다렸던 일행은 달 밝은 밤, 가쓰라 강을 건넌다. 지난 여정의 감회와 무사히 도읍에 도착했다는 안도감 속에서 일행은 다시 한 번 와카를 읊으며 기쁨을 나눈다.

이렇게 귀향의 기쁨을 가득 안고 도읍에 발을 들여놓았던 일행은 밝은 달빛 아래, 근 4~5년 동안 비워두었던 그리운 집의 대문을 연다. 그러나 기나긴 여정 끝에 도착한 사람들의 눈에 비친 것은 황폐해진 저택의 모습이었다.

> 그런데 소문으로 들은 것보다도 한층 심하고 말이 되지 않을 정도로 파손되어 있었다. 집 돌보기를 부탁한 사람의 마음도 이처럼 험악해져 있었다. 중간 울타리는 있었지만 한 집안 같다며 상대방이 희망해서 맡겼던 일이다. 더구나 나는 인편이 있을 때마다 언제나 사례로 무언가를 보냈다. 그러나 오늘 밤 '이런 모습을 보리라곤'이란 불편한 마음을 소리 높여 말하지 말자. 그저 심하다고는 생각되어도 일단 감사하기로 했다.

『도사 일기』에서 사람의 마음, 즉 인정과 세태에 대한 생각을 언급한 부분은 이 장면과 함께 도사 출발 초기 송별회 장면에서도 확인할 수 있다. 전임 수령은 이제 별 볼일 없다고 오지 않는 것이 세상의 인정이거늘 특별히 지방관청에서 고용하지도 않았던 인물이 전별금까지 마련하여 떠나는 수령을 위해 찾아온 것이다. 쓰라유키는 일반적 세태를 따르지 않고 자신을 찾아온 사람을 정이 두텁고 성실하며 사람의 시선 따위는 염두에 두지 않는 사람이라고 칭찬한다. 물론 뒤이어 전별금을 받았다고 칭찬하는 것은 아니라는 재치 있는 말도 잊지 않는다.

또 전체 글의 마지막 부분에서 "잊으려고 해도 잊히지 않고 또 뭐라 말할 수 없는 슬픈 일도 많았지만 도저히 다 써 낼 수가 없다"라고 하는데, 이 또한 글의 첫머리에서 필자가 여성임을 밝힌 문장과 조응하는 배치로 보인다. '남성이 쓰는 일기를 여성인 나도 써보려는' 의도 하에 글을 썼지만, 그 결과 '아무래도 다 써 낼 수가 없다'라고 결말을 짓고 있는 것이다.

이처럼 글의 첫머리와 마지막 부분에 인정과 세태에 대한 언급을 대조적으로 배치시킨 점, 또 서두의 여성 가탁과 조응하는 문장을 배치한 점 등을 고려하여 볼 때, 『도사 일기』가 하루의 일과나 여행의 소감을 자유롭게 기술한 일기나 기행문에 그치지 않고 있음을 확인할 수 있다. 다시 말해 『도사 일기』는 처음부터 확고하고 치밀한 구상 하에 쓰인 작품이었던 것이다.

그렇다면 과연 도읍으로 돌아온 쓰라유키는 이후 어떠한 만년을 보냈을까? 이러한 궁금증을 해결하기 위해서 『도사 일기』 초반 거의 20일에 걸쳐 표현되는 송별 장면의 의도를 파악해 볼 필요가 있다. 임기를 마치고 도읍으로 귀경하는 전임 수령을 위해 이 지역 많은 사람들이 이별을 아쉬워하며 환송해준다. 윗사람 아랫사람 할 것 없이 모두 모여 연일 계속되는 송별회에 참가하고 전별금까지 준비해 건네는 것이다. 이러한 모습을 쓰라유키는 "전임 수령의 인품에 의한 것일까"라며 많은 사람들로부터 절대적 신뢰를 받고 있는 스스로를 칭찬한다. 일행이 배에 승선한 뒤에도 중도에 기착하는 항구까지 뭍으로 좇아온 사람들이 술과 음식을 대접하기도 한다. 이때마다 그대로 받기만 하지 않고 작은 답례라도 하고, 빈약한 답례를 마음에 걸려하는 모습도 보인다. 또 정월 초하루에 장수를 기원하며 먹는 음식을 특별히 준비하지 않았다는 모습 등에서 청렴하고 물욕이 없는 지방 수령이었던 자신의 모습을 부각시키기도 한다.

그러나 실제로 수령을 바라보는 당시의 일반적인 시선은 곱지만은 않았다고 한다. 귀족사회 내에서 낮은 신분에 해당하는 위치였기에 멸시어린 시선이 있었고, 임지에서 행한 심한 수탈에 대한 비판이 컸다. 그럼에도 불구하고 지방에서 벌어들이는 그들의 막대한 수입을 부러워하는 시선도 동시에 존재했다. 이와 같은 주변의 시선과 함께, 수령 스스로가 느꼈을 중류 귀족으로서의 한계와 상류 귀족의 의사에 따라 임관의 유무와 부임지의 거리가 좌우되는 운명에 대한 불안은 상당했다. 쓰라유키 또한 이러한 현실에서 벗어날 수는 없었을 것이다.

도사에서 귀경한 935년 이후 그는 관직 없이 지내며, 938년에는 세력가인 후지와라 씨에게 무관無冠의 아픔을 호소하고 있다. 이에 학자들은 쓰라유키가 정치적 의도를 가지고 『도사 일기』를 쓴 것으로 파악하기도 한다. 글 전반부에 기술된 연이은 송별장면을 통해 자신의 청렴함과 수령으로서의 원만한 직무 수행 능력을 강조함으로써 관료로서의 자신을 부각시키려 하였다는 것이다.

『도사 일기』는 도사에서 도읍에 이르는 여정을 하루도 빠짐없이 기록하는 일기의 형식을 띠고 있지만, 통과하는 지역의 실질적인 풍경이나 지역민의 삶을 기술하고 있지는 않다. 오히려 여기에 등장하는 공간은 와카를 읊는 가인의 필요에 의해 관념적이고 이상적인 형태로 수정되어 있다. 결국 『도사 일기』는 와카를 사랑한 당대 최고의 가인이 새로운 문학창작의 방법을 고심하는 과정에서 나온 수작秀作이 아닐까 생각된다.

참고문헌

민병훈, 「『土佐日記』に見る送別の諸相」(『일본어문학』 49, 한국일본어문학회, 2011)
강용자 옮김, 『기노 쓰라유키 산문집』, 지식을 만드는 지식, 2010.
민병훈, 「『土佐日記』における楫取蔑視の視座」(『일본어문학』 43, 한국일본어문학회, 2009)
정순분, 「『土佐日記』における女性仮託の深層」(『일본연구』 32, 한국외국어대학교 일본연구소, 2007)
小松秀雄, 『古典再入門－『土佐日記』を入りぐちにして』, 笠間書院, 2006.
菊地靖彦 他 校注, 『土佐日記·蜻蛉日記』(「新編日本古典文学全集」 18, 小学館, 1994)
今関敏子, 「『土佐日記』考－女性仮託の意味」(『平安文学論集』, 風間書房, 1992)
菊地靖彦, 「『土佐日記』－女性仮託の意味」(『解釈と鑑賞』, 至文堂, 1992)
池田勉, 「土佐日記ははたして貫之の作か」(『成城文芸』, 成城大学, 1956)
中島利一郎, 「『土佐日記』の著者は女性である」(『読書春秋』, 春秋会, 1956)

헤이안 시대 한 여성의 교토 탈출기

이 미 숙

가게로 일기

『가게로 일기』는 헤이안 시대 때 가나 문자로 여성이 쓴 일기문학으로, 현존하는 일본 최초의 여성 산문문학이다. 974년경 성립되었으며 상·중·하 세 권으로 이루어졌다. 지은이는 지방관 출신인 중류귀족 후지와라 도모야스의 딸(936?~995년)로 이름은 미상이다. 권문세가의 자제로 뒷날 섭정 태정대신으로 최고 권력자가 되는 후지와라 가네이에(929~990년)와 결혼해 미치쓰나라는 외아들을 두어, 보통 '후지와라 도모야스의 딸'이나 '미치쓰나의 어머니'로 불리고 있다. 실질적으로 일부다처제였던 헤이안 시대 혼인제도 속에서 마음과는 달리 자꾸 꼬여만 가는 남편과의 20여 년간에 걸친 결혼생활을 축으로, 부부 사이의 내밀한 사연과 심적 갈등을 소상히 기록한 작품이다. '아지랑이'라는 뜻의 '가게로'라는 서명은 상권 말미에 나오는 '있는지 없는지도 모를, 아지랑이처럼 허무한 여자의 처지를 기록한 일기'에서 비롯된 것으로, 허무하게만 느껴지는 자신의 삶을 아지랑이에 비유한 것이다.

내 집 앞을 그냥 지나쳐 가시지 않는 세계를 찾아

971년 6월 초나흗날, 미치쓰나의 어머니道綱母는 교토京都 중심가인 이치조一条에 있는 자신의 집을 황망히 나서 교토 서북쪽 외곽의 나루타키鳴滝 강 북쪽에 있는 한냐지般若寺를 향해 서둘러 발걸음을 재촉했다. 한냐지는 미치쓰나의 어머니가 남편과 단 둘이 가끔 가기도 했고,

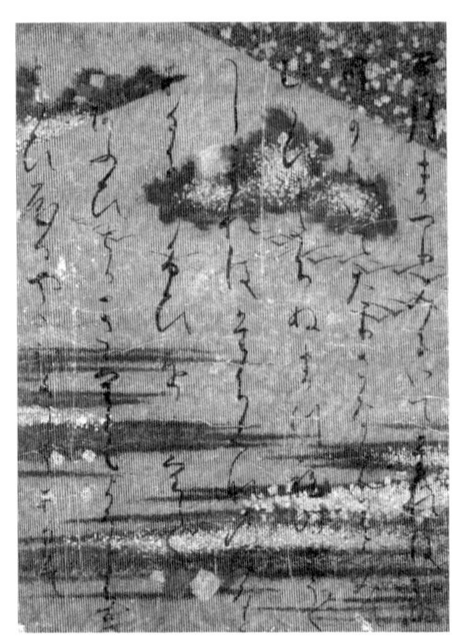

〈그림 1〉 가게로 일기 단간.
이데미쓰미술관 소장
(『週刊朝日百科 世界の文学』 25,
朝日新聞社, 1999년)

친정어머니가 임종을 맞고 사십구재도 지냈던 절로 추정될 만큼 그녀의 집안과 관계가 깊은 절이었다. 한 며칠 절에서 지내며 마음을 추스르려는 마음으로 떠난 길이었지만, 그녀의 칩거는 주위 사람들에게 출가에 뜻이 있는 것으로 비쳐져 본의 아니게 스무여 날이나 절에 머무르게 되었다. 이 참배여행은 『가게로 일기蜻蛉日記』의 클라이맥스로 일컬어질 만큼 미치쓰나의 어머니의 결혼생활의 분수령이 되었다.

954년 권문세가의 자제인 후지와라 가네이에藤原兼家와 결혼한 지 17여 년이 지난 만큼 이때 두 사람 사이는 세월의 두께만큼 틈 또한 벌어져 있었다. 결혼 당시 남편을 독점하고 그의 정처가 되어 사회적으로도 인정받기를 꿈꾸었던 그녀의 꿈은 이미 거의 사그라진 상태였다. 그녀의 눈앞에 펼쳐진 현실은 한창때를 지난 나이에 홀로 빈 방을 지키는 자신의 모습이었다. 결혼한 뒤 한 번도 거르지 않고 해마다 정월 초면 그녀의 집을 찾아왔던 남편이 그 해에는 여드레나 되어서야 겨우 얼굴을 보였다. 남편의 수레소리가 들리면 혹시나 자기 집을 찾아오나 싶어

가슴을 두근대며 기다려보아도 기대와는 달리 수레는 자신의 집 앞을 그냥 지나쳐 다른 여자 집을 향하는 일이 되풀이되었다. 결혼한 뒤 집에 머물며 남편이 찾아오기만을 기다리는 헤이안平安 시대(794~1192년) 여성에게 기다림은 숙명이었지만, 내 집 앞을 그냥 지나쳐 다른 여성의 집을 찾아가는 남편을 보는 것만큼 더 큰 모욕과 정신적인 고문은 없었다. 함께 지내는 시녀와 하인들 보기도 민망하고 무정한 남편에 대한 섭섭함으로 몸 둘 바 몰라 하다가, 미치쓰나의 어머니는 잠시나마 교토를 떠나 있자고 마음먹고 한냐지로 길을 떠나게 된 것이다.

삐걱거리는 남편과의 뒤틀려 가는 관계 때문에 가슴 속에 쌓이고 쌓인 고뇌를 떨쳐내기 위해 미치쓰나의 어머니가 선택할 수 있었던 방법은 여행, 그것도 참배여행밖에 없었다. 이렇듯 헤이안 시대 한 여성이었던 미치쓰나의 어머니에게 참배여행은 일상으로부터 잠시나마 자신을 해방시키는 계기였다. 그녀는 가네이에와 결혼생활을 함께하던 20여 년 동안 몇 번에 걸쳐 교토를 벗어났다. 그런 만큼 참배여행이라는 명목으로 감행된 그녀의 교토 탈출기와 그 행로는 『가게로 일기』에 그려진 두 사람의 결혼생활과 미치쓰나의 어머니의 심경을 드러내는 바로미터라고 할 수 있다. 참배여행은 자신의 인생을 '아지랑이'에 비유하며 자기 삶을 가나仮名 문자라는 표현수단을 이용해 '일기'라는 문학양식에 담아낸 미치쓰나의 어머니의 결혼생활을 꿰뚫는 핵심적인 제재인 것이다. 『가게로 일기』와 같이 여성 또는 여성으로 가장한 남성들이 가나 문자로 자신의 삶을 회상해 풀어쓴 '일기문학'은 그 시대 여성들의 실제적인 삶과 사랑 등 생활사를 가장 잘 드러내주고 있다는 점에서, 하루하루의 공적인 사실을 한문으로 기록한 남성들의 '일기'와는 달랐다. 따라서, 남편과의 결혼생활로 쌓인 고뇌가 극에 달할 때마다 교토를 떠나곤 하는 미치쓰나의 어머니의 참배여행이라는 공간 이동을 통해 부유浮遊하는 결혼생활의 구체적인 실상을 조망할 수 있다.

〈그림 2〉 미치쓰나의 어머니. 도사 미쓰사다 그림
(『週刊朝日百科 世界の文学』 25, 朝日新聞社, 1999년)

이 글에서는 헤이안 시대 여성에게 참배여행이 어떠한 의미를 지녔으며, 그들이 참배여행을 떠나게 된 계기가 무엇인지를 미치쓰나의 어머니가 교토를 탈출해 떠났던 가라사키唐崎, 이시야마데라石山寺, 한냐지, 하세데라長谷寺 참배여행기를 통해 살펴보고자 한다.

헤이안 시대 귀족여성의 탈출구, 참배여행

『가게로 일기』를 비롯한 헤이안 시대의 여성 일기문학에는 여행과 불교신앙이 결합된 형태의 참배여행이 여성의 고뇌를 배출시키는 중요한 통로로서 반복적으로 형상화되어 있다. 바깥출입이 자유롭지 못했던 그 시대 여성들에게 신사나 절에 참배하러 간다는 것은 집을 떠나 바깥세상과 접할 수 있는 유일한 통로였기 때문에, 참배는 단순히 종교적인 의미만이 아니라 여행의 의미도 띠고 있었다.

헤이안 시대 문학 텍스트에 그려진 참배여행에 주목했을 때 눈에 띄는 점은 여성들이 주로 참배를 떠났던 절이 기요미즈데라清水寺, 이시야마데라, 하세데라라는 점이다. 이 세 절은 관음신앙의 영험으로 유명했던 영지靈地였다. 10세기 헤이안 시대 중엽 무렵부터 일본에서는 귀족사회를 중심으로 관음신앙이 융성하게 되었다. 귀족들이 즐겨 참배한 교토 주변의 관음사원이 바로 위의 절들이었다. 관음신앙은 현세이익을 기원하는 신앙으로서 특히 여성들이 열성적으로 믿었다. 관세음보살의 불력仏力은 내세보다는 현세를 살고 있는 중생의 고통을 없애주고 행복을 가져다준다고 여겨졌다. 귀족들은 자기 집안의 번영과 자신의 병의 치료와 연명을 기원했다. 『가게로 일기』의 미치쓰나의 어머니도 부처님에게 남편과의 관계가 회복되기를 빌고 자식을 더 낳기를 기원하고 외아들 미치쓰나의 출세를 간절히 염원했다. 이렇듯 관세음보살에게 현실의 고통에서 벗어나고자 영험을 비는 여성들의 모습은 『겐지 이야기源氏物語』와 『사라시나 일기更級日記』 등 헤이안 시대의 다른 여성문학에서도 많이 찾아볼 수 있다.

또한 미치쓰나의 어머니도 참배했던 시가 현滋賀県 비와 호琵琶湖 주변에 있는 이시야마데라와 나라 현奈良県에 위치한 하세데라는 교토에서 거리가 먼 탓에 이곳으로 참배를 떠나는 것은 종교적인 의미 외에도 여행의 의미 또한 띠고 있었다. 헤이안 시대 귀족여성들에게 참배여행의 의미는 각별했다. 그들은 일상생활의 침체와 곤궁에서 벗어나기 위해 참배여행을 떠났고, 그들에게 참배여행은 단순히 공간적으로 넓은 세계로 나갈 수 있는 기회뿐만 아니라 미지의 세계에 접함으로써 좁은 세계에 머물러 있던 자기 자신을 되돌아볼 수 있는 기회 또한 제공해주었다. 귀족여성들은 성스러운 공간 속에서 신과 부처에게 비참한 자기 처지와 답답한 마음을 털어놓고 복을 빌고 위로를 받았을 뿐만 아니라, 갈등 상황을 잠시나마 떠나 있음으로써 객관적으로 자신을 되돌아볼 수 있는 기회를 얻을 수 있었다.

『가게로 일기』에는 이와 같은 참배여행이 열여섯 번에 걸쳐 나온다. 그 가운데 남편인 가네이에와의 갈등이 극에 달해 결혼생활이 파국으로 치달아 가던 970~971년에 세 번에 걸친 참배여행은 가장 대표적이라고 할 수 있다. 미치쓰나의 어머니는 남편과의 관계가 냉각되거나 꼬여서 참을 수 없는 지경에 이르게 되면 이시야마데라, 한냐지, 하세데라로 참배여행을 떠나 마음을 진정시켰다. 즉 참배여행은 그녀를 죽음의 상태에서 건져 올려 재생을 얻게 해준 통과의례의 의미 또한 지니고 있었다.

물로 씻은 시름, 가라사키 불제

970년 6월 하순, 미치쓰나의 어머니는 불제祓除를 하기 위해 가라사키로 떠났다. 시원한 물가에서 불제라도 한다면 '밤에 본 것은 서른여 날, 낮에 본 것은 마흔여 날'이라고 한탄할 정도로 오랫동안 남편의 발길이 끊어진 탓에 어찌할 바를 모르는 마음이 좀 진정될까 싶어서였다. 가라사키로 떠나기 이전에 미치쓰나의 어머니는 968년 9월 하세데라를 참배한 적이 있었다. 하세데라에는 971년 7월에도 한 번 더 가게 되어 두 번이나 참배한 곳이었다. 하지만 첫 번째 하세데라 참배는 가네이에가 우지宇治로 마중 나오는 등 두 사람의 행복했던 한때를 상징하는 여행으로서, 마음속에 덧쌓인 고뇌를 배출하기 위해 교토를 탈출하다시피 한 가라사키 불제와 그 이후의 다른 참배여행과는 의미가 달랐다.

가라사키는 시가 현 오쓰大津에 있는 비와 호 서쪽 호숫가에 있는 곶串이다. 불제란 신에게 빌어 죄와 부정, 재액 등을 없애는 행위이다. 곶은 육지의 끝이고 땅과 바다가 만나는 지점으로 일본인들은 예로부터 이 곳을 이상향인 '도코요常世'로 떠나가는 장소이자 도코요로부터 신들이 오는 장소로 신성하게 여겨왔다. 곶 앞을 지나가는 뱃사람들이나 어민들은 곶에 깃들어 있는 신에게 기도를 드려 뱃길이 무사하도록 비는 일이 많았다. 가라사키는 비록 바다가 아닌 땅과 호숫가의 곶이지만 바다 못지않게 드넓은 비와 호의 곶이기에 그곳 또한 신성한 곳으로 여겨진 듯하다. 지금도 그 자리에는 가라사키 신사가 자리잡고 있다.

가라사키에서 불제가 어떤 식으로 거행되었는지 구체적인 내용을 알 수는 없다. 『가게로 일기』를 통해 알 수 있는 사실은 가라사키가 참으로 협소한 곳으로 수레를 대는데 수레 뒤편이 물가에 닿을락 말락 할 정도였고, 바람은 꽤 불지만 나무그늘이 없어 무척이나 더운 곳이라는 것 정도다. 하지만 물은 엘리아데가 지적한 것처럼 형태를 해체하고 폐기하며 죄를 씻어버리고 정화하고 생명을 부여하는 매개로서 생명의 상징이며, 물과 접촉한다는 것은 재생을 의미한다. 따라서 가라사키 불제 또한 물로써 부정을 없애는 행위였다는 것을 짐작할 수 있다.

이러한 종교적인 행위 이외에도, 여행은 미치쓰나의 어머니의 어두운 심경을 밝게 만들었다. 미치쓰나의 어머니는 새벽녘에 교토의 집을 나서 점심 무렵에 가라사키에 도착했다. 교토에서 가라사키로 가기 위해서는 가모 강鴨川, 오사카 관문逢坂関, 오쓰, 시미즈清水를 거쳐야 했다. 호숫가의 정경은 오사카 관문을 지나면서부터 눈앞에 펼쳐졌다. 남편이 발길을 끊은 탓에 너무 기가 막혀 아무것도 생각하지 못하고 멍하니 앉아 눈물을 참으며 시름에 잠겨 있던 미치쓰나의 어머니의 심경은 피곤한 몸과는 달리 점차 가벼워졌다.

새벽녘에 허둥지둥 떠난, 이시야마데라 참배

가라사키 불제를 다녀와 일시적으로 기분은 전환되었지만 남편과의 관계는 변함이 없었고, 미치쓰나의 어머니는 여전히 날이 밝으나 저무나 자기 신세를 한탄하며 나날을 보냈다. 이러한 남편의 무정한 태도가

〈그림 3〉 이시야마데라 참배 때 꾼 미치쓰나의 어머니의 꿈 장면. 이시야마데라 소장(『週刊朝日百科 世界の文学』 25, 朝日新聞社, 1999년)

오미近江를 비롯한 다른 여자들 때문이라는 것을 알게 된 미치쓰나의 어머니는 더 이상 집 안에만 있을 수 없어, 970년 7월 말 주위에 알리지 않고 새벽 일찍 이시야마데라로 참배를 떠났다. 교토에서 이시야마데라로 가기 위해서는 가라사키로 가던 길을 되짚어 가야 했다. 이시야마데라는 시가 현 오쓰 시 이시야마에 있는 절로 8세기 중엽에 건립되었으며 여의륜관음如意輪觀音을 본존으로 모셨다. 장애를 가진 사람이나 난치병에 걸린 사람들이 신분의 높고 낮음에 관계없이 절에 머물며 참배했다는 기록이 『이시야마데라 연기石山寺縁起』 등 여러 문헌에 전해지고 있다. 교토와 그리 멀지 않아 귀족여성들의 참배도 활발했다. 『겐지 이야기』의 작자인 무라사키시키부紫式部 또한 이시야마데라에 머물며 집필했다는 이야기가 전해지고 있으며, '겐지노마源氏の間'라는 방이 본당 옆에 지금도 남아 있다.

동기간에게도 알리지 않고 가까운 시녀만을 데리고 새벽녘에 집을 떠난 미치쓰나의 어머니의 마음은 벌판에 시체까지 나뒹굴고 있다는 말을 들었어도 달빛에만 의지해 마주치는 사람도 없는 길을 가는데도 무섭지도 않을 만큼 절망적인 상태였다. 눈물을 흘리며 가모 강과 아와타 산粟田山을 지나쳤고, 야마시나山科라는 곳을 지날 무렵 날이 밝아오면서부터는 지나가는 사람들이 모두들 자기 일행을 바라보며 수군거리는 듯해 견디기 힘들어했다. 오사카 관문 근처의 샘터에서 도시락을 먹을 때 오늘날의 후쿠이 현福井県인 와카사若狭 지방 지방관의 수레가 기세 좋게 지나가는 것을 보고는 가슴이 미어지는 듯했다. 비와 호 우치이데打出 호숫가에서 기진맥진한 상태로 배를 타고 처량한 신세를 한탄하는 모습에서 미치쓰나의 어머니가 이때 얼마나 스스로의 처지에 자신감을 상실하고 있었는지를 알 수 있다.

그녀의 이러한 마음은 해질녘 절에 도착해 괴로운 마음에 자기 처소에서 한바탕 울고, 그것도 모자라 법당에 올라가 부처님께 흐느끼며 자기 신세를 하소연하고 난 뒤 바라다본 바깥풍경의 묘사에서도 확인할 수 있다. 밤이 깊어 밖을 바라다보니, 법당은 높은 데 있고 아래는 계곡으로 보인다. 벼랑 한쪽은 나무가 짙게 우거져 더욱 어둡고 스무날 달이 밤이 깊어 더욱 밝은데, 나무그늘 틈 사이로 여기저기 지나온 길이 다 보였다. 나무그늘 사이로 보이는 그녀가 지나온 길은 격정에 치받쳐 헐레벌떡 달려온 길임과 동시에 남편과 쌓아온 열다섯여 해의 시간이었다. 미치쓰나의 어머니는 달빛에 비친 그 길을 내려다보며 자신의 삶을 되돌아보았고, 몸이 지칠 정도로 이틀에 걸쳐 밤을 지새우다시피 예불을 올리면서 자기 상처를 치유하는 시간을 보냈다. 예불을 마친 후 눈앞에 펼쳐진 잔잔한 바람이 부는 그림 같은 강 건너편의 풍경, 돌아가는 길에 달그림자가 호수 위에 비친 모습 등은 여전히 마음을 쓸쓸하게 만들었다. 그렇지만 집에 돌아온 뒤 부재 중 난리가 났었다는 사람들의 말에 담담히 반응하는 미치쓰나의 어머니의 모습에서, 비록 그녀가 고뇌를 모두 떨쳐버리지는 못했지만 죽을 만큼 괴로웠던 격정의 시간을 흘려보냈다는 것을 알 수 있다.

삶의 분수령, 나루타키 한냐지 칩거

그러나 격정을 가라앉히고 새로운 마음으로 부딪친 현실세계 속에서 미치쓰나의 어머니는 다시금 고뇌에 빠져들게 된다. 새해가 밝았지만 결혼 후 한 번도 거른 적이 없었던 새해 첫날 방문을 가네이에가 거른데다, 그녀의 집 앞을 지나가면서도 들르지 않고 겨우 며칠 만에야 얼굴을 비쳤을 때 미치쓰나의 어머니의 한탄과 원망은 참을 수 없을 지경에 이르렀다. 깔개 위에 쌓인 먼지를 보며 '털어버리는 깔개 위 쌓여 있는 저 먼지 수도 내 쉬는 한숨 수엔 미치지 못하리라'고 읊은 와카和歌에 그녀의 심경은 잘 나타나 있다. 결국 미치쓰나의 어머니는 아버지 집에서 부정不浄을 피하며 긴 정진기간을 보낸 뒤, "당신이 내 집 앞을 그냥 지나쳐 가시지 않는 세계도 있지 않을까 싶어 오늘 출발합니다"라는 편지를 남편에게 남기고 971년 유월 초나흗날 한냐지로 떠난다. 애욕에서 비롯된 정한情恨 때문에 고통 받는 현실 세계를 떠나, 한냐지라는 이상적인 세계에서 자신의 가슴 속에 쌓인 한을 풀어버리고 싶었던 것이다.

옛날 남편과 함께 칩거했던 일을 떠올리며 눈물을 흘리며 도착한 절에서 미치쓰나의 어머니의 눈에 비친 자연은 꽃잎이 다 져 버려 추레해진 절 마당에 서 있는 모란꽃이었다. 그 꽃을 보며 미치쓰나의 어머니는 '꽃도 한때'라는 옛 와카를 떠올리며 동병상련을 느꼈다. 그러나 완전히 고뇌에서 벗어난 것은 아니었지만, 한냐지 칩거를 통해 조금씩 심리적 안정을 찾아가며 가네이에가 자기 집 앞을 그냥 지나쳐 가지 않는 세계를 찾으려는 미치쓰나의 어머니의 시도는 좌절돼버렸다. 친정아버지인 후지와라 도모야스藤原倫寧를 비롯한 가족들의 거듭된 하산 종용과 남편의 권유에 못 이긴 척 산을 내려왔지만 칩거 전과 별 다름없는 일상생활이 기다리고 있었다. 스무여 날 산사에서 긴 칩거생활을 보내고 돌아왔어도 미치쓰나의 어머니의 일상과 남편의 태도는 별로 달라진 게 없었다.

하지만 한냐지 칩거는 고뇌에 견디지 못한 미치쓰나의 어머니의 갈등 배출을 통한 절실한 자기 회복 노력이었다고 할 수 있으며, 그녀 삶의 분수령이었다. 이후 남편에 대한 미치쓰나의 어머니의 시선은 서서히 변화를 보이고, 한냐지 칩거에 이어 하세데라로 두 번째 참배여행을 다녀온 뒤 그녀는 '옛날'과는 달라진 '현재'의 남편과의 관계를 어쩔 수 없이 받아들이게 된다.

관세음보살 찾아 떠난 먼 길, 하세데라 참배

미치쓰나의 어머니는 하세데라를 두 번 참배했다. 첫 번째는 968년 9월, 두 번째는 971년 7월 말이었다. 한냐지에 칩거하고 난 뒤에도 남편과의 관계는 여전히 회복되지 않고 소원한 상태가 이어지자, 미치쓰나의 어머니는 한숨으로 밤을 지새는 자신을 추스르기 위해 친정아버지와 함께 하세데라로 두 번째 참배여행을 떠나게 된다. 하세데라는 나라 현 사쿠라이 시桜井市 하쓰세初瀬에 있는 절로 7세기 중엽에 창건됐다고 전해지며, 현세이익으로 영험 높은 십일면관세음보살과 모란꽃으로 유명하다. 지명을 따서 보통 하쓰세라고도 한다. 교토에서 하세데라로 가기 위해서는 요도미淀 길이나 우지 길을 통해 가야만 했다. 헤이안 시대 귀족여성들은 대부분 우지 길을 거쳤다. 교토에서 가는 데 며칠이나 걸리기 때문에 하세데라 참배는 여행의 의미가 더욱더 강했다. 미치쓰나의 어머니도 우지 길을 따라 하세데라를 두 차례 참배했다. 우지, 니에노贄野 연못, 이즈미 강泉川, 하시데라橋寺, 요타테 숲, 가스가 신사春日神社, 아스카데라飛鳥寺, 쓰바이치椿市를 거쳐 산속으로 들어간 곳에 하세데라가 있었다.

비바람이 세차게 불어대는 가운데 절에 도착해 하룻밤을 보내고, 돌아오는 길에는 3년 전 첫 번째 하세데라 참배여행 때 가네이에와 함께 다정한 한때를 보냈던 우지 강변의 별장에서 하룻밤 머물렀다. 그곳에서 미치쓰나의 어머니는 현재의 쓸쓸한 자기 신세를 절감하면서 옛날과는 완전히 달라진 자기 처지를 인정하고 내면의 소리에 귀 기울이게 된다. 비바람은 그칠 줄을 모르고 불을 밝혔지만 바람에 꺼져 칠흑같이 어두운데다 꿈길을 걷는 듯 마음은 산란한데, 우지 강宇治川에서 가마우지를 이용해 고기 잡는 배들을 구경하다 깜박 졸던 미치쓰나의 어머니는 뱃전을 탁탁 두드리는 소리가 마치 자신을 깨우는 듯해 잠에서 깨어났다. 이때 미치쓰나의 어머니를 깨운 소리는 그녀의 내면 깊숙이 숨어 있는 자기 삶을 직시하라는 경고의 소리였다.

이러한 그녀의 내면 직시는 그 다음해 연초에 "올해는 천하에 다시없을 미운 사람이 있다 해도 한탄하지 않으리라 등등 차분한 마음으로 곰곰이 생각하니, 참으로 마음이 편안하다"라는 심경의 변화를 일으키게 했다. 이후에도 미치쓰나의 어머니는 남편에 대한 정한과 자기 신세 한탄에서 완전히 벗어나지는 못했지만, 그래도 그녀는 남편을 체념하면서 서서히 아들과 양녀에게 시선을 돌리며 나이 들어가는 자신을 있는 그대로 받아들이려 애쓰게 된다. 이러한 체념하는 그녀의 모습은 극적인 형태는 아니지만 '재생'으로 볼 수 있다. 미치쓰나의 어머니의 재생은 단 한 번의 참배여행, 극적인 깨달음으로 얻어진 것은 아니었다. 그녀는 자신의 삶의 고뇌가 너무 힘겹게 느껴질 때 그 배출구를 찾아 '성'스러운 공간인 절로 달려갔다. 그러나 다시 '속'된 세상, 자기 고뇌와 갈등의 근원지인 일상생활로 돌아오면 약한 인간인 탓에 다시금 고뇌에 휩싸이게 된다. 하지만 몇 차례에 걸친 참배여행을 통해 미치쓰나의 어머니의 내면에는 서서히 변화의 싹이 돋게 되고, 있는 그대로의 자신을 받아들이려는 마음자세를 지니게 되었다.

생각대로 되지 않는 이내 신세

미치쓰나의 어머니를 거듭 참배여행으로 내몰 정도로 그녀를 고통스럽게 했던 고뇌의 원인은 복합적이다. 『가게로 일기』 상권 말미에 나오는 '생각대로 되지 않는 이내 신세를 한탄하니'라는 구절에서 그녀의 고뇌가 자기 꿈의 좌절, 즉 남편인 가네이에와의 결혼생활에서 이루고 싶었던 기대가 좌절된 데서 배태되었음을 알 수 있다. 그녀가 결혼생활에서 꿈꾸었던 기대는 남편인 가네이에가 자기만을 사랑해주기를 바라고, 나아가 그의 정처가 되고자 했던 신분상승 욕구였다.

그러나 남편이 자기만을 사랑해주기를 바라는 기대는 실질적으로 일부다처제라는 혼인제도 속에서 오로지 집 안에서 남편이 자기를 찾아와주기만을 기다리며 결혼생활을 영위해야 했던 '기다리는 여자'이자 '가정부인'인 미치쓰나의 어머니에게는 도저히 실현될 수 없는 이상이었다. 남성이 여성의 집을 방문하는 초서혼招婿婚이라는 당시의 결혼제도 아래에서, 귀족여성들은 '기다리는 여자'의 입장에 처해질 수밖에 없었다. 궁중 나인으로 출사出仕하지 않는 이상 담장 안에서 한 남자와의 결혼생활에 인생 전부를 걸면서 이제나저제나 남편이 찾아오기만을 기다릴 수밖에 없었다. 즉 '기다리는 여자'는 일부다처제라는 남성중심 사회에서 보편화된 여성의 삶의 방식이었다. 미치쓰나의 어머니는 가네이에와 결혼하고 얼마 지나지 않아 남편의 사랑을 독점할 수 없음을 알게 되었으며, 『가게로 일기』는 이러한 '기다리는 여자'의 기다림의 슬픔과 괴로움, 한탄을 처음으로 토로한 산문이라고 할 수 있다.

또한 미치쓰나의 어머니의 고뇌는 가네이에의 정처가 되겠다는 신분상승 욕구가 좌절되면서 더욱 심화되었다. 권문세가인 후지와라 집안의 방계로서 중류귀족인 지방관의 딸에 불과한 미치쓰나의 어머니가 상류귀족인 가네이에와 결혼해 그의 정처가 되어 신분을 상승시키고 싶다는 욕구는 그리 지나친 욕심은 아니었다. 고대 일본에서 처첩妻妾이라는 개념이 확립된 시기는 무로마치室町 시대(1338~1573년) 이후였다. 미치쓰나의 어머니가 살았던 10세기 후반은 여러 처들 사이에서 적처嫡妻와 차처次妻 등으로 서열이 나뉘기 시작하던 시기여서, 본인의 노력과 행운 여하에 따라 정처가 되어 사회적 지위를 향상시킬 가능성이 있었다. 정처가 되는 데는 친정집안의 힘이 큰 몫을 담당했고 결혼의 선후는 그리 큰 문제가 아니었다.

가네이에에게는 미치쓰나의 어머니보다 먼저 결혼해 이미 미치타카道隆라는 아들을 낳은 도키히메時姫라는 부인이 있었다. 하지만 그녀 또한 미치쓰나의 어머니와 다를 바 없는 지방관의 딸이었고 미모와 문학적인 자질면에서 미치쓰나의 어머니에 비할 바가 못 되었다. 미치쓰나의 어머니는 일본 귀족들의 가계도인 『손피분먀쿠尊卑分脈』라는 책에 '우리나라에서 가장 아름다운 미인 셋 중의 하나'라고 기술되어 있을 정도로 미인이었고, 『오카가미大鏡』라는 책에 "와카 솜씨가 매우 뛰어나셔서, 가네이에 공이 들르셨을 때의 일과 와카 등을 써 모은 것을 『가게로 일기』라 이름 붙여 세상에 내놓으셨다"라는 구절 등에서 볼 수 있듯이 뛰어난 문재文才 또한 지니고 있었다. 하지만 도키히메 소생인 가네이에의 장녀 조시超子가 레이제이冷泉 천황(재위 967~969년)의 후궁으로 입궐하게 되면서 사정은 뒤바뀌었다. 천황의 외척이 섭정관백의 지위에 올라 실권을 휘두르던 당시의 정치권력 쟁탈전에 끼어들기 위해서는 딸의 입궐이 반드시 필요했고, 가네이에는 도키히메에게 장래 황후의 어머니에 걸맞는 지위를 부여해줄 필요가 있었다. 그래서 가네이에가 신축한 새 저택에는 도키히메가 들어가게 되었고, 그녀가 정처 대우를 받게 되었다.

이러한 결혼에 걸었던 기대가 좌절되면서 미치쓰나의 어머니의 고뇌는 생성됐고, 그녀의 미모와 시적 재능에서 배태된 강한 자의식이 고뇌를 더욱더 심화시키는 요소로 작용했다.

교토 외곽에서 맞은 한 해의 마지막, 그리고 일기의 대단원

『가게로 일기』는 974년 한 해의 마지막 날인 섣달 그믐날, 교토 변두리에 있는 강변 집에서 죽은 영혼을 위한 혼제 등을 지켜보며 언제나처럼 끝없는 시름에 잠겨 있는 미치쓰나의 어머니의 모습으로 막을 내리고 있다. 미치쓰나의 어머니는 한 해가 저물어가는 마지막 날을 시간적인 배경으로 하여 생각대로 이루어지지 않았던 이제까지의 자신의 삶을 되돌아보고 있다. 일기의 대단원은 한 해가 저물어가듯 자신의 인생도 시간의 흐름과 함께 저물어가는 것을 지긋이 주시하듯 쓸쓸함으로 가득 차 있어 긴 여운을 남긴다.

미치쓰나의 어머니가 가네이에와 결혼 생활을 청산하고 교토 시내에 있던 집에서 친정아버지의 주선으로 히로하타나카가와広幡中川로 이사한 것은 서른여덟 살 때인 973년 8월 말경이었다. 그곳은 지방관 계층의 교외주택이나 별장지대와 같은 분위기로 교토 변두리 지역이었다. 미치쓰나의 어머니의 집은 산에서 가까운데다 집 한쪽 편은 나카강中川과 접하고 있어 집안으로 마음껏 물을 끌어들일 수 있었고, 물안개가 잔뜩 낀 산과 볏단이 쭉 세워져 있는 논이 보이는 집이었다.

교토 중심지인 이치조에서 남편인 가네이에와 결혼해 그를 기다리다가 힘들 때는 교토를 탈출해 참배여행으로 마음을 다스리던 미치쓰나의 어머니가 가네이에와 연이 다한 뒤 교토 변두리 집에서 한 해를 보내고 있는 구도는, 교토라는 공간을 중심으로 부유했던 미치쓰나의 어머니의 결혼생활의 실상과 그 끝을 가장 적나라하게 드러내고 있다고 할 수 있다.

참고문헌

허영은, 「『가게로 일기』 참배 여행의 의미」(『일본언어문화』 제21집, 한국일본언어문화학회, 2012)

미치쓰나의 어머니 지음, 이미숙 주해, 『가게로 일기－아지랑이 같은 내 인생』, 한길사, 2011.

이미숙, 「여성문학과 참배여행」(『일본인의 삶과 종교』, 제이앤씨, 2007)

미르치아 엘리아데 지음, 이은봉 옮김, 『종교형태론』, 한길사, 1996.

이미숙, 『蜻蛉日記에 나타난 恨의 一考察』, 한국외국어대학교 대학원 석사논문, 1995.

加納重文, 『源氏物語の舞台を訪ねて』, 宮帯出版社, 2011.

李美淑, 「『蜻蛉日記』と『意幽堂関北遊覧日記』－日韓女流日記と旅」(『国文学』 51巻 8号, 學燈社, 2006)

林雅彦 他, 『国文学解釈と鑑賞』 65巻 10号, 至文堂, 2000.

野元寛一, 『神々の風景』, 白水社, 1990.

村井康彦, 「待つ女－拒む女との間」(『国文学』 23巻 4号, 學燈社, 1978)

速水侑, 『観音信仰』, 塙書房, 1970.

천재 여류작가와 에치젠

송 귀 영

무라사키시키부슈

이 작품은 『겐지 이야기』의 저자이자 일본 고전문학의 최고 작가로 불리는 무라사키시키부(973?~1014년경)가 소녀시절부터 만년에 이르기까지 읊었던 자신의 와카를 직접 엄선해 모은 와카집이다. 전해오는 전본에 따라 각각 서문이 다르고 그 노래 수도 다르나, 대개 120~130수 정도의 와카가 수록되어있다. 당시의 여타 와카집들은 계절이나 사랑, 이별 등과 같은 테마별로 와카를 묶는 편집방식을 택하고 있으나, 『무라사키시키부슈』는 무라사키시키부의 기억과 감회를 중심으로 배열되어 있다. 와카 또한 독영가보다 증답가가 많은 것이 특색이라고 할 수 있는데, 이를 통해 무라사키시키부의 성격이 내성적이고 비사교적이지만 한 번 맺은 인연은 매우 중시했다는 것을 알 수 있다. 이처럼 『무라사키시키부슈』는 『무라사키시키부 일기』와 함께 작자 무라사키시키부의 인물상, 사상, 가풍, 생애를 파악하는 데 있어 중요한 자료라 할 수 있다.

무라사키시키부와 가집

『겐지 이야기源氏物語』의 작자 무라사키시키부紫式部(이하 시키부로 약칭)는 일본을 대표하는 천재 여류작가이다. 그녀는 970년경에 후지와라 다메토키藤原爲時의 1남 2녀 중 차녀로 태어났다. 작자 시키부의 부친인 다메토키는 지방관을 역임한 중류 귀족층이었다. 그의 가문은 대대로 뛰어난 학자, 문인을 배출한 명문 집안으로 다메토키 또한 당대 굴지의 문인이었다. 어릴 적에 어머니와 사별한 시키부는 어머니의 사랑 대신 아버지로부터 문예와 학문의 소양을 배우며 비범한 재능을 보였다. 998년 그녀는 후지와라 노부타카藤原宣孝와 결혼하여 딸을 낳지만 3년 후 남편과 사별하게 된다. 그 후 1005년경 당대 최고의 권세가 후지와라 미치나가藤原道長의 딸이자 이치조一条 천황(재위986~1011년)의 황후인 쇼시彰子의 궁녀가 되어 1013년경까지 궁중생활을 하며 문학 활동에 전념하였고 이때 세계적인 작품 『겐지 이야기』가 탄생하게 된다. 『겐지 이야기』 이외에도 자신이 몸담고 있었던 궁중생활을 기록한 『무라사키시키부 일기紫式部日記』, 그리고 와카집인 『무라사키시키부슈紫式部集』 등을 남기고 있다.

이 중에서 작자를 깊이 이해하는 데 도움이 되는 작품이 바로 『무라사키시키부슈』이다. 시키부가 자신이 평생 지은 와카 중 약 120~130수 정도를 엄선하여 수록한 이 와카집은 대체적으로 연대순 배열이며 시기와 내용에 따라 전반부와 후반부로 나눌 수 있다. 전반부의 약 50~60여 수는 소녀시절 친구와의 이별과 해후, 지방으로의 여로, 즐거웠던 결혼생활 등, 시키부가 젊은 날을 회상하듯 배열한 것들이다. 그리고 그 전반부의 마지막에 남편의 죽음과 자신의 불우한 처지를 한탄하는 와카를 배치하고 있다. 후반부에는 궁중을 배경으로 한 공적인 내용의 와카와 자신의 심경을 토로한 사적인 내용의 와카를 동시에 남기고 있다. 공적인 와카는 『무라사키시키부 일기』에 나오는 와카처럼 궁중생활에 만족하지 못해 한탄하는 우울한 내용의 것이 많고, 사적인 와카도 전반부에서는 밝히지 않은 원만치 않던 부부 사이에 대한 내용이어서 전체적으로 무거운 느낌의 와카집이다.

일반적으로 시키부는 차갑고 내성적인 여인으로 알려져 있다. 그렇기에 작자 시키부의 성격이 이 와카집에서도 그대로 반영되고 있는 듯

하다. 그러나 전반부의 여러 와카, 특히 친구들과 주고받은 증답가나 후쿠이 현福井県 다케후武生 지역인 에치젠越前을 오가며 지은 와카를 보면 그녀에게도 타인에 대한 따스한 마음과 노부타카에 대한 그리움이 있었다는 것을 알 수 있다. 그리고 그녀가 에치젠에서의 일을 훗날에도 회상하고 있듯이 에치젠은 그녀의 문학세계에 적지 않은 영향을 끼쳤다. 그럼 에치젠이라는 공간과 시키부가 『무라사키시키부슈』에 남긴 와카를 통해 천재 여류작가의 젊은 날의 한 모습을 살펴보자.

에치젠으로 출발

시키부가 태어나고 자란 교토를 떠나 에치젠으로 향한 것은 996년경 이십 대 초반의 초여름이다. 시키부가 에치젠으로 가게 된 것은 아버지가 에치젠 지방의 수령으로 부임 받았기 때문이었다. 문화와 정치의 중심지인 도읍을 등지고 낯선 지방으로 길을 떠나는 것은 결혼 적령기에 이른 시키부에게는 그리 내키지 않는 여정이었을 것이다. 문화생활은 물론이고, 좋은 결혼 상대를 만나는 것도 더 어려워지기 때문이다. 그리고 에치젠까지 가는 길 또한 쉽지 않은 험한 여정이었다. 이러한 정황 말고도 당시 시키부는 언니와 사별한 지 얼마 안 되어 깊은 슬픔에 잠겨 있을 때였다.

하지만 다행히도 여러모로 심란한 시키부에게 마음을 터놓을 수 있는 친구가 있었다. 이 친구 역시 여동생을 잃은 슬픔을 갖고 있어 두 사람은 의자매를 맺고 서로를 위로해주었다. 그런데 마침 시키부가 에치젠으로 떠나게 될 무렵, 친구 또한 규슈九州 지방의 쓰쿠시筑紫로 떠나게 되었다. 두 사람은 서로 같은 처지에 놓인 것에 위안을 받지만 곧 각자 다른 지방으로 떠나야 하기에 슬퍼하며, 이별의 아쉬움과 변치 않을 우정을 와카에 담아 표현했다.

〈무라사키 시키부〉 '북쪽으로 향하는 기러기 날개에 소식을 전해다오, 내 앞으로 보내지는 서신이 끊어지지 않게'

〈친구〉 '멀리 떠난 사람도 언젠간 도성으로 돌아오겠지만, 가에루 산 이츠하타라는 지명을 들으니 아득히 먼 일로 생각되는구나'

그녀들이 주고받은 증답가를 보면 두 사람 모두 우정 어린 내용을 노래하면서 세련된 시적 감성까지 보이고 있음을 알 수 있다. 가령 시키부의 노래에 친구가 보내온 와카를 보면 거기에 '가에루鹿蒜·可敝流 산', '이쓰하타五幡'와 같은 지명이 들어가 있는데, '가에루 산'은 현재 후쿠이 현의 가에루 신사 뒤편에 있는 산으로 고대부터 근세에 이르기까지 많은 가인歌人들이 와카의 '우타마쿠라歌枕'로 자주 읊었던 산이다.

'우타마쿠라'란 예로부터 와카에 자주 읊어진 명소나 사적지를 가리키는 말이다. 간단히 말해 와카를 지을 때 소재로 즐겨 쓴 장소라 할 수 있다. 우타마쿠라는 『만엽집萬葉集』이나 왕명에 의해 편찬된 와카집인 '팔대집八代集'에 나온 지명이 중심을 이룬다. 재미있는 것은 이들 작품집에 나온 지명은 문학상의 지명으로 지리학적인 지명과는 다른 성격을 지니고 있다는 점이다. 지명이 우타마쿠라로서 성립되는 과정은 모방과 반복에 의한다. 즉 최초에 어떤 지명이 누군가의 와카에 의해 읊어져 와카집에 실리게 되면, 다른 가인들도 거기에 영향을 받아 반복해서 같은 지명을 소재로 해 와카를 읊고 그러한 과정을 통해 그것이 우타마쿠라가 되는 것이다. 그래서 그 지명에는 어떤 공간적 · 지리적 특색과 고유한 정서가 자리잡게 된다.

따라서 우타마쿠라로서의 '가에루 산' 역시 '돌아간다'라는 뜻을 지닌 일본어 '가에루帰る'와 같은 음으로 발음되어, 도읍에서 멀리 북쪽으로 부임한 관리나 가족들에게 언젠가는 '돌아갈' 도읍에 대한 향수를

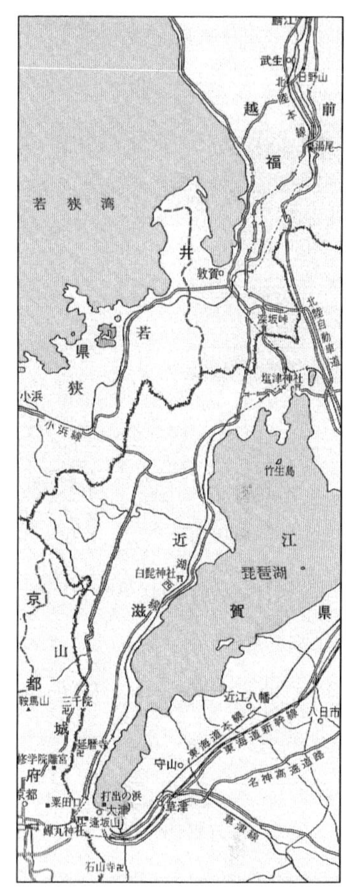

〈그림 1〉 에치젠 지도
(『源氏物語を行く』, 小学館, 1998년)

불러일으키는 지명으로 기능한다. 해안선을 따라 연결되는 '가에루 산'의 고갯길을 '가에루 미치鹿蒜道'라고 했는데 이 길을 옛 노래에서는 '만엽의 길'이라고 불렀다고 한다. '만엽'은 일본 최초의 와카집인 『만엽집』을 말한다. 고갯길에 다른 것도 아니고 와카집 이름을 붙인 것은 이 지역이 우타마쿠라와 관련이 깊다는 것을 말해주기에 충분하다.

한편 후쿠이 지방의 북부 해안 지역에 위치한 '이쓰하타'도 『만엽집』 때부터 자주 읊어졌던 지명으로, 『만엽집』의 대표적인 가인 오토모 야카모치大伴家持의 '이쓰하타 언덕에 도착하면 소매를 흔들어라'라는 노래로도 유명한 곳이다. 이렇듯 시키부의 친구는 시키부가 가야할 곳이지만 자신은 가보지도 않은 에치젠 지역이라는 말을 듣고 바로 '가에루 산'과 '이쓰하타'를 떠올려 와카를 읊고 있는 것이다.

에치젠으로의 여로

친구와 이별의 증답가를 나누고 시키부는 곧 교토를 떠난다. 『무라사키시키부슈』안에는 시키부의 에치젠으로의 여로를 가늠케 하는 와카가 있다. 여러 자료나 연구서에 의하면 무라사키시키부가 에치젠으로 길을 떠나게 된 것은 996년 음력 5월 하순경으로 여로는 거의 일주일 동안의 행보였으나, 그 여정에 대해서는 여러 설이 있는 것으로 보인다.

우선 교토를 출발하여 비와 호琵琶湖의 서쪽 해안에 위치한 오쓰大津에서 뱃길로 미오三尾에 도착한 뒤 다시 배를 타고 시오쓰塩津로 향한다. 그리고 시오쓰 산을 넘어 쓰루가敦賀에 당도하여 쓰모리津守에서 해안가 길인 이쓰하타를 통하거나, 쓰루가에서 뱃길로 스기쓰杉津까지 이동해 이마조今庄지역으로 들어갔을 거라는 설이 그 하나이다. 또 다른 설은 쓰루가에서 가에루 산의 고노메 언덕을 넘어 뉴우丹生 지역 다케후에 도착했을 거라는 것이다.

사료가 풍부하지 않아 확정짓기는 어렵지만 그 여정에서 시키부가 '무엇을' 보고 또 '어떻게' 느꼈는가는 알 수 있다. 그 여정에 관한 와카를 몇 수 감상해 보자.

> '미오 바다에 그물 치는 어부들, 쉴 틈도 없이 서서 일하는 낯선 광경을 보니 벌써 교토가 그리워지네'

시키부는 에치젠으로 가는 도중 오미近江의 미오가사키三尾が崎 부근에서 어부들이 그물을 치는 정경을 보고 위와 같은 와카를 읊었다. 생소한 바닷가 풍경을 보며 도읍 교토와의 거리감을 절실히 느끼고 있음을 알 수 있다. 이어,

'바다 바위에 숨어 내 마음처럼 학도 우는 구나. 네가 그리워하는 이는 대체 누구이더냐'

도읍 생활에 대한 그리움을 연인에 대한 그리움으로 바꾸어, 그 심경을 바닷가에서 노니는 학들의 울음소리에 투영시키고 있다. 그러나 교토와 그 누군가에 대한 그리움도 잠시, 이내 불안이 엄습해 온다. 당시의 뱃길 여정은 순탄치 않았기 때문이다. 게다가 소나기라도 내릴 듯이 하늘이 갑자기 흐려지더니 번개가 치는 것이 아닌가.

'하늘이 갑자기 어두워져 소나기가 퍼부을 듯 파도가 거세지니 떠 있는 배마저도 내 마음처럼 흔들리네.'

이 시에서 그녀의 불안한 마음이 그대로 전해진다. 넘실거리는 배 위에서 겁을 먹고 있다가 주위를 둘러보니 어느덧 시오쓰에 당도해 있다.

시키부는 이곳에서 오우미와 에치젠을 연결하는 길인 시오쓰 산을 넘게 되는데 이 산은 초목이 울창하고 산길 또한 험하기로도 유명했다. 하지만 시키부는 이러한 산보다는 가마꾼에게 더 시선이 갔다. 이제까지 본 적 없는 누추한 차림새에 시키부는 불안한 마음이 들고 안심이 되질 않았다. 가뜩이나 겁먹은 그녀를 앞에 두고 가마꾼들은 "평소에 수도 없이 다닌 길이지만, 아무리 그렇다 하더라도 갈 때마다 힘든 길이네"라고 투덜거린다. 그런 불평을 들은 시키부는 마치 자신의 미래

를 예감한 듯이 다음과 같은 와카를 읊는다.

> '여러 번 다녀 익숙한 시오쓰 산길도 힘든데, 세상 살아가는 인생 여로는 더 힘들겠지'

산을 넘어 쓰모리를 출발한 시키부는 오이쓰 섬老津島이 정면으로 바라보이는 곳에서 와라베童ベ라는 나루터의 경치를 둘러본다. 그리고 '늙다'라는 뜻을 가진 '오이쓰' 섬과 '젊다'라는 뜻을 가진 '와라베' 포구의 지명의 묘한 대조에 흥미를 느끼고 재미삼아 노래를 읊는다. 특히 '와라베'라는 이름으로 연상되는 떠들썩한 이미지의 해안가는 지명과는 달리 의외로 잔잔한 풍경이었다고 하며 예리하게 그 지명과 풍경을 관찰하고 있다.

> '오이쓰 섬의 수호신이 지키고 있는지 파도도 일지 않는 잔잔한 와라베 해안가'

이렇듯 시키부는 계속된 뱃길과 험준한 산길 그리고 섬 풍경을 앞에 두고 도읍 교토와는 다른 이 지역들의 특색에 흥미를 보이며 그것을 와카로 표현하고 있다. 순탄치 않은 여정에 날씨까지 안 좋아 마음은 불안하기만 했을 터인데도 말이다. 어떻게 보면 그녀는 와카를 읊음으로써 불안과 공포를 잊고자 했는지도 모른다. 이때부터 문학은 그녀를 받쳐주는 하나의 버팀목이었다고 볼 수 있다.

에치젠에 도착한 시키부는 그곳에서 약 1년 반 동안 기거하게 된다. 짧은 체재 기간이었지만 『무라사키시키부슈』에 에치젠을 배경으로 한 풍경을 읊은 와카와 교토를 그리워하는 와카를 다수 수록하고 있는데, 이를 통해 시키부의 그곳에서의 생활이나 심경이 어떠했는지를 추측할 수 있다.

에치젠의 겨울은 많은 눈과 혹독한 추위로 유명하다. 그래서인지 시키부가 에치젠 생활을 노래한 와카를 보면 유독 눈에 대한 것이 많다. 첫눈이 내린 후 눈앞에 펼쳐지는 히노 산日野山의 설경을 보고 시키부는 자신이 살던 도읍의 오시오 산小塩山의 눈 덮인 소나무 숲을 연상하며 다음과 같은 와카를 읊는다.

'이곳 히노의 삼나무 숲에 쌓인 눈을 바라보니, 도읍 오시오의 소나무에도 지금쯤 하얗게 쌓였겠구나.'

히노 산은 명산 중의 명산이었지만 시키부는 교토 헤이안쿄의 남서쪽에 위치한 오시오 산을 떠올리고 있다. 이곳 명산이 자아내는 정취가 제대로 눈에 들어오지 않았던 것이다. 몸은 에치젠에 있어도 여전히 마음은 교토에 있었던 것이다.

겨울 내내 눈으로 쌓인 에치젠에서의 일상은 그녀를 우울하게 만들었다. 하녀들은 정원에 쌓인 눈을 긁어모아 설산을 만들어 보이며 시키부의 기분을 좋게 하려고 그 위로 올라가 "제발 이 설산 좀 보러 나와 보세요"라고 보채듯 재촉한다. 하지만 시키부는 그 눈조차 성가실 뿐이었다. 이런 마음은 고향으로 돌아간다고 하는 '가에루 산'의 설산이라면 기꺼이 나가보겠지만 그도 아니니 흥미없다는 듯이 냉소적인 와카를 읊은 모습에도 드러난다.

'고향으로 돌아가는 가에루 산의 눈이라면 반가운 마음에 한 번 나가 보련만'

『마쿠라노소시枕草子』에도 나와 있듯이 도성에 눈이 내리면 설산을 만들어 즐기는 것이 그 당시 귀족들의 겨울 풍경이었지만, 에치젠에서 처음으로 경험한 폭설은 시키부를 옴짝달싹 못하게 만들어 마음에 안드는 겨울 날씨일 뿐이었다. 앞의 와카에 언급되어 있는 '가에루 산의 눈이라면 반가웠을 텐데'라는 내용으로도 알 수 있듯이 시키부는 하루라도 빨리 다시 교토로 돌아가고 싶은 마음뿐이었다는 것을 알 수 있다.

시라 산의 봄과 노부타카와의 사랑

시키부가 마음을 주지 못한 에치젠 지방은 어떤 곳이었을까? 에치젠은 그 당시 정치적으로나 경제적으로, 그리고 외국과의 관계에 있어서 상당히 중요시되는 지역 중의 하나였다. 『일본기략日本紀略』에도 중국 송나라의 무역상이 바다에서 표류해 70여명에 달하는 사람이 에치젠의 와카사若狭 지역으로 떠밀려 왔다는 등의 기사가 보인다.

무라사키시키부가 에치젠으로 내려왔을 때, 그들은 다케후의 관청에서 보호받으며 꽤 오랜 기간, 쓰루가의 마쓰바라松原 역 부근에 마련된 여관客館에서 머물렀다고 한다. 이처럼 에치젠은 지리적인 이유로 대륙사람들과의 교류도 잦은 곳이었다. 물론 그때마다 생기는 일련의 사건과 마찰은 당연히 수령이 해결해야 할 몫이어서 그곳에 부임한 시키부의 부친의 업무 수행도 수월한 일은 아니었을 것이다. 그리고 아버지 밑에서 시키부 또한 그 지역 상황에 대해 이런저런 이야기를 많이 들었을 것이다. 그 가운데 에치젠의 상징인 시라 산白山을 배경으로 읊어진 와카를 통해 시키부와 후에 남편이 되는 노부타카의 관계를 살펴볼 수 있다.

노부타카로부터 중국 상인을 함께 보러가지 않겠냐는 데이트 신청과 함께 '봄이 얼어붙은 만물을 녹이듯이, 사람의 마음도 녹아내리게 하는 때임을 당신에게 알려주고 싶소'라는 편지를 받고 시키부는 다음과 같은 와카를 읊는다.

〈그림 2〉 무라사키시키부 동상
(다케후 시 무라사키시키부 공원)

'봄이라 하더라도 하얗게 쌓인 시라 산의 눈이 언제 녹을지 알 수 없듯, 내 마음도 그렇지 않을까요'

시라 산은 해발 2,700미터의 높은 산으로 후지 산富士山, 다테야마立山와 함께 일본 3대 명산 중의 하나로, 특히 겨울눈이 햇빛을 받으면 아름답게 빛나는 멋진 산으로 유명하다. 역시 남녀의 사랑 노래에는 아름다운 정취를 지닌 명소가 하나쯤 들어가야 멋스럽다고 생각했는지 노부타카도 시라 산을 소재로 와카를 지어 보냈는데 시키부는 '눈이 녹는다고 해서 내 마음도 녹겠느냐'라는 냉랭한 답가를 보내고 있다. 사랑의 줄다리기를 하고 있던 시기로 보인다. 이 와카는 유명해 현재 다케후 시에 있는 '무라사키시키부 공원' 유적지의 비석에도 새겨져 있다.

잠시 시키부의 남편 노부타카에 대해 소개해 보기로 하자. 노부타카는 후지와라 가문의 사람으로 시키부와는 육촌 형제지간이다. 시키부에게 있어 노부타카는 스무 살이나 많은 아버지뻘이 되는 상대로 시키부와 결혼하기 전에 이미 세 명의 아내와 자식들이 있었다. 그는 후지와라 미치나가藤原道長(966~1027년) 시대에 빈고備後·스오周防·야마시로山城·지쿠젠筑前의 지방관을 거쳐 정5품까지 지낸 인물로 가무에 능했고 바람둥이 기질까지 있었다. 그래서인지 시키부와 사귀면서도 다른 여자들과의 소문이 끊이질 않았다.

시키부에게 멋들어진 와카를 지어 보내주며 사랑을 고백할 때에도

〈그림 3〉 눈 덮인 시라 산을 노래한 무라사키시키부의 시비

노부타카가 오미 지방관의 딸을 연모한다는 소문이 돌고 있었고, 마침내 그 소문은 시키부에게까지 들어갔다. 기분이 상한 시키부는 "오로지 나만을 사랑하고 다른 곳에 한 눈 파는 일은 털끝만큼도 없을 것이라고 약속해 놓고선 다른 여자에게 눈길을 주다니"라며 원망한다. 그리고 냉소적으로 '비와 호에서 짝을 찾으며 우는 물떼새처럼 어디 여기저기 여자들을 찾아 다녀보시지요'라며 질책하듯 투정한다.

그래도 인연이었던지, 이런 우여곡절 끝에 결국 두 사람은 시키부가 교토로 돌아온 후에 결혼하게 된다. 시키부가 1년 반 만에 에치젠에서 다시 교토로 돌아와 결혼식을 올린 것은 미우나 고우나 노부타카가 자신의 남편감이라는 확신이 있었기 때문이었으리라.

에치젠에서 다시 도읍으로 향한 귀경길

시키부는 부친의 임기가 끝나기 전인 997년 늦가을에서 998년 초봄 사이에 홀로 귀경길에 오른다. 에치젠으로의 여로가 험난했듯이 귀경길 또한 순탄치는 않았다. 에치젠으로 갈 때 지나갔던 가에루 산을 다시 넘어가며 그 산중에 매우 험하기로 유명한 '요비사카呼び坂'라 불리는 언덕에서 자신을 태운 가마가 휘청거리고 가마꾼들이 힘들어 쩔쩔매자 시키부는 행여 가마가 쓰러지지는 않을까 불안에 떨었다. 그런 와중에 우거진 나뭇잎 사이로 원숭이들까지 뛰어나와 그녀를 놀라게 했다.

'원숭이들아 멀리 있는 내님에게 전해다오, 내가 힘들게 넘고 있는 것이 다고의 요비사카라고'

여기서 말하는 '다고田子의 요비사카'의 기원 설화가 스루가 지방의 『풍토기風土記』에 나온다.

옛날 고누미라는 바닷가 마을로 사랑하는 아내를 찾아오는 신이 있었다. 그 신은 늘 이와키 산을 넘어 오는데, 그 산에 사는 성질이 난폭한 신이 그 길을 지나가는 것을 가로막고 방해했다. 할 수 없이 그 난폭한 신이 없는 틈을 타서 지나가는 수밖에 없었는데, 그러다 보니 사랑하는 아내를 보러 다니는 길이 쉽지 않았다. 여신은 남신을 기다리느라 매일 밤 이와키 산 가까이까지 가서 기다렸는데, 기다리다 못한 여신이 남신의 이름을 있는 힘껏 소리 내어 불렀다고 하여 '요비사카' 라는 이름이 붙여졌다고 전해진다.

시키부가 와카 안에 '다고의 요비사카'라는 말을 넣어 읊은 것은 '가에루 산'을 넘는 자신의 마음이 스루가 지방의 『풍토기』에 나오는 남신을 그리는 여신의 마음과 같음을 나타내는 것이다. 시키부가 그토록 애타게 그리워한 남신 '멀리 계신 그 분'은 다름 아닌 노부타카였다. 시키부가 부친의 임기가 채 끝나기 전에 홀로 귀경길에 오른 것은 교토에서 자신이 오기만을 기다리고 있을 노부타카에 대한 그리움과 사랑 때문일 것이다.

그렇기에 노부타카의 구혼을 받아들이고 그가 있는 교토로 달려가는 그녀에게 '새하얗게 펼쳐진 이부키 산伊吹の山의 눈'은 더 이상 커다란 장애물이 아니었다.

'유명한 고시노시라 산의 눈에 익숙해져, 이까짓 이부키 산의 눈쯤이야 별것도 아니네'

여기서 '이부키 산'과 대조되는 '고시노시라 산'은 시라 산을 의미한다. 『일본서기日本書紀』에도 기록되어 있듯이 지금의 호쿠리쿠北陸 지역의 옛 명칭은 '고시노쿠니越の国'이었으며, 이곳에 우뚝 선 하얀 산을 '고시노시라 산'이라 불렀다. 예로부터 흰색은 신성한 색이었기에 고대부터 사람들은 시라 산을 신들의 공간으로 생각하여 숭배해 왔다. 또한 헤이안 시대에 시라 산은 도읍 사람들이 한 번 가보고 싶어하던 동경의 산이었고, 당대 일류 가인들의 노래에도 자주 읊어진 소재였다.

하지만 시키부는 에치젠에서 생활하던 중, 모두가 동경했던 시라 산의 경관을 동경하거나 즐기지 않았다. 오로지 눈에 파묻혀 지내는 생활을 따분해할 뿐이었다. 그런데 노부타카의 구혼을 받아들여 그가 기다리고 있는 교토로 돌아가는 길은 그 전과는 다르게 발걸음이 가볍고 그녀의 마음 또한 한없이 밝았다. 그래서 그런지 눈이 하얗게 쌓인 이부키 산를 보면서 갈 길을 염려하기는커녕, 이 정도는 아무 것도 아니다라는 모습을 보이고 있다. 여기서 어떠한 험난한 길이라도 충분히 이겨낼 듯한 사랑에 빠진 시키부의 면모를 볼 수 있다.

무라사키시키부의 문학적 공간 '에치젠'

시키부는 에치젠과 교토를 오가는 사이 노부타카에게 사랑이라는 감정을 느꼈고 그 사랑은 결혼이라는 결실을 맺게 된다. 하지만 시키부와 노부타카와의 결혼생활은 얼마 가지 못했다. 딸을 출산한 후 얼마 안 되어 노부타카와 사별하고 만 것이다. 비탄에 빠진 시키부는 곧 궁중의 궁녀가 되어 이치조 천황의 중궁인 쇼시를 모시게 된다. 그리고 틈틈이 궁중을 무대로, 일본 최대의 장편 모노가타리인 『겐지 이야기』와 당시 궁중생활의 모습과 그 안의 자신을 기록한 『무라사키시키부 일기』를 집필한다. 시키부에게 있어 교토와 궁중은 그녀의 문학 공간의 중심이었다.

그렇다면 그녀의 인생에 있어서 '에치젠'은 어떠한 의미를 지니고 있을까? 물론 『무라사키시키부슈』에도 나타나 있듯이 그녀의 에치젠에서의 생활은 그리 즐겁지 못한 따분한 나날들이었다. 하지만 그녀가 교토 외에 가보았던 유일한 곳이 에치젠이었다는 것을 생각하면 그곳에서의 생활과 경험이 시키부의 의식에 잠재되어 있다가 창작 활동에 재현되었음을 추정할 수 있다. 『겐지 이야기』에서 기술된 「아사가오朝顔」권의 설산을 만드는 장면, 「요모기우蓬生」권의 시라 산의 풍경, 우키후네浮舟와 다케후 지역과의 연관성 등 몇 개의 에피소드들만 하더라도 에치젠의 경험이 반영된 것임을 알 수 있다.

그리고 친구와의 우정이나 남편에 대한 그리움을 노래한 『무라사키시키부슈』의 여러 와카를 통해 알 수 있듯이 시키부가 소녀시절에 품었던 애틋한 감성은 『겐지 이야기』 곳곳에 살아 숨 쉬고 있다. 남편과의 사별과 궁중에서의 만족스럽지 못한 삶으로 인해 시키부는 사람들과 거리를 두고 사물을 냉철하게 보려했지만 에치젠으로의 길, 에치젠에서의 생활, 그리고 귀경길에서 가졌던 열정적인 자신의 젊은 날의 모습은 작자의 가슴 속 깊이 남아 있다가 집필 순간순간에 하나씩 되살아났던 것이다. 그런 의미에서 에치젠은 『겐지 이야기』를 쓴 천재 여류작가의 한 면모를 알 수 있는 공간이자 그녀의 문학을 싹트게 한 공간이었다고 할 수 있다.

참고문헌

円地文子 監修, 『華麗なる宮廷才女』, 集英社, 1987.
南波浩, 『紫式部集全評釈』(「笠間注釈叢刊」 9, 笠間書院, 1983)
清水好子, 『紫式部』, 岩波書店, 1973.
南波浩, 『紫式部集』, 岩波書店, 1968.
今井源衛, 『紫式部』, 吉川弘文館, 1967.
角田文衛, 『紫式部とその時代』, 角川書店, 1966.
角田文衛, 『紫式部の身辺』, 古代文学会, 1965.
今井邦子, 『清少納言と紫式部』, 潮文閣, 1944.

모노가타리 세계를 꿈꾼 여자의 일생

신 미 진

사라시나 일기

헤이안 시대 중후반인 1059년 이후에 성립된 것으로 보이는 『사라시나 일기』의 작자는 스가와라 다카스에의 딸(1008~1060년 이후)이다. 이 일기는 작자가 13세 가을에 부친의 임지 가즈사 지방에서 상경하는 기행을 시작으로, 모노가타리에 대한 동경, 교토에서의 생활, 궁중 근무, 결혼 생활, 집안의 안주인으로서의 생활, 남편과의 사별 등 40여 년간의 생을 회상하며 기록한 작품이다. 이루지 못할 꿈과 현실 사이에서 흔들리면서도 평범한 일생을 보낸 여성의 일대기라고 볼 수 있다. 작품명은 남편의 사후, 모두 떠나고 홀로 쓸쓸히 지내는 작자를 방문한 조카와 읊은 와카에서 유래하는데, 사라시나 지방은 남편의 생전 마지막 부임지이기도 하다. 헤이안 일기 문학의 대표적인 작품으로, 일본문학사상 『겐지 이야기』가 최초로 기록된 문헌 자료로서 높은 평가를 받는다. 작자의 다른 작품으로는 『요루노네자메』, 『하마마쓰추나곤』이 추정된다.

자기를 찾아 떠나는 여행

『사라시나 일기更級日記』는 작자가 13세부터 52세에 이르기까지의 약 40년간의 인생여정을 회상해 기록한 일기문학 작품이다. 작자는 집필 당시의 중층적인 심상 풍경을 실제로 주고받았던 편지와 와카和歌, 짤막하게 기록해 두었던 여행기 등을 정리해 자신의 과거 체험 안에 엮어내고 있다. 그리고 하루하루를 기록하는 일기가 아니라, 작자가 쓰고 싶은 부분만을 풀어내고 있는 일기 작품이기 때문에 그 밑바탕에는 작자의 인생관과 세계관이 반영되어 있다. 이는 작품의 주제와도 깊은 관련을 갖는다.

일기의 시작이 모노가타리物語 세계를 동경하는 작자 자신의 소녀시대부터 기술되고 있다는 것은 작품의 주제가 모노가타리와 관련이 깊다는 것을 나타낸다. 당시 모노가타리는 한자가 아닌 가나로 쓰여 있어 여성들에게 좋은 읽을거리였으며, 지식까지도 얻을 수 있는 학문의 보고였다. 특히 남성과 달리 폐쇄된 공간 속에서 살아야 했던 여성에게 있어 사회를 볼 수 있는 창구이기도 하였다. 작자는 이 작품에서 『겐지 이야기源氏物語』로 대표되는 모노가타리 세계와 자신과의 관계가 어떠한 것이었는가를 확인하고 싶었던 것으로 보인다. 그리하여 픽션인 모노타리 세계를 실제로 여기며 그 이야기에 동화되어 환상 속에 빠져 사는 소녀의 이야기로 이야기를 시작하고 있다.

작품의 집필 동기는 작자가 남편의 죽음 이후 절망과 비탄의 나날에 빠져있다가 인생을 되돌아보며 자기를 찾아 여행을 시작한 것에서 출발한다. 모노가타리와 같은 드라마틱한 인생은 아니었지만, 현실의 삶 속에서 느끼는 작자의 기쁨과 슬픔이 순간순간의 생생한 감정으로 전해져 온다.

작자의 일기는 『겐지 이야기』라는 모노가타리 세계에 대한 동경과 현실의 생활 속에서의 자신의 삶이라는 이중구조 안에서 마지막까지 전개된다.

그럼 작자의 일생의 순서에 따른 공간 이동 즉 가즈사上総에서 교토京都로 가는 상경기, 교토에서의 궁중 근무, 사원과 신사로의 참배여행, 심상의 공간인 사라시나更級를 중심으로 『사라시나 일기』에서의 모노가타리와 작자와의 관계를 살펴보겠다.

그리운 고향 가즈사

인생 만년에 교토에서의 삶이 아무런 성과가 없었다는 것을 깨달았을 때 작자가 회상하는 장면은 소녀시대를 보낸 동쪽 지방, 지금의 지바 현千葉県인 가즈사上総에서 교토로 향한 상경기였다. 그리고 이 상경기 전에 작자의 10세에서 13세까지의 소녀시절이 술회된다. 이 회상신을 통해 작자가 모노가타리를 접하고 그 세계를 엿보면서 모노가타리 세계의 포로가 되고 있는 것을 확인할 수 있다.

작품이 시작되는 첫 무대, 즉 작자의 부친 스가와라 다카스에菅原孝標의 임지인 가즈사는 천황의 아들이나 형제들이 보임되는 곳 중 한 곳으로 비교적 큰 지방에 속했다. 하지만 도읍지 교토와는 달리 환경적으로 작자가 원하는 만큼의 다양한 모노가타리 작품을 구해 읽을 수 있는 곳은 아니었다. 그저 어쩌다 한가로울 때 의붓어머니와 언니가 예전에 자신들이 읽었던 내용 중 기억나는 몇몇 이야기를 들려주는 것이 고작이었다. 작자는 더 읽고 싶은 애타는 마음을 달래고자 자신과 똑같은 크기의 약사불薬師仏을 만든 후 매일 간절히 기도하며 빨리 모노가타리를 마음껏 볼 수 있게 해달라고 빌었다. 그 기도에 효험이 있었는지 작자는 얼마 안 있어 부친과 함께 드디어 많은 모노가타리를 접할 수 있는 교토로 상경하게 된다.

그런데 왜 일기를 탄생 시기부터 시작하지 않고 동북 지방의 시골 외지에서 자랐다며 시작하고 있는 것일까. 이는 작자의 동경의 대상인 『겐지 이야기』에 나오는 작중 인물 우키후네浮舟가 자란 지방이 동북 지방 히타치常陸이기 때문인 것으로 보인다. 작자가 교토에서 태어났다는 기사가 아니라 상경기사로 시작하는 것은 모노가타리의 주인공 우키후네가 상경하며 이야기가 전개되는 『겐지 이야기』 후반부의 내용을 의식한 것이다. 동북 지방이라는 변방 외지에서 자란 시골 아가씨, 수

〈그림 1〉『겐지 이야기』의 우키후네와 니오미야

령의 여식이라는 열등감을 숙명적으로 갖고 있던 작자는 그 열등감을 『겐지 이야기』의 우키후네를 보며 달랬던 것 같다. 우키후네는 『겐지 이야기』의 후반부에 나오는 인물로, 친부와 헤어져 계부의 부임지인 변방의 히타치에서 자랐지만 후에 도읍지의 위세 등등한 귀공자 가오루薫와 니오미야匂宮 두 사람을 만나 많은 사랑을 받는 여성이다. 하지만 결국 이들과 헤어져 불문에 귀의하는 떠다니는 배와 같이 정처 없는 인생을 산 비운의 여주인공이기도 하다. 작자는 이와 같이 자신과 비슷한 신분의 처지인 여주인공을 발견하고 프라이드를 갖게 되며 그러한 삶을 살고 싶다는 꿈을 키우게 되었던 것이다.

한편 사라시나 일기를 기행부로 분류하기도 하는데, 그 근거가 되는 부분이 이 가즈사에서 교토로 이동하는 상경기이다. 당시는 자유로운 공간 이동이 허락되지 않던 시대로, 여인의 행보 또한 엄격히 통제되었다. 여성이라면 집 근처 외에 평생 외출 한 번 제대로 못하는 그런 시대에 부친의 관직을 이유로 작자는 보기 드문 여행을 하고 있는 것이다.

40여 년간을 기록한 이 작품에서 3개월간의 상경 기록이 상당한 분량을 차지하고 있어, 동북 지방으로부터 교토로의 상경기가 작자에게 큰 영향을 주었다는 것을 확인할 수 있다. 외로운 인생에 봉착한 작자의 만년의 심경이 담긴 이 상경기에서 고향과 같은 동쪽 지방으로 돌아가고 싶어하는 작자의 의식을 살펴볼 수 있다.

작자는 부친의 지방 임기가 끝난 후 상경길에 오르는데, 하나하나 관문을 통과하듯 동쪽 지방의 길 끝에서 스미다 강隅田川을 건너, 가나가와 현神奈川県과 시즈오카 현静岡県 사이에 걸친 험한 아시가라 산足柄山을 넘고, 아이치 현愛知県 지류 시知立市의 야쓰하시八橋를 지나 교토에 도착한다. 『겐지 이야기』 등의 모노가타리가 기다리는 교토를 동경한 작자였지만, 그 한편으로 동쪽 지방에 대한 집착 역시 쉽게 떨쳐버릴 수는 없었던 것 같다. 약사불을 뒤로 하고 오는 장면이나 도읍지 교토를 버리고 남자를 따라나서 동쪽 지방인 무사시武蔵에 정착한 황녀 이야기를 전하는 다케시바데라竹芝寺의 전설 등에 대한 서술이 그러한 마음을 나타내고 있다.

> 천황의 사자는 석 달이나 걸려 무사시 지방에 도착, 황녀를 데려간 남자를 찾아냅니다. 황녀는 그 사자를 불러 "저는 이렇게 될 운명이었던 것 같습니다. 이 남자가 사는 곳이 보고 싶어 데려가 달라고 부탁해 이곳에 오게 되었습니다. 여기는 정말 살기 좋은 곳 같습니다. 이 남자가 처벌을 받게 된다면 앞으로 저는 어찌해야 합니까? 제가 이렇게 된 것도 이 지역에 살아야 할 전생의 인연에 의한 것이겠지요. 어서 돌아가 조정에 이 이야기를 아뢰어 주십시오"라고 말씀하셨습니다. 사자는 하는 수 없이 그대로 상경해 천황에게 "이러이러하옵니다"라고 상주하니, "할 수 없구나. 그 남자를 처형해봤자 지금에 와서 그 황녀를 되찾아 교토로 데려올 수 있는 것도 아니고, 그보다 다케시바의 남자가 사는 동안 무사시 지역을 맡기고 세금과 노역 등은 할당치

마라. 무조건 무사시 지역을 황녀에게 위임하라"라는 선지가 내렸기 때문에 남사는 ㅗ 집을 궁궐처럼 지어 황녀를 모셨습니다. 황녀의 사후에 그 집을 절로 사용했는데, 그것이 다케시바데라라고 합니다.

그리고 험난한 아시가라 산에 만족하며 사는 아름다운 유녀遊女 이야기와 가즈사에서는 서쪽에 보이던 눈 덮인 후지 산富士山이 시즈오카에서는 동쪽 방향에 진한 남색 옷 위 하얀 겉옷을 걸친 것과 같이 멋진 모습으로 우뚝 솟아 있는 모습 등을 감동스럽게 표현하고 있다. 이어 강에서 떠내려 온 다음해의 관리 임명자가 쓰여 있는 내용의 노란 종이를 보고 후지 산의 신들이 모여 각 지방의 관리를 임명한다는 것을 알게 됐다는 후지 강의 전설. 이는 모두 동쪽 지방의 존재가치를 나타내는 이야기들이라고 볼 수 있다.

이 상경기는 단순한 여행기가 아닌 전설의 이야기가 살아 숨 쉬는 기행문이라고 할 수 있다.

모노가타리의 세계 교토

교토는 당시 일본의 도읍지로 정치와 문화의 중심지였다. 하지만 도읍지라고 해도 지금의 모습과 같이 번화한 곳은 아니었다. 큰 길가를 지나 작은 골목길이나 좀 외진 곳은 삭막하리만큼 황량한 곳이었다. 작자와 그 일행은 석 달간의 여정을 마치고 날이 어두워진 후에야 교토의 좌경左京에 있던 작자의 집에 도착한다. 그 집은 도읍지 교토라고는 볼 수 없을 만큼 수풀이 우거진 황량한 곳이었다. 작자는 이런 것은 신경도 쓰지 않고 교토에 왔으니 모노가타리를 빨리 보여 달라며 모친을 조르기 시작한다. 이에 모친이 친척인 산조노미야의 궁녀에게 부탁하여 몇몇 모노가타리를 구해 주자 작자는 감격스러워하며 하루 종일 모노가타리를 읽으며 밤을 지새우게 된다. 그리고 더욱더 많은 모노가타리를 읽고 싶다는 욕구를 가지게 된다. 그러던 차에 운 좋게 습자책으로 당시 최고의 서예가인 후지와라 유키나리藤原行成의 딸인 아씨의 필적을 얻은 작자는 모노가타리를 실제로 옮겨놓은 것 같은 생활을 하는 동년배의 아씨를 보고 모노가타리 세계를 확실히 존재하는 현실로 받아들이게 된다.

하지만 상경 후 얼마 안 되어 일련의 안 좋은 일들이 생겼다. 많은 교양을 가르쳐 준 의붓어머니와의 이별, 사랑하는 유모와 습자책의 주인 유키나리 아씨의 역병에 의한 사별 등을 겪고 작자 역시 모노가타리에 대한 열망이 수그러들고 슬픔에 빠져 지내게 된다. 이런 딸을 위로하기 위해 모친이 무라사키노우에紫上의 이야기 등 몇몇 모노가타리를 구해다 주자 겨우 작자는 슬픔에서 빠져나오게 된다. 이후 『겐지 이야기』 전권을 구해 읽고 싶다는 간절한 소원이 이루어져 먼 친척인 숙모로부터 『겐지 이야기』 50여 권과 그 외 여러 모노가타리를 받게 된다. 1008년에 성립된 것으로 추정되는 『겐지 이야기』를 작자가 1021년에 전권 입수해 보고 있는데, 이는 당시 시대를 생각하면 아주 빠른 전파속도라고 할 수 있다. 그만큼 『겐지 이야기』의 인기가 대단했다는 것을 말해주며, 또한 교토는 역시 모노가타리 등의 문학 작품이 활발히 교류되는 도회지였다는 것을 보여준다. 소녀들의 바이블이라고 할 수 있는 『겐지 이야기』에 빠져 하루하루를 보내는 작자에게 그 기쁨은 황후의 지위도 부럽지 않다고 할 정도로 최상의 것이었다.

부친이 다시 지방관으로 부임해 히타치로 떠난 후, 결혼의 적령기를 넘긴 작자가 자신의 이상을 밝히는데, 그 속에 『겐지 이야기』의 히로인들이 등장한다. 고귀한 용모와 풍채를 지닌 히카루겐지와 같은 사람을 만나 사랑을 하고, 우키후네와 같이 산속에 숨어 사계절의 경치를 바라보며 쓸쓸히 지내면서 님이 보내주는 멋진 편지를 받고 답하며 살고 싶다는 내용이다. 결코 어리다고는 할 수 없는 24세의 나이에도 여전히, 지금은 못났지만 좀 지나면 우키후네와 같이 아름다워질 것이라고 믿으며 모노가타리의 환상 속에 살고 있던 작자였다. 그 당시 살던 집이 화재로 소실되고, 죽은 아씨의 환생이라고 믿고 귀여워하며 기르던 고양이마저 그 화재로 죽는다. 게다가 언니까지 출산 후 갑자기 죽자 작자는 남겨진 어린 여자 조카들과 적적한 생활을 보내게 된다. 이와 같이 너무나도 현실적인 세계에서 탈피하고자 더 더욱 환상의 세계를 붙잡고 있었던 것일지도 모르겠다.

이후 히타치에서 돌아와 은퇴 후 은둔생활을 하는 부친과 출가한 모친, 죽은 언니가 남기고 간 조카들과 함께 사는 일가의 실질적인 가장 역할을 해야만 했던 상황에서 작자는 좀 더 나은 생활을 기대하며 궁에 출사한다. 궁중 출사는 헤이안 시대의 중상위 계급 여성에게는 유일한 사회진출의 통로였다고 할 수 있다. 부모님이 별로 내켜하지 않는 궁중 출사였지만, 멋진 일이 일어날 수도 있다는 기대로 시작하고 있다. 단조로운 집보다는 재미있는 일을 보고 들음으로써 기분전환이 되지 않을까 하는 마음으로 흔쾌히 권유를 받아들여 시작했지만, 실제로 출사해 보니 작자에게는 이렇게 부끄럽고 슬픈 일이 있을까 싶을 정도로 힘든 일이었다. 궁 안에서는 몰래 엿보거나 듣거나 하는 사람의 기척이 느껴져 작자는 모든 것이 답답하고 창피하고 어색해서 혼자 몰래 울며 집에 외로이 있을 부친과 조카들을 생각하며 상념에 빠져 지냈다. 그리고 기대와 달리 원활하게 전개되지 못한 궁중 출사와 부친의 주선으로 행해진 결혼 등에 의해 점차 현실생활에 눈을 뜨게 된다. 즉 『겐지 이야기』에 나오는 주인공들과 자신의 인생이 같을 수는 없다는 것을 깨닫게 된 것이다. 특히 결혼이라는 실제 체험은 모노가타리 세계와 현실세계를 겹쳐 보려고 했던 작자를 눈뜨게 했다. 남편이 히카루겐지나 그의 아들 가오루가 아닌 이상, 작자 자신 또한 우키후네와 같은 경험은 할 수 없는 것이다.

궁중 출사는 작자 32세부터 37세까지의 약 5년 동안 12회 이상 이루어지는데, 이 시기동안 벌어진 결혼과 남편의 지방 부임, 출산, 아이들의 교육 및 남편의 귀환 등과 같은 중요한 가정사들은 거의 언급하지 않고 대부분 궁중 출사 이야기만을 기록하고 있다. 그리고 이 기간 중에 작자 인생의 최고의 순간이 펼쳐진다. 냉혹한 현실에 눈뜬 작자가 꿈을 포기하려는 순간에 모노가타리의 세계가 애틋한 로맨스로 실현된 것이다. 관료이며 지성인으로 풍류를 지닌 인물로 등장하는 미나모토 스케미치源資通와의 이루어질듯 이루어지지 않는 플라토닉 사랑이 펼쳐진다.

> 별빛조차 보이지 않아 주위가 온통 깜깜하고 부슬부슬 초겨울비가 나뭇잎에 떨어지는 소리까지 정취 깊은 밤에, 남자는 "오히려 운치 있는 밤입니다. 달이 조금도 흐리지 않고 너무 환하기만 한 것도 어색하고 낯간지러울 것입니다"라며 봄과 가을의 우열 등을 논한다.

작자는 출사해 다카쿠라高倉 저택에서 유시祐子 내친왕을 모시고 있었다. 그곳에서 내친왕의 죽은 모친인 겐시嫄子 중궁의 추선공양을 위한 독경이 행해지던 어느 날, 그 아름다운 독경 소리를 들으며 작자가 동료 궁녀와 얘기를 나누고 있을 때 스케미치가 나타났다. 그리고 같이 나눈 이런 저런 이야기 끝에 스케미치는 자신의 추억이 깃든 계절이 가장 정취 있게 느껴진다는 춘추우열론春秋優劣論을 펼친다.

이때 당시 큰 권세를 가지고 있던 관백関白 후지와라 요리미치藤原頼通의 다카쿠라 저택은 어둠에 쌓여 자세히 묘사되고 있지는 않지만 그 날의 정취는 충분히 그려내고 있다. 작자에게 다른 곳이 아닌 모노가타리의 무대인 교토의 낭만적인 귀족 저택에서 꿈에 그리던 일 즉 멋진 남성과 애틋하게 와카를 주고 받는 일이 실현됐다는 것은 그동안의 오랜 바람이 이루어신 것이나 다름없었다. 이후 두 번의 만남이 더 있었지만 아주 잠깐의 만남과 멀리서 출사했다는 말만 전해들은 만남으로 본격적인 로맨스는 전개되지 않고 아쉽게 끝난다. 남편 부재중의 궁중 출사 시기에 그려진 스케미치와 연관된 이 이야기는 일기 안에서 일종의 클라이맥스와 같다. 작자에게 있어 스케미치는 이 세상에 왕림한 작은 히카루겐지로, 1년에 한번이라도 만나고 싶은 사람이었을 것이다. 하지만 남편이 있는 작자에게는 때늦은 만남이었기에 한때의 사랑에 몸을 던지는 일 없이 수령의 아내 자리로 돌아간다.

현실의 정착을 위한 참배여행

그리 쉽지 않던 궁중 출사를 통해서 작자가 그래도 하나 얻은 것이 있다면 꿈속의 모노가타리 세계가 실현된 것이라고 할 수 있다. 하지만 그 만남도 자연스럽게 정리되면서 낭만적 모노가타리 세계에 이별을 고하고 작자는 현실로 돌아와 가정생활에 충실하게 된다. 즉 모노가타리 세계를 지향하던 소녀가 현실 세상에서의 이익을 위해 참배여행을 떠나는 가정주부로서의 모습을 보이기 시작하는 것이다.

참배여행은 유명한 신사나 절을 찾아가 일본의 신과 불교의 부처 및 보살에게 기도를 드리는 것으로 지금의 성지순례와 같은 의미를 가진다. 이러한 참배여행은 남녀노소 불문하고 널리 행해졌으며 당일 돌아오거나 며칠 숙박을 하는 경우도 있었다고 한다. 하지만 이 여행은 종교적인 신앙상의 목적 외에 행락이나 심신을 해방하는 기회가 되기도 했다. 특히 폐쇄된 저택 안에 갇혀 사는 귀족 여성에게 있어 참배여행은 기도 수행이라는 명목을 내세운 적당한 기분 전환의 수단이 되었을 것이다.

하지만 참배를 가는 것이 그렇게 쉬운 여정은 아니었던 것으로 보인다. 지금과 같이 교통과 치안, 숙박시설이 좋지 않았기에 여러 가지로 많은 어려움이 있었던 것 같다. 그 시대의 참배여정을 작품 속에서 살펴보면 늘 활과 화살을 지참하고 다녔다거나, 참배를 마치고 돌아오는 길에 도적의 집인 줄 모르고 머물렀다 그 사실을 알고 너무 무서워 하루를 천 년 같이 보냈다거나, 적당한 숙소가 없고 수행인원이 많아 노숙을 해야 했다는 등의 이야기가 나온다. 이러한 이유로 작자의 모친은 참배여행을 달가워하지 않았고, 그에 따라 작자도 참배여행을 할 수가 없었다. 작자의 모친은 나라奈良 지방의 하세데라長谷寺는 가는 도중에 도적이 자주 출몰한다는 나라자카奈良坂 고개를 넘다가 혹시 납치되지 않을까 염려해 갈 엄두도 못 냈고, 시가 현滋賀県 오쓰 시大津市에 있는 이시야마데라石山寺는 지금의 오사카逢坂 산인 세키関 산을 넘어야 하는 것이 무섭다며 갈 생각도 하지 않았다. 그리고 교토에 있는 구라마데라鞍馬寺는 험한 산으로 유명하니 작자를 데리고 가기는 힘들다며 작자의 부친이 임지에서 돌아오면 같이 가자고 미루며, 겨우 가까운 곳의 기요미즈데라清水寺에만 같이 참배를 하고 있다. 이처럼 참배길이 무섭고 힘든 관계로 스님이 대신해서 참배를 하는 경우도 있었다. 실제로 작자의 모친은 딸의 장래를 꿈의 계시로 알아보기 위해 스님에게 하세데라로의 참배를 대신 부탁하기도 했다.

처음에 작자는 이세 신궁伊勢神宮에서 모시는 태양신인 '아마테라스오미카미天照大神'가 신인지 부처인지도 몰랐다. 어느 정도 철이 들어 이세 지방의 신이라는 소리를 듣고서도 이세 지방까지 가는 것을 생각하기는커녕, 그저 하늘에 떠있는 태양을 보고 기도하면 되겠다고 태평하게 생각하는 장면을 통해서도 작자의 신앙에 대한 믿음이 그리 깊지 않았음을 알 수 있다.

하지만 결혼 후 아이들의 장래와 남편의 임관 외에 별다른 근심도 없

〈그림 2〉 하세데라 본전과 회랑

이 경제적으로 여유로웠던 작자는 부모님이 참배에 많이 데려가지 않았던 것을 원망하며 몇 년에 걸쳐 일곱 번의 참배여행을 행한다. 그 중 가장 많은 분량을 할애해 서술되고 있는 참배여행이 작자 나이 39세 때, 고레이제이後冷泉 천황(재위 1045~1068년)의 즉위 후 첫 추수감사제 전에 행해지던 가모 강賀茂川에서의 불제祓除 의식이 있던 날에 출발한 하세데라 참배기이다.

이 참배여행은 천황의 불제 의식을 보려고 시골에서부터 물 흐르듯이 사람들이 무리를 지어 교토로 모여드는데, 일생에 한번 볼까말까 한 의식을 보지 않고 굳이 지금 나라로 참배를 떠나야 되겠느냐며 주위 사람들이 심하게 반대한 여행이었다. 하지만 남편의 지원을 받으며 작자는 이럴 때일수록 참배해야 부처님도 특별히 여기시고 영험을 보여주실 거라며 불심이 그리 깊지도 않으면서 굳은 각오로 출발한다. 십일면관음을 본존으로 하는 하세데라는 헤이안 시대 중기 이후 관음영지로 귀족들의 신앙이 두터웠으며 중세 이후에는 무사와 서민들에게까지 널리 신봉되었다. 작자는 이 하세데라로 가는 도중 우지宇治의 선착장에 이르자 예전부터 한번 보고 싶었던 곳이었다며 우키후네 이야기의 무대였던 곳을 신기한 듯 둘러보며 감동하는 등 모노가타리 애호가의 모습을 나타낸다. "『겐지 이야기』에서 겐지의 배다른 아우인 하치노미야八宮 친왕의 딸들이 살았던 무대를 왜 이 우지로 정했을까 궁금했는데 과연 정취 깊은 곳이구나"라고 감탄하고 있다. 그리고 우지 저택 즉 이로부터 7년 후에 뵤도인平等院으로 바뀌는 요리미치 소유의 별장을 바라보며 "우키후네도 이런 곳에서 살았겠지"라고 생각한다. 이와 같이 만년에도 겉으로의 모노가타리 경계 표방과는 달리 모노가타리와 와카에 대한 뜨거운 시선이 계속 이어지고 있음을 볼 수 있다.

심상의 공간 사라시나

작자는 나이가 들자, 궁에 출사하는 것도 부끄럽다며 점차 나가지 않고 결혼 후 세상이 무료할 때마다 떠났던 참배여행도 건강상의 이유로 중단했다. 오로지 아직 어린 아이들의 장래를 걱정하면서 언제 남편의 임관이 정해질지 노심초사하며 기다릴 뿐이었다. 그런데 다행이도 남편이 교토에서 좀 떨어진 곳이긴 하지만 나가노 현長野県의 시나노信濃 지방의 수령으로 임명되자 마음을 놓는다. 그런데 다음해 꿈에도 생각지 못한 남편의 죽음이 닥친다.

이 죽음을 계기로 작자의 노년 생활은 급격히 쓸쓸해진다. 그렇게 지난 생애를 회상하며 찾는 이 없이 홀로 외로이 지내는 작자에게 어느 날 조카가 찾아온다.

> '달도 안 나와 어둠에 잠겨있는 오바스테에 어쩐 일로 오늘밤 찾아주시었는가'

이 와카는 『고킨와카슈古今和歌集』에 나오는 작자 미상의 '나의 마음을 달랠 길이 없구나 사라시나의 오바스테 산姨捨山에 뜬 달을 바라보니'를 토대로 지은 것이다. 자신의 노년의 처지와 비슷한 『야마토 이야기大和

〈그림 3〉 사라시나 오바스테 산의 달. 安藤広重「本朝名所信州更科田毎之月」.

物語』에 소개된 전설을 연상시키는 와카를 읊는 것으로, 남편의 마지막 부임지인 시나노 지방 사라시나까지를 떠올리게 하고 있다. 여기에서 이 일기의 작품명이 유래되었다. 사라시나는 지금의 나가노 현에 있는 지명으로 달의 명소로 유명한 오바스테 산이 있는 곳이다. 오바스테 산에는 『야마토 이야기』 156단에서 보이는 '숙모 손에 자란 남자가 아내의 꼬임에 빠져 숙모를 산속에 버리고 오다가 밤에 뜬 달을 보고 자신의 죄를 뉘우쳐 숙모를 다시 데리고 왔다'는 전설이 전해진다.

세상의 모습을 엿볼 수 있는 유일한 창구인 모노가타리에 의해 재창조된 공간인식을 그대로 답습해, 버림받은 것은 아니지만 자식들이 떠나고 홀로 남겨진 자신의 처지를 심상의 공간인 사라시나를 떠올리는 와카로 담담히 읊고 있다. 수행에 힘쓰지 않고 모노가타리에 탐닉해 지낸 시간들 때문에 말년이 불행한 것이라 생각하며 참회하는 작자를 통하여 역으로 모노가타리에 대한 열정이 얼마나 대단했는지를 엿볼 수 있다.

이렇게 이 작품은 뜻대로 되지 않는 세상을 직접 체험하고 증명한 평범한 여성이 자신의 일생을 담담히 기록하며 삶 자체를 부정하지 않고 그대로 받아들이고 있는 일종의 고백서라고 할 수 있다.

참고문헌

申英媛, 『『사라시나일기』연구』, 보고사, 2005.

藤岡忠美 · 中野幸一 · 犬養廉 · 石井文夫 校注 · 訳, 『和泉式部日記 紫式部日記 更級日記 讃岐典侍日記』(「新編日本古典文学全集」 26, 小学館, 1994)

石原昭平 編, 『女流日記文学講座 第四巻 更級日記·讃岐典侍日記·成尋阿闍梨母集』, 勉誠社, 1990.

三角洋一, 「物語への憧憬」(『古典の旅⑤ 更級日記』, 講談社, 1990)

日本文学協会 編 , 『日本文学講座7 日記 · 随筆 · 記録』, 大修館書店, 1989.

秋山虔 編, 『王朝女流日記必携』, 學燈社, 1989.

津本信博, 「『更級日記』の成立－素材と表現をめぐって－」(『論集中古文学 3 日記文学 作品論の試み』, 笠間書院, 1979)

사진출처

〈그림 1〉 http://nihongaka.sakura.ne.jp/sblo_files/tenzan/image/IMG_9589.JPG

〈그림 3〉 http://plaza.rakuten.co.jp/setuoh/diary/201011070000/

공간으로 읽는

일본고전문학

애욕의 궁정을 떠나 수행의 길로

김 영 심

도와즈가타리

가마쿠라 시대 중기에 성립된 일기문학으로 전 5권에 달한다. 고후카쿠사인을 모시는 궁녀 니조가 14세부터 49세 즉 1271년부터 1306년까지 천황에게 받은 총애와 그와의 도착적 사랑, 귀족 또는 승려와의 떳떳치 못한 만남, 그리고 궁정에서 퇴출당한 뒤 출가하여 일본 각지를 수행하던 35년간을 회고한 일기이다. 자신의 일생을 고백한 일기이나 허구적인 면도 많아 사실적 여부가 확실하지 않은 부분도 많다. 이 일기가 발견된 것은 1940년대로 그 이전까지는 존재조차 알려지지 않았다. 그러다 궁내청 서고에 잠들어 있던 것을 어느 국문학자가 발견하여 1950년대에 비로소 세상에 알려지게 되었다. 천황가와 궁정사회의 퇴폐적 행각을 국민에게 노출시키는 것은 세계대전 당시에는 불경에 가까운 일이기 때문에 그동안 은폐되어 왔던 것이다. 제목 '도와즈가타리'는 '묻지도 않았는데 스스로 말함'이라는 뜻이다. 제목만으로도 파란만장한 자신의 삶에 대해 스스로 고백하고자 한 작자의 의지가 엿보이는데 내용 또한 도착적인 사랑이 적나라하게 그려져 일본 여류일기 문학사에서도 매우 파격적인 작품으로 평가되고 있다.

어느 궁녀의 고백

일본의 중고, 중세 일기문학 가운데 『도와즈가타리とはずがたり』만큼 스토리가 풍성하고 흥미로운 작품은 없을 것이다. 이 작품은 가마쿠라鎌倉 시대(1192~1333년) 중기, 퇴위한 천황 즉 상황上皇 고후카쿠사인後深草院

(1243~1304년)을 모시는 궁녀가 상황의 사랑을 받으며 귀족 남성, 당대 최고의 승려, 그리고 상황의 동생이자 라이벌 관계에 있던 가메야마인亀山院(1249~1305년)과도 관계를 맺다가 궁정에서 퇴출당하여 일본 각지로 행려를 떠나게 된다는 내용이다. 이처럼 파란만장한 일생을 보낸 주인공은 출중한 미모에 문학과 음악 그리고 그림까지 잘 그렸던 니조二条이다. 궁정의 꽃이었던 그녀가 궁정시절과 수행 여정에서 생긴 일을 되새겨 쓴 35년간의 기록으로, 당대 인물들이 등장하는 실록적인 면모, 궁정뿐만 아니라 여러 지방으로 수행한 공간적 스케일, 허구적 묘사와 감정묘사에 있어서의 높은 문학적 수준을 지닌 작품이다.

'도와즈가타리とはずがたり'라는 제목은 아마도 작자 자신이 붙인 것으로 여겨지는데 이 말은 '묻지도 않았는데(とはず) 말하지 않으면 안 될 것 같아 말하는 것(かたり)'이라는 뜻이다. 따라서 혼자 말하는 고백이 아니라 독자를 어느 정도 의식한 일기이다. 독자를 상정하고 자신의 일생을 만천하에 드러낸 작품임에도 불구하고 남녀 사이에서 벌어진 일을 솔직하게 기술하고 있어 이전이나 동시대의 여류일기 문학과는 매우 다른 이색적인 작품이라 할 수 있다. 사실 제2차 세계대전 당시까지 불경不敬을 의식해 공개하지 않았던 천황가의 도착적 애정 행태의 실록이라 할 수 있다. 그렇다면 니조가 회술하는 당시의 궁정이라는 공간은 어떠한 곳이었고, 그리고 그녀가 궁정을 떠나 어떠한 곳으로 수행을 떠났는지 지금부터 소개하고자 한다.

상황의 거처 센토고쇼

현존하는 『도와즈가타리』는 전 5권으로 구성되어있다. 흔히 전3편을 '애욕편/궁정편', 후2편을 '수행편/기행편'이라 한다. 전3편은 궁정에서 니조가 천황가와는 물론이고 당대의 귀족, 고승과도 남녀관계를 맺고 그러한 과정에서 아이를 출산하거나 유산하는 등의 파란만장한 일을 겪는 내용이다. 권1의 첫머리는 "하룻밤만 자면 입춘임을 알리는 안개 낀 아침, 출사를 기다렸다는 듯이 궁녀들이 하나같이 화려하게 갖춰 입고 고운 자태를 뽐내고 있을 때 나도 그들처럼 궁정에 출사했다"며 상황이 거처하고 있는 궁정의 화려한 모습으로 시작된다.

이 당시 천황이 살던 황궁은 현재의 교토 중심부의 북단 중앙에 위치했다. 황궁은 여러 전사殿舎들로 이루어졌는데 천황이 머물렀던 사적인 구역을 특히 다이리内裏 혹은 고쇼御所라고 했다. 다이리는 천황이 정무를 보던 곳, 일상생활을 하던 곳, 후궁 등으로 이루어졌다. 천황은 다이리 외에도 황실 소유의 별저別邸에 머물기도 했다. 소위 후원後院이라는 곳으로 고전문학 작품에서 자주 등장하는 스자쿠인朱雀院, 레제인冷泉院 등이 그런 곳이다. 당시의 궁은 화재에 빈번히 노출되어 일부가 소실되거나 전소되거나 했다. 그래서 화재 등 다이리에 변고가 일어났을 때 천황은 후원으로 거처를 옮겼는데 퇴위한 뒤에도 후원에서 기거했다. 화재가 자주 일어났던 시대에는 비어있는 후원이 없을 때도 있었는데, 이때에는 섭관摂関 등 대신들의 저택을 임시 다이리로 썼다. 이를 사토다이리里内裏라 했다.

고후카쿠사인은 재위 시절에는 간인閑院이라는 곳을 다이리로 삼았는데 화재로 도미노고지도노富小路殿로 오게 되었고 퇴위 후에도 이곳에 머물렀다. 퇴위한 천황의 거처는 흔히 센토고쇼仙洞御所라고 한다. '센토仙洞'는 본래 선인仙人이 사는 곳이란 뜻인데 '고쇼御所'를 붙여 퇴위한 천황이 사는 곳을 이르게 되었다. '도미노고지도노'는 고후카쿠사인 뿐만 아니라 그 후에도 여러 천황의 다이리로 빈번히 사용되었다. 고후카쿠사인이 서거한 후 몇 년 뒤에 화재로 일부 소실되자 그 상태로 방치되다가 1312년 가마쿠라 막부의 원조로 교토의 다이리의 전사 구성에 준하는 규모로 재건되어 여러 천황의 다이리로 쓰였다. 1336년 전란으

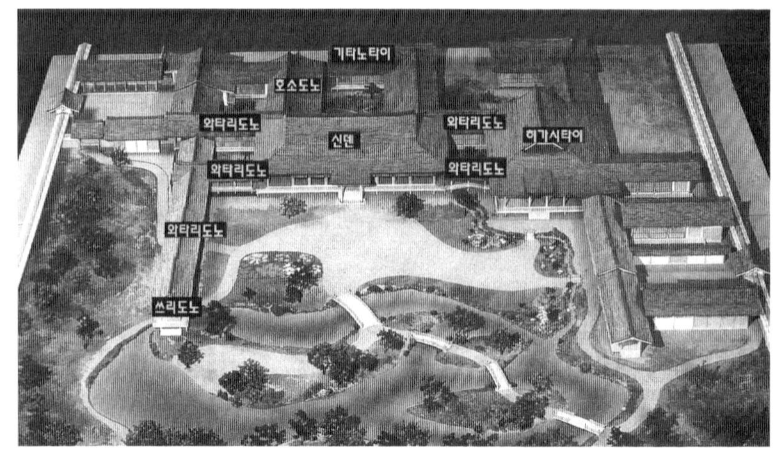

〈그림 1〉 신덴즈쿠리. 東三条殿復元模型. 国立歴史民俗博物館蔵.

로 소실되어 지금은 그 터를 알리는 표식만이 존재한다.

도와즈가타리의 주인공 니조는 14세에 이 도미노고지도노 궁정으로 들어왔다. 이때의 궁정 규모는 다이리 급으로 축조되었던 1312년보다는 이전의 일이었으므로 황궁의 다이리 규모라기보다는 오히려 헤이안 시대 귀족들의 대저택인 '신덴즈쿠리寝殿造'의 모습을 하고 있었을 가능성이 높다. 물론 규모는 그다지 크지 않았으나 중궁과 궁녀들이 있는 엄연한 궁정이었다.

일단 고후카쿠사인이 거처하던 도미노고지도노 궁정을 귀족의 대저택 모습으로 상정한다면 〈그림 1〉과 같은 모습이었을 것이다. 〈그림 1〉은 헤이안 귀족의 저택인 신덴즈쿠리의 모형인데 정중앙에 남자 주인의 거처이자 중요한 의식을 치르던 주건물 신덴寝殿이 있다. 고후카쿠사인은 주로 이곳에 상주했을 터이다. 이 신덴 앞에 하얀 모래가 깔린 정원과 연못이 있는데 이 정원에서 많은 연중행사가 행해졌다. 정원을 감상하기 위해 남단에 쓰리도노釣殿도 만들어 놓았다. 주요건물의 동서쪽에는 히가시타이東対와 니시타이西対가 있는데 〈그림 1〉과 같이 히가

시타이만 있는 곳도 있었다. 이곳에서는 주로 자식들이 기거했다. 주건물과 동서쪽 건물은 복도 와타리도노渡殿로 연결되어 있다. 각 건물의 벽은 개폐식으로 되어 있어 들어올리면 밖이 훤히 내다보이는 방식으로 되어있다. 집안의 안주인인 정실은 북쪽의 가장 후미진 곳인 기타노타이北対에서 기거했다. 그래서 귀족의 정실을 기타노가타北の方라고 한다. 주인을 시중들던 궁녀들은 호소도노細殿에 모여 있었는데, 주인공 니조 역시 이 호소도노에 머물다 상황을 시중들 때만 신덴으로 이동했다.

니조는 이 궁정으로 오게 되었을 때 '창피하고 두려운 공간'이었다고 회상한다. 이러한 불편한 심기는 호소도노에서 상황이 납시기만을 기다리는 자신, 상황의 수청을 들 여인을 데리고 가는 자신, 상황의 강요에 의해 당대 권세가에게 수청 들러 가는 자신, 중궁의 시기와 질투를 받아야만 하는 자신, 그리고 이러한 자신을 둘러싼 비방을 감내해야만 하는 처지를 생각할 때 더욱 더 강해질 수밖에 없었다.

연명공양의 성스러운 공간과 또 다른 센토고쇼

이 궁정에서 상황을 모시며 궁녀 생활을 하기 시작한 니조는 황자를 낳으며 상황의 총애를 한몸에 받았다. 그러는 가운데 유키노아케보노雪の曙라는 귀족 남성과 관계를 맺어 급기야 여아를 낳고 이를 은폐하기 위해 사산한 것으로 가장하여 다른 곳으로 보내기도 했다. 궁정에 있는 니조에게 접근한 남성 중에는 귀족뿐만 아니라 스님도 있었다. 어려서부터 병약했던 상황은 나이 들어서도 병치레가 잦아 연명공양延命供養을 위해 고승을 궁정으로 불러들였는데, 이 고승이 니조를 탐한 것이다. 니조 나이 19세 때의 일이다. 일기에서는 '아리아케노쓰키有明の月'라고 불리는 이 고승은 궁정의 불사를 도맡아 행했다. 고승이 의식을 수행하기 전에 황급히 니조와 관계를 맺은 후 서둘러 기도를 올리러 빠져나가

〈그림 2〉『겐지 이야기』의 「가시와기」권 그림 속 실내 풍경
(『日本の美をめぐる 源氏物語と貴族の暮らし』, 小学館, 2002년)

는 장면은 충격적이기까지 하다.

가지기도加持祈祷는 행자行者와 부처가 하나 되어 부처의 초자연적인 힘을 빌려 병을 치유하는 것으로 신성하고도 엄숙하게 치러지는 의식이다. 더욱이 궁정의 가지기도는 고승에게만 맡겨질 정도로 중요한 의식이어서 승려에게는 영예로운 불사 중의 하나였다. 대개 귀족 출신의 승려나 출가한 황족인 법친왕法親王이 맡았다. 황궁에서는 천황이 상주하던 다이리의 청량전清涼殿에서 치러졌으므로 이날 상황의 센토고쇼에서는 상황이 늘 거처하던 방에서 밤새 이루어졌을 것이다. 상황의 거처는 궁정의 중앙에 위치한 장소로 상황의 존재를 대변하는 공간이다. 즉 가장 중심이 되는 공간이다. 게다가 이날은 가지기도를 위해 작은 나무 토막을 태워 그 연기를 올려 보내 부처님의 가호를 받고자 하는 호마단護摩壇이 꾸며져 밤새 행자들의 법문 염송이 끊이지 않을 엄숙한 공간으로서의 위상이 더해진다. 바로 그러한 공간 옆 작은 방에서 무엄하게도 두 남녀가 황급히 정사를 나눈 것이다.

당시의 실내는 〈그림 2〉처럼 나무문이나 이동 가리개, 병풍으로 방이 나뉘어 방음이 제대로 되지 않았다. 귀를 기울이면 그야말로 행동거지를 전부 추측할 수 있었다. 그런데 이렇게 가지기도라는 큰 행사가 있는 날, 누가 들을지도 모르는데 관계를 맺은 것이다. 이에는 그다지 정숙치 못한 니조조차 경악을 금치 못했다. 공포를 느낀 니조는 그 후 고승을 멀리했으나, 끈질긴 고승의 집착에 넘어가 결국 고승의 아이까지 임신하게 된다.

또한 고승의 아이를 낳기 몇 달 전에 니조는 사가노嵯峨野에 있는 호린지法輪寺라는 절에 칩거한 적이 있었다. 산사 아래에는 사가노노도노嵯峨野殿라는 또 다른 센토고쇼가 자리잡고 있었다. 이곳으로 상황과 상황의 동생 가메야마인이 행차하면서 니조는 그녀 인생에서 잊을 수 없는 또 한 번의 연옥煉獄을 경험하게 된다. 사가노노도노는 두 형제의 부왕인 고사가後嵯峨 천황(재위1242~1246년)이 퇴위하면서 조성한 센토고쇼로, 지금의 교토의 아라시 산嵐山 부근이다. 고사가 천황은 즉위한 지 얼마 안 되어 4세의 고후카쿠사인에게 양위讓位하고 이 센토고쇼에서 정무를 봤었다. 이곳에 모친 황후의 각기병 증세가 심해지자 두 아들이 문병을 오게 된 것이다. 하지만 황후의 병세가 그리 위독하지 않자 이 형제 상황上皇은 연회를 열어 호린지에 있던 니조를 불러들였다. 술에 취한 두 상황이 같은 방에서 쉬고 있는데 느닷없이 가메야마인이 니조를 방으로 불러들이자고 한다. 머뭇거리던 고후카쿠사인에게 가메야마인은 자신의 황녀를 교환 조건으로 내세웠다. 협상 조건이 그리 나쁘지 않다고 판단했는지 고후카쿠사인은 조카 황녀와의 밀회를 꿈꾸며 니조를 방으로 불러들인 뒤 자신은 먼저 잠에 든다. 상황이 잠든 틈을 기다렸다는 듯이 가메야마인은 병풍 뒤로 니조를 데리고 들어가 남녀 관계를 맺었다. 자신의 여인을 동생에게 건네는 형, 친형의 여인을 품은 동생, 퇴폐적인 관계임에도 두 상황은 아랑곳없이 자신들의 욕망을 채우며 즐거워했다. 그 다음날 밤 세 사람은 한 방에서 함께 잤다. 이때를 니조는 '갈 곳 없어 궁 생활을 하는 처지이나 오늘따라 더욱 내 신세

슬프고 덧없어라'고 회상한다.

가메야마인은 고후카쿠사인이 17세 때에 황위를 양보한 여섯 살 아래의 친동생이다. 부친인 고사가인後嵯峨院이 황위 계승문제를 애매모호하게 말해 놓고 죽었기 때문에 이 두 형제는 황위 계승문제로 대립했다. 고후카쿠사인의 후손인 '지묘인토持明院統'와 가메야마인의 후손인 '다이카쿠지토大覚寺統'의 대립은 몇 십 년간 지속되었다. 이러한 황위 계승문제뿐만 아니라 병약하고 우유부단한 고후카쿠사인은 밝은 성격에 추진력까지 있는 가메야마인에게 늘 열등감을 느끼고 있었다. 사가노노도노에서의 동침 이후 니조를 잠시도 자신의 곁에서 떼어놓지 않는 동생을 못마땅하게 여긴 상황은 두 사람을 갈라놓을 기회를 노렸다. 그러다 니조와 가메야마인과의 관계가 예사롭지 않다는 추문이 궁 안에 돌자, 고후카쿠사인은 매몰차게 니조를 퇴궐시켰다. 18년간 몸 담았던 궁을 뒤로 한 채 유모의 집으로 가야만 했던 것은 니조의 나이 32세 때의 일이다.

진언밀교와 퇴폐적인 가마쿠라 시대의 궁정

고후카쿠사인이 니조를 센토고쇼로 데려와 자신의 여자로 만든 것은 『겐지 이야기源氏物語』의 히카루겐지가 어린 무라사키노우에를 자신의 집으로 데리고 와 아내로 삼은 것과 흡사하다. 이처럼 이 일기는 『겐지 이야기』를 모방하고 있으나 질적인 면에서 차이가 보인다. 무엇보다도 인물들의 도덕의식이다. 『겐지 이야기』에도 자유로운 남녀관계와 범해서는 안 될 사람을 범하는 장면이 나온다. 그러나 등장인물들은 대개 자신의 도리에 어긋난 행위 때문에 죄의식으로 번뇌하거나 출가하거나 죽음을 맞이한다. 그러나 『도와즈가타리』의 세계에서는 그러한 번뇌를 거의 찾을 수 없다. 주인공 니조에게서도 여자로서의 절개와 정숙함은 찾기 어렵다. 니조는 상황의 총애를 받으면서도 한편으로는 귀족의 아이를 낳고 고승의 아이를 두 명이나 낳는다. 하지만 더 이상한 것은 여색을 밝히는 고후카쿠사인이다. 니조를 다른 남자와 관계를 맺게 하고 그 장면을 엿보거나 자신의 친동생에게 니조를 빌려주어 관계를 맺게 했을 뿐 아니라 또 세 명이 같이 동침하기까지 한다.

이러한 도착적 행위의 정신적 배경으로 당시 유행했던 다치카와류立川流 진언밀교真言密教 사상을 꼽을 수 있다. 일기에서 상황은 "남녀의 일은 죄악과는 관계없다. 수간獸姦조차 용서받을 일이다. 왜냐면 성性은 모두 숙명이지 인간의 의지여하에 달린 것이 아니다"라며 직접적으로 다치카와류 진언밀교의 가르침을 말하고 있다. 다치카와류 진언밀교의 진수는 성교에 의해 남녀가 진언종의 본존인 대일여래大日如来와 하나가 된다는 데에 있다. 이는 수행자가 여성 파트너와 승당僧堂 안에 틀어박혀 수십 일 동안 계속 성교를 해야 하는 무척이나 괴로운 수행이었다. 해골 모양의 본존을 만들어 놓고는 성교를 한 후에 서로의 체액을 그 본존에 발라가길 여러 날, 만원滿願의 날이 되면 해골이 살아 있는 것처럼 움직이기 시작한다는 것이다. 바로 그것이 다치카와류 진언밀교의 수행이라고 전한다. 성에 대한 어설픈 욕망 같은 것을 한 번에 무화시키는 수행방식이었던 것 같다. 고후카쿠사인은 무화의 경지에는 이르지 못하고 그저 이 종교의 일부인 성교 부분만을 자기중심적으로 해석하고 있는 것처럼 보인다.

그리고 상황, 귀족, 권세가, 승려들이 니조를 데리고 도착적 애정 행각을 벌일 수 있었던 것은 당시의 궁정사회라는 공간 자체가 퇴폐적이었기 때문이다. 일본 황궁이 교토에 자리잡은 이후 궁정 사람들은 모두 높은 교양을 지녀야 했다. 그리고 그 지성과 섬세한 미의식을 배경으로 문학과 건축, 조원에 힘썼다. 헤이안 중기의 다이고醍醐, 무라카미村上, 이치조一条, 고레이제이後冷泉 천황 때는 그야말로 일본 후궁을 성숙된

문화의 공간으로 만든 전성기였다. 후궁들은 음악과 시가에 능해야 했기 때문에 시중드는 궁녀들도 여러 방면에서 우수해야 했다. 그러한 궁녀들 가운데 세이쇼나곤清少納言과 무라사키시키부紫式部처럼 문필로 천황가와 권세가들의 마음을 사로잡은 이들도 있었다. 궁정의 정원에서는 건전한 공차기 놀이가 행해졌고 실내에서는 시가와 그림으로 서로의 교양을 겨루었다.

하지만 정무의 권력 중심이 상황에게 있었던 가마쿠라 인세이院政 시대가 되자 천황가와 귀족들은 가마쿠라 막부의 눈치를 보며 교양보다는 퇴폐적인 남녀정사에 치중했다. 궁정에서의 연중행사도 전통을 잇는다는 명목아래 지극히 퇴폐적으로 치러졌다. 그리고 이 시대의 궁정은 헤이안 왕조문화를 회고하는 경향이 짙었는데, 특히 고후카쿠사인의 천황 재위 시절과 가메야마 천황 때 가장 강했다. 그들은 이상적인 세계를 『겐지 이야기』의 세계에 두었다. 두 군주가 그러했으므로 당시 궁정 사람들도 모두 『겐지 이야기』를 모방하려 했다.

이 일기에서는 당시 궁정의 이러한 퇴폐적인 모습과 『겐지 이야기』를 모방하려 했다는 것을 동시에 보여주는 궁정문화가 보인다. 다름 아닌 권2에 나오는 고후카쿠사인과 가메야마인이 벌인 소궁小弓시합이다. 첫 번째 시합에서 진 벌로 고후카쿠사인은 자기 쪽 궁녀 30여 명을 남장시킨 후 귀족 남성들에게 술을 따르게 했다. 이 술자리 후 30여 명의 여인들의 행보에 대해서는 "그 후 각각 여러 일이 있었는데 미루어 짐작하시기 바란다"는 식으로 얼버무려져 있다. 후대 주석서들은 '각각 여러 일'을 귀족 남성과 궁녀들 간의 정사로 보고 있다. 두 번째 시합에서는 가메야마인 쪽의 패로 돌아가 가메야마인은 무희들에게 춤을 추게 했다. 며칠 후 세 번째 시합에서 지게 된 고후카쿠사인은 이번에는 『겐지 이야기』의 로쿠조인六条院에서 있었던 여성들의 연주회인 온나가쿠女楽를 모방해 음악회를 개최한다. 참고로 비파의 명인이었던 니조는 자신이 겨우 아카시노키미明石君의 역을 맡게 된 것과 끝자리에 앉게 된 것에 불만을 품고 센토고쇼를 잠시 떠나있기도 했다.

『겐지 이야기』의 세계를 모방하려 해도 그 우아한 경지에 근접하기는커녕 궁녀가 마음대로 센토고쇼를 나가버리는 등의 방종에 가까운 일이 발생하고 있다. 이는 당시의 퇴폐적 분위기를 지니고 있던 궁정의 무질서를 보여주기에 충분하다.

궁정에서 동쪽 지방으로

이러한 궁정에서 나오게 된 니조는 완전히 다른 사람이 되어 권4에 등장한다. 출가하여 가마쿠라로 수행의 길을 나선 것이다. 32세부터 시작된 그녀의 동서 횡단 행보는 14~15년에 걸친 대장정의 길이었는데 이때의 기록이 권4와 권5 부분이다.

권4에는 교토를 떠나 지금의 사가 현佐賀県, 기후 현岐阜県, 아이치 현愛知県, 시즈오카 현静岡県, 가나가와 현神奈川県, 도쿄東京, 군마 현群馬県, 나라 현奈良県, 미에 현三重県 등 동쪽 지방을 다닌 기록을 남기고 있다. 작자가 일기에 남긴 장소를 순서대로 따라가 보면, 교토, 오사카세키逢坂関, 가카미노슈쿠鏡の宿, 아카사카노슈쿠赤坂の宿, 하치만八幡, 아쓰타熱田, 기요미가세키清見が関, 우키지마가하라浮島が原, 우쓰 산宇津山, 미시마타이샤三島大社, 에노시마江の島, 가마쿠라鎌倉, 가와구치川口, 젠코지善光寺, 아사쿠사浅草, 호리카네堀兼의 우물가, 가마쿠라, 사요노나카야마小夜の中山, 아쓰타, 교토, 나라奈良, 하치만, 교토, 아쓰타, 이세 신궁伊勢神宮, 후타미가우라二見が浦, 오오미나토大湊, 아쓰타, 교토, 나라, 가사오키笠置이다.

당시 교토에서 가마쿠라로 가는 길에 설치되어 있던 숙소에 머물렀고 영험하기로 유명한 신사와 사찰을 참배하였다. 니조가 들른 사찰은 지금도 유명한 가스가 신사春日神社, 젠코지, 아사쿠사 관음당浅草観音堂,

아쓰타 신궁, 이세 신궁 등이다. 성덕태자聖德太子의 묘를 참배하기도 하고 때로는 가인들이 와카를 지은 곳이자 세이쇼나곤이 『마쿠라노소시枕草子』에서 절찬했던 무사시노武蔵野 호리카네의 우물가에도 들러 문학적 정취에 빠졌다. 눈 내리는 가와구치에서는 외지에서 쓸쓸히 세밑을 보내는 고독한 자신의 신세를 한탄하기도 했다. 이와 더불어 니조가 힘쓴 것은 사경写経 수행이었다.

니조는 출가에 즈음하여 5부의 대승경大乗経을 사경하려고 결심하고 발원発願했다. 『화엄경華厳経』 60권, 『대집경大集経』 26권, 『대품반야경大品般若経』 27권, 『열반경涅槃経』 36권, 『법화경法華経』 8권 등이었다. 어림잡아 190여권 총 4,220여장이나 되는 분량으로 이를 전부 사경한다는 것은 지난한 작업이었다. 이 작업은 니조가 『도와즈가타리』 집필을 마칠 때까지도 완수하지 못했으나 그 후에도 영험하기로 소문난 유명한 사원과 신사에 참배하여 각 사원과 신사들의 연기縁起를 배청하면서 결연結縁을 반복했다고 한다. 일기에서는 『대품반야경』의 처음의 20권을 사경하여 성덕태자의 묘에 봉납하였고, 나머지는 와카야마 현和歌山県의 구마노熊野로 참배가서 사경한 것으로 전한다. 그리고 『화엄경』을 서사하여 아쓰타 신궁에 봉납했으며 『대집경』 전반은 사누키讃岐에서, 후반은 가스가 신사에서 묵어가며 서사한 것으로 그려지고 있다.

위의 여정에서 니조가 두 번 이상 간 곳은 가마쿠라와 아쓰타 신궁이다. 먼저 가마쿠라이다. 가마쿠라는 교토에 사는 사람들이라면 누구나 한 번쯤 가보고 싶어하던 곳이기도 했다. 이 시대에 급속도로 교통망이 정비되었고 가마쿠라가 새로운 정치의 거점이 되었기에 교토와 가마쿠라를 왕래하는 인구가 많았다. 가마쿠라로 부임해 가는 사람, 소송이나 진정서를 들고 교토와 가마쿠라를 오가는 사람, 참배 길에 오르는 사람들이 늘면서 길도 정비되었고 숙소도 늘어 장거리 여행이 가능해졌던 것이다. 그러나 여자 몸으로 수행인만을 동반하여 수개월간 각지의 절과 신사를 도는 것은 쉽지만은 않은 일이었다. 숙소가 없을 때에는 노숙을 해야 했고 예상치 못한 일기 변화에 건강이 나빠지는 일도 부지기수였다. 그렇게 쉽지 않은 길임에도 불구하고 니조는 가마쿠라를 여러 번 왕래하고 있다. 니조는 1289년 봄 32세 때 가마쿠라에 들어갔다. 이때를 다음과 같이 기록하고 있다.

> 날이 밝아 가마쿠라에 들어서자 사원 고쿠라쿠지가 보였다. 그곳에 들어가 참배해 보니 스님들의 거동이 교토와 그리 다른 것이 없다. 그리운 마음으로 이곳저곳을 보며 게하이자카라는 산을 넘어 가마쿠라 거리를 내려다 보니 히가시 산에서 교토 거리를 보는 것과는 사뭇 다르다. 집들을 둘러보니 계단처럼 층층이 쌓여있는 것 같기도 하고 또 주머니 속에 얼기설기 뒤엉켜져 있는 것 같아 심란하다.

가마쿠라는 삼면이 산으로 둘러싸여 있고 한쪽만 바다로 트여있는 곳이다. 외지에서 가마쿠라로 들어가려면 여러 언덕을 넘지 않으면 안 되었고 입구는 7개 정도가 있었다고 한다. 니조는 서쪽에서 들어갔으므로 사원 고쿠라쿠지極楽寺 쪽에 있는 언덕으로 들어갔을 것이다. 그 언덕에서 가마쿠라 거리를 내려다보고 고쿠라쿠지에 들어가 참배했다. 이 절은 1268년에 건립된 큰 사찰로 니조가 참배하였을 당시에는 그리 유서 깊은 곳은 아니었으나, 규모면에 있어서는 교토의 사원과 비슷했을 것이다. 이곳 가마쿠라에서 니조는 쓰루가오카하치만구鶴岡八幡宮를 참배하기도 하고 막부의 권세가와 교류하기도 했다.

두 번째는 아쓰타 신궁이다. 니조는 나고야名古屋에 있는 이 신궁에 네 차례나 찾아가고 있다. 아쓰타 신궁이라면 3종의 신기인 거울, 곡옥, 검 중 '구사나기노 쓰루기草薙の剣'라는 검을 모시는 것으로 유명하다. 이 검은 스사노오須佐之男라는 신이 괴물 뱀을 퇴치했을 때 꼬리에서 나온 것으로 스사노오노미코토에서 아마테라스오미카미, 그리고 니니기노미코토로 계승되어 일본 황실에 안치되었다. 제12대 게이코景行 천황 때, 야마토타케루日本武尊가 동쪽 지방을 평정하기 위해 떠날 때 아마테라스 신을 모시던 황녀로부터 이 검을 받게 된다. 야마토타케루는 적이 질러놓은 들불에 휩싸이게 되었을 때 이 검으로 들풀을 베어 곤궁에서 벗어났고, 그래서 이 검이 '풀 베는 검'이란 뜻의 구사나기노 쓰루기라고 불리게 된 것이다. 동쪽 지방을 평정하고 돌아오다 잠시 머문 어느 지방에서 야마토타케루는 호족의 딸과 결혼한다. 그리고 그녀에게 검을 남기고 전투에 나갔다 불귀의 객이 되고 만다. 그러자 이 여인이 아쓰타에 신사의 터를 정하고 검을 모시고 섬겼다. 이러한 기원을 가진 아쓰타 신궁은 이세 신궁에 이어 3종의 신기 중 하나를 모시는 권위 있는 신사로서 현재까지 명성이 이어지고 있다.

이 신궁은 니조와도 관계가 깊은 곳이다. 니조가 태어나자 부친이 매년 이 신궁에 말을 봉납했었다고 한다. 그러한 연유에서인지는 몰라도 니조는 우연히 화재로 신궁이 화염에 휩싸이는 장면을 목격하게 된다. 그리고 그 와중에 아무나 볼 수 없었던 신기 '구사나기노 쓰루기'를 보게 되는 신비로운 경험을 하며 니조는 더욱 자신의 불심을 다잡는다.

서쪽 지방 그리고 니조가 얻은 것

니조는 45세 이후부터 49세까지 서쪽 지방을 다닌 4년간의 여정을 권5에 남겼다. 교토를 기점으로 다닌 곳은 효고 현兵庫県, 오카야마 현岡山県, 와카야마 현和歌山県, 히로시마 현広島県, 가가와 현香川県 등이다. 일기에 남긴 장소를 순서대로 따라가 보면, 교토, 도바鳥羽, 가와시리 신궁河尻神宮, 스마須磨, 아카시明石, 도모鞆, 이쓰쿠시마 신사厳島神社, 사토左東, 시라미네 신궁白峰神宮, 마쓰야마松山, 와치和知, 에다江田, 에바라荏原, 기비쓰 신사吉備津神社, 교토, 덴노지天王寺, 교토, 가와치河内, 교토, 나치那智, 교토, 나라, 하치만, 교토이다.

이쓰쿠시마 신사에 가서 극락왕생을 빌었고, 시라미네와 마쓰야마에서는 니조가 동경해 마지않았던 사이교西行의 행적을 되짚어 보았다. 또한 여러 절을 참배하며 사경을 봉납하거나 신사에 가서 자신의 인생을 되돌아보았다. 그리고 오갈 곳 없는 여인들이 출가하여 기숙하는 비구니 사찰에도 들러 고단한 여인의 삶을 반추하기도 했다.

여러 사찰과 신사 중에서 니조가 여러 번 들른 곳은 이와시미즈하치만구石清水八幡宮이다. 행려 초창기인 34세 되던 해 2월과 48세 때의 8월이다. 이 하치만은 교토 외곽에 있는 신사로 미에 현의 이세 신궁, 교토의 가모 신사賀茂神社와 함께 일본 3대 신사 중의 하나이며, 오이타大分의 우사 신궁宇佐神宮, 후쿠오카福岡의 하코자키구筥崎宮와 함께 일본 3대 하치만구로 알려져 있다. 이때 하고자키구 대신에 가마쿠라의 쓰루가오카하치만구를 넣는 경우도 있다. 이 이와시미즈하치만구는 니조가 돌아다닌 여러 곳 중에서도 특히 더 의미 있는 곳이다. 왜냐하면 과거의 자신의 모습을 회상시키는 인물들과 조우하여 그들을 위해 기도하고, 한편으로는 더 나아가 그들에게서 해방되려는 의지를 보이며 또 다른 자아를 만들어 가는 공간으로 설정되고 있기 때문이다.

먼저 34세 때에는 이 하치만구에서 자신을 의심하고 궁정에서 퇴출시킨 고후카쿠사인과 우연히 재회하게 된다. 하치만구에서 니조의 모습을 발견한 고후카쿠사인은 니조에게 자신이 얼마나 니조를 그리워했는지를 알아 달라며 사정한다. 문학에 심취해 있던 니조는 모노가타리의 인물들과 자신의 처지를 비교해 가며 고후카쿠사인과 자신의 인연은 운명이라 확신하게 된다. 그러나 다시금 고후카쿠사인에 대한 연정을 불러일으킬 수는 없어 그의 마음을 받아주지 않았다. 그 후 14년이 흐른 뒤 니조는 다시금 하치만구를 찾는다. 이곳에서 또 우연히 고후카쿠사인과 중궁 사이에서 태어난 황녀를 만나 과거를 회상하게 된다. 자신을 그토록 미워했던 중궁의 후손을 만났는데도 니조는 의연한 태도로 반가워한다. 그녀는 더 이상 중궁의 질투와 시기 때문에 힘들어 하던 옛날의 그 궁녀가 아니었던 것이다. 하치만구를 참배하고 교토로 돌아오면서 니조의 일기는 끝을 맺는다.

권1에서 권3까지 이어지던 퇴폐적인 궁정 속의 니조의 모습이 권4와 권5에서 구도자로 완전히 일변하지는 않는다. 그녀 스스로 신앙의 힘에 의해 구도의 길을 걷고자 하나, 출가 후에도 궁정을 들락날락했으며 옛사람과 옛일을 잊지 못하고 연연해 했다. 가령 서쪽 지방을 돌기 시작한지 2년 후, 니조 나이 47세에 그토록 애증관계에 있던 고후카쿠사인이 세상을 떠났을 때의 모습을 보면 알 수 있다. 고후카쿠사인의 서거 소식을 들은 니조는 곧장 달려가 상황의 장례행렬을 맨발로 따라갔다. 그 정도로 그녀는 속세에서 완전히 초월한 것은 아니었다.

그러나 그녀는 행려를 통해 스스로를 되돌아볼 기회를 가질 수 있었다. 어린 나이에 어머니와 사별하고 후견인이었던 아버지마저 돌아가신 뒤 고후카쿠사인과의 사이에서 얻은 아이를 먼저 떠나보내야만 했던 자신의 처지, 남성들의 놀이도구로 전락했던 자신의 육체, 남성들의 불타던 연정의 차가운 끝, 그리고 과거 자신을 그다지도 괴롭혔던 고후카쿠사인의 도착적 사랑마저도 자신의 인생에서는 소중했던 것임을 깨닫는다. 니조는 기행과 수행을 통해 인간에 대한 깊은 통찰과 넓은 이해심을 얻을 수 있었던 것이다. 이러한 인생과 사랑을 달관할 만큼 성장했기에 비로소 충격적인 궁정의 모습과 개탄할 만한 니조 자신의 기구한 운명을 '묻지도 않았는데 말할 수' 있었을 것이다.

뛰어난 미모와 넘치는 재기의 소유자 니조는 궁정이라는 공간에서는 '주체'가 될 수 없었다. 니조는 그 폐쇄적인 공간에서 나와 드넓은 공간으로 이동해가며 스스로를 해방시켜 갔다. 공간 이동에 의해 자기

성찰, 자기해방, 자기구제를 획득하고자 한 작자의 의지는 헤이안 여성이나 동시대 여성들이 감히 엄두도 못낸 부분이었다. 그래서 『도와즈가타리』는 문학사적으로나 인물론적으로나 공간론적으로나 매력적인 작품으로 다가오는 것이다.

참고문헌

西沢正史 · 藤田一尊, 『後深草院二条』, 勉誠出版, 2005.

根本萠騰子, 『文学の中の女性－擬態か反抗か』, 近代文芸史, 2005.

佐藤和彦 編, 『日本中世史研究事典』, 東京堂出版, 2001.

今関敏子, 「『とはずがたり』衝撃の宮廷日記」(『国文学 解釈と鑑賞』, 至文堂, 1997.05)

標宮子, 「『とはずがたり』－二つの死をめぐって」(『国文学 解釈と鑑賞』, 至文堂, 1991.05)

石原昭平 · 西沢正史 · 津本信博 編, 『とはずがたり 中世女流日記文学の世界』(「女流日記文学講座 第五巻」, 勉誠社, 1990.05)

角田文衛, 「日本文化と後宮」(『国文学 10月臨時増刊号』 第25巻 13号, 學燈社, 1956.10)

공간으로 읽는

일본고전문학

사랑과 이별의 여행

무사시 들녘에 몸을 숨기는 남녀. 鈴木春信画
(『特別展「メトロポリタン美術館浮世絵名品展」』, 1995년)

공간으로 읽는
일본고전문학

전승지에 얽힌 비극적 사랑 이야기

김 정 희

야마토 이야기

이 작품은 951~956년경에 성립됐다고 추정되며 노래를 중심으로 한 짧은 이야기가 173단으로 나뉘어 수록되어 있다. 『이세 이야기』, 『헤이추 이야기』와 함께 주인공들이 읊은 노래가 어떻게 성립되었는지를 이야기하는 헤이안 시대 '우타모노가타리'의 대표적인 작품 중 하나이다. 구승성이 강한 것이 특징으로, 작자는 미상이지만 작자가 여성들이 모여 이야기를 나누는 장면을 설정하여 엮은 것으로 보고 있다. 이 작품은 크게 2부로 구성되어 있다. 1부 1~140단까지는 우다 법황과 관련된 인물들의 사실적인 에피소드를 다루고 있고, 2부 141~173단은 예로부터 전승되는 이야기를 중심으로 순애보적인 사랑에 관한 이야기를 담고 있다. 등장인물을 구체적으로 살펴보면 1부는 당시 권력다툼에서 밀려난 인물들이 주를 이루고 있고, 2부는 순애보적인 사랑으로 인해 비참한 결말을 맞는 인물들이 등장하고 있다. 따라서 작자는 이러한 불우한 인물들의 슬픔을 노래를 통하여 공감하고자 이 작품을 쓴 것이라고 이해할 수 있다.

야마토란 무엇인가

『야마토 이야기』의 제목인 '야마토'는 구체적으로 무엇을 의미하는가? 일반적으로 야마토는 일본의 이칭이라는 의미와 지금의 나라 현奈良県에 자리 잡고 있었던 고대 왕국의 이름이었거나, 혹은 중국과 구별하여 일본 특유의 물건 등을 가리키는 명칭이었다는 설이 있다. 이와 관련하여 이 작품의 제목 또한 나라를 중심으로 한 지명을 지칭했거나 중국의 이야기와 대별되는 일본의 이야기로서의 의미, 그리고 작사 또는 작자로 설정된 인물의 이름에서 딴 명칭이 아닐까하는 관점으로 해석되고 있다. 이 중에 어느 것이 타당한지는 정확히 알 수 없으나, 확실한 것은 비교적 구체적이고 사실적인 이야기가 많이 수록되어 있다는 점이다.

이 글에서는 『야마토 이야기』의 에피소드 중 현재까지도 전설로 전해 내려오며, 비극적인 사랑 이야기를 다룬 147단과 150단, 155단에 대해서 소개해보고자 한다. 이들 이야기의 무대가 되고 있는 곳은 실제 전승지로 유명하여 지금도 직접 찾아가볼 수 있다는 점에서 매력적이다. 또한 작품의 무대가 되는 공간들은 주로 등장인물들의 노래를 통해서 표현되고 있는데, 『야마토 이야기』가 노래를 중심으로 엮어진 것이라는 점을 고려해 볼 때, 그 공간들은 인물들의 심리와 밀접한 관련이 있다고 할 수 있다. 따라서 이 글에서는 세 개의 이야기에서 스토리가 전개되는 무대의 이름과 공간들이 등장인물들의 심리를 표상하고 있다는 점에 주목하면서 작품을 해설해가고자 한다.

삶과 죽음의 이쿠타 강

먼저 『야마토 이야기』 가운데 순애보적인 사랑을 담고 있는 2부 이야기 중, 이쿠타 강生田川의 전설이 된 147단의 사랑 이야기에 대해 살펴보기로 하자.

이쿠타 강 전설의 무대가 되고 있는 셋쓰摂津 지방은 지금의 효고 현兵庫県 동부와 오사카大阪의 북서부를 가리킨다. 근대에 들어와 새로 만들어진 이쿠타 강은 현재 효고 현 고베 시神戸市의 신고베 역新神戸駅 밑에서 남쪽으로 흐르고 있다.

147단의 이쿠타 강의 전설은 크게 세 개의 이야기로 구성되어 있다. 첫 번째는 두 남자에게 동시에 사랑을 받는 여자의 이야기, 두 번째는 이 첫 번째 이야기에 대해 그린 그림을 보고 궁중에서 여자들이 각각의 주인공의 심경에 빗대어 노래를 부르는 장면, 세 번째는 첫 번째 이야기에서 결국 죽음에 이른 세 남녀의 무덤을 지나가던 나그네의 이야기이다.

먼저 첫 번째 이야기에 대해서 간략히 소개해 보기로 하겠다. 옛날에 셋쓰 지방에 살던 한 여자가 있었다. 그 여자는 같은 지역에 사는 남자와 이즈미和泉 지방에 사는 남자에게 동시에 구혼을 받았다. 두 사람 모두 그녀에 대한 사랑이 남달랐다. 그녀는 두 남자의 애정이 그다지 오래가지 않을 것이라고 생각했는데, 예상과는 달리 오랜 기간 두 남자의 애정은 식을 줄을 몰랐다. 둘 중 한 명을 골라 빨리 결혼하도록 재촉한 그녀의 부모님은 두 남자에게 "이 강에 떠 있는 물새를 화살로 쏘아서 맞추는 분에게 제 딸을 드리겠습니다"라고 말한다. 그러자 두 사람은 서로 자신감에 차서 기뻐하며 한 사람은 물새의 머리를, 한 사람은 꼬리를 맞췄다. 이를 본 여자는 어떤 상대를 선택해야 할지 고민하다 괴로운 나머지 결국은 이쿠타 강으로 몸을 던진다. 이에 두 남자도 따라서 몸을 던졌는데, 한 명은 여자의 다리를 붙잡고, 다른 한 명은 손을 붙든 채 죽어 버렸다. 이를 지켜본 여자의 부모는 목놓아 울며 딸의 시신을 땅에 묻었다. 이 소식을 들은 남자들의 부모도 그곳으로 찾아왔다. 두 사람의 부모들은 서로 여자의 곁에 자신의 아들을 묻겠다고 싸움을 벌였다. 결국 두 남자는 여자의 무덤을 사이에 두고 양쪽에 묻혔다.

여자가 몸을 던진 이쿠타 강의 명칭 중 '이쿠生'는 일본어로 '살다'라는 단어와 동일한 음을 가지고 있다. 이 명칭대로 강은 인간에게 물을 공급하는 생명의 젖줄임에 틀림없지만, 그러나 여자가 죽을 때 읊은 '이 세상에서 살기가 싫어져 이 몸을 강물에 던져버립니다. 이제 보니 산다 라는 이름을 가진 이쿠타 강은 이름뿐이군요. 제가 이곳에서 죽어버리니까요'라는 노래에서 이쿠다 강은 삶이 아니라 죽음을 의미하는 반전을 보이고 있다. 두 남자의 구애를 받고 자신이 남자들을 괴롭힌다는 자책감과 끝까지 결정을 내릴 수 없는 괴로움에 죽음을 선택한 여자. 이쿠타 강은 죽음을 선택한 여자에게는 참담한 이름의 강으로 각인되고 있는 것이다. 즉 삶을 나타내는 이쿠타 강은 여자에게는 죽음을 선택할 수밖에 없었던 현실의 잔혹성을 아이러니하게 드러내는 이름으로 다가오고 있는 것이다. 뿐만 아니라 이 이쿠타 강은 여자에 대한 사랑과 상대 남자에 대한 승부욕으로 강물에 뛰어든 남자들의 목숨까지도 빼앗아가 버려, 그 이름과는 달리 삶의 강에서 죽음의 강으로 순식간에 변해버린 것이다.

한편 두 번째 에피소드는 전설로 전해내려 오던 이쿠타 강의 이야기를 중심으로 하여 궁중의 여인들이 노래를 읊는 장면이다. 시대는 우다宇多 천황(재위887~897년) 때로 설정되어 있는데, 황후와 그녀를 둘러싼 주변 인물, 예를 들면 황녀皇女, 황후를 모시는 뇨보女房 등이 첫 번째 이야기를 소재로 하여 그린 그림을 보고 각자 노래를 읊고 있다. 이와 같은 여자들의 이야기 모임은 바로 『야마토 이야기』와 같은 문학작품을 낳는 중요한 무대가 되었다. 그 예가 바로 이 147단의 두 번째 이야기 장면인데, 그렇다면 이 장면에서는 어떤 노래가 읊어지고 있는지 살펴보기로 하자.

여자들은 첫 번째 이야기를 소재로 노래를 읊고 있었지만, 그 이야기에 대한 자신의 감상을 읊는 것이 아니라 세 명의 비극적인 주인공으로 행세하여 그들의 심경을 읊고 있다는 점에서 매우 흥미롭다. 대표적인 노래를 소개하면 다음과 같다

한 명의 남자가 되어

'인연이 있어 같은 이쿠타 강의 후미에 사는 것은 기쁜 일이지만 왜 저한테

만 약속해 주시지 않았습니까'

여자가 되어 답하기를

'이쿠타 강 물속으로 가라앉아 버리다니 저는 참으로 불행한 신세입니다. 이와 같은 인연이 없었다면 좋았을 것을'

또 한 명의 남자가 되어

'나에게만 약속한 것은 아니지만, 인연이 있어 같은 이쿠타 강 후미에 살게 된 것은 기쁜 일이라고 생각합니다'

첫 번째는 여자를 따라 강 속으로 뛰어든 남자가 죽은 후에도 자신을 선택하지 않은 여자를 원망하는 노래이다. 두 번째 노래는 남자들과의 인연으로 죽을 수밖에 없었던 여자의 원한을 나타내고 있다. 세 번째의 또 다른 남자가 되어 읊은 노래는 여자에 대한 지나친 집착의 결과, 자신만을 선택한 것은 아니지만 그래도 죽어서도 여자와 함께 할 수 있다는 기쁨을 표현하고 있다. 이렇게 봤을 때 당시의 사람들에게 이쿠타 강은 각자의 주인공의 심경과 관련하여 죽음과 비극의 장소로 인식되고 있었다는 것을 알 수 있다. 삶을 표상한 이쿠타 강이지만 여자에게는 죽을 수밖에 없었던 불행을 상징하는 장소, 두 남자에게는 여자에 대한 집착과 그로 인해 죽어서까지 함께 할 수 있다는 기쁨, 혹은 끝까지 자신을 선택해 주지 않았다는 원망을 나타내는 장소로 인식되고 있는 것이다.

이러한 노래를 궁중의 여자들이, 심지어 이야기 속의 주인공인 척하면서 그들의 사후의 심경을 읊고 있는 것은 한결같은 사랑으로 목숨을 버린 비극적인 주인공들에 대한 깊은 공감을 드러내고 있다고 할 수 있다. 이것이 바로 당시의 궁중 문화이자 『야마토 이야기』가 추구하고자 했던 세계이다. 실제로 전승지를 찾아가지 못하는 폐쇄적인 궁중 속에서 이쿠타 강의 이야기를 소재로 노래를 읊음으로써 서로 공감을 느끼는 것은 문화를 통하여 황후를 중심으로 여자들의 결속력을 다지는 중요한 역할을 하고 있다고 볼 수 있다.

피로 물든 오토메 무덤

이쿠타 강에 얽힌 세 사람의 비극적 이야기는 두 번째 이야기에서 알 수 있듯이 그 당시 궁중의 궁녀들에게 그림과 노래로 회자되고 있던 가운데, 세 번째 에피소드로 강물로 뛰어든 세 남녀의 사후 이야기가 전개되고 있다. 이 이야기의 공간적 무대는 이들이 묻힌 오토메乙女 무덤으로, 현재 효고 현 고베 시 히가시나다 구東灘区와 나다 구灘区에 있는 세 개의 무덤을 지칭해 이야기가 전해지고 있다. 그곳의 무덤이 실제 이야기의 무대였는지는 확실치 않지만, 그 전설을 바탕으로 무덤에 처녀라는 뜻의 오토메라는 이름이 붙여진 것으로 추정된다. 그렇다면 오토메 무덤의 전설이 어떻게 전개되는지 살펴보기로 하자.

어느 날 한 나그네가 여행 중에 이 오토메 무덤 근처에서 머물게 되었다. 그런데 어디선가 크게 싸우는 소리가 들려 다른 사람에게 물어봤더니 그런 일은 없다고 대답했다. 이상하게 여기면서도 나그네는 잠을 청했는데, 피범벅이 된 한 남자가 나타나 자신의 적을 죽이고 싶으니 허리에 찬 칼을 빌려 달라고 청했다. 나그네는 그 남자에게 칼을 빌려 줬는데, 눈을 뜨고 보니 꿈이었다. 그러나 이상하게도 칼은 사라지고 없었다. 잠시 후 또 어디선가 격렬하게 싸우는 소리가 들리더니 아까 그 남자가 다시 나타나 굉장히 기뻐하면서 "당신 덕분에 오랜 앙숙을 죽일 수 있었습니다. 그러니 이제는 당신을 지켜드리지요"라고 말하며 자초지종을 이야기하기 시작했다. 나그네는 기분이 나빴지만 그 남자의 이야기를 모두 들어주었다. 그 사이에 날이 밝아 주위를 살펴보니 그 사람은 온데간데없었다. 무덤을 보니 피가 흥건하게 흘러내리고 있었고 자신의 칼에도 피가 묻어 있었다.

이 이야기는 죽어서 무덤에 묻힌 두 남자가 여자에 대한 집착 때문에 여전히 싸움을 계속하고 있음을 보여준다. 그리고 그 싸움은 결국 저승의 한 사람이 이승의 나그네의 칼을 빌려 다른 한 사람을 죽인 것으로 끝나고 있다. 살아서는 여자에 대한 집착이 그녀를 죽음으로 몰고 갔고 남자들 스스로도 죽음을 선택하게 했음에도 불구하고, 사후에도 여전히 남자들의 싸움은 계속되고 있었던 것이다. 이와 같이 오토메 무덤은 비련의 사랑 이야기의 무대이자, 인간의 죽음과 동시에 죽음으로도 끊을 수 없는 집착을 상징하는 것으로 이해할 수 있을 것이다.

이쿠타 강 이야기는 사실 『야마토 이야기』에서만 볼 수 있는 것은 아니다. 이와 유사한 이야기, 즉 한 여자를 사이에 두고 두 남자가 싸워서 그 여자가 자살한다는 에피소드는 이미 『만엽집万葉集』이라는 일본에서 가장 오래된 노래집에도 수록되어 있다. 이 전설은 당시에도 굉장히 유명했던 것으로 추정되는데, 그 이유는 유명한 가인 세 명이 이 전설에 대해서 각자 노래를 읊고 있다는 점에서 확인된다. 이 중 『만엽집』을 대표하는 가인 다카하시 무시마로高橋虫麿의 노래 내용을 살펴보면, 이쿠타 강은 노래 속에서 등장하지 않을 뿐만 아니라 두 남자에게 물새를 맞추라는 내용도 나오지 않는다. 단지 두 남자가 여자와 결혼하기 위해 칼부림을 하는 등 격렬하게 싸우자 이를 보다 못한 여자가 자살을 하고 두 남자도 이에 질세라 따라 죽는다는 이야기, 그 후 친족들이 이를 슬퍼하여 여자의 무덤을 가운데에 만들고 양쪽에 두 남자의 무덤을 만들었다는 것만이 확인된다. 그렇기 때문에 이 노래는 『야마토 이야기』와는 달리 오토메 무덤이 무대의 중심이 되고 있다. 다른 두 가인의 노래도 이와 유사하여, 이러한 점에서 볼 때 이쿠타 강이 전설의 무대가 되기 시작한 것은 『야마토 이야기』부터라는 것을 알 수 있다. 그 이유는 앞서 설명한 대로 이쿠타 강이라는 지명이 등장인물들의 삶과 죽음을 상징하는 데 효과적이기 때문이라고 추측할 수 있다.

이 전설은 이후에도 일본문학의 하나의 이야기 패턴이 되어 일본의 가면극인 노能를 비롯한 후대 문학에 많은 영향을 주는데, 그 무대로는 오토메 무덤과 함께 이쿠타 강이 등장하고 있다. 특히 근대의 대표적인 소설가 모리 오가이森鷗外는 『야마토 이야기』의 147단을 각색하여 『이쿠타 강』이라는 희곡을 남기고 있다. 이 희곡의 특징은 여자의 어머니가 이야기의 전면에 등장하여 딸과의 대화로 스토리가 진행된다는 점이다. 어머니는 딸 몰래 남자들에게 이쿠타 강의 백조를 화살로 맞추는 사람에게 딸을 주겠다는 약속을 한다. 이 사실을 안 여자는 집 안 창문을 통해서 물 위에 떠있는 백조의 모습을 지켜보는데, 백조의 몸에는 화살이 두 개가 꽂혀있었다. 그녀는 이것을 직접 확인하기 위해서 밖으로 나가는데, 그때 "오늘은 나로서도 어찌할 수 없는 운명이 하늘의 힘에 의해 결정되는 날"이라고 말한다. 딸의 이 말에 불안감을 느낀 어머니는 그녀의 뒤를 쫓아서 밖으로 나가고, 이 장면을 끝으로 극은 막을 내린다. 이 희곡은 딸과 어머니 사이의 대화를 통해서 두 남자 중 한 명을 선택하지 못하는 딸의 괴로운 심정이 잘 드러나고 있으며, 마지막 퇴장 장면에서 이쿠타 강을 향하는 여자의 모습과 그 대사에서 그녀의 죽음이 암시되고 있어, 이쿠타 강이 죽음의 강으로 상징되고 있다는 것을 알 수 있다.

사루사와 연못의 전설

사랑의 괴로움 때문에 물속으로 몸을 던진 또 다른 여자의 이야기를 소개해 보자. 『야마토 이야기』 150단에 수록되어 있는 것으로, 사루사와 연못猿沢の池과 관련된 이야기이다. 이 사루사와 연못은 나라 현 나라시奈良市의 나라공원에 위치하고 있는데, 현재 이 연못에 고후쿠지興福寺

의 오중탑과 버드나무가 비치고 있는 풍경은 나라 팔경 중 하나로 꼽히고 있다. 이것은 729년에 만든 인공 연못으로 추정되며, 고후쿠지는 이곳에서 매년 방생회를 열고 있다.

이야기의 시대는 나라奈良 시대(710~784년)로 설정되어 있다. 먼저 내용을 간략하게 언급해 보기로 하겠다. 어느 천황을 섬기고 있는 우네메采女가 있었다. 그 용모가 매우 빼어나 접근하는 남자들이 많았지만 이 우네메는 전혀 흔들리지 않았다. 왜냐하면 그녀는 자신이 모시고 있는 천황을 너무나 사모하고 있었기 때문이었다. 어느 날 천황의 부름에 남녀의 인연을 맺게 되었으나 그 이후에는 두 번 다시 그녀를 찾지 않았다. 이 우네메는 너무나 고통스러워 낮이고 밤이고 천황만을 그리워하는 자신이 한심하다고 생각했다. 이러한 고통은 그녀가 항상 천황 곁에서 그를 모시고 있었기 때문에 더욱 견딜 수 없는 것이었다. 더 이상 살고 싶지 않다고 생각한 우네메는 밤에 몰래 빠져나와 사루사와 연못에 몸을 던졌다. 이후 천황은 우연히 이 소식을 듣게 되고, 가여운 마음에 연못으로 찾아와 그곳에서 사람들에게 노래를 읊게 했다. 『만엽집』의 대표 가인 가키노모토 히토마로柿本人麻呂가 '그 사랑스러운 소녀의 잠든 흐트러진 머리를, 사루사와 연못의 수초라고 여기고 바라보는 것은 참으로 슬픈 일입니다'라고 읊자, 천황도 '사루사와 연못도 참으로 원망스럽구나. 그 사랑스러운 소녀가 연못 수초 밑에 가라앉아 있다면 차라리 그 물이 말라버렸으면 좋았을 것을'이라고 읊고 연못 옆에 무덤을 만들게 하였다.

우네메란 여자의 관직명으로, 지방 호족이 자신의 자제 중 천황에게 헌상한 16세 이상, 20세 이하의 용모 단정한 여자들을 가리킨다. 정치적으로 말하면 피지배층이 지배층에게 바치는 일종의 인질이라고 할 수 있다. 우네메는 평상시에 천황의 음식 수발을 드는 경우가 많아서, 실제로 역사상에는 천황의 눈에 들어 높은 신분에까지 오른 여자도 있었다. 하지만 여기서의 주인공인 우네메는 단 한 번 천황과 만나고 이후에는 사랑받지 못하는 존재로 그려지고 있다. 그 당시 천황은 여러 여자를 거느릴 수 있다는 관례를 생각해보면 당연한 일이라고 할 수 있으나, 문제는 이 우네메의 마음이 천황을 향해 한결같았다는 점이다.

우네메가 죽은 후, 사루사와 연못에 행차하신 천황은 사람들에게 노래를 읊게 하는데, 위에서 인용한 히토마로의 노래는 그가 죽은 우네메의 이야기를 듣고 느낀 감정을 그대로 드러낸 것이라고는 볼 수 없다. 왜냐하면 그것은 노래의 표현을 보면 알 수 있듯이, '소녀가 잠든 흐트러진 머리'라는 부분은 천황과 우네메가 하룻밤을 함께 보낸 것을 암시하고 있기 때문이다. 따라서 이 노래는 히토마로가 천황의 심정을 상상하여 죽은 우네메에 대한 천황의 마음을 읊은 것이라고 할 수 있다. 앞서 궁중의 여자들이 황후를 중심으로 공감대를 형성했던 것과 마찬가지로, 여기서도 천황을 중심으로 노래를 통하여 심정적인 교류를 나누고 있는 것을 확인할 수 있다. 그러므로 천황은 히토마로의 노래를 듣고 감정을 억제할 수 없어 스스로 노래를 읊고 있는 것이다. 천황의 노래는 죽은 우네메를 원망할 뿐만 아니라 우네메를 죽게 한 사루사와 연못 자체도 원망하는 의미로 해석된다. 이 이야기에서 사루사와 연못은 여자의 사랑의 좌절과 죽음을 상징하는 동시에 남자에게는 원망의 대상으로서 표현되고 있다.

우네메가 빠져 죽은 사루사와 연못의 환상적이면서도 비극적인 분위기는 머리카락과 수초의 결합에 의해 이루어지고 있다. 즉 천황이 우네메와 함께 밤을 보냈을 때 보았던 흐트러진 머리카락이 이제는 연못에 몸을 던져 흐트러져 버린 머리카락을 연상시키고, 그것이 연못 속에서 비치는 수초로 비유되고 있는 것이다. 이와 같은 여자의 머리카락에 대한 묘사의 의미를 좀 더 고려해 봄으로써 사루사와 연못의 이미지를 구체화시켜 보자.

『야마토 이야기』는 10세기에 성립된 것으로 추정되지만, 이 150단의 시대 배경은 앞서 언급한 바와 같이 8세기인 나라 시대로 설정되어 있다. 이 시대에 여자는 머리를 묶도록 정해져 있었는데, 그 이유는 머리카락에 주술적 힘이 깃들어 있다고 생각했기 때문이었다. 예외적으로 여자가 머리를 푸는 경우는 남자가 찾아오기를 기다리는 밤 시간 동안으로, 이것은 머리카락의 주술적 힘을 통해서 남자가 자신을 찾아오기를 기다리는 여자의 마음을 드러내는 것이었다. 『만엽집』에도 머리를 풀고 남자가 찾아오기를 기다리는 여자, 또는 먼 곳으로 길을 떠난 남자가 잠자리에서 머리를 풀고 자신을 기다리고 있을 부인을 생각하는 노래가 다수 수록되어 있다. 이처럼 머리를 풀고 있는 여자의 모습은 사랑하는 사람에 대한 강렬한 마음을 표상하고 있다는 것을 알 수 있다. 이런 배경을 염두에 두고 히토마로의 노래 '그 사랑스러운 소녀가 잠든 흐트러진 머리를 사루사와 연못의 수초라고 여기고 바라보는 것은 참으로 슬픈 일입니다'를 다시 음미해 보자. 이 노래 속에서는 며칠 밤이고 머리를 흐트러뜨린 채 천황을 기다리며 집착하고 있던 우네메의 모습이 떠오른다. 그렇기 때문에 연못의 수초로 비유된 우네메의 머리카락에 대한 묘사가 죽음에 이르기까지의 그녀의 심정을 연상시킨다. 그 뜻을 이루지 못한 채 우네메가 몸을 던진 사루사와 연못은 여자의 비극과 절망과 집착을 연상시키며, 따라서 이러한 머리카락의 표현에 이끌려 그녀의 심정을 이해하고 노래를 읊은 천황은 우네메를 죽게 한 연못에 대해 원망하지 않을 수 없었던 것이다.사루사와 연못의 전승은 후대에도 강렬한 인상을 남겼는지, 11세기 초에 쓰인 최초의 일본 수필집 『마쿠라노소시枕草子』에서는 우네메 이야기와 함께 연못 중에서도 특히 유명한 곳으로 이곳을 소개하고 있다. 또한 무로마치室町 시대(1392~1573년)에 만들어진 『남도팔경南都八景』에도 이 사루사와 연못이 포함되어 있다. 『남도팔경』이란 나라의 경승지 8곳을 선택하여 지

〈그림 1〉 나라 현 사루사와 연못과 고후쿠지의 오중탑

명과 경치를 중심으로 노래와 그림을 그려 넣은 것이다. 사루사와 연못에 관해서는 '사루사와 연못의 달'이라는 제목으로 우네메 신사, 옷을 걸어둔 버드나무, 그리고 달이 그려져 있다. 그렇다면 이것들은 어떻게 선택된 것일까? 물론 앞서 살펴본 『야마토 이야기』의 우네메 전설에서 비롯된 것이다.

먼저 우네메 신사는 죽은 우네메의 영혼을 달래기 위해서 만들어진 것으로 추정된다. 또한 옷을 걸어둔 버드나무는 우네메가 연못으로 뛰어들기 전에 입고 있던 옷을 걸어두었다는 전승에 의한 것인데, 이 우네메 신사와 버드나무 이야기는 『야마토 이야기』에서는 볼 수 없다. 그러나 에도江戸 시대(1603~1867년)에 만들어진 『야마토명소도회大和名所図会』에 '우네메가 몸을 던질 때 버드나무에 옷을 걸어두었다'는 표현이 등장하고 있어, 이 내용이 언제부터인가 이야기 속에 삽입되어 전해지게 된 것으로 이해할 수 있다. 마지막으로 달의 경우, 이것 역시 『야마토 이야기』에서는 확인할 수 없는 부분이다. 그러나 연못을 비추고 있는 달도 우네메 전설이 깃든 사루사와 연못과 관련하여 전승되어 명물로서 정착한 것이라고 추정된다.

이 외에 사루사와 연못에는 용이 산다는 또 다른 전설이 전해지고 있다. 현재 우네메가 옷을 걸어두었다는 버드나무 옆에는 비석이 세워져 있고, 이 연못의 서북쪽에는 우네메 신사가 자리잡고 있다. 이 신사의 특징은 연못을 등진 채 건립되어 있다는 점이다. 마치 우네메가 연못을 바라보는 것이 괴로울 것이라고, 그녀의 심정을 고려한 듯한 구조라고 할 수 있다.

세월을 비추는 아사카 산의 우물 전설

다음으로 후쿠시마 현福島県의 전설로 유명한 아사카 산安積山의 우물 이야기에 대해서 살펴보고자 한다. 이 이야기의 배경이 되고 있는 아사카 산에 대해서는 현재 후쿠시마 현福島県 고오리 야마郡山 분지에 있는 작은 산이라는 설과 고오리야마 시郡山市 가타히라片平 마을에 있는 히타이토리 산額取山이라는 설이 있다. 전자에는 우네메의 노래를 새겨 넣은 비석이 존재하지만, 어느 쪽이 진짜 전승지인지는 알 수 없다. 분명한 것은 '아사카 산'이라는 명칭 때문에 이곳이 『야마토 이야기』 155단의 무대로 설정되었다는 점이다. 그렇다면 이 이야기는 어떻게 전개되고 있을까? 먼저 그 내용을 살펴보자.

옛날 대납언大納言이라는 관직에 있던 한 남자에게 아름다운 딸이 있었다. 그는 자신의 딸을 천황에게 시집보내겠다고 마음먹고 매우 소중히 길렀다. 그런데 이 대납언을 모시던 우도네리内舎人가 이 딸의 모습을 우연히 엿보게 되었다. 이후 그는 이 여성을 다시 보고 싶어서 낮이고 밤이고 괴로움에 신음한 나머지 병이 날 지경이었다. 그래서 하루는 이 여성에게 드릴 말씀이 있다며 그녀를 밖으로 불러내었다. 여성은 이상하게 여기면서도 밖으로 나갔는데, 남자는 이 여성을 끌어안아 말에 태운 후 미치노쿠陸奥 지방으로 도망을 쳤다. 두 사람은 아사카安積 고을의 아사카 산이라는 곳에 초막을 만들어서 오랜 세월을 함께 보냈는데, 남자는 항상 이 여성을 혼자 남겨두고 먹을 것을 구하러 나갔다. 그러던 어느 날, 여느 때와 마찬가지로 남자가 밖으로 나가자 홀로 남겨진 여성은 음식도 먹지 않고 매우 초조한 심정으로 남자를 기다렸다. 이때

이 여성은 임신을 하고 있었다. 그런데 음식을 구하러 나간 남자는 3, 4일이 지나도 돌아오지 않았다. 기다리다 지친 여성은 밖으로 나가 산에서 샘솟는 우물 쪽으로 갔다. 그때 그녀는 처음으로 우물에 비친 자신의 모습을 보게 되었다. 그곳에 비친 자신의 모습에서는 옛 흔적은 전혀 찾아볼 수 없었고, 그 용모는 매우 흉하게 변해 있었다. 이를 본 여성은 너무나 창피한 생각이 들어 다음과 같은 노래를 읊었다.

> '아사카 산의 모습을 비추는 산속의 우물물이 얕은 것처럼 저는 그를 가볍게 생각하고 있었던 것일까요. 아니오, 그럴 리는 없습니다'

여성은 이 노래를 나무에 써 놓은 후 초막으로 돌아와 스스로 목숨을 끊었다. 때마침 남자는 여러 가지 물건과 음식을 구해서 서둘러 돌아와 보니 사랑하는 여인은 죽어 있었고, 그녀가 나무에 써 놓은 노래만이 남아있었다. 남자는 이 노래를 읽고 넋이 나간 채 있다가 여성을 따라 죽음을 선택하게 된다.

필자는 줄거리 소개에서 남자와 여자가 아니라 남자와 '여성'으로 그 호칭을 구분해서 썼는데, 그 이유는 두 사람 사이의 신분차이를 드러내기 위해서이다. 대납언과 우도네리는 이 시대의 관직이름으로, 신분상의 큰 차이를 보인다. 다시 말해서 이 남자가 여성을 훔친 것은 두 사람이 결혼하기 힘들다는 신분적 차이를 인식하고 있었기 때문이었다. 남자는 여성을 위해서 항상 먹을 것을 구해오는데, 여기에서 주목하고 싶은 것은 이러한 세월을 보내는 동안 여성의 심경에도 큰 변화가 일어났다는 점이다. 처음에는 남자의 일방적인 사랑으로 시작된 관계였지만, 여성 역시 남자를 깊이 사랑하게 된 것이다. 그 심경의 변화는 여성의 아름다운 용모의 변화와 그에 대한 인식으로 나타나고 있다. 여성은 연못에 비친 자신의 용모에서 세월의 흐름과 거친 환경에 의한 변

〈그림 2〉 후쿠시마 현 가타히라 마을 히타이토리 산의 우물

화를 느꼈을 것이다. 그리고 그 사실을 알게 된 순간, 자신의 용모에 대해서 부끄러움을 느끼고 있다. 이 부끄러움이라는 감정은 어디에서 비롯된 것일까? 그것은 다름 아닌 이런 흉한 자신의 모습을 남자가 바라보고 있었을 것이라는 생각에서 온 것이다. 그리고 이러한 의식은 그녀가 어느 새인가 그를 사랑하고 있었다는 것을 나타낸다. 그렇기 때문에 용모의 변화를 확인하자마자 앞의 노래를 읊은 것이다.

아사카 산의 이름 중 '아사'는 일본어에서는 물의 깊이가 '얕다'라는 표현과 상대방에 대한 마음이 '가볍다'라는 단어와 동일한 음을 가진다. 즉 아사카 산은 이야기의 무대가 되는 장소를 나타내기도 하지만, '아사'라는 동음을 가진 '얕다', '가볍다'라는 단어를 이끌어내기 위해서 사용된 것이라고 볼 수 있다. 여성 자신이 그를 가볍게 여겼을 리가 없다고 표현하고 있는 것은 그에 대한 깊은 사랑을 드러내는 것이다. 그리고 남자 역시 이러한 여성의 심정을 정확히 이해하였다. 여성이 남긴 노래를 곰곰이 생각해 본 남자는 노래 속에서 나온 우물의 표현에서 여성이 우물가에 간 것, 그리고 그곳에서 자신의 얼굴을 봤을 것을 짐작했을 것이고, 그것이 여성을 고통스럽게 했다는 사실도 헤아렸을 것이다. 이 노래를 접했을 때의 남자의 심정은 다음과 같이 추측해 볼 수 있다. 여성이 자신을 사랑하고 있었다는 감동, 그렇기 때문에 여성을 불행하게 한 것이 바로 자신이라는 죄책감, 즉 곱게 자란 여성을 아사카 산에 끌고 와 그 용모를 변화시킨 것이 자신이라는 괴로움과 그것이 결국 여성을 죽음으로 몰고 갔다는 자신에 대한 책망이다. 그렇기 때문에 노래의 의미를 곰곰이 생각한 남자는 결국 그녀의 곁에서 죽음을 선택한 것이다.

이와 같이 『야마토 이야기』의 155단의 배경은 아사카 산과 그곳의 우물이 중심이 되고 있는데, 사실은 이 아사카 산에 얽힌 이야기로서 전혀 다른 이야기가 『만엽집』에도 전해지고 있다. 그러나 특징적인 것은 『만엽집』 속의 이야기 역시 『야마토 이야기』와 동일한 노래를 중심으로 구성되어 있다는 점이다. 간략하게 『만엽집』 속의 이야기를 소개해보기로 하자.

어느 날 미치노쿠 지방으로 가즈라키노오키미葛城王라고 하는 사람이 파견되었다. 그러나 그곳의 지방관이 자신을 소홀하게 대한 것에 몹시 화가 나 있던 그는 연회가 마련되어도 전혀 즐거워하지 않았다. 그때 궁중에서 우네메로 있다가 돌아온 한 여자가 있었는데, 그녀는 풍류를 즐길 줄 알았다. 우네메였던 여자는 왼손에는 술잔을, 오른손에는 물을 들고 가즈라키노오키미의 무릎을 치며 '아사카 산의 모습을 비추는 산속의 우물물이 얕은 것처럼 저는 그를 가볍게 생각하고 있었던 것일까요. 아니오, 그럴 리는 없습니다'라는 노래를 불렀다. 그러자 그의 마음은 누그러져 하루 종일 잔치를 즐겼다.

이 『만엽집』의 예에서도 우네메는 지방관의 소홀한 태도에 대해 화를 내고 있던 가즈라키노오키미에게 당신에 대한 마음이 가벼운 것은 결코 아니라는 것을 나타내기 위해서 이 노래를 읊고 있다. 가즈라키노오키미의 화가 수그러든 것도 그가 바로 이러한 노래의 의미를 이해했기 때문이었다.

이처럼 노래라고 하는 것은 일상에서 사용하는 언어보다도 사람의 마음을 쉽게 움직이고 감동시키는 특수한 힘을 가지고 있다. 147단에서 궁중의 여자들이 죽은 세 남녀에게 감정을 이입하여 노래를 읊음으로써 서로의 공감대를 형성하는 것이나, 150단에서 천황이 가키노모토 히토마로의 노래를 듣고 마음이 움직여 바로 자신이 노래를 읊은 것이나, 155단에서 남자가 여성이 나무에 써 놓은 노래를 보고 죽음을 선택한 것은 노래가 가지고 있는 힘 때문이라고 하겠다. 『야마토 이야기』가 전승지와 관련된 노래를 중심으로 비극적인 에피소드를 엮고 있는 것은 독자에게 생생한 현실감을 줌으로써 노래의 힘을 배가시켜 이야기에 대한 감동과 공감을 불러일으키기 위한 것이라고 할 수 있다.

참고문헌

雨海博洋 外 校注, 『大和物語』, 講談社学術文庫, 2006.
柳田忠則, 『「大和物語」の研究』, 翰林書房, 2002.
三田村雅子, 「黒髪の源氏物語」(『源氏研究』 1, 翰林書房, 1996)
片桐洋一 外 校注, 『竹取物語 伊勢物語 大和物語 平中物語』(「新編日本古典文学全集」 12, 小学館, 1994)
藤井貞和 編, 『王朝物語必携』, 學燈社, 1987.
片桐洋一, 「歌物語りの世界」(『国文学』, 學燈社, 1981. 9)
中西進 校注, 『万葉集』 1~4, 講談社文庫, 1978~1983.
片桐洋一 編, 『伊勢物語 大和物語』(「鑑賞日本古典文学」 5, 角川書店, 1975)
森鴎外, 「生田川」(『鴎外全集』 6, 岩波書店, 1972)

사진출처

〈그림 1〉 http://www5.kcn.ne.jp/~book-h/mm056.html
〈그림 2〉 http://www.bashouan.com/ppAsakayama.htm

공간으로 읽는
일본고전문학

동쪽 지방으로의 유랑

고 선 윤

이세 이야기

『이세 이야기』는 헤이안 시대 초기에 성립된 것으로 추정되는데, 사실상 작자와 성립연대 등에 관해서는 알려진 바가 없다. 성립 당시부터 오랫동안 많은 사랑을 받아온 작품으로, 후대 『겐지 이야기』를 비롯한 산문만이 아니라 와카 등 다양한 장르에 영향을 미쳤으며 소재와 등장인물을 패러디한 작품도 적지 않다. 『이세 이야기』는 와카를 중심으로 그것을 읊는 인물과 상황을 전개한 125단의 짧은 이야기로 나열되어 있다. 각각의 단은 독립된 내용으로 앞뒤 아무런 관련이 없는 것처럼 보이지만 작품 전체를 보면 아리와라 나리히라로 생각되는 남자의 생애를 그리고 있다. 『이세 이야기』에 등장하는 모든 와카가 나리히라의 노래는 아니고 이 이야기의 주인공이 나리히라라고 지칭하지도 않지만, 하나하나의 이야기는 나리히라를 연상케 한다.

교토를 등지고 동쪽 지방으로

『이세 이야기伊勢物語』라고 하면 이세 신궁伊勢神宮으로 유명한 이세에서의 이야기라고 생각할 것이다. 그러나 이세를 배경으로 하는 것은 '재궁斎宮과의 사랑 이야기' 정도이다. 『이세 이야기』의 무대는 교토京都, 나라奈良에서 미치노쿠陸奥까지 다양하다.

『이세 이야기』는 독립된 125개의 짧은 이야기로 이루어졌는데 같은 소재를 가지고 엮을 수 있는 굵직한 줄거리가 몇 가지 있다. 니조二条 황후와의 이룰 수 없는 사랑, 신을 섬기는 재궁과의 금기된 사랑, 동쪽 지방으로 떠나는 여행, 왕위를 빼앗기고 출가한 고레타카惟高 친왕에 대한 충성심, 관료로서의 삶 등이 그것이다. 따라서 그 무대 역시 다양하다. 특히 '동쪽 지방으로의 유랑流浪'은 『이세 이야기』의 주인공으로 여겨지는 아리와라 나리히라在原業平(825~880년)의 일대기적 흐름 속에서 매우 중요한 역할을 하고 드라마틱한 전개를 보인다. 그 배경은 말 그대로 동쪽 지방이다.

동쪽 지방으로의 유랑은 주인공인 남자가 도읍이 싫어져서 혹은 살기 어려워서 동쪽 지방으로 살 곳을 찾아 떠난다는 것으로 이야기가 시작된다. 여기서 도읍이란 바로 헤이안平安 시대(794~1192년)의 도읍인 교토를 말한다. 교토는 당시 천황이 거주하는 곳으로 정치의 중심지 역할만 하는 것이 아니라 경제 · 문화 · 예술 등 모든 분야에서 중심이 되는 곳이었다. 귀족 중심의 화려한 헤이안 시대를 맞이해서 교토는 그 어느 때보다 사람들의 가치관을 좌우하는 곳이 되었다. 우아하고 섬세한 헤이안 시대의 풍류는 여기서 비롯된다고 해도 과언이 아니었다. 그러니 헤이안 시대의 대표적 풍류인이라고 할 수 있는 나리히라가 도읍을 등지고 동쪽 지방으로 살 곳을 찾아 떠난다는 이야기는 매우 특별한 일이 아닐 수 없다.

동쪽 지방으로의 유랑은 『이세 이야기』 7단부터 15단까지의 내용이 중심이 된다. 따라서 이것을 주축으로 주인공이 걸어간 길을 좇아가 보겠다.

‖ 니조 황후와의 이루지 못한 사랑

『이세 이야기』는 허구의 세계를 그린 것이지만 주인공 '남자'가 실존인물 나리히라라고 생각되는 이상 나리히라와 관련된 동쪽 지방으로의 유랑을 뒷받침할 만한 역사적 자료가 있을 것도 같은데 사실상 없다. 좌천이나 유배에 대한 자료 또한 없다. 그러므로 동쪽 지방으로의 유랑에 대한 정확한 동기는 알 수가 없으나 그 동기에 대해서 많은 이야기들이 전해진다. 어머니의 죽음에 따른 큰 상심, 니조 황후와의 이루지 못한 사랑, 귀족 관료로서의 좌절 등이 그렇다. 이 중에서 동쪽 지방으로의 유랑을 니조 황후와의 이루지 못한 사랑에서 그 원인을 찾고자 하는 경우가 많다. 남자와 니조 황후와의 사랑 이야기가 전개되고 바로 이어서 동쪽 지방으로의 유랑이 시작되기 때문에 동쪽 지방으로의 유랑은 니조 황후와의 사랑이 깨졌기 때문이라고 오래전부터 생각해 왔던 것 같다.

니조 황후와의 사랑 이야기는 진실한 남자가 외모보다는 마음이 아름다운 여자를 찾아갔다는 것으로 시작되는데, 남자의 사랑은 점점 깊어가고 그만큼 구애 행위도 적극적으로 변한다. 그리고 천둥이 치고 비가 심하게 내리는 어느 날 밤, 드디어 남자는 여자를 데리고 아쿠타가와芥川라는 곳으로 도망을 간다. 여기서 아쿠타가와가 어디인지는 명확하지 않다. 하지만 현재 교토에서 서쪽으로 약 20킬로미터 정도 떨어진 오사카大阪 북부의 다카쓰키高槻 지역에 같은 지명이 있어 혹시 이곳이 아닐까하는 추측을 할 수 있다. 왜냐하면 이곳이 남쪽으로 흐르는 아쿠타 강芥川 좌측에 위치해 있고, 주변에 그 지명과 관련이 있는 아쿠토 신사阿久刀神社도 있었기 때문이다.

이렇게 남자는 니조의 황후와 함께 아쿠타가와로 도망을 쳤지만, 결국에 니조 황후의 오빠들이 쫓아와서 여자를 데려가 버린다. 이 상황을 본문에서는 "귀신이 나타나 여자를 잡아먹었다"고 기술하고 있는데, 이것은 인간의 힘으로는 대항할 수 없는 엄청난 힘을 지닌 존재의 등장을 의미한다. 바로 니조 황후가 속해 있는 집단의 힘으로, 막강한 권력을 행사하는 후지와라藤原 씨 일족을 말한다. 9세기 중엽, 후지와라 씨

〈그림 1〉 아쿠타가와. 杉村治兵衛画 絵本『源氏浮世ふくさ絵』
(『特別殿「メトロポリタン美術館浮世絵名品展」』. 1995년)

는 황족과의 정략결혼을 통해 자신의 세력을 강하게 구축하고 정치를 독점해서 막강한 세력가로 한 시대를 움직였다. 니조 황후는 이런 후지와라 씨 권력의 한가운데에 존재했던 여인이다. 당시 관백関白이었던 숙부 요시후사良房(804~872년)는 그녀를 양녀로 삼아 훗날 세이와清和 천황(재위858~876년)이 되는 황태자 고레히토惟仁 친왕에게 시집을 보낼 속셈을 가지고 있었다.

니조 황후를 빼앗긴 남자에게 교토는 이루지 못한 사랑이 있는 곳이고 또한 자신의 사랑을 이룰 수 없게 하는 귀신과도 같은 후지와라 씨가 존재하는 곳이었다. 더 이상 남은 삶에 의미가 없었다. 그래서 남자는 교토를 떠날 생각을 했을 것이라고 보는 것이 자연스러운 흐름이다.

여기서 잠시 나리히라의 실상을 짚어볼 필요가 있다. 『이세 이야기』는 사실이든 아니든 아리와라 나리히라라는 실존인물과의 연관성을 배재할 수 없기 때문이다. 나리히라는 헤이제이平城 천황(재위806~809년)의 제1황자인 아보阿保 친왕(792~842년)의 아들이다. 그런데 헤이제이 천황이 병을 이유로 동생 사가嵯峨 천황(재위809~823년)에게 왕위를 물려주었다가 그 다음 해에 다시 천황의 복위를 시도한 '구스코의 변薬子の変'

때문에 비극적 최후를 맞이하고, 아보 친왕은 오랫동안 유배 생활을 해야만 했다. 이러한 연유로 나리히라는 황족이지만 '아리와라'라는 성姓을 하사받아 더 이상 황족이 아닌 신하의 신분으로 살아야 하는 불운의 인물이었다.

따라서 니조 황후와 나리히라의 사랑은 도저히 이루어질 수 없는 배경에서 시작되는 것이다. 니조 황후는 단순히 고귀한 신분의 여성이 아니라 막강한 후지와라 씨의 세력 속에서, 그 세력의 확장을 위한 중요한 위치에 있는 존재였다. 그러므로 몰락한 황족, 즉 후지와라 섭정 체제의 확립과 더불어 권력에서 멀어져야만 했던 황족인 나리히라의 니조 황후에 대한 사랑은 단순히 신분을 초월한 사랑이 아니라 시대에 대한 반항이었다고도 볼 수 있다. 젊은 날의 나리히라는 후지와라 체제 속에서 순응하고 조화롭게 살아가기를 거부하는 몰락한 황족의 모습을 그린다.

조부 헤이제이 천황의 실각에 따른 몰락은 나리히라로 하여금 후지와라 가문의 여자와의 사랑을 이룰 수 없게 했고 또한 귀족관료로서의 영화로운 삶도 허락지 않았다. 따라서 교토는 몰락한 황족이 살아가기에 너무나 힘든 곳이었다. 헤이안 시대의 중심지로서 화려한 귀족문화를 꽃피우고 있었지만, 몰락한 비운의 황족을 품어줄 수 있는 그런 공간은 아니었다. 비운의 황족에게 교토는 결코 따뜻한 보금자리가 아니었던 것이다. 따라서 남자는 동쪽 지방으로의 유랑을 선택해야만 했을 것이다.

▌동쪽 지방으로 가는 길

남자는 자신이 살고 있던 도읍지인 교토에 좌절하고 동쪽 지방으로 떠난다. 7단에서 15단에 걸쳐서 이야기가 전개되는데, 순서대로 여행

〈그림 2〉 아리와라 나리히라

경로를 따라가 보면 이세, 오와리尾張, 시나노信濃, 미카와三河, 스루가駿河, 무사시武蔵, 시모우사下総, 미치노쿠로 이어진다. 예로부터 이 경로는 지리적 측면에서 부자연스러운 경로라고 지적되었지만, 그런 무리한 경로를 통해서라도 교토를 떠나야할 강력한 동기가 작자에게 있지는 않았을까? 몇 명의 혹자들이 8단에 등장하는 시나노 지방은 동쪽으로 갈 때의 길이 아니라, 동쪽 지방에서 교토로 돌아올 때의 경로라고 지적하고 있듯이, 나리히라가 동쪽 지방으로 떠나는 경로는 도카이도東海道이고, 돌아오는 경로는 도산도東山道였다고 생각되어진다. 그리고 그렇게 본다면 경로는 매우 자연스러워진다.

7세기말 일본은 중국의 행정구역을 흉내 내어 전국을 '오기칠도五畿七道'로 나누었다. 이른바 교토 주변을 '기나이畿内 오국五国'으로 정하고 그 이외의 지역을 지형적 요건에 따라 도카이도, 도산도 등 7개의 도로 구분했다. 도카이도는 현재의 긴키近畿 · 중부中部 · 관동関東 지방의 태평양 연안에 해당한다. 여기를 지나는 간선도로 역시 '도카이도'라고 한다. 도산도는 도카이도 북쪽에 위치한다.

주인공 남자의 유랑은 결코 즐거움이 아닌 좌절에서 시작되었다. 그러므로 그가 떠나는 동쪽 지방은 희망이 있는 곳이 아니었다. 하지만 그렇다고 완전히 세상을 포기하고 은둔하러 가는 곳도 아니었다. 특히 일행이 짐을 내렸다고 생각되는 무사시 지방은 미지의 세계이면서 동시에 살만한 곳으로 인식된다. 남자가 무사시 지방에서 그곳의 여자에게 구혼을 하는 이야기도 있으니 말이다. 무사시 지방은 현재의 도쿄 근교에 해당한다.

남자가 동쪽 지방으로 떠난 것은 현실에서 벗어나 미지의 세계에서 새로운 삶을 찾고자 했던 스스로의 선택이었다. 유랑의 시작은 "자신을 쓸모없는 사람이라고 생각하고"라는 절망적인 면을 가지고 있기도 하지만, "동쪽 지방에 살만한 곳을 찾아서 길을 나섰다"는 구절에서 그와는 대치되는 적극적인 면을 찾아볼 수 있다. 나리히라가 동쪽 지방을 선택한 것은 지인이 동쪽의 여러 지방에 재임하고 있었기 때문이라는 주장도 있다. 교토에서 그리 멀지 않은 이세의 수령 미나모토 스즈시源冷는 닌묘仁明 천황(재위833~850년)의 황자이므로 나리히라와는 종형제지간이다. 지금의 아이치 현愛知県 동부에 있는 미카와 지방의 수령인 후지와라 야스무네藤原安棟와 무사시 지방의 아베 고레타카安部比高는 한때 나리히라의 동료였다. 지금의 시즈오카 현静岡県 중앙부에 있는 스루가 지방의 오에 나오오미大枝直臣는 나리히라의 의형제인 오에 온도大枝音人와 관계가 있는 사람이다. 그 밖의 지방에도 나리히라와 관련된 지인들이 살고 있었다. 나리히라에게 동쪽 지방은 아무런 연고가 없는 그런 막막한 곳만은 아니었던 것이 분명하다.

몸은 동쪽으로, 마음은 교토에

동쪽 지방으로의 유랑이 시작되는 7단은 다음과 같다.

> 옛날에 남자가 교토에 사는 것이 싫어져서 동쪽 지방으로 떠났다. 이세・오와리 지방 사이에 있는 해안을 지나는데 파도가 하얗게 이는 것을 보고, '동쪽 지방으로 여행을 할수록 교토가 더욱 그리워지는구나 부럽게도 파도는 교토를 향해 돌아가는데'라는 노래를 읊었다.

이세와 오와리 사이의 해안이라고 하니 아마도 이세 만灣까지 온 모양이다. 동쪽으로 향한 길은 이제 막 시작인데 교토로 돌아가고 싶다는 마음이 묻어나는 글로서 동쪽 지방으로의 유랑이 시작된다. 교토에 대한 미련은 여기서만이 아니다. 동쪽 지방으로의 유랑 전반에 걸쳐서 그리움이 묻어난다. 8단에서는 혼자가 아니라 동행이 있었음을 알 수 있는 '시나노 지방 아사마 산浅間山에 피어오르는 연기를 이상하게 여기듯 사람들은 우리 일행을 이상하게 여기겠네'라는 노래를 읊는다. 여기서 아사마 산은 지금의 나가노 현長野県과 군마 현群馬県 경계에 있는 활화산이다. 지리적으로 도카이도가 아니라 도산도에 해당하는 이 지역이 이세 만 뒤에 바로 등장하는 것은 자연스럽지 않다. 따라서 앞에서 지적한 바와 같이, 8단에 등장하는 시나노 지방은 귀경길이었다고 보는 것이 타당할 것이다.

여행은 이어졌다. 9단에서 나리히라 일행은 자신을 쓸모없는 사람이라고 생각하고 교토를 등지고 동쪽으로 살 곳을 찾아 떠나는데, 길을 아는 사람이 없어서 헤매다가 드디어 미카와 지방의 야쓰하시八橋라는 곳에 도착했다. 지금의 아이치 현 중앙부에 위치하는데, 본문에 "강물이 거미의 다리처럼 여덟 방향으로 흘러가기 때문에 다리를 8개 놓은

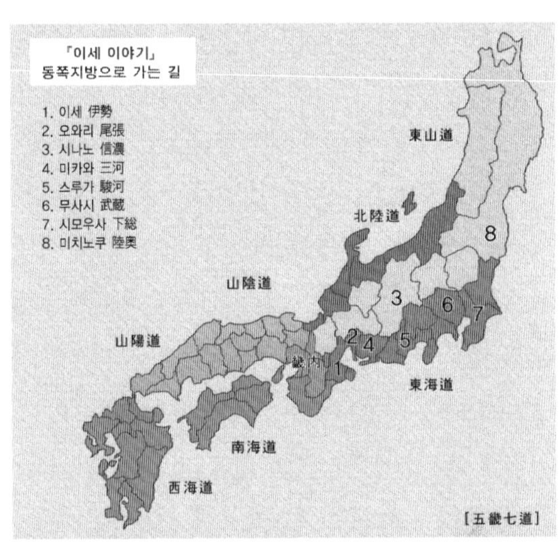

〈그림 3〉 동쪽 지방의 여정

것에서 유래하였다"고 기록하고 있다. 어찌되었든 이세 만에서 야쓰하시로 이동한 것은 지리적으로 자연스러운 경로라고 할 수 있겠다. 여기서도 '오랫동안 입어 편안한 옷과 같은 당신이 멀리 떠난 여행길에서도 그리울 따름이오'라고 교토에 두고 온 여자에 대한 그리움을 담은 노래를 읊는다. 이 노래를 들은 사람들이 마른밥 위에 눈물을 떨어뜨려 밥알이 퍼질 정도로 안타까워했다고 한다. 결코 고귀한 혈통의 우아함이나 여유는 보이지 않는다. 아니 고귀한 혈통이기 때문에 더 비참하고 나약한 모습이 보일 뿐이다. 한없이 약한 마음과 아픔만이 느껴진다.

그래도 여행을 계속해서 스루가 지방의 우쓰 산宇津山 산기슭에 이르렀다. 지금의 시즈오카 시静岡市 서쪽에 위치한 산이다. 여기서 우연히 수행중인 행각승을 만나는데 마침 아는 사람이라 교토에 있는 사람에게 편지를 부탁한다. '스루가 우쓰 산에 이르렀는데 현실에서는 물론 꿈에서도 당신을 만날 수가 없구료'라는 내용이다. 여기서도 동쪽 지방에서 살 곳을 찾는 남자의 긍정적인 모습은 보이지 않는다. 하나같이 교토에 있는 여자를 향한 마음이 가득하다. 교토 여자를 향한 마음은 바로 교토를 향한 마음이다. 교토에서 좌절하고 교토를 떠났지만, 결국 교토를 그리워하고 교도에서 벗어난 어디에서도 자신의 모습을 발견하지 못하는 존재임을 재발견한다.

'꿈에서도 만날 수 없다'는 표현은 당대의 꿈에 대한 생각을 이해하지 않으면 바르게 해석할 수 없다. 헤이안 시대 문학작품에는 꿈을 키워드로 하는 이야기가 상당히 많은데 꿈에 대한 생각은 상대上代 문학을 그대로 계승한다. 『만엽집萬葉集』에는 꿈을 키워드로 하는 노래가 98수나 된다. 이 중 '내가 님을 생각했더니 나의 꿈에 님이 나타났다'는 노래와 '님이 나를 생각하니 나의 꿈에 님이 나타났다'는 노래가 나오는데, 재미난 사실은 후자를 인용한 사례가 더 많다는 것이다. 즉 '꿈에서도 만날 수 없다'는 것은 내가 님을 생각하지 않음이 아니라 님이 나를 잊었기 때문인 것이다.

동쪽 지방으로 떠나는 길에서 남자는 한시도 교토를 생각하지 않은 적이 없었다. 그러므로 꿈에서도 만날 수 없다는 것은 내가 교토를 생각하지 않아서가 아니라 교토의 여자가 나를 잊었기 때문인 것이다. 남자는 교토에서 잊혀질 수는 있어도 결코 교토를 잊을 수는 없는 인물임을 잘 알고 있기 때문에 이런 노래를 지은 것 같다. 남자에게 교토는 벗어날래야 벗어날 수 없는 곳으로, 남자의 의식 세계는 교토를 벗어나서는 아무것도 할 수 없다. 비록 정치의 중심에서 비껴간 황족이기는 하지만, 교토에서 태어나 교토에서 자란 사람에게 교토는 그 자신을 담을 수 있는 유일한 공간임을 인식하게 한다.

동쪽으로 나아가 후지 산富士山을 보니 음력 5월말인데도 눈이 하얗게 덮여있다. '대체 지금이 어느 때라고 아직도 눈을 덮고 있는가'라는 표현을 통해, 나리히라에게 이곳은 지리적 방황의 공간만이 아니라 시간적 방황의 자리임을 동시에 암시한다.

『이세 이야기』 9단의 무대 야쓰하시 · 우쓰 산 · 후지 산에서 나리히라가 읊은 노래와 일화는 너무나 유명해서 후대의 기행문학에 지대한 영향을 미치고 있다. 그리고 이 세 곳은 중세 3대 기행문학으로 꼽히는 『해도기海道記』·『동관 기행東関紀行』·『이자요이 일기十六夜日記』를 비롯한 많은 작품 속에서 도카이도의 명소로 어김없이 등장한다. 야쓰하시는 여러 갈래의 물길처럼 흐트러지고 어지러운 마음을 비유하는 표현으로 쓰이고, 지금도 이 지역에서는 지명의 유래를 『이세 이야기』의 9단에 근거한다. 우쓰 산에서는 마치 약속이라도 한 듯 어김없이 수행승과 조우하는 것으로 이야기를 전개한다. 후지 산은 백설에 덮여있다는 고정된 이미지로 그려진다. 모두 『이세 이야기』를 전제로 하고 있다.

그리고 드디어 무사시 지방과 시모우사 지방의 경계를 이루는 스미다 강隅田川에 도착했다. 스미다 강은 지금의 도쿄의 동부를 흐르는 강이다. 멀리도 왔다. 여기서 주둥이와 다리가 붉은 도요새와 비슷한 흰 새를 보고 "이 새가 무엇이냐"고 사공에게 물어보니, 그 이름은 '도읍지都'라는 뜻을 가진 '미야코도리都鳥'라고 한다. 조금만 건드리면 울음보가 터질 것 같은 나리히라 일행에게 '미야코도리'라는 이름은 자극적이다. 남자가 '그런 이름을 가졌으니 물으리 나의 님은 잘 있는지'라는 노래를 읊자 배 안은 울음바다가 되었다. 이들에게서 씩씩한 모습은 찾아볼 수 없다. 틈만 나면 교토를 그리워하는 노래를 읊고 눈물을 짓는다.

이러한 상황을 두고 혹자는 "주인공은 교토에서 멀어지면 멀어질수록 교토에 대한 향수로 서정적으로 변한다. 미지의 세계에 관심을 가지려는 의지는 희박하다. 이방인으로 그곳에서 만나는 새로운 풍경은 단지 교토를 떠올리는 실마리로서 비로소 의미를 지닌다"고 말한다. 즉 지방은 그 자체로서 가치를 가지는 것이 아니라 '중심'이 유지되기 위한 수단으로 이른바 교토에 대한 집착을 더욱 강조하기 위한 조건으로 존재하는 것이다.

교토에서 멀어지면 멀어질수록 마음은 더욱 더 교토를 향한다. 이렇게 몸과 마음은 대치를 이룬다. '유랑'은 현실을 피해 방황하는 주인공의 비극적 효과를 높일 뿐, 주인공의 삶의 터전은 역시 교토의 현실세계밖에 없음을 역으로 증명한다고 할 수 있다.

▌무사시 지방에서의 풍류

일행은 무사시 지방에 짐을 내리고 일정기간 동안 그 주변을 방황하면서 세월을 보낸 것 같다. 10단에 미요시三芳 마을에 사는 처녀에게 구애를 하는 남자의 이야기가 있다. 미요시 마을은 현재 사이타마 현埼玉県 이루마入間 지역의 마을이다. 도쿄의 도심부에서 30킬로미터 권내에 있다.

마침 여자의 어머니가 후지와라 씨 출신이라 딸을 신분이 높은 사람에게 시집보내고 싶어한다. 그래서 교토에서 온 남자에게 딸을 대신해서 '미요시 마을 들에 사는 기러기 오로지 당신만을 바라보고 울며 기다립니다'는 노래를 지어 보내니, 남자는 '나를 향해 울고 있는 기러기 내 어찌 잊으리오'라는 답가를 보낸다. 이런 상황에 대해 『이세 이야기』의 작자 혹은 편자라고 할 수 있는 '이야기꾼語り手'이 마지막 부분에 "이 남자 다른 지방에 와서도 역시 이런 풍류를 그치지 않았던 것이다"라고 한마디 더한다. 이처럼 『이세 이야기』는 오랜 시간 여러 사람이 보태고 다듬어서 만들어진 작품이라 이야기꾼이 등장해서 상황을 재정리하는 설정이 간혹 있다. 이야기꾼은 객관적 제3자의 입장에서 이야기를 전개하는데, 이와 같이 표면에 나와서 직접 발언하기도 하고 비평이나 감상을 드러내기도 한다.

여기서 짚고 가야 할 사실은 지방 호족으로 생각되는 여자의 아버지는 어머니와 달리 남자를 달갑게 받아들이지 않는다는 점이다. 이것은 무사시 지방 나름의 질서와 가치관이 이미 형성되어 있었기 때문이다. 무사시 지방에는 지방관으로 파견된 사람 중 임기가 만료된 후에도 상경하지 않고 정주한 사람이 있었을 것이고, 또한 중앙에서 약해진 씨족 중 이곳으로 거주지를 옮기고 새로운 세계를 만든 이도 있었을 것이다. 이들 중에는 아버지처럼 교토의 귀족을 달가워하지 않는 사람도 있었고, 어머니처럼 교토의 고귀한 신분에 대한 애착을 버리지 못한 인물도 존재했을 것이다. 이로 말미암아 무사시 지방에 터전을 마련한 사람들에게 교토는 절대적 가치의 중심이 아니었다. 이들은 무사시 지방 나름의 가치관을 확립해 그들만의 세계를 확고하게 만들고 있었다.

12단에는 남자가 여자를 훔쳐내어 무사시 들녘으로 달아나는 이야기가 있다. 여자의 아버지가 결혼을 허락하지 않았던 모양이다. 동쪽 지방으로의 유랑을 시작하기 전 니조 황후를 훔쳐서 아쿠타가와로 도망을 갔던 사건과 쌍을 이룬다. 무사시의 여자와 니조 황후를 비교할 수 있는 것도 아니고 교토와 무사시를 비교할 수 있는 것도 아니지만 무사시 지방에는 그 나름의 풍류가 있었음을 언급하지 않을 수가 없다. 달아나다가 관아에 잡히게 되자 남자는 여자를 풀숲에 숨기고 도망간다. 사람들이 이들을 잡기 위해서 불을 놓으려하자 여자는 '무사시 들녘을 오늘은 태우지 마소, 푸릇푸릇한 내 남편도 나도 숨어 있으니'라는 노래를 읊고 발각된다. 아쿠타가와에서 "귀신은 여자를 한 입에 삼켜버렸다"는 표현으로 여자가 되돌아가는 것과는 대조되는 설정이다. 무사시의 여자가 훨씬 능동적이고 힘이 넘친다.

무사시 여자와의 이런 드라마틱한 이야기가 10단과 12단에서 펼쳐지는데, 그 사이의 11단과 13단에서는 역시 교토에 있는 사람을 잊지 못하고 글을 보내는 남자의 이야기가 그려지고 있다. 그는 한시도 교토를 잊지 않고 있음을 간과해서는 안 된다.

‖ 유랑의 마지막 종착지 미치노쿠의 여정과 귀향

무사시 지방에서 더 멀리 있는 미치노쿠 지방으로 여정은 이어졌다. 대략 지금의 후쿠시마 현福島県 이북 지방이 다 여기에 해당한다. 그러니 이제 올 만큼 온 것이다. 더 이상 갈 곳도 없는 후미진 곳이다. 이곳에 남자를 유난히 밝히는 여자가 있었다. 교토에서 멀리 떨어진 만큼 세련되고 우아하고 화려한 교토의 풍류와는 사뭇 다른 세계가 그려진다. 14단에서 여자는 '어설프게 사랑에 불타 죽는 것보다는 짧은 생명일지라도 살아 있는 동안은 부부 사이가 좋다는 누에가 되고 싶습니다'는 노래를 남자에게 보낸다. 『이세 이야기』의 이야기꾼은 너무나 당연하게 "노래조차 촌스럽다"고 평가한다. '노래조차'라는 말은 노래는 물론이고 그 여자의 생김새나 사람됨 등이 모두 촌스럽다는 것을 의미한다. 그래도 남자는 여자가 지은 노래에 감동해서 여자를 만난다. 여자의 노래가 촌스럽다고 한 것은 어디까지나 이야기꾼의 생각일 뿐 남자는 아무런 비판 없이 순수한 마음으로 받아들인다. 그런데 밤이 깊어 남자가 여자의 집을 나서자 '날이 밝으면 저놈의 닭대가리를 물에 처박아버려야겠다 날이 밝기도 전에 울어서 내 님을 떠나보내다니'라는 황당한 노래를 읊는다. 이 노래로 말미암아 남자는 완전히 떠나게 된다.

이 노래의 너무나 노골적이고 거친 표현을 우아하고 세련된 정취가 몸에 벤 교토 사람의 입장에서는 도저히 받아들이기 힘들었을 것이다. 시골 여자가 적극적으로 자신의 심정을 표현한 소박한 애정의 정열이 한 순간이기는 하지만 남자에게 받아들여졌다. 그러나 어디까지나 한 순간이었고 결국 남자는 떠나버린다. 교토 남자와 동쪽의 끝자락 미치노쿠 여자와의 만남에는 한계가 있었다.

15단 역시 미치노쿠에서의 이야기다. 이런 시골에 살 것 같지 않은, 즉 촌스럽지 않은 여자가 있었는데 하며 이야기를 시작한다. 남자는 여자에게 '은밀히 가는 길이 있다면 좋겠소 당신의 마음속도 볼 수 있게' 라는 노래를 보낸다. 그런데 이야기꾼은 "촌스러운 그 마음 보고 어쩌려고"라는 냉소적 글을 더한다. 여기서는 어떤 특별한 가치관을 찾을 수 없다. 무대가 후미진 곳이라는 이유만으로 이야기가 더 이상 앞으로 전개되지 않는다.

115단, 116단의 무대도 미치노쿠로 동쪽 지방으로의 유랑의 흐름 속에서 읽을 수 있다. 115단에서는 남녀가 함께 사는데 남자가 이제는 교토로 돌아가고 싶다고 하고, 여자는 오키노이테 미야코시마おきのゐてみやこしま라는 곳에서 이별의 연을 마련한다. 이곳이 미치노쿠의 어디쯤인지 명확하지 않으나 후쿠시마 현의 태평양 쪽에 위치한 후타바双葉 지방 나라하楢葉 지역에 이테井出라는 지명이 있는 것으로 보아 대강 그 언저리라고 생각된다. 나리히라의 동쪽 지방으로의 유랑의 최종점은 이곳이었고, 여기서 귀향하는 것으로 생각할 수 있다. 116단에서 남자는 교토에 있는 여자에게 글을 보내는데 이야기꾼이 "모든 일이 잘 되었다는 뜻으로 적어 보냈다"라고 글을 더한 것으로 보아, 역시 여기서 되돌아갈 준비가 완료되었음을 감지할 수 있다. 동쪽 지방으로의 유랑은 이렇게 교토에서 동쪽으로 긴 여정을 그리고 있다.

이렇듯 궁정풍의 우아하고 세련된 풍류의 주인공 나리히라는 이루지 못한 사랑과 귀족관료로서의 좌절로 인해 교토를 떠났지만, 결국 교토를 그리워하고 교토에서 벗어난 어디에서도 자신의 모습을 발견할 수 없는 존재임을 알았다. 그리고 나리히라에게 있어서 동쪽 지방으로의 유랑은 교토에서 벗어날 수 없었던 비운의 황족으로서의 모습을 여실히 보여주고 있다. 비록 정치의 중심에서 비껴간 황족이기는 하지만 교토에서 태어나 교토에서 자란 나리히라는 동쪽 지방으로의 유랑을 통해, 교토만이 그 자신을 담을 수 있는 유일한 공간임을 인식하게 된다.

참고문헌

구정호, 『아무도 모를 내 다니는 사랑길』, 제이앤씨, 2005.
松本章男, 『業平ものがたり』, 平凡社, 2010.
福井貞助 校注・訳, 『竹取物語 伊勢物語 大和物語 平中物語』(「新編日本古典文学全集」12, 小学館, 2004)
片桐洋一 他, 『新潮古典文學アルバム 伊勢物語・土佐日記』, 新潮社, 2003.
小町谷照彦, 「在原業平－旅の思想」(『国文学解釈と鑑賞』, 至文堂, 2002.2)
武光誠, 『地名から歴史を讀む方法』, 河出書房新社, 2001.
浮田典良, 『日本地名大百科』, 小學館, 1996.
菊地照男, 「東國と熊襲・隼人」(『古事記日本書紀必携』, 學燈社, 1995)
日向一雅, 「伊勢物語東下りをめぐって」(『日本文学』, 日本文学協会, 1991.3)
秋山虔, 『王朝文学空間』, 東京大学出版会, 1987.
今井源衛, 『在原業平』(『王朝の歌人3』, 集英社, 1985)

운명적인 사랑과 방랑

김종덕

겐지 이야기

11세기 초 여류작가 무라사키시키부가 쓴 『겐지 이야기』는 54권으로 구성된 헤이안 시대의 장편 소설로서 일본문학 사상 최고의 걸작으로 평가받는 작품이다. 분량은 대략 100만자 정도로 200자 원고지 5000매가 넘고, 등장인물은 500여 명에 이르며, 759수의 와카가 수록되어 있다. 『겐지 이야기』는 기리쓰보, 스자쿠, 레이제이, 금상의 4대 천황에 걸친 70여 년간의 이야기를 담고 있는데, 전체 54권은 일반적으로 3부로 나뉜다. 제1부는 주인공 히카루겐지의 사랑과 영화를, 제2부는 영화의 붕괴를 인과응보의 논리로 그리고 있다. 그리고 제3부는 히카루겐지의 자손인 가오루와 니오미야가 우지의 여성들과의 사이에서 겪는 사랑과 갈등이 전개된다. 특히 이 작품에서는 옛 와카를 인용한 기법과 옛 전승의 화형이 이용되고 있는데, 이를 통해 무라사키시키부의 높은 문학적 소양을 알 수 있다. 또한 이 작품의 치밀한 구성, 등장인물의 심리 묘사, 미의식 등은 후대의 모노가타리 작품뿐만 아니라 여러 문학 장르에 걸쳐 지대한 영향을 끼치고 있다.

장편 소설의 배경과 공간

헤이안 시대 중기 11세기 초에 여류작가 무라사키시키부紫式部가 왕조귀족들의 사랑과 인간관계를 풍부한 상상력과 아름다운 문체로 그린 장편 소설 『겐지 이야기源氏物語』는 3부로 나뉜다.

제1부는 천황의 제2황자로 태어난 주인공 히카루겐지光源氏 39세까지의 이야기이다. 히카루겐지는 좌대신의 딸 아오이노우에葵上와 결혼한다. 이후 히카루겐지는 후지쓰보藤壺, 로쿠조미야스도코로六条御息所, 유가오夕顔, 오보로즈키요朧月夜, 하나치루사토花散里, 무라사키노우에紫上, 아카시노키미明石君 등 다양한 여성들과 사랑의 인간관계를 맺는다. 이러한 여성과의 관계는 때론 문제를 일으키기도 했다. 바로 우대신의 딸 오보로즈키요와의 밀통사건이었다. 이 밀통은 우대신가의 후궁 정책을 좌절하게 만들고, 이로 인해 히카루겐지는 스마須磨로 퇴거하게 된다. 그곳에서 아카시노키미를 만나고, 그들의 딸인 아카시노히메기미는 이후 겐지로 하여금 섭정관백의 정치를 실현하게 해준다. 이렇듯 제1부에서는 주인공 히카루겐지와 후지쓰보와의 밀통, 로쿠조미야스도코로와의 사랑과 고뇌, 무라사키노우에와의 이상적인 사랑, 아카시노키미와의 사이에서 딸을 얻는 등 다양한 인간관계가 펼쳐진다. 그리고 히카루겐지에게 주어진 예언과 운명에 의해 영화를 획득해 가는 과정이 그려진다.

제2부는 히카루겐지의 나이 40세에서 52세까지의 이야기인데, 히카루겐지가 형의 셋째 딸인 온나산노미야女三宮를 정처正妻로 맞이하는 이야기로 시작된다. 그러나 이로 인해 절대적인 사랑과 신뢰로 유지되어 왔던 히카루겐지와 무라사키노우에의 관계와 로쿠조인六条院의 영화는 서서히 붕괴하기 시작한다. 또한 히카루겐지가 무라사키노우에를 간호하느라 로쿠조인을 비운 사이에 온나산노미야는 가시와기柏木와 밀통하여 임신하게 된다. 우연히 이 사실을 알게 된 히카루겐지는 분노와 절망에 빠지지만, 계모인 후지쓰보와 밀통하여 아버지를 배반했던 자신의 죄과를 생각하며 모든 것을 인과응보로 받아들인다. 무라사키노우에가 죽은 후 히카루겐지는 전생으로부터의 인연이나 인과응보의 원리에 순응하면서 인생에 대한 고뇌와 사계절의 흐름에 몸을 맡기고

출가를 기다린다.

제3부는 히카루겐지가 죽은 뒤의 후일담을 다루고 있다. 총13권 중 우지宇治를 배경으로 하는 10권을 소위 '우지 10첩宇治十帖'이라고 하는데, 겐지의 아들인 가오루薫와 니오미야匂宮가 우지의 여성들과 전개하는 연애와 갈등을 그리고 있다.

이와 같은 이야기가 전개되는 주요 공간은 도읍 헤이안쿄平安京의 궁정과 귀족의 저택이다. 그러나 주인공 히카루겐지나 그의 여인, 그의 후손들은 여러 이유로 도읍 밖으로 이동하게 된다. 가령 히카루겐지는 자신의 질병을 치료하기 위해 기타야마北山를 방문하거나 스마・아카시明石로 퇴거하기도 한다. 그리고 스마・아카시에서 다시 정계로 복귀한 히카루겐지는 도읍의 로쿠조六条에 사방이 240미터나 되는 사방사계四方四季의 거대한 저택 로쿠조인을 조영한다. 이중에서 '봄의 저택'은 살아 있는 극락정토라고 불릴 정도로 이상적인 저택으로 꾸며진다. 한편 여인 로쿠조미야스도코로는 재궁斎宮이 된 딸과 함께 이세伊勢로 내려갔다가 다시 도읍으로 돌아온다. 히카루겐지가 사랑했던 여인의 딸인 다마카즈라玉鬘는 쓰쿠시筑紫로 방랑하다가 도읍으로 올라와 우여곡절 끝에 히카루겐지를 만나게 된다. 또 히카루겐지의 아들인 가오루는 불도를 구하며 우지의 하치노미야八の宮를 찾아간다.

이들의 공간 이동은 단순한 이동이나 여행이 아니라 반드시 어떤 주제를 작의作意하기 위한 하나의 장치인 경우가 많다. 이 글에서는 히카루겐지의 기타야마와 스마・아카시 방문, 로쿠조미야스도코로의 이세 동행, 다마카즈라의 쓰쿠시 유리, 가오루의 우지 방문 등을 중심으로 이들의 공간 이동이 작품의 주제에 어떤 기능과 역할을 하고 있는가를 알아보고자 한다.

히카루겐지의 기타야마 · 스마 · 아카시 방문

궁정에서 어려움 없이 장성해 가던 주인공 히카루겐지는 18세 때 어느 날 갑자기 학질에 걸리게 된다. 수소문 끝에 영험 있는 고승에게 치료를 받기 위해 교토 북쪽 기타야마의 절을 방문한다. 이 절은 교토 북쪽에 자리한 구라마데라鞍馬寺로 추정하는 것이 통설인데, 절의 분위기는 '정말 차분하고 정취 있는 풍경'으로 도읍과는 사뭇 다른 이향異鄕의 분위기를 자아내는 곳이었다.

3월말이라 도읍의 벚꽃은 이미 다 졌지만 기타야마의 산 벚꽃은 아직 한창이라 히카루겐지는 더욱 정취를 느끼며 산길을 오른다. 황자의 신분인지라 이러한 산행은 거의 할 기회가 없었던 히카루겐지는 자연의 벚꽃에 더욱 감동을 느낀다. 고승은 안개가 자욱하고 높은 산 속의 봉우리와 바위로 둘러싸인 암자에서 수행을 하고 있었다.

히카루겐지는 고승으로부터 가지기도加持祈禱를 받는 등 갖가지 치료를 받은 후, 밖으로 나와 높은 곳에 서서 도읍 쪽을 보다가 신분이 높은 승려인 승도僧都가 산다는 세련된 승방의 울타리를 내려다본다. 그리고 지방의 여러 명승지들을 이야기하는 가운데, 부하로부터 지금의 효고현兵庫県 서부 지역인 아카시에 살고 있다는 아카시 입도明石入道와 그의 딸 아카시노키미에 대한 이야기를 듣고 관심을 가진다. 듣자하니 중앙의 관직을 버리고 아카시에 정착하여 많은 재산과 으리으리한 저택을 소유하고, 소중하게 키운 딸의 장래에 특별한 기대를 품은 자라 했다. 그래서 지방의 수령 정도의 혼담은 아예 듣지도 않고 모두 거절하고 있다는 것이다. 학질을 고치러 간 산속에서 들은 이 이야기는 10년 후 히카루겐지가 아카시노키미와 결혼하여 딸을 얻게 되는 이야기의 복선이 된다.

여하튼 히카루겐지는 다음날 저녁 무렵에도 승도가 살고 있다는 승

〈그림 1〉 히카루겐지의 기타야마 방문
(『豪華[源氏絵]の世界 源氏物語』, 学習研究社, 1988년)

방을 내려다보다가, 우연히 할머니와 어린 여자아이가 나누는 대화를 엿듣게 된다. 히카루겐지가 이후 평생의 반려자로 삼게 되는 무라사키노우에를 처음 만나는 유명한 장면이다. 히카루겐지는 부친의 후궁인 후지쓰보를 사모하여 잊지 못하고 있었는데, 마침 무라사키노우에가 후지쓰보와 닮은 것을 보고 마음이 끌려 이 소녀의 후견을 자처하고 나서게 된다. 그러나 외할머니는 손녀가 열 살밖에 안된 어린아이라며 허락하지 않는다. 그러던 차에 외할머니가 죽고 무라사키노우에가 홀로 남겨지게 되자 히카루겐지는 그녀를 자신의 저택으로 데려와 4년 후에 아내로 삼는다.

이렇듯 히카루겐지가 신병 치료를 위해 기타야마를 방문하는 것은 '이향'으로의 공간 이동이라는 의미가 있고, 두 아내에 얽혀있는 두 가

〈그림 2〉 히카루겐지의 스마 · 아카시 방문
(『豪華[源氏絵]の世界 源氏物語』, 学習研究社, 1988년)

지 이야기, 즉 '무라사키노우에 이야기'와 '아카시 이야기'가 자연스럽게 이어지게 되는 이야기 전개의 복선적 장치라 할 수 있다.

세월은 흘러 26세의 히카루겐지는 배다른 형 스자쿠朱雀 천황이 즉위하고 정치의 실권이 우대신 집안으로 넘어갔다. 히카루겐지는 타고난 풍류 기질로 우대신의 딸 오보로즈키요와 밀통을 하다 우대신에게 발각된다. 이 사건으로 자신과 후지쓰보의 밀통에 의해 태어난 동궁의 즉위가 위태롭게 되자, 스스로 정치권 밖으로 퇴거하기로 결심한다. 히카루겐지가 스마로 퇴거하려는 표면적인 이유는 오보로즈키요와의 밀통이 드러났기 때문이지만, 심층적인 이유는 아들이자 동궁인 레이제이의 즉위에 나쁜 영향을 주지 않게 하기 위해서였던 것이다.

그가 퇴거할 곳을 스마로 결심한 것은 사람의 출입이 그다지 많지 않고, 또 도읍에서도 그리 멀지 않은 물가를 원했기 때문이다. 히카루겐지는 스마의 풍경에 대해, "옛날에는 사람들이 모여 살기도 했지만 지금은 마을에서 떨어져 한적하고 어부의 집조차 보기 힘들다"는 소문을 들었던 터였다. 『겐지 이야기』에는 역사적인 사건을 준거로 삼는 경우가 많은데 히카루겐지가 생활하게 되는 곳 또한 아리와라 유키히라在原行平 중납언中納言이 살았다고 하는 집 근처로 설정되어 있다. 아리와라 유키히라는 헤이안 시대의 가인이자 귀족으로 스마로 유배갔던 인물이다. 히카루겐지의 스마 방문은 역사적인 유배 사건을 준거로 하되 유배적 성격보다는 스스로 정치적 퇴거를 결정한다는 변형을 꾀하고 있다.

다음해 3월, 히카루겐지는 스마 해변에서 불제祓除를 하던 중 자신의 죄가 없음을 와카로 읊었다. 그러자 갑자기 폭풍우가 일어 살고 있던 집은 무너지고 큰 피해를 입게 된다. 그날 밤 히카루겐지의 꿈에 나타난 부친 천황은 신이 인도하는대로 스마 해변을 떠나라고 한다. 다음날 스마 포구에 아카시 입도가 작은 배를 타고 나타나 히카루겐지에게 아카시에 있는 자신의 저택으로 옮길 것을 요청했다. 히카루겐지는 꿈에 나타난 부친의 명령을 상기하며 의심할 여지없이 아카시 입도가 타고 온 배에 몸을 싣는다.

아카시 해변에 자리한 아카시 입도의 저택은 다음과 같이 묘사된다.

> 해변의 모습은 정말 운치 있는 분위기이다. 단지 사람의 왕래가 많을 것 같은 것이 히카루겐지가 원하던 바와 다른 점이었다. 아카시 입도가 영유하고 있는 토지는 해변에도 산속에도 있어, 물가에는 사계절마다의 운치를 느끼게 하기 위해 뜸집을 짓거나, 근행으로 내세를 기원하는 훌륭한 불당을 지어 염불삼매에 빠지거나 했다. 또 세상을 살아가기 위한 준비로 가을에 추수를

하여 여생을 살아가기 위한 창고를 짓거나, 때와 장소에 따라 볼 것이 많도록 모든 것을 정비해 놓았다. 최근에는 해일을 두려워해 딸들은 언덕 위로 옮겨 생활하게 해 놓았기에 히카루겐지는 이 해안가 집에서 편안하게 지냈다.

아카시의 해변과 아카시 입도, 그의 딸 아카시노키미에 대해서는 이미 10년 전 히카루겐지가 기타야마를 방문했을 때 부하로부터 소개받은 그대로였다. 아카시 입도의 저택은 시골임에도 불구하고 사계절의 정취를 느낄 수 있게 우아하게 꾸며져 있었다. 이후 아카시 입도의 의도대로 아카시노키미와 결혼한 히카루겐지는 도읍으로 복귀하여 아카시노키미가 낳은 딸을 동궁에 입궐시켜 섭정관백으로서 권세와 영화를 누리게 된다.

이상과 같이 히카루겐지의 기타야마 방문은 이향방문담의 화형話型, 스마 · 아카시 퇴거는 정권에서 소외된 왕자가 방랑을 거친 후에 왕권을 획득하는 귀종유리담貴種流離譚의 화형을 이루고 있다. 즉 주인공 히카루겐지가 기타야마나 스마 · 아카시로 이동한 것은 단순한 여행이 아니라 이야기의 주제를 선점하기 위한 화형의 모티프로서 작의된 것이라 할 수 있다.

로쿠조미야스도코로의 이세 동행

히카루겐지가 관계한 수많은 여인 중에서 가장 강렬한 인상을 남기는 여인은 로쿠조미야스도코로이다. 그녀는 대신의 딸로 전 동궁前東宮에 입궐했다가 동궁이 죽자 도읍의 로쿠조에서 혼자 외동딸을 키우며 살고 있었다. 그런데 로쿠조미야스도코로는 히카루겐지의 애인이 된 후, 히카루겐지의 정처와 애인들에 대한 질투심으로 살아있는 원령, 즉 모노노케가 된다. 히카루겐지 22세 무렵, 로쿠조미야스도코로의 모노노케는 출산한 아오이노우에를 죽게 만든다. 이후 세상에서는 로쿠조미야스도코로가 히카루겐지의 정처가 될지도 모른다는 소문이 돌았으나, 히카루겐지는 모노노케 사건 이후 정나미가 떨어져 의식적으로 그녀와 소원하게 지낸다.

한편 로쿠조미야스도코로도 히카루겐지에 대한 미련을 떨쳐버리기 위해 이세 신궁伊勢神宮에 봉사하는 재궁으로 선발된 딸을 따라 이세로 떠날 결심을 한다. 당시의 재궁은 미혼 황녀가 선발되었는데, 이세로 출발하기 전 일정 기간 도읍의 서북쪽 사가노嵯峨野에 있는 노노미야 신사野宮神社에서 목욕재계를 하는 것이 관례였다. 히카루겐지는 로쿠조미야스도코로가 자신을 박정한 사람이라 단념해버리는 것이 괴롭고, 또 세상 사람들이 자신을 인정없는 사람이라 생각하지는 않을까 우려하여 노노미야로 찾아간다. 로쿠조미야스도코로도 출발을 오늘 내일로 앞두고 있어 경황이 없는 때였지만 잠시 동안 발을 사이에 두고 대면하는 정도는 괜찮겠지하고 내심 기다리고 있던 터였다.

로쿠조미야스도코로는 모노노케 사건 이후, 히카루겐지에 대한 집착과 이세로 떠나야 한다는 현실이 혼재되어 있는 상태였다. 세상 사람들의 소문을 의식하며 금기 지역인 노노미야를 찾아간 히카루겐지는 로쿠조미야스도코로와 각각 자신의 심정을 담은 이별의 와카를 나누고 헤어진다. 재궁은 가쓰라 강桂川에서 불제를 하고, 이세로 출발하기 전 궁중에서 열린 의식에 참석한다. 천황이 재궁의 머리에 '이별의 빗'을 꽂아주는 의식이 끝나자, 재궁과 로쿠조미야스도코로는 이세로 출발한다. 히카루겐지는 재궁의 행렬이 니조인二条院 저택 앞을 지날 때 다시 로쿠조미야스도코로에게 와카를 읊는다.

어두워졌을 무렵 출발하여 니조에서 도인 대로로 돌아갈 때는 마침 니조인 앞이라 히카루겐지는 정말 가슴이 북받쳐 올라 와카를 비쭈기나무에 꽂으며,

〈히카루겐지〉 '나를 버리고 오늘 떠나가지만 스즈카 강의 굽이치는 물결에 소매가 젖지 않을까요'

라고 읊었지만, 너무 어둡고 여러 가지로 뒤숭숭한 때였기에 다음날 오사카 관문 저편에서 답장이 왔다.

〈로쿠조미야스도코로〉 '스즈카 강의 굽이치는 물결에 내 소매가 젖을지 어떨지, 이세까지 가는 나를 누가 걱정할까요'

재궁과 로쿠조미야스도코로가 이세로 가는 길은 궁중을 나와 니조인 앞을 지나 오사카逢坂의 관문을 통해 남쪽의 이세로 향하는 경로였다. 히카루겐지의 와카에 대한 답장을 로쿠조미야스도코로는 오사카 관문을 지나서야 보내왔는데, '이세 근처의 스즈카 강鈴鹿川의 강물에 자신의 옷소매가 젖을지 어떨지 당신이 아니면 누가 걱정해 주겠느냐' 라는 내용이었다. 이후 로쿠조미야스도코로와 재궁이 6년간 이세에서 어떠한 생활을 보냈는가에 대한 언급은 없지만, 스마로 퇴거한 히카루겐지와는 서로 소식을 주고받은 것으로 보인다. 히카루겐지 29세 때, 스자쿠 천황이 양위하고 레이제이冷泉 천황이 즉위하자 로쿠조미야스도코로는 딸 이세 재궁과 함께 상경했다.

이 무렵 히카루겐지는 로쿠조미야스도코로보다 그녀의 딸 전 재궁에게 관심을 더 가진다. 이를 눈치 챈 로쿠조미야스도코로는 히카루겐지에게 자신의 딸을 여자로 생각하지 말아달라는 부탁을 한다. 로쿠조미야스도코로는 원래 살던 로쿠조의 저택을 수리하여 정취 있는 생활을 하고 있었는데, 갑자기 중병이 들자 히카루겐지에게 딸을 잘 부탁한다는 유언을 남기고 죽는다. 히카루겐지는 그 유언을 받아들여 전 재궁을 양녀로 삼아 후지쓰보와 상의하여 아들 레이제이의 여어女御로 입궐시킨다. 이후 히카루겐지는 그림을 좋아하는 레이제이 천황을 위한 그림 컬렉션 시합에서 양녀인 전 재궁을 후견하여 이기게 하고 중궁으로 만든다.

로쿠조미야스도코로가 이세로 내려가는 것은 그녀의 모노노케 사건, 그리고 히카루겐지의 정치적인 몰락과 함께 시작된 것이었으나 히카루겐지는 자신의 영화를 위한 첫 단계로 전 재궁을 입궐시킴으로써 권력의 중심에 서게 된다. 즉 스마에서 복귀한 이후의 히카루겐지는 자신의 영화와 왕권 획득을 위해 전 재궁을 입궐시키고, 로쿠조미야스도코로의 모노노케를 진혼하기 위해 노력하는 등 풍류인에서 정치인으로 변모하는 모습을 보이고 있다.

다마카즈라의 쓰쿠시 유리

『겐지 이야기』에는 비 오는 날 밤에 여러 남성들이 모여 여성 품평회를 하는 유명한 장면이 나온다. 이 품평회에서 유가오라는 평민 여인의 이름이 나온다. 히카루겐지의 친구인 두중장頭中将은 유가오를 '수줍음을 타는 여자'라 하고, 그 딸인 다마카즈라는 '패랭이꽃 아가씨'로 소개했다. 두중장은 부모도 없고 의지할 곳이 없는 유가오와 관계를 맺고 있었는데, 자신의 본처로부터 심한 질투와 학대를 받고는 어디론가 사라져버렸다고 했다.

히카루겐지는 유모의 병문안을 갔다가, 우연히 주택가에서 임시로 거처하고 있던 유가오를 만나게 된다. 히카루겐지는 유가오에게 반하게 되었고 다음날 유가오와 시녀 우콘右近을 조용하고 한적한 자신의 별장으로 데려간다. 그런데 유가오는 한밤중에 음침한 저택에 나타난 모노노케로 인해 갑자기 숨을 거둔다.

히카루겐지가 자신의 신분을 노출시키지 않으려고 유가오의 죽음을 철저히 숨겼기에, 시녀인 우콘 이외에는 아무도 유가오의 죽음을 알지 못했다. 그 사실을 모르는 유모는 유가오의 행방을 백방으로 수소문하

〈그림 3〉 다마카즈라의 쓰쿠시 유리 (『絵本源氏物語』, 日本古典研究会, 1988년)

다 못 찾고, 다마카즈라가 의붓자식으로서 학대를 받을까 우려하여 친부인 두중장과 계모에게 맡기지도 못했다. 이듬해 유모는 남편이 현재 규슈 지방인 쓰쿠시의 대재소이太宰少貳로 부임하게 되자, 어쩔 수 없이 네 살이 된 다마카즈라를 데리고 함께 내려간다. 유모는 유가오 대신에 아기씨만이라도 모시기로 마음먹지만 지방으로 모시고 내려가는 것을 안타까워했다. 다마카즈라가 다시 도읍으로 올라와 이야기의 전면에 나타나는 것은 그로부터 18년 후이다.

쓰쿠시로 갔던 대재소이는 임기가 끝나고 병이 들어, 아들들에게 다마카즈라를 반드시 도읍으로 데려가 아버지인 두중장을 만나게 해주라는 유언을 남기고 죽는다. 이후 다마카즈라는 아름답게 성장하여 21세가 되었을 무렵에는 히고肥後의 호족 대부감太夫監 등 많은 남자들로부터 구혼을 받지만, 유모는 아들 분고노스케豊後介를 재촉하여 쓰쿠시를 탈출한다. 유모 일행은 긴장과 공포 속에 무사히 쓰쿠시를 떠나 도읍으로 돌아왔지만 마땅히 의지할 곳도 없고, 지금은 내대신이 된 다마카즈라의 아버지를 찾아가 딸로서 인정을 받아내기도 쉽지 않은 일이었다. 우선 옛날의 지인을 찾아 도읍의 규조九条 근처에 정착을 했지만, 분고노스케는 새로운 관직도 없고 생계가 어려워지자 쓰쿠시를 탈출한 것을 후회하기도 했다. 이에 분고노스케는 다마카즈라의 연고를 찾기 위해 마지막으로 신불에 기원을 올릴 생각을 한다.

분고노스케는 먼저 아버지가 아는 승려에게 부탁하여 이와시미즈하치만구石清水八幡宮에 기원을 했지만 별 효험이 없었다. 다음으로 하쓰세初瀬의 하세데라長谷寺 관음이 영험이 있다는 소문을 듣고, 다마카즈라 일행은 영험을 기대하여 도보로 이동한다.

〈분고노스케〉 "다음으로 부처님 중에서는 하쓰세의 관음이 일본에서 가장 영험이 있다고, 당나라에서도 평판이 나 있다고 합니다. 더구나 먼 시골이기는 하지만 이 나라에서 오랫동안 살았으니까, 특별히 아기씨를 도와주실 것입니다"라고 하며 하쓰세로 출발하시게 한다. 일부러 걸어서 가기로 했다. 아기씨는 걷는 것이 익숙하지 않아 대단히 고통스러웠지만 사람들이 시키는 대로 정신없이 걸었다.

먼저 하세데라의 관음이 일본 국내만이 아니라 당나라에까지 정평이 나 있을 정도로 영험하다는 점을 강조하고 있다. 당시 교토에서 하세데라까지는 약 70킬로미터, 일행은 걸어서 나흘째 되는 날 오전에 하세데라 입구의 쓰바이치椿市에 도착했다. 다마카즈라가 우차 등을 이용하지 않고 먼 길을 걸어서 간 것은 부모를 만나는 영험을 바랐기 때문이다.

유가오가 죽은 후 그녀를 모시던 시녀 우콘은 히카루겐지를 모시고 있었다. 그러나 옛 주인인 유가오를 잊지 못하고 그녀의 딸인 다마카즈라를 찾으려고 애를 쓰고 있었다. 다마카즈라 일행이 숙소에 여장을 풀었을 때, 마침 우콘도 하세데라 참배를 위해 걸어서 숙소에 도착했다. 우콘은 분고노스케와 산조三条가 다마카즈라의 식사를 준비하는 모습을 보고 안면이 있어 확인을 하는 가운데 이전의 식솔들과 꿈같은 재회를 하게 된다. 다음날 우콘과 다마카즈라는 함께 하세데라를 참배하고, 재회를 하게 해준 관음보살에 감사하는 와카를 증답한다.

우콘으로부터 재회의 이야기를 들은 히카루겐지는 다마카즈라를 로쿠조인의 '여름의 저택'으로 맞이하여 양녀로 삼고, 하나치루사토에게 후견을 맡긴다. 이후 다마카즈라는 소위 '다마카즈라 10첩玉鬘十帖'의 주인공으로서 히카루겐지의 양녀와 애인의 경계를 오가는 생활을 한다. 이후 다마카즈라는 도읍의 여러 귀족들로부터 구혼을 받지만 결국 히게쿠로髭黒와 결혼하게 된다. 다마카즈라는 성인식을 계기로 친부인 내대신과 재회하지만, 내대신 가의 딸인 오미노키미近江君가 우스꽝스럽게 행동한다는 소문을 듣고, 히카루겐지의 저택에서 많은 것을 배우게 된 점에 대해 감사해 한다.

『겐지 이야기』의 주요 등장인물 중에서 쓰쿠시까지 천리 길을 왕복한 다마카즈라의 이야기에는 여러 가지 화형이 투영되어 있다. 우선 두중장의 정처로부터 학대를 받아 숨어 지내던 유가오가 갑작스럽게 죽은 후, 딸 다마카즈라가 쓰쿠시로 유리하는 이야기는 계모학대담과 귀종유리담의 화형이다. 그리고 우콘과 다마카즈라가 방랑과 곤란을 겪고 신불의 영험으로 재회하게 되는 이야기는 영험담과 재회담, 다마카즈라가 여러 사람의 구혼을 받는 이야기는 구혼담의 화형이라 할 수 있다.

가오루의 우지 방문

『겐지 이야기』의 제3부는 가오루와 니오미야 등이 우지와 오노小野, 교토를 배경으로 하치노미야의 딸들과 펼치는 사랑의 인간관계를 그리고 있다. 우지는 교토의 남쪽 우지 강宇治川 일대로 도읍에서 나라 방면으로 가는 교통의 요충지로, 우지 강은 하세데라 참배길의 수로로 이용되기도 했다. 특히 '우지 10첩'이라 하는 3부의 마지막 10권은 우지와 오노를 배경으로 남녀의 사랑과 삼각관계로 인한 갈등, 불도수행의 고뇌가 사실적인 문체로 표현되어 있다.

헤이안 시대에 우지 일대는 귀족들의 별장이 조성되었던 곳이다. 미나모토 도루源融가 우지에 조영한 별장 우지인宇治院은 나중에 이치조一条 천황의 외척인 후지와라 미치나가藤原道長의 별장이 된다. 그리고 미치나가의 아들 요리미치頼通는 말세가 시작된다는 1052년에 이 별장을 천태종 · 정토종 계통의 사찰인 뵤도인平等院으로 창건했다. 뵤도인은 현재 십 엔짜리 동전의 뒷면에 도안으로 이용되고 있고, 유네스코의 세계유산으로도 등록되어 있다. 우지는 와카를 읊을 때 괴롭다라는 뜻의 일본어 '우시憂し'라는 말과 동음이의어로 읊어, 우지 산宇治山이라고 하면 세상이 싫어져 은둔하는 산이라는 이미지가 있다. 『고킨와카슈古今和歌集』에서 육가선六歌仙 중의 한 사람인 기센喜撰 법사는 우지 산에 은둔해 살며, '내가 사는 암자는 도읍의 동남인데, 우지 마을 사람들은 세상이 싫어 들어가는 산이라 하는구나'라고 읊었다.

'우지 10첩'의 여주인공들의 부친인 하치노미야는 우지에 은둔하여 두 딸 오이기미大君와 나카노키미中の君를 양육하면서 불도수행에 정진한다. 하치노미야는 히카루겐지의 동생이지만 어린 나이에 부모와 사별하고, 황위계승의 경쟁에서 실패하고 부인과도 사별하는 등 비운이 겹친다. 이러한 상황에서 하치노미야는 도읍의 저택이 불타자, 실의에

빠져 우지의 별장으로 이주해 불도에 정진하였기에 속세의 성인이라는 평판이 자자했다. 이때 가시와기와 온나산노미야의 밀통으로 태어난 가오루는 자신의 출생에 대해 의문을 품고 불도수행을 위해 우지의 하치노미야를 찾아간다.

가오루의 눈에 비친 우지 하치노미야의 별장은 다음과 같이 소개된다.

> 우지의 별장은 들은 것보다 훨씬 더 정취가 있고, 하치노미야가 살고 있는 집은 임시 거처로 생각한 탓인지 아주 간소한 생활이었다. 같은 산골이지만 나름대로 마음이 끌릴만한 한적한 곳도 있을 텐데, 이곳은 정말 황량한 물소리, 바람소리에 낮에는 수심을 잊을 수도 없고, 밤에는 편안히 꿈도 꿀 수 없을 것 같은 무시무시한 바람이 분다. "고승이나 다름없는 하치노미야 자신을 위해서는 이러한 거처가 오히려 이 세상의 집착을 버릴 수 있는 곳이지만, 그의 딸들은 대체 어떤 기분으로 지낼까. 보통 세상의 여자다운 상냥함과는 거리가 있지 않을까"라고 생각하지 않을 수 없었다.

하치노미야의 간소한 저택은 물소리가 들리고 바람이 세찬 도읍 쪽 강가에 자리하고, 승려 아사리의 거처는 우지 산 쪽에 있었다. 풍경은 보는 자의 마음에 따라 다른 법, 가오루에게 우지의 별장은 운치 있는 곳이었으나 하치노미야의 딸들에게는 물소리 바람소리가 요란한 황량한 산 속일뿐이다. 가오루는 하치노미야에게 불도수행을 지도받다가 우연히 오이기미와 나카노키미가 합주하는 것을 듣고 첫째 딸 오이기미에게 관심을 갖는다. 이후 가오루는 오이기미에 대한 사랑과 불도 수행의 도심道心 사이에서 방황한다. 한편 니오미야는 가오루로부터 두 자매의 이야기를 듣고, 하세데라에 참배하고 돌아오는 길에 의도적으로 우지에 있는 유기리夕霧의 별장에 들른다. 유기리의 별장은 아버지

〈그림 4〉 가오루의 우지 방문
(『絵本源氏物語』,
日本古典硏究会, 1988년)

히카루겐지로부터 상속받은 것인데 우지 강을 사이에 두고 하치노미야의 저택 건너편에 있었다.

하치노미야는 병이 깊어지자 딸들의 장래를 걱정하며 가오루에게 오이기미와 나카노키미의 후사를 당부한다. 그리고 홀로 산사로 들어가 세상을 하직한다. 오이기미는 아버지 하치노미야가 죽자 독신으로 살아갈 결심을 굳히고 가오루의 구혼을 거절하고, 자기 대신 동생 나카노키미와의 결혼을 권한다. 그러나 가오루는 오이기미의 마음을 돌리기 위해 나카노키미를 니오미야에게 소개해 결혼하게 한다. 오이기미는 나카노키미와 결혼한 니오미야의 호색적인 행동을 안타까워하다가 결국 병을 얻어 세상을 떠난다. 이후 가오루는 어쩔 수 없이 천황의 딸 온나니노미야女二宮를 정처로 맞이하지만, 여전히 오이기미를 잊지 못하고 나카노키미를 찾아간다. 이때 나카노키미는 가오루에게 오이기미와 닮은 배다른 자매 우키후네浮舟가 있다는 것을 알려준다.

우키후네는 하치노미야와 시녀와의 사이에서 태어난 딸로, 어머니의 신분이 낮아 자식으로 인정받지 못했다. 그래서 우키후네는 재가한 어머니와 함께 지금의 이바라키 현茨城県인 히타치常陸에서 자랐다. 그러나 우키후네는 계부로부터도 냉대를 받자 언니 나카노키미를 의지하여 상경하지만, 가오루와 호색적인 니오미야 사이에서 그 이름, 즉 '우키후네= 떠도는 배'가 상징하는 것처럼 방황한다. 우키후네는 고귀한 두 남자 사이에서 괴로워하다가 결국 우지 강에 몸을 던져 자살을 시도한다. 그런데 이마저 마음대로 되지 않고 우연히 요카와의 승도横川の僧都에 의해 구출된다. 승도의 여동생 비구니妹尼는 정체불명의 이 처녀를 죽은 딸 대신으로 하세 관음이 점지해 주신 것으로 생각하고 따뜻하게 간호하여 히에이 산比叡山 산록에 있는 오노의 암자로 데려간다.

오노에 도착한 우키후네는 승도의 가지기도를 받고 겨우 깨어나 정신을 차린다. 승도의 여동생은 우키후네를 죽은 딸의 남편과 맺어주려 하지만, 우키후네는 이를 거절하고 승도에게 부탁하여 출가한다. 한편 가오루는 우키후네가 살아있다는 소문을 듣고 부하를 보내 만나주기를 기대하지만 우키후네는 만나주지 않는다. 이 대목에서 장편『겐지 이야기』는 대단원의 막을 내리게 된다. 이와 같이 제3부는 가오루와 니오미야 등이 우지와 오노 등의 이향에서 겪는 사랑과 불신, 인간관계의 갈등, 그리고 불도수행을 그리고 있다.

이상에서『겐지 이야기』의 공간 이동이 어떻게 등장인물을 조형하고, 어떠한 화형이 투영되어 있는가를 살펴보았다. 학질 치료를 목적으로 한 히카루겐지의 기타야마 방문에는 무라사키노우에의 등장과 아카시노키미 이야기의 복선이 숨겨져 있었다. 그리고 스마 · 아카시로의 퇴거는 아카시노키미와의 결혼과 아카시노히메기미의 입궁으로 이어지는데, 이는 히카루겐지의 영화 이야기가 구상된 것을 의미한다. 로쿠조미야스도코로의 이세 동행은 히카루겐지가 전 재궁을 양녀로 받아들여 입궐시키는 계기가 된다. 다마카즈라는 쓰쿠시로 방랑한 후, 로쿠조인으로 들어가 구혼담의 여주인공이 된다. 한편 제3부에서는 가오루와 니오미야가 우지를 방문하여 하치노미야의 딸들과 겪는 사랑의 인간관계를 그리고 있다.

이와 같이 『겐지 이야기』의 공간 이동은 장편적 주제를 구성하고 항상 새로운 인물조형과 화형을 수반한다. 히카루겐지의 기타야마 방문과 스마 퇴거에는 이향방문담과 귀종유리담이, 로쿠조미야스도코로의 이세 동행에는 유언담이, 다마카즈라의 쓰쿠시 유리에는 계모학대담과 영험담, 재회담, 구혼담이, 가오루의 우지 방문에는 이향방문담 등의 화형이 투영되어 있다는 것을 확인할 수 있었다.

참고문헌

김종덕 역, 『겐지 이야기』, 지만지, 2008.
류정 역, 『겐지 이야기』上下(「新裝版世界文学全集」 4~5巻, 乙酉文化社, 1975)
阿部秋生 他 校注, 『源氏物語』 1~3(「新編日本古典文学全集」 20~22, 小学館, 1994)
瀬戸内寂聴, 『歩く源氏物語』, 講談社, 1994.
高橋和夫, 「源氏物語の舞台と平安京」(『源氏物語講座』 第5巻, 勉誠社, 1991)
高橋文二, 「道行としての物語」(『源氏物語の探求』 14, 風間書房, 1989)
日向一雅, 「玉鬘物語の流離の構造」(『源氏物語の王権と流離』, 親典社, 1989)
島内景二, 「旅とその話型」(『王朝物語必携』, 學燈社, 1987)

공간으로 읽는
일본고전문학

계모의 미움을 받은 아가씨의 행복 찾기

이 신 혜

스미요시 이야기

작자 미상인 헤이안 시대의 모노가타리이다. 현존본은 가마쿠라 초기의 개작으로 상, 하 2권으로 이루어져 있으며 200개가 넘는 전본이 있지만 기본적인 줄거리는 거의 비슷하다. 어머니를 잃고 아버지 집에서 지내게 된 아가씨에게 시이노 쇼쇼라는 구혼자가 나타나지만, 계모가 방해하여 자신의 딸과 결혼시킨다. 한편 어머니의 유언대로 아버지가 아가씨를 궁중에 입궐시키려고 하자, 계모는 스님과의 밀통 소문을 퍼트려 이를 방해한다. 이어서 사효에노카미와 혼담이 오고가자, 계모는 또 70세의 노인 가즈에노카미에게 아가씨를 보쌈하도록 시킨다. 이에 아가씨는 시종들과 함께 옛날 어머니의 유모가 살고 있는 스미요시로 몰래 도망간다. 한편 아가씨를 잊지 못한 쇼쇼는 하세데라에서 기도하던 중에 꿈의 계시를 받아 스미요시로 찾아간다. 쇼쇼는 아가씨와 재회한 후 교토로 같이 돌아와 행복한 결혼생활을 하고, 계모는 몰락한다. 하세 관음의 영험이 강조된 전형적인 계모학대담과 혼인담이 잘 어우러진 이야기이다. 이후 중세의 계모담 모노가타리와 공상적이며 동화적인 단편소설인 오토기조시 등에 많은 영향을 끼쳤다.

아가씨의 미모를 빛내준 사가노 들놀이

일본 고대 소설인 모노가타리物語에서 사가노嵯峨野는 단풍놀이를 하며 풍류를 즐기는 곳이자, 교토에서 떨어진 한적한 곳으로 남녀의 은밀한 만남의 장소로 설정되는 공간이었다. 사가노는 교토 서쪽에 있는 아라시 산嵐山의 북부 지역을 말하며, 서쪽으로는 오구라 산小倉山, 동쪽으로는 우즈미사太秦 지역까지를 포함한다. 구릉지대이며 절, 논밭, 대나무 숲이 많아서 예로부터 지금에 이르기까지 행락지로 통한다. 헤이안平安 궁궐이 만들어졌을 때부터 산수의 경치가 너무나 맑고 아름다워서 경승지로서 많은 사랑을 받았으며, 사가嵯峨 천황(재위809~823년)의 별장인 다이카쿠지大覚寺를 비롯하여 많은 천황과 상황들의 거처와 별장이 세워졌다. 예전에는 이 지역을 기타노北野라고도 했으며, 수렵 행사도 자주 열렸다. 후에 일반인의 사냥이 제한된 금단의 들이 되었고, 귀족들의 풍류를 즐기는 행락지가 되었다. 일본의 대표적 고대 수필『마쿠라노소시枕草子』에서도 "들판이라고 하면 당연히 사가노이다"라고 했을 정도이다.

『스미요시 이야기住吉物語』에도 정월 10일경에 사가노로 들놀이를 가는 장면이 나온다. 이 당시에 헤이안 귀족들은 새해 첫 자일子日에 들판에 나가서 잔솔가지小松를 뽑으면서 장수를 기원하는 풍습이 있었다고 한다. 이렇게 뽑은 잔솔가지를 집으로 가져가서 간직하던 습관이 지금은 정월 초 문 앞에 한 그루의 소나무를 장식으로 세우는 가도마츠門松로 변천했다.

사가노 들놀이 장면은 주인공 아가씨와 계모의 두 딸의 미모가 평가되는 장이다. 그 화려하고 정취 있는 배경으로 인해『스미요시 이야기에마키住吉物語絵巻』등의 이야기 그림책에 빠지지 않고 등장하는 명장면이다.

남자 주인공 쇼쇼는 계모의 꾀에 넘어가 자신이 흠모하는 아가씨가 아니라 계모의 딸과 결혼을 하게 된다. 자신이 속았다는 사실을 안 후 아가씨에게 자신의 본심을 전하고자 하지만, 이미 여동생과 결혼한 쇼쇼의 마음을 아가씨가 받아줄 리 없다. 그러던 차에 세 자매가 사가노로 들놀이를 간다는 이야기를 부인에게 전해 듣고, 그곳에 미리 도착하여 소나무 뒤에 숨어서 아가씨들을 지켜본다. 물론 아가씨들은 쇼쇼가 와 있는 줄은 꿈에도 모른다.

우차에서 먼저 내린 시녀들이 아가씨들에게 어서 내려오라고 권하자, 제일 먼저 계모의 첫째 딸이 내려오고, 그 다음에 쇼쇼와 결혼한 둘째 딸이 내려온다. 그러나 주인공 아가씨는 몇 번을 재촉해도 "누가 볼까봐…"하면서 쉽게 모습을 드러내지 않는데, 이는 아가씨가 평소 조신한 성격임을 말해준다. 우차에서 내리는 모습은 맨 먼저 내려온 계모의 첫째 딸보다는 둘째 딸이, 또 그보다는 아가씨가 훨씬 아름다웠다. 그녀들이 입고 있는 옷도 비교의 대상이 된다. 계모의 딸들은 홍매화나 황금색의 화려한 옷을 입고 있었지만, 아가씨는 정월이 막 지난 쌀쌀한 초봄인데 초여름에나 입는 연보라색 옷을 입고 나타났다. 이는 의붓딸에 대한 계모의 무관심과 경제적인 면에서 어려움을 겪는 아가씨의 처지를 보여준다. 하지만 아가씨는 비록 계절에 맞지 않는 옷을 입고 나타났을지라도 계모의 딸들과는 비교할 수 없을 정도로 더없이 아름다웠고, 눈매와 입을 비롯해 너무나 품위가 있어서 말로 다 표현할 수 없을 정도였다. 머리 길이 또한 당시에 미녀를 가르는 기준이 되었는데, 머리가 길고 숱이 많을수록 미인이었다. 계모의 딸들의 머리카락은 겉옷 옷자락 길이 만하였지만, 아가씨의 머리카락은 옷자락보다 훨씬 길고 숱도 많아서 그림으로도 다 그릴 수 없을 정도였다. 이와 같이 세 아가씨의 미모 겨루기에서 단연코 주인공 아가씨가 우위를 차지하고 있음을 알 수 있다. 이런 아가씨의 모습에 넋이 나가 감탄사를 연발하고 있는 쇼쇼의 모습을 제일 먼저 알아챈 아가씨는 부채로 얼굴을 가리며 재빨리 우차 안으로 들어가 버린다. 그러자 다른 사람들도 아가씨를 따라 모두 숨어버렸다.

당황스러워진 쇼쇼는 우차 근처로 다가가 잔솔가지에 곁들여 '봄 안개가 저희들을 갈라놓고 있지만 들판에 나와 소나무를 오늘에야 보는

〈그림 1〉 쇼쇼가 나무 뒤에 숨어 사가노로 들놀이 나온 아가씨를 엿보는 장면.
筑波大学付属図書館蔵, 奈良絵本.

군요'라는 와카를 읊어 보낸다. 즉 그토록 흠모했던 아가씨를 오늘 잔솔가지 뽑는 날에야 만나보니 역시나 아름답다고 하는 노래인데, 그 깊은 뜻을 모르고 계모의 딸들은 들놀이 나온 기쁨에 대해 번갈아 답가를 부른다. 아가씨에게도 답가를 몇 번이나 청했다. 아가씨는 하는 수 없이 '잔솔가지를 만지지 말고 오늘은 돌아갑시다. 소나무에서 누가 보고 있는 것은 괴롭습니다'라고 경계하는 노래를 부른다. 저녁 무렵 사가노 들판에 혼자 남은 쇼쇼는 처음 본 아가씨의 아름다운 모습이 눈에 아른거려 괴로워한다. 어이없게 속아서 결혼한 것도 억울한데, 그런 자신을 아가씨가 얼마나 우습게 여길까를 생각하니 답답하고 한심스러워서 이 세상을 등지고 싶지만 그러지도 못하는 신세가 한탄스러울 뿐이었다.

사가노라는 공간은 잔솔가지를 뽑는 정초 들놀이 행사에 참여한 세 자매의 거동, 옷차림새, 머리 길이 등으로 서로의 미모를 겨루는 장면 묘사를 통해 셋 중에서 가장 아름답고 뛰어난 용모의 소유자는 아가씨라는 것을 확인시켜주는 기능을 한다. 이야기 초반에 이미 아가씨는 황족출신의 어머니를 두고 있다는 점에서 일반귀족 출신의 계모의 딸들과는 혈통 면에 있어서 우위를 차지하고 있었지만, 다시 한 번 이 장면에서 주인공 아가씨의 뛰어난 미모를 강조하고 있는 것이다. 이렇듯 사가노 들판은 계모의 계략에 속아 결혼한 쇼쇼가 그동안 소문으로만 듣던 아가씨의 존재를 직접 두 눈으로 확인하며 그 아름다운 모습에 반해 더욱 사랑에 빠지는 무대로 설정되고 있다.

꿈의 계시를 받는 하세데라

헤이안 시대의 귀족들은 임관이나 부귀, 회임, 부부원만, 병 치유 등의 현세이익을 구하기 위해서 주로 기요미즈데라清水寺, 이시야마데라石山寺, 하세데라長谷寺의 관음을 참배했다고 한다. 그 중에서 하세데라는 지금의 나라 현奈良県 사쿠라이 시桜井市에 있는 하쓰세 산初瀬山 중턱에 자리 잡고 있는 관음영지観音霊地의 절로서 8세기 초에 지어졌다. 신불의 영험이 신통한 절로 헤이안 귀족들의 신앙의 대상이 되었고, 중세 이후에는 무사나 서민들에게도 널리 퍼졌다. 지금도 무대 구조의 본당 그리고 본당으로 오르는 399개의 돌계단과 일본 최대의 목조 십일면관음상十一面観音像이 유명하며, 그 외에도 많은 건축물이 국보와 중요문화재로 지정되어 있다. 또한 '꽃의 절'이라는 명성에 어울리게 사계절 내내 아름다운 꽃이 피는데, 특히 4~5월에 피는 모란꽃을 보기 위해 많은 참배객들이 발걸음을 옮긴다.

예로부터 관음의 영험이 있는 절로 이름이 나서 『속일본후기続日本後記』에 "하세데라는 영험이 있는 절로 평판이 높았다"라는 기록도 보인다. 『가게로 일기蜻蛉日記』의 작자 미치쓰나의 어머니道綱母는 3박 4일 걸려서 두 번 참배했는데, 가네이에兼家와의 부부 금슬을 되찾기 위해 그리고 회임을 기원하기 위해 찾았고, 『마쿠라노소시』의 작자 세이쇼나곤清少納言도 두 번 참배했다고 한다.

이 하세데라라는 소재가 『스미요시 이야기』와 가장 비슷하게 전개되는 것은 역시 『겐지 이야기源氏物語』라고 할 수 있다. 어렵사리 규슈를 탈출하여 상경했지만 마땅히 갈 곳이 없는 다마카즈라玉鬘 일행을 이끌던 분고노스케豊後介는 “부처 중에서는 하세가 제일입니다. 그 영험함이 중국에까지 전해졌다고 하니까요. 아가씨는 먼 곳 규슈에서 고생도 많이 하셨으니까 틀림없이 효험이 있을 것입니다”라며 두 발로 걸어서 참배하도록 권했다. 왜냐하면 이동 수단에 의지하는 것보다 직접 걸어가는 편이 효험이 있다고 믿었기 때문이다. 그 결과 그곳에서 돌아가신 어머니의 시중을 들던 우콘右近과 재회하여 겐지源氏와 연락이 닿게 되는데, 이 역시 하세데라의 영험을 나타낸 것이라 할 수 있다.

특히 하세데라에 참배하여 불공을 드리는 중에 꿈의 계시를 받은 경우가 많았다고 한다. 『사라시나 일기更級日記』를 보면, 하세데라에 참배하러 간 지 3일째 되던 날 새벽녘에 꾸벅꾸벅 졸고 있는데 본당 쪽에서 “이나리稲荷 신이 주신 영험이 있는 삼나무를 받아라”라며 뭔가 날아오는 순간에 잠이 깼다고 한다. 이와 같이 절에 머물면서 혼신의 힘을 다해 기원을 하다보면 꿈속에서 어떤 계시를 받을 수가 있고 또 그럴 때는 계시에 따라 행동하면 되는 것 같다.

『스미요시 이야기』에서는 특히 이 하세데라의 꿈의 계시가 이야기 전개상 큰 역할을 하고 있다. 오랜 바람이었던 아가씨의 입궁이 계모의 계략으로 취소되자, 아버지는 돌아가신 내대신內大臣의 아들인 사효에노카미左兵衛督와 아가씨의 혼담을 성사시키려고 한다. 그러자 계모는 이번에도 역시 못된 유모와 함께 결혼을 방해할 계획을 세워 가즈에노카미主計頭라는 70세가 넘은 노인에게 아가씨를 훔쳐가라고 한다. 이 소식을 몰래 엿들은 마음씨 착한 시녀가 황급히 아가씨에게 달려와 이 사실을 알려준다. 이에 아가씨는 더 이상 계모가 있는 집에 머물 수 없다고

〈그림 2〉 쇼쇼가 하세데라에서 기원하는 중 잠깐 조는 사이에 아가씨가 꿈속에 나타나서 스미요시에 있다고 알려주는 장면. 国学院大学図書館蔵, 奈良絵本.

판단하여 어머니의 유모가 있는 스미요시住吉로 행방을 감추어버린다.

아가씨가 자취를 감춘 후 쇼쇼는 실의에 빠져 지냈다. 쇼쇼는 여러 절에 참배하면서 오로지 아가씨가 있는 곳을 알려달라고 신불에게 매달려 기도만 드렸다. 하지만 별다른 효험은 없었다. 그러다가 가을이 되어 하세데라에 참배하게 되는데, 7일째 새벽에 꿈에서 아가씨를 본다. 꿈속에서 아가씨에게 어디에 있는지 알려달라고 애원하자 아가씨는 '바다 속은 아니지만 이곳이 도대체 어딘지 모른채 쓸쓸히 지내고 있습니다. 그런데 어부들이 이곳을 스미요시라 합니다'라는 노래를 읊는다. 그래서 답가를 부르려고 하는 순간에 잠이 깬다. 쇼쇼는 하세관음의 영험 덕분에 아가씨가 있는 곳을 알게 된 것이다. 그런데 마침 그날 새벽에 스미요시에 있던 아가씨도 같은 꿈을 꾸다가 잠에서 깨어난 후에 시종 지주侍従와 함께 그 꿈 이야기를 나누며 자신의 처지를 한탄한다.

이밖에도 『야마토 이야기大和物語』, 『금석 이야기집今昔物語集』, 『하세데라 영험기長谷寺霊験記』 등에도 하세데라의 영험으로 꿈의 계시를 받는 내용이 나온다. 특히 『영험기』에는 불치의 병이나 지병에 괴로워하는 사람들이 관음에게 혼신의 힘을 다해 기원한 결과 꿈을 통해 신비로운 영험을 받았다는 이야기가 많이 기록되어 있다. 우선 문둥병으로 고생하던 기요하라 나쓰노清原夏野 대신大臣이 하세데라에서 7일간 기원을 하던 중 불교를 수호하는 호법동자護法童子가 꿈속에 나타나서 "당신의 병은 전생의 업보로 인한 것이라서 본디 고치기 힘든 병이지만 관음이 나에게 고쳐주라고 했다"며 긴 혀를 날름 꺼내어 대신의 몸 곳곳을 핥았는데, 나쓰노가 잠에서 깨어 보니 문둥병 자국이 흔적도 없이 사라졌다고 한다. 또 하급귀족 오에 히로즈미大江広澄의 경우에는 등에 부스럼이 생기고 그 중 다섯 군데가 곪아터져 농이 흘러나와 고생하던 중, 좋은 약도 써보고 명의도 찾아갔지만 전혀 나아지지 않아서 하세데라에 참배하러 갔다고 한다. 바로 그날 관음보살의 사자가 꿈속에 나타나 '빨간 연고'를 붙여줬는데 잠에서 깨보니 부스럼이 깨끗이 나았다고 한다. 실제로 현실에서 일어날 수 있는 일인지 의심스럽기는 하지만, 온 몸과 마음을 다해 정성스레 관음에게 부탁하면 꿈의 계시를 통해 이렇게 소원이 이루어지기도 한 것이다.

중세 모노가타리인 『아마노카루모海人の苅藻』에도 하세데라에 참배하는 장면이 나온다. 신주나곤新中納言이 천황의 부인 후지쓰보 여어藤壺女御와 불륜을 저지른 후 그녀를 향한 마음을 억누르지 못하여 하세데라에 참배하여 "이 마음을 진정시켜주시옵소서. 그것이 불가능하다면 깊은 산에서 운둔할 수 있도록 이끌어주시옵소서"라고 기원한다. 그러자 꿈속에 젊은 스님이 나타나서 "이 세상은 정말로 덧없습니다. 잠시라도 이 세상에 머무는 동안에는 다음 세상을 위해 불도수행을 하십시오"라고 해서 출가를 염원하게 된다. 이 꿈의 계시가 이후의 출가둔세에 이르는 계기가 되듯 하세데라의 꿈의 계시는 이야기 전개에 있어서 중요한 역할을 한다. 그리고 신주나곤은 다시 한 번 하세데라로 향하여 21일간 참배한 마지막 날 꿈속에서 사모하는 후지쓰보 여어로부터 '황금 나뭇가지와 사기 책'을 받게 되는데, 이것이 바로 여어가 낳은 아들을 자신의 아들로 키우게 되는 것을 암시하는 것이었다.

이렇듯 헤이안 귀족들은 인간의 힘으로 도저히 해결할 수 없는 어떤 일에 직면했을 때, 영험이 있다고 알려진 절에 참배하여 정성들여 기원을 했으며 그런 와중에 꿈의 계시를 통해 어떤 해결책을 얻기도 했는데, 하세데라가 바로 그러한 영험적 공간이었다.

스미요시, 시련의 공간에서 행복의 공간으로

쇼쇼는 아가씨가 스미요시에 있다는 꿈을 꾼 후에 바로 스미요시로 발길을 옮긴다. 꿈속에서 아가씨가 말한 대로 스미요시에 이르러 낙엽 줍는 소년으로부터 근처에 교토에서 오신 분들이 산다는 이야기를 듣고 바로 찾아간다. 그리고 아가씨에게 지금까지 있었던 일들을 모두 이야기하면서 자신의 진심을 말한다. 아가씨도 처음에는 외면했지만 쇼쇼의 한결같은 사랑을 알고 점점 마음을 열게 된다. 쇼쇼와 아가씨는 맺어져서는 안 되는 사이임에도 불구하고 계모의 흉계, 아가씨의 도피, 쇼쇼의 일편단심, 아가씨를 찾기 위한 쇼쇼의 노력, 아가씨가 겪은 인고의 시간 등으로 인해 둘의 만남은 전혀 잘못된 만남으로 그려지지 않는다. 오히려 힘든 시련을 잘 겪어낸 남녀의 혼인담으로 아름답게 그려진다.

다음날 바닷물이 차고 달빛이 청명한 밤에 솔바람이 불자 그 정취에 빠져 쇼쇼를 만나러 온 동료 귀족들과 함께 거문고, 피리, 생황 반주로 노래를 부르며 흥겨운 시간을 가지기도 하고, 해녀들을 불러 잠수를 시키기도 하며 스미요시에서 잠시 휴식을 취한 후, 두 사람은 함께 교토

〈그림 3〉 쇼쇼가 스미요시로 아가씨를 찾아온 장면. 国文学研究資料館蔵. 奈良絵本.

로 돌아가서 행복한 결혼생활을 보내게 된다.

『스미요시 이야기』에서 스미요시라는 곳은 바로 아가씨가 행복을 찾기 위해 시련을 참아낸 공간이라고 할 수 있다. 인적이 드문 쓸쓸하고 외로운 바닷가에서 추운 겨울을 보내며 일 년간 불도수행에 힘쓰면서 잘 참고 견뎌냈기에 쇼쇼와 만날 수 있었고 또 교토로 돌아가서 아버지와 재회할 수 있었던 것이다.

여기에서 말하는 스미요시는 지금의 오사카 시大阪市 서남부에 위치한다. 이곳은 바다가 뭍으로 파고 휘어들어간 곳으로서 옛 도읍지인 야마토大和 즉 지금의 나라 현에 이르는 관문으로 알려져 있다. 바닷바람과 해안가의 소나무 숲을 비롯하여 산수의 경치가 맑고 아름다운 곳으로 알려져서 와카에도 빈번하게 등장한다. 근처에는 바다의 신을 섬기는 스미요시타이샤住吉大社라는 신사가 있었는데, 지금은 메이지明治 시대 이후의 매립공사 때문에 내륙 쪽에 위치하지만 이전에는 해안가에 인접해 있었다고 한다. 스미요시 신사에서 모시는 신은 국가 수호나 항해 수호의 신 또는 와카의 신이었기 때문에 헤이안 시대 이후부터 신앙이 깊어져 조정을 비롯한 귀족, 무가, 서민 상하계층 상관없이 수많은 참배객이 방문하였다. 지금은 이곳에서 7~8월에 열리는 여름 축제가 규모도 상당하고 유명하다.

모노가타리에서도 스미요시 신사 참배가 소재로 자주 등장하는데, 『겐지 이야기』에서도 스미요시 참배를 둘러싼 아름다운 광경이 펼쳐진다. 스미요시 신의 도움으로 아카시明石에서 교토로 돌아가 정계로 복귀한 히카루겐지는 이듬해 가을에 소망이 이루어진 데 대한 기쁨과 감사의 표시로 스미요시타이샤에 참배한다. 화려하게 장식한 참배 행렬이 스미요시 바닷가의 소나무 숲을 지나는데, 마침 이날 연례행사로 스미요시에 참배하러 온 아카시노키미明石の君는 해상에서 이 모습을 바라보다가 히카루겐지 일행의 화려한 모습에 신분차를 통감하며 배를 돌려버린다. 이 안타까운 이야기를 들은 히카루겐지는 곧바로 아가씨에게 사랑의 노래를 써 보낸다고 하는 내용에서 스미요시에 대한 사람들의 신앙심을 확인할 수 있다.

『스미요시 이야기』에서는 스미요시에 대한 풍경묘사가 주를 이루고 있고, 그 풍경을 통해 아가씨의 처지와 심경을 잘 표현하고 있다. 아가씨는 주변 사람들의 눈을 피해 한밤중에 교토 집을 나와서 요도 강淀川까지 가서 그곳에서 배를 타고 스미요시로 이동했다. 우선 아가씨 일행이 머물게 된 스미요시의 집 주변은 다음과 같이 묘사되고 있다.

> 이곳은 스미노에라고 하여 정취가 있는 곳으로, 억새지붕에 판자 차양을 댄 집은 역시 군데군데 낡은 데가 있다. 바닷물이 들어온 곳에 집을 지었기 때문에 툇마루 밑에 여러 종류의 물고기가 헤엄치는 것이 보인다. 남쪽은 인가가 모여 있어서 어부 집에서 해초를 말리고 억새를 엮은 집에서 쓸쓸히 연기가 피어오르는 풍경은 수묵화의 아침 풍경과 비슷하다. 동쪽으로는 울타리를 타고 올라온 나팔꽃이 보이고, 물가에는 그 외 갖가지 꽃이 심겨져 있고

해변가 소나무 가지 아래로부터 파도가 치는데 그 소리는 거문고 가락과 다름없다. 서쪽으로는 바다가 저 멀리 펼쳐지며 아와지 섬으로 오가는 파도에 떠 있는 어부들의 작은 배도 위험하고 덧없이 느껴진다.

즉 동쪽에는 여러 꽃들이 심어져 있고 남쪽에는 인가가 모여 있으며 서쪽이 바다에 접해 있는 집이라는 것을 알 수 있다. 서쪽에는 끝없는 바다와 하늘이 펼쳐져 있었을 텐데 특히 황금빛 해가 서쪽으로 지는 광경은 교토에서는 보지 못한 멋진 광경이었을 것이다. 사람들이 서방에 극락정토가 있다고 믿었던 것도 이런 일몰 광경 때문이었을지도 모른다.

또 해변가의 소나무 역시 스미요시를 상징하는 풍경이다. 『도사 일기土佐日記』에서는 스미요시 부근의 소나무 들판과 늙은 소나무를 화제로 삼고 있고, 『사라시나 일기』에서도 해질녘에 스미요시 해안을 지나가는데 바다와 하늘의 경계가 없이 하나가 된 것처럼 안개가 끼어있고, 소나무 가지와 해수면과 파도가 밀려오는 바닷가의 경치도 그림으로는 도저히 그릴 수 없을 정도로 아름답다고 한다. 이렇게 일기에서는 주로 스미요시의 아름다운 경치에 관해 이야기하고 있다.

『스미요시 이야기』에서 스미요시는 찾아오는 사람 없는 한적하고 정취 있는 곳이다. 죽은 어머니의 유모인 비구니가 집안에 불상을 만들어 놓고서 밤낮으로 불도수행에 힘쓰고 있었기에 아가씨도 시녀 지주와 함께 어머니의 내세의 명복을 빌면서 경건하게 지냈다. 계모의 흉계를 피해 외딴 바닷가로 도망 온 자신의 처지상, 아가씨는 매섭게 부는 겨울바람은 마치 자신의 몸 위로 덮쳐오는 파도처럼 느껴졌고, 또 서리 맞아 얼어있는 억새 옆에 앉아 인기척에도 놀라지 않고 깃털에 내린 서리를 털어내고 있는 물새의 모습은 자신과 같이 생각되어 가슴이 아팠다. 심심해서 물가로 나가보면 많은 새들이 떼 지어 날아다니면서 울고 물에 조개, 미역, 톳 등이 밀려오는 모습이 아름답게 보였다. 시름을 달래기 위해 연주한 쟁 소리는 솔바람 소리와 어울려 멀리 퍼져나간다. 아가씨는 지금까지 본 적 없는 이러한 풍경을 교토와는 전혀 다른 별천지라고 느꼈다.

이렇듯 『스미요시 이야기』가 헤이안 시대에 만들어진 이후 무로마치室町 시대 이후까지 널리 읽히고 수많은 종류의 전본이 만들어져 독자들의 사랑을 받은 이유 중의 하나는 바로 주인공 아가씨가 교토를 벗어나서 스미요시로 먼 길을 떠나고 있다는 점이다. 당시 귀족 여성들은 일기에서 보면 가족들의 지방관 임명으로 지방으로 떠나는 경우가 가끔 있었지만, 대체로 집안에만 있었고 특별히 절에 참배하러 가는 일 외에는 외지로 나가는 일이 거의 없었다. 그런데 『스미요시 이야기』에서는 바다 위의 어부들의 모습과 노래 소리, 파도 소리, 소나무 사이를 스쳐 부는 솔바람 소리 등 병풍그림 속에서나 볼 법한 평소에 경험하지 못한 장면들이 나오니 독자들이 그 이야기에 사로잡히지 않을 수 없었을 것이다.

참고문헌

吉海直人, 『住吉物語の世界』, 新典社, 2011.

三角洋一 外 校注 · 訳, 『住吉物語·とりかへばや物語』(「新編日本古典文学全集」 39, 小学館, 2002)

神田龍身 · 西沢正史 編, 『中世王朝物語·御伽草子』, 勉誠出版, 2002.

吉海直人, 『住吉物語』, 和泉書院, 1998.

武山隆昭, 『住吉物語の基礎的研究』, 勉誠社, 1997.

桑原博史 外 校訂 · 訳注, 『雫ににごる·住吉物語』(「中世王朝物語全集」 11, 笠間書院, 1995)

공간으로 읽는

일본고전문학

유곽 따라 떠도는 호색남의 일대기

양선희

호색일대남

일본 에도 시대 초기 1682년에 출판된 『호색일대남』은 주인공 요노스케의 색도 일대기를 그린 장편소설이다. 서명 『호색일대남』의 의미는 한평생 정해진 아내와 후사도 없이 호색 추구에 일생을 바친 남자라는 뜻이다. 본 작품은 상인이자 하이카이 시였던 이하라 사이카쿠(1642~1693년)를 일약 유행작가로 등극시킨 작품으로 일본 문학사상 우키요조시의 효시로 평가받고 있다. 작품의 구성은 전8권 54장으로 주인공 요노스케의 7세부터 60세까지의 생애를 담고 있다. 권1에서 권4까지의 전반부는 요노스케의 성장과 유랑의 이야기이고, 권5에서 권8까지의 후반부는 교토 · 오사카 · 에도의 유곽에서 일어난 유흥설화가 나열되어 있다. 장편소설이기는 하나 여러 편의 단편소설을 모아 놓은 것 같이 각 장이 정교하고 치밀한 구성을 지니고 있다.

에도 시대 초기의 유곽 풍속기

『호색일대남好色一代男』은 요노스케世之介라는 호색 인물을 중심으로 그의 애욕생활을 그리고 있다. 부호인 아버지와 명성 높았던 유녀 사이에서 태어난 주인공 요노스케는 7세라는 어린나이에 여자에 눈을 뜨더니 11세부터 유곽을 드나들며 사창私娼, 미망인 등과 관계를 맺는다. 19세 때 이러한 문란한 행동이 아버지의 귀에 들어가 집안에서 쫓겨난 이후부터 요노스케는 긴 방랑 생활을 하게 된다. 그리고 일본 각지의 유곽에서 15년에 이르는 유랑 생활을 보내게 되는데, 그러면서 자연스레 많은 여성과 관계를 맺어 남녀 간의 연애 세계인 색도色道의 달인이 되었다. 그러다 34세 때 아버지가 돌아가시자 집으로 돌아와 막대한 유산을 물려받게 된다. 이 유산으로 교토 · 오사카 · 에도와 같은 대도시 유곽은 물론 지방의 유곽까지 돌며 일류 명기名妓를 상대로 60세가 되도록 호색 생활을 하며 일생을 보낸다. 그리고 이것으로도 모자라 급기야는 여성들만 산다는 상상의 섬인 '뇨고 섬女護島'을 찾아 떠나는 것으로 이야기가 끝이 난다.

이와 같이 장편소설의 체제를 취하고는 있으나 중심인물의 성격 변화나 극적인 운명의 전개, 그리고 전체적인 통일성도 이 작품에서는 그다지 중요하게 다루어지고 있지 않다. 전8권 54장의 각 장은 독립된 이야기의 성격을 지닌다. 즉 각 지방 유곽에서의 여러 가지 호색 생활을 그리는 것에 중점을 두고 있는 것이 특징이라고 할 수 있다.

이처럼 유곽을 소재로 한 작품이 발생하게 된 시대적 배경은 에도江戸 시대(1603~1867년)에 교토와 오사카 그리고 지금의 도쿄인 에도, 이 삼대 도시에 유곽이 번성하여 그와 함께 유곽안내서가 많이 간행된 사회풍조에서 찾을 수 있다. 이 작품 이전부터 이미 수많은 유곽안내서가 출판되었을 뿐만 아니라 여러 지방의 유곽을 기록한 『색도대경色道大鏡』도 완성된 상태였다. 작자 이하라 사이카쿠井原西鶴는 이와 같은 유곽안내서를 참고로 하여 『호색일대남』을 완성시켰다고 한다. 이 작품은 당시의 유곽의 풍속을 구체적이고도 생생하게 서술하고 있으며 당대에 명성이 자자했던 실재의 유녀들을 모델로 삼고 있어 에도 시대의 유곽을 이해하는 데에 유용한 한편의 유곽 풍속기라고 할 수 있다. 그럼 주인공 요노스케의 애욕의 삶을 '유곽'이라는 공간을 통해서 살펴보자.

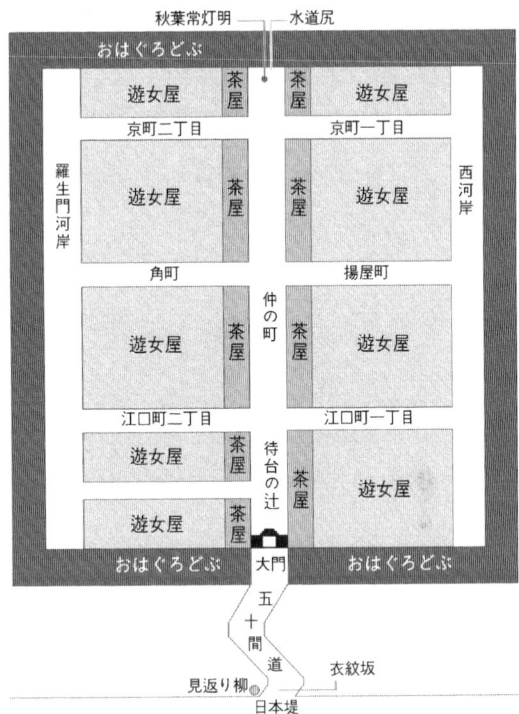

〈그림 1〉 요시와라 유곽의 평면도

에도 시대의 유곽과 유녀들

우선 본 이야기로 들어가기 전에 이해를 돕기 위해 당대의 유곽이라는 곳과 유녀에 대해서 살펴보기로 하자. 여러 도시에 유곽이 있었으나 나라에서 공인한 에도의 '요시와라吉原 유곽'을 예로 들겠다.

〈그림 1〉은 요시와라 유곽의 평면도이다. 유곽은 일정 지역에 여러 유녀집遊女屋을 모아 놓은 곳으로 성곽처럼 담이나 수로 등으로 외부와 경계를 친 지역을 말한다. '구루와廓'라고도 불리며 그 밖에 '유리遊里', '하나마치花街', '이로자토色里' 등으로 불린다.

유곽으로 들어가기 위해서는 그림 맨 아래에 있는 '니혼테이日本堤'를 지나야 한다. 여기를 지나면 유곽으로 들어갈 수 있는 유일한 출입구인

‘오몬大門’이 나오는데 니혼테이에서 오몬까지는 약 100미터에 이르는 ‘고짓켄미치五十間道’라는 길을 통해서만 갈 수 있었다. 이 길 초입에는 ‘에몬자카衣紋坂’가 있었는데 이곳은 유객이 유곽으로 향하기 전에 옷매무새를 고치던 곳이었다. 한쪽에는 ‘미가에리야나기見返り柳’라는 수양버들이 있었는데, 유흥을 마치고 돌아가는 손님이 유녀와 헤어지기 섭섭해서 한 번쯤 뒤돌아보는 곳이라고 해서 붙여진 이름이다. 오몬을 지나면 유곽의 중심 거리인 ‘나카노마치仲の町’가 중앙에 있다. 이 길 양옆으로는 ‘차야茶屋’가 있다. 차야 주인은 손님을 ‘유녀집’으로 안내했다. 손님은 맘에 드는 유녀가 상급유녀인 경우 ‘아게야揚屋’로 불러 유흥을 하였다. 아게야는 지금의 ‘고급요정高級料亭’의 원조라고 할 수 있다. 유곽을 둘러싸고 있는 ‘오하구로도부おはぐろどぶ’는 폭이 9미터인 ‘수로’로 유녀가 도망가는 것을 막는 역할을 하였다.

유녀는 보통 최상급 유녀 ‘다유太夫’에서 그 아래 유녀인 ‘덴진天神’, 덴진의 아래 유녀로 ‘가코이조로鹿恋女郎’와 하시조로端女郎라고도 하는 ‘쓰보네조로局女郎’ 등 여러 급으로 차등화되어 있었다. 요시와라 유곽에서는 덴진을 ‘고시조로格子女郎’로, 가코이조로를 ‘산차조로散茶女郎’로 달리 불렀다. 최상급 유녀인 ‘다유’는 용모가 출중한 미인으로 춤, 악기 연주, 다도, 꽃꽂이, 시가, 서도 등 다방면에 걸쳐 재주와 교양을 갖추고 있었는데, 1701년에 간행된 『게이세이이로샤미센けいせい色三味線』에 의하면 다유의 하룻밤 화대는 74몬메匁, 지금 돈으로 약 19만 엔, 즉 이백만 원 정도였다고 한다.

후시미 유곽의 하급 유녀와 나라 유곽의 풍습

그럼 이제부터 주인공 요노스케의 유곽 기행을 살펴보기로 하자. 권1의 5장 제목이 ‘사정을 들으면 들을수록 상대에게 끌리고’, ‘후시미伏

見 시모쿠撞木 마을에서 있었던 일'이라고 되어 있듯이 주인공은 11세의 어린 나이에도 불구하고 유곽에 발을 들여 놓는 조숙함을 보인다.

> 교토와 후시미의 경계에 있는 도후쿠 절의 저녁 종소리를 듣고 이윽고 시모쿠 마을에 도착했다. 목표로 한 곳은 이곳이다.……남쪽의 구루와 입구에 막 당도했다. "이 구루와는 동쪽에 있는 입구를 어째서 막아놓은 것이란 말인가. 조금은 돌아야만 하는 먼 사랑의 길이 아닌가"라는 농담을 하면서 구루와의 모습을 슬며시 바라다보니.

요노스케는 세헤이瀬平라는 손님의 비유를 맞추며 주흥을 돋우는 남자 예능인인 다이코모치를 앞세워 후시미에 있는 시모쿠 유곽으로 향하였다. 유곽은 성곽과 같은 구조로 사람이 출입할 수 있는 입구는 하나였다. 시모쿠 유곽의 경우는 교토 방향인 동쪽에도 출입구가 있었으나 당시는 폐쇄시켜 놓아 남쪽의 출입구만 사용할 수 있었다. 이 유곽은 사람의 왕래가 많았던 후시미 도로변에 있던 소규모의 유곽으로 현재는 유곽 입구였던 자리에 돌기둥과 비석만 남아 있다. 후시미는 그 당시 교토와 오사카 사이의 교통의 요충지로, 교토의 조정에 출사하는 사람, 우지 차宇治茶를 제조하는 종업원, 다이젠지大善寺의 마부, 배를 기다리는 여행객 등이 이곳 시모쿠 유곽을 이용했다.

어린 요노스케는 손님들이 뜸해지기를 기다리다가 좁고 초라한 가게에서 최하위 유녀인 쓰보네조로를 발견한다. 요노스케는 아름답지만 말수가 적고 애써 남자들의 눈을 끌려하지 않는 그녀의 모습에 마음이 끌렸다. 요노스케는 가게 앞에 앉아 그녀에게 유녀가 된 사정과 생활상의 어려움을 물었고 그녀 또한 최하위 유녀로서의 힘든 삶을 털어놓는다. 생활이 어렵다 보니 염치없이 손님에게 금품을 요구하거나 벽에 바를 종이까지 부탁하여 바람을 막고 있다는 이야기에서부터 짚신

살 돈은 자신의 돈으로 충당해야 하기에 버겁다는 것까지 털어 놓았다. 최상급의 유녀라면 유녀의 환심과 사랑을 얻기 위해 손님이 먼저 자신의 부를 과시해가며 이런저런 것들을 베풀어 주기 마련이나 쓰보네조로의 경우는 그 대우가 달라 수입이 변변치 않았던 것이다. 요노스케는 이 하급 유녀가 이전에는 유서 깊은 사무라이 집안의 딸이었던 것을 알게 된다. 원래의 신분을 숨기고 유녀로 살아가는 이 여인의 고단한 삶에 감동하여 약 350만 엔이라는 몸값을 대신 지불해서 집으로 돌려보내고 이후에도 버리지 않고 돌봐주었다.

6년이 지나 요노스케가 17세 되던 해에 요노스케의 부모는 장사하는 법을 배우게 하려고 그를 나라奈良의 가스가春日 마을로 보낸다. 거기에서도 요노스케는 그 지방의 사정을 잘 아는 남자로부터 소개받은 기츠지木辻 마을과 나루가와鳴川 마을에 있는 유곽을 찾아간다. 이 유곽은 나라 지방 남부에 있던 유곽으로 나라 시대(710~784년)부터 이어져 온 오래된 유곽이었다.

요노스케는 오우미近江라는 유녀를 선택하여 하룻밤을 보내게 되는데, 고장의 풍습인지 이 유곽에는 '가부로禿'도 없이 유녀가 몸소 술주전자 시중까지 들어 왠지 어색하고 우습기까지 했다고 한다. 다유와 덴진 등의 상급유녀에게는 유녀가 되기 위해 견습하던 10세 전후의 '가부로'라는 소녀가 시중을 드는 게 보통이었기 때문이다. 하지만 나라 지방의 유곽에서는 특이하게 가부로가 시중을 들지 않았기에 주인공 눈에 이상하게 보였던 것이다.

요노스케와 오우미가 잠자리를 하게 되었을 때의 일이다. 둘의 잠자리 바로 옆에 병풍 하나만 쳐 놓고 다른 손님이 유녀와 자고 있는 것이 아닌가. 이처럼 당시의 유곽에서는 한 방에서 병풍을 사이에 두고 두 손님이 동시에 밤을 보내기도 했는데 이를 '아이도코相床'라고 한다. 그러므로 이때 옆에서 하는 대화 소리가 들리는 것은 아주 당연한 일이었다. 듣자하니 옆 손님인 남자는 이가伊賀에서 쌀가게를 하는 자라 했다. 이 쌀가게 주인은 유흥을 마치고 고향으로 떠나기 전에 아게야의 주인과 '스이진粋人'에 대해서 이야기를 주고받는다.

'스이진'은 에도의 유곽문화를 이해하는 데 중요한 말로, 글자 그대로라면 순수한 사람일 것 같으나 그렇지 않다. 풍류를 즐기는 자로 특히 유곽에 정통하고 사물을 제대로 분간하며 쩨쩨하게 굴지 않는 멋진 사람을 말한다. 그 당시는 손님뿐만 아니라 유녀도 진정한 스이진이 되고자 했다. 이러한 스이진의 면모는 『호색일대남』 후반부의 요노스케와 삼대 도시의 명기들의 행동에서도 잘 나타난다.

앞의 쌀가게 주인은 자신이 요즘 유곽에서 쓰는 유흥비가 적게 들어가니 '유곽 사정에 밝은 사람' 즉 '스이진'이 되었다고 자랑한다. 그러자 아게야의 주인은 돈 갖고 쩨쩨하게 구는 그에게 "진정한 스이진은 처음부터 이런 곳에 오지 않고 집에서 돈을 세고 있소"라고 되받아친다. 이와 같은 두 사람의 대화를 듣게 된 요노스케는 "이런 시골에도 의외로 스이진 운운하는 사람이 있네"라며 흥미롭게 생각하였다. 여하튼 오우미에게 마음이 끌린 요노스케는 한 번의 만남으로 끝내지 않겠다고 맹세하며 더 나아가 오우미로부터 변치 않겠다는 서약서를 받아낸다.

시모노세끼 유곽과 니가타 유곽의 풍습

나라에서 교토로 넘어간 요노스케는 교토에서는 별 재미를 못 느낀다. 그러던 차에 마침 교토에 놀러온 규슈九州 사람의 권유로 규슈로 유흥여행을 떠나게 된다. 당시 교토에서 규슈로 가려면 요도 강淀川에서 배를 타야했다. 요도 강은 비와 호琵琶湖 남단에서부터 교토 · 오사카 북반부를 지나 오사카 만으로 흐르는 강이다. 요도 강은 옛날부터 교토의 근처 지방 즉 기나이畿內 교통의 동맥으로서 정치 · 문화에 깊은 영향을 끼쳤다.

요도 강에서 배를 탄 요노스케 일행이 도중에 오사카의 아마노 강天の川과 효고 현兵庫県의 간자키神崎 하구를 지나 도착한 곳은 빈고備後 지방의 도모鞆라는 항구이다. 현재 히로시마 현広島県의 도모鞆 마을로 당시는 세토나이카이瀬戸内海의 중요한 항구였다. 그곳에 아리이소초有磯町라는 유곽이 있었다. 일행은 이곳에서도 평판이 나있는 유녀들과 하룻밤을 보낸다.

마침내 규슈에 도착한 어느 날 요노스케는 동행한 남자와 함께 지금의 시모노세키 시下関市 아카마赤間 지역에 해당되는 이나리稲荷 마을에 있는 유곽으로 갔다. 유녀들은 머리를 뒤로 묶어 늘어뜨리고 있었으며 의젓했다. 대개 예복인 우치카케打掛け를 입고 있으며 사투리 섞인 말투가 애교 있어 보였다. 유흥 중에 술병이 돌기 시작하는데 술잔을 주고받을 때마다 권하는 술잔을 되밀어 또 한 잔 마시게 하는 고풍스런 관습이 아직 남아 있었다. 요리 순서대로 술상을 여러 번 차려 내오는 것도 좀 번거로웠지만 이것도 음식을 대접하는 마음이려니 했다. 그러나 한편 잠자리에서 유녀가 술 취한 손님을 구슬리는 술책은 어느 곳이나 다를 바가 없었다. 이렇게 며칠을 이곳에 머무르다보니 요노스케는 모든 유녀들의 정부情夫가 되었다. 하지만 이 일이 발각되자 몰래 도망쳐 나오게 된다.

그리고 25세가 된 요노스케는 교토 오하라大原에서 인연을 맺은 여자와 도피생활을 하다가 생활이 궁핍해지자 사도佐渡의 광산으로 떠나려고 마음먹는다. 사도는 현재 니가타 현新潟県에 속해 있는 동해 최대의 섬이다. 사도로 출발하기 전 요노스케는 기분 전환 겸 니가타 현 중부의 나가오카 시長岡市에 속하는 데라도마리寺泊의 유곽에 들른다.

작품에서는 유녀들의 외모를 "팔월인데도 저녁 바람이 차가운 탓인지 벌써 겹옷을 입고 있다. 줄무늬가 들어가면 뭐라도 세련되었다고 생각하는지 면 줄무늬 옷에 금사가 들어간 옷을 걸치지 않은 여자가 없다. 맨얼굴이라도 아름다울 텐데 꼭 흰 분을 마구 처바르고 이마는 둥글게 밀어 올려 가장자리를 검은색으로 진하게 바르고 있다"고 기술하고 있다. 보통 유녀는 아름다운 맨얼굴이 자랑거리인데 흰 분을 진하게 바르고 있다는 것은 격이 낮은 유녀라는 것을 가리킨다. 대도시에 비해 유녀들의 격이 떨어짐을 나타내고 있다.

요노스케는 미인이라고 소문난 고킨小金이라는 유녀를 불러 유흥을 벌이기로 했는데, 따로 아게야라는 것이 없어 포주인 시치로다유七郎太夫의 집에서 만나기로 약속했다. 앞에서도 말했듯이 대도시의 유곽에서는 상급유녀는 아게야로 불러내어 유흥을 즐기고 하급유녀의 경우는 그냥 유녀집에서 유흥을 즐기는 형태였다. 대도시와 다른 북쪽 지방의 유곽의 특징이 보여지는 대목이라고 할 수 있겠다.

대도시와 지방의 차이는 주인공의 시선을 통해서도 드러난다. 차려나온 술상을 앞에 놓고 "유녀는 젓가락도 들지 않았다. 교토나 오사카의 유곽 풍속을 누군가가 가르쳐 주었을 게야"라며 대도시 유녀들과 비슷한 행동을 보이는 유녀들이나, "등불의 등심을 손가락으로 일으켜 세워 불을 켜고 기름으로 더럽혀진 그 손가락을 곧장 옆머리에 문지르는 모습을 보고 웃을 수도 없어 배를 붙잡고 웃음을 참고 있자니"라는 식으로 고상하지 못한 시골 유녀들의 모습들이 요노스케의 시선으로 연이어 서술되고 있다.

초저녁인데도 불구하고 잠자리에 들자마자 지나치게 적극적으로 나오는 유녀의 태도가 못마땅하여 그 집을 그냥 나오면서도 요노스케가 아게야의 주인 부부와 여러 종업원들에게 팁을 흩뿌리자 모두 놀라며 '배짱 큰 손님'이라고 한다. 친해진 유녀 또한 다소곳이 뱃머리까지 배웅을 나와 배에 오르는 요노스케의 귀에 대고 "일본에는 계시지 않는 분이에요"라고 속삭인다. 이 말은 '일본에서는 본 적이 없는 배짱 있는 사람'이라는 것과 '일본에서는 오래 머무르지 않을 사람'이라는 뜻으로도 해석되어 이 작품의 마지막에 여성들만 산다는 상상의 섬인 뇨고 섬으로 떠나는 요노스케의 행동에 대한 복선이라고 할 수 있겠다.

‖ 삼대 도시 유곽에서의 유흥

19세에 부모로부터 의절을 당하고 지방을 유랑하던 요노스케는 34세에 아버지가 돌아가시자 집으로 돌아와 지금의 돈으로 환산하면 약 250억 엔이라는 막대한 유산을 상속받는다. 이 유산으로 대부호가 된 요노스케는 삼대 도시의 유곽을 찾아다니며 유녀놀이 삼매경에 빠져 중년을 보내게 된다.

그럼 삼대 도시의 유곽을 살펴보자. 근세 이전까지 일본의 유녀들은 수도였던 교토를 비롯하여 정권의 소재지나 교통의 요충지에 산재해 있었다. 산재해 있던 유녀들을 치안유지를 위해 일정 지역에 모아 공인의 유곽으로 만든 것이 도요토미 히데요시豊臣秀吉(1537~1598년) 시대의 일이다. 1589년에 교토 마데노코지万里小路에 공인 유곽을 조성했는데 이곳을 야나기초柳町라고 불렀다. 이후 도쿠가와 이에야스徳川家康(1542~1616년) 시대에 로쿠조六条로 이전했다가 1640년에 다시 지금의 교토 시모교下京 지역의 시마바라島原로 옮겼다.

이와 쌍벽을 이루는 오사카 서쪽 지역의 신마치新町 유곽은 이전에는 도톤보리道頓堀에 위치하였다가 1631년 막부의 명령에 의해 지금의 신마치로 이전한 것이다. 조정에 출사하는 사람이나 신분 높은 사람, 교양 있는 손님들이 드나드는 교토의 시마바라와는 달리 오사카의 신마치는 전국의 유력한 상인들이 주된 손님들이었다. 사이카쿠는 『호색일대남』 권6의 6에서 "교토(시마바라)의 미인에게 에도(요시와라)의 기개를 갖게 하고 그러한 유녀를 오사카(신마치)의 화려한 아게야에서 만난다면 이 이상 무엇을 바랄 것인가"라고 기술하고 있다. 이렇듯 오사카의 신마치 유곽은 지방 세력가인 다이묘大名들의 저택이 모두 군집해 있는 지역이자 지방의 부유한 상인들이 모여드는 커다란 항구에 있는 유곽답게 아게야의 설비가 삼대 도시 가운데 으뜸이었다.

마지막으로 에도의 요시와라 유곽은 1618년에 도쿄의 주오 지역에 조성되었다. 40년 후 에도에 대화재가 발생하자 장소를 아사쿠사浅草의 일본 제방日本堤防 쪽으로 옮겨 영업을 계속하게 되었는데, 이곳을 옛 요시와라와 구별하여 신요시와라新吉原라고 불렀다.

교토의 시마바라, 오사카의 신마치, 에도의 요시와라를 중심으로 요노스케는 최고급 유녀인 다유를 상대해 유흥을 즐기게 되는데 그 관계 또한 각양각색이었다. 이 작품에서 중요하게 다루고 있는 다유에 대해 살펴보고 요노스케와 인연이 깊은 다유를 몇몇 소개하면 다음과 같다.

시마바라 유곽의 명기, 요시노와 하쓰네

당시의 유곽안내서에 의하면 시마바라의 최상급 유녀 '다유'는 유녀 329명 가운데 13명에 불과했다고 한다. 참고로 덧붙이자면 신마치의 경우는 유녀 983명 중 17명, 요시와라는 2,780명 중 단 3명뿐이었다고 전한다. 그 수로 보아 다유는 소수 정예와 같은 존재였던 것으로 보인다. 따라서 다유 중에서도 명성이 자자한 경우는 쉽게 만날 수 없는 존재였다. 권6의 5에서 요노스케가 시마바라의 다유인 하쓰네初音와 신년 유흥을 갖기 위해 26일이나 기다려야 했던 것을 보면 그 존재가치를 짐작하고도 남을 것이다.

먼저 요노스케는 유산으로 대부호가 되자 손에 넣기 어려운 유녀를 아내로 맞이하게 되는데 바로 시마바라의 요시노吉野라는 명기이다. 권5의 1장 서두는 "요시노라는 다유는 전대미문의 유녀로 뭐 하나 나무랄 데가 없는데 특히 인정이 많았다"로 시작된다. 요시노에 대해서는 미모뿐만 아니라 거문고를 타고, 시를 짓고, 차를 달이고, 꽃꽂이를 하고, 시계를 맞추고, 바둑의 상대도 될 정도로 예능과 교양을 갖춘 '유녀의 모범'이라고 묘사되고 있다. 그 예로 다음과 같은 이야기가 있다. 어떤 대장장이가 자신을 만나기 위해 53일간 밤일까지 해서 화대를 준비했지만 신분이 낮아 마음만 애태운다는 이야기를 듣고 다유 요시노는 그 대장장이를 불러들여 하룻밤의 관계를 맺은 후 술상까지 베풀어 돌려보낸다. 이러한 요시노의 따뜻한 마음에 감동한 요노스케는 1,000냥 즉 지금의 1억 엔 정도 하는 요시노의 몸값을 지불하고 아내로 맞이해 돌봐준다.

한편 시마바라의 다유인 하쓰네와의 인연도 각별했다. 당시 시마바라는 대문이 동쪽에 하나만 있었으며 유곽 안에는 아게야 거리가 있고 차야와 유녀집이 있었다. 아게야는 연회장과 손님에게 음식을 직접 제공하기 위한 부엌이 있었고 정원과 다실도 갖춘 구조였다. 이와는 달리 차야의 경우는 손님 접대만 하고 식사는 배달시켰기에 그 건물 구조가 단순했다.

시마바라의 차야에 도착한 요노스케는 미리 하쓰네와의 만남을 갖기로 약속을 해 놓았기 때문에 심부름꾼을 몇 번이나 아게야로 보내 재촉했다. 그러다 기다리다 못해 직접 자신이 아게야로 가는 도중에 다유들의 아름다운 '도추道中' 모습을 보고 하쓰네에 대한 연정을 더욱더 깊이 품게 된다. 도추란 다유가 유객과 유흥하기 위해 자신의 거처인 오키야置屋에서 아게야로 가는 것을 말한다. 다유 혼자서 유곽의 거리를 거니는 것이 아니라 어린 가부로를 앞세우고 뒤에서 큰 양산을 씌워주는 하위 유녀를 거느리고는 맨발에 게다를 신고 독특한 팔자걸음으로 천천히 걸어간다. 화려하고 아름답게 차려입은 다유의 도추 모습은 당시 유곽내의 큰 구경거리였다. 이를 통해서 유곽이라는 공간이 지닌 여러 풍경을 만날 수 있다.

〈그림 2〉 유녀들의 도추 모습. 鈴木春信 花魁道中図(『古美術78』, 三彩新社, 1986년)

하쓰네는 정월 25일까지 유객들과의 약속이 잡혀있어 26일이나 되어서야 겨우 만날 수 있었다. 첫 만남의 자리에서 요노스케에게 "가끔 당신을 뵌 적이 있어요. 당신과 만나는 유녀가 누구인진 모르겠으나 그 분은 행복하시겠어요. 당신은 정말로 좋아질 것 같은 분이에요"라며 먼저 남자의 마음을 기분 좋게 만들었다. 유곽의 달인 즉 스이진인 요노스케는 그녀에게 마음을 빼앗긴 터라 몸가짐 하나하나에 신경을 썼다. 그러다 보니 자꾸 말문이 막히고 식은땀까지 나서 연회의 분위기까지 굳어지게 했다. 긴장한 자신의 모습을 감추기라도 하듯 그 비싼 향목香木을 아끼지 않고 피우게 하고 오래되어 낡은 아게야의 이층을 수리해 주겠다는 약속을 하는가 하면 아게야의 안주인에게까지 팁을 주는 등, 요노스케는 하쓰네 앞에서 자꾸만 부호의 허세를 부렸다.

요노스케가 이다지도 하쓰네에게 안달이 난 것은 그녀의 실력이 다른 유녀들보다 월등히 능숙했기 때문이다. 좌흥이 가라앉으려 하면 분위기를 띄우고 초심자에게는 눈물을 흘릴 정도의 기쁨을 주고 스이진 남성은 쥐락펴락하는 식으로, 상대방에 따라 수법을 바꾸어 능숙하게 대했다. 잠자리에서 상대방의 마음을 사로잡는 요령도 능숙했다. 밤이 되면 하쓰네는 "오늘 밤은 왠지 졸리운걸"하며 잠자리 준비를 재촉하고 몸단장에 나선다. 양치질을 몇 번이나 해서 입안을 청결하게 하고 머리를 곱게 매만지고 두 개의 향로를 피워 옷자락에 향기가 배이도록 했으며 거울에 옆얼굴까지 비추어 살펴봤다. 연회석 옆에 잠자리를 준비해 놓은 작은 방에 다다르자 하위의 유녀는 물러가게 하고 가부로만 데리고 방으로 들어간다. "어머, 어머! 웬 거미! 거미가 말이죠"라고 외쳐 요노스케를 놀래킨 후 꽉 껴안으며 "기생 거미가 매달렸어요"라며 찰싹 달라붙었다. 작품의 구체적인 정사 장면 묘사는 생략하였으나 "혼이 다 빠져나갈 정도였다", "좀처럼 없는 아주 훌륭한 잠자리 접대였다"라고 되어있는 것에서 그녀의 남성을 다루는 솜씨를 가히 짐작하고도 남을 것이다.

요시와라 유곽의 영리한 요시다

요시와라의 명물로 꼽히는 다유 요시다吉田는 남자를 잘 설득하고, 용모는 시마바라의 긴다유金太夫보다 나아보이며, 서도書道는 오사카의 노가제野風만큼 능숙하고, 와카和歌 또한 잘 지었다고 한다.

요노스케는 이 요시다의 후원자가 되어 여러 가지로 돌봐주었다. 이에 요시다는 다른 손님은 거절하고 사랑의 서약까지 쓸 정도로 요노스케를 특별한 남자로 생각하게 되었다. 그런데 요노스케는 다른 다유에게 빠져 요시다와의 관계를 끊으려고 여러 가지 궁리를 한다. 그래서 어느 날 다이코모치 고헤小兵衛와 짜고 요시다를 곤궁에 빠뜨리거나 창피를 주어 자신에게서 떨어져 나가게 하려는 계책을 짜냈다. 평소와 다른 행동을 보고 이런 속셈을 알아차린 요시다는 여느 때와 다름없이 태연스럽게 술자리에 임했다. 요노스케는 일부러 술에 취해 미친 사람처럼 주변을 거칠게 발로 차고 밟아버렸다. 그 기세로 나뒹군 술주전자에서 술이 흘러 다타미를 타고 요시다의 윗도리까지 흘러왔다. 하지만 다행히도 가부로가 재치있게 자신의 옷으로 덮어 빨아들여 요시다는 다유로서의 품위를 유지할 수 있게 되었다.

해질 녘에 요시다가 방을 나가 복도를 걷자 이상한 소리가 들렸다. 요노스케 일행 귀에는 틀림없는 방귀소리였다. 요노스케도 고헤도 기회는 이때다 싶은 듯 회심의 미소를 지으며 "요시다가 다시 이쪽으로 오면, 술자리가 냄새나서 있을 수 없다고 말해줘야지. 아니 둘 다 코를 막고 있자구. 무슨 일인가라고 물으면 오늘은 좋은 냄새를 맡으러 왔는데 이 무슨 냄새냐고 말하자구"라고 대사까지 짜 맞추어 놓았다. 그런데 요시다는 모습을 보이지 않았다. 요노스케는 방귀 뀐 여자가 어찌 얼굴을 내밀 수 있으랴 하며 웃고 기다리고 있으려니, 의상을 완전히 갈아입고 벚꽃 가지를 들고 요시다가 서 있는 것이 아닌가. 두 사람이 멍하고 보고 있자 방귀를 뀌었던 바로 그 자리를 사뿐히 지나오더니 다타미 위를 맴돌기 시작했다. 판자 소리인가 방귀 소리인가를 확인하기 위해 그 복도를 요노스케가 직접 걸어가 보았더니 아무 소리도 나질 않았다. 역시 요시다의 방귀 소리가 틀림없었다. 그럼에도 창피를 주지 못하고 있자 요시다가 먼저 "지난번부터 하시는 일이 모두 납득이 가질 않는 일 뿐이에요. 요노스케 님이 먼저 질리시기 전까지는 저는 절대 변심하지 않겠다고 서약까지 한 몸입니다. 하지만 제가 오늘을 마지막으로 질려 버렸으니 이제부터는 뵙지 않겠어요"라고 말하고 밖으로 나가버렸다. 두 사람은 어쩔 수 없이 구린 방귀 냄새를 맡았음에도 말대답도 못하고 인사도 못한 채 쫓기듯 돌아와야만 했다. 이후 요노스케와 고헤의 처사가 좋지 않았다는 소문이 났고 요노스케는 다유에게 차인 꼴이 되었다. 하지만 요노스케 입장에서 보면 체면은 구겨졌으나 그토록 바라던 다유와의 이별은 이루어졌으니 성공했다고 할 수 있을 것이다. 자신과의 인연을 끊으려는 유객을 먼저 공격하여 품위를 유지한 다유 요시다의 영리함과 스이진 요노스케에게도 실수가 있었음을 보이는 일화라 할 수 있겠다.

요노스케의 이상향 '뇨고 섬'

삼대 도시의 유곽을 중심으로 요노스케의 방탕한 생활은 60세까지 계속되었다. 그 유흥 상대는 거의 그 당시의 명기들뿐이었다. 이와 같이 호색 생활을 해온 요노스케는 권1의 1에서 "마음 가는대로 사랑 찾아 60세까지 상대한 여자는 3,742명, 남자는 725명이었다"고 자신의 일평생을 회고한다.

작품의 하이라이트는 이에도 만족하지 않고 요노스케가 남은 재산을 정리하고 마음 맞는 난봉꾼 7명과 함께 여성들만 산다는 '뇨고 섬'으로 떠나는 데에 있다. '호색好色 호'라는 배까지 만들어서 말이다. 그 배에다는 명기 요시노가 기념으로 준 비단 속치마를 깃발로 달고 옛날 정을 나눴던 유녀들에게서 받은 기모노를 이어 꿰매 휘장으로 삼았다. 정력제로 쓰일 많은 식량과 약재도 실었으며 남성의 나들이 옷뿐 아니라 앞으로 태어날 수도 있을 아이 배내옷까지 실었다. '뇨고 섬'을 향해 떠나는 요노스케와 7명의 남성들은 설령 여성들과의 과도한 정사로 쇠약해져 섬에서 죽는다 할지라도 한 시대의 사내로 태어난 이상, 이 길이야말로 원하고 바라던 바라며 부푼 꿈을 안고 출항했다.

그 당시의 유객들에게 있어서 '유곽'이라는 공간은 일상을 떠난 비일상의 공간이다. 남녀의 사랑을 나누는 잠자리만 하더라도 요는 세 장이나 깔았고 베개도 보통 것과 달랐다. 몸을 유녀들에게 맡기고 눕기만

하면 되었다. 담뱃대에 담뱃잎도 넣어주었고 잠옷도 입혀주었다. 다유의 상냥한 목소리를 들으면서 잠자리에 들면 되는 것이었다. 그래서 유곽을 '극락정토極楽浄土'라고도 하였다. 사이카쿠의 차기 작품인 『쇼엔오카가미諸艶大鑑』 권8의 5에서는 최상급 유녀인 다유들이 보살菩薩로 비유되고 있는 것만 보아도 이 공간이 남성들에게 얼마나 극락세계였던가를 잘 알 수 있다.

'우키요浮世'라 칭하는 현세의 애욕 세계에 '극락정토'와 같은 공간인 '유곽'을 찾아 주인공 요노스케는 일본 전역을 유랑하였다. 평생 쾌락만을 추구해 왔던 요노스케는 노인이 되어서도 내세의 안락을 빌기보다는 이생에서의 마지막 남은 욕구마저 채워줄 꿈의 공간인 '뇨고 섬'으로 떠나는 철저한 '호색남'의 길을 택한 것이다. '유곽'과 '뇨고 섬'이라는 공간은 에도 시대 남성들에게는 꿈의 세계였던 것이다. 돈 없고 신분이 낮은 에도의 서민 남성들은 이루지 못할 꿈을 사이카쿠의 이 작품을 읽으며 위로받았을 것이다.

참고문헌

渡辺憲司, 「女護の島－『好色一代男』·『伽婢子』を中心に」(『国文学解釈と鑑賞』 第71巻5号, 至文堂, 2006)
谷脇理史 · 吉行淳之介, 『井原西鶴』(「新潮古典文学アルバム」 17, 新潮社, 1994)
谷脇理史 編, 『西鶴必携』, 學燈社, 1993.
麻生磯次 · 冨士昭雄, 『好色一代男』(「決定版対訳西鶴全集」一, 明治書院, 1992)
浅野晃 編, 『元禄文学の開花 I 西鶴と元禄の小説』(「講座元禄の文学第二巻」, 1992)
麻生磯次 · 冨士昭雄, 『諸艶大鑑』(「決定版対訳西鶴全集」一, 明治書院, 1992)
浅野晃, 『西鶴論考』, 勉誠社, 1990.
野田寿雄, 『西鶴』, 三一書房, 1987.
松田修 校注, 『好色一代男』(「新潮日本古典集成」, 新潮社, 1982)
小森隆吉, 「〈廓〉の世界」(『国文学』10月臨時増刊号, 學燈社, 1981)
森修, 「西鶴文学の風土と環境」(『国文学』 第7巻15号, 學燈社, 1962.12)
野間光辰 編, 『元本色道大鏡』, 友山文庫, 1961.

공간으로 읽는

일본고전문학

순례와 기행 그리고 유랑

후지 산과 스미다 강. 葛飾北斎画 浮世絵(『特別殿「メトロポリタン美術館浮世絵名品展」』, 1995년)

공간으로 읽는

일본고전문학

깨달음을 얻고자 가마쿠라로

배 관 문

해도기

가마쿠라 시대 중기인 1223년경에 성립한 작자 미상의 기행문이다. 작자에 대해서는 예로부터 『호조키』의 작자인 가모노 조메이의 작품이라는 등 논란이 많았지만 연대상 맞지 않는다. 서명의 '해도'는 도카이도의 뜻으로 작자가 도읍 교토에서 신흥도시 가마쿠라까지 이동하면서 도카이도의 각 명소에 대한 감상을 기록한 것이다. 여행의 목적은 분명치 않으나 작자는 출가한 지 얼마 안 된 50세경의 은자로서 작품 전체에 무상관이 지배적이며 도처에 불교사상을 토로하고 있다. 내용은 크게 3부 구성이다. 제1부의 서문과 제3부의 가마쿠라 유람 및 귀경에 대한 부분 사이에 도카이도 기행에 속하는 제2부가 중심이다. 문체는 한문 직역체로 난해한 수식어와 대구법이 많이 사용되었고, 한시와 와카의 시구를 비롯하여 중국과 일본의 고사에 이르기까지 출전도 다양하다. 일본문학사에서는 『동관 기행』, 『이자요이 일기』와 함께 중세 3대 기행문학으로 꼽힌다.

본격적인 기행문학의 시작

일본의 중세는 기행문학의 전성기라고 불린다. 가마쿠라鎌倉 시대(1192~1333년)에 이르기까지 일반인들의 여행은 거의 불가능했다. 1192년 가마쿠라 막부가 설립되자 정치 문화의 중심지가 전통적인 교토와 신흥도시 가마쿠라로 양분되면서 동서를 잇는 도카이도東海道의 교통이 활발해졌다. 공적으로 혹은 사적으로 여행할 기회가 많아졌고 그에 따라 체험과 소감을 글로 표현한 각종 여행기들이 생겨났다. 주요 작자층은 전문 가인歌人이나 귀족, 은자隠者, 승려 등이었는데, 이후 남북조南北朝 시대를 거쳐 무로마치室町 시대에는 렌가連歌 시인들이 대거 진출하여 활약하게 된다. 이들이 근세 하이카이俳諧 시인의 전신이다. 그리고 신사나 절에 참배하는 일과 종교적 수행을 목적으로 하는 지방 순례 등이 유행하면서 여러 가지 이유로 여행길에 오르는 사람이 늘었다. 여행지도 전국으로 확대되고 여행기 또한 수적으로 증가하여 현존하는 작품만도 수십여 편에 이른다. 당시 대부분의 작품은 단편적인 습작으로 비록 근세 기행문학의 깊이에는 미치지 못하지만, 이 시대에 여행기가 기행문학으로 성립하면서 중세문학의 독자적인 세계를 구축하게 된다.

기행문학은 헤이안平安 시대까지만 해도 일기문학 속에 기행적 요소를 포함했다고 할 수 있다. 일기문학이나 기행문학이 독립된 문학의 한 장르로서 인정받게 된 것도 근대 이후의 일이기는 하지만, 문학적 발상으로서의 기행은 그 이전에도 존재했음에 틀림없다. 특히 중세에는 '~기행', '~도기道記', '~참배기参詣記' 등의 이름을 표제로 내세우며 기행이라는 인식을 전면에 드러내는 작품들이 많이 등장하게 되었다. 그 중에서도 『해도기海道記』와 『동관 기행東関紀行』은 한문과 일본의 고유어인 히라가나 문장을 섞어 쓴 남성의 문학으로서 중세 기행문학의 전형이자 규범이 된다. 한편 여성 작자 아부쓰니阿仏尼가 히라가나 중심의 부드러운 문체로 쓴 『이자요이 일기十六夜日記』는 아들의 토지 상속이라는 현실적인 문제로 가마쿠라에 가게 된 것이 직접적인 성립 계기였다. 이 작품에는 새로운 중세 스타일의 기행문학적 성격이 강한 「노정의 기록」 부분과 헤이안 여류 일기문학의 계통을 잇는 「가마쿠라 체제기」 부분이 혼재하기 때문에 작품 전체에 대한 평가도 양분되어 왔었다. 현행 일본문학사에서는 그 기행적 측면을 중시하여, 위의 『해도기』·『동관 기행』·

『이자요이 일기』를 중세 3대 기행문학으로 꼽는 것이 일반적인 견해다.

이 글에서는 주로 『해도기』를 통해 당시 교토에서 가마쿠라까지의 여정을 따라가 보겠지만 필요에 따라 『동관 기행』과 『이자요이 일기』도 참고할 것이다. 동시대에 거의 동일한 루트를 이동했던 이들이 같은 풍경을 보고 어떤 식으로 그 감상을 기술하고 있는지 비교해볼 수 있는 좋은 자료가 될 것이다.

도카이도의 어제와 오늘

가마쿠라 시대의 도카이도는 두 가지 길이 있었다. 하나는 교토에서 남쪽의 이세伊勢 지방으로 접어드는 길이었고, 다른 하나는 교토에서 북쪽의 오미近江와 미노美濃 지방으로 접어드는 길이었다. 이 두 길은 지금의 나고야 근처에서 다시 만난다. 또한 가마쿠라로 들어가는 길목에서 아시가라 산足柄山을 넘는 방법과 하코네 산箱根山을 넘는 방법이 있었다. 본래의 길은 아시가라였는데 후지 산富士山의 분화로 길이 막히는 바람에 하코네 쪽으로 새로운 가도를 만든 것이다. 후에는 양쪽 길을 다 사용했는데, 하코네를 넘는 방법이 지름길이기는 하나 지형이 험해 난코스였다고 한다.

사람들의 왕래가 잦아지자 도로가 정비되어 실제 소요기간도 많이 단축되었다. 헤이안 시대 중반 11세기의 『사라시나 일기更級日記』에 의하면 주인공은 지금의 지바 현千葉県 근처인 동쪽 지방에서 도읍으로 상경할 때 90여일이 걸렸다고 했다. 물론 이 경우는 병과 사고 등으로 지체할 수밖에 없는 사정이 있기는 했지만, 공식적으로도 상경에 필요한 일수는 30일이었다. 『사라시나 일기』로부터 200년 후의 『해도기』의 작자는 반대로 교토에서 출발하여 이세 길을 택해서 아시가라 산을 넘어 가마쿠라까지 가는 데에 15일이 걸렸다. 그로부터 19년 후에 교토를 출발한 『동관 기행』의 경우는 오미 길을 택해서 하코네 산을 넘어 가마쿠라에 도착하는 데에 12일, 그보다도 약 40년이 지난 『이자요이 일기』는 같은 코스로 14일이 걸렸다. 이 시대가 되면 교토에서 가마쿠라까지 소요되는 일수도 어느 정도 일정해졌다고 하겠다.

도로뿐만 아니라 점차 여관 등의 숙박시설도 발달해간 것으로 보인다. 이전까지의 '역驛'이라는 개념이 여행객이 타고 온 말을 바꾸고 그 말들을 돌보는 곳이었다면, 가마쿠라 시대 이후에는 대신에 '숙宿'이라는 형태의 여관이 나타난다. 이러한 여관은 오늘날의 민박 수준의 반영업적 형태가 대부분이었을 것으로 추정된다. 민가 혹은 비천한 움막 같은 곳에서 '방을 빌린다'는 표현이 많이 보이기 때문이다. 하지만 좀 더 번화한 지방에서는 전문적인 여관들이 모여 마을을 형성하고 유녀를 두는 곳까지 생겨난 것 같다. 『해도기』에서는 세키모토関下라는 곳을 지날 때 "집집의 주민들은 여행자를 묵게 해 하룻밤의 주인으로 모시고 창가에서 노래하는 유녀는 손님을 붙들어 하룻밤의 남편으로 삼는다"고 묘사했다. 아직 여관이 없었던 헤이안 시대의 도카이도에 비하면 급격한 변화였다.

이 밖에도 『해도기』에는 지방에 사는 서민들의 생활상을 묘사한 부분이 비교적 많은 편이다. 어느 시골 마을에서는 농부들이 나란히 서서 논을 일구는 모습에 발길을 멈추고, 아낙네들이 모여서 힘들게 쇠기나물을 캐는 걸 보면서 눈물을 흘리는 작자의 모습이 그려진다. 또 어느 마을에서는 뽕나무 밭에서 양잠 일을 하는 일가를 보고, 그 농가의 아이가 글을 배울 생각은 꿈에도 못하고 오직 진흙투성이의 발로 농사짓는 생각만으로 평생을 살아갈 모습을 떠올리며 애잔하게 생각하기도 한다. 또 어느 해변 마을을 지날 때에는 염전에서 일하는 어부들의 소맷자락이 다 젖어있는 모습에 눈시울을 적시기도 한다. 이처럼 작자는 여행 도중에 마주치는 서민들의 삶의 모습을 관찰하고 그들의 힘든 일

〈그림 1〉 도카이도 간바라 여관의 모습. 歌川広重(『古美術78』, 三彩新社, 1986년)

과에 자기도 모르게 눈물지으며 동정하는 마음을 보인다. 사료와 같은 문헌 등을 통해서는 좀처럼 접할 수 없는 당시 실제 생활상의 일면들이다.

지금까지 『해도기』의 도카이도 기행을 통해 가마쿠라 시대에 본격적으로 발달되기 시작한 여행의 단면과 변모의 양상을 확인해 보았다. 더불어 헤이안 시대 문학작품의 중심무대였던 교토를 벗어나 이제껏 많이 접하지 못했던 지방의 풍경 또한 엿볼 수 있었다. 다음으로 살펴볼 것은 이곳을 지나는 모든 여행자들이 주목하는 이른바 도카이도의 명소들이다.

도카이도의 명소들

『해도기』의 작자는 음력 4월 4일 새벽녘에 그가 살던 교토 시라카와 白川 부근의 산기슭을 떠나 도카이도를 지나 4월 18일에 가마쿠라에 도착한다. 15일간의 여정에서 당연히 도카이도의 많은 명소들을 구경하게 되는데, 과연 이곳의 풍경들은 초행길인 작자에게 어떻게 비쳐졌을까.

여기서 주의해야 할 점이 있다. 이 시대의 명소란 어디까지나 관념상의 개념이다. 특히 일본문학의 주류인 와카의 소재가 되는 명소, 유서 있는 지명을 우타마쿠라歌枕라고 한다. 우타마쿠라가 성립하기 위해서는 반드시 특정 지명에 특정의 이미지가 공유되어야만 한다. 심지어 현지에 가지 않고 우타마쿠라를 보다 잘 노래할 수 있는 역량이 와카의 명수로 여겨지는 조건이기도 했다. 여행을 통해 실제 풍경을 접하고 각자의 자유로운 감상을 노래하는 것은 아직 이들의 문화가 아니었다.

예를 들면 도카이도의 명소 중에서도 야쓰하시八橋, 우쓰 산宇津山 , 후지 산은 헤이안 시대의 『이세 이야기伊勢物語』와 그 주인공 아리와라 나리히라在原業平의 노래로 유명했기 때문에 후대의 기행문학에는 거의 예외 없이 등장하게 된다.

먼저 야쓰하시는 지금의 아이치 현愛知県 동부에 해당하는 미카와三河 지방의 우타마쿠라다. 『이세 이야기』에 의하면 야쓰하시는 여러 갈래의 물길에 다리를 놓아서 야쓰하시라고 불렀다고 한다. 그래서 거미의 손을 뜻하는 '구모데蜘蛛手'가 유명하고, 또 여기서 나리히라가 지은 와카로 인해 제비붓꽃 '가키쓰바타燕子花'가 유명하다. 이후 '야쓰하시의 구모데'는 사방팔방으로 갈린 다리처럼 흐트러지고 어지러운 마음을 비유하는 표현으로 와카에서 많이 쓰였다.

『해도기』에서 작자는 야쓰하시에 와서 "한 두 개의 다리가 있을 뿐인데 이름 하여 야쓰하시라고 한다. 강변의 모래밭에 잠든 원앙은 여름이라 없고 물에 서 있는 제비붓꽃은 때마침 계절이라 피어있다. 이 꽃은 옛날 그대로 색도 변하지 않고 피어있는 것이겠지. 다리도 같은 다리일 텐데 몇 번을 다시 지은 것일까"라고 생각한다. 『동관 기행』에서는 야쓰하시를 지나면서 "일대를 둘러봐도 그 풀이라고 생각되는 것은 없고 벼만 보인다"고 하고, 『이자요이 일기』에서는 "어두워서 다리도 보이지 않았다"고 쓰고 있다. 두 작자는 불행히도 늦가을과 겨울에 야쓰하시를 지나는 바람에 때를 맞추지 못했지만, 『해도기』의 작자는 4월 8일 즉 지금의 5월 초순에 이곳을 지나며 제비붓꽃을 제대로 보았던 것이다.

단 『해도기』의 내용을 잘 살펴보면 『이세 이야기』만을 전제로 하는 것은 아니다. 제비붓꽃 이야기에 이어서 중국의 사마상여司馬相如의 고사를 연결시킨다. 사마상여는 한나라의 문장가로 젊은 시절 불우하여 고향을 떠나게 되었을 때 승선교昇仙橋라는 다리 기둥에 네 필의 말이 끄는 높은 수레를 타지 않고서는 이 다리를 다시 지나지 않겠다고 적어 두었는데, 훗날 그 각오대로 입신출세해서 높은 수레를 타고 돌아왔다고 한다. 이 고사를 바탕으로 『해도기』의 작자는 이렇게 쓰고 있다.

> 세상을 원망했던 상여는 살찐 말을 타고 승선교로 돌아오는데, 세상을 등지고 출가한 나는 뭔가에 쫓기는 새처럼 이 다리를 건넌다. 야쓰하시여 야쓰하시여, 이것저것 번민이 많은 사람이 옛날에도 지나갔는가. 다리 기둥이여 다리 기둥이여, 너도 다 썩어버렸는가. 덧없이 썩어버린 나도 지금 건너간다.
> '살기 힘들어 나선 여행길에 이렇게 지나가는 미카와의 야쓰하시를 언젠가 돌아올 때 다시 건너고 싶구나'

여기서 번민이 많다는 의미로 '야쓰하시의 구모데'라는 표현을 쓰고 있기는 하지만, 전체적으로는 눈앞의 야쓰하시를 사마상여의 고사에 나오는 승선교에 빗대어 말하고 있다. 나리히라의 노래를 기리면서 풍류를 즐기기보다는 오히려 뜻을 세우고 고향을 떠난 사마상여를 염두에 두고 스스로의 각오를 다지는 데에 중점을 두는 것이다. 그래서인지

〈그림 2〉 미카와의 야쓰하시를 상상으로 그린 근세의 우키요에. 「諸国名橋奇覧 三河の八つ橋の古図」葛飾北斎画 浮世絵(『特別展 「メトロポリタン美術館浮世絵名品展」』, 1995년)

작자는 위의 노래를 읊은 후에 "이 다리 위에서 생각한 바를 결의하고 건너니 마음이 한결 가벼워졌다"고 맺고 있다. 중국과 일본의 고전적 소양이 어우러져 만들어진 문장이라 하겠다.

다음은 우쓰 산을 넘을 때의 감상이다. 우쓰 산은 지금의 시즈오카 현静岡県에 해당하는 스루가駿河 지방의 우타마쿠라다.

> 지쳐서 발이 가는 대로 걷고 있는 곳은 이끼 낀 바위, 담쟁이덩굴 아래의 길로 험난하기 그지없다. 잠시 쉬고 있자니 수행자 한 두 명이 새끼줄로 엮은 깔개를 펴고 쉰다. (『해도기』)

> 우쓰 산을 넘으니 담쟁이덩굴이 지금도 무성하여 옛 모습이 남아있다.…… 길가에 세워진 팻말에 이 세상을 등진 이가 있다고 쓰여 있다. 길에서 가까운 곳이라 잠시 들러 보니 작은 초암 속에 스님이 있다. (『동관 기행』)

마침 우쓰 산을 넘을 때에 아들인 고승이 알고 지내던 수행승을 우연히 만났다. 옛 노래의 정경을 흉내 낸 듯해서 뜻밖이고 흥미롭고 감동스럽고 정취 있게도 생각되었다. (『이자요이 일기』)

우쓰 산에서는 어김없이 무성한 담쟁이덩굴 속에서 수행자를 만나지 않으면 안 되기라도 하는 듯 하나같이 비슷한 표현으로 이루어진 문장들이다. 모두 『이세 이야기』를 강하게 의식하고 있는 것이다. 『이세 이야기』에는 우쓰 산에 들어서니 길이 너무 좁고 어둡고 담쟁이덩굴과 단풍나무도 무성하여 마음이 불안해져 예기치 못한 고난이라고 생각하고 있는데 수행승을 만났다고 했다. 그 수행승에게 나리히라는 도읍에 있는 이에게 전해달라고 편지를 부탁하는데, '스루가에 있는 우쓰 산 언저리, 현실에서도 꿈에서도 당신과 만나지 못합니다'라고 하는 내용이었다. 우쓰 산의 지명인 '우쓰'에서 현실을 뜻하는 동음의 '우쓰쓰'를 연결 짓고, 또 현실과 대비되는 꿈이라는 시어를 가져와서 읊은 노래다.

앞의 인용문에 이어 세 작품의 작자들이 우쓰 산에서 읊은 노래를 봐도 역시 마찬가지다.

'교토로 돌아가는 우쓰 산의 수행승에게 전해달라고 해야지, 내가 도읍을 그리워하며 홀로 산을 넘었다고' (『해도기』)

'나도 역시 이곳을 최고라 해야지, 우쓰 산에는 적갈색으로 물든 담쟁이덩굴 아래에서 떨어지는 이슬이 있으니' (『동관 기행』)

'담쟁이덩굴과 단풍나무가 가을비로 물들기 전에 이미 우쓰 산을 넘는 내 소매는 눈물로 적갈색이 되었답니다' (『이자요이 일기』)

풍경에 대한 천편일률적인 반응과 표현들이 지금의 우리에게는 참신한 발상이 부족한 것처럼 보일 수도 있지만, 그러나 당시로서는 이것이야말로 상식이고 교양이었다. 작자와 독자의 공감대를 이끌어내는 데 결정적인 역할을 하는 우타마쿠라는 문학 표현상의 중요한 약속이었던 셈이다.

한편 명소 중의 명소인 후지 산에 대해 『이세 이야기』에서는 5월 그믐날인데도 눈이 더욱 하얗게 내려있는 모습을 찬미하며 노래를 읊조렸다. '계절을 모르는 후지 산은 지금이 어느 때라고 아기 사슴의 얼룩 모양으로 눈이 내린 걸까'라고. 즉 여름인데도 후지 산에 드문드문 남아있는 백설의 아름다움을 표현한 노래다.

『해도기』의 작자는 후지 산을 보고 도읍에서 듣던 대로 하늘 중간까지 솟아있고 사방의 산들보다 빼어난 영산靈山이라고 감탄한다. 눈 덮인 후지 산의 모습에 대해서는 "눈이 두건과 같이 정상을 하얗게 덮고 있고 구름이 복대와 같이 산허리를 길게 둘러싸고 있다"고 묘사하고 있다. 후지 산의 매력에 푹 빠진 작자는 이 산에 얽힌 전설들을 떠올리다가 "이로부터 이 산봉우리에 사랑의 연기가 피어올랐다"라는 말을 쓰기 위해 장황하게 『다케토리 이야기竹取物語』의 가구야히메 전설을 인용하고 있다. 그리고 여기에 덧붙인 말 역시 재미있다. 가구야히메와 중국의 양귀비를 비교하면서 둘 다 선녀이고 그녀들이 떠난 후 홀로 남겨진 천자들이 괴로워했다는 것이다. "고로 예나 지금이나 미인은 나라를 위태롭게 하고 사람의 마음을 어지럽히니 색을 조심할 지어다"라고 교훈조로 끝낸다.

『동관 기행』에서는 "다고田子 해변에 나와 후지의 높은 봉우리를 바라보니 계절을 모르고 항상 쌓여있는 눈이지만, 아직 전체가 다 하얗게 덮인 건 아니고 푸릇푸릇하게 하늘로 솟아있다"라고 적고 있다. '다고 해변'은 지금의 시즈오카 현 후지 시 일대의 해안으로 풍광이 매우 뛰어나 스루가 지방의 우타마쿠라 중의 하나로 꼽힌다. 이 문장은 『이세 이야기』와 더불어 『신고킨와카슈新古今和歌集』에 나오는 야마베 아카히토山辺赤人의 겨울 노래 '다고 해변에 나와서 바라보니 온통 하얗게 덮인 후지의 높은 봉우리에 지금도 눈이 내리는구나'를 바탕으로 한 것이다.

『이자요이 일기』는 "후지 산을 바라보니 연기가 피어오르지 않았다"라고 하며 우선 연기가 보이지 않는 광경을 의아해하는 것으로 시작된다. 작자는 예전에 아버지와 함께 시즈오카 현 서쪽 지방까지 온 적이 있었는데, 그때 분명 후지 산의 연기를 아침저녁으로 보았기 때문이다. 실제로 당시의 후지 산은 분화와 휴지 상태가 반복되었다고 한다.

이상으로 도카이도의 명소 중에서도 대표적인 야쓰하시, 우쓰 산, 후지 산의 묘사를 각각 살펴보았다. 우타마쿠라라는 공통된 표현방식을 기본으로 하면서 그 안에서 나름대로 조금씩 변형된 형태로 명소를 찾은 감흥을 피력하는 모습이 이들의 자연스러운 감상법이었음을 다시 한 번 강조하고 싶다.

나아가 『해도기』는 조금씩 실경에 대해 자각하기 시작한 것 같다. 예를 들어 "이름난 곳이 반드시 감동을 부르는 것도 아니고 그 이름이 귀에 익은 곳이 반드시 눈에 차는 것도 아니다. 그러나 이곳은 유일하게 내 귀와 눈이 일치하는 곳이다"라고 말하는 부분 등에서 그러한 경향을 짐작해볼 수 있다. 이곳이란 스루가 지방의 우타마쿠라인 기요미가세키清見が関를 가리킨다. 즉 평판과 실경을 본 느낌이 일치하는 감동을 강조한 것이다.

역사의 현장과 새로운 도시의 풍경

『해도기』의 특징 중 하나는 일본 역사상 조큐承久의 난이라고 불리는 사건의 희생자들과 관련된 장소에 대한 언급이 매우 많다는 점이다. 조큐의 난은 가마쿠라 막부 성립 후 신흥 무사정권과 원래의 교토의 조정 세력이 대치하던 시절, 조큐 3년인 1221년에 고토바 상황後鳥羽上皇(재위 1183~1198년)이 막부에 대해 반기를 들었다가 2개월 만에 패배한 사건이다. 이로써 교토의 조정은 가마쿠라 막부에 완전히 종속되고 말았다. 『해도기』의 작자에게 3년 전에 일어난 이 사건은 여전히 충격이 가시지 않은 생생한 기억이었음에 틀림없다. 조정의 여러 중신들이 교토에서 멀리 떨어진 동쪽 지방까지 와서 목숨을 잃어야 했던 원통함에 대해 작자는 깊이 동정하는 모습을 보인다.

일례로 시즈오카 현 서쪽에 있는 도토우미遠江 지방의 기쿠카와菊河는 후지와라 무네유키藤原宗行(1174~1221년)의 비극으로 알려진 곳이다. 무네유키는 고토바 상황의 신임이 두터웠던 중신으로 조큐의 난을 계획부터 가담했고, 결국 막부에 붙잡혀 가마쿠라로 송환되던 도중, 스루가 지방의 기세 강木瀬川 부근의 아이자와遇沢 들판에서 목숨을 잃었다. 『해도기』의 작자는 기쿠카와의 어느 집 기둥에 무네유키가 적어둔 '저 남양 현南陽県의 국수菊水, 하류의 물을 떠 마시면 장수한다더니, 이 도카이도의 기쿠카와, 서쪽 해안에 묵어 목숨이 끝나는 구나'라는 한시를 보게 된다. 중국 남양 현의 국수는 그 상류에 커다란 국화가 있어서 이 물을 마시면 장수한다는 전설이 있다. 시의 내용은 그러한 남양 현의 국수를 국화라는 말이 들어간 기쿠카와의 지명과 대비시킨 것이다. 이것을 읽고 『해도기』의 작자는 눈물을 흘리며 '마음이 있다면 이 시를 보고 필시 불쌍히 여기겠지, 이렇게 쓰고 가는 이 집의 여행객'이라는 와카를 읊는다.

또 기세 강을 지날 때에도 무네유키가 남긴 와카를 보고 그에 얽힌 사정을 자세히 설명한다. 아이자와에서도 무네유키와 관련된 기술이 또 나온다. 이렇게 무네유키 이야기에 많은 지면을 할애하는 『해도기』의 태도를 전란으로 허무하게 희생된 이들에 대한 동정심 혹은 성자필

멸盛者必滅이나 회자정리会者定離와 같은 무상관만을 가지고 이해하기에는 좀 무리가 있다. 그 때문에 예로부터 작자가 조큐의 난에 직간접적으로 관계가 있었던 집안의 출신이었을 것이라는 추측을 낳았다.

그렇다면 막부가 경영하는 새로운 도시 가마쿠라는 어떤 인상이었을까. 4월 18일에 드디어 가마쿠라에 도착한 작자는 여기서 겨우 10일 남짓 머무르고 나서 5월 초에 바로 귀로에 올랐다. 가마쿠라 체재 중에는 지인과 함께 주요 절과 신사 등을 참배한 것으로 보인다.

가마쿠라의 바닷가 유이가하마由比ヶ浜에 막 도착해서 바라본 첫인상은 "수백 척의 배가 밧줄로 묶여있어 오쓰大津 포구와 비슷하고, 천만 채의 집이 처마를 잇대고 있어 오요도大淀 나루터와 다를 바 없다"고 묘사되어 있다. 그 후 숙소를 나와서 천천히 다시 둘러보고 "이곳은 바다와 산이 있고 물과 나무의 경관도 아주 뛰어나다. 넓지도 좁지도 않고 시가지의 길은 사방으로 통해있다"고 말한다. 작자는 시골 마을과 같은 신흥도시의 모습을 도읍과 비교하여 우선 흔치 않은 전망이라고 한다. 이어서 무사들의 저택이 모여 있는 곳의 번화한 모습을 보고, 또 막부의 쇼군이 사는 곳도 틈새로 살짝 들여다보면서 그 위풍당당하고 아름다운 건물들의 모습에 감탄한다.

전반적으로 활기에 찬 가마쿠라의 풍경이다. 그리고는 이 땅의 깨끗한 기풍을 쇼군의 훌륭한 정치의 덕으로 돌린다. 막부에 대한 『해도기』의 일관된 태도다. 즉 새로운 가마쿠라 막부 정치의 위광으로 평화와 안정과 번영의 시대가 되었음을 찬미하는 것이다.

인생은 여행이다

『해도기』의 내용이 도카이도 기행으로 이루어진 것은 분명하지만, 이 작품을 순수한 기행문학으로 분류하는 것이 과연 적절한지에 대해서는 논란이 많다. 흥미롭게도 작자가 단순한 여행기 이상의 의미를 주장하기 때문이다. 『해도기』의 제3부에 따르면 작자는 이번 여행을 통해 불법에 귀의하고자 하는 마음이 한층 강해졌다고 한다. 그리고 이 글의 목적과 의의에 대해 여행 중의 경물과 그 감흥을 서술하는 데에 있는 것이 아니라 불도에 입적함으로써 자신이 얻은 깨달음의 경지를 세인들에게 알리기 위함이라고, 자신의 집필동기를 명확히 밝히고 있다. 마지막으로 작자는 이번 여행에서 거쳐 온 도카이도를 현세에 비유하여 "이 세상을 보면 더러운 해안 길의 흰 모래가 더 아름답게 보이는 법이거늘. 하물며 극락정토의 아름다운 길이야 말한들 무엇하리. 상상만으로도 마음이 끌린다"고 말한다. 그가 내린 결론은 결국 극락은 서방에 있는 것이 아니라 불도를 구하는 본인의 마음속에 있다는 것이었다.

애초에 작자는 소문으로만 들었던 가마쿠라에 한 번 가보고 싶다는 생각이 있었다. 힘든 여행을 통해 속세의 잡념을 다 떨쳐버리고 싶다는 생각도 있었다. 실제로 여행 도중에 그가 인생의 덧없음을 깨닫는 장면은 셀 수 없이 많이 등장한다.

스루가 지방의 해변을 바라보며 "청각채는 물결 위를 뿌리 없이 부유하는 풀, 해파리는 해면을 비추는 달. 둘 다 정처 없는 모양이 인생무상을 가르쳐주는 듯하다"고 말한다. 비슷한 예로 새우를 의인화해서 "새우는 물결 속을 헤엄치고 노인인 나는 물가를 방황한다. 둘 다 나이가 들어 등이 굽었다. 너는 아느냐. 물에 떠다닐 목숨이 얼마나 남았는지. 나는 모른다. 환영과 같은 찰나를 살고 있는 이 몸이 언제 죽을지"라며 말을 건네기도 한다. 또 조큐의 난의 희생자가 목숨을 잃은 곳에서는, "무릇 사람의 삶은 마당에 떨어진 나뭇잎이 바람에 날리는 것과 같다. 바람이 멈추면 움직임도 멎는다. 죽음을 생각하는 것은 여행에 나선 행객이 여관에 머무는 것과 같다. 이곳에서 떠났다 해도 다시 저곳에서 머무는 법"이라는 말을 남긴다. 이 같은 작자의 무상관은 단적으로 이 세상을 '임시의 거처'라고 표현한 것과도 일맥상통한다.

그럼에도 불구하고 그는 사람에 대한 욕망과 집착에서 자유로워질 수는 없었던 것 같다. 한편으로 이렇게까지 세상을 달관하면서도 다른 한편으로는 노모를 걱정하고 벗을 그리워했다. 중년이 다 되어 출가한 작자는 80세 노모를 홀로 교토에 남겨두고 떠난 지라 여행 내내 근심이 끊이지 않았다. 스스로 도카이도 기행을 되돌아볼 때에도 벅찬 감회 속에 때때로 슬픈 감정이 섞이는 것은 노모에 대한 걱정 때문이었다고 회상한다. 가마쿠라에 미련이 남았지만 귀경을 재촉한 이유도 같은 이유에서였다. 또한 작자는 홀로 구도의 길에 올랐지만, 여행길에서 잠깐 스치듯 동행하는 사람들을 만나면 "이 길을 지금 같이 걷는 사람들은 나를 모르는 여행객이다. 친밀하게 말을 주고받아도 결국은 어디선가 헤어지고 말 것"이라는 인생에 대한 심오한 생각들을 하면서도 잠깐이지만 이런 벗과 같이 지내는 밤은 외롭지 않아 좋다고 말한다.

위의 예문들은 모두 여행에 빗댄 인생의 상징적 의미로 해석이 가능하다. 『해도기』가 관조적인 인생관 및 종교성과 사상성이 풍부하다고 평가받는 이유는 바로 여기에 있다. 오늘날 우리에게 이 작품의 묘미란 중세 기행문학의 전형이라는 문학사적 가치에 있는 게 아니라, 작자가 여행을 통해 전달하고자 했던 메시지에 담긴 깊은 여운에서 찾을 수 있을지도 모른다.

참고문헌

長崎健 他 校注,『中世日記紀行集』(「新編日本古典文学全集」 48, 小学館, 1994)
福田秀一 他 校注,『中世日記紀行集』(「新日本古典文学大系」 51, 岩波書店, 1990)
松村雄二 他 編,『日本文芸史－表現の流れ 第三巻 · 中世』, 河出書房新社, 1987.
大曾根章介 他 編,『日記 · 紀行文学』(「研究資料日本古典文学」 9, 明治書院, 1984)
江口正弘,『海道記の研究 本文篇 · 研究篇』, 笠間書院, 1979.
福田秀一 · プルチョウ ヘルベルト 編,『日本紀行文学便覧－紀行文学から見た日本人の旅の足跡』, 武蔵野書院, 1975.
小林智昭,「海道記をめぐる問題」(『続中世文学の思想』, 笠間書院, 1974)
玉井幸助 · 石田吉貞 校註,『海道記 · 東関紀行 · 十六夜日記』, 朝日新聞社, 1951.
玉井幸助 校訂,『東関紀行 · 海道記』, 岩波書店, 1935.

은자의 무상과 한거의 즐거움

김 인 혜

호조키

가인 혹은 음악가로 알려진 가모노 조메이(1155?~1216년)가 1212년에 히노의 초암에서 쓴, 400자 원고용지 25장 정도의 매우 짧은 수필이다. 서명의 '호조'는 사방 약 3미터정도 넓이의 방으로 조메이가 거주했던 방을 가르킨다. 삶의 문학이라고도 일컬어지며, 주거 중심의 회상에 중점을 두고 이야기가 전개된다. 인간 생활이 갖는 영원한 불안을 불교적 무상관에 입각해서 서술하고 있는데, 내용은 전후 2부로 나뉜다. 전반부에서는 도시 생활의 불안과 뜻대로 되지 않는 인생에 대하여, 후반부에서는 작자의 한거 생활의 즐거움을 이야기하고 있다. 전반부에 기록한 다섯 개의 천재지변의 기술은 문학사에서도 유례를 찾기 힘들 정도로 사실감 있게 묘사하였다. 후반부에 보이는 한적한 초암에서의 은둔 생활 또한 당시 은둔자의 실태와 일상을 자세히 그리고 있다. 문장은 한자 히라가나 혼용문으로, 그 문장의 간결함은 매우 높이 평가되어왔다. 작자 가모노 조메이의 와카는 『신코킨와카슈』와 『센자이와카슈』에 실려 있다. 이외에 가론집 『무묘쇼』와 불교설화집 『홋신슈』 등이 있다.

❙ 은자 문학의 시조 조메이

일본 중세에 계속되었던 전란은 사회 전체를 불안 속으로 몰아넣었고 그로 인해 불교의 무상관이 널리 퍼지게 되었다. 지식인들 중 많은 이들이 인생무상을 느끼며 출가하거나 둔세하여 산속에서 수행과 한

거의 생활을 보냈다. 중세는 무사와 은자가 주요한 두 개의 계층을 이루고 있었는데 문화 창조자로서는 은자가 중심이 되었다. 은자는 현실 생활에서는 소극적이었으나 문화 창조에서는 적극적이었는데, 이들에 의한 문학을 '은자 문학'이라 부른다. 은자 문학의 내용은 한결같지 않지만, 그 생활의 틀 속에는 인생이나 신앙에 대한 생각을 토로한 수필이 그 중심을 차지하고 있다. 이를 대표하는 수필로 가모노 조메이鴨長明의 『호조키方丈記』와 겐코兼好 법사의 『쓰레즈레쿠사徒然草』를 들 수 있다.

일본중세문학에 커다란 영향을 미쳤던 은자들의 문학 바탕에는 종교와 '스키数寄'라는 미적 이념이 깔려있다. '스키'라는 미적 이념은 시대적으로 여러 의미로 쓰여지고 있으나 중세에는 와카나 관현 등의 예능에 전념하는 것으로 풍류, 풍아風雅에 심취하는 의미를 나타낸다. 이러한 '스키'는 세상을 등진 은자들에 의해 그들의 생활 속에 녹아들어 갔으며 생활 속에서의 '스키'는 자연스럽게 그들의 문학 속에 나타나게 되었다. 또한 이들에 의한 문학의 발달도 현저하였다. 일본 중세의 은자 문학 속에 나타난 '스키'와 중세의 둔세 사상은 가모노 조메이도 언급하고 있는 것처럼, 직접적으로는 '부처님의 가르침에 대한 취지'에 근거를 둔 발심發心이었고 이러한 문학자의 발심에는 항상 '스키'가 전제되고 있다. 그리고 이러한 '스키'는 중세 전반에 걸친 문학 속에서 중요한 위치를 차지하며 일본중세문학을 이해함에 있어 빼놓을 수 없는 미적 이념의 하나이다. 은둔자에게 와카나 관현은 생의 즐거움을 느끼게 해주는 존재였다. 이처럼 중세에는 예도가 불도와 기본적으로 동일하게 취급되어지고 풍아 또한 불도수행의 중요한 수단으로서 종교적으로 옹호되었다. 이러한 은자 문학의 시조를 이루고 있는 것이 바로 이 글에서 소개하는 조메이의 『호조키』다. 참고로 중세를 대표하는 또 다른 수필집인 겐코 법사의 『쓰레즈레쿠사』에서도 은둔자로서, 출가

〈그림 1〉 가모노 조메이
(『徒然草·方丈記』, 講談社, 1992년)

자로서 와카와 관현 등을 사랑하는 모습, 혹은 와카와 관현 등의 예능에 대한 마음가짐이나 사고가 잘 나타나 있다.

그럼 중세의 대표적인 은자인 가모노 조메이가 어떠한 연유로 은자의 삶을 살게 되었는지 간단히 살펴보자. 조메이의 인생은 은둔을 하기 전까지 불운의 연속이었다. 시모가모 신사下賀茂社에서 신직神職을 맡고 있는 집안의 차남으로 태어났으나 18~19세의 이른 나이에 아버지를 여의어 가업을 이어 출세할 수 있는 기반을 잃은 것이 불운의 시초였다. 그나마 문학과 예능에 뛰어나 와카를 미나모토 도시요리源俊頼의 아들인 슌에俊恵 법사에게서, 비파를 당시의 명수인 나카와라 아리야스中原有安에게서 사사받았다. 특히 가인으로서 고토바인後鳥羽院에게 인정받아 와카도코로和歌所의 관인으로 발탁되기도 하였다. 가업을 잇고 싶었던 조메이는 시모가모 신사의 섭사摂社였던 가모의 가와이 신사河合神社의 신관에 결원이 생기자 고토바인의 추천을 받아 염원을 이루는 듯했다. 그러나 동족의 강한 반대에 부딪쳐 실현되지 못하였다. 이를 계기로 조메이는 절망하여 출가 둔세하게 되었으며 법명을 렌인蓮胤이라 칭하였다.

조메이는 둔세 후 요시시게 야스타네慶滋保胤의 『지테이키池亭記』를 모방하여 『호조키』를 집필하기 시작했다. 『지테이키』는 만년의 야스타네가 교토에 세운 작은 저댁에 대해 기술한 문장으로, 선반은 수도 교토 남쪽 지역의 황폐함과 북쪽 지역의 주거 밀집지를 중심으로 빈부 격차와 권력에 의해 초래되는 불쾌한 일들을 그리고 있다. 후반은 그가 교토 북쪽 지역의 황무지를 구입하여 집을 짓고 그 안에 연못과 신당, 서고를 만들어 염불과 독서로 소일하는 생활을 기록하였다. 『호조키』에서 조메이는 야스타네가 살았던 때보다 훨씬 비참한, 왕조 말에서 중세 초기에 걸친 현실과 그로부터 얻은 인생관을 이 수필에 담았다. 『지테이키』와 『호조키』는 비슷한 구성을 가지고 있으나 불교적 무상관에 대한 시각은 달리 묘사되고 있다. 『지테이키』에서는 불교적 무상관이 단순한 감상이나 영탄의 대상이었지만, 『호조키』에서는 냉엄한 현실을 사실적으로 묘사하고 있어 그 무게감이 달랐다. 한거 생활에도 차이가 있는데 『호조키』 후반의 한거 생활은 『지테이키』의 한거 생활과는 완전히 다른 양상을 나타내고 있다. 야스타네의 한거는 평온한 관리 생활 후에 구도와 수학을 추구하고자 만든 것이었으나, 조메이의 경우는 50년의 불운한 도시 생활 후에 '마음'의 평온 그리고 예술과 종교를 위해 만든 공간이었다. 즉 『지테이키』의 한거보다 불교적 무상관이 더 강한 공간인 것이다.

『호조키』는 1212년 3월 하순에 히노 도야마의 암자에서 썼다고 기록하고 있다. 천재지변에 대한 회상을 기록한 수도 교토, 은자로서의 삶을 시작한 오하라大原, 그리고 만년에 한거의 즐거움을 만끽하며 작품을 쓴 히노日野에 이르기까지, 20대에서 58세에 이르는 여정을 은자문학의 시조始祖 조메이에게 시점을 맞추어 『호조키』안에 나타난 공간에 대하여 살펴보도록 하겠다.

▌교토에서 느끼는 무상

일본 열도는 지진이나 천재지변이 많아 일본인들은 언제나 불안에 떨고 있다. 역사적으로도 관동대지진, 고베神戶 지진, 그리고 최근 후쿠시마福島의 쓰나미까지, 이러한 천재지변은 사람들에게 때로는 좌절과 고난을, 때로는 역경의 힘, 때로는 인생에 대한 무상감을 주기도 했다. 12세기 초에도 천재지변이라는 것이 끊이질 않았다. 게다가 권력 투쟁으로 나라는 더욱 어수선했다. 이와 같은 사회적 상황들은 많은 문인들이 세상을 등지고 속세를 떠나는 요인이 되었다. 이러한 은자 중의 대표적인 사람이었던 조메이는 『호조키』 전반부에 수도인 교토에서 그가 목격하고 체험했던 대화재, 회오리바람, 기근, 천도, 대지진 등 상상도 못했던 괴이한 재난 등을 들며 인생무상을 이야기하였다. 가장 안전하다고 생각되는 도시라는 주거 공간이 재난의 공간으로 변했다. 이로 인해 생기는 인생무상을 이야기하며 자신의 출가 둔세에 대한 필연성도 피력했다. 그가 살았던 시대에 인생무상을 느끼게 했던 천재지변으로는 다음과 같은 것들이 있다.

우선 첫 번째 재난은 1177년 4월 조메이 23살 때 교토에서 일어난 대형 화재이다. 이에 대해 조메이는 인간이 하는 일은 모두 어리석지만 그 중에서도 가장 헛된 것은 조밀하기 이를 데 없는 도시에 집 한 칸 지으려고 재산을 소비하고 고생하는 것이라 하고 있다.

두 번째 재난은 1180년 4월 조메이 26살 때 교토에 분 회오리바람이다. 이 바람으로 수많은 사람들이 목숨을 잃었다. "중생의 악업에 의해 지옥에 분다고 하는 흉포한 바람도 이렇게까지 심하지 않았을 것"이라고 할 만큼 대단한 바람이었다. 사람들은 그 위력에 놀라 "이는 예삿일이 아니며 흉사를 예고하는 신불의 계시"라 했다.

세 번째 재난은 같은 해 6월 지금의 고베 시神戶市 지역의 후쿠하라福原

로 천도하게 된 일이다. 천도 자체는 자연재해와는 달리 인위적 사건이었지만 도시의 해체라는 관점에서 천도는 당시 사람들에게 일종의 천재지변 즉 날벼락과도 같은 것이었다. 사가嵯峨 천황(재위809~823년) 때 헤이안에 도읍을 정하여 400여 년이 흘렀는데 뚜렷한 이유 없이 도읍을 옮긴다니 당연히 민생이 불안해 하기 마련이다. 이 천도는 위정자 다이라 기요모리平清盛(1118~1181년)가 독단적으로 예고도 없이 갑자기 강행한 것으로 신분의 고하를 막론하고 아무도 예상하지 못했던 일이었다. 후쿠하라가 새로운 수도가 된다는 것은 정치 경제의 중심이 헤이케平家의 영지가 많았던 서남쪽으로 이동한다는 것을 의미함과 동시에, 겐 씨源氏와 다른 이들의 영지가 많았던 동북쪽과의 교섭이 소원해짐을 의미하는 것이었다. 민초들의 불안을 뒤로 한 채 천황과 관료들은 새 도읍으로 옮겨갔다. 아무 준비 없이 갑자기 강행된 천도였기에 신도시는 주거나 도로 모두 제대로 갖추어져 있지 않았다. 새 도읍을 구축하는 사이에 옛 도읍은 이미 황폐해졌다. 새 도읍의 공사는 제대로 진행되지 않아 도읍으로서의 기능이 전혀 준비되어 있지 않았다. 새로운 체제에 뒤쳐지지 않겠다고 황급히 새 도읍으로 옮겨간 이들의 고생은 이만저만한 것이 아니었다. 결국 같은 해 겨울에 천황을 비롯하여 관료들은 다시 헤이안쿄로 환도를 하게 되었지만 사람이 머물지 않았던 헤이안쿄는 이미 황폐해져 있었다.

네 번째 재난은 1181~1182년, 조메이 27~28세 때 전국적으로 퍼진 대기근과 역병이다. 2년간 가뭄과 홍수가 계속되어 곡식은 전혀 여물지 못했다. 농촌에서는 식량이 생산되지 못해 기근에 허덕였고 생산능력이 없는 도시에서는 곡물가가 천정부지로 올라 민심이 흉흉했다. 돈 있는 자는 배금사상에 물들었고 거리는 걸인들로 가득 찼다. 급기야는 절에서 불상이나 불구까지 훔쳐내다 파는 세상이 되었다. 이때의 상황을 조메이는 "사람들이 부처님에 대한 존경마저도 상실해 버린 세상"

이라며 "현세에서 본 지옥"이라고 표현하고 있다. 이듬해 기근에 역병까지 더해져 세상은 점점 혼란에 빠졌고 민심은 흉악해졌으며 사람들은 나날이 죽어갔다.

다섯 번째 재난은 1185년 7월, 조메이 31세 때 교토에서 일어난 대지진이다. 이 지진으로 사람들은 이 세상이 덧없다는 것을 깨달았고 그래서 만사에 집착하는 마음도 없어졌다. 그러나 그러한 마음도 잠시, 시간이 흐르자 언제 그랬냐는 듯이 잊고 입에 담는 자조차 없어졌다.

위의 다섯 재난을 여러 해 동안 다 겪은 조메이는 도시생활의 덧없음과 불행한 시대를 산 자신의 인생을 생각하게 된다. 재난의 도시 교토에서의 삶은 훗날 조메이가 당시를 회상하면서 논할 수밖에 없었던 '세상의 허무함', '인생무상'의 충분한 이유가 되었을 것이다. 이때의 경험을 바탕으로 그는 세상이 살기 힘든 곳이고, 몸과 집 또한 덧없는 것이며, 신분고하를 막론하고 마음의 상처와 고민은 셀 수 없이 많고 천차만별이라는 것을 간결하게 그리고 강하게 쓰고 있다. 조메이는 "세상의 관습에 맞추면 내 몸이 괴롭고 따르지 않으면 미친 사람처럼 보인다. 도대체 어떠한 곳에 살며 무엇을 해야 잠시라도 몸을 편안히 하고 마음을 쉴 수 있는가?"라고 묻고 또 물었다.

오하라에서의 덧없는 은둔

아버지를 일찍 여의고 고아로 30년간 불운한 인생을 보낸 조메이는 50세 되던 해 봄에 '오하라'라는 산속으로 출가, 둔세하였다. 오하라는 교토 북쪽의 히에이 산比叡山 산기슭을 말한다. 히에이 산은 교토 북동부와 시가 현滋賀県의 경계에 있는 산으로 엔랴쿠지延暦寺, 히요시타이샤日吉大社가 있어 예로부터 신앙의 산으로 알려져 있다. 이 산기슭 오하라는 도시가 싫어 떠나온 자들이 '머물 수 있는 은신처'가 있어서인지 세상을 등진 은둔자들이 찾아들어가는 곳이었다. 오하라는 자연풍경이 독특하여 풍류인을 매료시켰고 와카의 소재로도 많이 이용되었다. 와카에서 엿볼 수 있는 오하라의 풍경은 숯가마, 연기, 눈이 어울리는 적막한 산촌이다. 그 중에서도 숯은 제일의 산물이라고 할 수 있다. 특히 겨울에는 눈이 많이 내렸기 때문에 사람들의 왕래가 드물어 쓸쓸함이 더해지는 곳이었다. 또한 숯가마에서 위로 피어오르는 연기와 아래로 내리는 눈이 교차하는 미묘한 분위기를 자아내는 곳이기도 했다.

은둔자들이 많이 찾은 또 하나의 이유로는 종교적인 면을 들 수 있다. 일본 중세에는 불교적 무상관이 널리 퍼져 속세를 떠나 출가 둔세하여 불도수행에 전념하는 은둔자들이 많았다. 이러한 사회적 분위기에서 오하라는 정토교淨土教 사상에 있어서 큰 의미를 지니는 곳이기에 은둔자들이 선호하는 곳이 되었다. 산 위에는 속세를 떠나 조용히 여생을 보내려는 자들에게 성지로 여겨진 유명한 엔랴쿠지가 있었다. 또한 오하라는 불교의 의식이나 법회에서 스님이 부르는 불교음악인 천태 쇼묘天台聲明가 행해진 곳이기도 했다. 조메이와 관련지어 보았을 때 오하라에서 불교음악인 쇼묘가 행해졌다는 점은 주목할만하다. 조메이가 쇼묘에 참가했다는 구체적인 자료는 남아있지 않지만 조메이의 비파 스승인 아리야스有安가 쇼묘에 참가했었고 조메이가 출가 후 사귄 법우法友인 젠자쿠禅寂(속명 후지와라 나가치카)도 오하라의 쇼묘에 참가했을 가능성이 많기 때문이다. 젠자쿠도 이곳에 살며 '오하라의 뇨렌如蓮 스님'이라 불렸다. 후에 조메이는 이 법우와의 인연으로 오하라에서 히노의 도야마外山로 이주하게 된다.

조메이는 오하라에서의 은둔에 대하여 "덧없이 오하라에 기거한 지 또 5년의 세월이 흘렀다"고 회상했다. 이를 통해 엿볼 수 있는 것은 오하라에서의 5년간의 은둔 생활이 그에게는 '덧없음'에 지나지 않았다는 것이다. 이 '덧없음'의 원인은 세속에서 받은 상처들이 쉽게 정화되지 않는 그의 깊은 원망에 있었을 것이다. 또한 사회적으로도 당시의 오하라는 세속화가 진행되고 있었다. 헤이케의 흥망기에 엔랴쿠지는 대외적으로 위기에 처하게 되고 내부적으로도 여러 가지 대립이 있어 황폐했다. 오하라도 이러한 여파를 받아 예전의 명상적 분위기는 약해지고 조메이의 기대에 미치지 못하는 일이 많았을 것이다. 이에 오하라에서의 은둔생활은 완전히 명상과 은둔에 몰입하는 일 없이 그저 덧없이 시간을 보내게 된 공간에 지나지 않았던 것이다.

히노에서 찾은 한거의 즐거움

새로운 운둔지 히노의 도야마로 가게 된 것은 1208년경 조메이 54세 때의 일이다. 히노는 교토에서 나라로 가는 도중에 있는 다이고醍醐 지역과 인접한 곳에 있다. 후지와라 씨藤原氏의 혈족 히노 씨日野氏의 장원이 있던 땅으로 히노야쿠시日野薬師가 있다. 이 절은 교토 시 후시미 구 히노에 있는데 보통 호카이지法界寺라 불리운다. 후지와라 씨 섭정기와 인세기院政期에는 야쿠시도薬師堂, 아미타도阿弥陀堂, 신당, 강당, 중문, 승방 등이 늘어서 있는 큰 절이었다. 귀족들의 비호 아래 성립된 호카이지는 1221년 고토바 상황後鳥羽上皇(1180~1239년)이 가마쿠라 막부를 토멸시키려다 패하게 됨에 따라 입지가 곤란해지고, 새롭게 성장한 무가세력과의 싸움인 '조큐의 난承久の乱' 때의 화재로 인해 한층 더 쇠락해진다. 이곳 다이고 · 히노 부근에서 우지宇治에 걸친 산쪽 일대는 도시를 탈출한 많은 지식인들이 숨어사는 소위 '은자 지대'이다. 이곳을 조메이가 선택한 이유는 확실하지 않지만 호카이지의 야쿠시도를 건립한 히노 스케나리日野資業의 자손이자 친구인 젠자쿠의 주선으로 보여진다.

〈그림 2〉 히노의 호카이지

조메이가 히노로 옮긴 데에는 여러 설이 있다. 먼저 사람들과의 관계가 원활하지도 못하고 고독과 자유를 추구하는 조메이에게 은자들과의 교제나 세속으로부터의 잦은 방문이 부담스러웠으리라는 설이 그 하나이다. 그의 성격과 당시의 오하라 풍경으로 보건대 설득력 있는 추측이다. 또 하나는 정토종의 시조인 호넨法然의 전수염불사상專修念佛思想에 그가 부담을 느껴 히노로 옮겼을 것이라는 설이다. 불도수행의 공간에서도 음악에 대한 미련을 버리지 못했던 조메이에게 염불에만 전념하는 오하라에서의 은둔생활은 만족스럽지 못했을 것이다. 이 설 또한 설득력 있는 것이 『호조키』에 나타난 조메이의 히노에서의 생활을 보면 불도 수행자와 풍류인의 모습이 어우러져 있기 때문이다. 게다가 계율에 구속당하지 않고 자유롭게 즐겼던 은둔 생활에서 그가 얼마나 만족했는가가 엿보이기 때문이다. 조메이가 운둔했던 장소는 오늘날에도 찾아가 볼 수 있다. 조메이는 사방이 약 3미터, 일본 다타미로 4장반 넓이의 작은 호조方丈 즉 암자를 짓고 한거의 즐거움을 만끽했다. 호카이지의 북쪽 산길을 따라 동쪽으로 약 700미터정도 가면 산골짜기에 '호조세키方丈石'라는 큰 돌이 세워져 있는데 바로 그곳이 암자 터이다.

출가자로서의 조메이는 한거독거, 염불일도의 수행자로서가 아니라 그 자신이 『호조키』에서도 서술하고 있는 것처럼 악기와 자연을 뜻하는 '사죽화월絲竹花月'을 둘도 없는 벗으로 삼아 '스키모노数寄者'의 생활을 하면서 여생을 보냈다. 이 작품에서는 암자에서의 안과 밖의 생활상

〈그림 3〉 가모노 조메이 호조의 유적－호조세키. 교토시 후시미구 히노에 있다.

을 세세히 묘사하고 있어 이를 통해 우리는 중세 은자들의 공간을 상상할 수 있다.

> 남쪽에는 대나무 툇마루를 만들고, 툇마루 서쪽에 청수 선반을 만들었다. 호조 북쪽 가까이에 장지를 칸막이로 하여 아미타의 그림 상을 안치하고, 그 곁에 보현보살의 상을 걸고, 그 앞에는 법화경을 놓았다. 동쪽 끝에 가마니를 깔고 밤에는 침상으로 사용한다. 서남쪽으로 대나무 선반을 만들어 매달아 놓고 검은 가죽을 씌운 함 세 개를 놓았다. 이 함에는 와카 · 관현·왕생요집 등의 발췌본을 넣어두었다. 그 곁에는 거문고·비파 한 개씩을 세워 두었다.

초암 내부의 모습인데 생활하는 공간임과 동시에 불도수행을 하는 공간임을 알 수 있다. 불도수행을 위해 초암에 아미타의 그림 상과 보현의 상, 법화경을 구비해 놓았다. 그리고 거문고와 비파도 놓여있다. 와카서, 관현서, 왕생요집 등의 발췌본과 같은 서책이 한켠에 놓여있다. 불도수행을 위해 출가한 자에게는 어울리지 않게 놓여있는 문예와 예술에 관한 것들은 조메이의 은거 생활의 진면목을 여실히 보여주는 것들이라 할 수 있겠다. 이번에는 그의 불도수행 모습을 살펴보자.

> 만약 염불함에 있어 평정을 얻지 못하고, 독경함에도 전념하지 못할 때는 스스로 휴식을 취하며 게으름을 피운다.……만약 바람이 불어 단풍나무 잎을

> 울리는 저녁때에는 백낙천이 여자가 연주하는 비파소리를 들었다는 심양강을 떠올리며, 미나모토 쓰네노부의 흉내를 내어 계류의 비파를 켠다. 비파의 연주가 훌륭하지는 않지만 사람의 귀를 즐겁게 하려고 연주하는 것은 아니다. 홀로 켜고 읊으며 스스로 정신을 수양하려고 하는 것뿐이다.

이러한 생활 속에서 알 수 있는 것은 염불이나 독경을 하다가 남는 시간에 와카를 읊거나 비파를 켜는 것이 아니라, 염불과 독경이라는 수행을 하면서 이 수행과 같은 비중으로 와카를 읊고 비파를 켜며 정신을 수양하고 있는 것이다. 염불과 독경에 최선을 다해야 하는 불도수행에서 와카나 관현과 같은 '스키'가 동시에 존재한다는 것은 사실 부자연스러운 일이다. 그런데 『호조키』에는 불도 수행자의 생활과는 거리가 먼 와카, 관현을 즐기는 생활이 불도수행과 함께 이루어지고 있다. 불심도 버릴 수 없는 것이었고 '스키' 또한 버릴 수 없는 것이었기에 은둔자 조메이는 불도와 함께 '스키'를 신앙생활 속에 결합시켜 나갔다. 이는 일본 중세 은자 문학의 특징 중 하나로 은자들의 생활 속에서 불도와 예능이 결합된 형태로 나타난다. 은자의 시조라 불리는 조메이의 『호조키』에서는 불도와 결합된 중세 은자 문학 공간을 세세히 묘사하고 있는 것이다. 히노라는 장소는 은자 조메이에게 있어 한거의 즐거움을 느끼며 여생을 보낼 수 있었던 최고의 공간이었다.

은자의 성찰

그러나 그는 한거의 생활을 즐기면서도 종교적 관념과의 모순에 갈등을 보이다 속박을 버리고 자유를 찾아 둔세를 하였다. 부처님의 가르침에도 집착을 버리라 하였으나, 지금 이 한거의 생활에 안주하는 것은 그 집착이 아닌가. 그는 끝내 그것에 대한 답을 얻지 못한채 『호조키』

를 끝내고 있다. 마지막 부분에 그의 갈등이 나타나 있다.

> 부처님의 가르침에 따르면 무엇에든지 집착은 금물이다. 지금 나는 이 초암의 한적에 애착을 갖고 있지만 단지 그뿐이다. 조용한 새벽녘 이 도리를 생각하며 스스로 자신의 마음에 물어 보았다. 둔세하여 산림에 들어온 것은 불도수행을 위한 것이 아니었느냐, 그럴 생각이었는데 조메이야, 너의 모습은 성인인데 마음은 세속의 더러움에 젖어 있구나. 은둔 생활의 초암은 (석가의 불제자 가운데 호조에서 생활하면서 깊은 깨달음을 얻었다는) 유이마의 호조를 본뜨고 있으면서, 정신은 (석가 제자 중에 가장 어리석고 게으른 자가 후에 수행에 정진하여 높은 깨달음을 얻었다는) 주리반특의 수행에 조차 못 미치는 구나. 빈천의 응보로 마음이 병들어 있는 것이냐, 아니면 망상이 찾아와서 자신을 미치게 하고 있는 것이냐, 그러나 그것에 대하여 마음은 한마디 대답도 하지 않는구나.

이러한 모순과 갈등은 은둔자들이 기본적으로 가지고 있었으나, 조메이는 예능을 행하는 자의 마음가짐으로 와카를 읊고 관현을 행하는 행위 자체를 불도수행의 한 방법으로 인정하며 왕생의 한 방편으로 승화시켰다. 이는 중세 은둔자들의 정신적 특질이라 볼 수 있다.

이제까지 조메이의 20대에서 58세 때 히노에서 『호조키』를 쓰기까지의 여정을 살펴보았다. 수도인 교토에서 겪었던 젊은 날의 재난의 공간들은 조메이에게 인생무상을 느끼며 세상을 등질 수밖에 없는 필연성을, 출가 둔세를 하였던 오하라에서는 은자로서의 허무함을 안겨주었다. 그리고 만년에 은자로서의 여생을 보냈던 히노라는 공간은 조메이에게 은자로서 최고의 공간을 제공하며 은자 문학의 시조를 이루게 하는 마음의 안식처였던 것이다.

참고문헌

三木紀人,『閑居の人 鴨長明』, 新典社, 2001.
目崎徳衛,『数寄と無常』, 吉川弘文館, 1988.
富倉徳次郎 外 編,『方丈記・徒然草』(『鑑賞 日本古典文学』18, 角川書店, 1986)
日本古典文學大辭典編集委員会,「日本古典文學大辭典(簡略版)」, 岩波書店 ,1986.
岡本敬道,「鴨長明と数寄2」(『宇部国文研究』, 宇部短期大学国語国文学会, 1989.3)
________ 「鴨長明と数寄1」(『宇部短期大学学術報告』第22号. 1985.7)
横山一美,「鴨長明における数寄意識の展開」,『二松学舎大学人文論叢』第17輯, 1980.3
久松潜一,『日本文学評論史-理念·表現論篇』, 至文堂, 1976.
伊藤博之司会,『中世の隠者文学』(シンポジウム日本文学6), 学生社, 1976.
三木紀人 校注,『方丈記・発心集』(「新潮日本古典集成」, 新潮社, 1976)
西田正好,『仏教と文学』, 桜楓社, 1972.
西尾實 校注,『方丈記· 徒然草』(「日本古典文学大系」30, 岩波書店, 1957.6)

사진출처

〈그림 2〉 ja.wikipedia.org/wiki/法界寺
〈그림 3〉 blogs.yahoo.co.jp/hiropi160051118781.html

유리표박하는 사람들

김 병 숙

산쇼 다유

중세 말부터 근세 초에 걸쳐 유행한 셋쿄부시를 대표하는 작품 중 하나이다. 아버지가 참언에 의해 무고하게 유배를 간 사실을 안 아들 즈시오마루는 교토의 천황에게 아버지의 무고함을 밝히고 영지를 회복하고자 결심한다. 이에 즈시오마루와 누나인 안주 그리고 어머니와 유모 네 명은 길고 긴 여정에 오른다. 그러나 인신매매를 당해 어머니와 헤어지게 되고 두 남매는 산쇼 다유의 노비가 되어 이루 말할 수 없는 고초를 겪는다. 누나 안주는 동생을 도주시키고 자신은 모진 고문을 당하다 죽음을 맞는다. 다행히 산쇼 다유에게서 도망친 즈시오마루는 신불의 도움으로 목적을 달성하여 자신의 가문이 다스리던 영지를 회복하고 산쇼 다유에게 복수를 한다. 이 이야기는 인형극인 조루리와 근세 초기의 소설 등으로도 꾸준히 향수되어 왔으며, 근대의 문호 모리 오가이의 소설로 더욱 유명해졌다. 이후 미조구치 겐지 감독에 의해 영화화되기도 하였다.

유리표박의 문학

현대의 독자들에게 '산쇼 다유' 이야기는 모리 오가이森鷗外의 소설 『산쇼 다유山椒大夫』나 이 소설을 원작으로 하여 미조구치 겐지溝口健二 감독이 영화화한 동명의 작품을 통해 기억되고 있을 것이다. 이 이야기가 강한 인상을 남기는 것은 내용이 갖는 애절함 때문이다. 그런데 근대에

〈그림 1〉 미조구치 겐지 감독 〈산쇼 다유〉의 포스터
(大映株式会社, 1954년)

새롭게 태어난 소설과 영화는 본래의 '산쇼 다유' 이야기를 근대적 사상에 의해 재해석한 것으로, 노비 해방과 복수담의 변용 등은 근대 이전의 '산쇼 다유' 이야기와는 다른 부분이다. 그러면 '산쇼 다유' 이야기의 본래 모습은 어떠하였을까. 이야기가 문예로 향수되던 시절로 거슬러 올라가면 셋교부시説経節의 작품 중 하나인 『산쇼 다유さんせう太夫』를 만나게 된다.

셋교부시는 중세 말부터 근세 초에 걸쳐 유행한 문예로, 1620년대 중반부터 1660년대에 전성기를 맞이하였다. 셋교조루리説経浄瑠璃라는 별칭으로 불린 것에서도 짐작할 수 있듯이 처음에는 저택의 문 앞이나 길거리에서 징과 북, 대나무 끝을 잘게 쪼개어 다발로 묶은 민속 악기인 사사라 등의 반주에 맞춰 이야기를 들려주던 것에 차츰 인형극이 첨가된 형태로 변화된 것이다. 대표적인 작품으로는 『산쇼 다유』를 포함하여 『가루카야かるかや』, 『신토쿠마루しんとく丸』, 『오구리をぐり』, 『본텐코쿠梵天国』 등이 있다.

셋교부시는 중세의 셋교説経에서 그 연원을 찾을 수 있다. 셋교란 가마쿠라 시대에서 무로마치 시대에 걸쳐 발생한 것으로, 불교 경전이나 교리를 쉽게 이야기로 풀어 민중에게 들려주던 것을 가리킨다. 즉 셋교부시는 중세 초기 여러 지방을 돌아다니며 불교적 교리를 설교한 승려들과, 지옥극락도를 펼쳐 보이며 구마노熊野의 세 신사를 중심으로 한 구마노 신앙을 서민들에게 설파한 구마노 비구니의 설법이 중세 말기에 서서히 예능화한 것으로 추측하고 있다.

흔히 셋쿄부시는 '유리표박流離漂迫'의 문학이라고 한다. 이야기를 들려주는 예능인들이 어느 한 곳에 정착하여 생활하는 것이 아니라 전국 각지를 돌며 공연하였기 때문이다. 그러나 유리표박이라고 해도 예능인들의 그것은 정처 없는 방랑이나 귀족과 지식인들이 풍아한 아름다움을 추구하며 떠나는 여행과는 다른 성격을 띤다. 예능인들에게 있어 유리표박은 그들의 치열한 삶이자 생활이었다. 주요 사찰이나 신사를 거점으로 하여 예능과 신앙을 위해 길을 떠나는 그들의 발길은 전국 각지로 퍼져나갔다. 그러나 셋쿄부시를 유리표박의 문학이라고 칭하는 것은 비단 이야기를 전하는 자가 여러 지역을 떠돌며 민중을 상대로 이야기를 풀어놓았기 때문만은 아니다. 오히려 셋쿄부시 작품들이 주 내용으로 다루는 '가족의 이별'과 '유리표박'이라는 내적인 구조에 기인한다. 여기에서 간과할 수 없는 것이 유리표박은 필연적으로 공간적 배경의 확대를 초래한다는 점이다.

셋쿄부시에서는 부모자식 관계를 가장 근원적인 인간관계로 본다. 이야기는 아이를 중심으로 아버지와 아이, 어머니와 아이, 남편과 아내, 형제자매 간의 거듭되는 이별과 만남을 그린다. 도리이 아키오鳥居明雄는 아이가 이 세상에 태어나 어떻게 지상에서 살아갈 수 있을까라는 근원성을 추구하는 것이 셋쿄부시의 세계라고 한다. 즉 '삶'의 근원적인 물음에 대한 해답을 찾아 유리표박과 재회의 이야기가 펼쳐지는 것이다. '삶'을 추구하는 점이 죽은 자의 이야기를 주로 다루는 노能나 신사의 연기緣起를 중심으로 하는 신불의 이야기를 모은 설화집인 『신도집神道集』 등의 중세의 다른 문예와는 차별화되는 셋쿄부시의 특징이라 할 수 있다.

이러한 셋쿄부시의 세계를 잘 보여주는 작품 중 하나가 『산쇼 다유』이다. 그 내용을 한마디로 하면 아이가 유리를 겪으면서 고난을 극복하고 가문을 부흥시키는 것이다. 그러나 내용을 좀 더 세분하면 인신매매담, 신불의 영험담, 출세담, 새 쫓는 여인 전설, 복수담 등 다양한 요소가 혼재되어 있다. 그리고 이 이야기들은 현재 일본의 홋카이도北海道, 동북부 지역, 니가타 현新潟県, 교토京都, 오사카大阪, 후쿠오카 현福岡県으로 그 무대를 옮겨가며 각각의 공간이 갖는 특성을 배경으로 하여 진행된다.

이 글에서는 셋쿄부시의 『산쇼 다유』를 원전으로 하여 주인공인 즈시오마루厨子王丸와 안주安寿의 유리를 좇아 작품 속에 등장하는 공간이 갖는 상징적 의미를 살펴보고, 이야기 안에 녹아있는 중세 민중들의 현실과 바람, 신앙 등의 삶의 모습을 찾아보기로 한다.

경계의 땅

즈시오마루의 아버지인 판관 마사우지正氏는 본래 일본 동북부인 오슈奥州 지역을 총괄하여 다스리던 자였으나 참언으로 인해 현재의 규슈 후쿠오카 현 다자이후太宰府 지역의 안라쿠지安楽寺로 유배를 가게 된다. 세 살 때 아버지와 헤어진 즈시오마루는 자신의 아버지가 누구인지도 어떤 연유로 헤어지게 되었는지도 모른 채 살아가고 있었다. 어느 날 어머니로부터 아버지의 이야기를 들은 즈시오마루는 천황에게 아버지의 무고함을 밝히고 영지를 회복하기 위해 교토로 가고자 어머니와 누나, 유모와 함께 길을 나선다.

아버지 마사우지가 유배된 안라쿠지라는 곳은 현재 일본에서 학문의 신으로 추앙받는 스가와라 미치자네菅原道真(845~903년)를 모신 사당인 다자이후텐만구太宰府天満宮이다. 현재의 다자이후텐만구로 명칭이 바뀌기 전까지는 안라쿠지텐만구로 불렸다. 헤이안 시대의 한학자였던 미치자네는 우대신의 지위에 오를 만큼 조정에서도 중용되었다. 그러나 901년 좌대신 후지와라 도키히라藤原時平(871~909년)의 중상모략으로 반역죄를 뒤집어쓰고 대재부大宰府로 좌천되었다. 말이 좌천이지 유배나 다름없었다. 이곳에서 미치자네는 자신의 무죄 증명과 나라의 안녕을 기원하였지만 끝내 다시 교토로 돌아가지 못하고 2년 후에 숨을 거둔다. 장례식 날 그의 유해가 실린 수레를 끄는 소가 안라쿠지의 문 앞에서 움직이지 않자 이를 그곳에 머물고 싶어하는 미치자네의 유지라 생각한 제자는 그곳에 미치자네의 유해를 안치하고, 905년 안라쿠지 경내에 사당을 건립하였다. 이야기는 마사우지의 유배지를 스가와라 미치자네와 연고가 있는 안라쿠지로 설정하여 미치자네의 경우와 중첩시킴으로써 자연스럽게 마사우지가 무고하게 유배를 당했음을 말해주고 있는 것이다.

즈시오마루 일행은 30일 만에 현재의 니가타 현인 에치고越後 지방의 나오이直江 포구에 도착한다. 작품에서는 30일간의 여정을 생략하여 마치 한달음에 달려온 듯이 속도감을 부여하고 있다. 나오이 포구에서 머물 곳을 찾지만 어느 누구도 이들에게 하룻밤 머물 곳을 내어주지 않는다. 인신매매가 성행하는 지역이어서 외지인에게 잠잘 곳을 빌려주는 것을 법으로 금해놓았기 때문이다.

> 이곳은 나오이 포구라는 곳. 자비심 넘치는 곳이지만 나쁜 이가 한둘 있어, 에치고 지방 나오이 포구에는 사람을 파는 자, 사람을 유괴하는 자가 있다고 각지에 소문이 퍼졌다.

숙소를 얻지 못한 즈시오마루 일행은 마을 밖에 있는 다리에서 하룻밤을 지내기로 한다. 피곤에 지친 이들 앞에 야마오카 다유山岡太夫가 나타나는데, 이자는 '인신매매와 유괴의 명인'이었다. 그는 지팡이로 다

〈그림 2〉 두 남매와 어머니, 유모가 다른 배에 태워져 단고와 에조로 팔려가는 모습.
『天下一説経与七郎正本』. 天理大学付属天理図書館蔵(『古浄瑠璃 説経集』 新日本古典文学大系90, 岩波書店, 1999년)

리를 두드리며 즈시오마루 일행에게 다리에 얽힌 전승을 이야기해준다. 이 다리는 공양하는 사람이 없어 밤마다 구렁이와 뱀이 내려와 서로 얽히는 곳이라는 이야기는 일행을 일순 공포에 빠뜨린다. 게다가 자비심 넘쳐 보이는 야마오카 다유의 모습에 어머니는 주저 없이 그를 따라 나선다. 야마오카 다유는 교토까지는 배로 가는 것이 좋다며 어머니와 유모, 안주와 즈시오마루를 다른 배에 태운다. 배가 각각 북쪽과 남쪽을 향해 나아가자 그제야 자신들이 팔린 것을 알아차린 어머니는 멀어져 가는 배를 향해 남매가 몸에 지니고 있는 것이 수호지장보살과 가문의 족보임을 알려준다. 유모는 바닷물에 몸을 던지고 어머니는 지금의 홋카이도인 에조蝦夷로 팔려간다. 어머니와 헤어진 두 남매는 현재 교토의 북부 지역인 단고丹後 지방의 유라由良 항구에 사는 상인인 산쇼 다유에게 팔려간다.

이러한 이야기 문예에서는 종종 인신매매담이 펼쳐지는데, 실제로 중세에는 인신매매가 성행하였던 것 같다. 1290년에 가마쿠라 막부鎌倉幕府에서 내린 금령에는 "사람을 사고파는 장사치라 하여, 이 일을 전업으로 하는 무리가 많다. 이후로 엄하게 금지한다. 또한 이를 범하는 자는 얼굴에 낙인을 찍는다"는 기술이 있다. 금령이 여러 차례 내려진 것을 보면 역으로 인신매매가 상당히 성행했음을 짐작해볼 수 있다. 또한 14세기 말에서 15세기 즉 고려 말에서 조선 초 왜구에 의해 한반도에서 일본으로 끌려간 사람들이나 16세기 말 임진왜란과 정유재란 때 포로가 된 조선인들이 노예로 매매되어 일본 각지로 팔렸는데, 그 규모가 상당하였다고 한다. 이러한 사실史実은 포로 송환을 위해 일본을 찾은 조선 사신이 남긴 역사적 기록을 통해서도 확인할 수 있다. 예를 들면 『세종실록』 권46 기유己酉 11년(1429년) 12월 3일 기사에 "왜적들이 일찍이 우리나라를 침략하여 우리 인민을 잡아다가 노비로 삼거나 혹 먼 나라에 전매하기도 하여 영원히 돌아오지 못하도록 하니, 그 부형과 자제들이 원통하여 이를 갈면서도 복수하지 못하는 자가 몇이겠습니까. 신들의 사신행렬 길에 정박하는 곳마다 잡혀 간 사람들이 다투어 도망쳐 오려고 해도 그 주인이 가쇄를 하고 굳게 가두어서 뜻을 이루지 못하고 있으니, 진실로 민망한 일입니다. 일본에는 사람은 많고 먹을 것이 적어서 노비를 팔아먹는 일이 흔하며 어떤 때는 남의 자제들을 훔쳐다 팔기도 하는데, 이는 모두 허다하게 볼 수 있는 일입니다"라는 내용이 있다. 야마오카 다유가 흥정을 하며 인신매매를 성사시키는 장면의 상세한 묘사나 즈시오마루와 안주가 졸지에 노예가 되고 이후 산쇼 다유에게 자신들이 75곳이나 전전하며 팔려 다녔노라 말하는 장면에는 이러한 역사적 사실이 투영되어 있다고 볼 수 있다.

작품 속에서 나오이 포구는 사람을 사고파는 곳으로 설정되어 있다. 조루리 작품 중 『무라마쓰むらまつ』에도 아가씨가 이곳저곳으로 팔려 다니는 부분에서 '에치고 지방으로 데려가 나오이에 사는 지로에게 비단

오십 필에 팔아버렸다'는 대목이 있다. 왜 나오이 포구가 인신매매의 장으로 설정되어 있는 것일까. 나오이 포구는 가마쿠라 시대부터 해상 교통의 요충지로 자리잡아 14세기에는 에조와 교토를 연결하는 일본 해상 교역의 중간 기착지였다.

이러한 실제 해상 교류의 중요 코스라는 점과 더불어 두 남매처럼 산쇼 다유에게 팔려온 인물 중 고하기小萩라는 여성의 이야기를 참고하여 '포구'가 갖는 성격에도 주목해보자. 산쇼 다유의 집에서 고초를 견디다 못해 목숨을 끊으려 하는 두 남매 앞에 나타나 죽음을 말리는 고하기는 자신을 이세伊勢 지방 후타미二見 포구에서 팔려 산쇼 다유의 집까지 오게 된 인물로 소개한다. 현재의 미에 현三重県에 위치한 후타미 포구는 예로부터 이세 가도伊勢街道의 기점으로 유랑예능인의 집결지이기도 하였다.

포구는 육지와 바다의 '경계境界'이다. 경계는 한 세계와 다른 세계의 분리점이자 연결점이기도 하다. 이러한 경계는 정주定住보다는 유리의 성격이 강한 곳이다. 나오이 포구에서 펼쳐지는 이야기를 보면 '경계성'은 더욱 명확해진다. 즈시오마루 일행은 마을에 들어가지 못한 채 마을과 외부를 연결하는 경계인 다리 위에 머문다. 또한 야마오카 다유가 지팡이를 들고 있다는 설정도 의미심장하다. 지팡이는 나이든 자나 여행자가 물리적으로 몸을 의지하는 도구이지만 실용적인 기능으로만 사용되던 것은 아니었다. 일본 고대 사회에서 지팡이는 주로 맹인 이야기꾼 같은 유랑예능인 또는 행상인이나 나무꾼, 걸인 등 농업이 아닌 직종에 종사하는 사람들 즉 주로 유랑하는 자들이 지녔던 것으로, 넓은 의미에서는 유리표박 그 자체를 상징하는 것이었다. 야마오카 다유에게는 정착하여 삶을 영위하는 사람이 아니라 '유리표박'하는 사람인 당시 상인들의 모습이 반영되어 있는 것이다. 이처럼 나오이 포구는 공간 자체가 일종의 경계지로 '유리표박'이라는 성격을 강하게 띤 곳이라 할 수 있다.

즉 나오이 포구에서 이루어지는 즈시오마루 일행의 인신매매에는 나오이 포구가 갖는 지역적 특성과 중세의 현상이 반영되어 있는 것이다.

고난의 극복

한편 단고 지방 유라 항구에 사는 상인 산쇼 다유에게 팔려간 안주와 즈시오마루는 산쇼 다유로부터 시노부葱와 와스레구사忘草라는 이름을 받는다. 이름은 아이덴티티를 드러내는 가장 상징적인 수단이다. 노예로 팔리며 이곳저곳을 전전하던 두 남매는 산쇼 다유가 이름을 묻자 자신들의 이름을 대지 못하고 산쇼 다유가 지어준 이름으로 불리게 된다. 명명命名은 때로는 폭력성을 띠며 존재를 규정하는 행위이다. '인내'를 뜻하는 '시노부'와 '잊는다'는 뜻이 들어간 '와스레구사'라는 이름은 단고 지방에서 벌어질 일과 두 남매의 위상을 말해준다. 즉 산쇼 다유의 명명은 안주와 즈시오마루가 자신들의 아이덴티티를 상실한 채 산쇼 다유의 소유물로 전락해버린 것을 나타낸다.

산쇼 다유의 집에서 누나인 안주는 바닷물 긷기, 즈시오마루는 땔감을 해오는 일을 하게 된다. 바닷물 긷기와 땔감하기라는 일에서 아마도 산쇼 다유가 소금을 만들어 파는 일을 했을 것으로 추측해볼 수 있다. 중세에는 신사에서 사용하는 신성한 소금을 공급하며 대외무역을 통해 부를 축적한 상인들이 전국 각지의 항구를 무대로 하여 물자매매를 하는 동시에 인신매매를 하였다고도 한다. 산쇼 다유의 조형에는 당시의 이러한 상인의 모습이 반영되어 있다. 그는 많은 노비를 거느린 무자비하고 탐욕스러운 인물이었다.

익숙하지 않은 중노동에 두 남매는 늘 울며 지냈는데, 새해를 맞이한 어느 날 우는 모습이 재수가 없다며 별채에 갇히게 된다. 다른 사람들로부터 격리된 것에 굴욕감을 느낀 둘은 도주 계획을 세운다. 그러나 불행하게도 아버지 산쇼 다유 못지않게 무자비한 셋째 아들에게 발각되고 만다. 도주 계획을 전해들은 산쇼 다유는 두 남매의 이마를 인두로 지져 노비의 낙인을 찍는다. 이러한 극악한 형벌에도 만족하지 못한 산쇼 다유는 두 사람을 소나무로 만든 통 밑에 가두어 굶겨 죽이려 한다.

이후 두 남매는 산쇼 다유의 둘째 아들의 도움으로 목숨을 건지게 된다. 그리고 기적이 일어난다. 산쇼 다유의 저택을 벗어나 산으로 가자 그들의 몸에 있던 인두 자국이 사라진 것이다. 남매는 이것이 어머니가 안주에게 준 수호지장보살의 영험 덕분임을 깨닫는다. 이에 안주는 수호지장보살을 동생에게 주고 산 밑으로 도망치게 한다. 산쇼 다유의 집으로 돌아온 안주는 동생이 간 곳을 끝까지 고하지 않고 가혹한 고문을 받다가 목숨을 잃는다.

셋쿄부시의 세계에서 여성의 역할은 매우 크다. 『마쓰라 장자まつら長者』의 사요히메さよ姫, 『오구리』의 데루테照天, 『신토쿠마루』의 오토히메乙姫 등, 작품을 움직이는 원동력이 되는 것은 모두 여성이다. 그녀들은 단순히 배우자나 누이의 역할을 초월하여 남자 주인공을 수호하는 역할을 한다. 이 작품에서도 안주는 즈시오마루가 자신의 임무를 해낼 수 있을 때까지 그를 보호하며 세상에 내보내는 역할을 한다. 그리고 자신의 임무를 다 마쳤을 때 그녀는 셋째 아들에게 모진 고문을 받다가 숨을 거둔다. 모든 것을 참고 견딘다는 뜻의 '시노부'라는 이름처럼 말이다.

한편 즈시오마루는 고쿠분지国分寺로 몸을 피해 수행승려 덕분에 가죽바구니에 몸을 숨긴다. 그러나 집요한 셋째 아들에 의해 가죽바구니 속에 숨어있던 즈시오마루는 발각될 위기에 처한다. 그 순간 수호지장보살이 황금빛을 발하고, 즈시오마루는 위기를 벗어난다. 수호지장보살의 영험으로 살아난 즈시오마루는 지금까지 자신에게 일어난 일을 승려에게 이야기한다. 승려는 그를 가죽바구니에 넣어 교토까지 짊어지고 가 교토의 스자쿠朱雀 거리에 있는 곤게도権現堂에 즈시오마루를 내려놓고 단고 지방으로 돌아간다.

중세의 사찰은 일종의 피난소와 같은 역할을 하였다. 치외 법권의 세계로 범죄인이나 도망친 노예들은 사찰에 들어감으로써 관의 추적에서 벗어날 수 있었다. 이 작품에서 고쿠분지도 이와 유사한 역할을 하는 장소이다. 동시에 고쿠분지는 수호지장보살에 의해 연출되는 기적과 빈사에 놓인 즈시오마루의 부활 등 죽음과 소생의 장소이기도 하다.

이렇듯 즈시오마루는 죽음과 소생을 체험하며 신불의 도움으로 산쇼 다유의 손아귀에서 벗어나게 된다. 단고 지방에서 펼쳐지는 이야기는 두 남매를 도와주는 민초들과 전제자의 모습을 극명하게 대비시키며 전개된다. 여기에는 피지배적인 입장에 있던 민중들의 무자비한 지배자로부터 벗어나고자 하는 바람과 이를 성취시켜줄 신불의 도움에 대한 희구가 반영되어 있다고 볼 수 있다.

생명 전환의 장

무사히 교토까지 오게 되었으나 가죽바구니에 너무 오래 있었던 탓인지 즈시오마루는 허리를 펴지 못하게 된다. 근처 마을에 살던 아이들이 하루 이틀은 보살펴줬으나 돌보는 이가 없게 되자 성 안으로 들여보낸다. 성 안에서도 계속 보살펴줄 수 없게 되자 사람들은 "그러면 이제 덴노지天王寺로 보내야겠다"며 즈시오마루를 흙을 실어 나르는 수레에 실어 오사카에 있는 덴노지로 보낸다. 덴노지의 입구에 도착한 즈시오마루가 돌로 된 도리이鳥居에 매달리자 허리가 펴지는 기적이 일어나고, 때마침 그곳을 지나던 승려에 의해 그는 덴노지에서 찻물 시중을 드는

〈그림 3〉 덴노지 입구에 도착한 즈시오마루. 『天下一説経与七郎正本』. 天理大学付属天理図書館蔵(『古浄瑠璃 説経集』 新日本古典文学大系90, 岩波書店, 1999년)

동자로 살게 된다.

덴노지는 기요미즈데라清水寺와 함께 중세 관음 신앙의 성지였으며 정토 신앙의 거점이기도 하였다. 덴노지의 서문에 있는 액자에는 이 절을 창건한 성덕태자聖徳太子가 썼다는 "이곳은 옛날 석가세존이 설법하신 곳, 보탑금당은 극락정토 동문의 중심에 해당한다"라는 글귀가 있다. 또한 헤이안 시대의 가요집인 『료진히쇼梁塵秘抄』 권2 극락가에 "덴노지는 극락정토의 동문, 오사카 바다와 마주하고 있다. 이 절은 아주 먼 옛날에 석가세존이 설법하신 곳, 그 서문에 극락왕생을 기원하며 염불하는 자 참배하라는 것이다"라는 구절이 있는 것으로 보아 헤이안 시대부터 이와 같은 믿음이 유포되어 있었음을 짐작할 수 있다. 중세 당시 극락성불을 기원하며 서문을 나가 바다로 들어가 자살하는 자가 있었을 정도였다고 한다.

또한 덴노지에는 병자나 가난한 자, 천형과도 같은 병에 걸린 자들을 구제하는 히덴인悲田院이 설치되어 있었다. 즉 덴노지는 사회의 하층민인 걸인과 무녀나 유랑예능인, 병자 등 사회로부터 차별과 박해를 받는 자들이 모여드는 특별한 곳이었으며 이들을 보살피고 구제해주던 곳이었다. 『신토쿠마루』에서 계모의 저주에 의해 두 눈이 먼 주인공이 아버지에게 의절당하여 버려지고, 이후 다시 구제를 받은 곳도 바로 이곳이다. 그리고 덴노지는 기도를 위해 모여든 민중을 상대로 유랑예능인들이 예능을 펼치는 장이기도 하였다.

이처럼 덴노지는 많은 법회와 제사가 열리고 그때마다 무악이 연주되는 장엄한 장이며 염불승들의 도량이었다. 또한 동시에 사회로부터 격리된 자, 차별받는 자들의 안식처이기도 하였다. 이러한 연유로 인해 사람들은 즈시오마루를 덴노지로 보낸 것이다.

한편 조정의 유력한 신하 중에 우메쓰노인梅津院이라는 자가 있었는데 그에게는 후사를 이을 자식이 없었다. 그가 후사 점지를 빌며 기요미즈데라의 관음에게 기도를 드리자 관음은 "우메쓰노인의 양자는 덴노지에 있다"는 선탁을 내린다. 이에 우메쓰노인은 덴노지로 향한다. 우메쓰노인을 맞이한 덴노지의 수많은 동자들은 아름답게 꾸미고 자신이 양자로 선발되기를 기다리고 있었다. 우메쓰노인은 상석에서 말석에 이르기까지 동자들을 살펴보고는 가장 말석에 앉아있던 즈시오마루를 자신의 양자로 들이라고 한다. 그 자리에 있던 모든 동자들은 걸식을 하던 비천한 아이를 양자로 들이려 한다며 비웃는다. 그러나 우메쓰노인은 즈시오마루의 비루한 모습에서 보통 사람과는 다른 모습을 보았다. 우메쓰노인이 시키는 대로 즈시오마루를 따뜻한 물로 씻어내자 옥골선풍의 모습이 드러났다. 많은 종교가 물을 매개로 하여 부정不浄을 씻어 내는 의식을 행하는 것에서도 알 수 있듯이, 이는 곧 정화와 새로운 생명으로의 탄생을 의미한다. 수많은 동자들의 멸시를 받던 즈시오마루가 물로 부정함을 씻고 귀인으로 변모한 것이다. 이렇듯 덴노지는 천인에서 귀인으로 재탄생하는 장으로서의 역할을 하고 있다.

가족의 재구성과 복수

이후 우메쓰노인을 대신해 궁궐에 들어간 즈시오마루는 드디어 천황과 대면하게 된다. 즈시오마루는 지니고 있던 족보를 근거로 '판관 마사우지의 아들 즈시오마루'라는 이름을 되찾고, 신분을 인정받아 아버지의 무고함을 풀고 다시 오슈 54개 지역의 영주가 된다. 교토에 온 목적을 이루자마자 즈시오마루가 한 말은 "새가 되고 싶다. 날개가 있으면 좋으련만. 단고 지방으로 날아가서 바닷물을 긷는 누나의 소맷자락에 매달려 출세한 이야기를 하고 싶다. 에조 섬에 날아가 어머니를 찾아 출세한 이야기를 들려드리고, 쓰쿠시 안라쿠지에도 날아가서 아버지를 찾아 출세한 이야기를 해드리고 싶다"는 헤어진 가족에 대한 그리움의 토로였다. 그리고 바로 아버지를 맞이할 가마를 안라쿠지로 보내고 헤어진 어머니를 찾아 에조 지방으로 간다. 어머니는 아이들을 잃은 슬픔에 눈물을 너무 많이 흘린 나머지 눈이 멀어버린 데다가 일을 못한다는 이유로 손발이 잘린 채 새를 쫓는 일을 하고 있었다. 아들도 알아보지 못하는 어머니의 눈에 즈시오마루가 수호지장보살을 대자 다시 눈을 뜨게 된다.

이렇게 하여 가족의 재회가 이루어진다. 그러나 기쁨보다 앞서는 것은 눈물, 가족은 안주의 애달픈 죽음을 위로하기 위해 고쿠분지에 지장보살을 안치하고 안주를 기린다. 그리고 즈시오마루는 산쇼 다유의 학대를 견디다 못해 죽고자 했을 때 이를 만류한 고하기를 누나로 삼는다. 양부인 우메쓰노인과 상실한 누나의 자리를 채우는 고하기가 더해져 즈시오마루를 중심으로 하는 새로운 가족이 형성된 것이다.

한편 즈시오마루는 자신의 가족에게 고초를 안기고 누나 안주를 죽게 만든 이들에 대한 복수도 잊지 않았다. 고쿠분지로 산쇼 다유 부자를 불러낸 그는 셋째 아들에게 아버지인 산쇼 다유의 목을 대나무톱으로 톱질하여 죽이라고 명한다. 자식이 아버지를 죽이는 실로 참혹한 형을 내린 것이다. 3일 낮밤 톱질을 하자 비로소 산쇼 다유의 목이 떨어졌다. 그리고 셋째 아들을 물가로 데려가 오가는 사람들에게 7일 낮밤을 그 목을 톱질하게 하여 죽이고, 자신을 노예로 판 나오이 포구의 야마오카 다유를 찾아내 거적에 말아 수장시킨다. 현대인에게는 잔혹하기 그지없는 형벌이지만, 전제적 권력을 행사하던 자의 비참한 죽음은 당시 이 이야기를 듣는 서민들에게 일종의 카타르시스를 안겨주었을 것이다.

이와 같이 『산쇼 다유』는 '유리표박'이라는 형식을 통해 각 지역이 갖는 특성을 이용하여 아이의 성장과 정체성 획득을 그려내며 새로운 가족의 형성을 이야기하고 있다. 그리고 그 속에는 유리표박에 따르는 고난과 극복 과정에 배태되어 있는 비애와 희열뿐만 아니라 중세 서민들의 삶과 바람이 오롯이 담겨 있다. 그렇기에 이 작품은 중세를 살던 민중들에게 극적 긴장감을 주고, 공감을 얻을 수 있었을 것이다.

참고문헌

信田純一 阪口弘之 校注, 『古浄瑠璃 説経集』(「新日本古典文学大系」 90, 岩波書店, 1999)

鳥居明雄, 『漂泊の中世』, ぺりかん社, 1994.

藤掛和美, 『説経節の世界』, ぺりかん社, 1993.

赤坂憲雄, 『境界の発生』, 砂子屋書房, 1989.

安野眞幸, 「説経節山椒太夫の成立－巫女の死と天皇の登場－」(『列島の文化史』 4, 日本エディタースクール出版部, 1987)

工藤茂, 「『さんせう太夫』の性格」(『別府大学紀要』 第24号, 別府大学会, 1983)

岩崎武夫, 『さんせう太夫考－中世の説経語り－』, 平凡社, 1973.

『조선왕조실록朝鮮王朝實錄』, http://silok.history.go.kr

공간으로 읽는

일본고전문학

하이카이 기행과 명소의 탄생

이 현 영

오쿠노호소미치

『오쿠노호소미치』는 근세 하이카이 문학의 완성자로 불리는 마쓰오 바쇼(1644~1694년)가 46세인 1689년 봄부터 가을까지 총 150여 일 동안 6,000리 즉 2,400킬로미터에 이르는 거리의 동북 지방, 호쿠리쿠 지방의 여행 체험을 기초로 쓴 하이카이 기행문이다. 미치노쿠 지방은 이전의 『노자라시 기행』(1684년)과 『오이노코부미』(1687년) 여행을 통해서 순례한 기나이 지방에 이은 우타마쿠라의 메카로, 상대 이래 가인들이 가지고 있던 미지의 변방, 고대적·이국적인 것에 대한 동경을 기반으로 성립된 장소이다. 바쇼는 옛 가인과 역사적인 인물들의 발자취를 따라 그러한 장소를 여행·체험하며, 하이카이 문학을 더 한층 높은 경지에 올려놓게 된다. 『오쿠노호소미치』는 오늘날까지 일본인들에게 인기 있는 고전작품 중 하나로, 기행문학 최고의 걸작으로 꼽힌다. 또한 다양한 외국어로도 번역되어, 근세 일본 기행문학의 진수를 보여주고 있다.

고독한 하이카이 시인

옛 시인들은 여행을 즐겼다. 두보杜甫, 이백李白, 사이교西行, 소기宗祇 또한 그러하였다. 마쓰오 바쇼松尾芭蕉가 평생 여행으로 일관했던 것도 이들을 경애했기 때문이다. 그의 작품 곳곳에 이들에 관한 기술이 보이고, 이들의 험난하고 고된 여로에 대한 동경도 엿보인다. 중국의 시인

두보와 이백의 여행은 슬프고 애처로우며, 중세 일본의 시인 사이교와 소기의 여행은 고난의 연속이었다. 하이진俳人이라 불리는 근세 하이카이의 시인 바쇼가 생각하고 있던 여행도 결코 오늘날과 같은 휴식 개념은 아니었다. 지금의 관점에서 보면 옛날 여행은 상상할 수 없을 정도로 험하고 고된 길이어서 비장한 각오를 하고 떠나야만 했다. 한 번 건너면 두 번 다시 건널 수 없을 것만 같은 강, 한 번 지나면 두 번 다시 지날 일이 없을 것만 같은 험준한 산길, 거기에 하룻밤의 숙박까지 모두 일생에 단 한 번뿐인 '일기일회一期一会'의 여정이었다. 여행길에서 마주하는 삼라만상 모든 것이 죽음을 앞둔 사람의 눈에 비친 풍광처럼 마지막일 수도 있는 것이다. 그것을 알고 있었기에 바쇼는 살아생전, 더 더욱 위험을 무릅쓰면서까지 여행을 떠나려 했던 것이다.

바쇼의 생애를 돌아보면, 그는 안정된 주거와 일상생활에 안주하지 않았다. 편안한 일상이 깃들 기미가 보이기라도 하면, 혹 따뜻한 인정이 풍겨나기라도 하면, 스스로 그곳을 박차고 나와 방랑의 길에 오르고 일상적이지 않은 세계에 몸을 맡기려고 했다. 제자들에게 받들어지는 편안하고 안정된 생활 속에서는 시심詩心이 고갈되어 새로운 것을 창작할 수 없다고 생각했던 것이다. 항상 벼랑 끝에서 돌풍과 맞서 헤쳐 나가듯 긴장 속에서 창작에 몰두하고 더 높은 시적 깨달음을 위해 여행하였다.

머리를 밀고 염주를 손에 쥐고, 가사를 걸치고 탁발주머니를 목에 걸고 있어도 바쇼의 마음은 출가승이 아니라, 예술을 갈망하는 고독한 하이카이俳諧 시인이었다. 제자가 몇 명 늘어난들 바쇼의 고독은 위로 받지 못했다. 함께 했던 자리가 떠들썩하고 화기애애한 자리였다고 하더라도 그들과 헤어지는 순간, 바쇼는 누구도 채워줄 수 없는 고독한 자신의 마음속으로 돌아갔던 것이다.

바쇼는 높은 깨달음으로 영원히 변하지 않으면서도 유행에 뒤지지

않는다는 '불역유행不易流行'의 이념을 바탕으로 하이카이 작품을 만들고자 세상을 떠나는 날까지 번뇌의 불꽃만은 사그라트리지 않았다. 그래서 그 한 길에 목숨을 걸고, 평생 구도자와 같이 끊임없는 여행을 통해서 군더더기 없는 가벼운 '가루미軽み'의 하이카이를 완성할 수 있었던 것이다. 여행을 떠날 때, 바쇼의 마음은 이미 자유로이 날갯짓하고 있었다. 자신이 바람 앞의 낙엽과 같은 존재라는 것을 깨달았을 때, 바쇼의 마음은 한껏 고양되어 낯선 지역을 표박하고 있었던 것이다.

바쇼의 여행과 하이카이 창작

그렇다면 바쇼는 살아있는 동안 얼마나 많은 여행을 하고 기록으로 남겼던 것일까? 그의 생애에 주목할 만한 여행은 40대 초반부터 약 10년 동안 표박한 다섯 차례의 여정이다. 여행은 길게는 7~8개월, 짧게는 한 달이 채 안 되는 여정도 있었다.

그 첫 번째는 바쇼의 나이 41세인 1684년 8월, 도카이도東海道를 지나 긴키近畿 지방을 편력하고 이듬해 4월에 에도로 돌아오는 『노자라시 기행野ざらし紀行』이다. 두 번째는 1687년 8월, 제자들과 함께 불정선사仏頂禅師가 한거하고 있는 히타치常陸 지방 곤폰지根本寺를 방문해 가시마鹿島에서 달구경을 하는 『가시마 기행かしまの記』이다. 이어 세 번째는 같은 해 10월부터 이듬해 4월까지 오와리尾張, 이가伊賀, 이세伊勢, 야마토大和, 요시노吉野, 스마須磨, 아카시明石를 둘러보는 『오이노코부미笈の小文』의 여정이다. 그리고 연이은 네 번째 여행은 8월 한 달의 짧은 일정으로 제자들과 함께 기소지木曾路를 지나 오바스테姥捨의 달을 감상하고, 젠코지善光寺를 들러 에도로 돌아오는 『사라시나 기행更科紀行』이다. 마지막 다섯 번째가 바로 바쇼의 나이 46세가 되던 1689년 3월에 오슈奥州·호쿠리쿠北陸 지방의 명소와 유적지를 순례하고, 9월에 이세 신궁의 천궁의식을 보기 위해 오가키大垣를 떠나기까지의 여로인 『오쿠노호소미치おくのほそ道』여행이다.

그 후에도 바쇼는 한 곳에 정착하지 않고 교토와 고향인 이가를 오가며 지역의 하이진과 활발히 교류를 하며 지내다 에도로 돌아오게 된다. 1694년 5월 또 다시 여행길에 올라, 오사카에서 세상을 떠나는 10월 12일까지 그의 생은 끊임없는 표박의 여정으로 관철되었다. 바쇼는 이상의 다섯 차례의 여행을 통해 5편의 하이분俳文 기행을 남기게 되는데, 그 중 가장 대표적인 것이 『오쿠노호소미치』라는 기행문이다.

그럼, 바쇼의 초기 여행을 통해서 얻어낸 기행문의 첫 번째 구와 마지막 구를 살펴보자. 기행문에 실려 있는 첫 번째 구는 여행을 떠나는 바쇼의 마음가짐과 각오, 그리고 여행의 성격과 목적을 파악할 수 있는 중요한 단서이기 때문이다.

'들판에 뒹구는 해골 바람 사무치는 이내 몸이여'

위 작품은 『노자라시 기행』의 첫 번째 구이다. 1684년 가을, 불혹을 넘긴 바쇼는 '들판에 뒹구는 해골'이 될 것을 각오하고 여행을 떠난다. 이전에 유행하던 골계滑稽와 유희를 테마로 한 단린 하이카이談林俳諧를 극복한 바쇼는 더 이상 에도에 안주할 수 없다는 절박한 마음으로 여행의 길을 재촉했을 것이다. 자신이 추구하는 하이카이는 단린 하이카이와 같은 것이 결코 아니라는 자기부정과 초조함, 마치 환상처럼 눈앞에서 아른거리다 잡으려 하면 이내 달아나버리는 하이카이의 진실을 손아귀에 넣으려는 열망, 그것의 활로를 찾아내기 위해서 바쇼는 죽음을 각오하고 여행길에 올랐다. 이러한 의욕과 불안으로 인해 작품에서는 절박함과 처절함이 느껴진다. 조금은 과장처럼 느껴지는 이러한 긴장감을 불혹의 바쇼는 작품 속에 그대로 표출하였다.

'죽지도 않고 여행의 끝자락은 가을 석양이'

위 작품은 『노자라시 기행』의 마지막 구이다. 바쇼는 출발 당시의 비장함과 초조함을 뒤로 하고, '죽지도 않고' 여행을 마칠 수 있게 된 것에 안도하면서 저물어가는 '가을 석양'을 바라다보며 자신을 객관적으로 돌아볼 수 있는 여유를 갖게 된다. 절박한 마음으로 떠난 첫 번째 여행을 통해 바쇼는 차츰 자유로운 하이카이 세계로 나아가고 있었다.

'나그네라고 불리고 싶구나 초겨울 찬비'

위 작품은 『오이노코부미』의 첫 번째 구이다. 바쇼는 기행문의 첫머리에서 자신에 대해 "결국 무능 무예하여 오로지 하이카이 한 길에 일관한다"라고 적으며 하이카이 한 길로 나아갈 각오를 보인다. 여행을 시작하는 음력 10월초는 초겨울 찬바람이 몸에 스미는 쓸쓸한 시기로, 때마침 초겨울 찬비까지 내리고 있었다. 바쇼는 "이 내 몸은 바람에 날리는 낙엽처럼 정처 없다"라고 적고 있는데, 이런 초겨울 찬비를 맞으며 떠나는 나그네의 뒷모습에서 쓸쓸함이 절절이 배어난다. 하지만 『노자라시 기행』의 첫 번째 작품과 비교해 볼 때, 비장함이나 초조함보다는 표박하는 나그네로서의 여유와 풍아가 느껴지는 작품이다. 바쇼 역시 앞선 두 번에 걸친 여행을 통해서 한결 가벼운 마음으로 이번 여행에 임하게 되었을 것이다.

'스마 어부의 활 끝에서 우는구나 두견새로다'

'문어 잡이 단지 속 덧없는 꿈을 여름밤의 달'

위 작품은 오이노코부미 여행의 마지막 여행지인 스마와 아카시에서 읊은 구이다. 초겨울에 출발한 여행은 어느 새 계절이 바뀌고 바뀌어 여름이 되었다. 바쇼는 스마에서 맞이한 여름날, "더할 나위 없이 정취 깊은 곳은 스마의 가을"이라고 했던 『겐지 이야기源氏物語』의 구절을 인용하면서 "여름이 아닌 가을이었다면 자신의 마음을 조금 더 하이카이로 능숙하게 표현했을 터인데 하며 아쉬워하는 것은 자신의 무능을 모르기 때문"이라며 하이카이에 대한 자신의 무능을 자책한다. 이처럼 바쇼의 여행은 시종일관 하이카이 창작으로 귀결되어 있음을 확인할 수 있다. 결국 바쇼의 표박 여행은 오직 하이카이 한 길에 일관하기 위한 것이고, 새로운 하이카이 창작을 위한 수행이었다.

세월은 영원한 여행자

그렇다면 오쿠노호소미치 여행을 통해서 바쇼가 얻고자 하였던 것은 무엇일까? 먼저 그 여정을 살펴보면, 3월 하순 에도를 출발해 8월 하순에 미노美濃의 오가키에 도착해 잠시 휴식을 취한 후, 9월 6일 이세 신궁의 천궁의식을 보기 위해 제자인 소라曽良, 로쓰路通, 조코如行와 함께 배로 오가키를 출발하기까지의 여로를 포함한다. 늦봄에서 늦가을까지 거쳐 간 지방만 무사시武蔵, 시모쓰케下野, 무쓰陸奥, 데바出羽, 에치고越後, 엣추越中, 가가加賀, 에치젠越前, 오미近江, 미노까지 10곳에 이른다. 바야흐로 바쇼가 여행을 시작하는 1689년은 막부 5대장군 도쿠가와 쓰나요시徳川綱吉의 안정적인 치세로 경제가 번영하여 겐로쿠元禄 문화가 꽃피려고 하는 시기였다. 이러한 시대적 배경 하에 하이단俳壇에서는 당시의 단린 하이카이가 퇴조를 보이고, 대중의 문학 참가가 활발해짐에 따라 교토를 중심으로 주로 외부의 경치를 노래하는 하이카이의 부흥기를 맞이하였다. 이에 바쇼의 오쿠노호소미치 여행은 도회적인 것을 떠나 미지의 변방에 위치한 우타마쿠라歌枕를 순례하면서, 각 지역의 풍토에 녹아 숨 쉬고 있는 옛 가인의 전통적인 시심의 원류와 역사 속에 살아 숨 쉬고 있는 인물의 삶을 추체험하고자 했다. 이는 새로운 하이카이 창조의 심원을 찾아내고자 떠난 여행이라 하겠다.

다음은『오쿠노호소미치』의 서문이다.

> 세월은 영원한 여행자이고, 가고 오는 시간 또한 여행자이다. 뱃사공으로 일생을 보내거나, 말고삐를 잡고 늙어가는 사람은 매일 매일의 일상이 여행이고, 여행 그 자체를 거처로 삼는다. 옛사람 중에도 많은 사람들이 여행길에 죽음을 맞이했다. 나는 어느 해부터인가 조각구름이 바람에 날리듯 방랑하고픈 마음이 끊이지 않았다. 바닷가를 거닐다가 지난 해 가을, 강가의 무너져가는 오두막으로 돌아와 오래된 거미줄을 걷어내고 자리를 잡았다. 드디어 한 해가 저물어 새봄의 안개 낀 하늘을 보자 오래 전부터 관문 시라카와세키를 넘고 싶은 마음이 떠나지 않아, 여행 수호신인 도조신의 부름이라도 받은 듯 도대체 일이 손에 잡히지 않는다. 헤진 바지를 꿰매고 삿갓 끈을 새로 달고 무릎 아래 뜸을 뜰 때부터 마음은 이미 마쓰시마의 달빛에 가 있어 살던 집은 다른 사람에게 물려주고 삼푸의 별장으로 옮기고,
>
> '작은 초암도 주인 바뀌는 세상 히나 인형집'
>
> 이것을 홋쿠 8구중 첫 번째 작품으로 지어서 초암 기둥에 걸어 두었다.

"세월은 영원한 여행자이고, 가고 오는 시간 또한 여행자이다"라고 하는 첫 문장에는 만물유전万物流転, 즉 끊임없이 바뀌고 변화하는 것이야말로 이 우주를 관장하는 변하지 않는 원리라고 하는 바쇼의 생각이 담겨져 있다. 여행을 하며 일생을 보내고 여행 중에 죽음을 맞이하는 것은 우주 영구불변의 원리에 기초한 가장 순수한 삶이고, 바쇼가 존경하는 이백, 두보, 사이교, 소기 등 시인의 길을 먼저 걸었던 선인들의 삶

〈그림 1〉 오쿠노호소미치에마키-출발. 逸翁美術館所蔵(蕪村筆「奥の細道画巻」)

이기도 하였다. 가장 순수한 언어인 시는 그러한 삶 속에서 태어나는 것으로 바쇼 또한 오쿠노호소미치 여행을 떠나게 된 동기를 그렇게 써 내려가고 있다. 변화하는 것이 세상 불변의 진리라는 확신은 본 여행을 통해 바쇼가 추구한 하이카이 이념 '불역유행'과도 일맥상통하는 것으로, 끊임없이 진실을 추구하고 자기탈피를 모색하는 과정에서 진정한 하이카이가 창조된다는 이념이다.

여행을 떠나던 당일, 바쇼는 다음과 같이 심경을 기술하고 있다.

> 삼월도 벌써 이십하고 칠일, 새벽녘 하늘은 자욱이 안개가 끼고, 때마침 달은 그믐달이어서 그 모양 또한 가늘고 빛 또한 희미하기는 하나, 멀리 후지 산이 어슴푸레 보이고, 가까이에는 우에노, 야나카 숲이 바라다 보이는데, 저 꽃들은 언제쯤 다시 볼 수 있을까 하는 서운한 생각이 든다. 전도 삼천리라고 하는 먼 길을 출발한다는 생각에 가슴이 메고, 덧없는 세상 석별의 아쉬움에 눈물이 흘렀다.
>
> '가는 봄이여 새 울고 물고기 눈에는 눈물'

윗 구를 여행 출발의 첫 번재 구로 삼아 첫발을 내딛었지만, 왠지 발길이 떨어지지 않아서 전혀 앞으로 나아가지 못한다. 기거하던 자신의 초암으로 다시 돌아올 것을 기약하고 떠나는 여행이 아니라, 초암을 모두 처분하여 여비를 마련해서 떠나는 여행이었기에, 이번 여행에 대한 심경은 이전의 몇 차례의 여행과는 사뭇 달랐을 것이다. 언제나 곁에 두고 보았던 풍경과 사물들에 대한 애착이 더했을 것이고 꽃잎 하나 풀 한 포기 여사로 보이지 않았을 것을 짐작하게 한다. 가깝게 지내던 지인들이 배로 센주千住까지 배웅을 하고, 거기서부터는 배에서 내려 제자 소라와 둘이서 걷기 시작한다. 미지로의 여행은 '전도 삼천리'라고 기록하고 있듯이 바쇼에게는 아득하게만 느껴졌을 것이다. 여행의 불안을 짚신으로 눌러 밟으며, 삼라만상이 연주해 내는 석별의 정을 듣고, 소리 없는 물고기의 눈에 빛나는 눈물을 그리며 한 걸음 한 걸음 나아갔던 것이다.

우타마쿠라의 순례 여행

그렇다면, 바쇼의 오쿠노호소미치 여행 목적은 무엇이었을까?

올해가 그러고 보니 겐로쿠 2년이던가. 불현듯 오우 지방으로 까마득한 여행을 결심하고 출발했다. 머나먼 오나라로 가는 길에 고생하여 백발노인이 되었다는 옛 이야기처럼 고생을 거듭한다 하더라도, 귀로는 들었어도 아직 눈으로 직접 보지 못한 명소를 보고 다행히 살아서 돌아올 수 있다면 하고 기약할 수 없는 기대를 안고, 그날 간신히 소카라는 숙소에 도착했다. 이렇게 여행길에 오르고 보니, 야위어 뼈만 남은 어깨에 지워진 짐, 그것이 무엇보다 고생스럽다. 그저 몸 하나로만 떠나고자 준비하였는데도, 종이 옷 한 벌은 방한용으로, 또 유카타 · 우비 · 먹과 붓 종류, 도저히 거절하기 어려운 전별품 등은 버릴 수가 없

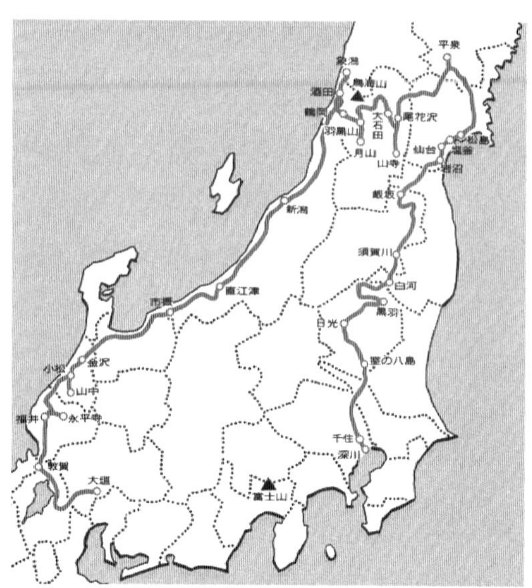

〈그림 2〉 오쿠노호소미치 여정도

어서 결국 여행길에 거추장스러운 짐이 된 것도 어찌할 수 없다.

이처럼 바쇼는 고생을 각오하고 오우 지방 여행길에 오르며, 지금까지 "귀로는 들었어도 아직 눈으로 직접 보지 못한 명소"를 직접 찾아가 보고자 하였던 것이다.

여기서 '명소'라는 것은 다름 아닌 우타마쿠라이다. 오천五天에 도착할 때까지 갖은 고생을 하여 백발이 되었다는 『삼체시三体詩』에 실려 있는 이동李洞의 시를 떠올리며 무사히 살아서 돌아오면 다행이라 생각하고 목숨을 걸고 찾아 나선 목적지, 그곳은 다름 아닌 옛 가인이 읊었던 와카의 명소, 우타마쿠라를 가리키는 것이었다. 훌륭한 가인들이 와카를 읊고, 후세의 가인이 선인의 시심을 반추하며 노래 속에서 읊는 지명. 그것은 단순한 지명이 아니라 어떤 특별한 시적 이미지를 동반하고 있으며, 새로운 시심을 불러일으키는 힘을 가지고 있다. 즉 바쇼의 이

번 여행은 그러한 우타마쿠라를 방문해서 고인들의 시심의 심연을 확인하는 우타마쿠라 순례 여행이었고, 그러한 곳에 새겨져 있는 시심의 전통을 건져 올려 하이카이라는 새로운 장르의 문학에 창조적인 에너지로 삼고자 하였던 것이다. 그리하여 찾은 바쇼의 첫 번째 우타마쿠라가 '무로노야시마室の八島'였다.

> 무로노야시마에 참배했다. 동행한 소라가 말하길 "이곳에서 모시는 신은 고노하나사쿠야히메라고 하는 신으로, 후지의 센겐 신사와 같은 신체를 가지고 있습니다. 문이 없는 방안에 들어가 불을 피우고 몸을 태워 결백을 주장하고 그 불 속에서 히코호호데미 신을 나으셨기에, 무로노야시마라고 부릅니다. 또 와카에서 '무로노야시마'라고 하면 '연기'라고 하는 말을 넣어서 읊는 까닭도 여기에 있습니다. 그래서 이 지역에서는 전어라는 생선을 먹는 것을 금하고 있습니다"라고 한다. 듣고 보니, 그 유래를 전하는 이야기 중에는 세상에 전해지는 것도 있었다.

현재 '무로노야시마'는 도치기 시栃木市 소자惣社 마을에 있는 오미와 신사大神神社, 일명 무로노야시마묘진室八島明神을 가리키며 경내에 있는 연못에는 이름 그대로 작은 섬 8개가 만들어져 있다. 첫 번째 우타마쿠라 '무로노야시마'를 방문한 바쇼는 명소 와카집 등에 수록되어 있는 옛 노래를 떠올리며 하이카이를 읊었다.

> '어떻게 사랑의 불꽃 타고 있다는 걸 알릴 수 있을까
> 늘 연기 난다고 하는 무로노야시마 연기가 아니라면' 후지와라 사네카타

> '연기 아닐까 무로노야시마를 보고 있자니
> 드디어 하늘에는 안개 피어오르는 구나' 미나모토 도시요리

바쇼는 그 옛날 일본의 천손강림 신화를 떠올리며 니니기ニニギ가 하룻밤에 임신하게 된 고노하나사구야히메木の花さくや姫를 의심하자, 결백을 입증하려고 산실에 들어가 불을 지르고 호호데미 신火火出見尊를 낳았다는 유래를 간직하고 있는 '무로노야시마'를 찾아간다. 그곳에서 그는 앞으로 자신이 겪게 될 고난을 극복하고 새로운 하이카이를 창조하겠다는 결의를 다진다.

다음으로 바쇼가 찾아간 우타마쿠라는 닛코日光에 있는 구로카미黒髪 산이다.

> 구로카미 산은 초여름인데 안개가 자욱하고 아직도 눈이 하얗게 쌓여 있다.
>
> '머리 밀고서 구로카미 산에서 옷 갈아입는 날'
>
> 이 작품을 읊은 소라는 가와이 씨로 이름은 소고로라 한다. 바쇼 암 가까이에 살면서 남자 혼자 사는 나의 자취를 도와주고 있었다. 이번 여행에 동행하여 마쓰시마 · 기사가타의 아름다운 풍광을 볼 수 있게 된 것을 기뻐하고 여행의 고통을 위로하기 위해서 출발하는 새벽, 머리를 깎고 검게 물들인 승복으로 갈아입고, 이름도 소고惣五를 소고宗悟로 바꾸었다. 그래서 이 구로카미 산의 구가 만들어진 것이다. '옷 갈아입는 날'이라는 표현이 힘있게 들린다.

우타마쿠라로서의 '구로카미 산'은 '검정'과 '하얀 눈'을 대비시켜 읊은 옛 노래가 다수 전해지고 있다. 그렇기에 바쇼도 그러한 전통을 이어받아 구로카미 산을 보고는 '구로카미 산은 초여름인데 안개가 자욱하고 아직도 눈이 하얗게 쌓여 있다'고 써 내려가고 있다. 또 예로부터 4월 1일과 10월 1일이 되면 여름옷과 겨울옷으로 갈아입는 '옷 갈아입는 날衣更' 풍습이 있는데, 바쇼는 구로카미 산을 출발하기 전, 산기슭에서 4월 1일 옷 갈아입는 날을 맞이하여 고된 여행이 될 것을 각오하고 머리를 밀고 승복으로 갈아입고 마음가짐을 새로이 한 소라의 구를 소개하며,

앞길에 대한 결의를 새로이 하고 있다.

이러한 우타마쿠라의 전형적인 관계를 보여주는 예가 관문 '시라카와세키白河関' 부분이다.

> 막연한 불안감에 싸여 여행을 계속하던 중 시라카와세키에 이르러 겨우 여행을 떠나왔다는 느낌을 받았다. 그 옛날, 다이라 가네모리가 이 관문을 넘을 때의 감회를 어떻게든 교토에 알리고 싶어서 인편을 찾는 노래를 남겼을 때의 기분도 공감이 된다. 가네모리처럼 에도에 남기고 온 사람들에게 전하고 싶은 감명 깊은 여러 가지 중에서도 이 시라카와세키는 오슈의 세 개 관문 중 하나로, 많은 풍류객이 감회를 남긴 곳이다. 그러한 와카와 옛 이야기가 무엇보다도 먼저 떠오르고, 그 유명한 노인 법사가 읊은 가을 바람소리가 귓가에 들려오고, 요리마사가 읊은 단풍으로 물든 경치를 떠올리며, 눈앞에 펼쳐지는 푸르른 가지를 올려다보니 한층 감회가 새롭다. 옛 시가에도 읊어진 병 꽃이 하얗게 피어있는 곳에 하얀 찔레꽃이 피어있어, 마치 옛 시가에 나오는 설경 속 관문을 넘어가는 듯한 기분이 든다. 소라에 의하면 옛날 다케다 다유 구니유키가 이 관문을 넘을 때, 노인 법사의 명구에 경의를 표하는 의미에서 의관을 바르게 고쳐 입고 지나갔다고 하는 이야기가 후지와라 기요스케가 쓴 글에도 보인다고 하니.
>
> '병 꽃 장식하고 관문을 넘어가는 나들이 옷'

시라가와세키는 그 설치연도가 정확하지 않지만, 네즈가세키鼠ヶ関, 나코소세키勿来関와 더불어 동북 지역에 있는 오슈奥州 세 개의 관문 중 하나이다. 교토京都에서 미치노쿠陸奥로 들어가는 도산도東山道의 요충에 설치된 이 관문은 노인能因 법사를 비롯한 많은 가인들의 노래에도 등장한다. 하지만 바쇼가 여행할 당시에는 그 흔적이 확실하지 않아 관문을 찾아 헤맸다. 그래도 바쇼는 그곳에서 옛 시가를 되뇌고 다시 음미하며 드디어 우타마쿠라의 메카인 미치노쿠 지방에 들어섰다며 감격하고, 이곳에 이르러서야 "겨우 여행을 떠나왔다"는 실감을 할 수 있었다고 기록하고 있다. 바쇼가 다시 음미한 옛 시가라고 하는 것은 다음과 같은 와카이다.

'인편이 있으면 어떻게든 교토로 소식 전할 텐데
오늘 시라카와세키 넘었다고' 다이라 가네모리

'교토를 안개 자욱한 봄날 떠나 왔는데
가을 바람 부는구나 시라카와세키' 노인 법사

'교토에서 아직 푸른 잎을 보며 떠났는데
단풍이 지는 시라카와세키' 미나모토 요리마사

'지나가다 보는 사람조차 없는 병 꽃 핀
울타리구나 시라카와세키' 후지와라 스에미치

'시라카와세키의 가을이야말로 라고들 하지만
첫눈 헤치며 가는 산속 길' 고가 미치테루

위와 같은 와카의 내용과 이미지에 의해서 성립된 장소인 시라카와세키는 옛 시가의 보고寶庫라고 할 수 있다. 바쇼가 지나던 초여름에는 푸르른 가지, 하얀 병 꽃, 그리고 찔레꽃이 피어있었지만, 이러한 현실의 경관을 옛 시가에 등장하는 가을바람, 단풍, 그리고 눈과 짝지어 생각하며 관문을 지나갔던 옛 가인들의 감회를 다시 음미하며 체험하고 있다. 결국 소라가 읊은 작품도 그만의 창작에 의한 것이 아니라, 옛날 다케다 다유 구니유키竹田大夫国行가 이곳을 지날 때 노인 법사가 읊은 와카에 경의를 표하는 의미로 의관을 바르게 고치고 지나갔다는 고사故事를 배경으로 하고 있다. 이렇게 바쇼는 우타마쿠라 순례 여행을 통하여 전통적인 시가의 감동을 추체험하고 시적 감동을 한층 깊이 하여 전통적인 시의 심원을 하이카이 문학에 접목시키려 하였다.

하이마쿠라의 탄생

그런데 바쇼는 오가타 쓰토무尾形仂의 지적처럼 오쿠노호소미치 여행을 통해서 우타마쿠라의 범주를 넘어, 새로이 하이카이 명소인 '하이마쿠라俳枕'를 만들어내기도 하였다. 즉 우타마쿠라가 아닌 지역을 방문하여 훌륭한 작품을 남김으로써 후세에 그 지명을 하이마쿠라로 등록해 갔다.

그 중 하나가 '야마데라山寺'로 알려진 류샤쿠지立石寺이다.

> 야마가타 번의 영내에 류샤쿠지라는 산사가 있다. 지카쿠 대사가 세운 절로 참으로 맑고 한적한 지역이다. 남들이 한번 가볼만한 곳이라고들 해서 오바나자와에서 발길을 돌려 류샤쿠지로 가는데, 그 거리가 70리 정도였다. 해는 아직 저물지 않았다. 산기슭의 숙방에 방을 빌리고 산 위의 본당으로 올라갔다. 바위 위에 바위가 첩첩이 쌓여 산을 이루고 오래된 소나무와 떡갈나무가 무성하고 흙과 돌도 오래되어 이끼가 매끄럽게 끼고 바위 위에 지은 많은 말사는 모두 문이 닫혀 있고 아무 소리도 들리지 않는다. 절벽을 돌아 바위를 기어올라 불각에 참배하고 뛰어난 풍광과 적막함에 잠겨있으니 마음이 절로 맑아지는 것이 느껴진다.
>
> '고요함이여 바위에 스며드는 매미 울음소리'

우타마쿠라가 아닌 산사를 방문한 것은 예정에 없던 일로, 오바나자와尾花沢 사람들의 권유에 의한 것이다. 천태종 사원인 야마데라는 산 전체가 바위로 덮여 있어 그 위에 본당이 세워져 있는데, 바쇼는 이러한 야마데라의 경관에서 중국 천태산을 떠올렸던 것 같다. '매미 울음소리'를 바위에 스며든다고 표현한 것이야말로 그 어떤 와카에서도 찾아볼 수 없는 바쇼의 독창적인 표현이다. '스며드는'이란 표현에 의해서 바쇼의 마음은 매미 울음소리와 하나가 되어 바위 속 깊숙이 파고들어 천지간 가장 근원적인 적막함에 이르게 되는 것이다. 바로 이 작품에 의해 '야마데라'라고 하는 지명은 하이마쿠라로서 오늘날까지 전해지고 있는 것이다.

다음으로 꼽을 수 있는 하이마쿠라는 '사도佐渡 섬'이라고 할 수 있다.

> 사카타 사람들과 이별이 아쉬워 오래 머물다, 이제 출발에 즈음하여 호쿠리쿠 저편 구름을 바라다본다. 귀향길이 아늑하게만 느껴져 마음이 아프고, 듣자하니 여기부터 가가 지방의 가나자와까지는 1,300리나 된다고 한다. 관문 네즈가세키를 넘어 에치고 지방으로 발길을 재촉해, 엣추 지방의 관문 이치부리세키에 이르렀다. 그 사이 아흐레 동안 무더위에 지쳐 병이 나서 여로를 제대로 기록하지도 못했다.
>
> '7월이로다 칠석 전 초엿새 밤 평소와 다르네'
>
> '거친 바다여 사도 섬에 드리운 은하수'

현재 니가타 현新潟県 서부에 위치한 사도 섬 역시 우타마쿠라에는 포함되어 있지 않다. 바쇼의 위 작품에 의해서 하이마쿠라로서 널리 알려지게 된 지명이다. 사도 섬은 준토쿠인順徳院(1197~1242년)을 비롯해, 가마쿠라 시대 니치렌종의 창시자 니치렌日蓮(1222~1282년), 무로마치 시대 노가쿠能楽를 대성한 제아미世阿弥(1363~1443?년)가 유배당한 슬픈 역사를 담고 있는 곳으로, 에도 시대에 들어와서는 유배지로 널리 알려지게 된다.

위 하이카이에서 바쇼는 초가을 무렵의 잔잔한 이곳 바다를, 섬에 유배당한 사람들과 본토에 남겨진 사람들의 처지를 떠올리며 '거친 바다'로 표현하고 있다. 바쇼가 이곳에 도착한 것은 칠석 전날인 초엿새였다. 천상의 견우와 직녀 두 별도 은하수를 건너서 일 년에 한 번의 만남이 허락된 칠월 칠석 날, 섬으로 유배된 사람들에게도 어떻게든 본토에 있는 가족들과 만나게 해주고 싶다는 바쇼의 간절한 마음이 사도 섬 위에 은하수를 드리우게 한 것이다. 이는 모두 바쇼의 시적 환상이 탄생시킨 것으로, 한밤중의 넓은 바다와 그 위에 슬픈 사연을 가지고 덩그러니 떠있는 사도 섬이라고 하는 구도 속에, 고향을 떠나 호쿠리쿠의 바닷가를 떠도는 여행자로서의 바쇼의 슬픔이 중첩되어 있다. 이처럼 슬픈 사연을 간직한 사도 섬의 이미지는 하이마쿠라로서 고착되었다.

마지막으로 '이로種 해변'에 관해 살펴보자.

> 8월 16일, 날씨가 개어서 사이교의 옛 노래로 유명한 마스오 조개를 주우려고 쓰루가에서 이로 해변으로 배를 타고 나섰다. 해변까지는 뱃길로 70리이다. 덴야 아무개라고 하는 사람이 도시락과 술을 정성껏 준비시키고, 뱃사람을 여러 배에 태워 출발하게 해주었는데, 배는 순풍을 받아 눈 깜짝할 사이에 도착했다. 해변에는 몇 채 안 되는 초라한 어부의 오두막이 있고, 그 옆에 오래된 법화사가 있다. 그 절에서 차를 마시고 술을 데워 마시고 있는 사이에 저녁노을의 쓸쓸한 정취에 가슴이 저려 왔다.
>
> '쓸쓸함이여 스마보다 더한 이로 해변의 가을'
>
> '파도 이는 사이사이 작은 조개에 섞여 싸리 꽃잎'
>
> 그 날의 여정을 도사이에게 적게 하여, 이 절에 남겼다.

현재 후쿠이 현福井県 남서부에 위치한 쓰루가敦賀는 고대로부터 항만으로 빈창한 도시로, 호쿠리쿠 지방과 기나이 지방을 잇는 곳에 위치한다. 8월 16일, 바쇼는 쓰루가에서 뱃길로 70리나 떨어진 이로 해변으로 향한다. 어부들의 오두막, 그리고 저물어가는 저녁노을 등 쓸쓸함의 극치를 눈앞에서 확인한 바쇼는 『신고킨와카슈新古今和歌集』에 수록되어 있는 후지와라 데이카藤原定家의 와카를 떠올렸을 것이다.

'둘러보니 꽃도 단풍도 없구나 포구의 오두막에 가을 노을이여'

후지와라 데이카

바쇼는 작품에서 『겐지 이야기』의 주인공 히카루겐지의 유배지이기도 한 스마보다도 더 쓸쓸한 곳이 바로 '이로 해변의 가을'이라 읊고 있다. 결국 바쇼는 오쿠노호소미치 여행 마지막에 방문한 이로 해변의 가을 정경 속에서 왕조문학의 애틋한 정취인 '아와레', 그리고 『신고킨와카슈』에 수록된 가을 노을의 '쓸쓸함'을 넘어선 호쿠리쿠의 풍토가 담고 있는 하이카이적인 '쓸쓸함'의 극치를 발견했던 것이다.

이것이 바로 "귀로는 들었어도 아직 눈으로 직접 보지 못한 명소를 보고 다행히 살아서 돌아올 수 있다면"하고 출발한 호쿠리쿠 여행의 도달점이 아니었을까 생각한다.

참고문헌

김정례 옮김, 『바쇼의 하이쿠기행 1 오쿠로 가는 작은 길』, 바다출판사, 2012.
金森敦子, 『芭蕉「おくのほそ道」の旅』, 角川書店, 2004.
雲英末雄, 『松尾芭蕉』, 新潮社, 2003.
尾形仂, 『おくのほそ道評釈』, 角川書店, 2002.
井本農一 編, 『松尾芭蕉集』(「新編日本古典文学全集」 71, 小学館, 1997)
尾形仂, 『「おくのほそ道」を語る』, 角川書店, 1997.
尾形仂 編, 『俳文学大辞典』, 角川書店, 1995.
井本農一, 『芭蕉－その人生と芸術』, 講談社, 1989.
城常三, 『庶民と旅の歴史』, 日本放送出版協会, 1971.

사진출저

〈그림 1〉 http://www.bashouan.com/psBashouNe01.htm
〈그림 2〉 http://tohokujomon.blogspot.kr/2009/06/blog-post_7886.html

공간으로 읽는
일본고전문학

관음성지 순례와 정사의 도시 오사카

한 경 자

소네자키신주

『소네자키신주』는 에도 시대의 대표적 희곡작가 지카마쓰 몬자에몬(1653~1724년)이 오사카의 소네자키 숲에서 실제 일어난 남녀 정사사건을 소재로 1703년에 만든 조루리 작품이다. 시대극이 중심이었던 당시, 불과 한 달 전에 일어난 동시대 사건을 무대에 올려 크게 화제가 되었고, 상연 후 남녀의 동반자살이 급증하여 한 시대의 유행 현상처럼 퍼져나갈 정도로 사회적 반향이 대단했다. 지카마쓰가 다룬 정사물은 『소네자키신주』처럼 주로 오사카를 무대로 한 유녀와 상인들의 정사 즉 동반자살을 주로 다루고 있다. 에도 시대 남녀의 정사 사건 등이 사회적으로 풍기문란을 일으키자 막부는 1722년 정사물에 대해 금지령을 내리게 되는데, 그때까지 지카마쓰는 정사를 소재로 11개의 조루리 작품을 집필하였다. 특히 『소네자키신주』와 『신주텐노아미지마』는 현재도 많은 사람들의 사랑을 받으며 상연되고 있다.

지카마쓰와 오사카

에도江戸 시대(1603~1867년)의 대표적 희곡작가 지카마쓰 몬자에몬近松門左衛門에게 『소네자키신주曾根崎心中』는 여러 의미를 지닌 작품이었다. 당시 지카마쓰는 교토京都에 거주하고 있었는데 오사카大阪에 와서 우연히 소네자키曾根崎 숲에서 일어난 정사情死, 즉 신주心中 사건에 대해 전해 듣고 이를 소재로 한달 만에 조루리浄瑠璃 작품을 쓰게 된다. 이후 지카마쓰는 과거의 역사적 사건이나 고전문학을 소재로 한 시대극에서 벗이나 당시의 사건을 소재로 한 작품을 만들기 시작한다.

『소네자키신주』는 지카마쓰가 처음으로 오사카 관객들을 대상으로, 그리고 당시의 오사카를 배경으로 만든 조루리 작품이었다. 그가 본격적으로 조루리 작가로 활동한 지 20년이 지난 51세가 되던 해에 새로운 시도를 한 것이다. 지카마쓰의 정사물은 거의가 오사카를 무대로 하고 있는데, 이들 작품 안에는 오사카 서민들의 도시 생활이 생생하게 묘사되어 있다. 3년 후, 두 번째 정사물인 『신주니마이에조시心中二枚絵草子』가 상연되기 전에 오사카로 거처를 옮긴 것도 본격적으로 오사카를 작품에 그려내려는 의지로 볼 수 있는데, 그만큼 지카마쓰는 오사카라는 도시를 의식하여 정사물을 만들었다고 할 수 있다. 지카마쓰는 작품 속에서 마치 주인공들과 같은 공간에 사는 사람처럼, 동반자살을 하는 주인공들이 죽음의 길로 향하는 도정을 함께 걷듯 오사카의 곳곳을 자세히 서술하고 있다.

정사물은 대체로 3단으로 구성되어 있는데 내용상의 설정과 구조상 정해진 틀이 있다. 첫째 단은 드러내놓고 만나기 어려운 여자 주인공 유녀와 남자 주인공이 사람들의 혼잡을 틈타 밀회를 갖는 내용이다. 둘째 단에서는 경제적으로 어려움에 처한 남자 주인공이 자기를 걱정하는 유녀를 찾아가 서로 죽을 각오를 확인하고 함께 유곽을 빠져 나오게 된다. 셋째 단에서는 죽을 곳을 찾아 길을 떠나는 '미치유키道行'와 이윽고 죽음을 맞이하는 장면이 클라이맥스로 놓여진다.

유녀 오하쓰お初와 간장가게 점원 도쿠베徳兵衛와의 정사 사건을 다룬 『소네자키신주』도 이러한 구성으로 이야기가 전개된다. 그럼 『소네자키신주』의 이야기 속으로 들어가 보자. 오하쓰는 어느 날 시골손님에게 이끌려 관음성지 순례를 나서게 되는데, 사람이 북적대는 이쿠타마신사生玉神社에 갔다가 그곳에서 우연히 사랑하는 도쿠베를 만난다. 그

후 친구에게 사기당해 문서 위조범으로 몰린 도쿠베가 유곽으로 찾아 오자 오하쓰가 몰래 그를 안으로 피신시킨다. 그리고 이루어질 수 없는 사랑에 죽음을 각오한 두 사람은 유곽에서 빠져나와 동반자살 할 곳을 찾아다닌다. 그리고 마지막에 신주 즉 정사 장면으로 끝이 난다.

실제 있었던 정사를 소재로 한 이 작품은 오사카라는 도시가 지니는 공간적 의미가 작품의 구조와 밀접하게 관련되어 있다. 이 작품에서 오사카라는 도시의 문학적 기능은 관음성지 순례, 성지에서 속세로, 현세에서 내세로, 구제의 공간이라는 주제로 이행하면서 진행된다. 그럼 지금부터 『소네자키신주』가 그리는 이러한 주제로 오사카의 모습이 어떻게 그려지고 있는지 따라가 보자.

▌관음성지 순례

지카마쓰가 교토에서 오사카로 이주한 것처럼 『소네자키신주』의 실제 모델 오하쓰도 교토에서 오사카로 이주해 온 사람이었다. 교토에서 오사카로 생활터전을 바꾼, 같은 입장의 두 사람이 본 오사카는 어떤 광경이었을까?

『소네자키신주』의 도입부분에서는 다음과 같이 관음성지를 순례하는 모습을 담고 있다.

> 실로 극락세계에서 지금 이승에 모습을 나타내시어 우리를 구제하시는 관세음의 덕은 우러러보아도 헤아릴 수 없을 만큼 참으로 높다. 높다고 한다면, 먼 옛날 높은 누각에 올라 닌토쿠 천황이 백성의 번영을 약속한 곳도 오사카의 땅. 그 오사카의 서른세 곳의 관음성지를 차례차례 순례하면 죄장도 소멸된다고 한다.

유녀인 오하쓰가 시골에서 온 손님을 모시고 당시 유행하던 관음성지를 순례하기 시작하는 장면이다. 이 부분에서 '먼 옛날 높은 누각에 올라 닌토쿠仁德 천황이 백성의 번영을 약속한 곳도 오사카의 땅'이라는 표현을 쓰고 있다. 닌토쿠 천황이 백성의 생활을 보기 위해 시찰 나갔다가 '높은 누각에 올라 여기저기 부뚜막에서 연기가 피어오르는 것을 보니 백성들의 삶이 넉넉해졌구나'라는 와카和歌의 내용을 인용한 것이다. 지카마쓰는 닌토쿠 천황의 치세 때처럼 번영한 현재의 오사카 모습을 우선 표현하고 관음성지로서의 오사카를 자세히 소개한다. 여기서 관음성지 서른세 곳을 도는 것은 관음보살이 중생을 구제할 때 서른세 가지의 모습으로 변화한다는 것에 유래한다. 서민들은 서른세 곳의 성지를 순례하면 관음의 공덕을 받아 극락왕생할 수 있다고 믿고 있었다. 따라서 이 작품의 초반에 오하쓰가 관음성지 순례를 하는 설정은 앞으로 지을 죄를 씻어내 극락왕생하게 한다는 의미도 담겨 있는 것이다.

다이유지大融寺를 시작으로 두 번째 조후쿠지長福寺, 세 번째 진메이구神明宮, 네 번째 호주지法住寺, 다섯 번째 호카이지法界寺, 열여덟 번째에 이쿠타마生玉의 혼세이지本誓寺, 스무 번째에 덴노지天王寺의 로쿠지도六時堂를 돌고 마지막 서른세 번째에 고료 신사御霊神社를 끝으로 순례를 마친다. 이 서른세 곳의 순례지를 돌며 지카마쓰는 각 성지에 대한 소개를 한다. 예를 들어 첫 번째 순례지인 다이유지는 미나모토 도루源融와 인연이 깊은 절로, 미나모토 도루가 도읍에 지금의 미야기 현宮城縣의 시오가마塩釜 포구의 모습을 연출하기 위해 오사카의 운하로부터 교토로 바닷물을 수송했다고 한다. 그 때문에 지금까지도 오사카에는 많은 배가 왕래하여 번성한 것이라며, 이 지역의 도시 발전 유래를 설명한다.

『소네자키신주』의 도입부분에 관음성지 순례가 놓인 것은 죽은 오하쓰에 대한 진혼의 의미이자 오하쓰를 이승으로 불러내는 초혼의 의미로, 당시 유행했던 순례라는 풍습에 엮고 있어 재미를 더하고 있다. 또한 그에 그치지 않고 지카마쓰는 당시 오사카를 묘사하는 데 있어 도시의 유래 및 도시의 윤곽을 제시하고 있다. 오사카의 신사와 사찰은 도시 중심부를 벗어나 교외에 위치하므로, 서른세 곳인 순례지 전체를 지도상에서 쫓으면 도시 오사카의 윤곽을 조망할 수 있는 것이다.

이렇게 오사카의 신사와 사찰이 교외에 위치하게 된 것은 에도 시대 초기 도요토미豊臣 가문을 물리치고 새롭게 도쿠가와 이에야스徳川家康 가문이 패권을 쥐게 된 전투 '오사카의 진大坂の陣'(1614~1615년) 이후 오사카 성大阪城을 지키는 직책을 맡은 마쓰다이라 다다아키松平忠明가 오사카 성 주변 마을을 정리 재편하면서 사찰을 교외로 이동시킨 것에 유래한다. 이에 오사카 성 외부에 많은 절이 집결하면서 사찰마을인 '데라마치寺町'가 형성되었다. 그렇게 해서 오사카 시민들의 수많은 순례 관습이 성행하게 된 것이다. 관음성지 순례는 오사카에 살거나 왕래하는 서민들에게 신앙으로서의 의미도 있었으나 그에 못지않게 여가를 즐기는 유희 중의 하나였다.

관음성지 순례의 묘사에는 일종의 '미치유키'처럼, 주인공들이 목적지까지 이동하면서 보는 경치와 그들의 심경이 고스란히 담겨있다. '미치유키'는 원래 고전문학과 예능의 표현양식의 하나인데, 지카마쓰는 『소네자키신주』에서 죽음에 직면한 주인공들의 심정을 아름다운 서경적 표현과 절묘하게 섞은 문장들로 구성하여, 이전과는 전혀 다른 새로운 '미치유키'를 만들어내었다.

『소네자키신주』의 관음성지 순례 장면에서는 주인공들의 심경 표현 속에 동반자살을 암시하는 문구들이 곳곳에 나타난다. 예를 들어 남녀 주인공들은 오바세小橋의 고토쿠지興徳寺에 도착하자 다음과 같이 감상을 말한다.

사방으로 시야가 딱 트여 있으며, 서쪽을 보니 뱃길의 바다가 깊다. 아와지 섬으로 빈번히 왕래하는 갈매기는 앞바다의 갯바람이 몸에 스미겠구나. 너도 화장터 연기에 숨이 막히지? 그런데 사랑에 불타 죽는다면 정말 이 몸은 어찌 되어도 좋아

열한 번째 순례지 고토쿠지는 오사카의 동남쪽에 위치하며, 그 주위는 화장터 외에 아무 것도 없는 시야가 탁 트인 벌판이었다. 또한 화장터가 있어 바로 죽음을 연상시키는 곳이기도 했다. 서른세 곳의 관음성지 순례를 마치자, 장면은 이쿠타마 신사 경내로 옮겨진다. 여기서도 '이쿠타마'와 몇 개 또는 몇 살이라고 하는 뜻의 '이쿠쓰'를 연관시켜 "앞으로 몇 개나 더 성지순례를 갈 수 있을지"란 의미와 나아가 "앞으로 몇 살까지 살 수 있을지"란 의미를 생각하게 하며 정사에 대해 암시한다.

이러한 식으로 지카마쓰는 오사카라는 도시를 문학과 종교 그리고 경제적인 면을 아우르며 같이 다루었다. 그러나 역시 『소네자키신주』의 도입에 관음성지 순례를 그려놓은 것은 오하쓰의 죽음과 그녀에 대한 진혼을 위한 포석으로서, 이 작품이 사랑하는 남녀가 동반자살하는 정사물임을 강하게 드러낸다.

성지에서 속세로

지카마쓰는 주인공 오하쓰와 도쿠베가 만나는 장소를 많은 사람들로 번잡한 이쿠타마 신사로 선택하였다. 이쿠타마 신사는 오하쓰의 시골손님이 성지 순례 후 이곳에서 밤새 술을 마시고 놀 생각으로 우선 만담부터 들으러 갔다고 할 정도로, 그 신사의 경내는 다양한 놀거리가

〈그림 1〉 이쿠타마신사 경내의 가게들. 東京大学総合図書館蔵
(電子版霞亭文庫, 『御入部伽羅女』)

있는 당시의 유흥지 중 하나였다.

이 이쿠타마 신사에서 일어난 정사 사건을 소재로 한 또 하나의 작품 『이쿠타마신주生玉心中』의 도입부분도 『소네자키신주』처럼 신사와 사찰 순례로 시작한다. 순례를 마친 후 남녀 주인공은 덴만구天満宮에서 만나게 된다. 여주인공인 유녀 오사가おさが는 도톤보리道頓堀에서 손님과 함께 가마를 타고 이곳에 오는데, 『이쿠타마신주』에서도 사람으로 북적이는 덴만구가 두 남녀의 밀회장소이다. 오사가가 이곳에 오게 된 것은 손님이 덴만구 경내의 술집에 가고 싶다고 해서이지만 사실은 다음과 같은 사연이 있어 그녀가 유도한 것이었다.

오사가는 도톤보리의 후시미자카伏見坂에 있는 사창가의 유녀이고, 남자주인공 가헤이지嘉平治도 도톤보리의 야마토바시大和橋에서 그릇 가게를 하는 사람이었다. 가헤이지는 오사가와 가까이 있고 싶어 도톤보리 서쪽에 있는 본점에서 도톤보리 동쪽의 야마토바시 근처에 지점을 낸 것이다. 오사가와 떨어시기 싫어하는 그의 행동은 다음과 같이 묘사되고 있다.

> 오다가다 얼굴이라도 보려고 강변에 볼 일이 있는 것처럼 왔다 갔다 하다가 필요도 없는 상비약 와추산을 사기도 하고, 수력을 이용해 움직이는 인형이나 모형을 구경하기도 했지만, 그마저 언제까지나 보고 있기도 그래서 다시 왔다 갔다 했다. 그랬더니 낯익은 동네 아이들이 "그릇 가게 아저씨가 사카마치 사창가에 다닌다"고 노래하며 놀려대자 지나가던 사람이 힐끗힐끗 쳐다본다.

이런 상황이다 보니, 가헤이지는 오사가를 만나기 위해 도톤보리에서 멀리 떨어진 아는 이가 적은 북쪽의 번화가를 선택한 것이다. 그는 기분전환으로 시지미 강蜆川의 아라시 극장嵐座에 가부키를 보러 갈 거라고 사람을 시켜 오사가에게 쪽지를 남겼다. 그것을 보고 오사가가 가헤이지를 만나기 위해 손님을 부추겨 성지 순례를 가게 된 것이다. 순례를 마치자 오사가는 손님에게 덴만구 경내의 음식점에서 술을 마시게 하고, 자신은 그곳에서 가까운 아라시 극장으로 사람을 보내 『소네자키신주』를 보고 있는 가헤이지를 불러낸다. 이렇게 해서 겨우 두 사람이 만나게 되는 것이다.

그런데 지카마쓰가 이곳을 선택한 데는 또 다른 이유가 있었다. 당시 유녀들은 이동이 자유로웠고 이곳 덴만구에 참배하러 오는 경우가 많았다고 한다. 또한 가헤이지가 『소네자키신주』를 본 것도 주인공 도쿠베에 자신의 처지를 이입시켜 조금이나마 마음을 달래기 위한 것이었다. 『이쿠타마신주』가 상연된 것은 1715년 5월인데, 아라시 극장에서 『소네자키신주』가 상연된 것은 4월의 일로 지카마쓰는 자신의 작품이자 당시 실제로 있었던 공연에 대해 언급하면서 생생한 리얼리티를 전하고 있다.

또한 가헤이지는 신사 덴만구에서 오사가를 만날 수 있었던 것이 그의 아버지의 그릇가게에서 만들어져 이곳에서 팔리고 있는 덴진 인형 즉 덴진의 효험에 의한 것이라 여겼다. 이렇듯 여러 복합적인 요소가 얽혀서 당시 오사카의 초대 유흥지였던 도톤보리에서 멀리 떨어져 있는 덴만구가 두 사람이 만나는 장소로 선택되었고, 그 안에 다양한 오사카의 도시 정보가 제시되고 있다.

도대체 이 도톤보리는 어떤 곳인가. 『소네자키신주』에서 오하쓰를 만난 도쿠베는 둘이 만나는 것을 들키지 않으려고 하인에게 여러 지시를 내리는데, 그 중 "도톤보리에는 들르지 말라"는 사항도 있었다.

도톤보리는 1615년 야스이 도톤安井道頓에 의해 개착된 운하로 그의 공적을 기려 붙여진 이름이다. 1660년대에 가도 극장角座을 비롯해 나카 극장中座, 1684년에 다케모토 극장竹本座, 1703년에는 도요타케 극장豊竹座 등 가부키와 조루리의 극장이 생겨났다. 이렇듯 도톤보리는 막부의 도시계획에 의해 극장들이 집중 배치되었고, 사창가도 모여들게 되어 오사카 남부의 번화가로서 발전하게 된 곳이다.

정사 사건을 소재로 한 두 번째 작품 『신주니마이에조시』의 서두에도 도톤보리의 번화한 모습이 잘 드러나 있다. 여기서는 바로 오사카의 명물 중의 하나인 다케모토 극장의 조루리를 내세우고 있다.

> 말랑말랑한 만주와 과자 사세요. 담뱃불용 노끈도 있고 극장 프로그램도 있어요. 다케모토 극장의 미치유키 모음집 사세요. 갓도 맡길 수 있습니다. 깔개, 깔개도 있어요. 극장을 가득 메우는 이곳의 번창함은 내년에 활동할 배우들을 소개하는 겨울 가오미세 공연이지만, 마치 봄이 한창인 것 같다.

사람으로 북적대는 극장 모습은 오사카의 번화함을 표현하는 요소

〈그림 2〉 도톤보리에서 조루리를 보고 배타고 구경 나가는 모습. 東京大学総合図書館蔵
(『近松全集』 第十七巻 影印, 岩波書店, 1994년)

중 하나이다. 『신주니마이에조시』에는 시골에서 온 손님과 유녀 시마島가 기타노신치北の新地로 돌아가기 위해 배를 타고 이동하는 장면도 있다. 도톤보리에 있는 극장에서 조루리를 본 사람들은 바로 이곳에서 배를 타고 오사카 구경을 나설 수 있다. 이 손님은 고향에서는 이런 뱃놀이는 어림도 없다고 말하며, 방금 보고 온 조루리의 한 소절을 시마에게 읊어보라고 한다. 도톤보리의 유흥거리는 오사카의 자랑이며, 그 오사카의 대표적 오락거리가 자신이 만든 조루리라는 지카마쓰의 자부심이 엿보이는 부분이기도 하다.

『근세풍속지近世風俗志』에 오사카의 뱃놀이에 대해 "교토에서는 행하지 않고 오사카에서는 여름에 성행한다"라는 기술이 보인다. 지카마쓰의 또 다른 작품 『이마미야노신주今宮の心中』에서는 "전국에 명소가 많지만 그 중에서도 유례가 없는 것은 나니와의 뱃놀이"라며 이를 자랑하고 있다. 즉 뱃놀이는 강이 많은 도시 오사카에서 가능한 유흥이었고 이는 다른 지방 사람에 대한 오사카의 자랑거리이기도 했다.

다음으로 오사카 유곽에 대한 소개가 어떻게 이루어지고 있는지 살펴보겠다. 정사물의 여주인공들이 대부분 유녀였기 때문에 정사를 각오한 두 사람이 죽음을 앞두고 마지막으로 만나는 장소로 유곽이 설정된다. 남자 주인공이 여주인공이 있는 유곽으로 찾아오게 되는 구조를 지니고 있는 정사물에서는 유곽에 대한 언급이 빠질 수 없다. 예를 들면 『신주텐노아미지마心中天網島』의 도입부분은 다음과 같이 시작된다.

> 여기는 유녀의 정이 한없이 깊어 대해를 재첩껍데기로 퍼낼 수 없다고 하는 속담처럼, 사랑이 깊게 고인 시지미 강의 신치. 제각각 사랑 노래를 부르며 지나치려고 하는 마음을 놀고 싶은 마음이 붙드는 것은 가게 문앞의 등이 관문이 되기 때문이다. 들떠 걸어가며 놀리는 손님이 엉터리로 조루리를 읊거나 가부키 배우 흉내를 내기도 하고, 강가의 창고에서 노래도 들리고, 이층 손님방에서 들리는 샤미센에 이끌려 들르는 손님도 있다. 오늘의 몬비를 피해 얼굴을 가리고 유흥비를 아끼려 몰래 지나가려는 남자를 잡으려는 나카이.

기타노신치의 위치, 그 앞을 지나가는 사람들과 유곽 손님의 모습, 그리고 유곽의 풍습들을 표현하며 그곳의 번화함에 대해 기술하고 있다. 인용문 중의 '몬비紋日'는 유곽에서 정한 명절 등의 특별한 날로, 이 날 유녀는 반드시 손을 받아야 하며 유객은 유녀에게 두둑히 팁을 줘야 하는 관례가 있었다.

오사카의 유곽은 이곳 기타노신치와 에도 막부의 공인 유곽인 신마치新町, 그리고 도톤보리 주변의 유곽인 미나미南가 주된 곳이었다. 시지미 강에 유곽이 성행하게 된 것은 1700년대 초이다. 1685년경부터 시작되었던 가와무라 즈이켄河村瑞賢에 의한 시지미 강 공사 이후 도지마堂島는 유곽인 신치新地로 개발되었다. 1697년에 쌀 시장이 기타하마北浜에서 도지마로 이전되면서 1708년에 대부분의 유곽이 시지미 강 북쪽의 소네자기신치曾根崎新地로 이전되었나. 이후 소네자키신치는 기타노신치라 불리며 쌀 상인들의 유흥장소가 되었다. 또한 무사들의 저택이 있는 나카노시마中之島가 가까워 이곳 유곽에는 무사 손님도 있었다는 특색이 있었다. 『신주텐노아미지마』에 지헤이治兵衛와 고하루小春를 이별시키기 위해 지헤이의 형이 손님인 척 지체 높은 무사인 다이묘大名의 보관 창고를 지키는 무사로 변장하여 등장하는 장면이 있는데, 기타노신치라는 유곽의 특성을 살린 설정이라 할 수 있다.

이렇듯 겨우 어렵게 만난 두 사람이 다시 헤어져 재회하는 곳이 유곽인데 '호랑이 꼬리 밟는 심정'으로 쥐도 새도 모르게 어렵게 유곽을 빠져나와 기뻐하며 죽음을 향해 나아간다.

현세에서 내세로

남녀 주인공이 유곽에서 빠져나와 마지막 장소를 찾아 걸어가는 '미치유키'는 다음과 같은 문장으로 이루어지고 있다.

> 이 세상과도 이별, 밤과도 이별. 죽으러가는 몸을 비유하자면 무덤으로 가는 길의 서리가 한 발자국마다 사라져가는 꿈속의 꿈처럼 덧없고 안타깝도다.…… 북극성은 밝게 빛나며 수면에 비춰 있고, 강은 부부의 인연을 약속하는 은하수와 같다. 우메다바시를 오작교라 여겨 언제까지나. 나와 당신은 부부별.

첫 행에 있듯이 말 그대로 이 세상과의 이별을 위한 도정이다. 오사카에는 강이 많은 만큼 다리도 많아 지카마쓰의 정사물 속의 남녀 주인공은 죽으러 가는 도정에 수많은 다리를 건너게 된다. 지카마쓰는 오사카의 다리를 이승에서 저승으로 건네는 다리로 간주하여 이용하고 있다. 이 역시 오사카 도시를 살린 설정이라 볼 수 있다. 『소네자키신주』에서 두 주인공이 건너는 첫 번째 다리가 우메다바시梅田橋이다. 그 다리 아래 시지미 강에 북극성이 비친 것을 보고 은하수로 비유하며 오작교의 의미를 부여하고, 영원한 부부이기를 마지막으로 기원하고 있다. 즉 정사물의 첫 작품에서 처음으로 두 주인공이 건너는 다리에 부부가 된다는 의미를 부여한 것이다.

한편 다리가 피안의 정토로 인도해준다는 의미를 넘어 『신주텐노아미지마』에서는 오사카라는 도시를 잘 표현하는 요소로 작용하고 있다. 고하루와 지헤이 두 사람은 함께 죽을 장소를 찾아 시지미 강의 야마토야大和屋를 빠져나온다.

> 유곽이 있는 시지미 강을 서쪽으로 보고 아침저녁으로 건넌 이 다리를 텐진바시라 하는 것은 그 옛날에 간쇼죠가 쓰쿠시에 유배당했을 때 체재했던 인연으로 붙여진 이름이다. 그 후 주군을 그리워하여 한 걸음으로 다자이후에 날아간 매화와 인연이 있는 우메다바시, 그 뒤를 따른 소나무와 인연 있는 미도리바시, 이별을 슬퍼하여 후에 남아 애타다 시들어버린 벚꽃과 인연 있는 사쿠라바시. 지금도 이야기를 전하는 한 수의 와카의 위덕에 의한 명명이다. 이렇게 존귀한 신의 자손으로 태어난 몸이면서, 당신도 죽이고 나도 죽는 그 이유를 찾으니, 사리 분별이 저 작은 재첩 조개 하나만큼도 안 되었기 때문이다. 그 재첩과 인연이 있는 시지미바시.

『신주텐노아미지마』의 미치유키에는 열두 개의 다리가 나온다. 지금 주인공 둘이 서 있는 곳은 텐진바시로 이곳은 지헤이의 집에서 가장 가까운 다리이다. 소네자키의 서쪽 끝의 우메다바시부터 텐진바시까지의 다리를 나열하며 와카 '매화는 날아가고 벚꽃은 시드는 이 세상에 소나무만이 무정하구나'로 그 이름의 유래를 설명하고 있다. 나니와고비시難波小橋를 지나 후나이리바시舟入橋를 지나자 지헤이와 고하루는 "저승으로 가는 길이 가까워진다", "이제 이 길이 저승으로의 길인가" 하며, 지헤이의 집이 있는 쪽과 반대로 덴진바시를 건너간다.

이어 지헤이와 고하루는 덴마바시天滿橋를 건넌 후 교바시京橋, 그리고 마지막 다리인 오나리바시御成橋를 건넌다.

> 일련탁생을 바라며 하서한 그 대자대비의 보문품묘법연화경의 공덕을 믿고 교바시를 건너자 강 건너는 마지막에 도착할 피안의 정토. 연화대에 올라 깨달음을 얻어, 부처의 모습으로 되는 데에 인연이 있는 오나리바시.……아미지마 다이초지의 덤불 밖 시내 위 수문 위쪽 둑을 마지막 장소로 정하여 도착했다.

불경을 뜻하는 '교経'에서 '교바시'를 연상하며, 여름 장마철에 사경写経하는 수행인 하서夏書를 했던 묘법연화경의 인연으로 다음 세상에서는 부부가 될 것을 믿으며 다리를 건넌다. 그 후 지나가는 마지막 다리가 오나리바시이다. 지카마쓰는 여기서 성불을 연상시키는 다리를 선택하고 있다. 그는 미치유키를 단순히 주인공의 심경과 경치를 표현하는 데에 그치지 않고 다리의 명칭에 부부, 성불이라는 의미를 담고 있다. 실제 사건을 바탕으로 한 작품인 경우 동반자살을 한 장소는 정해져 있기 때문에 지카마쓰는 미치유키의 도정을 자유롭게 설정하면서 특히 그 안에서 다리에 여러 의미를 부여한 것이다.

그 뿐만 아니라 이 작품 『신주텐노아미지마』에서는 실제 동반자살 장소인 아미지마網島에도 성불을 약속하는 의미를 부여하고 있다. 두 사람이 마지막 장소로 택한 곳은 아미지마이다. 지카마쓰는 아미지마라는 지명에 노자老子의 '천망회회소이불루天網恢恢疎而不漏'와 부처가 중생을 구제하려 하는 광대한 서원誓願을 그물網에 비유하는 '서원의 그물'이란 말에서, 두 사람이 구제받게 될 것이라 암시하고 있다. '천망회회소이불루'란 말은 하늘이 친 그물로 성긴 것 같으나 악인은 절대로 놓치지 않고 처벌한다는 의미가 있다. 아미지마의 어부가 망에 걸린 두 사람의 시체를 건져 올림으로써 두 사람을 놓치지 않고 관음이 구제해 준다는 것을 의미하고 있다.

오사카는 동서남북으로 수로와 강이 흐르고 있어, 다리도 실제로는 150개 전후였지만 '오사카 808다리'라고 불릴 정도로 그 숫자가 많았다. 즉 다리는 오사카를 상징하는 경관이었다고 할 수 있다. 그리고 앞서 언급했듯이 오사카를 둘러싸듯이 관음성지가 위치하고 있다. 『소네자키신주』 도입부분의 33관음성지 순례는 "서른세 가지로 모습을 바꾸어 사람들을 색으로 이끌고 정으로 가르쳐 사랑을 깨달음에 이르는 다리로 삼아 피안으로 건네주시는 관세음. 그 서원에 그저 감사할 따름이다"로 마치고 있다. 시내에는 살 곳이 없어 다리를 건너 도시 주변부로 와서 피안에서 정사한 남녀주인공들의 구제를 약속하는 구조로 볼 수도 있지 않을까. 지카마쓰는 정사하는 두 사람을 작품화하며 오사카라는 도시를 성불을 약속하는 구제의 땅으로 그려낸다. 그에게 오사카는 정사하는 두 사람을 그리기에 적소였던 것이다.

참고문헌

大阪市立大学文学研究科「上方文化講座」企画委員会, 『上方文化講座 曾根崎心中』, 和泉書院, 2006.

松平進, 『近松に親しむ』, 和泉書院, 2001.

廣末保『心中天網島』廣末保著作集第九巻, 影書房, 2000.

鳥越文蔵 外注, 『近松門左衛門集』2(「新編日本古典文学全集」75, 1998)

諏訪春雄 外, 『近松門左衛門』(「図説日本の古典」16, 集英社, 1989)

近松全集刊行会, 『近松全集』第11巻, 岩波書店, 1989.

近松全集刊行会, 『近松全集』第4巻, 岩波書店, 1986.

海野弘, 「近松における都市の発見」(『国文学』學燈社, 1985.2)

郡司正勝 外, 『心中天網島』, 世界文化社, 1978.

松崎仁 外, 『近松』シンポジウム日本文学 7, 学生社, 1976.

横山正, 「曾根崎心中」(『国文学 解釈と鑑賞』, 至文堂, 1974.9)

사진출처

〈그림 1〉 http://kateibunko.dl.itc.u-tokyo.ac.jp/katei/cgi-bin/gazo.cgi?no=239&top=99

에도 토박이의 포복절도 교토 여행

강 지 현

도카이도 도보여행기

1802년 제1편 간행 후 속편에 속편을 거듭하면서 1822년까지 간행된 장편소설 『도카이도 도보여행기』의 무대는 제1편부터 제5편 추가까지가 도카이도를 걸어 도착하는 이세 신궁 참배길, 6편·7편이 교토 구경길, 8편(1809년 간행)이 오사카 구경길이다. 여기에 두 주인공 야지와 기타하치가 여행 출발을 각오하게 되는 과정을 묘사한 발단을 덧붙여 정편(1814년 간행)으로 간주한다. 속편에서는 시코쿠, 규슈까지 무대로 하고 있다. 이와 같이 21년간 짓펜샤 잇쿠라는 희작자에 의해 간행된 골계본 즉 유머소설로서, 옴니버스 형식으로 짧은 이야기를 모아놓은 구성이다. 19세기 초반에 일본 전국을 강타한 초대형 밀리언셀러일 뿐만 아니라, 오늘날의 일본인들조차 어릿광대 이미지의 두 주인공을 모르는 사람이 없을 정도로 톡톡히 유명세를 치르고 있다. 일본문학사에서 골계본이라는 새로운 장르를 확립시켜준 작품인 동시에, 이 작품을 통해 짓펜샤 잇쿠는 일본 역사상 최초로 붓 하나로 생계를 꾸릴 수 있었기 때문에 최초의 전업작가로 자리매김 되었다.

나는 에도 토박이다

17세기에 접어들면서 정치적 수도가 에도, 즉 지금의 도쿄로 옮겨진 후에도 문화·경제의 중심지는 여전히 교토·오사카였으나, 18세기 중반을 기점으로 하여 점차 신흥도시 에도로 옮겨가게 된다. 그리하여

'나는 에도 토박이다!'라는 말이 유행어가 될 만큼 에도 시민이라는 데 자부심을 갖게 된다. 에도 시역에서 탄생하고 발전한 '에도희작江戶戱作'이라는 대중소설 및 '아라고토荒事'라는 용맹스러움을 기본으로 하는 가부키와 같은 연극무대가 삭막했던 정치의 수도 에도를 문화의 수도 에도로 탈바꿈시키는 데 한몫을 하면서 에도 토박이로서의 긍지를 갖게 되었다고 할 수 있다. 그리고 바로 이 에도 토박이라는 지나친 자긍심으로 인해 궁지에 몰리게 되는 사나이가 『도카이도 도보여행기東海道中膝栗毛』의 두 주인공 야지와 기타하치이다.

3편 상권에 보면 현재 시즈오카 현静岡県에 있는 후지에다藤枝 역참 입구에서 기타하치가 말을 피하려던 어느 시골영감과 부딪치는 장면이 나온다. 그 바람에 물웅덩이로 뒹굴어 화가 난 기타하치는 영감에게 욕설을 퍼붓는데, 영감이 미안하다고 사과를 했지만 "아! 미안합니다 하고 끝날 일이여? 이봐! 내는 몸집은 작아도 응애~ 하고 태어났을 때부터 에도성 위의 금 샤치호코鯱를 쏘아보고 갓난아기 첫 목욕부터 에도의 상수도물을 쓴 남자라고!"하며 자랑을 시작한다. 이어서, 부처님이 가부키의 호걸 이노구마猪熊 법사가 그려진 초상화를 들고 와서 사죄하더라도 용서할 수 없다! 천 명의 목을 베고자 했던 죄를 뉘우치기 위해 자신의 석상을 새겨, 그것을 센소지浅草寺의 인왕문 밖에 두고 통행인에게 밟게 했다는 전설의 에도 검객 구메 헤이나이久米平内의 석상처럼 꼼짝 않겠다며 큰소리친다. 자기가 에도 토박이임을 전면에 내세우면서 먼저 기선을 제압하는 기타하치였다. 위세 좋은 욕설에 한풀 꺾인 시골영감은 사과하는 뜻으로 한턱내겠다고 해놓고선, 먹기만 하고 그대로 도망가 버린 바람에 결국 기타하치는 그 음식 값을 몽땅 뒤집어쓰고 만다.

이렇게 도카이도 길을 걸어가면서 만나는 지방 사람들을 놀리려다가 오히려 놀림감이 되는 주인공들. 지방 사람들의 색다른 언어 풍습을

에도 토박이의 시선으로 비웃으려다가 오히려 웃음의 대상으로 전락하고 마는 그들의 무지하고 경박하면서도 쾌활한 성격이 독자로 하여금 박장대소하게 한다. 어리석은 행동, 후안 무치한 색정, 엉뚱한 짓을 일삼으며 웃음에 웃음을 더하던 두 사람은 이세 참배를 마치고, 오사카에 가려다가 배를 잘못 타는 바람에 마지막 여정지인 교토에 먼저 도착하게 된다.

정치적, 경제적, 그리고 문화적 패권까지 에도로 이동해버린 19세기 초반, 에도 토박이들의 눈에 비친 교토의 모습은 어땠을까. 반대로 천 년의 역사와 문화를 간직한 고도古都 교토의 토박이들은 이 에도 사람들을 어떻게 생각하고 대했을까.

교토에 대한 첫인상

'꽃처럼 화려한 교토에 엄숙한 본산本寺 또 본산이로구나'라는 시구가 있듯이, 교토에는 실로 사찰과 각 종파의 총본산 사원들이 많은지라 그 불당 불탑이 광대무변할 뿐더러 장엄하고 수려함이 이루 말할 수 없다. 특히 꽃 피는 봄, 낙엽 물드는 가을에는 동서남북 사방으로 명승지가 있어서 가모가와賀茂라는 이름난 술과 더불어 사람의 넋을 빼놓는다. 상인이 좋은 옷을 입는 풍습은 여타 지역과 달라서 '교토 사람은 옷치레'라는 말이 니시진西陣의 직물 짜는 가게로부터 나와 더욱더 평판을 드높인다. 교토 옷감 그 빛깔이 화려한 것은 가모 강賀茂川의 지류 호리카와堀川 강물로 씻어냈기 때문일까. 궁중귀족에게 납품하는 가게의 분과 가와바타川端 가게의 치아를 검게 물들이는 오배자 가루로 화장한 교토 여자의 차림새는 흰 눈을 무색케 할 정도였다.

이러한 풍경 속에 오가는 교토의 남녀가 야지와 기타하치의 눈에는 어딘지 모르게 상냥하게 느껴졌다. 게다가 마부와 짐꾼까지 세탁해서

빳빳하게 풀 먹여 제대로 주름 잡힌 무명 솜옷을 단정하게 입고 있는 모습이나 여자들이 교토 사투리를 쓰며 귀엽게 말하는 것까지 둘에게는 재미있게 비춰졌다.

그렇다면 그들의 교토 여정은 어떠했을까? 에도 출신의 관광객 야지와 기타하치가 동경하던 땅, 교토에서 목격하고 체험하는 주요 사건들을 시간 순서대로 따라가면, 먼저 6편 하권이 되겠다.

구름 위로 치솟은 큰 불상을 바라보며 그들이 도착한 곳은 현재 교토 히가시야마東山 지역에 위치한 호코지方広寺의 대불전大仏殿이었다. 호코지는 1589년 도요토미 히데요시가 건립한 사찰로 화엄경의 교주격인 노사나불의 좌상을 본존으로 하는데 그 높이가 약 19미터였다고 한다. 1798년 7월 2일 벼락이 떨어져 대불상은 소실되었으므로 6편 하권이 간행된 1807년에는 존재하지 않았다.

대불전에는 동서 약 49미터, 남북 약 82미터인 불당의 한 기둥 밑 부분에 딱 사람이 빠져나갈 수 있을 만큼만 도려낸 구멍이 있었다. 각 지방에서 올라온 참배객들이 장난삼아 이것을 통과했다. 기타하치도 여기를 빠져나가고는, "거 참 재미있군. 한데 나는 빠져나갈 수 있지만 야지 씨는 뚱뚱하니까 통과할 수 없을 걸"이라고 말했다. 이 한마디에 오기가 발동한 야지는 기둥에 들어갔다가 그만 끼이고 만다. 결국 시골 참배객들의 지혜를 빌어 간신히 기둥을 빠져나온다.

깍쟁이 교토사람의 명물 소개기

7편 상권 첫머리에 묘사되는 교토의 풍경을 보면, 19세기 초까지 변함없이 유지되고 있는 유구한 역사의 교토 명물들을 일목요연하게 엿볼 수 있다. 이른바 가이드북으로서의 『도카이도 도보여행기』, 아니 '교토 도보여행기'의 제구실을 하는 부분이라고 할 수 있겠다. 교토의 경치와 풍속에 대해 칭송하는 유형적이며 상투적인 묘사 뒤에는 아래와 같이 구체적인 특산품의 열거가 이어진다.

신젠코지新善光寺 미에이도御影堂 승방의 쥘부채, 후시미伏見의 부채에 향긋한 바람 부는 교간지行願寺 향당香堂 앞의 조릿대 잎에 싸서 찐 찹쌀떡, 찹쌀가루에 설탕을 섞어 부풀려 구운 마루야마丸山의 달콤한 전병, 불상 모양을 찍어 만든 호코지方広寺 앞의 대불떡大仏餅, 다이고醍醐 지역의 땅두릅나무 순, 구라마鞍馬 지역의 산초나무 순 소금절이. 그리고 도지東寺 지역의 순무, 마지막으로 미부壬生 지역의 채소 미부나壬生菜 등이 명물선집에 버젓이 적혀있다고 소개한다.

이처럼 7편 상권 첫머리에서 전형적인 교토의 명물을 소개함으로써 가이드북으로서의 임무를 잊지 않는 한편, 7편 하권에서는 다음과 같이 다소 변형된 명물 소개법을 구사하기도 한다. 그것은 깍쟁이 교토 사람이 손님을 대접할 때 직접 음식을 내놓지는 않고 말로만 "이 맛이~", "이곳에는~"이라고 언급한 명물 소개법이다. 사실 본 작품의 재미와 인기는 바로 이러한 서술법에 기인한다고 여겨지는데, 그 예를 살펴보겠다.

어느 날 두 사람은 이세에서 친구가 된 교토 사람 요타쿠로与太九郎를 찾아간다. 요타쿠로는 특별히 대접할 것은 없지만 식사는 했느냐고 묻는다. 야지는 아침은 여관에서 먹었지만 점심은 아직이라고 답한다. 이에 요타쿠로는 갑자기 식사 이야기를 하다 말고 술이라도 대접하고 싶은데 술파는 데가 없다고 말한다. 그러자 기타하치가 술 파는 데가 바로 옆에 있지 않느냐고 하자 요타쿠로는 저곳에서는 도매 거래만 하지 소매로는 팔지 않는다고 하며 또 난데없이 모처럼 왔으니 담배라도 피우라고 권한다. 기타하지는 담배야 저희 것이니 저희가 알아서 피우겠다고 한다.

"당신들 하디못해 좀 더 나중에 들리셨나년 억수로 좋은 것이 있다 아이가. 가쓰라 강의 어린 은어, 팔팔한 것을 소금구이나 양념된장을 발라 구운 생선 꼬치구이로 하면 정말이지 너무나 맛있응께로 말로 표현할 수 없을 정도다 아이가. 야아 차라리 시조의 양식장이 가깝다면 모시고 갈 것을. 그곳 장어는 가모 강에 씻겨서 참말로 다르데이. 억수로 맛있다 아이가. 그리고 거긴 달걀 부침을 진짜로 맛있게 부쳐서 먹게 해준다 아이가. 뭐랄까 이 만큼 크게 잘라서 김이 폴폴 나는 것을 얇은 중국 남경풍 대접에 담아서 내오는디, 그 맛이란 정말이지 입안에서 녹는 것 같다 아이가. 실로 그것보다 또 가을에 오시면 가지각색의 송이버섯이데이. 이곳 명물로 이게 또 다른 곳에는 없다 안카나. 싱싱한 것을 맑은 장국으로 해서 고추냉이 약간 떨어뜨려 술안주로 할 것 같으면 정말이지 아무리 먹어도 전혀 질리지 않는다 안카나."

결국 말뿐이고 아무것도 내오지 않는다. 그러나 이렇게 말로만이라도 대접받는 것은 그나마 양반이었다. 굶주린 배를 움켜쥐고 작별하려는 찰나, 이세 유곽에서 자신이 대신 내주었던 술값을 갚으라며 요타쿠로가 청구서를 내밀어 야지는 예정에 없던 빚까지 갚게 된다. 요타쿠로는 정으로 접근한 에도 토박이에게 타산적으로 구는 깍쟁이 교토 사람의 표상이었다.

답답한 싸움

어느 날 야지와 가타하치는 보는 것마다 신기하고 흥에 겨워 길을 나서는데 갑자기 주변이 소란스러워지면서 사람들이 너나 할 것 없이 달려가는 것이었다. 생선장수와 토목공사장 인부가 싸움이 붙었는데 이곳 사람들이 느긋해서 그런지 싸움을 하면서도 욕설을 주고받지도 않고, 그저 서로 마주보며 상대방의 주소, 이름, 나이, 가정형편 같은 사소한 것을 묻고만 있지 않는가. 이제나 저제나 치고받고를 기다렸건만. 싸움하는 사람도 구경하는 사람도 얌전할 뿐이었다.

그런데 교토에서는 싸움이 대단한 사건인 모양이다. 집에 손님이 있는데도 내버려두고 싸움구경 왔다고 하는 사람이 있는가 하면, 그것도 모자라 그 사람에게 집에 온 손님도 가서 데리고 와 같이 구경하라는 식이다. 그리고 병든 마누라가 어젯밤 죽어서 지금 막 장례식 치를 참이었는데 그것도 잠시 두고 싸움구경을 하러 왔다는 사람도 있다. 온순하고 유유자적한 교토 사람들에게는 싸움이 그렇게 볼 거리였던 것일까?

더욱이 희한한 것은 정작 싸움의 당사자인 생선장수와 인부는 서로 잘못이 없다고 인정하고 현명하게 싸움을 그만두자고 합의를 본다. 혹시 치고받다가 옷이라도 찢어지면 서로 손해라고 하면서 말이다.

성질 급한 에도 사람들의 경우와는 정반대되는 느긋한 싸움을 보고, 야지는 "과연 관서 지방 사람들은 느긋하군. 저런 아둔한 싸움이 어디 있나"라고 했다. 기타하치도 "저 와중에 손익을 따져서 그만두다니 포복절도할 노릇이여"라며 '귀족들이 계시는 도읍지라 싸움 그만두는 것도 손익을 따지네'라는 교카를 읊는다. 이것은 돈에 구애받지 않는 호탕한 에도 사람과 달리 관서 지방 사람은 셈이 빨라 타산적이라는 의미를 내포한 노래라 할 수 있다.

막부의 장군을 비롯한 무사들의 거주지 에도라는 공간과 천황을 비롯한 귀족들의 거주지 교토라는 공간은 그 태생적 환경적 차이로 인해 거주하는 사람들의 성격까지 좌우하게 된 게 아닐까.

건방진 궁녀의 길안내

어느새 두 사람은 히가시야마에 있는 기요미즈清水 언덕에 다다랐다. 길 양쪽의 가게 처마마다 도후덴가쿠豆腐田楽 요리와 명물 난바 우동難波饂飩을 먹고 쉬다 가라는 호객행위 소리가 꽤나 시끄럽다. 두부꼬치에 양념된장을 발라 구운 음식인 도후덴가쿠와 굵고 흰 파를 길게 썰어 넣은 난바 우동은 오사카 난바의 명물로 이곳에서는 꽤 유명했다.

이곳을 겨우 지나서, 이윽고 기요미즈데라清水寺에 당도했다. 기타하치는 본당 옆에 책상을 마주하고 앉아있는 늙은 승려와 기요미즈데라의 무대에서 뛰어내렸다고 하는 여자에 대해 문답을 주고받으며 백만 번 염불외기까지 나서서 도와주다가 사찰 파수꾼에게 쫓겨난다. 그러다가 소변과 무를 교환하는 거름 장수와 종복무사가 옥신각신하는 장면을 목격하기도 한다. 거름 장수가 종복무사의 소변 양이 적다느니 묽다느니 해서 무를 두 개밖에 못주겠다고 하자, 기타하치는 자신의 소변을 더해 무 세 개와 바꾸도록 도와준다.

이때 맞은편으로부터 쓰개를 쓴 여자 일행이 다가온다. 이 쓰개는 정확히는 '가즈키' 또는 '가쓰기被'라고 하는 복장으로, '기누가즈키衣被'라고 해서 헤이안 시대 이후 높은 신분의 귀부인이 외출할 때 얼굴을 가리기 위해 뒤집어쓴 홑옷이다. 이러한 쓰개는 당시 에도에서는 금지되어 있었으므로 교토를 표상하는 특별한 풍속이라고 할 수 있다. 역시 나긋나긋한 도읍 여성의 모습답게 모두들 투명하리만치 하얀 피부의 미인을 보고 기타하치는 넋을 잃었다. 야지가 "이상한 여자들이네. 모두 옷을 뒤집어쓰고 오는구먼"이라고 하자, 기타하치는 "저게 쓰개라는 거야. 저 아름다운 여자에게 말을 한번 걸어 볼 테니 한번 봐봐"하고는 곧바로 여인의 곁으로 달려가서 "저기 잠깐 말 좀 물어 보겠소. 여기서 산조三条까지는 어떻게 가는지요?"라고 물었다. 궁녀인 듯한 이 여인은 턱없이 거만스러운 태도로 "산조요? 이 거리를 내려가면 이시가키라는 곳이 나오는데 거기서 좌측으로 가면 바로 산조 다리라오"라고 답한다. 그런데 이 여인의 대사 옆에 있는 지문에 본디 궁녀란 사람을 대수롭지 않게 여기며 조금 젠 체하는 남자를 보면 나쁘게 조롱하는 경향이 있어 고조五条 다리를 산조라 가리켰다는 설명글을 덧붙이고 있다.

교토의 지리를 모르는 기타하치는 일단 "예, 이거 참 감사합니다"라고 인사한 뒤 잠시 지나쳐가다가 "야지 씨, 저 태도는 뭐지? 엄청 건방진 계집들이네"라고 말했다. 야지는 비웃으며, "턱없이 우습게 보였구먼. 망신스럽게"라고 조롱했다. 게다가 일부러 틀린 길을 가르쳐 준 궁녀 때문에 한참을 헤매다가 고조의 사창가에 들어가게 된 두 사람. 이들은 여기서도 유녀가 멋대로 시킨 비싼 안주 가격을 지불하고, 또 그날 밤 기타하치의 상대 유녀가 기타하치의 옷을 입고 야반도주하는 바람에 결국 포박당하는 신세가 된다.

교토 연극 관람기

이어지는 7편 상권은 고조 사창가에서 알몸으로 쫓겨난 기타하치가 헌옷가게에 들어가 무명 솜옷을 사는 이야기에서 시작된다. 그런데 실제로는 깃발을 재활용한 낡은 무명옷을 속아서 구입한 것으로, 또다시 기타하치는 지나가는 교토 여인네들에게 웃음거리가 되고 말았다.

두 사람은 이제 그 이름도 유명한 가모 강 동쪽의 시조四条의 가와라河原 기온마치祇園町에 들어선다. 길 양쪽의 극장에서 치는 망루의 북소리에 섞여 텐카라~, 텐카라~하는 노랫소리도 우렁차고 그림간판 역시 호화롭다. 이곳의 극장에 두 사람이 입장한다.

연극을 무척 좋아하는 기타하치는 막이 열리자 넋을 잃고 보며 배우들을 무턱대고 큰소리로 칭찬한다. 그런데 한쪽에서 "어이, 어이~.

무~! 무야!" 하는 소리가 들린다. '무'라고 하는 것은 관서 지방에서는 서투른 배우를 지칭하는 말을 뜻했나. 그러나 기타하치는 이 말의 연유를 모른 채 교토 관객들이 "무! 무!"라고 말하는 것을 듣고는 아는 체하여 배우만 보면 "무! 무!"라고 외쳐댔다. 관객들은 이러한 기타하치를 조롱하듯 "어이~, 모로쿠~"하고 비웃었다. 기타하치가 군청색 무명 솜옷을 입고 있었기에 관객들은 종복무사용 윗도리 작업복看板을 착용했다고 생각해서 이렇게 부른 것이었다.

관서 지방에서는 종복무사를 '모로쿠'라고 하는 데, 에도에서는 '오리스케'라 불러 기타하치는 무슨 말인지 전혀 알아듣지 못했다. 기타하치가 "야지 씨, 들었나? 이곳 배우에겐 별난 이름이 다 있군. '무'라느니 '모로쿠'라느니. 설마 배우의 아호雅号는 아닐 테지"라고 의아해하자, 야지는 "아마 배우의 별명이겠지"라고 답한다. 이에 기타하치가 "그럼 지금 나온 배우가 모로쿠이겠군. 어이, 어이~. 모로쿠, 멋지다~!"라고 말하자, 관객들은 "와~"하고 박수를 쳐대며 연극은 보지 않고 기타하치 쪽만 본다. 그리고 일제히 웃으면서 "야아~ 이층 정면 관람석의 모로쿠 님~. 아주 잘한다, 잘 해!", "바보야, 바보! 이층 정면 관람석의 모로쿠, 바보야~!"라고 야유를 보낸다.

모두에게 놀림당하는지도 몰랐던 기타하치는 고함치며 씩씩댔고, 그러자 다른 관객들까지 요란하게 떠들어 극장 안은 대소동이 벌어졌다. 결국 관람석을 지키는 종업원 네다섯이 와서 기타하치를 붙잡고 끌어내렸다.

교토 상인과의 흥정

극장에 갔다가 연극 구경에 방해가 된다고 쫓겨난 두 사람은 교토 사람들에게 당한 앙갚음을 하자고 다짐하며 두부꼬치가 명물인 니켄 찻집二軒茶屋에 들어갔다.

식사를 마친 야지가 먹은 음식 그릇을 휴지로 닦아서 자기 짐 보따리에 넣으려고 한다. 찻집 종업원에게 말하는 이유인즉슨, "글쎄 아까 이 사발은 얼마냐고 물었더니 5푼이라고 하지 않았나? 그리고 넓적 쟁반은? 하니 2돈 5푼이랬지. 됐나? 넓적 공기가 3돈. 됐나? 이 대접은? 하고 물으니 이것이 3돈 5푼이라고 네년이 말했음에 틀림없으렷다. 그래서 다 합하여 12돈 5푼 건넸으니 불만 없으렷다"하는 것이었다.

그러자 종업원 대신 나온 찻집 주인이 "예, 이거 참 지당하신 말씀입니더. 좋습니더. 갖고 가시지예. 대신 도구 값은 받았습니더만, 드신 음식 값은 아직 받지 못했는데예. 그것을 계산해 주시지예"하며 값을 청구하는데, 재료 운반비가 많이 들었다느니 특별 재배한 채소라느니 하면서 실제로는 그릇 값까지 넣어 아주 정중한 말투로 값을 부른다. 그리고는 "글쎄 비싸다고 생각하오시면 드신 것을 남김없이 되돌려 주이소"한다. 이 한마디에 거꾸로 난처해진 야지. 교토 사람의 논리에 당해내지 못하고 그 값을 다 지불하고는 쫓기듯 나오고 말았다.

이번에는 시조 거리를 지나가는데 그들을 앞서가는 이 근처 시골의 여자 행상인들이 있었다. 하나같이 머리에 땔감, 장작, 사다리, 양념 절구공이, 망치 등을 얹고 네다섯 명이 함께 가면서 "사다리 사시지 않겠습니꺼~? 절구공이 필요 없으십니꺼~?"하며 행상을 한다. 야지는 놀려줄 셈으로 터무니없이 싼 가격을 부르며 이 값이라도 좋다면 사다리를 사겠다고 흥정한다. 그러자 행상인들은 뜻밖에도 그 값으로 깎아주는 것이었다. 빼도 박도 못하게 된 야지는 반강제적으로 사다리를 사고 말았다.

7편 하권은 처치 곤란한 이 애물단지 사다리를 든 채 산조에 있는 여관에 묵으면서 시작된다. 아마추어 연극 연습을 하던 중에 야지는 사다리에서 떨어지고, 그 사다리에 부딪친 여관집 딸이 기절하여 결국 반성

〈그림 1〉 원작 『도카이도 도보여행기』 7편 상권 삽화(二又淳 씨 소장본)

문까지 쓰게 된다.

이튿날 야지는 대식가라고 하는 구야도空也堂의 승려와 밥 많이 먹기 경쟁을 벌였다. 대금 계산은 각자 부담으로 하자는 승려의 말에 절반씩 나누는 것에는 찬성할 수 없다고 했으나, 승려는 "무신 말씀하는 기가. 한 자리에서 밥 잔치한 걸. 잘 안 먹은 건 당신 사정 아이가"라고 말한다. 승려의 논리정연한 말에 역시 당해내지 못한 야지는 입씨름 끝에 어쩔 수 없이 대금의 절반을 계산한다. 이는 교토 상인과의 흥정 이야기는 아니지만 교토 사람과 입씨름해서 당해내지 못하는 에피소드로 같은 류의 이야기라 할 수 있겠다.

주사위 게임 '도카이도 도보여행기'

골계소설 『도카이도 도보여행기』는 1802년 초편이 발행된 후 오늘날까지도 모방작이 끊임없이 창출되고 있는데, 일례로 '쌍륙双六'이라는 주사위 게임에 수용된 것도 있다. 야지와 기타하치가 도쿄를 출발하여 교토에 도착하기까지 도카이도를 걸어가면서 벌어지는 우스꽝스런 에피소드가 주사위 게임판에 그려지는 것이다. 게임판에 설정된 55칸에는 칸마다 각기 다른 그림이 그려지기 마련인데, 그림과 역참의 이름뿐인 경우가 있는가 하면 주인공들의 대사까지 적혀있는 경우도 있다.

과연 원작 소설 중의 어떠한 에피소드가 이러한 후속 작품들의 그림 소재로 사용되었는지를 추출해 보면, 에도 시대 도카이도 도보여행의 종착지였던 교토라는 공간의 표상이 재탄생되는 모습을 살펴볼 수 있다.

주인공들이 교토에서 겪은 이야기 가운데 후속작품에 수용된 대표적 소재로 우선 앞에서 소개한 '대불전 기둥 통과하기'를 들 수 있다. 주사위 게임뿐만 아니라 우키요에浮世絵, 합권合巻, 재판본 골계소설 등에 대불전의 에피소드를 묘사한 그림이 다수 남아있다. 단 여기서의 교토는 교토 사람과는 그다지 얽혀있지 않은 단순한 여행지로서의 공간이다.

후속 작품에 많이 수용된 또 하나의 소재는 '사다리 이야기'와 관련된 것이다. 원작 소설 『도카이도 도보여행기』의 삽화 〈그림 1〉을 보면 야지가 혼자서 사다리를 짊어지고 그 뒤를 기타하치가 곤란한 얼굴로 따라가고, 이를 보며 교토사람들이 웃고 있다.

이 그림과 유사한 것이 이치엔사이 구니마스一猿斎国升戯가 그린 〈그림 2〉의 주사위 게임 『골계 도보여행 그림滑稽膝栗毛道中図会』(1848~1854년 간행 추정)의 「교토·도착」 장면에도 있다.

이 그림은 '사다리 이야기'에만 국한되지 않고 교토에서 벌어진 다른 에피소드들도 요약해서 같이 싣고 있는데, 그림과 함께 다음과 같은 문장이 적혀있다.

〈그림 2〉『골계 도보여행 그림』의 「교토 · 도착」(도쿄도립중앙도서관소장본)

여행을 결심한 징조가 좋다고 마음도 가벼이 쉰다섯 넘어 도착한 교토, 오늘은 설날.

기타하치 “야지씨, 여러 가지 것을 떠들어대서 에누리해 준 거여. 어차피 하는 수 없으니 당신이 그걸 들고 걷게. 우하하하, 우하하하, 우하하하.”

야지 “이런 것을 깎아 사다니 완전 망했어. 정말 어쩔 수 없군.”

오하라 여자1 “돈을 받았으니 이제 됐어요.”

오하라 여자2 “야, 꼴 좋~다.”

은거 영감 “엄청난 덜렁이여.”

예복차림의 무사 “이것 참 괘씸한 일이로구나.”

특히 여기에 묘사되어 있는 구경꾼들에 주목해 보자. 원작 6편 하권에서 쓰개를 쓴 궁녀 두 명이 일부러 틀린 길을 가르쳐주었는데, 이 그림에서는 오른쪽 아래에 그녀들을 등장시키고 있는 것으로 보인다. 또 그림 왼쪽 위에 다도 도구를 짊어지고 두건을 쓰고 있는 승려 두 명은 7편 하권에 나오는 대식가 구야도의 승려를 연상케 한다. 즉 사다리를 메고 있는 야지와 기타하치를 중심으로 그 사다리를 강매한 오하라大原의 여자 행상인들, 야지와 밥 많이 먹기 내기를 한 구야도의 승려, 일부러 틀린 길안내를 한 궁녀들, 사다리를 짊어진 야지와 기타하치를 보며 놀려댔던 구경꾼들이 주변에 그려져 있다고 할 수 있다. 적어도 후속작품 주사위 게임의 도상에서는 이들이 바로 『도카이도 도보여행기』의 교토라는 공간을 표상하는 인물로서 선택된 것이다.

교토와 교토 사람을 바라보는 작자의 시선

교토 사람과 얽히는 야지와 기타하치는 항상 수세에 몰리고 쫓겨나기 십상이었다. 에도 토박이라는 그들의 자긍심은 교토에서 전혀 통하지 않았다. 다른 지역을 무대로 하는 에피소드에서도 그들은 줄곧 실패했으나, 이처럼 철저히 외면당하는 일은 없었다. 소심한 듯 보이면서도 대범하기까지 한 허풍쟁이들을 다른 지역 사람들은 놀리거나 혼내주며 어이없어했지만, 악의가 없었던 것을 알고 한편으로는 도와주기도 했다. 그러나 교토 사람들이 그들을 도와주는 일은 없었다.

천년의 역사와 문화를 자랑하는 교토의 첫인상과 교토 사람들의 풍속을 처음 접했을 때를 종합해보면 처음에 야지와 기타하치가 품었을 관광객으로서의 경외심과 동경심을 짐작할 수 있다. 그러나 교토 여행에 대한 기대 심리는 실제로 교토 사람들과 얽히면서 하나씩 빗나간다. 음식 대접을 하는가 싶더니 은근슬쩍 말로만 대접하는 요타쿠로, 싸움을 하다가도 손익을 이유로 그만두는 생선장수와 인부, 타지 사람의 무지를 가르쳐주기는커녕 비웃기만 하는 극장의 관객들, 정중하고 온화한 말투로 논리정연하게 잇속을 차리는 찻집 주인, 혼자 다 먹고서는 한 자리에서 먹은 것이니 절반씩 부담하는 게 도리라고 말하는 승려. 요컨대 교토는 타지 사람인 관광객에게 결코 친절한 도시는 아니었던 것이다.

말투와 겉모습은 부드럽고 우아하며 단정하나 한편으로 인색하고 영악한 이중적인 교토 사람이라는 견해가 작품의 기저에 있는 것 같다. 이는 이십대를 관서 지방에서 보낸 작자의 개인적 경험에 기인하는 편견일 수 있다. 같은 관서 지방이면서도 오사카 사람에 대해서는, 예를 들어 빈털터리가 된 야지와 기타하치가 오사카 여관 주인장의 도움으로 새 출발을 한다는 일화에서도 알 수 있듯이, 비교적 관대하고 호의적으로 묘사된다. 유독 교토 사람에 대해서 빈틈없고 타산적인 인상을 갖게 하는 이 에피소드들은 아직 풀리지 않은 작자의 이십대 시절의 수수께끼를 푸는 열쇠가 될지도 모르겠다.

참고문헌

강지현, 『일본대중문예의 시원, 에도희작과 짓펜샤 잇쿠』(소명출판, 2012.3)
강지현, 『근세일본의 대중소설가, 짓펜샤 잇쿠 작품 선집』(소명출판, 2010.5)
강지현, 「〈膝栗毛もの〉作品群の書誌－その図様継承史の一環として－」(『国語国文』 923호, 京都大学, 2011.7)
강지현, 「〈膝栗毛もの〉の絵双六 『しんはん東海道鬱散双六』(『五十三駅滑稽膝栗毛道中図会』の位置付け」, 『浮世繪芸術』 159호, 2010)
中村幸彦 校注, 『東海道中膝栗毛』(「新編日本古典文学全集」 81, 小学館, 1995)

아사이 료이가 안내하는 에도 여행

김영호

에도 명소기

에도 시대 초기 1662년에 출판된 『에도 명소기』의 작자 아사이 료이(?~1691)는 정토진종의 승려이며 가나로 읽기 쉽게 쓴 통속 소설인 가나조시의 작가이다. '명소'란 중세 시대까지는 와카에 언급된 장소를 말하였으나 에도 시대에 이르러 경치가 좋은 것으로 유명한 곳, 역사적인 사건이 발생한 곳이라는 의미로 확장되었다. 본 작품 권1의 제1화에서는 무사시노 지방에 대한 개관을 설명한 후, 에도 성, 니혼바시, 지금의 우에노 공원에 있는 시노바즈 연못 등을 안내하며, 마지막 이야기인 권7의 제9화에서는 요시와라까지 이르는 80군데의 명소를 소개하고 있다. 이 작품은 에도의 명소를 소개한 많은 책 가운데 가장 최초의 명소안내기이다. 료이는 이 작품을 통하여 새롭게 지정된 수도인 에도의 명소들을 당시 경제와 문화의 중심지였던 교토와 오사카의 독자들에게 소개하려 한 의도가 담겨 있다. 또한 후속 안내기 및 지리서에 미친 영향이 상당히 크기 때문에 문학사적뿐만 아니라 문화사적으로도 상당히 중요한 의의를 지니는 작품이다.

에도 시대의 여행과 가이드북

에도江戸 시대(1603~1868년)는 일본의 전 역사를 통틀어 보았을 때 서민들의 여행이 가장 활발히 이루어진 시대였다. 일본에서의 이와 같은 여행 붐은 전 세계적으로도 전례가 없는 것이었는데, 그렇다면 이 시대에 이처럼 서민들의 여행이 활발히 이루어진 이유는 무엇일까. 그것은 다음과 같은 세 가지 조건이 진부 충족되었기 때문이다.

첫째는 나라가 평화로웠다는 점이다. 혼란스러웠던 전국시대戦国時代가 통일된 이후 도쿠가와 이에야스徳川家康가 패권을 차지하게 되는데, 사마바라의 난島原の乱(1637~1638년)을 제외하면 에도 시대가 끝날 때까지 약 250년간 일본은 외침도 내란도 없는 평화로운 시대가 지속되었다.

둘째는 전국적으로 통일된 화폐가 통용되었다는 점이다. 무가武家 정권인 도쿠가와 막부徳川幕府는 1670년에 금, 은, 동 세 종류의 화폐 이외의 다른 종류의 화폐의 통용을 금지하는 삼화제도三貨制度를 실시하여 전국의 화폐제도를 통일하였다.

셋째는 교통망이 발달한 점이다. 도쿠가와 막부는 각 지역의 만 석 이상의 영지를 가진 직속 무사인 다이묘大名들을 통제하기 위해 정기적으로 에도를 오가도록 하였고, 다이묘의 가족들은 에도에 인질로 남아 있도록 하는 참근교대參勤交代 제도를 시행하였다. 이와 같은 참근교대 제도를 통하여 중요한 길목마다 이정표가 세워지거나 하천에 다리가 놓여졌으며 역참이 설치되어 지방을 오가는 관리들이나 여행객들이 안전하게 휴식을 취할 수 있도록 지방에서 에도로 향하는 길이 정비되었다.

이처럼 에도 시대는 위의 세 가지 요건이 충족된 시기였는데, 이와 더불어 『에도 명소기江戸名所記』가 간행되기 5년 전인 1657년에는 사망자 10만 여명과 함께 에도의 절반 이상을 불태운 메이레키의 대화재明暦の大火가 일어났다. 당시 대부분의 가옥은 나무로 지어져 화재에 취약했기 때문에 화재는 에도 시대 사람들이 가장 무서워하였던 것 중의 하나였다. 따라서 메이레키의 대화재에 대한 정보와 함께 화재가 끝난 후의 도시 정비 소식은 당시 문화와 경제의 중심지였던 가미가타上方, 즉 교토와 오사카의 독자들에게 있어 커다란 관심거리였다.

그리고 이와 같은 시대적 요청을 재빨리 파악한 이가 당시에 출판업을 하던 가와노 도세이河野道清였다. 그는 당시 일본 최고의 작가로 유명세를 떨치던 아사이 료이浅井了意에게 에도에 대한 명소를 소개하는 여행 가이드북을 제작해 줄 것을 의뢰하였다. 그리고 료이가 그의 요청을 받아들여 에도의 여러 명소들을 다녀온 결과 간행된 것이 『에도 명소기』이다. 따라서 『에도 명소기』를 통하여 가미가타의 독자들은 에도에 직접 가보지 않아도 료이의 안내를 통해 에도의 여러 명소들에 대한 지적 호기심을 채울 수 있었던 것이다.

그럼 료이가 들려주는 350년 전의 도쿄의 명소에 대한 이야기들을 들어보기로 하자.

스미다 강의 애상

스미다 강隅田川은 현재 도쿄의 동쪽 지방을 흐르는 강으로 봄에는 벚꽃의 명소로 유명하며, 이곳에서 여름에 행해지는 불꽃놀이 축제는 1733년부터 시작된 것으로 일본을 대표하는 축제 중 하나이다. 또한 아사쿠사浅草에서 무코지마向島, 아사쿠사바시浅草橋에서 료코쿠両国를 잇는 산책 코스와 더불어 수상버스도 운행되어 현재에도 스미다 강은 인정과 활기가 넘치는 명소로 유명하다.

스미다 강은 고대 이래로 일본을 대표하는 명소 중 하나로서 문학작품에서도 자주 언급되었다. 그 대표적인 예로 『이세 이야기伊勢物語』 제9단에서 주인공인 아리와라 나리히라在原業平가 동쪽 지방으로 유배를 가던 중 무사시武蔵 지방과 시모우사下総 지방을 가르던 스미다 강 앞에 다다르자, 도읍에 두고 온 연인을 생각하며 '그런 이름을 가졌으니 물으련다 나의 님은 잘 있는지'라는 노래가 있다.

또한 스미다 강하면 가장 먼저 떠오르는 것은 자식을 잃은 부모의 슬픔을 간직한 애상의 장소로, 스마당 강을 둘러싼 전설은 2권 제6화 「소센지総泉寺－묘기 신妙亀山－」에서 살펴볼 수 있다.

묘키니妙亀尼는 우메와카마루梅若丸의 어머니의 법명法名이다. 이 사람은 지금의 기후 현岐阜県인 미노美濃 지방의 노가미野上 마을 출신이다. 옛날에 동북 지방의 인신매매 상인에게 우메와카마루가 납치당하여 이곳 스미다 강까지 끌려오게 되었다. 어린 소년 우메와카마루는 긴 노정에 피곤했는지 갑자기 병에 걸려 한 발짝도 걸어갈 수 없게 되어 스미다 강가에 쓰러졌다. 그러자 인정도 없이 상인은 이 아이를 내버려두고 동북 지방으로 떠나버렸다. 우메와카마루는 얼마 후 세상을 떠났는데, 눈을 감기 전에 "저는 미노 지방 노가미 마을의 우메와카라는 사람입니다. 인신매매 상인에게 납치당하여 이곳까지 끌려 와서 죽게 되었습니다. 고향에 계신 부모님께 이 이야기를 전해주십시오"라며 머리카락을 유품으로 남기고 죽어버렸다. 이곳 사람들은 우메와카마루를 불쌍히 여겨 무덤을 만들고 버드나무를 심어 표시로 삼고 명복을 빌었다. 그때 우메와카마루의 어머니가 아들을 잃은 슬픔에 미치광이가 된 채 이곳까지 찾으러 왔다. 어머니는 아들이 죽었다는 이야기를 듣고 몹시 슬퍼하며 울면서 아들의 명복을 빌었다. 어머니는 고향에도 돌아가지 않고 소센지에 가서 머리를 깎고 묘키니라는 법명을 받고 불도에 귀의하였다. 어느 날 절 앞에 있는 연못에서 자신의 늙은 모습을 물에 비추어보더니 사랑하는 아들의 모습이 연못에 비친다며 그대로 물에 빠져 죽어버렸다.

스미다 강을 둘러싼 이야기는 이 외에도 3권 제7화 「스미다 강」에서도 소개되고 있다. 그 내용을 살펴보면, 이 강 기슭 가까이에 우메와카마루의 무덤이 있다. 무덤을 표시하는 나무는 버드나무이다. 3월 15일은 제사를 지내는 날로서 염불을 외우기 위해 도량道場을 방문한다. 많은 사람들이 절에 참배하여 옛날의 일을 전해 듣고 모두 슬퍼하였다.

우메와카마루를 묻었다는 묘키즈카妙亀塚는 지금의 다이토 구台東区의 묘키즈카 공원 내에 있고, 소센지는 지금의 이타바시 구板橋区 시무라志村 지역으로 이전되었다.

어린 아이나 여성들을 주로 납치하여 데려가거나 다른 사람에게 파는 행위는 예부터 빈번히 이루어져 왔으며, 역사서 및 문학작품에서도 이를 소재로 하여 많은 이야기가 전해지고 있다. 그 중에서 가장 대표적인 것이 일본의 전통가면극 노能「스미다 강」이다. 이 작품은 인신매매 상인에게 납치된 아들의 슬픈 운명과 그 아들을 찾아 헤매는 어머니의 절망을 테마로 한 것으로, 앞서 인용한 료이의 설명은 노의 내용을 바탕으로 만든 것이다. 노의 작품 가운데에는「스미다 강」외에도 잃어버린 자식을 찾아 헤매는 이야기를 테마로 한 것이 많이 있다. 다른 작품들은 대체적으로 아이를 찾는 데 성공하여 해피엔딩으로 끝나는데 비해「스미다 강」은 어머니가 끝내 아이를 만나지 못한 채 아이가 죽었다는 소식을 듣고 비탄에 잠기는 비극적인 내용으로 끝난다.

이처럼 스미다 강은 와카의 명소로서, 그리고 자식을 잃은 어머니의 슬픔을 간직한 곳으로 유명한 명소였다.

가시와기가 심은 에몬자쿠라 벚나무

무라사키시키부紫式部가 지은『겐지 이야기源氏物語』는 54첩으로 구성된 헤이안 시대의 장편소설로서 일본 문학사상 최고의 걸작으로 평가받는 작품이다.『겐지 이야기』에는 약 70여 년간 500명에 가까운 인물이 등장하며, 그 중 수려한 용모와 재능을 가진 히카루겐지光源氏를 주인공으로 하여 그의 성장과 여성편력, 고난, 고난의 극복과 영화, 죽음 그리고 그 아들 세대의 이야기가 그려져 있다.

『겐지 이야기』에 등장하는 인물 중 가시와기柏木는 히카루겐지의 오랜 친구인 두중장頭中将의 아들이다. 그런데 가시와기가 히카루겐지의 정처 중 한 명인 온나산노미야女三の宮와 밀통을 한 것이 히카루겐지에게 발각된다. 료이의 설명에 의하면 이 사건으로 가시와기가 동쪽의 무사시 지방으로 유배를 가게 되고 그때 심은 것이 에몬자쿠라右衛門桜 벚나무라고 한다.

에몬자쿠라 벚나무는 지금의 기타신주쿠北新宿 지역의 엔쇼지円照寺에 있는데 벚꽃의 꽃술이 길고 향기로워 1, 2백 미터 떨어진 곳에서도 향기를 느낄 수 있다 하여 1971년까지는 이곳을 '가시와기'라 불렀다. 그럼 히카루겐지와 가시와기, 온나산노미야 사이에는 어떠한 에피소드가 있었는지, 이 벚나무에는 어떠한 유래가 있는지 료이의 설명을 들어보자.

대궐 문을 경비하던 관청의 장관인 에몬노카미右衛門の督의 가시와기라는 이름은 옛날 히카루겐지가 궁중의 고관들을 달, 해, 별, 구름, 안개, 각종 나무와 풀로 비유할 때 에몬노카미를 가시와기 즉 떡갈나무에 비유한 데서 유래한다. 언제나 변하지 않는 모습이기 때문에 떡갈나무에 비유했다고 한다. 가시와기가 온나산노미야의 침소에 몰래 갔다가 옅은 남색 허리띠를 빠트리고 오는 바람에 히카루겐지에게 발각되었다. 히카루겐지가 가시와기에게 술을 권하면서 마음이 편치 않은 눈빛을 하며 이 사실을 넌지시 비추자 가시와기는 마음에 찔렸는지 이를 매우 괴로워하였다. 얼마 후 지금의 도쿄를 포함한 관동 지방인 무사시에 유배를 가게 되었다. 곧이어 다시 궁중으로 돌아왔으나 죄책감에 시달려 병상에 눕고 말았다. 한편 겐지의 아내인 온나산노미야는 가오루를 출산한다. 가오루는 명목상으로는 히카루겐지의 아들이지만 사실은 가시와기와 온나산노미야와의 불륜 끝에 태어난 아이이다. 히카루겐지는 가오루를 안으며 온나산노미야를 보고 '누가 어느 때 뿌린 씨앗이냐고 물어본다면 바위 밑의 소나무 어떻게 대답할까'라고 읊는다. 여기에서 '바위 밑'이라는 뜻을 가진 '이와네岩根'라는 단어는 '말할 수 없다'의 의미인 '이와네言わね'와 동음이기 때문에 가오루가 누구의 아들인지 대답할 수 없다는 의미로 해석할 수 있다.

그런데 이 이야기를 들으면 『겐지 이야기』에서 연상되는 사건이 한 가지 있다. 히카루겐지가 아버지인 기리쓰보桐壺 천황의 눈을 피해 계모 후지쓰보藤壺와의 밀통사건을 저지른 끝에 레이제이冷泉 천황이 태어난 일이 있었다. 이처럼 겐지 자신이 뿌린 인과의 씨앗이 그대로 응보로서 되돌아오게 되었으니 무라사키시키부의 주도면밀하고 치밀한 작품 구성에 놀라지 않을 수 없다.

에몬자쿠라 벚나무는 가시와기가 유배를 당하여 왔을 때 심은 벚나무라 하지만, 실제로 『겐지 이야기』를 읽어보면 가시와기가 유배를 갔다거나 엔쇼지에 벚나무를 심었다는 내용은 등장하지 않는다. 아마도 기타신주쿠 지역은 원래 가시와기라는 지명으로 불렸고, 가시와기 하면 『겐지 이야기』를 떠올리기 때문에 료이는 이 두 가지를 엮어서 이야기를 만든 것으로 생각된다.

현재의 신주쿠의 명소라면 가장 먼저 떠오르는 것은 세계적으로 유명한 유흥가인 동쪽의 가부키초歌舞伎町와 서쪽의 도쿄 도청都庁을 떠올린다. 그러나 에도 시대 당시에는 북쪽의 엔쇼지가 명소였던 것이다. 료이의 안내를 따라 엔쇼지에 찾아가 에몬자쿠라 벚나무의 유래, 가시와기, 온나산노미야와 관련된 『겐지 이야기』의 줄거리를 음미하며 천년이 지나도 남아있는 옛 문학의 향기를 느껴보는 것도 좋을 것이다.

▌센소지의 아사쿠사 관음

센소지浅草寺는 다이토 구 아사쿠사 지역에 있는 도쿄에서 가장 오래된 절이다. 지금은 센소지라고 하면 절 자체보다는 오히려 입구의 가미

〈그림 1〉 센소지의 가미나리몬
(센소지 홈페이지)

나리몬雷門에 있는 무게 약 700킬로그램의 거대한 초롱을 가장 먼저 떠올린다. 따라서 관광객들은 이곳을 가장 많이 찾고 기념사진을 찍는데, 이 때문인지 센소지 홈페이지의 메인 화면도 가미나리몬을 정면 사진으로 하여 내걸고 있다.

그런데 가미나리몬이 옛날부터 있었던 것은 아니다. 지금의 파나소닉의 전신인 마쓰시타 전기산업松下電器産業의 창설자인 마쓰시타 고노스케松下幸之助가 아사쿠사 관음에게 기도하여 병이 나은 것에 대한 감사의 뜻으로 1960년에 기증한 것이다. 마쓰시타 고노스케가 기도하였다는 아사쿠사 관음은 센소지에 모신 부처 가운데 가장 으뜸가는 본존의 부처로서, 이곳에 관음보살을 모시고 절이 세워진 데에는 다음과 같은 이야기가 내려온다.

옛날 무사시 지방의 도요시마豊島 고을 미야토 강宮戸川은 어부들이 많이 모이는 곳으로 지금의 아사쿠사 강이다. 이 강 기슭에 어부 삼형제가 살고 있었다. 장남의 이름은 히노쿠마檜熊, 둘째는 하마나리浜成, 막내는 다케나리竹成였다. 스이코推古 천왕(재위592~628년) 시대 628년 3월 18일의 일이다. 세 명의 형제가 그물을 가지고 노를 저어 미야토 강으로 갔다. 그물을 물속에 던져 끌어올리자 물고기는 없고 관음보살의 불상이 그물에 걸려 올라왔다. 삼형제는 크게 놀라 합장하며 예배를 올렸다. 그리고 나나우라七浦 바다로 가서 그물을 던지자 여기에서도 관음보살이 그물에 걸려 올라왔다. 삼형제는 더욱더 놀라 이상히 여기며 집으로 돌아와 친분이 있는 이들을 불러 사정을 이야기하고 불상을 보여주었다. 그러자 모두 신기한 일이라며 “자네들 세 명은 보통 사람들이 아니로구나. 이와 같은 신비로운 일은 전례가 없는 일이다. 어서 절을 짓고 관음보살을 모시거라”라고 하였다. 다음날 19일에 삼형제는 관음보살에게 빌며 말하였다. “어제는 더러운 그물로 영험한 불상을 건저 올려 큰 죄를 지었습니다. 큰 자비를 베푸시어 우리들의 죄를 용서해 주십시오. 우리들은 평상시에는 물고기를 잡으며 살고 있는 어부들입니다. 물고기를 잡지 못하면 살아갈 방법이 없습니다. 오늘 바다로 나아가 그물을 던질 테니 바라옵건대 많은 물고기를 잡게 하여 주시옵소서”라 기도하였다. 그리고 나나우라 바다로 가서 그물을 던져 올렸더니 많은 물고기가 잡혀 올라와 이것을 내다 팔아 많은 돈을 벌었다. 사람들은 신비로운 일이라 생각하며 이것은 분명 관음보살의 영험이라 생각하고 작은 절을 고쳐 새롭게 관음당을 짓고 모셨다.

이 절의 내력에 의하면 관음보살을 건져 올린 것은 삼형제가 아니라 히노쿠마 하마나리와 히노쿠마 다케나리라는 형제라고 한다. 그리고 관음상을 건져 올리자 형제의 주인인 하지 나카토모土師中知는 출가하고 자신의 집을 절로 고쳐 관음상을 모셔두었다는 이야기가 전한다. 이처럼 서적에 따라 세부적인 내용은 다르지만, 이곳 앞바다에서 관음상을 건져 올렸으며 그 영험으로 큰 절을 지었다는 줄거리는 대체적으로 동일하다.

한편 645년에는 쇼카이 쇼닌勝海上人이라는 승려가 관음당을 건립하고 절을 재정비하였다. 그 때 관음보살이 꿈에 나타나 본존의 불상을 감추어둘 것을 부탁하여 그 이후로 이 불상은 오늘날까지 일반인들의 참배가 허락되지 않고 있다. 그런데 사실 약 1,400년간이나 일반인들의 참배가 허락되지 않고 보니 이 형제가 건져 올렸다는 불상이 지금 실제로 존재하는지의 여부는 불분명하다.

하나의 작은 어촌에 지나지 않았던 무사시 지방의 도요시마 마을은 센소지 덕분에 많은 참배객들이 몰려들었다. 그렇지만 본존 불상은 일반인들이 볼 수 없어 헤이안 시대 초기에 엔닌円仁(794~864년)이라는 유명한 승려가 참배객들이 기도를 하기 위한 불상을 새로 만들었다. 그 후 가마쿠라 시대에는 무사들의 두터운 신앙 숭배의 대상이 되었으며, 에도 시대에는 도쿠가와 이에야스에 의해 막부의 기원소祈願所로 지정되어 에도 문화의 중심지로서 크게 번영하였다. 이러한 과정을 통하여 센소지는 '아사쿠사 관음'이라는 명칭으로 전국적으로 유명해졌고, 현재 연간 약 3,000만 명의 참배객이 찾는 민중신앙의 중심지가 되어 있다.

센소지에 가면 가미나리몬의 초롱만 구경하는 것보다 절의 구석구석을 돌아보며 어떤 전승이 담겨있는지 음미하는 일도 여행의 색다른 묘미가 될 것이다.

노파로 둔갑한 용 전설이 남아있는 우바가이케 연못

센소지 동쪽에 있는 니텐몬二天門을 나서서 스미다 강 쪽으로 가면 왼쪽에 공원이 하나 있다. 지금의 다이토 구 하나카와도花川戸 지역에 있는 이 공원에는 우바가이케姥ヶ池라는 연못이 있는데 사진에서 보는 것처럼 조용하고 아담한 연못이다. 하지만 옛날에는 무서운 전설이 전해지던 연못이었다.

센소지 안에 있는 묘오인明王院에는 우바가후치姥が淵라는 연못이 있었다. 옛날 이곳은 인적이 드문 곳으로 여행객들이 길을 가다가 날이 저물면 밤을 보낼 곳을 찾느라 고생하였다. 그런데 들판 한가운데에 잡목으로 만든 허름한 집이 있고 그곳에 나이든 노파가 젊은 딸과 둘이서 살고 있었다. 여행객들이 길을 가다 날이 저물어 이 집에 숙박을 하게

〈그림 2〉 우바가이케 연못

되면 노파는 한밤중에 그 여행객을 죽였다. 이렇게 해서 999명을 죽였다고 한다. 요메이用明 천황(재위585~587년) 시절의 일이다. 3월 16일에 아사쿠사의 관음보살이 잘생긴 남자로 변하여 이 집에 찾아와 하룻밤 묵을 것을 청하였다. 그러자 이 집의 딸이 남자를 보더니 사랑하는 마음을 가지게 되어 남자가 자고 있는 침소로 몰래 들어와 옆에 누웠다. 잠시 후 노파는 몰래 찾아와 그 남자를 죽였는데 사실은 자신의 딸을 죽인 것이었다. 노파는 이것을 매우 한탄하고 슬퍼하며 결국 본 모습을 드러냈는데, 크기가 30미터정도 되는 용이었다. 용으로 변신한 후 그 노파가 돌아간 용궁이 지금은 연못이 되어 우바가후치라는 이름이 붙여졌다.

우바가이케라는 연못은 당시에는 우바가후치라 불렸으며, 지금은 센소지의 밖에 있지만 료이의 설명에 따르면 당시에는 센소지 경내 안에 있었던 것으로 보인다. 그런데 사진에서 보는 것처럼 우바가이케는 용이 뛰어들기에는 너무 작아 보인다. 사실 이 연못은 옛날에는 스미다강으로 흐르는 커다란 연못이었으나, 1891년의 매립공사로 대부분 매립되어 현재의 크기로 된 것이다.

또 다른 전설에 의하면 노파로 둔갑한 것은 뱀이며 천 명을 잡아먹으면 인간이 될 수 있다는 이야기에 999명까지 잡아먹었다고 한다. 그런데 뱀의 딸이 여행객에게 마음을 빼앗긴 나머지 딸이 여행객 대신에 죽어 뱀은 인간이 되는 데 실패하였다. 여행객은 알고 보니 아사쿠사 관음보살이 인간으로 변신한 것이었다. 이 이야기의 결말은 그 후 노파가 죽은 딸의 시체를 껴안고 연못으로 뛰어들었다는 설과 노파가 불교에 귀의하여 자신이 지금까지 죽인 이들의 명복을 빌었다는 설로 나뉘어 전해져 내려온다.

▌10만 여명의 희생자의 제사를 지낸 에코인

'화재와 싸움은 에도의 꽃'이라는 속담이 있다. 이것은 에도 사람들은 성미가 급해서 남과 자주 싸웠기 때문에, 그리고 에도에는 큰 화재가 자주 발생하여 불을 끄기 위해 언제나 분주히 뛰어다녔기 때문에 지어진 속담이다.

그리고 일본인이 무서워하는 것들에는 '지진, 번개, 화재, 아버지(태풍)'라는 말도 있다. 이것은 일본인들이 가장 무서워하는 것을 순서대로 나열한 것으로 지진이 첫 번째로 꼽힌 것은 일본인들이 옛날부터 지진을 얼마나 두려워하였는지 알 수 있는 대목이다. 그런데 문제는 지진이 일어났을 때 그 피해로부터 목숨을 보호하기 위해, 그리고 무너진 가옥을 간단히 다시 짓기 위해 목조 가옥을 선호하게 되었지만, 그로 인해 화재에는 취약해졌다는 점이다. 또한 다다미와 장지문의 일본 전통 가옥 구조는 화재가 났을 때 불쏘시개 역할을 하였다. 따라서 목조 가옥이 밀집되어 생활하였던 에도 시대에 화재는 가장 두렵고 조심해야 할 것 중의 하나였다.

조사에 의하면, 1601년부터 1867년까지 큰 화재가 에도에서는 49회,

교토에서는 9회, 오사카에서는 6회가 일어나 특히 에도에 집중되었고, 일반 화재는 1,798회에 이르렀다고 한다. 그야말로 두 달이 멀다하고 화재가 일어났으니 결과적으로 에도는 지진 때문에 화재 도시가 된 셈이다. 그 중 1657년에 일어난 메이레키의 대화재는 에도의 절반 이상을 쑥대밭으로 만든 일본 역사상 최대의 화재로, 런던 대화재, 로마 대화재와 함께 세계 3대 화재로도 손꼽힌다. 메이레키의 대화재로 인해 막부는 곧바로 참근교대의 중지를 명령하고 치안을 강화하는 데 역점을 두었으며 이재민을 구제하고 시가지를 재정비하는 등 복구에 전력을 다하였다. 또한 다이묘나 무사들의 거처 및 절과 신사들도 에도 성江戸城 밖으로 이전되었다.

한편 메이레키의 대화재로 인해 약 10만 명 이상의 사망자가 발생하였다. 이 화재로 인해 죽은 이들은 신원을 알 수 없거나 신원을 알아도 제대로 제사를 지내줄 수 없는 이들이 대부분이었다. 따라서 당시의 4대 장군인 도쿠가와 이에쓰나徳川家綱는 연고가 없이 죽은 이들의 명복을 빌기 위해 스미다 강의 동쪽에 해당하는 현재의 스미다 구墨田区 료고쿠 지역에 만 명의 무덤이라는 뜻의 반닌즈카万人塚라는 무덤을 만들고 법회를 행하도록 명령하였다. 이때 염불을 외우기 위해 세워진 것이 에코인回向院 사원이다.

그럼 메이레키의 대화재의 참상에 대한 료이의 설명을 들어보기로 하자.

> 이 절에 관한 것으로 말하자면 최근에 건립된 것으로 슬픔을 간직한 곳이다. 얼마 전 메이레키 3년인 1657년 정월 18일 오전 8시경에 북서쪽에서 바람이 불기 시작했다. 오후 2시쯤 되었을 때 혼고에 있는 혼묘지에서 실수로 불이 일어나 검은 연기가 하늘을 뒤덮고 절 전체가 한꺼번에 불에 타버렸다. 그때 이상한 바람이 사방에서 불어 닥쳐 유시마 쪽으로 불길이 번졌다. 하타고야

마을에서 수로를 넘어 스루가다이에 이르더니 다이묘의 저택들 수백 채를 불태워버렸다. 그리고는 긴다에 있던 가마쿠라 나루터를 전부 불태우더니 서풍이 불자 사야 마을이 불길에 휩싸여 바닷가까지 불태웠다. 남녀 수만 명이 도망치려고 갈팡질팡하다가 레이간 섬으로 피신하였다. 그런데 얼마 후 레이간지의 본당과 몇 군데의 승방에도 불이 붙어 한꺼번에 불에 타오르더니 수레바퀴 같은 화염이 바람에 휘날려 비처럼 쏟아졌다. 사람들이 많이 몰려든 곳에 불꽃이 떨어져 머리카락과 옷에 불이 붙자 사람들은 당황하고 허둥거리며 불을 피하려고 바닷가로 달려가 바닷물 속으로 들어갔다. 그런데 날은 춥고 아침부터 아무것도 먹지 못한 상태에 물속에서 있다 보니 불은 피했으나 힘이 빠져 대부분 얼어 죽었다. 산처럼 쌓아 올린 가재도구들에 불이 옮겨 붙었다. 모여든 사람들은 목숨이라도 건져보려고 우물 속으로 너도나도 뛰어들었지만 아래에 있는 사람은 물에 빠져 죽고 가운데 있는 사람은 사람들에게 눌려 죽고 위에 있는 사람은 불에 타 죽었다.

이처럼 료이는 메이레키의 대화재에 대하여 시간 순서대로, 특히 화재로 인한 참혹한 상황에 대한 묘사에 역점을 두어 자세히 쓰고 있어 마치 화재의 상황을 직접 목격하고 있는 것을 그대로 전하고 있는 듯하다.

지금도 해마다 1월 초순이 되면 소방관계자들의 연중행사 '신년 소방의식'이 행해진다. 이때 일제방수훈련, 피난구조훈련, 소방연습 등의 전통적인 기능을 선보이며, 이와 더불어 소방단과 소방차들의 퍼레이드, 소방직원 및 공로자들에 대한 표창장 수여가 이루어진다. 그 중에서 가장 인기 있는 볼거리로서 매스컴에도 자주 오르내리는 것이 바로 사다리 오르기이다. 우타가와 히로시게歌川広重가 그린 〈그림 3〉은 마치 서커스를 연상시키는 풍경으로 예나 지금이나 다를 바 없다. 사다리는 불을 끌 때 중요한 장비임에는 틀림없지만 실제로 이런 훈련으로 불을

〈그림 3〉 신년의 소방의식. 歌川広重, 東京名所 八代洲町警視庁火消出初階子乗之図.

능숙히 끌 수 있을까라는 생각이 들면서도, 한편으로는 일본인들은 정신적 트라우마까지 축제의 일부분으로 승화시킨다는 점에서는 놀라운 일이다.

▌명소의 과거와 현재

지금 우리는 처음 가보거나 익숙하지 않은 곳을 여행할 때 미리 인터넷으로 조사하거나 여행 가이드북을 이용한다. 그러나 지금부터 약 350년 전의 일본은 지금처럼 각종 미디어가 발달하지 못했다. 따라서 당대 최고의 문인으로서 일단 집필하기만 하면 흥행이 보장되었던 료이가 에도를 직접 방문하여 전한 이야기들은 당시 에도를 여행할 기회가 없는 이들에게는 충분한 정보를 제공함과 동시에 설득력을 지니며 상상력을 자극하였을 것이다.

이상과 같이 료이가 소개하는 에도의 명소는 주로 역사적으로 유래 깊은 전승지나 모노가타리와 와카에서 자주 언급되는 문학적인 공간이었다. 그리고 우리는 료이라는 과거의 인물을 통해 당시의 명소들을 접하게 되었는데, 재미있는 것은 료이가 전한 이와 같은 명소들은 현재에도 사람들이 널리 찾는 명소가 대부분이라는 것이다.

아사이 료이의 『에도 명소기』는 우리에게 과거와 현재를 연결시켜 주는 역할을 함과 동시에 현재의 명소관의 형성에 상당히 중요한 역할을 하였다고 볼 수 있다.

참고문헌

佐々木邦博・平岡直樹, 「江戸名所記に見る17世紀中頃の江戸の名所の特徴」(『信州大学農学部紀要』 38号, 信州大学農学部, 2002)
坂巻甲太, 『浅井了意怪異小説研究』, 新典社, 1990.
朝倉治彦 編, 『江戸名所記』(『仮名草子集成』 7, 東京堂出版, 1986)
朝倉治彦 校注・解説, 『江戸名所記』, 名著出版, 1976.

부 록

공간으로 읽는

일본고전문학

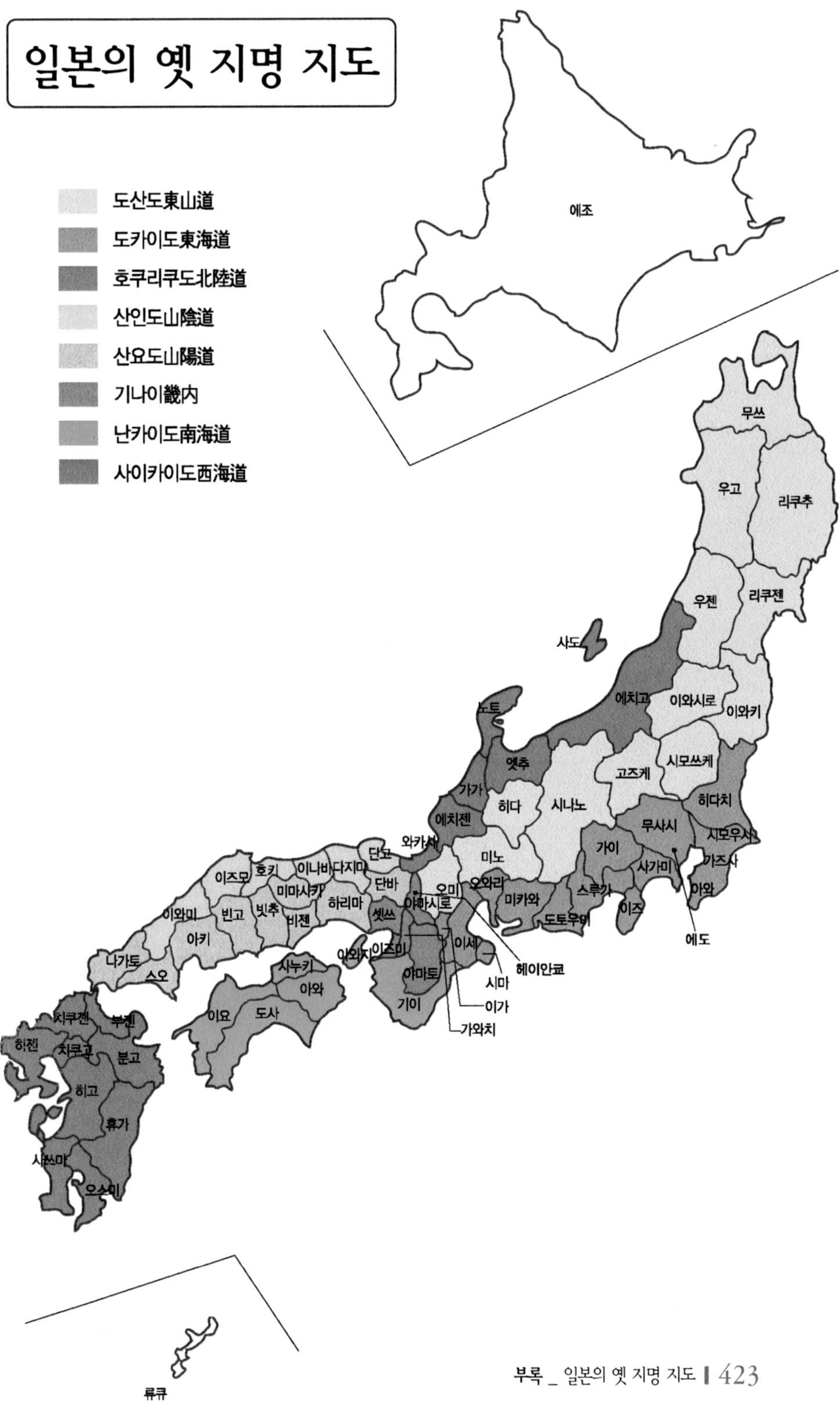
일본의 옛 지명 지도
도산도東山道
도카이도東海道
호쿠리쿠도北陸道
산인도山陰道
산요도山陽道
기나이畿內
난카이도南海道
사이카이도西海道
에조
무쓰
우고
리쿠추
우젠
리쿠젠
사도
에치고
이와시로
이와키
노토
엣추
고즈케
시모쓰케
가가
히다
시나노
히다치
에치젠
무사시
시모우사
와카사
가이
가즈사
단고
미노
사가미
이즈모
호키
이나바
다지마
오와리
스루가
아와
이와미
미마사카
단바
오미
미카와
하리마
야마시로
빈고
빗추
비젠
셋쓰
도토우미
이즈
에도
아키
이세
나가토
이와지
이즈미
헤이안쿄
스오
사누키
야마토
시마
아와
기이
이가
이요
도사
가와치
지쿠젠
부젠
히젠
지쿠고
분고
히고
휴가
사쓰마
오스미
류큐

공간으로 읽는 일본고전문학

작품 연표

시대	연도	작품
상대	712	『고사기 古事記』
	713~	『풍토기 風土記』
중고	8C말~9C초	『일본영이기 日本霊異記』
	9C말~10C초	『다케토리 이야기 竹取物語』
	9C경	『이세 이야기 伊勢物語』
	10C중엽	『도사 일기 土佐日記』
	951~956	『야마토 이야기 大和物語』
	10C중엽	『우쓰호 이야기 うつほ物語』
	974	『가게로 일기 蜻蛉日記』
	1008	『겐지 이야기 源氏物語』
	11C초	『무라사키시키부슈 紫式部集』
	1059~	『사라시나 일기 更級日記』
	12C초	『금석 이야기집 今昔物語集』
중세	1212	『호조키 方丈記』
	1223	『해도기 海道記』
	13C초	『스미요시 이야기 住吉物語』
	14C초	『도와즈가타리 とはずがたり』
	16C말	『산쇼 다유 山椒大夫』
근세	1662	『에도 명소기 江戸名所記』
	1682	『호색일대남 好色一代男』
	1694	『오쿠노호소미치 奥の細道』
	1703	『소네자키신주 曽根崎心中』
	1776	『우게쓰 이야기 雨月物語』
	1802~1822	『도카이도 도보여행기 東海道中膝栗毛』
근대	1910	『도노 이야기 遠野物語』

공간으로 읽는 일본고전문학

색 인

(ㄴ)

(ㄷ)

(ㄹ)

(ㅁ)

(ㅂ)

(ㅇ)

(ㅈ)

(ㅊ)

(ㅌ)

(ㅍ)

(ㅎ)

공간으로 읽는

일본고전문학

공간으로 읽는 **일본고전문학**

집 필 진

(성명순)

강지현 전남대학교 국제학부 교수
저서『근세일본의 대중소설가, 짓펜샤 잇쿠 작품 선집』, 소명출판, 2010.
저서『일본대중문예의 시원, 에도희작과 짓펜샤 잇쿠』, 소명출판, 2012.
논문「『栗毛弥次馬』三種と二代目岳亭作〈膝栗毛もの〉の合巻攷」(『日本文学』716号, 日本文学協会, 2013.2)

고선윤 백석예술대학 외국어학부 겸임교수
논문「『이세 모노가타리』의 동쪽지방」(『일본언어문화』22, 한국일본언어문화학회, 2012.4)
논문「이상적 풍류인 '이로고노미'」(『일어일문학연구』71-2, 한국일어일문학회, 2009.11)
논문「헤이안 귀족의 '미야비'」(『일본문화연구』31, 동아시아일본학회, 2009.7)

김경희 단국대학교 일본연구소 학술연구교수
논문「『宮木が塚』試論－伝承에 근거한 연상어에 주목하여－」(『일본연구』44, 한국외국어대학교 일본연구소, 2010.6)
논문「『雨月物語』에 나타난 '우라미'에 관한 고찰」(『일본연구』40, 한국외국어대학교 일본연구소, 2009.6)
논문「「吉備津の釜」試論－俳諧的連想に注目して－」(『近世文芸』84, 日本近世文学会, 2006)

김병숙 한국외국어대학교 강사
저서 『源氏物語の感覚表現研究』, 인문사, 2012.
논문 「女楽の色彩表現に表れた六条院の秩序－「赤」・「青」・「高麗」の象徴性に着目して－」(『일본언어문화』 17, 한국일본언어문화학회, 2010.10)

김영심 인하공업전문대학 항공경영과 교수
역서 일본최초의 언문일치소설 『뜬구름』, 보고사, 2003.
논문 「植民地文教政策と源氏物語－朝鮮篇」(『国文学解釈と鑑賞』, 至文堂, 2008.5)
논문 「作者の肖像画-紫式部絵の流れ」(『일본연구』54, 한국외국어대학교 일본연구소, 2012.12)

김영호 한국외국어대학교 강사
저서 『아사이 료이(浅井了意) 문학의 성립과 성격』(단국대학교 일본연구소 학술총서04), 제이앤씨, 2012.
논문 「아사이료이(浅井了意)의 조선판 『삼강행실도(三綱行実図)』 번역과 의도」(『일어일문학연구』 79-2, 한국일어일문학회, 2011.11)
논문 「浅井了意の『三綱行実図』翻訳－和刻本・和訳本の底本と了意－」(『近世文芸』 第91号, 日本近世文学会, 2010)

김인혜 한국외국어대학교 강사
논문 「한·일 차문화의 특징 비교」(『일어일문학연구』 81-2, 한국일어일문학회, 2012.5)
논문 「일본 다도에 나타난 '스키' '와비스키' 고찰」(『일어일문학연구』 70-2, 한국일어일문학회, 2009.8)
논문 「일본 중세 連歌論集에 나타난 '스키'에 대한 일고찰」(『일본연구』 25, 한국외국어대학교 일본연구소, 2005.9)

김정희 단국대학교 일본연구소 연구교수
논문 「近代における源氏物語批評史－天皇制と「もののあはれ」を中心に－」(『일본학연구』, 단국대학교 일본연구소, 2011.9)
논문 「「大和魂」考」(『일어일문학연구』 75-2, 한국일어일문학회, 2010.11)

김종덕 한국외국어대학교 일본학부 교수
공저 『日本古代文学と東アジア』, 勉誠出版, 2004.
공저 『ことばが拓く古代文学史』, 笠間書院, 1999.
초역 『겐지 이야기』, 지만지, 2008.

김후련 한국외국어대학교 대학원 글로벌문화콘텐츠학과 겸임교수
저서 『일본신화와 천황제 이데올로기－신화와 역사 사이에서』, 책세상, 2012.
저서 『타계관을 통해서 본 고대일본의 종교사상』, 제이앤씨, 2006.
저서 『韓国神話集成』, 第一書房, 2006.

류정선 인하공업전문대학 어학교양학부 조교수
공저 『그로테스크로 읽는 일본문화』 책세상, 2008.
논문 「모노가타리와 소리의 미학」(『일어일문학연구』 53-2, 한국일어일문학회, 2005.5)
논문 「物語에 나타난 〈聖〉·〈性〉의 금기침범」(『일어일문학연구』 61-2, 한국일어일문학회, 2007.5)

문인숙 인천대학교 강사
논문 「웃음을 통해 본 『겐지모노가타리』의 인간관계－겐지와 유기리를 중심으로－」(『일어일문학연구』 73-2, 한국일어일문학회, 2010.5)
논문 「단절된 관계 : 源氏와葵上·六条御息所」 (『한림일본학』 16, 한림대학교 일본학연구소, 2010.5)

배관문 한국외국어대학교 강사
논문 「『古事記伝』のつくった「皇国」という物語」(『思想』 1059号, 岩波書店, 2012.7.)
논문 「모토오리 노리나가의 조선 번국(蕃国)관 재고－『고사기전』의 '미야쓰코쿠니(臣国)'를 중심으로－」 (『일어일문학연구』 81-2, 한국일어일문학회, 2012.5)

송귀영 단국대학교 일어일문학과 교수
논문 「紫式部「かいま見」の原点－源氏物語の作者紫式部の記憶と虚構－」 (『일본연구』 54, 한국외국어대학교 일본연구소, 2012.12)

논문 「紫式部の死別と新たな出会い」(『일본문화연구』 41, 동아시아일본학회, 2012.1)

신미진 한국외국어대학교 강사

논문 「『源氏物語』의 여성의 성인식 '모기(裳着)' 고찰」(『일본연구』 28, 중앙대학교 일본연구소, 2010.2)

논문 「『源氏物語』에 나타난 성장의례 하카마기(袴着)고찰」(『일어일문학연구』 65-2, 한국일어일문학회, 2008.5)

신은아 한국외국어대학교 강사

논문 「『源氏物語』の雲居雁の嫉妬－立ち姿を見せる女君の嫉妬－」(『일어일문학연구』 75-2, 한국일어일문학회, 2010.11)

논문 「『源氏物語』の嫉妬する女性たち－「さがなき」女君の嫉妬－」(『일어일문학연구』 73-2, 한국일어일문학회, 2010.5)

논문 「光源氏と葵の上の結婚－正妻の嫉妬という視座からの一考察－」(『일어일문학연구』 69-2, 한국일어일문학회, 2009.5)

양선희 한국외국어대학교 강사

논문 「『好色一代女』와 여자고용인－'腰元・お物師・中居女'를 중심으로－」(『일어일문학연구』 70-2, 한국일어일문학회, 2009.8)

논문 「『好色一代女』에 있어서 '부제(副題)'의 의미」(『일어일문학연구』 67-2, 한국일어일문학회, 2008.11)

논문 「『西鶴置土産』 권1의1 「大釜のぬきのこし」의 표현수법－'허영'을 감싸는 '보자기'－」(『나고야대학국어국문학』98, 나고야대학국어국문학회, 2006)

이미령 한국외국어대학교 강사

논문 「겐지모노가타리의 왕생」(『일어일문학연구』 74-2, 한국일어일문학회, 2010.8)

논문 「겐지모노가타리의 출가와 사계」(『일어일문학연구』 65-2, 한국일어일문학회, 2008.5)

이미숙 서울대학교 인문학연구원 HK연구교수
저서 『源氏物語研究－女物語の方法と主題』, 新典社, 2009.
역서 『가게로 일기-아지랑이 같은 내 인생』, 한길사, 2011.

이신혜 한국외국어대학교 강사
공저 『세계 속의 일본문학』, 제이앤씨, 2009.
논문 「일본 중세 왕조 모노가타리의 계모담 연구」(한국외국어대학교 대학원 박사학위논문, 2010)
논문 「白露の趣向」(『일본언어문화』 14, 일본언어문화학회, 2009.4)

이예안 제주대학교 통역대학원 한일과 부교수
논문 「『今昔物語集』 巻十三第三十三話と『三国遺事』 巻四義解第五「宝壌梨木」條との比較」(『일본연구』 29, 중앙대학교 일본연구소, 2010.8)
논문 「『今昔物語集』（本朝部）における人間と蛇との遭遇」(『일어일문학연구』 55-2, 한국일어일문학회, 2006.11)
논문 「龍宮談の一考察－『今昔物語集』巻十六第十五話－(『일본연구』22, 한국외국어대학교 일본연구소, 2004.12)

이용미 명지전문대학 일본어과 부교수
공저 『그로테스크로 읽는 일본문화』, 책세상, 2008.
역서 『오토기소시슈』, 제이앤씨, 2010.
논문 「『슈텐동자』의 시원에 관한 소고」(『일본언어문화』 22 한국일본언어문화학회, 2012)

이현영 건국대학교 일어교육과 교수
공저 『国際歳時記における比較研究』, 笠間書院, 2012.
논문 「『東都歳事記』に関する少考」(『일어일문학연구』 81-2, 한국일어일문학회, 2012.5)
논문 「近世庶民の旅行と道中記に関する少考」(『일본언어문화』19집, 한국언어문화학회, 2011.10)

한경자 경희대학교 외국어대학 조교수
공저 『그로테스크로 읽는 일본문화』, 책세상, 2008.

논문 「왕위계승분쟁을 통해 본 조루리 작가의 천황관」(『일본학연구』34집, 단국대학교 일본연구소, 2011.9)

논문 「국학자의 『쇄국론』수용과정과 야마토다마시이(大和魂)」(『일본사상』 22집, 한국일본사상사학회, 2012.6)

홍성목 도쿄대학교 대학원 인문사회연구과 박사과정생

논문 「古代伊勢の太陽神小考」(『東京大学国文学論集』 7, 東京大学文学部国文学研究室, 2012.3)

논문 「古代日本の太陽神の痕跡－動物太陽神としての猿」(『国語と国文学』 87-12, 東京大学国語国文会, 2010.12)

논문 「太陽神の渡来伝承」(初出『東京大学国文学論集』 4, 東京大学文学部国文学研究室, 2009.3)

공간으로 읽는
일본고전문학

초판인쇄 2013년 2월 21일
초판발행 2013년 2월 28일

편　　자 일본고전독회
발 행 인 윤 석 현
발 행 처 제이앤씨
책임편집 최 인 노
표지디자인 김 복 래
등록번호 제7-220호

우편주소 ㊟ 132-702 서울시 도봉구 창동 624-1
북한산 현대홈시티 102-1106
대표전화 02) 992 / 3253
전　　송 02) 991 / 1285
홈페이지 http://www.jncbms.co.kr
전자우편 jncbook@hanmail.net

ISBN 978-89-5668-937-1　　93830　　정가 30,000원